Bayern tafelt

Erna Horn

Bayern tafelt

Vom Essen und Trinken in Altbayern,
Franken und Schwaben

Eine kulinarische Kulturgeschichte

Prestel-Verlag München

Lizenzausgabe mit Genehmigung des Prestel-Verlages,
München, für Weltbild Verlag, Augsburg

Reproduktion: Brend'amour Simhart & Co. München
Gesamtherstellung: Passavia Druckerei GmbH Passau
Printed in Germany
ISBN 3-89350-871-6

Aus dem Inhalt

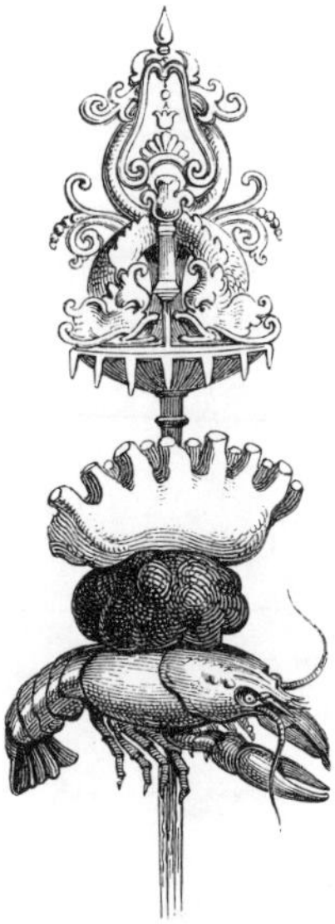

1 Was der gut bürgerliche bayerische Mittagstisch 1813 alles bot: Reh, Hase, Spanferkel und Kapaun, Taube, Huhn und Ente, Krebse, Hecht und Lachsforelle. Bemerkenswert ist dabei, daß es in Altbayern, vom Hof bis zum Bürgerhaus herab, schon der guten Suppe wegen, täglich als ersten Gang oder als Hauptgang ›Ochsenfleisch‹, also gekochtes Rindfleisch gab.

Baierischer Küchenkalender auf das Jahr 1813.

April, oder Ostermonat hat 30 Tage.

Wochen. Tage. Tage der Heiligen.	Suppe.	Voressen.	Fleisch, oder Fisch.	Gemüs.	Braten.	Salat.
1. Donnerstag. Hugo B.	Speckknödel.	Kalbslunge.	Ochsenfleisch.	Eingebrannte gelbe Rüben.	Gefüllte Tauben.	Kartofeln.
2. Freytag. Franz. v. Paula.	Gebackene Fischsuppe.	Schnecken mit Sardeln.	Langfisch -aufgebrennt.	Sauerkraut mit Briken.	Geb. Frösch im Taig.	Zikori.
3. Samstag. Rosimunda J.	Geb. Schnittelsuppe mit Leberwürsten.	Frikentchen.	Haubichte Küchelн.	Spinat.	Zwetschgen-Bafesen.	Gedörrte Weichsel.
4. Sonntag. Isidor B.	Marchknödel.	Tauben auf Wildart.	Ochsenfleisch.	Gedünsteten Wersich	Nierenbraten.	Ausstecher.
5. Montag. Vincentius Fer.	Leberspätzel.	Gedünstete Leber.	Kalbsknochen.	Erdäpfel mit gelben Rüben.	Hirnbafesen.	Karifiol.
6. Dienstag. Sixtus P. M.	Schwarze Brodsuppe.	Gespickte Prißel, und Eitterln.	Gebackenen Kalbskopf.	Quittenmuß.	Stafaten.	Brunnkreß.
7. Mittwoch. Epiphan.	Kräutelsuppe.	Kälberfüß.	Lungen oder Gehackschmarn	Sauerkraut.	Karmonadel.	Zelleri.
8. Donnerstag. Irenäus B.	Geselchte Fleischknödel.	Hünnchen in der Weinsoß.	Ochsenfleisch.	Weißkohl.	Gebratene Kalbskeil.	Saure Ramsoß.
9. Freytag. Mar. 7. Schm. Kl.	Krebssuppe.	Krebsstrudeln.	Gebackenen Stockfisch.	Gedünsteten Wersich	Gebratenen Hecht.	Rannen.
10. Samstag. Ezechiel Proph.	Schwamerling.	Frösch in der Soß.	Geb. kleine Dopfnudeln.	Sauerkraut.	Geb. Frösch.	Feldsalat.
11. Sonntag. Leo I. P.	Magaroninudel.	Hünnchen in der Karisiolsoß.	Ochsenfleisch.	Eingesottene Gurken.	Gebratene gefüllte Tauben.	Rannen mit Entisien.
12. Montag. Zeno B. M.	Fleckchensuppe.	Kälberkröß in Roßmarinsoß.	Hufeisen von Brandtaig.	Aufgelaufnes Kindsmuß.	Gedünsteten Kalbskeil.	Eigesottene Gurken.
13. Dienstag. Hermenegild K.	Semmelknödel.	Junges von Enten.	Kalbsknochen.	Gedünstete Rannen.	Enten.	Steinkreß.
14. Mittwoch. Tiburtius M.	Gerollte Gerste.	Kuttelfleck.	Gebackene Kälberfüß.	Gedünsteten Sauerampfer.	Boeuf a la mode.	Hopfenspargel
15. Donnerstag. Grundonnerstag.	Gedünstete Rognersuppe.	Frikasirte Frösch.	Laperdon.	Sauerkraut.	Laxforellen.	Sardellen-Soß.
16. Freytag. Charfr. Turib. B.	Durchgetriebene Erbsen.	Gedünstete Rutten.	Wepsennest.	Gedörrte Kirschen.	Hecht.	Hering in Essig und Oel.
17. Samstag. Chars. Rudolph.	Hechtenkopfsuppe.	Aufgeschnittelte Eierspeis.	Frösch in der Petersilsoß.	Aepfelschmarn.	Fischkarmonadel.	Nissel.
18. Sonntag. H. Osterf. Georg.	Gedünstete Wersichsuppe.	Junges vom Reh.	Ochsenfleisch.	Gefüllte Kohlrüben.	Spanfärkel mit Senf.	Geselchte Schweinskeil.
19. Montag. Ostermont.	Butterknödel.	Hünnchen in Blut gedünstet.	Ochsenfleisch.	Blau Kohl.	Kapaun.	Spanfärkel-Sulze.
20. Dienstag. Agnes J.	Lungenkrapfel.	Hasenläufe.	Ochsenfleisch.	Gefüllte Kohlrüben.	Gefüllte Kalbsbrust.	Ausstecher.
21. Mittwoch. Anselmus B.	Erbsen mit geselchtem Fleisch.	Ochsenzunge in der Hagebuttensoß.	Semmelstrauben.	Rübenkraut mit abgebr. Leberwürsten.	Gebackene Leber.	Eingesottene Gurken.
22. Donnerstag. Soter u. Kaj. M.	Speckknödel.	Kalbslunge.	Ochsenfleisch.	Spinat.	Gedünstete Kalbskeile.	Entisien.
23. Freytag. Adalb. B.	Linsen.	Karpfen in Blut gedünstet.	Zwetschg. Torten v. Butter.	Gesottene Zwetschgen.	Laxforelle.	Nüssel.
24. Samstag. Fidelis M.	Geriebene Semmelgerste.	Gedünsteten Ochsenschweif.	Brandnudels.	Lungenmußauflauf.	Spießvögel.	Angelotten.
25. Sonntag. Phil. u. Jak.	Bratsuppe.	Hünnchen auf Wildart.	Ochsenfleisch.	Blaukraut mit abgebräunt. Leberwürst.	Kalbskeile.	Häuptchen-Salat.
26. Montag. Hildegard P.	Geriebene Gerste.	Kuttelfleck in der Soß.	Gehackschöttel.	Rübenkraut.	Gefüllte Trauben.	Bisolensalat.
27. Dienstag. Peregrinus.	Kräutelsuppe.	Boeuf a la mode.	Ochsenfleisch.	Eingebrannte Kohlrüben.	Gebratene Hünnchen.	Gartenkröß.
28. Mittwoch. Vitalis M.	Leberknödel (Knopfe).	Eingemachte Kälberfüß.	Spritzstrauben.	Spinat.	Karmonadel.	Zikorien.
29. Donnerstag. Petrus M. Robert.	Geschnittene Nudeln	Ochsenzunge in der Roßmarinsoß.	Ochsenfleisch.	Sauerkraut mit Bratwürsten.	Gespickten Haasen.	Saure Ramsoß.
30. Freytag. Kath. v. Sien.	Krebssuppe.	Frösche.	Aufgeg. Nud. in Krebsbutter	Süßen Ram mit Zucker.	Nersling gebr. in Essig.	Zitronen.

Den 1. um 8 Uhr 42 Min. vorm. das Neulicht trüb, windig, Regen, Sonnenschein.

Den 7. um 11 Uhr 15 Min. ab. das erste Viertel, schön. warm, Donner.

Den 15. um 6 Uhr 5. Min. ab. das Vollicht, heitre, stille Luft, Reif.

Den 23. um 9 Uhr 12 Min. ab. das letzte Viertel, schöne warme Witterung.

Den 30. um 5 Uhr 1 m. abends der Neumond, sehr warme schöne Tage, öfters Hochgewitter und Regen.

Bayern tafelt!

Bayrischer

Küchenkalender

für sechs Schüsseln

auf alle Tage des Jahres

und

zwar an jedem Tage mit Veränderung der Speisen.

München.

Bey Ign. Jos. Lentner, Buchhändler zum schönen Thurme.

1813.

2 Von erstaunlicher Vielfalt und phantasievoller Abwechslung waren die Küchenzettel, die der renommierte Münchner Buchhändler Ignaz Josef Lentner für alle Tage des Jahres zusammengestellt und 1813 in seinem ›Bayrischen Küchenkalender‹ herausgebracht hat. Gegenüber der Vorschlag für den Monat April.

Tafelt Bayern wirklich? Bei Schweinsbraten und Leberkäs? Ist nicht die bayrische Küche als hausbacken, deftig, ja sogar als primitiv verrufen? Und ist ›Tafeln‹ nicht ein zu hoch geschraubter Begriff? Zeit lassen, sagen die Bergsteiger, wenn sie Schritt vor Schritt setzen – so wie auch hier die hohe, altbaierische Eßkultur, eben das Tafeln, langsam, Schritt für Schritt geschildert werden soll. Sie ist sehr alt, die gute bayrische Küche, ja sie hatte sogar einen hohen Standard, der sich aus einem glücklichen Zusammentreffen von vielerlei Umständen ergab. Durch die günstigen klimatischen Verhältnisse, den guten Ackerboden, dadurch, daß es den Schnittpunkt wichtiger Verkehrs- und Handelswege bildete, wurden Bayerns Charakter und die Ansprüche seiner Bevölkerung geprägt; es entwickelte sich ein genußfähiger, aufgeschlossener und eigenständiger Volksstamm. Früh schon wurden enge Beziehungen mit dem Süden gepflegt, und durch die Bezwingung der Alpenpässe nahmen fremde Kulturen und auch alles, was das Leben reicher und schöner machte, Einfluß auf Bayern – auch die Eßgewohnheiten eines kulinarisch reichen Landes. Denn Italien ist die Mutter der europäischen Küche und nicht Frankreich, wie meist angenommen wird. Frankreich, ein rein bäuerliches Land mit dem ›Wasserkopf‹ Paris, war, allerdings wesentlich später als Bayern, in seinen Eßgewohnheiten gleichfalls ein Schüler Italiens, hat aber dann durch den ›Import‹ zweier Fürstinnen, Maria und Katharina von Medici, sehr rasch viel dazugelernt, ja bald weltweit für sich den Anspruch erhoben, die beste Küche Europas zu haben. Besonders seit der Regierung des Sonnenkönigs richtete sich die große Welt der damaligen Zeit nicht nur in Sprache, Kleidung, Manieren, sondern auch in der Kochkunst nach französischen Vorbildern, und so kam es, daß das Bewußtsein anderer, selbst älterer Kulturäußerungen schwand.

Die Geschichte Bayerns zeigt aber stets mehr Verbindungen zum Süden auf, sowohl dynastische wie familiäre, künstlerische wie merkantile, und nicht zuletzt eben auch kulinarische. Bayrische Fürsten mit großem Geleit, Kaufleute, Soldaten, Kleriker zogen in den Süden; Maurer, Stukkateure, Zuckerbäcker, Maler und Musiker, Schauspieler, Diplomaten und viel anderes Volk kamen herauf, und alle brachten ihre Gewohnheiten, ihre Kennt-

3 Die Nachahmung fremder Küchengewohnheiten und ausländisches Essen sind nicht erst eine Modeerscheinung unserer Zeit, sondern waren auch im Bayern des 18. Jahrhunderts zumindest nicht so selten, daß nicht etwa ein französischer Wirt dabei sein Auskommen gehabt hätte. Hier die geschmackvolle Geschäftskarte in französisch, deutsch und italienisch des Traiteurs und Weinwirts zum Goldenen Löwen in der Schwabinger Gasse (heute Theatinerstraße) in München.

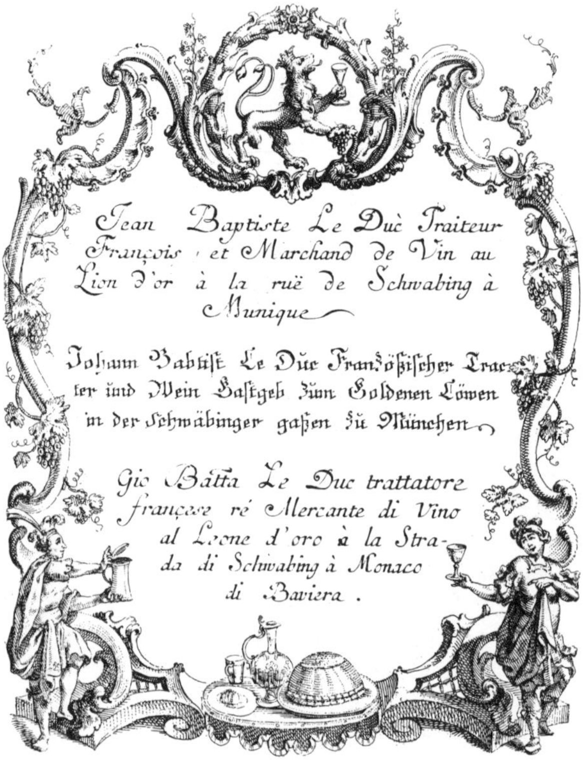

nisse, ihre Eigenheiten mit. So konnte man hier wie dort viel Gleichartiges essen und trinken, soweit es eben Landschaft und Klima zuließen. Insgesamt aber war das ganze damalige Europa daran beteiligt, eine interessante und abgerundete Küche zu schaffen. Natürlich galt es auch in Bayern über Jahrhunderte hinweg als vornehm, die französische Kost nachzuahmen, ja bis zum Überdruß zu malträtieren; als aber dann die beiden großen Kriege über die Kochkunst hinweggingen, war aller teurer Spuk vorbei, bis sie langsam, ganz langsam wieder erblühte, aber mit neu aufgepflanzten Reisern. Von der guten, alten bayrischen Küche war nur noch wenig übriggeblieben. Die einen haben sie ganz verlernt, die andern verfälscht und derbe Wirtshauskost als Schmankerl herausgehoben. Andere haben fremde Speisen wie ›Schaschlik‹ und ›Fondue‹, ›Steak Hawaii‹ und ›Ente chinesisch‹ für die neue Offenbarung gehalten. Heimatvertriebene haben ihre Gerichte mitgebracht und in Wort und Tat verbreitet, und nicht zuletzt haben Diät- und Modespeisen, kulinarische Reiseerinnerungen und versnobte Kochbücher das ihre dazu getan, daß die gute bayrische Küche immer mehr überlagert und vergessen wurde. Dieses Buch soll nun aufdecken, warum sie wie ein versunkener Schatz hebenswert ist.

Da die bayrische Küche auf einer langen Tradition und auf Einflüssen von außen beruht, kann sie hier nicht als Einzelerscheinung, sondern nur eingebettet in den Entwicklungsstand ihrer Umgebung und ihrer Zeit behandelt werden. Aus diesem Grunde ist es notwendig, ein, wenn auch beschränktes, so doch genügend verständlich gemachtes Bild der Vergangenheit zu zeigen, in dem die bayrische Kost als Teil der allgemeinen Kulturgeschichte immer wieder mit ihren typischen oder besonderen Spezialitäten auftaucht.

Weinbuch:
Von Baw/Pfleg vnd Brauch des Weins: Allen Weinbaw Herren/Weinhändlern/Wierthen vnd Weinschencken sehr notwendig zu wissen.
Daneben auch von anmachung/erhaltung/vnd wider zu rechtbringung der Kreuterwein/Brandwein/Essig/Meth vnd Bier/vnd wie dieselbige langwirig erhalten werden mögen.
Durch Johann: Rasch zu Wien an tag geben.
Getruckt zu München/bey Adam Berg.
Mit Röm: Kay: May: Freyheit nit nachzu trucken.

4 Bayern gilt heute – sieht man einmal von Franken ab – als Bierland. Das war nicht immer so. In früheren Zeiten wurde auch in dem vom rauheren Alpenklima beeinflußten südlichen Bayern Wein gebaut, wie viele Flurnamen noch bezeugen, und in Wasserburg am Inn gab es beispielsweise im 17. Jahrhundert mehr Weinschenken als Bierwirtschaften. Aus gutem Grunde konnte deshalb der Österreicher Johann Rasch sein ›Weinbuch‹ dem Herzog Wilhelm v. von Bayern widmen und 1582 in München bei dem berühmten Frühdrucker Adam Berg erscheinen lassen. Er lobt darin nicht nur die Kunstfertigkeit der bayerischen Weinhauer, die damals übrigens den Hauptanteil an Weinbergsleuten in Österreich stellten, sondern rühmt auch die bayerischen Wirte als besonders geschickt und erfahren im Umgang mit den Weinen, sei es die eigenen oder jene von Rhein und Neckar, Franken, Elsaß, Württemberg oder Österreich, vom Bodensee und Etschland.

Bayrische Schmankerl

5 Was für Altbayern die Schweinshaxe, für Schwaben die Spätzle, das sind für Franken, insbesondere aber für Nürnberg die Bratwürste. Sie galten schon im 17. Jahrhundert als besondere Spezialität wie die vielgerühmte Riesenbratwurst beweist, welche die Metzgerzunft 1658 anfertigte und im Triumphzug durch die Stadt führte: Sie war 432 Meter lang, wog 184 Kilogramm und mußte von 12 Burschen getragen werden.

Wie schon erwähnt, hat die Küche Bayerns starke Einbußen erlitten und ist vom geraden Weg einer eigenständigen Kostform abgekommen. Ein gutes Beispiel dafür ist das ›Schmankerl‹, denn auch dieses hat sich bis zur Unkenntlichkeit verwandelt.

Ein echtes bayrisches Schmankerl hat nämlich nichts, gar nichts mit Leberknödel und Sauerkraut, Leberkäs und Schweinsknöcherl, mit Brat- oder Weißwürsten, mit Brezen und Radi zu tun. Das ist sowohl Wirtshaus- wie Brotzeitkost, nicht aber Bestandteil der gepflegten Familienküche. Ein wirkliches Schmankerl ist etwas Feines, Kleines, Zartes, Delikates, etwa ein gebackenes

Abbildung der bratwurst. welche von den Knechten des Metzgerhandwercks. den. 8 Feb. 1658. in der Statt von irer Zwölffen herumb getragen. ihre Lenge 600. und 58. Ehlen an gewicht 500. und 14. Pfund. die stangen ward 49. werck Schuch lang.

6 Ein Besuch im ›Nürnberger Bratwurstglöckle‹ gehörte einst ebenso zum Pflichtprogramm eines Reisenden, der auf sich hielt, wie eine Visite im Münchner Hofbräuhaus oder im Würzburger Heiliggeistspital. Der bekannte Humorist Wilhelm Busch hat die typische Atmosphäre solcher Sehenswürdigkeiten, deren altdeutsch stilisiertes Interieur in auffallendem Gegensatz steht zum modischen Habitus der teils bildungsbeflissenen teils gelangweilten Touristen, in diesem Holzstich von etwa 1860 treffend charakterisiert.

Brieserl, eine Gansleber, ein Stück gebratene Kalbsniere, ein gespicktes Fasanenbrüsterl, ein Spargelomelett, eine saftige Dampfnudel oder ein gebratener Apfel. Bei Hofe zum Beispiel gab's ›Creme aux Schmankerl‹, ›Koch aux Schmankerl‹, ›Mousse aux Schmankerl‹, eine nette sprachliche Mischung aus bayrisch und französisch, aber der Herkunft und dem Rezept nach ganz bayrisch. Und das Schmankerl dabei war eben das Kleine, Feine, das braunkrustige Ramerl (Krustel) aus Milch, Butter und Zucker bestehend, wie man es bei Mehlspeisen, wie Kindsmus (Koch), Dampfnudeln, Aufläufen vom Boden der Pfanne abkratzt. Man hat diese Ramerl sogar extra hergestellt, indem man in einer gut gebutterten Pfanne eine ganz dünne Schicht Mehlmus anbraten ließ und dies immer wiederholte. Die Krusten, jeweils mit dem Scherrer (Nudelschaufel) abgekratzt und aufgerollt, wurden als Ramerl dann zum Garnieren und Verfeinern auf die Speisen gelegt und gaben ihnen das Attribut: ›aux Schmankerl‹. Erst viel später hat man fälschlicherweise auch Preßsack und Leberwürste als Schmankerl bezeichnet, so wie die ›Kurze‹ oder die ›Wichs‹ (die

Briesragout Exquisit

In eine zarte, weiße Butterschwitze gibt man Stücke von einem gekochten, geputzten Bries (Kalbsmilch), Würfel von gekochter Hühnerbrust, 10-12 Krebsschwänze (Scampi), etliche Spargelabschnitte und Artischockenböden und 5-6 große, grob geschnittene Champignons. Man würzt mit wenig Rahm und Sherry, Salz, Pfeffer, Muskat, Estragonessig, einer winzigen Prise Zucker und Petersilie nach.

Lederhose) zur ›Sepplhose‹ wurde, obwohl sich dieser nordische Spitzname natürlich in Bayern nie verbreitet hat.

Solche Begriffsüberlagerungen sind zwar alltäglich, aber gerade hier von Bedeutung, weil das heutige, so mißverstandene bayrische Schmankerl, diese derbe Gasthauskost, sehr leicht Zweifel aufsteigen läßt, ob denn die bayrische Küche jemals so gut war, daß man von einem echten ›Tafeln‹ sprechen kann. Deshalb soll gerade das so häufig und falsch zitierte Schmankerl hier Zeugnis für den großen Unterschied zwischen der herkömmlichen bayrischen Feinküche italienischer Herkunft und dem heutigen Mischmasch aus Derbkost, internationalen Speisen und Nouvelle Cuisine ablegen.

7 Wenn auch eine frische Halbe schäumenden Bieres und eine einfache, aber schmackhafte Brotzeit – wie sie dieses Stilleben von Johann Wilhelm Preyer vorführt – das Herz eines Bayern zu jeder Zeit höher schlagen läßt, so ist damit doch beileibe nicht der Katalog heimischer Gaumenletzen erschöpft: Die Brotzeit ist kein Ersatz für genußvolles Tafeln, wohl aber ein Zwischenessen, das Urwüchsigkeit, Appetitfreude und Geselligkeit in harmonischer Weise vereinigt. Bevorzugter Ort solch volkstümlichen Genießens war im München des 19. Jahrhunderts der Bockbierkeller. Die Bockbiersaison wurde genauso ungeduldig erwartet und ausgelassen gefeiert wie heutzutage die Starkbierzeit. Es gab besondere Bockbiergläser, ein eigenes ›Münchner Bock-Blatt‹ lieferte die aktuellen Unterhaltungsthemen und der traditionelle Bockwalzer feuerte die bierselige Stimmung weiter an. Wie so manches, was heute als typisch bayerisch gilt, war auch das Bockbier ein Import: Sein Name und seine Brauart leiten sich von dem norddeutschen Bierort Einbeck ab, dessen starkes Bier seit dem 16. Jahrhundert in Bayern bekannt und nachgeahmt wurde.

Zwetschgen-Dampfnudeln

Ein einfacher Hefeteig wird zu Nudeln ausgedreht. Man läßt sie unter einem Tuch gehen und setzt sie dann in einen breiten Topf, in dem etwa 2 cm hoch eine Zwetschgenbrüh steht. Es handelt sich dabei um aufgekochte Dörrzwetschgen, die noch mit etwas Zucker und nach Belieben mit Zimt abgeschmeckt wurden. In diesem Kompott werden nun die Nudeln, sehr gut zugedeckt, damit sich Dampf entwickeln kann, gargedämpft. Sie bekommen zwar keine so schönen Ramerl wie die in Milch und Butter aufgezogenen Dampfnudeln, werden dafür aber saftiger.

Das Tafelwesen

Das frühere Europa muß als Einheit betrachtet werden, insbesondere was Bildung, Wissen, Sitten, Mode, Handel, ja oft sogar was Sprache anbelangt. Bayern schloß sich, wenigstens in der maßgeblichen Schicht, davon nicht aus. Das allgemeine ›Weltbild‹ war also auch das bayrische, und deshalb soll es hier als das über alle Grenzen laufende Zeitkolorit eingehender betrachtet werden, um den Hintergrund erkennen zu lassen, vor dem sich die bayrische Kochkunst abspielte.

Das älteste Tafelwesen war infolge der gegebenen Möglichkeiten natürlich noch recht primitiv. Der Tisch, zunächst nur aus rohbehauenen Bohlen bestehend, war rauh und nackt und beim kleinen Mann in der engen Stube natürlich nicht sehr groß; er wurde für die tägliche Arbeit ebenso benutzt, wie für das Essen aus einfachen Töpfen und Näpfen. Nur bei besonderen Anlässen, etwa bei einer Hochzeit, deckte man größere Tafeln, gelegentlich auch ausgehängte Türen, auf Holzböcke gestellt, um sie dann wieder ›aufzuheben‹. Daher rührt der noch heute gebräuchliche Ausspruch ›eine Tafel aufheben‹.

Auf den Burgen oder bei Hofe wie auch im Kloster war der meist große Tisch, in einem eigenen Raum, dem Speisesaal oder Refektorium, eine feste Einrichtung, aber er bestand auch nur aus behauenen, dicken Balken.

Viele bedeutende Künstler aus alter Zeit, vor allem bayrische, wie Daniel Hopfer, Michael Wolgemut, Hans Weidiz, Jost Amman, Albrecht Dürer und andere, haben Essen und Trinken, das Tafeln und Wohnen, Tisch und Kredenz, Herd und Koch gerne als Bildvorlage oder wenigstens als Staffage benützt, so daß wir gut unterrichtet sind, wie sich die tägliche ›Küche‹ bei der höheren Gesellschaft oder auch bei den einfachen Bauern abgespielt hat. Sie war ja zu allen Zeiten, bei allen Völkern stets von großer Bedeutung und spiegelt sich gerade in Bild und Buch getreulich wider, gleichgültig, ob der Vorwurf religiös oder profan war. Man weiß daher aus einer Unzahl von detailgetreuen Abbildungen sehr viele Einzelheiten über die damalige Tischkultur: zum Beispiel, daß man bei festlichen Gelegenheiten die Tische mit Teppichen, Gobelins, Stücken von Brokat oder Samt schmückte. Diese Textilien haben aber schon bald ihre Unbrauchbarkeit erwiesen, zudem

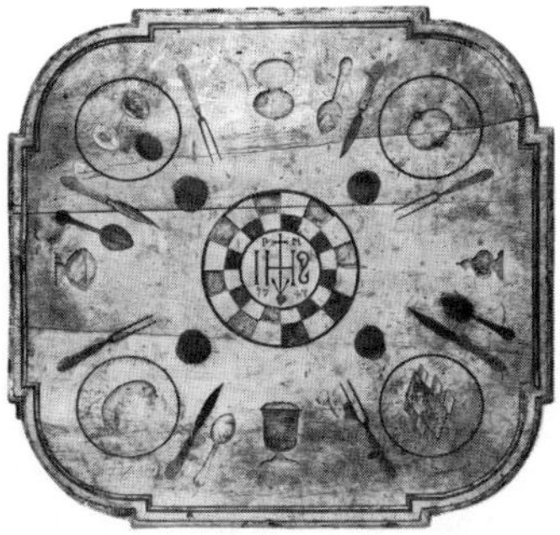

8 Im bildfreudigen bayerischen Barock erfuhr auch der einfache bäuerliche Tisch oft eine phantasievolle Verzierung. Auf der Platte dieses 1743 entstandenen Tisches wußte ein einfallsreicher Landschreiner den Eindruck einer gedeckten Tafel hervorzurufen. In täuschender Einlegearbeit erscheinen hier nicht nur Geschirr, Besteck, Gewürzgefäße und die obligate Tischsemmel, sondern sogar die Speisen auf den Tellern: Eier, Wurst, Ripperl und Kartoffeln.

Gansschmalz-Topf

Eine Tasse Gänseschmalz verkocht man mit 1 geschälten, fein aufgerissenen sauren Apfel und 1-2 geriebenen Zwiebeln, Salz, etwas Majoran, ein wenig Thymian und Pfeffer. Das Schmalz wird gut durchgeschmort und in kleine Töpfchen verteilt. Es dient als Brotaufstrich.

hatte sich auch die Leinenweberei zu einem künstlerischen Gewerbe entwickelt. Damast, eine durch die Kreuzzüge importierte figürliche Webkunst aus Damaskus, begann nun die reichen Tafeln zu bedecken. Man konnte Jagdszenen, exotische Blüten, Weinernten, religiöse und jahreszeitliche Motive, in feinste Leinentücher gewebt, erkennen, von denen heute noch Reste in unseren Museen zu bewundern sind. Die Tische waren schmal und oft lang, und die Decke mußte, je vornehmer, desto länger, bis zum Boden herabhängen. Häufig waren diese Tafeltücher mit üppigen Falten um die Tischkanten versehen und dienten damit zugleich als Servietten. Am Rand waren sie nicht selten mit Borten oder Fransen verziert oder bestickt, wenn es sich nicht um eingewebte

9 Seiner hervorragenden Stellung entsprechend tafelte der Herrscher allein an einem eigenen Tisch, der später sogar um ein bis vier Stufen erhöht und von einem Baldachin überwölbt erscheint. Auf diesem 1491 von Dürers Lehrer Michael Wolgemut geschaffenen Holzschnitt zur Geschichte des Königs Salomo lassen sich gut die Tischsitten jener Zeit studieren: Das Servieren einer ›Tracht‹ von drei übereinandergetürmten Gerichten, das Vorschneiden, das Kühlen des Weines, die verschiedenen Formen des Brots oder die schöne Silbertreibarbeit des gotischen Trinkbechers, nicht zuletzt auch die Tafelmusik mit Schalmei und Trompete. Besonders bemerkenswert dabei ist, daß der König bereits von einem ekkigen Holzbrettchen, dem Vorläufer des runden Holz- oder später Silber- und Zinntellers, speist, während sein Gefolge noch aus gemuldeten Brotfladen ißt.

Damastmuster handelte, für die unter anderen auch Martin Schongauers Holzschnitte als Muster dienten. In Nürnberg kam im Jahr 1601 sogar ein ›Newes Model-Buch‹ von Johann Sibmacher für die damals in großer Blüte stehende Damastweberei heraus.

Zeitgenössische Darstellungen geben auch über Rang- und Sitzordnungen bei einem Mahl Auskunft: Zunächst speist der König allein, dann erhöht, oft auch unter einem Baldachin, und nur von seinen höchsten Rittern und männlichen Angehörigen umgeben; edle Damen wurden bei einer solchen Tafel nur als Bedienungen zugelassen, später durften sie dann, den Herren gegenübersitzend, selbst daran teilnehmen, und erst allmählich setzte sich die ›bunte Reihe‹ durch. Auch halbkreis- oder hufeisenförmige Tafeln, später phantasievoll gebogene Tische, ähnlich wie Rokokohecken, zu Initialen geformte Tafelanordnungen waren dann in Mode gekommen. Wichtig dabei war immer die Mitte, der Ehrensitz der höchstbewerteten Persönlichkeit.

Die Tischordnung, die heute noch mancher Hausfrau und wohl auch dem Protokollchef jeder Regierung Kopfzerbrechen macht, war früher eine ganz besonders wichtige, hochzeremonielle Angelegenheit. Bei kleinsten Formfehlern konnten Streit und Kränkungen entstehen, denn der im wahrsten Sinne des Wortes ›Zurückgesetzte‹ war beleidigt. Bei jeder Bauernhochzeit hat ja auch heute noch jeder seinen gewichtigen, genau bestimmten Ehrenplatz.

Von Eßgeschirr und Tafelzier

Das Eßgeschirr bestand, je nach Vermögenslage und örtlicher Gegebenheit, aus Holztellern und -schüsseln, gelegentlich auch aus Ton. Man kannte Bronzebecken, silberne Schüsseln und Platten, auch schon Glas, aber das alles wurde zum Auftragen der Speisen oder als Tafelschmuck benutzt, man aß nicht daraus. Jeder nahm sich mit den Händen seine Portion aus der für alle in der Mitte stehenden großen Schüssel und legte zu heiße oder zu große Teile auf große, flache Brotfladen ab. Die runden Gegenstände am Platz der einzelnen Esser auf alten Bildern waren also nicht grob geformte Teller, sondern eben diese eigens zu diesen Zweck gebakkenen flachen Brote. Wenn sie sich voll Soße und Gemüse, dem vielfach zu Mus verkochten Essen, gesogen hatten, wurden sie nach dem Mahl als ›die Brosamen, die vom Tisch der Reichen fallen‹ an die Bettler verteilt, die üblicherweise nach jedem großen Essen anwesend waren. 1530 schreibt Erasmus von Rotterdam, daß er auf einer Reise durch Bayern »Zur rechten Seite das sauber gereinigte Messer, zur linken das Brot« fand.

10 Mit zu den ältesten Kochgeräten zählt der Bratspieß: Hier verwendet ihn der herrschaftliche Koch des späten 19. Jahrhunderts zum Aufziehen der einst so beliebten Krammetsvögel. Das schmackhafte Fleisch dieses auch Wacholderdrossel genannten Vogels erhielt durch dessen bevorzugte Nahrung, eben die Wacholderbeeren, eine bitter-pikante Note.

Die Eßweise, vielmehr der Mangel an passenden Geschirren, hat auch das Kochen bestimmt. Es gab große Braten am Spieß oder Geflügel, die vom Truchseß, Vorschneider oder Transchiermeister entsprechend aufgeschnitten und verteilt wurden. Alles andere wurde ragoutartig oder zu Mus gekocht oder zu einer Art Knödeln geformt, damit man es mit einem Stück Brot, mit dem Löffel oder mit den Fingern essen konnte.

Als Vorläufer des Tellers gilt das zunächst eckige Holzbrettchen. Noch im Jahr 1491 speist der König auf dem Holzschnitt des Nürnberger Künstlers Michael Wolgemut auf einem Holzbrettchen, seine Gäste dagegen auf Brotfladen. Das Bild ist wie viele Darstellungen aus dieser Zeit bis in die alltäglichste Kleinigkeit naturgetreu. Alles Gerät, die Trachten und die Räumlichkeiten sind mit einer ausgesprochenen Erzählerfreude getreulich wiedergegeben, so daß sie kulturhistorisch von höchstem Wert sind. Die Werke der Meister, die im süddeutschen Raum tätig waren, sind für die bayrische Culinaria natürlich besonders interessant, denn sie zeigen uns Einzelheiten über Tischgewohnheiten und Eßgeräte.

Zurück zur Tafel. Sogar das bescheidene Holzbrettchen hat allmählich eine Veredelung erhalten, indem man es mit Vertiefung, Randrillen oder einfachem Schnitzwerk versah und später sogar bemalte. Zum Essen und Schneiden von Fleisch, soweit schon mehrere Messer gebraucht wurden, hat man es dann einfach umgedreht, wie erhaltene Stücke beweisen. Aus diesem eckigen Brettchen hat sich der rund gedrehte Holzteller und dann die mehr oder weniger tief ausgehöhlte Schüssel oder Schale entwickelt, oft aus edlem Hartholz gefertigt oder gekerbt, geschnitzt, poliert und bemalt. Einer alten Rechnung zufolge kaufte der Nürnberger Paulus Behaim 1564 gleich fünfzig große Ahornteller. Ihr Gebrauch ist also durchaus ›salonfähig‹. In weniger begüterten Kreisen hatte aber längst nicht jeder Speisende sein eigenes Brettchen oder gar schon einen Holzteller, man mußte sowohl Teller als auch Trinkbecher mit den Tischnachbarn teilen. So erwähnten es jedenfalls die damals geschriebenen Anstandsbücher, die sogenannten Tischzuchten.

Das schlichte Holzbrettchen, dann den Holzteller hat später, im 16./17. Jahrhundert, der Zinnteller abgelöst; anfangs nur eine flache, runde Platte und erst im Lauf der Zeit vertieft und mit mehr oder weniger breitem Rand versehen, hielt er sich im Bürgerhaus bis weit ins 19. Jahrhundert hinein und ist heute eine sehr gesuchte Rarität, besonders, wenn er mit Initialen und Jahreszahlen versehen ist.

Da alles Eß- und Kochgerät handgearbeitet und von solider Qualität war, konnte es über Generationen benutzt werden und

Faule-Köchin-Suppe

Von rohen Bratwürsten drückt man jeweils ein Kugerl Wurstbrät, so groß wie ein Daumennagel, heraus und läßt es in die kochende Suppe fallen. Diese Bratwurstnockerl werden etwa 10 Minuten leicht ziehend durchgekocht; zuletzt gibt man Petersilie und nach Belieben auch noch etliche weichgekochte Fadennudeln in die Suppe.

wurde so zum geschätzten Erbgut, wie etwa die schweren, dreifüßigen Bronzekessel, die in der Küche und auf der Tafel Verwendung fanden, wie Küchenbilder und die ersten Kochbücher beweisen.

Durch die sorgfältig aufbewahrten Aufzeichnungen der Stadtbücher sind uns genaue Angaben überliefert, was zum Beispiel der Rat von München, Nürnberg oder Regensburg für das Abhalten von Festmahlzeiten benötigte. Künstler wurden beauftragt, große Mengen von Geschirr, Gläsern und Bechern als Tafelschmuck zu gestalten: Im Jahre 1406 haben die Maler Stephan und Gabriel Mäleßkircher (Maechselkircher) die Schenkkandeln für die Stadt mit dem Münchner Wappen-Mönch geschmückt und der Zinngießer Hans mußte 1458 vierzig vorhandene Schenkkandeln für einen bevorstehenden Fürstenbesuch reinigen; 1464 kaufte dann die Stadt »100 schoen weisse taelir«. 1507 lieferte ein Zinngießer aus der Rosengasse in München zweiundvierzig Zinnteller für 4 Pfund und 15 Pfennige an die Stadtkammer. 1577 und 1578 wurden für das Ziegelmahl zweihundert Teller und achtzehn neue kleine Becher angeschafft. Von 1583 ist bekannt, daß der Stadtschäffler Hartmann Kirchperger zweihundert ›Hellinger däler‹ lieferte und daß für das Steuermahl 200 Teller und 18 neue Becher, für das Schwörmahl 16 Becher und 300 Teller, für das Kammermahl 150 Teller und 18 Becher und zum Wählermahl 16 Becher beschafft wurden. Der Hofschäffler Wolfgang Stöttner hat 1587 für das Steuermahl 200 Teller und 20 Becher und der Schäffler Georg Praidemoser 1604 wiederum 130 Teller und 40 Becher geliefert. So geht die Liste noch endlos weiter und zeigt, daß immer wieder eine Neubeschaffung von Tellern und Bechern nötig war, wahrscheinlich weil sie durch vielen Gebrauch zerschlagen und abgenutzt wurden.

1602 wird von der Beschaffung von venezianischem Glas berichtet. So kaufte die Münchner Stadtkammer dutzendweise Gläser zu den verschiedenen Festivitäten.

1669 entdeckte die Dienstmagd des Kammerknechts Hans Höck 48 große zinnerne Schenkkannen in einem alten Schrank im Rathaus, der wahrscheinlich in einer dunklen Ecke stand und vergessen war. Sie erhielt dafür 2 Genueser Kronen. Sogar noch viel später, 1726, kaufte die Stadt vom Augsburger Zinngießer Sebastian Rueprecht 6 Dutzend Zinnteller und ließ sie von dem Memminger Petschierstecher Johann Georg Schickler mit dem Münchner Stadtwappen verzieren. Auch weiterhin wurden noch derartige, von Nürnberger Künstlern geschmückte, zinnerne Teller dutzendweise erstanden, wie auch Rechnungen für Tischtücher und Handtücher, Zinnbecher und Katzenschwänze zum Reinigen von Zinn in den Ausgabelisten der Münchner Stadtbücher zeigen.

11 Die Trinkbecher des 16. Jahrhunderts zeichnen sich durch ihre Verbindung von gediegener Einfachheit und eleganter Linienführung aus. Vor allem Augsburger Silberschmiede und Münchner wie Nürnberger und Regensburger Zinngießer waren für ihre Erzeugnisse weitberühmt.

Dem Zinnteller folgte für die herrschaftliche Tafel die Prunkschüssel oder Platte aus Messing und Kupfer, häufig verzinnt oder versilbert, sogar vergoldet, später ganz aus Edelmetall. Hatten doch die Fugger ihre eigenen Silbergruben, und die Welser bezogen Silber aus Übersee. Dieses so plötzlich in großem Umfang vorhandene Material gab der bayrischen Tischkultur einen mächtigen Auftrieb ins Prunkhafte, ins Künstlerische. Ein besonders schönes Stück mit dem getriebenen Allianz-Wappen der Nürnberger Patrizierfamilien Volckamer und Behaim steht im Germanischen National-Museum.

Das wichtigste Stück aller Geschirre war lange Zeit hindurch die große Schüssel aus Ton oder Steinzeug, später aus Zinn, Silber und noch später aus Majolika oder Porzellan, die das Ragout, den sogenannten Vierreiß, das Gemüse, die Würste, das Kraut zur Tafel brachte.

12 Daß auch frisches Quellwasser von einer feuchtfröhlichen Runde nicht verschmäht wurde, zeigt diese Szene aus einem Liebesgarten, den ein unbekannter bayerischer Holzschneider um 1520 gefertigt hat.

Da große Küchen, der Feuergefahr wegen, vielfach entfernt oder sogar in eigenen Gebäuden untergebracht waren und daher die Speisen weit getragen werden mußten, hat man sie verdeckt, das heißt, zu zweien oder dreien aufeinandergestellt und mit einem Tuch umhüllt. Sie waren auf diese Weise leichter und sicherer zu tragen und blieben warm. Zudem hatte man in unsicheren Zeiten die Gewißheit, daß unterwegs in die geschlossenen Schüsseln kein Gift gelangen konnte. Von diesen gedeckten Schüsseln ist der Begriff des ›Couverts‹ (gedeckt) geblieben.

Bei einer Beschreibung des Immerwährenden Reichstags in Regensburg anno 1652 ist davon die Rede, daß man Wärmeglocken und Deckelterrinen, Röste sowie Glutpfannen beobachtet hat, also mußte man für das Warmhalten oder Aufwärmen der von weither getragenen Speisen sorgen.

Zusammenfassend kann man beobachten, daß die Erzeugung von alltäglichen Gebrauchsgegenständen, insbesondere von Eßgeschirr durchaus der eigenen Landschaft angepaßt war, weil wenig Bargeld umging und der Handel im flachen Land noch nicht genügend ausgebaut war. Deshalb hat man sich in der einfachen Schicht nach den natürlichen und vorhandenen Grundstoffen gerichtet. So wurde in holzreichen Gegenden, etwa in den Alpen oder den bayrischen Mittelgebirgen, hauptsächlich Holzgerät, auch hölzernes Tischgerät, wie eben diese Brettchen oder geschnitzten und gedrehten Teller, Schalen, Schüsseln, Löffel, oder wo Sand, Quarz und Holz zu finden waren, Glas verfertigt. In Gebieten mit Lehm, wie in Niederbayern, und Ton oder Kaolin, wie in der Oberpfalz, entwickelte sich von der Irdenware über Steinzeug bis zum Porzellan allerlei Keramik-Tischgerät, und in der mittleren Oberpfalz mit ihren vielen Flüssen und Teichen wurden die Weiden zu allen nur denkbaren Geflechten verwendet, die gleichfalls in Küche, Vorratskammer und auf dem Tisch, also im Eßbereich, zur Geltung kamen. Nach Nürnberg, München und Augsburg brachten die verschiedenen Handelshäuser durch ihren weltweiten Handel neben Silber auch Zinn und Kupfer, und sofort nahmen sich auch geschickte Handwerker und Künstler dieser Stoffe an, um sie in edelste Formen zu bringen und ihrer Zeit damit ein prunkvolles Gesicht zu geben.

Eine wesentliche Rolle spielte im Tafelwesen zunächst Zinn. Es war wegen seiner Bildsamkeit zum ›Silber des kleinen Mannes‹ geworden. Zinn war ein sehr beliebter häuslicher Schatz und hat zu bleibenden Schöpfungen angeregt. München, Nabburg, Augsburg, Regensburg und noch so manche andere bayrische Stadt sind als Zentren berühmter Zinngießerwerkstätten bis heute bekannt.

Da Zinn viel handwerkliche Arbeit verlangt, war es stets teuer und wurde in schweren, soliden Ausführungen und in nur typischen Formen hergestellt. Das wiederum machte Erbstücke daraus und läßt heute eine ganz genaue Bestimmung von Meister oder Werkstätte, Zeit und Ort zu. Nicht, daß dies seinen alleinigen Wert ausmachte, aber es ist möglich, gerade den bayrischen Anteil an dieser Kunstrichtung der kulinarischen Alltagskultur zu erkennen, und das ist in diesem Zusammenhang reizvoll.

Bei Hofe und beim Adel, wohl auch im Patrizierhaus, hat man nobel von Silber gespeist. Die Kredenz voll schöner großer Teller und Platten, Aufsätze und Krüge war Geldanlage und Renommierstück zugleich. Man konnte es notfalls wieder einschmelzen, also ›versilbern‹ lassen, was oft in Kriegszeiten geschah, wodurch aber leider auch sehr viel wertvolle Künstlerarbeiten verloren gingen.

Sogar gute Wirtshäuser servierten bald auf Silber, wenn vornehme Gäste vorfuhren. Michel Montaigne berichtet, was er in Kempten im ›Bären‹ erlebte: *Man bediente uns mit großen Silbergefäßen aller Art, die sonst nicht zum Gebrauch, sondern nur zum Staatmachen da sind; sie waren reich gearbeitet und mit den Wappen verschiedener Herren gezieret; man findet sie kaum in großen Häusern (bei uns in Frankreich).* Sicherlich war noch mehr Silber auf der Schaukredenz zu sehen, denn sie wurde in allen Häusern, die etwas auf sich hielten, sehr gepflegt. Bald entwickelte sie sich zu einem mehrstufigen Prunkmöbel, das wiederum Anlaß zu Verordnungen gab, wer zwei, drei oder gar vier Stufen voll Silberzeug zeigen durfte.

In der Barockzeit wurden dann aus diesen schon recht üppigen Kredenzen bei Hofe wahre Altäre des Schaugeschirres mit Baldachin, Wappen, Schnitzwerk, Engeln und allegorischen Figuren. Da konnte man große und kleine Kannen, Schüsseln, Becken, Teller, Pokale, Weinkühler, Salzgefäße, Aufsätze und Schiffe ne-

13 Die Anrichte, die bürgerliche Form der im höfischen Zeremoniell zu großen Arrangements und Prunkbuffets entwickelten Kredenz, ist auf diesem um 1536 entstandenen Holzschnitt von Erhard Schön, in zunächst noch recht einfacher Form, deutlich zu sehen. Sie diente vor allem zum Bereitstellen von Getränken, die dann von Dienern serviert wurden.

14, 15 Berühmt für seine vielen hochqualifizierten Gold- und Silberschmiede war die Stadt Augsburg, die im 17. und 18. Jahrhundert den Markt für edle Speiseservices beherrschte. Im engen Zusammenwirken mit Entwurfskünstlern und Kupferstechern entstanden darüber hinaus zahllose Vorlagenblätter und Musterbücher, welche die phantasievolle Formenwelt des süddeutschen Rokokos in ganz Europa bekannt machten und als sogenannten ›Augsburger Geschmack‹ an allen Höfen verbreiteten. Als Beispiel hier zwei Vorschläge für ein Plateau (Bild 14) und eine Terrine (Bild 15, rechts).

Wildragout mit Rosinen

Beliebiges Wildbret (Reh, Hirsch, Wildschwein oder auch Perlhuhn) schneidet man in grobe Würfel und kocht es mit Zwiebeln, Salz, Pfeffer, reichlich Wacholderbeeren und etwas Rosmarin in Salzwasser zartweich. Inzwischen bereitet man eine kleine braune Schwitze, gibt etwas geriebenes Schwarzbrot dazu, gießt mit Wildbretbrühe auf und schmeckt mit Rotwein oder Weinessig, je einer guten Prise Zucker und Pfeffer würzig ab. Man fügt 1 große Tasse Rosinen sowie geschälte und aufgeschnittene Mandeln dazu. Die Sauce soll dicklich und sehr würzig sein. Man läßt das Fleisch noch kurz einmal darin aufkochen und richtet dann das Ragout in einer tiefen Schüssel mit Blätterteig-Fleurons an. Auch gesalzener Semmelschmarrn dazu ist gut bayrische Art.

ben kunstvollen Gläsern bewundern. 1673 hat der Münchner Hof bei Augsburger Meistern Prunkgeschirre für zwei Büfetts gekauft, und zwar: je einen großen Schwenkkessel, zwei große Schenkkannen, vier Flakons, fünf große Bassins, vier Dutzend Schüsseln, sechs Dutzend Assietten und sechs Leuchter. Sie wurden mit den schon vorhandenen Tafel- und Schaugeräten jeweils bei großen Festen aufgestellt. Auch andere deutsche Höfe kauften in Augsburg ein, was Ruhm und Reichtum dieser Stadt gewaltig vergrößerte. Ebenso leisteten die Nürnberger und Münchner Silberschmiede Hervorragendes. Jedes große Haus hatte seine eigene Silberkammer, und bei Hofe beschäftigte man sogar einen verantwortlichen Silberkämmerer. Der Silberschatz der Münchner Residenz gehört zu den drei größten der Welt und ist wegen seiner Schönheit berühmt. Er ist jetzt wieder in den neuerstellten Prunkräumen zu sehen.

Aus alten Chroniken und Rechnungen sind viele Namen von süddeutschen Silber- und Goldschmieden bekannt, so aus Augsburg die Meister Wachsmut und Habermann. Und in München lebten zwischen 1250 und 1500 etwa 120 Goldschmiedemeister, deren Beschauzeichen meist ein Mönchskopf war. Jedenfalls hatte München mehr Meister als jede andere Stadt um diese Zeit. Einen bleibenden Niederschlag ihrer lukrativen Tätigkeit geben nicht nur die Schätze des Residenzmuseums und des Rates der Stadt, sondern auch die von dreiundzwanzig Meistern 1472 gestiftete Goldschmiedekapelle in der Peterskirche. Das hängt insofern mit der Culinaria zusammen, als bei diesem Kunsthandwerk besonders viel Geld durch die Herstellung von Tafelgerät verdient wurde. Im doppelten Sinn berühmt ist so der Münchner Goldschmied Matthäus Zasinger, dessen Beschauzeichen MZ war und der uns auch gute Kupferstiche seiner Heimatstadt hinterließ, so daß wir in allen Einzelheiten wissen, wie sie um 1500 ausgesehen hat.

Der viel herumgereiste Abbé Chapuzeau erzählte in seinem ›Relation de l'etat présent de la Maison Electorale et de la Cour de Bavière‹ (Paris 1673), daß man am kurfürstlichen Hofe zu München sogar von Gold zu speisen pflegte, was er selbst anläßlich eines Besuchs des Fürsterzbischofs von Salzburg anno 1660 erlebte.

Im Mittelalter galt ja der Besitz von viel silbernem und vergoldetem Prunkgeschirr nicht nur als Ausdruck von Reichtum, sondern vor allem von Kultur und besonderer Ehrung der Gäste.

Am 15. 6. 1685 fand die Hochzeit Max Emanuels mit der erst 16jährigen österreichischen Kaisertochter statt. Dafür wurde »ein goldenes Service von 9 Dutzend Tellern, 6 Dutzend Schüsseln, Schalen, Leuchtern und was sonst noch dazu gehört«, beschafft.

Ludwig II., der ja eine ausgesprochene Vorliebe für das ritterliche Mittelalter hatte, ließ anläßlich der Hochzeit seines Onkels Leopold mit der Erzherzogin Gisela, einer Tochter seiner geschätzten Kusine Elisabeth, sehr viel Silber aus der Schatzkammer im Speisesaal auf Kredenzen und zwischen Blumen aufstellen, um seine Verehrung zu zeigen.

Diese Kredenzen, ehemals kleine Hochschränke, die sich aus der Truhe entwickelt haben, waren neben Tisch und Bank sowie Stuhl und Bett lange die einzigen ›Möbel‹. Sie haben sich bis in die Gegenwart als Träger von aufgestellten Prunkstücken gehalten.

Da gab es getriebene Riesenteller, Kannen, tiefe Deckelschüsseln, Schalen, Platten, große Humpen und Pokale, vielarmige Leuchter und vergoldete Gewürzständer, Salzfässer, Giftschiffe und Konfektaufsätze zu sehen, wie den berühmten Merkelschen Tafelaufsatz, den Wenzel Jamnitzer aus Nürnberg 1549 schuf. Er hatte seinerzeit 1325 Florins, 19 Schillinge und 10 Heller gekostet und wurde um 1900 auf 600000 Mark geschätzt.

Im Münchner Residenzmuseum sind noch Giftschiffe zu sehen, die ihren Daseinszweck als Tafelgerät nur offenlegen, wenn man von der großen, wohl auch nicht immer unbegründeten Angst vor Gift in hohen Kreisen weiß. Die Speisen wurden in oft verschließbaren oder geschlossenen Schüsseln serviert und vom Truchseß und Mundschenk vorgekostet, man glaubte auch an giftanzeigende Materialien, wie Stäbchen aus Einhorn, Drachenzähne, Natternzungen, Halbedelsteine wie Achat, Serpentin, Krötenstein und ähnliches mehr. Da es besonders leicht war, Gift unter Salz zu mischen, wollte man natürlich dieses Gewürz besonders schützen, indem man es entweder in Gefäße aus geschnitztem Einhorn füllte oder mit den genannten Giftanzeigern behängte. Sie sollten sich verfärben, wenn Gefahr bestand. Auch alles Eßgerät wurde in einer verschließbaren Truhe aufbewahrt, zu der nur der Fürst oder der Truchseß den Schlüssel besaßen. Diese Kredenzen (lat. credere) bewahrten Teller, Messer, Servietten und Gewürze auf. Für die Messer, Löffel und Zahnstocher des Herrschers formte man kleine Wannen, aus denen später kunstvolle Schiffe wurden, die allmählich das Hauptstück der Tafeldekorationen wurden. Aus Bergkristall und Achaten, Silber und Gold, edelsteinverziert und mit giftanzeigenden Zahn- und Horngebilden reich behängt, lassen sie deutlich die Mischung von mittelalterlichem Aberglauben und neuer Tafelkultur spüren. Erst im 17. Jahrhundert stellte man diese wertvollen Giftschiffe zu den übrigen Kuriositäten und Prunkstücken in die Schatzkammern.

Diese Giftschiffe oder vielmehr ihre ovale Grundform waren sicherlich auch Vorbilder für die Sauciere, die ja Sammelstätte von Gewürzen sein soll.

Alt-Immenstädter Fischmus

Etwa 750 g Fisch, es kann auch etwas mehr sein, befreit man von den Hauptgräten, Haut, Kopf, Schwanz und Flossen und treibt es zweimal durch die Maschine. Man gibt etwas Mehl, ein Glas Weißwein, Salz, Pfeffer, Zitronensaft, Ingwer, je eine kleine Prise Zimt und Zucker sowie soviel Safran dazu, daß das Mus schön gelb wird. Zuletzt wird es mit viel Schmalz in der Pfanne durchgeröstet und als eine Art Vorspeise zu Tisch gebracht. Das ist ein sehr altes Rezept, aber interessant genug, es zu erproben.

15

Von Holz und Zinn zu Steingut und Porzellan

Die Zeit hat immer schon Neues geboren und so wurden Holz und Zinn für die Mittelschicht allmählich vom Steinzeug abgelöst. Bayern hat eine ganze Menge von bedeutenden Töpfer- oder Hafnerorten aufzuweisen, wo vom einfachsten irdenen Hafen bis zum Hartsteingut, vom primitiven Topf bis zum kunstvollsten Gefäß alle Geschirrarten erzeugt wurden, die das Tafelwesen bereicherten. Neben Tassen, Schüsseln und Schälchen entwickelten sich allmählich vom 16. Jahrhundert an auch große und kleine, flache und tiefe Teller, und die Küche nützte die neu entstandenen Möglichkeiten rasch aus. Bald kamen die lange Zeit vergessen gewesenen Suppen, Kleingerichte, Torten und andere ›Tellergerichte‹ nicht nur der Neuheit, sondern auch des Geschirrs wegen in Mode. Es entstand allmählich das ›komplette Speiseservice‹, das zuerst in Steingut, dann in Majolika oder Fayence und zuletzt, von der 2. Hälfte des 18. Jahrhunderts an, in Porzellan, in Bayern von der Porzellan-Manufaktur Nymphenburg, hergestellt wurde.

Ida Grassl schreibt in ihrem 1940 erschienenen Buch, ›Münchner Brauchtum und Leben im 18. Jahrhundert‹: »daß man seit einiger Zeit gewöhnt sei auf reinem Steingut zu speisen.« Das war schon ein enormer Fortschritt gegenüber dem soviel Putzarbeit verlangenden Holz- oder Zinngeschirr. Zudem brachte die neue Keramik Farbe und erstmals, originelle Formen auf den Tisch, aber auch in den Eßraum, wo in oft schön gestalteten und geschnitzten Rahmen und Tellerborden und auch in oben offenen, galerieartigen, später verglasten Geschirrschränken die bunten, teuren Schätze zur Schau gestellt wurden. Aus diesen scheinbar nebensächlichen Kleinigkeiten ist deutlich zu ersehen, wie stark die Culinaria alle Bereiche des täglichen Lebens durchdrungen und überall ihr typisches Erscheinungsbild hinterlassen hat.

16 Der Lavabo (eine Einrichtung zum Händewaschen) gehört bereits im 15. Jahrhundert zur Ausstattung einer vornehmen Stube, wie sie gerade die Maler der späten Gotik in ihren Tafelbildern immer wieder mit liebevoller Sachtreue darstellten. Hier ein prächtiges Exemplar aus einer ›Verkündigung‹ des Meisters von Weilheim von 1444.

Der Lavabo

Die große Gemeinschaftsschüssel, die so lange den Tisch allein beherrschte und die natürlich schmutzige Finger zur Folge hatte, verlangte ein weiteres wichtiges Tischrequisit: die Wasserkanne oder das Waschbecken. Davon sind die kleinen Wasserschälchen mit der Zitrone fürs Spargel-, Obst- oder Krebse-Essen übrig geblieben. Je nach ›Vornehmheit‹ des Hauses hat man – übrigens bereits seit der Antike – den Gästen nach dem Mahl oder sogar nach den einzelnen Gängen warmes, ja oft parfümiertes Wasser in Becken und ein Handtuch dazu gereicht. Oder man hat ihnen aus besonders schön gestalteten Kannen oder Bronzegefäßen Wasser über die Hände gegossen. 1613 wird anläßlich der Hochzeit von Magdalena, der Schwester des Kurfürsten Maximilian I., aus der Residenz in München berichtet, daß das Handwasser nach einem zweistündigen Essen in goldenen Becken gereicht wurde. Besonders schöne Wasserkannen und Schüsseln von großen Meistern entworfen, wurden auch gerne auf den Silberkredenzen gezeigt.

Lange hat sich auch das kupferne oder zinnerne Waschgerät, der sogenannte Lavabo gehalten; ein Wandbehälter oft in Muschel- oder Delphinform mit Ausguß für das Wasser und eine passende, meist lächerlich kleine Schüssel darunter zum Händewaschen.

Keramik

Der Begriff Keramik umfaßt alles, was aus gebrannter Erde stammt, vom einfachsten Tontopf bis zum feinsten Porzellan. Es kommt nur auf den Grundstoff, die Zutaten und die Bearbeitung an, es gibt irdene, weiche oder harte, gelbe, schwarze oder graue Ware und dann auch das hauchzarte weiße Gold, eben das Porzellan. Bis zur Gegenwart gibt es noch jede Entwicklungsstufe und gerade Bayern war Dank seiner verschiedenen Tonarten und seiner handwerklichen Meister eine ausgesprochene Pflegestätte der keramischen Kunst.

Sehr früh schon ist die sogenannte Bauerntöpferei bekannt, deren Bezeichnung aber irreführend ist, denn wohl nur die allerersten Geschirre wurden, noch reichlich primitiv, von Bauern hergestellt. Bald schon sind Handwerksbetriebe, vor allem in Städten und größeren Orten bekannt. So haben sich in Pfarrkirchen, Wettelsheim in Mittelfranken, Vorau, Kröning, Hafnerzell bei Passau, im Spessart, in Nürnberg, Aschaffenburg und anderen bekannten Hafnerorten bedeutende Zentren entwickelt. Sie waren teilweise schon im 15. Jahrhundert zu Zünften vereint und hatten ihre strengen Ordnungen. Das 16. Jahrhundert ist dann die Zeit des farbenprächtigen Majolika- und Fayence-Geschirrs, das zunächst noch aus dem Ausland bezogen wird.

Erst in jüngster Zeit wurde durch Zufall hinter der Vertäfelung der Magdalenen-Klause in Nymphenburg ein über 100teiliges Speiseservice aus Faenza gefunden, das mit farbenprächtigen Szenen aus der Antike und aus dem Alten Testament bemalt ist. Herzog Albrecht hat es 1576 in Faenza gekauft, aber es war dann jahrhundertelang verschwunden. Zusammen mit schönen, hölzernen Backmodeln aus der ehemaligen Hofkonditorei und einem sehr kostbaren Glas-Service aus der Zeit um 1600, wahrscheinlich aus Murano, bildet es heute eine große Bereicherung der Münchner Residenz.

Froschschenkel in Rahm

3-4 Dutzend Froschschenkel werden enthäutet und gewaschen, wenn man sie nicht schon vorbereitet kaufen kann. Man gibt sie mit einer Mischung aus Essig oder Weißwein und Öl in eine kleine Schüssel und wendet sie darin einigemale um. Dabei kann man sie auch etwas salzen. Sie werden nun abgetropft, in heißer Butter oder Butterschmalz braun angebraten und mit wenig Mehl bestäubt und aufgegossen. Dann fügt man reichlich sauren dicken Rahm dazu und würzt noch mit etwas Zitronensaft, etwas von der Beize, ein wenig Zucker und viel Petersilie nach.

17

17, 18 Einen ganzen Rokoko-Park im französischen Stil mit Rabatten, gestutzten Hecken und Kugelbäumchen, mit Balustraden, Vasen, Figuren und Obelisken kann man mit dem ›Garten-Dessert‹ auf einer Festtafel hervorzaubern, das die Nymphenburger Porzellanmanufaktur als ihr erstes Produkt 1755 herausgebracht hat. Der größte Porzellankünstler Europas, Franz Anton Bustelli, und seine Mitarbeiter haben es aus Anlaß der Hochzeit von Prinzessin Maria Anna Josepha mit Markgraf Ludwig Georg von Baden-Baden für die fürstliche Brauttafel entworfen. Als einziges Dokument barocker höfischer Tafelzier ist dieses ›Garten-Dessert‹ sogar heute noch lieferbar.

Solch schöne Vorbilder haben natürlich auch bayerische Werkstätten angeregt, so daß infolge der geeigneten Erdbeschaffenheit, wie schon erwähnt, bald eine reiche Tonwaren- und Steinzeug-Herstellung aufblühte.

Das festliche Familienservice kommt nun schon in die Vitrine des Bürgers und wird wie das wappengeschmückte, schwer mit Gold beladene des Hofes, zum Schmuck des Eßtisches und nicht zuletzt auch des Eßzimmers.

Die Bayerischen Porzellan-Manufakturen in Nymphenburg, Volkstädt und Frankental schufen bald beispielhaft schöne Stücke, von denen trotz ihrer zerbrechlichen Zartheit viele die Zeit überdauerten. Die Gestalter dieses neuen und bildsamen Stoffes schufen immer schönere Gefäße und Figuren, Aufsätze und reine Dekorationsstücke, bis ein gedeckter Tisch zur Landschaft oder zur Jagd- oder Gartenszene, zum Reiteraufmarsch, zur Komödie oder zur Konzertgruppe wurde. Bustelli prägte für die Tafel ein neues, ein rein dekoratives Gesicht, das allmählich um seiner selbst zu existieren schien. Aber wie sollte sich das reiche Rokoko auch anders manifestieren als im Überschwang?

Wie stark formgebend die Culinaria in jeder Kunstrichtung war, beweisen besonders die um 1700 aufgekommenen neuen Service für Kaffee, Tee und Schokolade. Diese Luxusgetränke verlangten Luxusgeschirre und waren so maßgeblich beteiligt an der Ausgestaltung von schönen Tassen, Kannen und Kännchen, Zukkerdosen und Tabletts. Silberschmiede und Porzellan-Manufakturen, hier wieder Nymphenburg, nahmen sich liebevoll dieser Aufgabe an und schufen sehr schöne Gerätschaften, die sowohl ihre Stilepoche wie ihren Spezialzweck klar widerspiegeln. Wir sehen also immer und überall, wie sehr die Kunst durch die Eßlust angeregt wird.

18

Das Messer, schon seit der Steinzeit bekannt, gehörte dem Jäger, dem Bauern, dem Handwerker und auch ins Haus und in die Küche. Dort war seine Aufgabe, die Speisen zu zerkleinern. Man kochte deshalb entweder alles ragoutartig, also in Form handlicher Brocken in einer Sauce oder als gehackte Masse und dann zu Knödeln gedreht oder man ließ den Braten ganz und dann mußte ihn eben der Hausvater oder ein Tranchiermeister bei Tisch zerteilen. Aus dieser Tätigkeit wurden durch immer neues zeremonielles Hinzutun allmählich ein Amt, sogar ein hohes Amt, das bei Hof zu den vier Erzämtern gehörte. Neben Mundschenk, Kämmerer und Marschall kam bei Tisch der Truchseß oder Seneschall mit dieser Aufgabe zu Ehren. Es wurden daraus erbliche Würden, die sehr begehrt waren und durch ihre Nähe zum Fürsten bei allen Banketten glänzten.

Der Marschall, auch Mareschalk, ursprünglich des Fürsten Pferdeknecht, dessen Titel sich aus den Worten Mähre und Schalk zusammensetzt, war anfangs Hofbeamter und wurde später, im 16. und 17. Jahrhundert, der höchste Heerführer. Der Mundschenk hatte alle Getränke unter sich und mußte daheim und unterwegs für die flüssige Nahrung sorgen und den Herrn bedienen.

Der Truchseß, althochdeutsch ›Der über das Gefolge Gesetzte‹, in anderen Ländern auch Seneschall genannt, war vom Mittelalter an bis 1918 in Bayern als Obersthofmarschall der Vorsteher der Hofhaltung und der Küche und damit höchster Würdenträger. Als solcher hatte er in früheren Zeiten auch für den glatten Ablauf der Bankette und Feste zu sorgen, seinen Herren zu bedienen und auf die alle übrigen Gäste bedienenden Pagen zu achten. Er verkündete Beginn und Abschluß des Essens, besorgte die Tischord-

19 Und so sah eine Hoftafel mit einem Barockgarten als Tischzierat aus. Sie wurde zum Namenstag und Ordensfest des Markgrafen Georg Wilhelm von Brandenburg-Bayreuth am 23. April 1722 im ›Schönen Saal‹ des Lustschlosses zu Sankt Georgen am See dekoriert. Neben dem Augenschmaus wurde den Gästen auch ein opulentes Essen von nicht weniger als 128 Speisen gereicht.

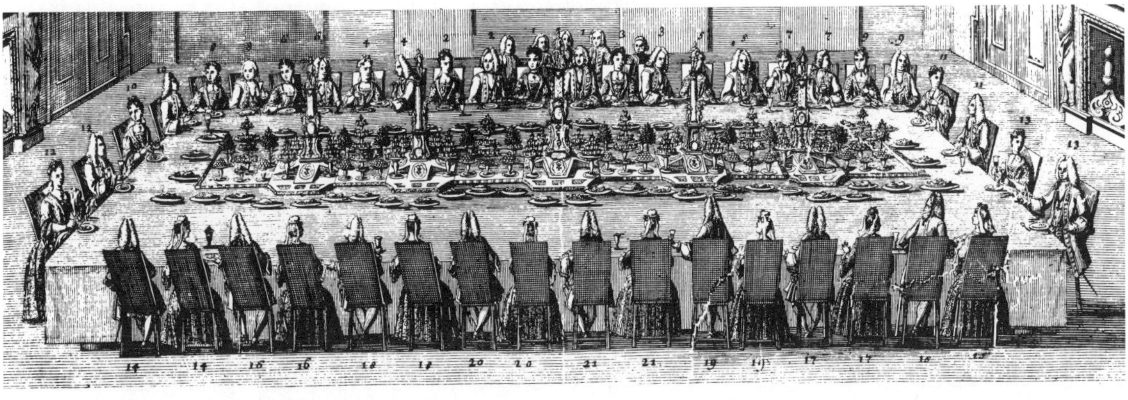

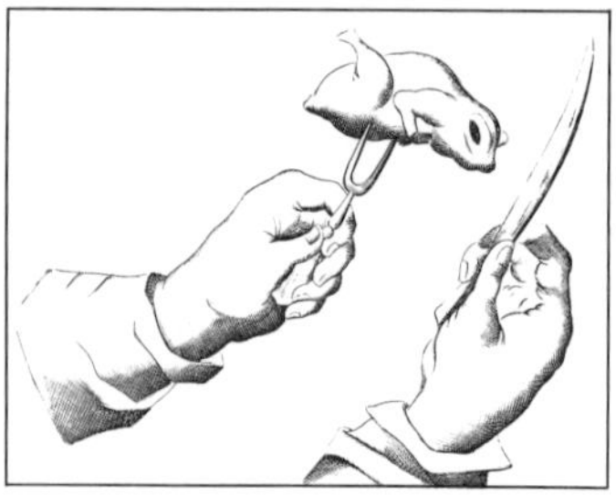

20

20-22 Zur hohen Kunst stilisiert wurde im 16. Jahrhundert das Tranchieren oder – wie man sich damals vornehm-italienisch auszudrücken beliebte – Trincieren. In unzähligen kleinen und großen, ›vollständigen‹ oder ›neu vermehrten‹ Lehrbüchern finden sich für alle Fleischsorten und Geflügelarten die entsprechenden, von anschaulichen Bildern begleiteten Instruktionen: wie man etwa ein Hühnchen faßt (Bild 20), einen Kapaun tranchiert (Bild 21) oder einen Schinken zerlegt (Bild 22).

nung, führte die Gäste zu ihren Plätzen und machte früher auch die Giftprobe. Diese wurde im Lauf der Zeit zu einer nur noch symbolischen Geste, wobei der Truchseß mit dem an einen Stab gespießten Stückchen Brot die Speisen berührte, um es dann dem Mundschenk zu reichen. Dieser führte nun die eigentliche Giftprobe durch, in dem er das Brot verzehrte. Die eigentliche Aufgabe des Truchseß bestand im Tranchieren. Dies war seine wichtigste Tätigkeit, denn er hatte das Fleisch oder den Braten so zu zerlegen, daß jeder Tischteilnehmer ein gleich großes und gleich gutes Stück bekam.

Aus diesem Hofamt wurde später eine ausgesprochene Kunst, die von eigens dazu bestellten Tranchiermeistern ausgeübt wurde. Mit Hilfe von speziellen Messern, mit Spieß und Wetzer mußten sie nach bestimmten Regeln und mit genau vorgeschriebenen Schnitten, Schnittfolgen und bestimmten Handgriffen vor aller Augen tranchieren. Es gab sogar eigene Schulen und Bücher, kunstgerechtes Tranchieren zu erlernen, und es gehörte wie Fechten, Tanzen und Reiten zu den notwendigen Kenntnissen eines jeden adeligen Herren. Die bekannteste Schule dafür war in Padua und einer der berühmtesten Trincirer (Tranchiermeister), der auch ein reich bebildertes Lehrbuch in italienischer Sprache geschrieben hat, war Mathias Giegher, eigentlich Geiger, aus Moosburg in Oberbayern. Gleichfalls ein erfolgreiches Tranchierbuch schrieb der Nürnberger Philipp Georg Harsdörffer.

Es ist interessant, daß sich Würde und Kunstfertigkeit des Tranchierens bis weit ins 18. Jahrhundert erhalten haben, sowohl als edle Herrentugend wie auch als Hofamt. Zum Beispiel hat Kurfürst Maximilian I. von Bayern als Prinz um 1580 von seinem Vater Wilhelm V. neben anderen Geschenken auch ein Tranchierbesteck zum Nikolaus-Fest erhalten. Und am 3. Februar 1722 fand im Turnierhaus zu München ein großes Treffen statt, bei welchem der Kurprinz Karl Albrecht ›das beste mit der Lanze‹, nämlich ein graviertes Brettspiel und ein Tischbesteck mit Vorlegelöffel, Tranchiermessern und -gabeln gewann. 1727, und zwar am 15. Mai, fand unweit von Nymphenburg ein wilder Tierkampf

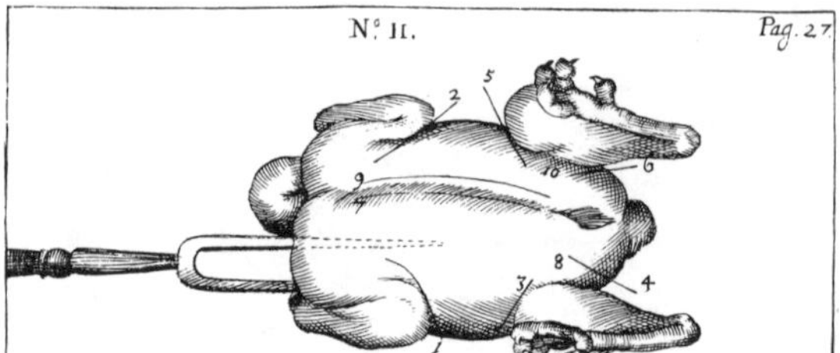

21

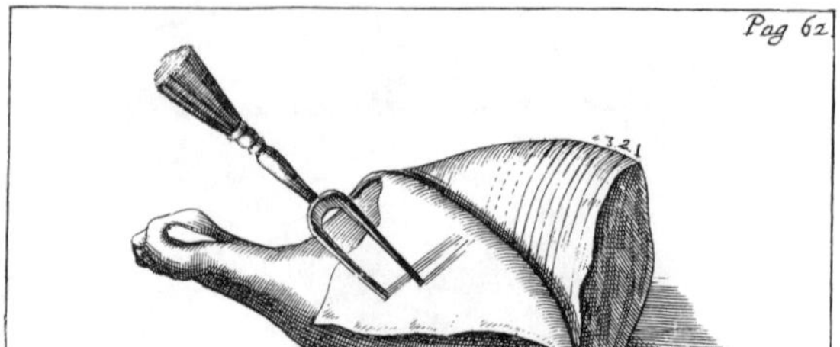

22

23 Das Wasser im Munde zusammenlaufen ließ einem bereits die geschmackvolle Aufmachung so manchen Tranchierbüchleins. Auf dem Titelkupfer von Georg Philipp Harsdörffers 1657 in Nürnberg erschienener Anleitung finden sich nicht nur kunstvoll angerichtete Pasteten, Fisch und Geflügel vorgeführt, sondern die Textkartusche gar aus knusprigen Hühnerbeinen geformt.

statt. Der ›Gewinneter‹ bekam neben einem grünen Schlafrock auch ein Reisebesteck. So wichtig und so außergewöhnlich war ein Besteck also noch, daß es neben Turnier-, Spiel- und Jagdgewinn sogar in der Hofchronik vermerkt wurde.

Kehren wir zum Tisch zurück. Da ist also der Truchseß oder Tranchiermeister damit beschäftigt, mit dem Spieß und seinen spitzen und kurzen oder breiten und schweren, mit feinen Ziselierungen und kostbaren Griffen aus Elfenbein oder mit Silber versehenen Messern den Hahn, Fasan oder Schwan, das Spanferkel oder den Hasen sachgemäß und gerecht zu zerteilen. Die Stücke legt er mit dem breiten, spachtelartigen, meist reich verzierten Vorleger oder Kredenzmesser den Gästen zurecht. An seiner Hüfte hängt neben dem Dolch die kostbare, oft silberbeschlagene Lederscheide für sein Besteck. Es gab sogar Tranchierbestecke, bei denen man je nach Jahreszeiten und Feiern die Griffe wechseln konnte, und ganz besondere Zeremonien, mit diesen wertvollen und wichtigen Tischgeräten umzugehen.

Der Ausdruck ›Besteck‹ kommt von der an der Hüfte getragenen Scheide oder dem Köcher, in den das Mundzeug, eben Spieß und Messer, später Messer und Löffel und noch später das Dreigespann Messer, Löffel und Gabel, ›gesteckt‹ wurde.

Aus der Gotik stammt das Messer mit der schweren Klinge, die in einem Spieß endet. In Hocheppan bei Meran ist in der aus dem 13. Jahrhundert stammenden Kirche auf einem Fresko zu sehen, wie eine Frau aus einer vollen Schüssel heraus einen Knödel mit Hilfe eines derartigen Spieß-Messers ißt. Wahrscheinlich handelt es sich hier nicht um Brot-, sondern um Fleischknödel, denn sie stellten die einfachste Art dar, Fleisch manierlich und ohne Hilfe

Altdeutsche Gans

Eine große Gans wird mit Salz und Pfeffer innen ausgerieben. Man kocht den Magen und das Herz, wiegt es fein und gibt es unter eine große, kleingewürfelte, rohe, aber kurz vorgekochte Kartoffel. Dazu kommen 1 geschälter und kleingewürfelter Apfel, etwas Beifuß, 1 Stück gewürfeltes und geröstetes Schwarzbrot. Man fügt etwas Salz und Pfeffer, Thymian und 2 Eier hinzu, vermengt die Masse und füllt sie in die Gans ein. Sie wird auch außen noch mit Salz und Pfeffer eingerieben und wie üblich goldbraun gebraten. Die Fülle legt man rund um die angerichtete Gans.

24 Die allzu souveräne, ja auftrumpfende Art, mit der mancher Tranchiermeister mit seinem Messer umging, brachte ihn in den Ruf der Angeberei. Von daher leitet sich denn auch der übertragene Begriff der ›Aufschneiderei‹ ab, der schon im 16. Jahrhundert zu allerlei Karikaturen vom riesengroßen Aufschneidmesser als Kennzeichen für den Großsprecher Anlaß gab.

eines Tranchiermeisters zu essen. Somit dürfte das zu einem Ballen geformte und gekochte oder in Schmalz gebackene Hackfleisch der Vorläufer unserer Knödel sein. Da sich der bayrische Kulturkreis bis nach Tirol ausdehnte, ist diese Darstellung einer Knödelesserin ein interessantes Zeugnis auch für bayerisches Tafeln.

Lange Zeit noch waren die Messerklingen spitz, wenn auch nicht mehr dolchartig verlängert, denn sie dienten zum Aufspießen von Fleischstücken und anderen Speisen, bis sie erst viel später im 17./18. Jahrhundert von der Gabel abgelöst und dann vorne bald mit einer stumpfen Rundung ausgeführt wurden. Man hat ja noch bis in die ersten Jahrzehnte unseres Jahrhunderts Hartkäse mit dem spitzen Dessertmesser aufgespießt, was uns heute merkwürdig vorkommt.

Der Löffel

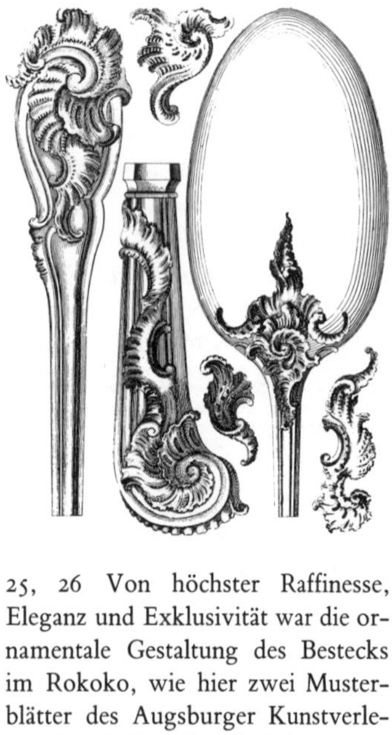

25, 26 Von höchster Raffinesse, Eleganz und Exklusivität war die ornamentale Gestaltung des Bestecks im Rokoko, wie hier zwei Musterblätter des Augsburger Kunstverlegers Martin Engelbrecht belegen.

Löffel gab es in frühen Zeiten noch wenige; nicht jeder Tischteilnehmer bekam einen oder benötigte ihn, denn die Küche hat sich schon entsprechend eingerichtet und so gekocht, daß alles ohne Besteck gegessen werden konnte. Flüssiges wurde mit Brot aufgetunkt; man gebrauchte nur seine Hände.

Etwas später wurde es Sitte, daß jeder Gast, noch bis ins 18. Jahrhundert, sein eigenes Besteck mitbrachte. Die Goldschmiede schufen sehr schöne Garnituren in gold- oder silberverzierten Lederköchern und Reisekassetten, von denen wohl die schönsten heutzutage in Museen zu sehen sind. Die Griffe waren reich verziert, oft bunt emailliert, in Niello (eine schwarze Verzierung auf hellem Metall) ausgeführt oder sonstwie kostbar, denn sie ragten weit aus dem Köcher heraus oder waren sichtbar aufgestellt. Erstmals beginnt das ›Mundzeug‹ nun einheitlich gestaltet zu werden, aber meist handelte es sich noch lange nur um Messer und Löffel sowie um einen kleinen Dolch, der sowohl als Spieß wie als Zahnstocher verwendet wurde.

In alten Chroniken von Reisenden, wie Erasmus von Rotterdam, Montaigne, Moscherosch, Hainhofer u.a., die über Bayern berichten, finden wir Bemerkungen darüber, daß es Sitte war, bei großen Einladungen am Hof, bei Hochzeiten oder Ratsmählern sowie in Wirtshäusern sein eigenes Besteck mitzubringen. Hohe Herren hatten kofferartige Kästen dabei, in welche neben silbernem oder goldenem Besteck häufig auch noch Teller und Schüsseln, Kannen, Becher und Gewürzgefäße auf blauem oder rotem Samt eingebettet waren. Sogar Kriegszüge haben derartige wertvolle Menage-Kassetten gut überstanden, vermutlich weil eigene Hüter für den Silbertroß angestellt waren, um Räuberbanden abzuwehren, damit Seine Fürstliche Gnaden auch während der Jagd oder der Schlacht von feinem Geschirr und höchst manierlich essen konnte.

Im Volk ging es mit Holz- und Zinnlöffeln sowie einzelnen Messern natürlich viel bescheidener zu. Die Männer hatten das Messer im Gürtel oder im Stiefelschaft stecken; die Frauen brachten zu Festessen und auf Reisen ihr noch zweiteiliges Besteck, Löffel und Messer, mit und trugen es in zierlichen Behältern aus Silber oder Leder am Gürtel hängend, oft mit dem Schlüsselbund zusammen. Sogar die Bäuerin trug als Zeichen ihrer hausfraulichen Würde neben den Schlüsseln ein Messer in einer Lederscheide, wie es Dürer 1514 auf seinem Holzschnitt des tanzenden Bauernpaares so realistisch gezeigt hat. Erst gegen Ende des 17. Jahrhunderts wurde das Tischmesser Allgemeingut.

Einzelne besonders kostbare Löffel dokumentierten noch lange Zeiten Reichtum und Vornehmheit, denn Suppe gab es als offizielle Speise bei Gastmählern im ausgehenden Mittelalter noch nicht oder vielmehr nicht mehr und auch keine Eßgefäße dafür, also keine Schalen oder tiefe Teller. Die Suppe oder ein Brei waren dem Frühmahl, sonst dem Bauern und dem Kind vorbehalten.

Die Einführung des Löffels darf man sich natürlich nicht als plötzliche Modeerscheinung vorstellen; es dauerte lange, bis er zum allgemeinen Tischrequisit wurde. So konnte es sein, daß breite Bevölkerungsschichten noch völlig ohne ihn auskamen oder daß es nur wenige Löffel an einer großen Tafel gab, während sie anderwärts schon selbstverständliche Tischgeräte waren. Der runde, kurze Zinnlöffel zeigte sich vom 15. Jahrhundert an allmählich, während sich der Holzlöffel in bäuerlichen Kreisen bis ins 19. Jahrhundert hielt. Selbst bis in die jüngste Zeit hatte bei den Bauern jeder seinen eigenen Löffel, der nicht ausgetauscht werden durfte. Zu diesem Zweck kamen auch Muster, Monogramme oder Nummern auf, oder man kerbte sich selbst sein Zeichen ein. Jedenfalls finden wir Löffel noch lange Zeit selten in alten Inventarlisten von Klöstern, Schlössern, Spitälern oder anderen Hinterlassenschaften, nicht etwa, weil man sie nicht benützte, sondern weil eben jeder seinen eigenen Löffel besaß. Immer reicher und

26

schöner wurden sie im Laufe der Zeit gestaltet, mit Wappen oder Wappentieren als Griffenden; sie waren auch beliebte Gastgeschenke von Fürsten oder dem Rat reicher Städte. Von großem Reiz waren die sogenannten Apostellöffel, die in kunstvollen Kassetten steckten; es handelte sich dabei um die 12 Apostel und einen 13. Löffel, der Christus symbolisieren sollte. So durchdringen sich zeitlich und ausstattungsmäßig, als einzelnes Tischgerät oder als vielfältiger, persönlicher Besitz, die Gebrauchsformen des Löffels, bis erst etwa im 18. Jahrhundert Mode wurde, daß der Gastgeber oder die Hausfrau jedem Tischteilnehmer einen eigenen Löffel bot. Von jetzt an dominiert der silberne Löffel, der als kostbarer Besitz meist in schönen Kassetten liegend auf Kredenzen oder in Glasschränken zur Schau gestellt wurde. Es kam auch die Sitte auf, Löffel zur Taufe zu verschenken, damit man schon früh mit dem Sammeln so wertvollen Tischgerätes beginnen konnte.

Die Gabel

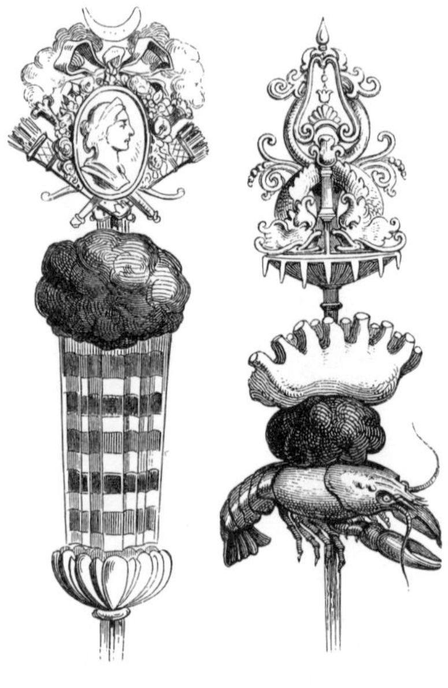

27 Auf vornehmen Tischen des 19. Jahrhunderts ergänzte das Silberspießchen die Trias des herkömmlichen Bestecks. Unter den vielen Beispielen, die der königlich bayrische Mundkoch Julius Rottenhöfer 1858 seinem verwöhnten Publikum empfiehlt, finden sich auch diese beiden Spießchen »von Fleischsulz, mit Trüffeln und Champignons besteckt« (links) und »für warme ›grosses pièces‹« bestimmt (rechts).

Die Gabel ist, so unglaubhaft das klingt, als letzte Tischzutat entstanden, obwohl sie, aus dem uralten Bratspieß entwickelt, längst hätte bekannt sein können. Aber man vermißte sie nicht. Erst das 17. Jahrhundert rief sie als allgemeines Eßgerät auf den Plan. Aber auch jetzt war sie noch sehr urtümlich mit zwei langen und geraden spießartigen Zinken ausgestattet. Sie diente zunächst nur in der Küche und dem Tranchiermeister zum Festhalten des Bratens beim Schneiden. Noch Moscherosch amüsierte sich in der Mitte des 17. Jahrhunderts über die gezierte Mode, in München Gabeln zum Essen zu verwenden. Er erklärte die Einführung als ›Modenarrheit‹, ›sündige Üppigkeit‹ und ›welsche Manier‹ und sagt: *Ich esse wie ein redlicher bayerischer Schwab. Wozu sollen mir denn sonst die Finger? Wie kann mir der Salat wohlschmecken, wenn ich ihn nicht mit den Fingern esse! Wann du die Hände gewaschen hast, was scheuest du dich, den Salat ordentlich anzugreifen!*

Der Altdorfer Professor Wagenseil (gestorben 1705) berichtet, daß er auf seinen Reisen nach England und Italien nirgends Gabeln bei Tisch beobachten konnte. Auch im Inventar des Spitals von Rothenfels am Main sind viele Messer und Löffel, aber keine Gabel aufgeführt, und im Silberschatz der Nürnberger Patrizierfamilie Bömer wird, noch im 17. Jahrhundert, neben 27 Löffeln nur eine Gabel genannt. Auch diese wird noch zweizinkig gewesen sein, was anscheinend nach ihrer späteren Einführung bei Tisch zu der Unsitte geführt haben mag, sie als Zahnstocher zu verwenden, denn das rügen wieder die von schlechten Sitten veranlaßten Anstandsbücher dieser Zeit. Allmählich, vom 17. Jahrhundert an bekommt die Gabel drei und dann vier Zinken, weniger lang und schwer und schon leicht gebogen, wie eine kleine Schaufel. Jetzt erst ist das Besteck dreiteilig und man verziert es zusammenpassend. Im Bauernhaus dagegen bleibt die Gabel noch längere Zeit holzgeschnitzt und damit auch geradzinkig.

Der Zahnstocher

Ein weiteres, aus der Notwendigkeit geborenes, damals sehr wichtiges ›Eßgerät‹, war der Zahnstocher. Bei der sicherlich oft zweifelhaften Qualität des zu frischen Fleisches, das oft hart oder zäh auf den Tisch kam, und bei den meist schlechten Zähnen war er eine selbstverständliche Eßhilfe und hatte eine ganz offizielle Aufgabe. Er bestand anfangs wohl aus abgenagten oder zugespitzten Geflügelknochen oder aus Holz und wurde für fürstliche Mäuler aus wohlriechenden Myrten- oder Rosmarinzweigen hergestellt, später sogar aus Elfenbein oder Horn geschnitzt, um in silberner Hülle verwahrt als Dauerinstrument zu dienen. So mancher Besteckköcher weist daher als vierte Zutat einen schönen, passenden Zahnstocher auf. Aufmerksame Gastgeber boten mit dem Nachtisch Zahnstocher an, so wie heute noch auf vielen Wirtshaustischen ein papierverhüllter Vertreter dieses uralten Instruments zu finden ist. Man bot ihn früher allerdings offiziell in Dessertfrüchte gesteckt oder auf prunkvollem Tablett an.

Das Ende vom Lied

Eine heute kaum mehr verständliche Ergänzung des Services war das Brechmittel, das ebenso natürlich angeboten wurde wie der Zahnstocher. Es galt nicht nur zur augenblicklichen Erleichterung, damit man – mit Verlaub – weiterfressen konnte, sondern als eine Art Diätetikum, das genauso üblich war wie das Aderlassen, das Bad als Heilmittel oder die Pfauenfeder der alten Römer.

Auf vielen alten Bildern, die Eß-Szenen darstellen, sind ja auch meist irgendwo seitlich Männer zu sehen, die sich gerade von ihrer Überfülle befreien. Man erkennt daraus, daß das nicht etwa eine schlimme Unpäßlichkeit, sondern ein ganz gewöhnlicher und dazugehöriger Zwischenakt war, an dem sich keiner störte. Wohl mahnen die davon Notiz nehmenden Tischzuchten, es diskret zu machen, sich den Mund mit Wein zu spülen und weder das eigene noch des Nachbarn Gewand zu beflecken, aber sie sehen durchaus nichts Ungehöriges oder gar Ungewöhnliches darin.

28, 29 Auch zum Willkommtrunk gab es eigene Humpen wie jenen, den Jobst Tetzel von Kirchsittenbach bei Nürnberg für seine Tafelrunde benutzt hat. Ein glückliches Geschick hat nicht nur dieses schöne Glasgefäß der Renaissance (Bild 28) überliefert, sondern als besondere Delikatesse auch ein Stammbuchblatt von 1593 (Bild 29), auf dem eben dieser Humpen der Tischgesellschaft präsentiert wird.

Vom Becher zum Pokal

Das Trinkgefäß ging geschichtlich dem Eßgefäß voran, denn zunächst war nur die Gemeinschaftsschüssel bekannt, während einzelne Trinker oder jedenfalls ein Trinkerpaar schon sehr früh ein geeignetes Gefäß besaßen. Anfangs, nicht zuletzt auch aus mystischen Gründen, trank man aus der Hirnschale (schala) des erschlagenen Feindes, wohl auch aus Schädeldecken von erlegtem Wild. Diese Schale, auch Harnap genannt, hat sich eigentlich in der Form bis heute, bis in die Sektschale, erhalten und wurde in der Zwischenzeit aus Silber, Gold, Maserholz, wertvollem Bergkristall oder Achat, Rosenquarz und Lapis, später aus Glas geformt. Etwa gleichzeitig mit der Hirnschale dürfte auch das Rind- oder Büffelhorn als brauchbares Trinkgefäß ›erfunden‹ worden sein. Diese Becherart hat sich in holder Germanenseligkeit bis in die jüngste Gegenwart als Theater- und Salonrequisit erhalten. Prunkvoll in Silber oder Gold gefaßt, mit Standfüßen, Edelsteinen, Ketten und anderem Zierat versehen, später sogar aus Glas geformt, war es mehr Repräsentationsgerät als praktischer Trinkbecher geworden.

Der einfachere Mann, ebenso der Bauer, hat für seinen Met, für Wasser und Milch Holzbecher benützt. Sie waren entweder aus dünnen, spachtelartigen Brettchen, faßartig mit Weidenzweigen umschlossen, oder aus Wurzelholz, ausgebrannt oder ausgehöhlt verfertigt. Man hat dazu gerne Birke oder Buchsbaum verwendet. Schwer geschnitzt und gelegentlich mit Silber montiert, werden sie noch mancherorts als Kostbarkeit aufbewahrt. Ähnlich diesen Stücken sind auch Becher und Krüge aus Elfenbein, Walroßzahn

29

30

31

32

33

und Perlenmuscheln verwendet worden. Dazu gesellten sich Zinn, Silber, vergoldetes Silber, verzinntes Kupfer. Besonders die Goldschmiede in Nürnberg und Augsburg, aber auch in München und andernorts haben prachtvolle Trinkgefäße geschaffen, zu denen große Meister (etwa Dürer, Holbein, Aldegrever) die Entwürfe schufen. 1427 schenkte der Rat der Stadt München Herzogin Beatrix, Tochter des Herzogs Ernst, zu ihrer Vermählung mit Pfalzgraf Johann von der Pfalz einen vergoldeten Pokal für 47 Pfund, 3 Schillinge, 16 Pfennige, und 1436 bekam Anna von Braunschweig, die Nachfolgerin der unglücklichen Agnes Bernauer, zu ihrer Hochzeit mit Albrecht III. neben zwei vergoldeten Kleinodien aus Silber, einen Buckelbecher und eine besonders hübsche Goldschmiedearbeit. Margrete, die Tochter der Herzogin Anna, erhielt 1463 zur Hochzeit mit dem Markgrafen Friedrich I. von Gonzaga einen silbervergoldeten Becher, Augsburger Arbeit, für 49 Pfund, 4 Schillinge, 27 Pfennige, und die Kaisertochter Kunigunde wurde zu ihrer Vermählung 1487 mit Herzog Albrecht IV. von Bayern als neue Landesherrin mit drei vergoldeten Pokalen im Werte von 335 Pfund, 4 Schillingen, 15 Pfennigen beschenkt.

Von ganz besonderem Reiz sind die Brautbecher, die einem sehr alten bayrischen Brauch entstammend, eine verhältnismäßig große Verbreitung fanden. Im Jahr 591 hat die bayrische Prinzessin Theodolinde, die Tochter des Herzogs Garibald, in zweiter Ehe den Langobardenfürsten Agilulf geheiratet. Als er seine Zukünftige am Hofe ihres Vaters zum erstenmal sah, verstummte er entzückt, betrachtete ihre Lieblichkeit und sagte zum Herzog: *Weil wir eure Tochter so wunderschön finden, daß wir sie zu unserer Königin wünschen, so erlaubt, daß wir den Weinbecher aus ihrer Hand empfangen, so wie sie es in Zukunft für uns thun soll.* Der König bot damit seiner Braut das hohe Oberschenkenamt an. Um diese Ehrung zu erwidern, brachte Theodolinde einen Pokal aus einem einzigen Stück Saphir mit, so schön an Pracht und Größe und so dick wie zweier Männer Fäuste, wie er kaum vordem gesehen ward. Der aus Bayern mitgebrachte Brautbecher diente als Braut- und Minnebecher für den hochzeitlichen Liebestrunk. Dann wurde er zum Meßkelch in der Kirche. Heute noch ist er im Domschatz von Monza zu bewundern. Und wieder für eine bayrische Hochzeit, für die Vermählung des Agilolfinger Herzogs Tassilo mit der langobardischen Königstochter Luitpirga um 770, wurde ein Minnebecher angefertigt. Auch er sollte keinen weiteren profanen Dienst mehr versehen, sondern wurde dem von Tassilo gestifteten Kloster Kremsmünster für den Gottesdienst geschenkt. Dadurch ist er heute noch als Zeugnis hoher bayerischer Kunst des frühen Mittelalters im Klosterschatz zu sehen und wird

30–33 *Vorhergehende Seiten:* Weltliche Tafelszenen wie die zu einem köstlichen Spanferkelessen versammelte fränkische Tischrunde von 1460 (Bild 30) sind ein seltenes Kulturdokument des Mittelalters, das mit seiner betont jenseitsbezogenen Weltanschauung auch in der Kunst sakrale Themen bevorzugt hat.
Freilich war den Menschen jener Zeit ein historisches Denken im heutigen Sinne fremd, und so verlegten sie biblische Ereignisse in ihre eigene Umwelt oder kleideten die Heiligen in das Gewand ihrer Epoche. So finden wir etwa eine liebevoll zubereitete schwäbische Wöchnerinnenmahlzeit mit einem zarten Hühnchen auf einer ›Geburt Mariä‹ von 1493 (Bild 31), einen genießerischen Rothenburger Herrenstammtisch bei Fasan, Wachteln und Frankenwein auf einer Szene der Jakobslegende von 1467 (Bild 32) oder die gepflegte Atmosphäre eines gutbürgerlichen Münchner Eßzimmers mit Geschirrschrank, Flaschen- und Schüsselbord, Speisendurchreiche sowie Waschkasten mit Lavabo nebst Handtuchrolle auf einer ›Fußwaschung Christi‹ von 1476 (Bild 33).

alljährlich einmal zum Andenken an den Todestag seines hohen, aber unglücklichen Spenders in den sakralen Gebrauch genommen. Diese seltsame Bestimmung für Gottesdienst und Minnedienst solcher Minne- und Brautbecher hat sich bis zur Gegenwart erhalten, war aber ganz besonders in der Epoche des Barock in großer Mode. Sehr hübsch sind vor allem die Nürnberger Becher mit dem von der silbernen Braut hochgehaltenen kleinen Schwenker. Er trinkt aus dem weiten, langen Rock der gestürzten Figur, sie nippt aus der kleinen Schwenkschale. Jetzt sind solche Becher hochbegehrte Antiquitäten oder nachgeahmtes Dekorationsstück, immerhin aber noch bekannt, wie auch die Brautbecher aus Glas aus dem Bayerischen Wald.

Bayrisches Glas

Eine nicht unbeträchtliche Rolle im Rahmen der bayrischen Tischkultur spielt das Trinkglas, denn es ist seit ältesten Zeiten nachzuweisen und überdies vielfach einheimischer Herkunft. Der große Holzreichtum des Bayerischen Waldes, des Spessarts, des Fichtelgebirges, sogar des Nürnberger Reichswaldes waren früh schon Veranlassung, Glashütten zu errichten. War dieses zunächst noch unreine und grünliche Waldglas auch nicht dem schönen Kristall aus Venedig ebenbürtig, so gibt doch zum Beispiel die Benediktinerabtei Tegernsee unter Abt Gozbert bereits im Jahr 999 erste Kunde vom Übergang der römischen Glasschmelzkunst in die neuere Zeit. Lange blieb das Wissen um die Glasherstellung den Klöstern als Werkstätten aller Kunstausübung vorbehalten, bis allmählich über Kirchenfenster hinaus auch profanem Glas das allgemeine Interesse galt. Natürlich ist infolge der Zerbrechlichkeit des Materials nicht allzuviel aus allerältester Zeit erhalten geblieben, aber neben so manchem Sammler- und Museumsstück gibt es vielerlei schriftliche Beweise und zudem eine zähe Handwerkstradition, die uns einen Blick auf die frühe Glaskunst werfen lassen.

Interessant in diesem Zusammenhang ist die von dem Arzt und Mathematiker Philipp Apian (1531-1589), für Albrecht V. von Bayern aufgenommene Karte, in der bereits 1566 die erste umfassende Aufzählung der Glasbauhütten in Bayern zu finden ist. Überall, wo genug Holz, Sand und Quarz sowie Ton für die Glashäfen vorhanden war, wo unternehmungslustige Hüttenherren auftraten, entstanden tief in den Wäldern Hütten, die leicht gebaut, mit dem Holzverbrauch wandern konnten. Ihrer Verbindung mit venezianischen Glasbläsern, denen man ob ihres geheimnisvollen Tuns mißtraute, verdanken wir die zumeist bayrischen Märchen von den Venediger Mandeln, die als heimlich-

Der Schmarrn

ist nichts anderes als weiterentwikkelter Brei. Die Urmasse aus Mehl und Wasser oder Milch, beliebig verfeinert durch Eier und Zucker, wird in heißes Fett gegossen und unter stetem Umstechen braunkrustig gebacken. Das dürfte schon sehr lange geübt worden sein, bis man von dieser Einfachspeise zum feinen Kaiserschmarrn mit Rosinen gekommen ist. Die Holzknechte auf einsamer Hütte hoch oben haben ihn nur aus Wasser und Mehl, aber mit viel Schmalz gebacken und im Sommer Walderdbeeren darüber gegossen. Die Bäuerin hat ihn als eierträchtigen Eierhaber, als einfachen Retzel oder Kratzete, aus Kartoffeln oder Grießbrei, mit Topfen oder aus eingeweichten Semmeln gebacken und bei Gelegenheit Zwetschgen oder Apfelschnitz untergemischt. Jedenfalls ist diese schnelle Pfannenspeise weitum im Süden von Kärnten bis zur Oberpfalz beliebt, aber in Bayern besonders gepflegt.

34 Wie für viele Länder besonders des europäischen Nordens war auch für Bayern Italien als Hort der Kunst und Kultur ein vielbewundertes und eifrig nachgeahmtes Vorbild. Neben den engen Handelsbeziehungen waren es hauptsächlich die Künstler, die die Kunde vom italienischen Geschmack und von dem, was gerade als modern und vornehm galt, in ihrer Heimat verbreiten halfen. So führte der Münchner Johann Rottenhammer, der 18 Jahre im Süden verbracht hatte, gleich nach seiner Rückkehr und Niederlassung in Augsburg 1606 seinen staunenden Zeitgenossen ein festliches welsches Bankett vor, dem vor allem die hauchzarten venezianischen Gläser den Anstrich von Extravaganz und Luxus gaben.

Spessarter Wildschweinbraten

Ein Stück Wildschwein wird mit Salz und Pfeffer eingerieben. Man setzt ihn mit 5-6 zerdrückten Wacholderbeeren, ½ Teelöffel Majoran, 1 gehackten Zwiebel, 1 Tasse voll feingehacktem Suppengrün, etwas Knoblauch und Fett zu und gart ihn unter häufigem Wenden und Begießen mit einem Glas starken fränkischen Rotwein und etwas saurem Rahm. Am Schluß gibt man in die Sauce 1-2 Kaffeelöffel Preisel- beer- oder Johannisbeergelee.

unheimliche Waldgeister ihr Wesen getrieben haben sollen. Immer wieder spielt venezianisches, später Murano-Glas als zunächst unerreichtes Ideal, selbst von höchsten Ämtern mehr gefördert als die einheimische Produktion, als Lehrmeister und für die Spionage eine Rolle. Es war bei Todesstrafe verboten, das Geheimnis des reinen Kristalls zu verraten, allmählich aber wurde die Zusammensetzung doch bekannt, und dadurch wurde die Erzeugung von sehr vielerlei und vor allem reineren Glassorten auch in Bayern möglich. Beweis dafür ist ein Eintrag in der Chronik des Klosters Ettal aus seiner Gründungszeit (um 1330) mit dem Vermerk, daß ›Frankfurter Zoll für Spessart-Glas‹ bezahlt wurde. Aus ältesten schriftlichen Zeugnissen und von zeitgenössischen Bildern kennen wir ›gotische Maigelein‹, niedere Schalen, oft mit Henkeln, und grüne ›hohe Spechter‹, wohl im Spessart geschaffene Gläser, Paßgläser mit aufgelegten gläsernen Maßringen, um die Menge ablesen zu können, Krautstrünke mit schweren Nuppen, Knöpfen oder Batzen, damit diese großen ›Warzengläser‹ auch von derben Männerfäusten und von unachtsamen Trinkern sicher gehandhabt werden konnten. Die römische Becherform wurde nachgeahmt, der grüne Römer; dann gab es ›piergläser‹, ›teubelein‹ und ›brüderlein‹. Man trank gern aus ›Affen‹ und ›Katzen‹, aus ›Stiefeln‹ und ›Pfaffen‹ und anderen Scherz- und Narrengläsern und hat die Phantasie bis zur Geschmacklosigkeit ausarten lassen. Es gab aber auch *feine kleine trinckgleserlein als da man die frischen Eppener [Eppaner Weine] etwan zu München ausspfleget zu trinken. Vor wenig Jarn hat sichs alles mit trinckgeschirrn verkeret, wie zwar auch schier ein yeder seinem gefess ein sondern namen erdichtet. Denn nun macht man die unfletigen großen wilkomen, narrengläser, die man kaumet aufheben kann.*

35 Wie man im 16. Jahrhundert einen Glaspokal beim Trinken hielt, zeigt diese – auch aus manch anderen Gründen aufschlußreiche Szene aus der galanten Welt. Die schwarze Tafel links an der Türe vermerkt den bereits deutlich angewachsenen Konsum des Zechers. Auf dem Tisch ein Silberpokal für den meist warm genossenen Hypokras.

Der große, bis zwei Liter fassende Glasstiefel, noch heute eine Spezialität des Bayerischen Waldes, war mit Sporen und Knöpfen sehr natürlich geformt, oft bemalt und gab zu dem Spruch Anlaß: ›Der trinket wieder einen ganzen Stiefel zam.‹ Der Willkom (aus seinem Namen geht sein Zweck hervor) wie der Humpen waren ja tatsächlich Riesengefäße mit zwei bis drei Litern Inhalt, die reihum gingen. Ein weiteres, heute ziemlich unbekanntes Glas war der ›Kuttrolf‹ oder ›Guttrof‹, mittelhochdeutsch ›guttrel‹, auch ›engster‹ oder ›Angster‹ genannt. ›Kuttrolf‹ kommt aus lat. ›guttarium‹, ›engster‹ ist eine englische Verballhornung von ›augustus‹. Seine originelle Form verdient, beschrieben zu werden. Die Glasbläser ließen es sich einfallen, ein zwiebelartiges Kugelgefäß zu formen, von dem aus sich mehrere enge Glasrohre etwa 20 cm hoch nach oben umeinander winden, um gemeinsam in ein verbreitertes Mundstück zu enden. Dieses merkwürdige Vexier- oder Scherzglas war ebenso schwer zu füllen wie auszutrinken, aber gerade daher sehr beliebt. Bereits Wolfram von Eschenbach (12./13. Jahrhundert) erwähnt es. Um 1500 wurden so viele von diesen ›Kuttrolf‹ hergestellt, daß es zur Schonung der Wälder in einer Spessarter Glasmacherordnung heißt: *das ein meyster mit eynem knechte ein tag nit me sol machen wan 200 Kutterolf oder das für Kutterolf gehet oder sol man machen 300 offen glas, das man für becher zelet.*

36 Walzenkrug und Becherglas gehörten zur Grundausstattung einer jeden Schankstube, der zudem der Gebrauch des Tischtuchs einen deutlichen Zug zum Kultivierten verleiht.

Darüber hinaus gab es noch große und kleinere Pokale und schön geformte, reichverzierte Scheuern und Doppelscheuern, pokalähnliche, aber breitere Trinkgläser, Schenkkannen und Gießgefäße sowie Hypokras, eine Art von Prunkglas, oft mit Deckel für den Hypokras genannten, heißen Schlaftrunk aus stark gewürztem Wein.

Das Trinkglas wurde nun immer kostbarer, bemalt, gefärbt, mit rotem Überfang gebrannt, geätzt, geschliffen, geschnitten, bunt verschmolzen, eingelegt oder mit Nuppen und Fäden, Batzen und Rüsseln reich verziert, auch bis zur Unbrauchbarkeit verschnörkelt oder schlicht-edel mit kunstvoller Gravur versehen.

Sehr beliebt war in Bayern das bemalte Glas mit Fürsten- oder Patrizierwappen, Familien- und Apostelbildern, Jagd- und Schlachtszenen. An den Wappen wie auch an den Farbzusammenstellungen, manchmal auch an der Signatur sind sie als einheimische Erzeugnisse zu erkennen. Ein bedeutender Münchner Glasmaler war Ägydius Trautenwolf, der auch die Fenster der Frauenkirche so leuchtend farblich gestaltet hat.

Es muß sich auch um ein sehr kostbares Glas, wahrscheinlich mit Wappen und viel Vergoldung gehandelt haben, das in die Fuggersche Familiengeschichte einging. Max Fugger gab seinem Herzog ein großes Bankett und hat beim Zuprosten sein Glas zerschlagen und dabei sein rotes Damastgewand verdorben.

37 Der Hang zum übermäßigen Zechen gab den Moralisten immer wieder Anlaß zu drastischen Mahnungen und Vorstellungen, bei denen – wie in diesem Titelholzschnitt zu einem Werk Hans Sachsens – regelmäßig der Teufel als geheimer Nutznießer und Gewinner erscheint.

38 Wie viele alte Darstellungen immer wieder zeigen, war der Gebrauch des Tischtuchs auch in einfachen Gaststuben üblich und verlieh ihnen den Eindruck gepflegter Gastlichkeit.

Der böhmische Pfarrer Johann Mathias, der eine Zeitlang auch Lehrer im Schloß Odelzhausen war, schreibt über die deutschen Gläser in seinem 1562 in Nürnberg gedruckten Buch ›Sarepta oder Bergpostill‹: *Wie man zwar auch etwan und noch gar glatte, reyne und hohe und enge grüne Spechter am Spessart gemachet, da gar kein ringel oder steyn an gewesen one das etliche solche gleser gleich jr schattirung, rauten oder spiegel haben in einer eygnen form bekommen. Aber es hat sich die kunst endtlich müssen nach dem Lande richten, daher man allerley knöpff, steyn und ringlein an die gleser gesetzet, damit die gleser etwas fester und bestendiger, und von vollen und ungeschickten Leuten dest leychter könndten inn Feusten behalten werden, daher die starken knortzigten, oder knöpffichten gleser inn brauch kommen sein. Nachmals hat fürwitz jmmer ein newes uber das ander erdacht, etliche haben an die weissen gleser farben, allerley bildwerk und sprüche im küloffen brennen lassen.*

Wilhelm V., dem wir im Lauf dieser kulinarisch-bayrischen Kulturgeschichte immer wieder begegnen, war ein erstaunlich vielseitiger Mensch und Herrscher, überdies ein großer Mäzen und sowohl Verfasser wie Hüter landweiter Ordnungsprinzipien. So hat er neben vielem anderem besonders die Glasmacherkunst durch Aufträge, Zuwendungen und Aufmunterung sehr gefördert. Wir wissen von Joachim von Sandrart, daß er es war, der in den 80er Jahren des 16. Jahrhunderts das Glasschneiden in München wieder eingeführt und nahmhafte Künstler um sich versammelt hat. Der Bayer Caspar Lehmann, der seine Schöpfungen meist auch signierte, gilt sogar als Erfinder des Glasschneidens, das bald in ganz Europa Schule machen sollte. Er und sein Lieblingsschüler, eben dieser als Künstler sogar geadelte Joachim von Sandrart, signierten ihre Gläser, so daß es möglich ist, ihre Werke klar auszumachen. Ein weiterer berühmter Glaskünstler war Schwanhardt aus Nürnberg, den sich Kaiser Ferdinand III. beim Besuch des Regensburger Reichstags 1653 eigens kommen ließ, um sich von ihm die neue Technik des Diamantreißens zeigen zu lassen. 1730 erschien von J. G. Doppelmayr die ›Historische Nachricht von den Nürnbergischen Mathematicis und Künstlern Nürnbergs‹. Darin ist vermeldet, daß Schwanhardt der Erfinder des Glasätzens ist und daß sich zu dieser Zeit viele bedeutende bayrische Künstler im neuen Hoch- und Tiefschnitt von Glas sehr hervorgetan haben. Wir kennen die Namen der vielköpfigen Glaserfamilie Schwanhardt, Schaper mit seiner Schwarzlotmalerei, ferner J. L. Faber, Schwinger, Eder, Killinger, Dorsch, Renneisen, Mäuerl, Rost, Ritter und andere, die über ein Jahrhundert lang hochkünstlerische Glasveredelungstechniken beherrschten und Nürnberg als Ausbildungsstätte für das Schneiden und Ätzen, Diamantreißen, Schwarzlot- und Emailmalen sowie das Gravieren, Färben und Vergolden berühmt gemacht hatten. Auch mengenmäßig war die Glaserzeugung in Bayern bedeutend, denn von insgesamt 107 Hütten im Jahr 1830 in ganz Deutschland lagen nicht weniger als 45 in Bayern.

Wenn auch diese ins einzelne abschweifende Glasgeschichte sich vom Kulinarischen zu entfernen scheint, so hängt sie doch eng mit ihm zusammen, denn das edle Trinkglas hat vom Aufblühen der deutschen und bayrischen Glaskunst, also etwa seit der Zeit der frühen Renaissance, gerade bei Tisch eine große Rolle gespielt und die Tafel sehr verschönt. Somit kann die bayrische Culinaria auch hier durchaus Schritt halten mit den vielgerühmten Kulturen der Nachbarländer. Von ihnen ist immer und überall die Rede, so daß sie farbig und plastisch ins Bewußtsein eingedrungen sind. Von Bayern wurde aber neben einzelnen blitzartig aufleuchtenden Bildern nie eine Gesamtschau dieses so wichtigen Kulturzweiges gezeigt. Deshalb mußten hier auch schöne Gläser in so ausführlicher Form Zeugnis ablegen für unsere hohe frühe Tafelkultur.

Zusammengehörig treten mit und neben Trinkglas und Becher auch Kannen und Krüge auf. Sie werden als besonders schöne Einzelstücke zur Zierde der Tafel und zur Freude der Besitzer geschaffen und nehmen vielerlei Gestalt an. Auch das Material für Trinkgefäße ist recht unterschiedlich. Da gibt es neben den schweren oder zierlichen Glaskrügen mit und ohne Zinn- oder Silberdeckel, einfache Zinnkrüge, Zinnbecher, hohe, reich verzierte Zunftkannen oder kleine Seidel, holzgedrehte, silber- oder zinnmontierte oder schwer geschnitzte Holzkrüge aus kostbarem Maserholz, kupferne und silberne, oft vergoldete, reich gebunzte oder mit eingegossenen Münzen verzierte Bier- und Weinkrüge und Kannen, eigentlich viel zu schön, sie zu benützen, was sie auch noch für uns als kostbaren Vitrinenschmuck und Sammelobjekte bewahrte. Die Beschauzeichen weisen häufig auf den süddeutsch-bayrischen Raum hin und geben ein klares Bild vom Prunk vergangener Tafelgenüsse in unserer Heimat.

39 Auf diesem Nürnberger Stammtisch von 1531 erscheint – den aus verschiedenen Schichten stammenden Zechern angemessen – eine Reihe im 16. Jahrhundert gebräuchlicher Trinkgefäße: Das elegante Kelchglas neben dem breiten Becher oder der derben Schale, der kuriose Krautstrunk neben dem beliebten Nuppenglas oder dem Holzbecher, mit dem der besitzlose Dichter – als Außenseiter der Gesellschaft – an einem Einzeltisch vorliebzunehmen hat.

Das Kühlgefäß

Zum Trinkgefäß gehört auch der Weinkühler. Auf allen Bildern von Festen, Empfängen, Hochzeiten und auch auf Stilleben war er ein beliebter Vordergrund oder ein Schaustück auf der Prunkkredenz, ein Stück, das Wohlhabenheit und Vornehmheit bewies. Aus Kupfer oder Silber, Zinn oder ganz früher aus Holz zuberartig geformt, diente dieses Gefäß seit je dem Kühlen der Getränke, so wie es heute noch der Sektkübel tut. Natürlich waren meist nur kaltes Wasser, seltener wohl Eis oder Schnee zur Verfügung, um die Zinn- und Glasflaschen kühl zu halten. So manches dieser schön getriebenen Gefäße dient heute noch als Blumenkübel und beweist die hohe Handwerkskunst und das große Verständnis für schönes Tafelgerät von einst.

40 Ein Zeichen von Wohlhabenheit und Vornehmheit war der Weinkühler, der gerne als Ziergefäß und Prunkstück im wörtlichen Sinne in den Vordergrund gerückt worden ist. Auch auf diesem Holzschnitt zu einem Flugblatt von Hans Sachs ist er ein Ausdruck gehobenen Geschmacks und feiner Tischkultur.

Die erste Menükarte

Zur bayrischen Lust am Essen, am Genießen, hat stets ein entsprechender Rahmen gehört. Man schuf ein strenges Zeremoniell, schmückte die Tische reich, hielt Reden, hörte einer eigens für das Mahl geschaffenen Musik zu, ließ sich durch immer neue Speisen locken, trank seinen Freunden Gesundheit zu und staunte allgemein über so viel Prunk und Ideen, dem Auge gleiches zu bieten wie dem Magen. Es war denn auch wieder ein bayrisches Fest, eine Einladung im Zuge des Immerwährenden Reichstags in Regensburg, als Herzog Heinrich von Braunschweig-Wolffenbüttel, selbst Gast der Stadt, Freunde zu einem großen Mahl eingeladen hatte. Die Fürsten Fugger liehen ihm ihren besten Küchenmeister. Es ging hoch her, Schüssel um Schüssel wurde aufgetragen und immer verlas der Herzog von einem langen ›Zedul‹, was da kam. Sein Freund und Tischnachbar, Graf Haug von Montfort, als Haug von Zimmern aus der Chronik derer von Zimmern mehr bekannt, tat manchen neugierigen Blick darauf und war sehr beeindruckt von dieser Neuheit. So sehr, daß sie in seine Familienchronik einging und somit die Geburtsstunde der Menükarte festgehalten wurde. Es heißt in der Chronik: *Also ließ ihn der Herzog die Zedul sehen. Darin hatt ihm der Küchenmeister alle Essen und Trachten in der Ordnung aufgezeichnet, und kunnt sich also der Herr Herzog mit dem Essen darnach richten und synen Appetitom uff die besten Trachten sparen.*

Das ist also der Urgroßvater unserer Speisenkarte, die im Laufe der Zeit immer kunstvoller und reicher ausgestaltet wurde und uns heute so selbstverständlich vorkommt, als hätte es sie immer schon gegeben.

41 Die erste Menükarte, die in Regensburg der staunenden kulinarischen Welt vorgelesen wurde, ist uns leider nicht überliefert worden. Dafür zeigt ein anderes Regensburger Beispiel die Rokoko-Weinkarte des Gastwirts zur Weißen Lilie von etwa 1750. Der geschmackvolle Kupferstich à la mode weist nicht nur eine respektable Auswahl an empfehlenswerten Kreszenzen von Rhein, Mosel und Neckar, von Tokajer, Burgunder und Portwein auf, sondern informiert das weltläufige Publikum auch über die Reisezeiten und Routen der Postkurse nach München, Augsburg oder Nürnberg, nach Hamburg, Berlin, Wien und Venedig.

Vom Servieren

Die Art des Servierens hat sich im Laufe der Jahrhunderte häufig gewandelt, denn auch die Tischsitten und die soziale Einstufung der Gäste sind dem Zeitgeist entsprechend verändert worden. Abgesehen von ganz frühen festlichen Gelagen, bei denen nur Männer teilnahmen und auch nur Knechte bedienten, gab es später vielerlei höfische, klerikale oder großbürgerliche Empfänge mit Rittern oder Kirchenfürsten, Handelsherren oder Diplomaten und ihren Damen. Die Damen jedoch speisten anfangs noch an einem eigenen Tisch, wenn nicht sogar in einem anderen Raum. Zeitweise war es auch Sitte, die eine Tischseite, die dem Saal zugewandte, den Herren, die andere den Damen zu überlassen. Erst viel später gab es ›bunte Reihe‹, wobei aber stets der Herrscher wie heute noch der Ehrengast oder das Brautpaar eine Sonderstellung einnahm. Der Fürst speiste, wie schon erwähnt, entweder allein oder erhöht auf einem Podest oder unter einem Baldachin oder nur mit wenigen Auserwählten; vielfach auch nur mit seiner Gemahlin an einem kleineren Tisch, während die übrigen Gäste rangmäßig genau geordnet an größeren Tischen daneben oder eine Stufe tiefer ihren Platz fanden. Die Rangordnung war immer schwierig und hat dem Verantwortlichen stets Kopfzerbrechen gemacht, und Fehler endeten mit Verstimmung, Feindschaft oder sogar Krieg. Ein guter Ausweg war die runde Tafel, die ja noch heute zum ausgleichenden ›Round-Table-Gespräch‹ führt. Wie wichtig die Sitzordnung bei Tisch war und ist, beweist unsere Sprache, denn wir kennen den Vorsitzenden, sprechen vom versetzten Beamten, vom Absetzen eines Präsidenten, vom Zurücksetzen eines Kindes, von einer wichtigen Sitzung, von der Seßhaftigkeit, vom Besitztum. Da man nur bei Tisch mit Rangordnung saß, weil ja zu Anfang gar kein anderes Möbel als der Tisch da war und nur Essen und Trinken die Familie oder Gesellschaft daran vereinte, war der Grundbegriff ›Sitzen‹ die Quelle der vielerlei Sprachabwandlungen. Auch der ›Tisch‹ als Begriff hat gleichfalls zur Erweiterung unseres Wortschatzes und des Zeitbegriffes beigetragen. Wir sprechen vom Tischgesellen, aus dem wieder unsere ›Gesellschaft‹ entstand, wir sagen vor Tisch, nach Tisch, Tischzeit, wir kennen die Trennung von Tisch und Bett, wir bitten Freunde zu Tisch und beten das Tischgebet.

Schildkröten zuzurichten

»Haue ihnen Kopf, Füße und Schwanz ab. Weil sie aber solches gemeiniglich unter den Schild verbergen, daß man nicht wohl zukommen kann; so lege ihnen eine glüende Kohle auf den Rücken. Wenn sie diese empfinden, wollen sie der Hitze entfliehen und strecken alles herfür. Alsdann mußt du mit einem guten Messer gefaßt seyn, und ihnen geschwind den Kopf abhauen. Nach diesem sied sie in nicht gar vieler Brühe, bis sie gar sind, und nimm sie hernach aus dem Kessel heraus, thu die Schale mit aller Fürsichtigkeit davon, weil sie sehr viele Galle haben, und fricaßire sie, wie die jungen Hühner, und thu mit Citronensaft geriebene Eyer darüber.«

Austern zuzurichten

»Mache die Austern auf, und reinige sie sauber, daß alles schleimigte davon kömmt; lege die gebutzten Austern in die tiefe Schale, stupfe sie drey bis vier mal, thu ein wenig Salz, Pfeffer, Ingwer, Muscatenblühte, zimlich Butter oder Baumöl, und Citronensaft darein, stelle sie auf den Rost, laß sie braten, und kehre sie ein paarmal um. Sie dörfen aber nicht zu lange kochen, damit der Butter nicht ganz eintrocknet, sondern noch etwas Brühe daran bleibt. Wie sie angezeigtermaßen fertig sind, gieb sie auf den Tisch.«

42 Eine reine Herrentafel war das Festessen, das der soeben zum Römisch-deutschen Kaiser gekrönte Kurfürst Karl Albrecht von Bayern – siehe sein Krönungsmahl auf Seite 154/155 – am 12. Februar 1742 den Abgeordneten der Freien Reichsstädte Aachen, Nürnberg und Frankfurt in der Ratsstube des Römers gab. Auf dem vierten Platz von vorne links – der wie immer genau ausgeklügelten und peinlich eingehaltenen Rangfolge – erscheint der Schultheiß Johann Wolfgang Textor, Goethes Großvater.

Tischzeiten

Die Zeiten für das Essen waren stets sehr unterschiedlich. Dabei war nicht nur die Anzahl der täglichen Mahlzeiten recht variabel, denn Armut, Arbeitseinteilung, gesellschaftliche Stellung, Alter, Jahreszeit und Regionalsitte waren bestimmend, so daß wir zumeist von einer Hauptmahlzeit und einigen Imbissen am Tag unterrichtet sind. Auch die Zeit des Essens war sehr verschieden und von der Jahreszeit ebenso wie von der täglichen Arbeit abhängig. Da gab es das Frühmahl der Bauern und Handwerker, oft noch im Morgengrauen, dann die normale oder auch weit in den Nachmittag verschobene Hauptmahlzeit, gelegentlich, besonders bei hochgestellten Persönlichkeiten, erst nach vier Uhr beginnend, während auf dem Land die Brotzeit schon wieder vorbei war und um fünf Uhr oder im Sommer um sechs Uhr das letzte Mahl folgte. Das hing mit dem Tageslicht zusammen; der alte Spruch ›Ab Lichtmeß, bei Tag eß‹ beweist dies. Soweit gute Zeiten waren, kannte der bayrische Bauer fünf Mahlzeiten. In vornehmen, besonders in höfischen Kreisen begann in früheren Zeiten dagegen das große Abendessen vielfach erst gegen Mitternacht.

Da gerade in katholischen Ländern die Gottesdienste wesentlich den Tag einteilten, ist es nicht verwunderlich, daß sogar die Mahlzeiten danach benannt wurden. Wir kennen daher die Vormeß und die Vesper.

Vom Anservieren

43 Vornehme Herrschaften pflegten lange – auch in größerer Gesellschaft – allein an einem Einzeltisch zu speisen und von ausgewählten Bedienten servieren zu lassen.

Aus der Antike, von den Römern überkommen, haben sich die seltsamsten Serviergewohnheiten erhalten. Da wurden bei großen Hoffesten die Speisen hoch zu Pferde angeboten, was allerdings umständlich, unsicher und wenig hygienisch, immerhin aber mit Trompetenschall und Trommelschlag eine Schau gewesen sein mag. Auch per Wagen, eine Art großer geschmückter Servierwagen, kamen die Riesenplatten in den Festsaal. Zu anderen, gleichfalls frühen Zeiten, wurden die Speisen kniend von reichgewandeten Dienern oder sogar von Edelfräulein angeboten. Man hat dazu meist nur eine Seite des Tisches besetzt, damit das feierliche Anservieren allseits gesehen werden konnte, denn man hielt offene Tafel, d.h. es gab viel zuschauendes Volk, soweit es neben den auch nur zum Schauen geladenen Edlen noch Platz fand. Solch offene Tafel hielt noch Ludwig II. in der Residenz in München, wie seine Tante, die Herzogin von Modena berichtete.

Aus der großen Gemeinschaftsschüssel des Mittelalters hat sich die Tafelzier entwickelt. Zuerst als gedeckte Prunkschüssel aufgesetzt, wurde daraus die Prunkspeise, die meist gar nicht aufgegessen, sondern nur während des Banketts bewundert wurde. Dies waren die groß aufgemachten gebratenen Schwäne oder Reiher, Pfauen oder Spanferkel, Wildschwein- oder Hirschköpfe. Manchmal zeigten sie ihr volles Gefieder oder vergoldete Geweihe, Pomeranzen im Maul oder goldene Spieße im Rücken. Auch große Pasteten, gefüllt mit Braten oder Würsten, lebenden Vögeln oder sogar Zwergen, wurden Mode und zierten lange Zeit die Tafel. Während der Renaissance und des Barock begann man dann Tischbrunnen oder Tafelfontänen aufzubauen, die parfümiertes Wasser oder Wein plätschern ließen. Was sich hier die Silberschmiede und Techniker einfallen ließen, ist erstaunlich. Die Tischmitte und ihre vielfach immer länger und kunstvoller gewundenen Seitenflügel erlebten eine Steigerung an Dekoration, die uns heute befürchten lassen, daß kein Platz mehr für Speisen übrig bleibt. Es hatte den Anschein, als ob die Tafelzier Selbstzweck werden wollte. Da gab es riesige Aufsätze, Fruchtschalen und Platmenagen, zuerst noch praktisch angelegt zur Aufnahme von Konfekt, Obst, Gewürzen, Leckereien, später nur noch als Schaugebilde gebaut. Je nach Anlaß bestanden sie aus Silber und Gold mit Edelsteinen und Perlen verziert, wie zum Beispiel die noch vorhandenen Kunstwerke der Augsburger Silberschmiede nach Entwürfen bayrischer Künstler wie Burgkmaier im Weiszkunig, Daniel Hopfer, Aldegrever, Dürer, Jamnitzer und andere berühmte Meister zeigen oder aus Fayence, Porzellan, Glas, Bergkristall, später aus Zucker, Tragant, Talg, Wachs, Butter, Eis, Marzipan, Zuckerschaum, sogar aus gefalteten Servietten und was sonst noch bildbar war. Man hat ganze Märchengärten aufgebaut

Gefüllter Karpfen

Einen Karpfen schneidet man vom Rücken her auf und entfernt vorsichtig und geschickt die Hauptgräte mit den daranhängenden starken Nebengräten. Dann hackt man das Fleisch von einem zweiten Fisch beliebiger Art, das man von Haut und allen Gräten befreit hat, sehr klein oder treibt es durch die Maschine und gibt 5-6 gewässerte feingehackte Sardellen, 2-3 Eier, etliche Brösel, Pfeffer, die feinzerdrückte Karpfenleber und Karpfenmilch, nach Belieben einige Krebse oder Krabben und ein Stückchen ganz feingehackten weißen Speck darunter. Diese sehr gut abgemengte Masse füllt man in den Karpfen. Dann hüllt man ihn in ein sauberes Tuch oder in eine Alufolie und kocht ihn in Essigsud mit Salz und etlichen Knoblauchzehen, etwas Rosmarin und Zitronenschale je nach Größe und Dicke $^1/_2$-$^3/_4$ Stunden leise ziehend gar. Der Fisch wird ausgewickelt und dann in dicke Tranchen zerlegt und mit Kopf und Schwanz angerichtet. Man macht mit dem Fischsud eine weiße Buttersauce und schmeckt sie mit Rosmarin ab.

44 Während die Braten und Fleischspeisen zur besseren Wärmehaltung in großen Deckelschüsseln, über die meist eine zusammengefaltete Serviette gebreitet war, aufgetragen wurden, gelangten die Pasteten als bevorzugte Schaugerichte zu kunstvollen Figuren gestaltet offen auf die Tafel.

und Jagden, Tempel, Grotten, Felsen, Burgen, die antike Götterwelt, allegorische Figuren, aufs Fest bezügliche Symbole, die vier Jahreszeiten, Tiere und sonst noch alles mögliche gestaltet und dem Auge mindestens ebensoviel bieten wollen wie dem Magen.

Einer der berühmtesten Zuckerzieher war der Nürnberger Tobias Braun. Er beherrschte besonders die Kunst, aus bunt gefärbtem Zucker und anderen Ingredenzien Blüten und Blumen als Tischschmuck herzustellen.

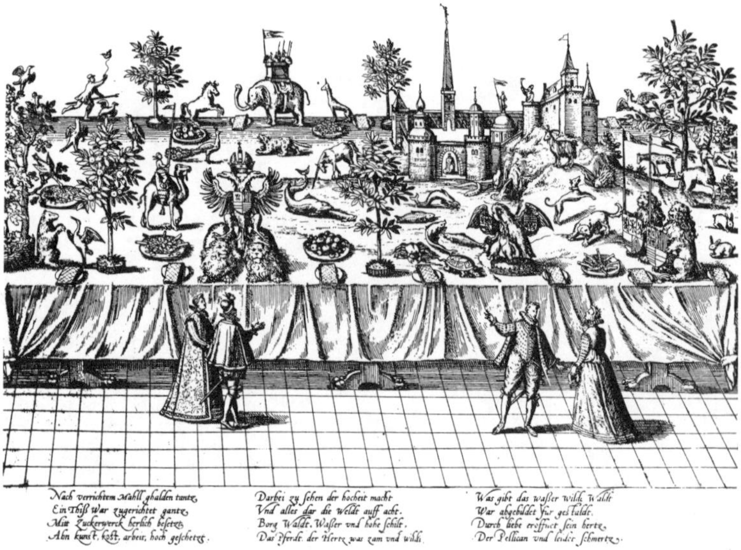

45 Zum Selbstzweck geworden, verzauberte im 16. Jahrhundert so manche Tafelzier aus Zuckerwerk und Tragant den Festtagstisch in eine phantastische Märchenlandschaft mit Burgen und Bäumen, Felsen und Seen, bevölkert von Soldaten, Jägern, einheimischer Fauna und exotischem Getier.

46 Nicht mehr ganz so üppig gestaltet, dafür um so symbolträchtiger gemeint war dieser *Antike Helm von gerösteten Mandeln,* den der Münchner Hofzuckerbäcker Julius Rottenhöfer seinen vornehmen Kunden 1858 als eine der schönsten modernen Piècen empfahl. Der Helmbusch war aus gesponnenem Zucker, Schild, Schwert und Gürtel aus Tragant, der Sockel aus Zuckerteig.

Ein besonderer Spaß war daneben die mechanische Tafelzier, so kostbare Aufsätze in Form von sprudelnden Fontänen oder tanzenden Kindern oder flatternden Vögeln mit Musik. Alles drehte sich und ließ die Gäste staunen. So beherbergt Münchens Schatzkammer allerhand derartiges Kunstwerk, etwa ein goldenes Roß mit einer Diana und einem Spielwerk im Untersatz, reich mit Perlen und Edelsteinen besetzt. Die Fürsten ganz Europas wetteiferten im Erwerb solch mechanischer Schaustücke, und die Wittelsbacher taten sich im Sammeln dieser interessanten Kostbarkeiten besonders hervor. Dadurch füllten sich die Kunst- und Wunderkammern ihrer Residenzen und Schlösser und vieles davon ist erhalten geblieben. Durch all diesen zusätzlichen Tafelprunk wurden die Bankette zum ausgesprochenen Spektakulum und waren wohl mehr vom Künstlerischen und Phantastischen her zu werten als vom Kulinarischen. Das blieb so während des ganzen Barock, hielt sich aber am bayrischen Hof besonders lang, da noch Ludwig II. großen Wert auf diese traditionelle Schau legte.

Verantwortlich für die Gestaltung der Tische waren eigene, besonders ausgebildete Tafeldecker, so zum Beispiel ein Meister Johann Evangelist Fürst aus Frauenberg (1774-1846). Als einfacher Leute Sohn lernte er bei einem ehemaligen gräflichen Tafeldecker in Vilshofen, der eine Schule für das Tafeldecken gegründet hatte, um bei Fürsten und Patriziern, in Gasthäusern und auf Schlössern Hochzeiten und Bankette ausrichten zu können. Da konnte er auch seine Künste als Serviettenbrecher und Wachspossierer ausüben und die Tische mit allerhand schönen Figuren schmücken. Er beschrieb seine Kunst auch in einem Buch, einem hauswirtschaftlich-landwirtschaftlichen Lehrwerk, das große Bedeutung gewann. Darin ist zu lesen: *Bayern ist von der Natur zu einem romantischen Garten geschaffen mit der Mannigfaltigkeit zahlloser Gestalten, in Fluß, Aue, Feld und Wiese. Wir wollen ein irdisches Paradies daraus machen, welches von Fruchtbarkeit strotzt.*

Neben ihm haben noch andere Künstler, besonders Architekten, große Tafeleien und überhaupt Festlichkeiten arrangiert und ausgestaltet, wie wir es vom Hof Wilhelms V. und Maximilians I. her wissen. Ihre Gastmähler dauerten lange, oft sehr lange! Aber

Räucherforelle im Nachthemd

Zuerst bereitet man kleine dünne und eierreiche Pfannkuchen und schmort 300-400 g aufgeschnittene Champignons mit etwas gehackter Zwiebel in Butter an. Man gibt eine Spur Zitronensaft, geriebene Zitronenschale, Petersilie und Salz dazu und streicht diese delikate, nicht zu flüssige Farce zwischen je zwei geräucherte Forellenfilets. Dann wickelt man sie in die Pfannkuchen ein, schiebt sie noch einmal in die heiße Röhre, gießt braune Butter darüber und streut Petersilie oder Mandelsplitter darauf.

47 Ein Augenschmaus besonderer Art war neben der – oft eßbaren – Tafelzier das Schaubufett, auf dem das Prunkgeschirr – kunstvoll getriebene Kannen, feinziselierte Pokale, silberne Schüsseln und goldene Teller – aufgestellt und späterhin sogar zu übermannshohen Arrangements aufgebaut war. Als frühes Beispiel ein Holzschnitt aus dem ›Weißkunig‹, der 1506 bis 1513 entstandenen Selbstbiographie des Kaisers Maximilian: Hier erteilt er höchstpersönlich dem Küchenmeister und Mundschenk die letzten Anweisungen.

48 Nicht weniger als 148 Speisen wurden bei diesem opulenten Schauessen serviert, das der kaiserliche Prinzipalkommissar aus Anlaß

der Eroberung von Belgrad am 26. September 1717 den Diplomaten beim Immerwährenden Reichstag in Regensburg gegeben hat.

Getrüffelter Pfau oder Perlhahn

Eine Schale voll geputzte, aufgeschnittene Trüffeln werden mit reichlich feingehacktem Speck, mit Kräutern und 1-2 gehackten Gänselebern kurz geschmort. Mit einem Teil davon wird der junge Pfau oder der Perlhahn gefüllt, 1-2 Tage kühl gestellt, dann gewürzt und gebraten. Man gibt den Rest der Trüffelfarce in halbierte Orangen und stellt sie um den auf einem Brotsockel angerichteten Braten.

Austern-Pastetchen

250 g Schweinefleisch und 100-200 g Champignons dreht man durch die Maschine, rührt dann 100 g Butter mit 2-3 Eiern und gibt die Fleischmasse, Salz, etwas Pfeffer, Muskat, geriebene Zitronenschale und Petersilie darunter. Dann legt man kleine Förmchen mit ausgewelltem und zurechtgeschnittenem Blätterteig aus und gibt je einen Löffel voll von dieser Farce darauf. Obenauf legt man 1-2 ausgelöste Austern und schließt mit einem Teigdeckel. Die Ränder bestreicht man dabei mit Eiweiß, damit sie schön dicht bleiben. Dann bäckt man die Pastetchen im Ofen goldgelb.

man muß dabei bedenken, daß es ja viel zu sehen gab und daß neben dem An- und Abservieren, das seine Zeit brauchte, ebensoviel für die Augen wie für den Magen geboten war.

Einige dieser Festtafeln sind uns nicht nur in ausführlichen und von echt barocker Erzählfreude erfüllten Relationen beschrieben, sondern auch in minutiösen Kupferstichen anschaulich überliefert worden, so zum Beispiel die Rittertafel aus Anlaß des Namenstages von Markgraf Georg Wilhelm von Brandenburg-Bayreuth 1722 (Abbildung Seite 25) oder die Bankette bei der Krönung des Kurfürsten Karl Albrecht von Bayern zum römisch-deutschen Kaiser 1742 in Frankfurt am Main (Abbildung Seiten 154–155).

Höchst aufwendig muß auch das ›Prächtige Sieg- und Freuden-Fest‹ gewesen sein, das der kaiserliche Prinzipalkommissar Kardinal Christian August von Sachsen zur Feier der Eroberung von Belgrad am 26. September 1717 den Diplomaten beim Immerwährenden Reichstag zu Regensburg und anderen hohen Standespersonen gegeben hat. Die von dem Regensburger Stadtkoch Georg Friedrich Bächlein arrangierte Tafel war zu Ehren des Kaisers Karl VI. in Form eines C (für Carolus) angeordnet und für hundert Personen gedeckt. Allein 148 verschiedene Speisen, darunter für die Jahreszeit ungewöhnliches Geflügel und Wildbret, wurden serviert, und das Konfekt stand zu drei Schuh, also zu etwa neunzig Zentimeter hoch aufgetürmten Pyramiden auf 36 Schalen bereit. Was uns aber hier besonders interessiert, das sind die sieben großen Tafelaufsätze, auch ›Schau-Essen‹ genannt, welche zum Ergötzen der Gäste aufgebaut waren und die auch auf dem Kupferstich von Johann Matthias Steidlin und Andreas Geyer (Seiten 52–53) deutlich, wenngleich sehr vereinfacht, zu erkennen sind. Da sah man unter einem Baldachin den Kaiser kniend das Dankgebet verrichten (I) oder Prinz Eugen siegreich in Belgrad einziehen (II), während auf dem nächsten Bildwerk die unterlegenen Türken in panischer Angst aus der Stadt flohen (III). Auf dem vierten Arrangement war gar die ganze Stadt Belgrad samt ihrer Festung und der von Kriegsschiffen wimmelnden Donau und Save dargestellt, das fünfte Diorama führte die Belagerung einer Schanze höchst naturalistisch vor, und auf dem sechsten Aufbau konnte man das kaiserliche Feldlager eingehend studieren. Die siebente ›Machine‹ endlich bot das türkische Lager mit allen Verschanzungen dar und wurde von dem aufmerksamen Augenzeugen sinngemäß so beschrieben:

Dieses Feldlager ist von einer der besten rot und grün gefärbten Zitronat- und Mandelmasse, wohlriechendem Gewürz und dergleichen in vier Etagen aufgebaut, die von jeweils sechs roten zuckernen, mit Silber marmorierten, gewundenen Säulen getragen wurden. Die Zelte waren von weißem Zucker und rot, blau oder weiß gefärbt; die Geschütze, so alle von Zucker, lagen umgestürzt, die Konstabler von Zucker lagen alle erschlagen, desgleichen waren andere türkische Reiter und Janitscharen hin und wieder zerhauen und erschossen zu sehen, alles von Zucker. Die Kamele und Pferde standen ohne Wärter und Herren; Pauken, Trompeten und anderes Kriegsgerät standen ohne Ordnung; Schanz- und Tragkörbe sowie sonstige Geräte lagen verstreut und verstärkten den Eindruck eines sehr zerstörten Lagers: Alles aus bestem Caramel, Zucker und braun gebrannten Mandeln, gut und wohl zu essen ...

Da sich die illustren Gäste durch die opulente Speisenfolge und das meterhoch aufgebaute Konfekt sicherlich vollauf gesättigt fanden, blieben die Tafelaufsätze zunächst unangetastet, um sie am nächsten Tag dem scharenweis zulaufenden einfachen Volke zu überlassen, das dann über die ganze süße Pracht wohl ebenso unbarmherzig herfiel wie die kaiserlichen Soldaten über die Muselmanen.

Auch der Moosburger Tranchiermeister Giegher machte Tafelaufrisse für das Aufstellen von Geschirr und Dekoration, und viele andere Bilddokumente in höfischen und großbürgerlichen Kochbüchern zeigen, wie aufwendig, ja überladen solche Festtafeln meist waren.

49 Matthias Giegher, einem Niederbayern aus Moosburg an der Isar, blieb es vorbehalten, die in Italien entwickelte Kunst des Tranchierens im Ursprüngsland selbst zu studieren und nach Deutschland zu vermitteln. Er wurde um 1589 geboren und war seit etwa 1616 in Padua bei der deutschen Studentengemeinde, wie wir heute sagen würden, als Tranchiermeister tätig.

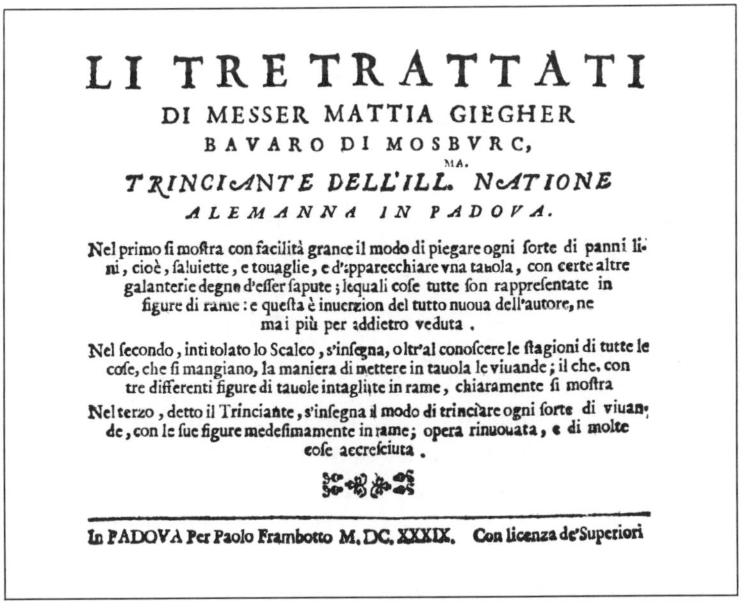

LI TRE TRATTATI

DI MESSER MATTIA GIEGHER

BAVARO DI MOSBVRC,

TRINCIANTE DELL'ILL.MA NATIONE

ALEMANNA IN PADOVA.

Nel primo ſi moſtra con facilità grande il modo di piegare ogni ſorte di panni lini, cioè, ſaluiette, e touaglie, e d'apparecchiare vna tauola, con certe altre galanterie degne d'eſſer ſapute; lequali coſe tutte ſon rappreſentate in figure di rame: e queſta è inuentione del tutto nuoua dell'autore, ne mai più per addietro veduta.

Nel ſecondo, intitolato lo Scalco, s'inſegna, oltr'al conoſcere le ſtagioni di tutte le coſe, che ſi mangiano, la maniera di mettere in tauola le viuande; il che, con tre differenti figure di tauole intagliate in rame, chiaramente ſi moſtra

Nel terzo, detto il Trinciante, s'inſegna il modo di trinciare ogni ſorte di viuande, con le ſue figure medeſimamente in rame; opera rinouata, e di molte coſe accreſciuta.

In PADOVA Per Paolo Frambotto M.DC.XXXIX. Con licenza de'Superiori

50 Seine reichen Erfahrungen auf dem Gebiet des Tafelwesens legte er in drei Büchern nieder. 1621 erschien seine Anleitung zum Tranchieren »Il Trinciante«, zwei Jahre später folgte mit »Lo Scalco« eine Einführung in die Kunst des Tafeldeckens, und 1629 vereinigte er beide Lehrbücher in überarbeiteter Form mit einer Anweisung zum Serviettenfalten in einem Sammelband mit dem Titel »Li tre trattati«. Das nebenstehende Titelblatt stammt von einer späteren Ausgabe aus dem Jahre 1639. Praktisch alle deutschen Tranchierbücher stützten sich auf Giegher und kopierten seine Illustrationen.

Das Tischfazilettlein

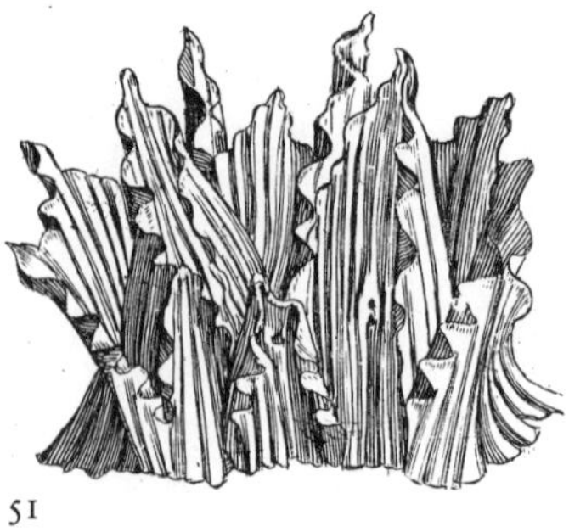

51

51, 52, 54, 55, 56 Auch auf die Kunst des Serviettenbrechens und -faltens verwendete man im 17. und 18. Jahrhundert – bei dem damals üblichen Heer von Biediensteten nicht weiter verwunderlich – viel hohe Kunst und ebenso großen Zeitaufwand. Die kompliziertesten Figuren stellten Blüten, Tiere, Berge oder Schiffe dar und machten auch vor gewagten Anspielungen nicht Halt. Die hier wiedergegebenen Beispiele zeigen *Die zwölf Berge* (Bild 51), den *Hecht* (Bild 52), die *Lilie* (Bild 54) und *Hahn tritt eine Henne* (Bild 55) sowie den *Türkenbund* (Bild 56).

52

54

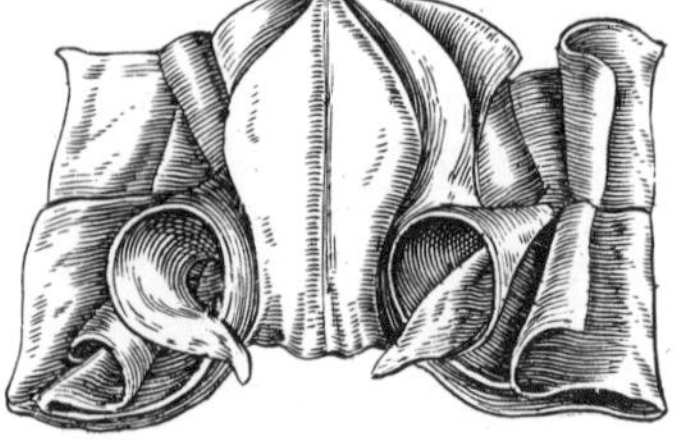

Zum Tafeldienst oder Service gehörte die Serviette, deren Name ja daraus hervorging. Sie war lange bekannt und zunächst noch völlig unabhängig vom Tischtuch. Zuerst fein aus Samt oder Brokat und nur einmal verwendet, diente sie zum eleganten Gebrauch an der Tafel großer Herren, begreiflicherweise zum Schonen der Kleider. Man wischte sich damit den fetten Mund vor dem Trinken ab, wie es die Tischzucht bestimmte, oder die Hände, die vom Essen verschmiert waren, auch wenn man nur mit drei gespreizten Fingern in die Gemeinschaftsschüssel greifen durfte. Allmählich waren es dann waschbare Servietten aus fein gesponnenem Leinen oder Leinendamast, immer schöner mit Fransen, Borten oder Stickereien und Spitzen verziert. Oftmals waren sie auch schon mit ihren schönen Webmustern der Tischdecke angepaßt. Man hat sie über die linke Schulter geschlagen oder am linken Arm bereit gehalten und wischte auch den mit einer Speise angebotenen Löffel sorgfältig daran ab, bevor er weiterging; der Bauer gebrauchte lange noch nach dem Essen den Tischtuchzipfel dazu. Viele Gäste brachten sich auch ihre immer feineren Servietten mit. Was mögen das erst für schöne Servietten gewesen sein, die Herzog Wilhelm v. seinem Sohn Maximilian als Nikolausgabe im Jahr 1582 neben silbernen Löffeln und anderem schenkte? Sie werden in der Hofchronik als ›fatziletlein‹ bezeichnet. Diese Tüchlein, auch facinett, fatscheinlein, Fazetl, Fazilötl oder Fatzelin geheißen, wurden sowohl als Taschen- wie als Teller- und Handtücher, als Mund- oder auch Schnupftücher oder Kinderlätzchen verwendet. Es war schlichtweg das Hilfsmittel, sich Nase, Mund, Gesicht und Hände abzuwischen. Speziell die Serviette hieß Tischfazinetl. Nach einer bayrischen Fronleichnams-Verordnung von 1580 sollte sich ein jeder der gespielten Pharaonen *ein schöns groß mit roter seiden und golt aufgenetes Fazinetl für ein umbgeschlagen Kres umb den Hals machen, und da sie trinkhen wellen, soll man Inen ein Tischfazinetl fürmachen, damit Sy sich nicht begiessen. Oder: Im Closter Andex ist ein halbes Tüchel oder Facilet, womit der Herr Jesus in dem Garten sein heiligstes Angesicht abwischt.* Sie waren also recht vielseitig in der Verwendung, zuerst noch eine vornehme, höfische, später dann großbürgerliche, allmählich allgemeine Einrichtung des Tischwesens und sind es ja auch geblieben.

Allgemeineres und dann auch schon meist vom Gastgeber gebotenes Tischrequisit wurde die Serviette erst im 15./16. Jahrhundert. Man begann einen ausgesprochenen Kult damit zu treiben, indem man sie parfümierte oder erwärmte und oft auch nach jedem Gang wechselte. Die Serviette hat auch eine besondere Kunst aufgebracht: das Serviettenbrechen. Zuerst als liebevolles

53 Was Rang und Namen hatte unter den Autoren, Buchdruckern und Verlegern des 17. Jahrhunderts brachte damals ein Anstands- und Trincierbüchlein oder wenigstens eines von diesen vielgefragten und gewinnbringenden Werken heraus. Auch der Jurist, Poet, Polyhistor und Gründer des Pegnitzordens Georg Philipp Harsdörffer trug dazu bei, diese beliebte Gebrauchsliteratur durch ein reich illustriertes Opus zu vermehren. Das 1657 im renommierten Kunstverlag von Paul Fürst erschienene Bändchen bringt in feingestochenen Kupfern unter anderem die hier ausgewählten Beispiele von Serviettenfiguren, die natürlich auf das grundlegende Werk von Matthias Giegher (Bild 50 auf Seite 55) zurückgehen.

Auflegen der zierlich gefältelten Mundtücher gedacht, wurde daraus eine geradezu gekünstelte Art, Schwäne und Schiffe, Vögel und Blumen, ja ganze Schaugebilde zu gestalten. Es gab sogar Lehrer und Lehrbücher dafür, wie das von dem Nürnberger Philipp Georg Harsdörffer mit vielen Bildern, Aufrissen und genauen Beschreibungen. Er schreibt 1650 unter anderem:

Die Fatscheinlein Hand- oder Tellertücher / können mit fug Falt- oder Feeltscheinlein genennet werden / weil sie nachfolgender gestalt die Falten scheinen machen / wie auff Königlichen und Fürstlichen Tafeln mit Verwunderung anzuschauen. Es sind aber derselben zweyerley / die ersten gebraucht man Hand und Mund damit zu reinigen / die andern aber nur zu bezierung der Tafel / und diese werden von gestärckter Leinwad auff mancherley art zusammen gelegt ...

Die Serviettenmode wurde allmählich durch Aufputzen mit Blumen, Tierköpfen aus Wachs und Tragant, Geschenken und Geldstücken so übertrieben, daß man zuletzt wieder zum einfachsten Anbieten der glatt gelegten Mundtücher zurückkehrte.

Wieder der bayrische Bezug: Hans Sachs hat das ›facilötlein‹ auch in seinem saftigen Kampfgespräch zwischen einer ›haußmagd und einer Kindtbeth Kelnerin‹ (Kinderfrau) erwähnt. Es geisterte also ebenso im Alltagsgebrauch wie in literarischen Moralergüssen herum und beweist damit seine weite Verbreitung und seinen Dienstbereich.

Eine altbayrische Sitte hat die Serviette als ›B'schoadtüchl‹ übernommen. Da bei Hochzeiten und anderen Großfesten sehr üppig aufgetragen wurde, konnten selbst leistungsfähige Esser nicht mit ihren Portionen fertig werden und haben die Reste dann in die von jedem einzelnen mitgebrachte Serviette, eben diesem

55

56

Tüchl, mit heimgenommen. Der oder das ›B'schoad‹ ist das Essen, das als Bescheid, also als das freundschaftlich Gebotene und zu Recht übernommene, zu betrachten war.

Das also war der Rahmen der bayrischen Culinaria. Sie bot Schönheit und gab wieder Arbeit und Impuls. Sie förderte Handel, den Import, sie nahm neue Ideen, neue Moden auf, gestaltete sich bayrisch und wurde wieder international, denn ihr Tafelgepräge wurde ebenso bewundertes Beispiel wie Anlaß zu neidiger Kritik. Aus all diesen Wechselbeziehungen aber wurde Kultur, Eßkultur, Kochkultur, Tafelkultur, so daß mit Recht behauptet werden kann, Bayern tafelt, selbst wenn diese Tatsache etwas Vergangenheit ist.

57 Auf diesem anonymen Stammbuchblatt vom Ende des 16. Jahrhunderts spricht eine heitere Hochzeitsgesellschaft sichtlich voller Behagen dem reichlich aufgetischten Konfekt, das den Beschluß eines jeden besseren Mahles bildete, zu. Die Herren neigten allerdings auch damals schon dazu, dem Wein den Vorzug zu geben.

Das Konfekt steht

Da große Gastmähler nicht nur der Sättigung dienten, sondern zugleich eine grandiose Schau sein sollten, wurden die einzelnen Darbietungen wie Akte auf einer Bühne vollzogen. So bedeutete der Beginn des Essens mit seiner festen Sitzordnung durch eigene Platzanweiser und mit Fanfarenstößen etwa den Prolog. Es gab mit großen Schaugerichten einen deutlich herausgehobenen Mittelpunkt, und auch das Ende war klar erkennbar als ›Konfekt‹. Das heißt, daß nach allen Speisen, Getränken und Reden der offizielle Teil des Mahles abgeschlossen war und nach einer kleinen Verschnaufpause der süße Ausklang folgte. Er war, gleichgültig, woraus er bestand: ›das Konfekt‹. Nicht etwa in unserem heutigen Sinn feines Gebäck, sondern ein Digestivum, halb Medizin, halb Leckerei (Apothekerschleck), um das vorangegangene, meist viel zu schwere und üppige Mahl leichter verdauen zu können. Einem uralten Wissen zufolge setzte man magensekretfördernde Samen und Früchte ein, die in Klosterapotheken und Offizinen entsprechend vorbereitet wurden. Nach dem Import von Zucker in größerem Umfang, etwa um die Zeit der Kreuzzüge, wurden diese Samen, wie Melonen- oder Mandelkerne, Pistazien oder auch getrocknete Südfrüchte, etwa Datteln, verzuckert oder man bereitete gleich aus Mandeln, Zucker und Rosenwasser Marzipan, das aus dem Orient bekannt war, und formte es zu ›Konfekt‹. Ebenso liebte man kandierte Rosen, Kornblumen, Veilchen oder Pomeranzenschalen, mit Safran gefärbten gezogenen Zucker, Ingwer, Kalmus, Bibernell, auch Lebkuchen und bemalten Nürnberger Eierzucker. Und dieses Konfekt war zunächst so neu und aufregend, daß dafür ein eigenes Zeremoniell entstand: Ein vornehm gekleideter, adliger Page brachte auf silberner Schüssel, um den Arm ein Brokattuch mit Goldfransen, begleitet von Fanfarenklängen den süßen Schluß, und der Zeremonienmeister oder Truchseß verkündete laut: ›Das Konfekt steht‹, womit der deutlich abgesetzte letzte Akt begann. Jetzt kamen die Musiker und Bittsteller, die Gaukler und Tänzer, die Armen und Bettler. Die bisher mehr oder weniger steife Ordnung löste sich in Lärm und Tanz auf.

Alte Bilder, von dem Münchner Hofmaler Solis, von Wolgemut, dem Lehrer Dürers und anderen, zeigen gerade diese Situation ›nach Tisch‹ gerne, denn da geht es recht turbulent zu. Neben

58, 59 Im 19. Jahrhundert ersetzten symbolträchtige historische Anspielungen oder nationale Motive die spielerischen Phantasiegebilde des inzwischen verpönten Barocks und Rokokos. Auf diesen Kreationen des Münchner Konditors F.P. Glass (oben) und der bekannten Regensburger Kochbuchautorin Maria Aabel von 1894 (unten) verleihen das Münchner Kindl und die Befreiungshalle bei Kelheim einem bayerischen Festessen den adäquaten patriotischen Akzent.

60 Deutliche Anleihen bei der zeitgenössischen Kunst des Historismus machte Carl Krackhart in seinem gegen Ende des 19. Jahrhunderts in München erschienenen *Neuen illustrirten Conditoreibuch*. Allein 64 vorgefertigte Teile brauchte der Zuckerbäcker, um diesen – natürlich von innen beleuchtbaren – Turm aus Spritzguß aufzubauen.

den Bettlern und Musikanten spielen oft Kinder und Affen und balgen sich mit den Hunden um die weggeworfenen Knochen und Reste. Oft sitzt in einer Ecke noch ein Papagei, was auf den Reichtum des Gastgebers als Bezieher exotischer Handelsware besonders auffällig hinweist. So sind solche Szenen nicht von ungefähr, sondern sehr bewußte Schilderungen, die wir für bare Münze nehmen dürfen und die eine klare Aussage sind, eben: das Konfekt steht!

Ursprünglich war das Konfekt, mehr vom Medizinischen her gesehen, ein Verdauungsmittel und erst später eine immer köstlichere und phantasievolle Leckerei. Zunächst war es ein verzukkertes Gewürz, wurde dann ein gewürztes Feingebäck, wie Lebkuchen und dergleichen, bis es endlich auch noch andere Desserts, in Form von Torten, Obst, Eis und anderen Feinspeisen zugesellt bekam.

Berühmt ist das Regensburger Reichstagskonfekt geblieben, das beim Immerwährenden Reichstag zuerst als Nachtisch, später, weil es den Gästen gar so gut geschmeckt hat, auch während der Verhandlungen vom Rat der Stadt sehr großzügig dargeboten wurde. Die Herren Gesandten haben dabei aber so stark zugegriffen, daß diese noble Geste bald zu teuer kam und eingestellt werden mußte.

Übrigens sind Pralinen gleichfalls als eine Art Konfekt erstmals in Deutschland, ausgerechnet in Regensburg, anläßlich eines Immerwährenden Reichstags, aufgetragen worden. Das kam so: Der französische Gesandte und Marschall von Ludwig XIV., Herzog Choiseul aus dem Hause der Grafen du Plessis-Praslin oder Pralin (1598-1657), brachte als Neuheit Kaffee und eben dieses neue Schokoladenkonfekt als gesellschaftlich-kulinarisches Ereignis mit. Natürlich war nicht er es, sondern sein Koch, der sich diese Neuheit ausgedacht und dann nach seinem Herrn benannt hat. Es handelte sich um mit Schokolade überzogene kleine Süßigkeiten, wie Fondant, Marzipan, Datteln, Mandeln und ein Gemisch daraus, eine entzückende Kombination aus Duft, Aroma, Schmelz und Süße. Und mit ihnen kam ein Hauch vom Pariser Hof des Sonnenkönigs in die sonst so ländliche Reichsstadt. Man sieht geradezu die schmalen, blassen und spitzenumrieselten Hände der Damen und Herren, wenn sie nach diesen Köstlichkeiten griffen. Die Seidenroben knisterten mit den Wachskerzen um die Wette, die Allongeperücken glänzten, die Reifröcke bauschten sich, und wohl manches Pincenez neigte sich über die braunen, süßen Dinger.

Dieser Name blieb so bis zur Zeit des Ersten Weltkriegs, wenngleich die Art der Süßigkeit vielgestaltiger wurde, dann erst hat man das hartklingende Wort ›Pralinen‹ mit der Betonung auf dem

›i‹ erdacht, wahrscheinlich um vom damaligen Erzfeind Frankreich abzurücken. Schade, denn das alte ›Praliné‹ ist um ebensoviel weicher, süßer und eleganter, wie etwa eine zarte ›Crème‹ unvergleichlich besser ausdrückt, worum es sich handelt, als das ›teutonische‹, fremde und nebenbei auch falsche Wort ›Krem‹, das noch dazu maskulinen Geschlechtes ist.

Heute noch ist der Nachtisch, gleich ob Crème oder das alte ›Konfekt‹, höchst wichtig und zugleich der Abschluß des Essens, denn zum eventuell noch nachfolgenden Mokka wird nach ältestem Vorbild der Tisch völlig abgeräumt oder sogar die ›Tafel aufgehoben‹, denn ein neuer Akt beginnt.

Auch das später aufgekommene ›Dessert‹ für den Abschluß des Mahles entstammt demselben Vorgang. ›Desserve‹ heißt abtragen, also Schluß machen.

Bei unseren Urahnen begann jetzt das ›wüste Gelage‹, weshalb sich die Frauen entfernten. Die Männer blieben wohlweislich unter sich. Noch bei unsern Großmüttern war es nicht anders, sie gingen zum Plaudern ins Nebenzimmer, die Herren begannen genüßlich zu rauchen und sich Witze zu erzählen, so wie früher sich die Possenreißer, Springer und Musikanten produzierten. Es ist nichts von ungefähr und überall schaut die Tradition aus den Falten des Weltvorhangs.

61 Dem Erfindungsreichtum der Konditoren des 19. Jahrhunderts waren ebensowenig Grenzen gesetzt wie der Phantasie der Zuckerbäcker der Barockzeit: der Clou dieser Kastanientorte von 1894 war ein gläserner Vogelbauer.

62 Kunst und Kulinarik gingen im lebensfrohen und genußfreudigen süddeutschen Barock und Rokoko oft eine enge Bindung ein. Besonders die Freskanten wurden nicht müde, in ihren gewölbeüberspannenden Deckenmalereien Gastmähler und Festessen darzustellen. Eine der liebenswürdigsten Erscheinungen unter den Schilderern barocken Lebens war der schwäbische Kirchenmaler Johann Baptist Enderle. In unbekümmerter Gegenwartsnähe verlegte er die biblische Szene von Salomes Tanz ins Rokoko und läßt König Herodes durch einen Negerpagen eine prachtvolle Torte auftischen.

Die Tischzucht

Das Bestreben, das Essen zu einer festlichen, gesitteten Handlung zu machen und ihm einen feierlich-fröhlichen Anstrich zu geben, hat neben Dichtern und Künstlern vor allem Moralisten bewegt. Sie haben gerade hier eine Möglichkeit entdeckt, veredelnd und verschönernd einzuwirken. Die ersten Denkmale solcher Vorhaben finden wir bereits um die Jahrtausendwende in alten Klosterhandschriften, denn hier sollten neben guten Sitten beim Mahl auch eine Art realistischer Dankgottesdienst abgehalten werden. Zudem waren Mönche ja die frühesten Erzieher der adeligen Jugend. Im 11. und 12. Jahrhundert, mit dem Aufblühen des Rittertums, der Minnezeit, zogen zunächst einmal in die Paläste feinere Eßgebräuche ein. Und wie jeder Bedarf ganz von selbst gedeckt wird, erstanden in einer kurzen Zeitspanne die entsprechenden Mahner und Lehrer, die Verfasser sogenannter Tischzuchten, die es unternahmen, zu zeigen, was richtig und falsch ist. Die Lehren, in Balladen-, Lied- oder Reimform, als Spottverse oder als Gespräch zwischen Vater und Sohn oder als Tugendspiegel verfaßt, bringen so viele Einzelheiten, wie man essen, trinken und reden, sich den Mund abwischen, die Nase nicht ins Tischtuch schneuzen, was man mit den Knochen anfangen, wieviel, wann und was man der Schüssel entnehmen soll, daß man sich wundern muß über soviel selbstverständliche Dinge, die eben damals nicht selbstverständlich waren. Wir haben in Bayern eine ganze Reihe solcher Sänger, die bestrebt waren ›Zuocht und Mâze‹, die ritterlichen Begriffe für Maßhalten und höfisches Wesen durch Lied und Reim zu verbreiten. Da ist zunächst Tannhäuser, nicht der aus dem Hörselberg, der sich dort mit Frau Venus amüsierte, sondern ein gleichnamiger, wandernder bayerischer Kleriker, der als Sänger und Mahner von Hof zu Hof und von Kloster zu Kloster zog, um unter anderem besonders Tischzucht in Liedform unters Volk zu bringen. Er wird 1393 in Innsbruck erwähnt. Auch eine Frau hat, lange bevor Schiller sagte, daß man sich an edle Frauen wenden solle, um zu wissen, was sich ziemt, Anstandsregeln gedichtet. Clara Hätzlerin, eine wortgewaltige und sehr gebildete Nonne aus Augsburg hat 1471 eine umfangreiche Handschrift mit fremden und eigenen Gedichten verfaßt, die sich mit den Lebensumständen ihrer Zeit befassen. Neben Liebesliedern und zartester

63 Auf gesittetes Benehmen bei Tisch legte man seit dem 16. Jahrhundert auch im Bürgertum besonderen Wert, wie die zahllosen Anleitungsbücher zu diesem Thema beweisen. Der im Nürnberger Verlag von Paul Fürst Anfang des 17. Jahrhunderts erschienene ›Spiegel einer Christlichen vnd friedsamen Haußhaltung‹ verhalf nicht nur der ganzen Familie zu feinen Tischmanieren, sondern unterwarf – wie der Kupferstich zu diesem Buch deutlich macht – auch die Beziehungen zwischen Hausherrn und Haushund einem nicht minder strengen Reglement.

Lyrik schrieb sie Denksprüche und ›Tischzucht‹, kunterbunt und vielseitig, etwa einem Almanach vergleichbar. Aus ihrem Liederbuch ist, wenn auch erst nach längerem Einlesen in die Sprache, klar zu erkennen, was alles erwähnt, getadelt, bespöttelt werden mußte, um die damaligen Tischmanieren zu verbessern. Ein sehr früher Hüter der ritterlichen Ordnung und des guten Benehmens an der Tafel war auch Wolfram von Eschenbach, der große Sänger bayrischer Frühkultur. In der ersten Hälfte des 13. Jahrhunderts spielten die ›Mähren des Strickers‹ eine bedeutende Rolle sowohl für das höfische Wesen wie für das Volk, denn dieser wortgewaltige Franke hat mit seinen moralischen Schriften gegen die Mißstände seiner Zeit in einer so festgefügten Schwankform zu mahnen verstanden, daß seine Sprüche und Reime in der Gestalt des Till Eulenspiegel erhalten geblieben sind. Als letzter bedeutender ›Knigge‹ seiner Zeit sei noch Hans Sachs erwähnt, der es in drei speziellen Tischzuchten unternommen hat, für anständigere Eßsitten zu plädieren.

So weit weg auch literarische Ergüsse dieser Sänger und Dichter erscheinen mögen, so eng sind sie doch dem Tafelwesen und da-

64

65

Einige Beispiele:

Aus einer zu Augsburg im Jahr 1521 gedruckten ›Kinderzucht‹, Vers 80 bis 90:

Greifft ainer darnach, so nym ims nit.
In der schoß nit yß die speyß.
Die füß nit schlengk, such nit die leyß.
So du ain schnitle hast gepissen,
Stoß nit wider in die schissel.

Nit schleck die finger, dar zu nit nag
Die bainer, mit dem messer schab,
Vnd legs für dich oder auf den plan,
Wirffs nit für die füß, steet dir wol an.

Aus Sebastian Brants Narrenschiff: ›Von disches vnzucht‹, Vers 75 bis 80

Das er es mit eym andern teyl,
Ouch der syn backen fült also
Als ob sie stackten jm vol stro,
Und mit dem essen vmb sich gaff
In alle winckel wie eyn aff.

Vnd sicht eym yeden zu mit bger
Ob der villicht me essz, dann er
Vnd ee diser eyn mundt voll zuckt
Hat er vier oder fünff verschluckt,
Vnd das jm nit villicht gebräst.

Aus Hans Sachs: ›Ein dischzucht‹

Hor mensch, wen dw zw disch wilt essen,
Wasch dein hend ee dw pist gesessen.
Des wenedicte nit vergis,
In gottes nam heb an vnd is.

Las erstlich anfangen ein alten.
Thw dich zuechtig vnd messig halten.
Nicht schnawde oder sewisch schmacze,
Mit vngestuem nach dem brot nit placze,
Das dw kain gschir vumbstosen thuest.

mit der Culinaria verhaftet, daß sie hier nicht übergangen werden durften. Ja, sie sind ein Beweis, wie sehr das Essen mit jeder Lebensform, mit jeder Kulturäußerung verbunden ist.

Der Ablauf des hier Geschriebenen mag oftmals sprunghaft wirken, weil die erwähnten Zeiten und Stilepochen durcheinander geraten zu sein scheinen. Aber tatsächlich ist eine streng geregelte Folge von Kulturbildern quer durch die bayrische Culinaria gar nicht möglich, weil manches vorauseilte, anderes nachhinkte und sich so dauernd überschneidet. Stadt und Land, der Hof und der bäuerliche Kreis sind geistig wie in der Entwicklung so weit auseinander, daß eine Darstellung gar nicht anders als stark unterschiedlich sein kann. Was hier längst vergangen ist, wird dort erst Mode. So könnte eine Beschreibung so vieler Einzeldarstellungen in chronologischer Reihenfolge vielleicht verwirren, weil die Entstehung von Sitten, Gewohnheiten und Notwendigkeiten wie von Gegenständen nicht von der Zeit, sondern von ihrem Wesen her aufgezeigt werden sollen. Schöne Gebrauchsstücke, die im Material edel und äußerst solid, in ihrer Form klar und wenig variabel sowie für ihren Zweck funktionstüchtig sind, haben sich stets lange gehalten und nur langsam weiter entwickelt, so daß sie im wahrsten Sinne des Wortes zeitlos waren und mehrere Epochen überdauerten. Das erschwert ihre genaue Einordnung in die Gesamtschau. Dazu kommt noch, daß diese wertvollen Gerätschaften nur allmählich angeschafft und dann immer wieder vererbt wurden, so daß sie sich mit der Zeit vermehrten, um endlich für eine längere Zeitfolge Zeugnis abzulegen.

Auch Sitten und Gebräuche sickerten langsam von den oberen Kreisen in die unteren Volksschichten ein und verwandelten sich dabei, paßten sich an und vereinfachten sich. Aber sie waren in irgendeiner Form immer und überall spürbar und sind deshalb nur selten klar in eine bestimmte Epoche einzuordnen.

64 Der einfache Bürger, dem der Erwerb eines ganzen Buches zu teuer kam, konnte aus den wohlfeilen Augsburger Flugblättern bequem ablesen, wie sich eine Familie von Stand – von der gebotenen Hygiene bis zum frommen Tischgebet – bei der Tafel zu benehmen hat, und sein eigenes Verhalten sowohl an den eindringlichen Bildbeispielen wie den leicht faßbaren Versen ausrichten.

65 In drastischer Weise dagegen wurden die schlechten Tischmanieren gegeißelt und ihre Folgen in den damals sehr beliebten Narrenbüchern deutlich vor Augen geführt. Auch der berühmte Matthäus Merian stellte sich in den Dienst der Volkserziehung und schuf die Kupferstiche zu einem solchen Narrenspiegel.

66 Die gepflegte Tischatmosphäre als Ausdruck gehobener Lebensart wurde im 19. Jahrhundert zum Selbstzweck und diente zur Selbstdarstellung der guten Gesellschaft. Konvention, Konversation und Koketterie – wie sie hier Julius Rottenhöfer für seine Zeit mustergültig darstellt – stilisierten die elementare Nahrungsaufnahme zum Kunstwerk eigener Art. Aber was ursprünglich dem ungetrübten Genuß dienen sollte, degenerierte allmählich zum gesellschaftlichen Ereignis, bei dem der eigentliche Anlaß zur Nebensache geworden ist: Das in unserer Zeit vielzitierte ›Arbeitsessen‹ ist nur eine – und wohl nicht die letzte – Deformation in dieser Entwicklung.

Ein kulinarischer Reisebericht aus dem 16. Jahrhundert

67 Wenn in der populären Graphik des 17. und 18. Jahrhunderts ein Wirt der Darstellung und Überlieferung für würdig befunden wurde, dann mußte dieser schon eine besondere Beliebtheit erlangt oder außergewöhnliche Verdienste um das Wohl seiner Gäste erworben haben wie hier der Gastgeber zum Schwarzen Bären in Nürnberg. Von solchem Zuschnitt mögen auch die Wirte gewesen sein, die Michel de Montaigne auf seiner Reise durch Süddeutschland begegnet sind und zu seinen erstaunlichen Erkenntnissen über die bayerische und schwäbische Gastronomie Anlaß gegeben haben.

Michel de Montaigne ist für unsere ziemlich frühe Eß- und Tafelkultur ein zuverlässiger Berichter. 1580 schrieb er von seiner großen Reise über Süddeutschland nach Italien sein berühmt gewordenes ›Tagebuch einer Badereise‹. Wenn man bedenkt, daß es nur wenige Jahre vor der Umstellung unseres Kalenders durch Papst Gregor (1583) geschrieben ist, so muß uns dieses von der Zeit geadelte Zeugnis sehr viel gelten. Kritisch und mit offenen Augen begabt, schreibt er über viele alltägliche Kleinigkeiten, die aber gerade deshalb interessant sind, weil sie einerseits viele blitzende Schlaglichterchen aufsetzen und andererseits sehr selten dargestellt wurden, denn andere Chronisten haben gerne nur über große oder auffällige Dinge berichtet. Dadurch kommen wir ins Wissen um nebensächliche Wichtigkeiten, soweit sie die uns hier interessierende Magenlabe betreffen. Am 10. Oktober kommt Montaigne in Lindau an und schreibt:

Wir wohnten in der Krone, einem hübschen Gasthaus. In das Tafelwerk des Speisesaales war eine Art Käfig eingefügt, in dem eine große Anzahl Vögel Platz fanden; Schwebegänge die mit Messingdrähten aufgehängt waren und von einem Ende des Zimmers bis zum anderen gingen, dienten den Vögeln zum Spazierengehen. Zu Möbeln und Getäfel wird nur Tannenholz verwendet, die gewöhnlichste Holzart in ihren Wäldern; jedoch wird es sorgfältig gefärbt, gebeizt und gereinigt, und man verwendet sogar eine besondere Haarbürste zum Abstauben von Bänken und Tischen. Überall werden Kohlköpfe gezogen, die man mit einem besonderen Instrument klein zerhackt (dem sogenannten Hachei) und dann in großen Mengen in Zubern einsalzt: davon werden den ganzen Winter Kohlsuppen gekocht.

Ferner:

Was die Aufwartung bei Tisch betrifft, treiben sie solchen Aufwand mit Lebensmitteln und bringen in die Gerichte eine solche Abwechslung an Suppen, Saucen und Salaten, und das alles ist in den guten Gasthäusern mit solchem Wohlgeschmack zubereitet, daß die Küche des französischen Adels kaum damit verglichen werden kann, auch fände man in unseren Schlössern wenige derartig geschmückte Säle. Uns unbekannt waren Quittensuppe, Suppe, in die gebackene Äpfel geschnitten waren, und Krautsalat, ferner dicke Suppen ohne Brot. z.B. von Reis, von denen alle gemeinsam essen, da ein besonderes Gedeck unbekannt ist.

68 München hat Michel de Montaigne seltsamerweise – und im wörtlichen Sinne auf seinem Weg von Augsburg nach Landsberg – links liegengelassen, obwohl die Stadt damals unter der Regierung der prachtliebenden Renaissancefürsten Albrecht V. und Wilhelm V. zu einer der modernsten Residenzen Deutschlands heranreifte. Das Wittelsbacher Mäzenatentum zog eine große Schar von Künstlern an, die sich wie eh und je im frohen Kreis trinkfester Kollegen ihre Inspiration holten: Hier ein Münchner Künstlerstammtisch von 1598, an dem sich der gewandte Bildchronist Georg Pecham links außen selbst mit dargestellt hat.

Bemerkenswert ist der Reichtum an guten Fischen, die mit Fleisch in einer Schüssel aufgetragen werden; Forellen sind nicht geschätzt, und man ißt nur ihren Laich; Wild, Schnepfen und junge Hasen, die ganz anders als wie bei uns, aber mindestens ebensogut hergerichtet werden, sind reichlich vorhanden. Wir sahen niemals so zarte Fleischspeisen, wie sie dort täglich aufgetragen werden. Mit dem Fleisch werden gekochte Pflaumen, Birnen- und Apfelschnitze gereicht; bald wird der Braten zuerst und die Suppe zuletzt aufgetragen, bald umgekehrt. An Früchten gibt es nur Birnen, Äpfel, die sehr gut sind, und Nüsse; dann gibt es Käse. Zum Fleisch wird ein Ständer aus Silber oder Zinn mit vier Behältern aufgestellt, der verschiedene gestoßene Spezereien enthält, darunter Kümmel oder etwas Ähnliches, das pikant und scharf schmeckt, und das auf das Brot gestreut wird; zumeist ist das Brot mit Fenchel gebacken. Nach der Mahlzeit werden nochmals volle Gläser [Wein] und zwei oder drei Sachen aufgetragen, welche die Verdauung befördern.

Herr von Montaigne bedauerte zweierlei auf seiner Reise, einmal, daß er keinen Koch mitgenommen hatte, um ihn die hiesigen Gerichte studieren und dann zu Hause erproben zu lassen; zweitens, daß er nicht einen deutschen Diener angenommen hatte.

Es ist doch interessant, daß immerhin ein so weitgereister Franzose aus den oberen Schichten so beeindruckt ist von der Süddeutschen Küche! Das beweist jedenfalls, daß seine heimatliche Culinaria nicht so großartig war, wie wir es so gerne erzählt bekommen.

Am 12. 10. kam der Reisezug nach Kempten, wo die Herren im ›Bären‹ abstiegen. Montaigne lobt die noble Aufmachung mit Silberzeug und schönem Zinngeschirr.

Rippchen vom Wild nach Jägerart

Von einem gehäuteten Wildrücken werden Rippchen nach Bedarf geschnitten, ausgelöst und geklopft. Sie werden dressiert, mit Farce bestrichen, paniert, in Butter gelb gebraten und mit Manschetten besteckt angerichtet. Jetzt wird Kastanienpüree ziemlich dick mit kräftiger Bouillon angemacht und gut gewürzt. Etwa 500 g Steinpilze, möglichst frische, werden geschmort. Die Sauce wird mit Rotwein gewürzt und leicht gebunden. Zuletzt werden geschälte Kartoffeln rund ausgestochen, blanchiert und gelb gebraten. Zum Anrichten wird das Kastanienpüree hoch in die Mitte getürmt, an die Seiten legt man die Koteletts, an ein Ende die Pilze, an das andere die Kartoffeln. Dazu eine starke Rotweinsauce.

70 *Gegenüberliegende Farbtafel:* Ein Kulturdokument ersten Ranges ist das »Hausbuch der Mendelschen Zwölfbrüderstiftung« in Nürnberg. Dieses von der Gotik bis zum Rokoko geführte Porträtalbum überliefert nicht nur das Aussehen der Bewohner dieses bedeutenden und gesuchten Altersheims, sondern stellt sie auch mit den Geräten ihres Berufes und bei dessen typischen Verrichtungen dar. Dabei fehlen auch nicht die Köchinnen dieser ansonsten nur Männern vorbehaltenen Sozialeinrichtung (siehe Tafel 136 Seite 128). Die hier Wiedergegebenen sind – jeweils von links nach rechts – in der ersten Reihe der Fleischer Sixt Klaubenbusch, 1541; der Freibankmetzger Hans Lengenfelder, 1436; und der Koch Heinrich Schlichting, 1527; in der Mitte der Fischer Fritz Richtel, 1426; der Fischhändler Andres Pfragner, um 1425; und der Gewürzkrämer Berchtold Kromer, 1453; in der letzten Reihe der Weinschenk Nüssel, um 1425; der Biermesser Hans Frank, 1506; und der Gastwirt Hans Hoffmann, 1607.

In Schongau wohnt er im ›Stern‹ und schreibt weiter: *Wir fanden hier eine neue Anordnung der Tafel: die Salzständer wurden auf einem quadratischen Tisch von einer Ecke zur gegenüberliegenden aufgestellt, die Leuchter desgleichen, so daß ein St. Andreaskreuz gebildet wurde. Eier wurden uns, wenigstens bis dahin, niemals anders als hartgesotten und in Vierteln zerschnitten auf Salat serviert, der dort sehr gut war, ebenso wie die Kräuter sehr frisch; wir bekamen ferner neuen Wein, der dort meist gleich nach Beendigung des Gärens getrunken wird.*

Dann ein Bericht aus Augsburg: *Die Speisenfolge ist im Land sehr verschieden; hier wurden zuerst Krebse aufgetragen, die überall sonst gegen Ende kommen, sie waren von einer außerordentlichen Größe. In verschiedenen Gasthäusern, wenigstens den großen, wird alles zugedeckt aufgetragen.*

Es wurden uns Pasteten, große und kleine, in irdenen Gefäßen von der Farbe und genau der Form der Pastete selbst, serviert. Es vergehen wenig Mahlzeiten, ohne daß einem nicht Zuckerwerk und Büchsen mit Eingemachtem angeboten würden. Das Brot ist das denkbar ausgezeichnetste, die Weine sind gut und wie überhaupt in Deutschland meist weiß; um Augsburg wächst keiner, und er kommt fünf bis sechs Tage weit her.

In Königsdorf dann, auf der Weiterreise heißt es im Tagebuch: *Hier bekamen wir zum erstenmal in Deutschland an Fischtagen [Fasttagen] oder auch sonst Eier, die wir bisher nur [wie schon erwähnt] zum Salat erhalten hatten.*

Mittenwald ist insofern eine interessante Station, als die Gäste hier als besondere Neuheit Kastanien angeboten bekamen. Sie sind gewiß direkt aus dem Süden angeliefert worden.

69 Was Montaigne bei seiner erstaunlichen gastronomischen Bilanz wohl als selbstverständlich hinnahm und nicht weiter erwähnte, ist die äußere Erscheinung, die viele alte Gasthöfe auszeichnet und auch heute noch – oft genug in der lebensvollen Verbindung von Kirche, Wirtshaus und Rathaus wie hier im oberpfälzischen Roding – zu einem beglückenden Ensemble ausdrucksvoller Architektur, unverwechselbarer dörflicher oder städtischer Kultur sowie bodenständiger Lebensform macht.

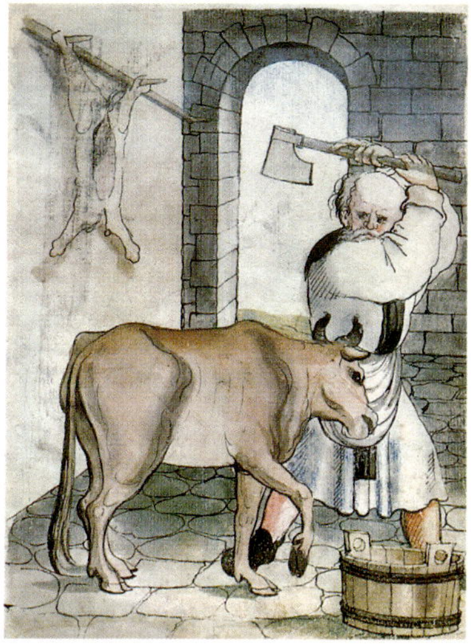
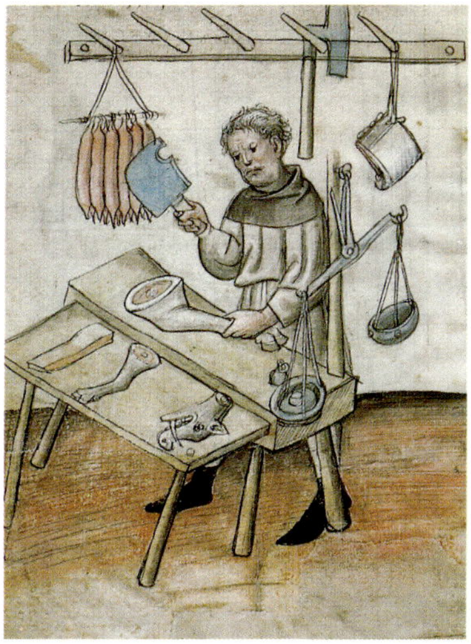

71 *Gegenüberliegende Seite:* Ein genauer Spiegel der Küchenkultur vergangener Zeiten ist die Puppenküche, in der die reale Welt – freilich oft sehr viel mustergültiger und ordentlicher als die Wirklichkeit – zur Belustigung und Belehrung der Kinder – im Miniaturformat genau porträtiert wird. Schon im 17. Jahrhundert erscheinen in den berühmten Nürnberger Puppenhäusern auch die Küchen in vorbildlicher Modellhaftigkeit, die freilich viel zu kunstvoll war, als daß man sie den Kindern wirklich zum echten Spielen überlassen hätte. Eines der wenigen noch ganz ursprünglich erhaltenen Puppenhäuser ist jenes von 1639, das im Germanischen Nationalmuseum aufbewahrt wird und in dem hier wiedergegebenen Ausschnitt einen guten Einblick in die heile Küchenwelt eines reichsstädtischen Patrizierhauses zur Zeit des Dreißigjährigen Krieges gewährt.

72 Im deutlichen Gegensatz dazu steht die gotische Küche des ehemaligen Dominikanerinnenklosters in Rothenburg ob der Tauber: Was sie an Ausstattung und häuslicher Behaglichkeit gegenüber dem vorhergehenden Bild vermissen läßt, wiegt sie durch die mächtige – im Bild leider nicht wiederzugebende – Raumwirkung und die urtümlich-kraftvolle Anlage der Feuerstelle unter einem gewaltigen Rauchfang bei weitem wieder auf.

Rund um die Küche

Als Entstehungsort aller kulinarischen Freuden und Notwendigkeiten war die Küche stets und überall das Herzstück des Hauses. Schon wegen der oft einzigen Feuerstelle. Natürlich gab und gibt es je nach Haushalt, Familienstand, Wirtschaftslage und regionalen Besonderheiten große Unterschiede, aber nirgends einen Zweifel über die Wichtigkeit gerade dieses Raumes im Haus.

Sprechen wir zunächst einmal über die in jeder Hinsicht zweckgebundene Küche des Bauernhauses. Je nach Gegend und Hofgröße war sie weiträumig und gut ausgestattet oder als kleinwinkelige, dunkle Ecke eine primitive Rauchkuchel ohne Abzug und daher verrußt und nur mit einer einfachen, grob aufgemauerten Kochstelle. Wenn der Rauch an Regentagen nicht recht abziehen wollte, mußte man die Haustüre aufmachen, so daß zusammen mit der Treppe nach oben ein guter Zug entstand. Das heute oft bewunderte dunkle Gebälk alter Holzhäuser ist weiter nichts als rußgeschwärzt und geräuchert. Man hat ja auch, noch bis zum Ende des vorigen Jahrhunderts, die Decke über dem offenen Herd als Räucherkammer benützt und findet auf vielen alten Darstellungen Würste oder Schinken über der Herdstelle aufgehängt. Das Feuer wurde meist, besonders in der kalten Zeit, auch über Nacht unterhalten. Damit keine Funken sprühen konnten, gab es netzartige Feuerkörbe aus Eisenbändern zum Darüberstülpen. So blieb es auf dem Land, noch lange. Mit der Zeit aber wurde der Kamin üblich und damit wurde ein Raum geschaffen, in dem auch Eßtisch, Stuhl und Kasten Einzug hielten. Die Wohnküche mit Eckbank und Herrgottswinkel war geschaffen. Parallel dazu entstand aber im größeren Bauernhaus die ausgesprochene Wohnstube, die vom Küchenherd aus mitbeheizt wurde, so daß dort die Küche wieder zur reinen Arbeitsstätte wurde.

Wenn der Viehbestand reichlich war, mußte viel Futter zubereitet werden. Diese Notwendigkeit verlangte eine besondere und große Kochstelle, meist einen festgemauerten Kessel, der mit den Futtertruhen und Eimern in einem kleinen Raum oder auch in einer Mauernische mit Anschluß an den Herdkamin untergebracht war.

Vom späteren Mittelalter an wurde die Herdstelle in eine bequeme Arbeitshöhe aufgemauert und bekam einen Rauchfang.

73 *Gegenüberliegende Farbtafel:* Wie es beim Kochen in einer alten Küche herging, schildert in anschaulicher Weise der Landshuter Hofmaler Hans Wertinger in seinem um 1530 entstandenen Monatsbild des ›Dezember‹, das durch eine höchst realistische Szene vom Schweineschlachten noch eine besondere Note erhält.

Saures Schweinefleisch

Während ein Stück Schweinefleisch – es kann ruhig ein fetteres Stück sein – zartweich kocht, bereitet man eine braune Schwitze, gießt sie mit etwas Kochbrühe auf und schmeckt sie mit Essig, Lorbeerblatt, einigen Wacholderbeeren, Salz, Pfeffer, Muskat und Kümmel sehr herzhaft ab. Wenn das Fleisch gar ist, schneidet man es in grobe Würfel, legt diese in die Sauce und läßt sie noch gut durchkochen. Dazu gibt es Semmelknödel.

75, 76 Nicht sehr viel verändert hat sich auf den ersten Blick zwischen der Darstellung der spätbiedermeierlichen Küche (Bild 76) um 1850 und der Ausstattung einer »vollständig eingerichteten Küche«, wie sie Therese Bruckbräu in ihrem ›Münchner Kochbuch‹ von 1893 ihren Leserinnen als Musterbeispiel vorführt (Bild 75). Dennoch hat sich bei genauerem Hinsehen ein wesentlicher Wandel vollzogen: Die offene Feuerstelle ist nun endgültig verschwunden.

75

Das offene Feuer erzeugte natürlich viel Ruß, Rauch und Asche und verlangte Späne und Scheite, Schaufel und Schürhacken, Blasebalg, Feuerbock, Kesselhenke, dreifüßige Töpfe und Röste. Das bedeutete auch eine Beschränkung der Kocharten auf einfache Zutaten und einfache Ergebnisse. Man kochte Suppen und Breie, Kraut und Gemüse, das Fleisch und die Knödel oder bruzzelte auf dem Dreifuß über dem Feuer, auch in langstieligen Pfannen oder im tiefen Schmalztopf. Erst der geschlossene Herd machte das Kochen leichter. Er verbannte viel Schmutz und Mühe und erlaubte nun auch die Verwendung neuartiger Geschirre. Den schweren Eisenpfannen und dem großen Kupferkessel folgten leichtere Töpfe, irdene Häfen und mit dem Einbau eines Backrohrs auch schöne Modeln und Reinen. Das Ton- und Steinzeug wurde bunter, härter und haltbarer. Berühmt waren die Haferl und Schüsseln aus Kröning in Niederbayern, ebenso die von Frikkenhausen bei Memmingen und die aus Passau, vor allem auch die vielerorts abgehaltenen Geschirrmärkte und Dulten nahmen an Bedeutung zu. Da lagen sie dann groß und klein, gelb und grau, graphitschwarz und bunt bemalt auf den Standln oder auf dem Boden ausgebreitet, um die Hausfrauen anzulocken, damit sie ihre Küchen bereichern und ihre in Scherben gegangenen Weidlinge, Degerl (Tiegel) und Teller, Topferl oder das ›Kor‹, die hochwandige Teigschüssel, ersetzen konnten. Auch als Mitbringsel vom Bauern, der eine Kuh verkauft hatte, ist so manches hübsche Stück in den ›Rahm‹ (Tellerbord) der Küche gekommen. Oft waren die Geschirre mit lustigen, derben oder religiösen Sprüchen und Sinnbildern oder auch mit Blumen, Vögeln oder Rössern bemalt.

Lange noch, fast bis in unsere Zeit, spielte Holz für Teller, Schüsseln, Löffel, Schöpfer, Walger, Stampfer, Klopfer, Schaufeln, Salz- und Mehlbehälter, für den Backtrog, das Hackbrett und die Fleischmulde, für Schemel und vieles andere mehr, oft ge-

74 Die Küche war einst, zumindest in den begüterten Kreisen, fest in der Hand des Gesindes, das sich – wie zahllose Beispiele in der zeitgenössischen Literatur lehren – oft genug mit ebenso großer Sachkenntnis wie Lautstärke seiner Aufgabe unterzog. Eine handfeste Auseinandersetzung schildert Hans Sachs in einem aufschlußreich illustrierten Druck von 1554.

kerbt, geschnitzt oder bemalt, eine große Rolle. Allmählich bereicherten auch Zinn und Steingut die breiten Schüsselrahmen, Zier und Stolz der Hausfrau.

In einem Übergabevertrag vom 31.7.1695 werden der Maria Hilger von Niederprunn bei Seeon im Chiemgau neben einer »neuen Truchen, ain Pött (Bettzeug) ain Polster, ain paar Laylach (Leintuch) ein Pöttstatt (Bett), ain Duzet Döller (Teller) auch ain Duzet Löffln« zugestanden, wie Tosso Herz in seinem Buch ›Der Hilger und sei Sach‹ berichtet. Die Teller, wahrscheinlich aus Holz, und die Löffel waren also unter dem wenigen, was die Maria ausgemacht erhielt, eine große Sache. Von Messer und Gabel ist noch keine Rede.

Das meiste Küchengerät hat in diesen frühen Zeiten der Hausvater selber angefertigt; Holz gab es ja in Bayern überall und den langen Winter hat er zum Schnitzen und Drechseln benützt. Auch die Körbe zum Eiersammeln, zum Formen von Brotlaiben, zum Marktgehen, zum Wied- und Holz tragen (Wied: dünnes Astwerk zum Anheizen), die Schwingen, die Getreidesiebe, die Kirmen und Kraxen haben er und seine Nachbarn angefertigt. Ebenso wurde für die Kochlöffel, den Flederwisch zum Aschekehren, die Hasenpfote zum Mehlabstauben, für die Tannenzapfen und den Strohwirl zum Topfreinigen, für den Putzsand und den Schnee- und Kehrbesen aus Birkenreisern gesorgt. Das Kochen, das Nudelbachen, das Krautpflegen und das Trankbereiten war Sache der Bäuerin.

Gefüllter Ganskragen

Ein möglichst großer Ganshals wird glatt am Körper abgeschnitten und abgezogen. Man näht ihn auf einer Seite zu und würzt innen und außen mit Salz und Pfeffer. Dann mischt man 100-125 g Bratwurstbrät mit 1 Ei, etwas feingehackter Zwiebel, Knoblauch, Salz, Pfeffer, Thymian und ganz wenig gehacktem Salbei oder Beifuß, gibt die feingewiegte Leber sowie Herz und Magen (beides gekocht und fein gewiegt) und so viel Brösel daran, wie nötig sind, um die Masse locker zusammenzuhalten. Damit füllt man den Gänsehals und näht ihn auch auf der anderen Seite zu. Er soll nicht zu prall gefüllt sein, sonst platzt er. Man bestreicht ihn mit Fett und brät ihn unter häufigem Wenden langsam im Rohr goldgelb. Er kann warm mit Kraut oder kalt wie eine feine Wurst serviert werden.

76

Milzwurst in der Suppe

Das ist ein Zwischending von Suppe und Eintopf, Hauptspeise und Brotzeit.
In einen Suppenteller gibt man fein aufgeschnittenes Schwarzbrot oder nach Belieben auch Weißbrot und gießt eine heiße, gut abgeschmeckte Fleischbrühe darüber. In diese Suppe gibt man eine dicke Scheibe heiße, frische Milzwurst und gibt nach Belieben noch gebräunte Zwiebelringe darüber.

Die bäuerliche Küche

Die bäuerliche Küche war als einzige Wärmequelle zugleich der Wohnraum für die ganze Familie. Dieser Doppelaufgabe entsprechend war die Küche eine Arbeitsstätte mit privater Gemütlichkeit. Vor rund 200 Jahren stand hier überall noch der Dreifuß auf dem offenen Feuer, und für den Braten wurde der Spieß verwendet. Einer kulturhistorischen Abhandlung des Obrgt. i.R. Lehr in der ›Bayrischen Heimat‹ zufolge wurde aber allmählich der Holzverbrauch so groß, daß man Sorge um den doch immerhin reichen bayrischen Waldbestand hatte; auch die Preise für das Brennmaterial waren stark gestiegen. Um Holz zu sparen, wurde der Herd nun mit einer gußeisernen Abdeckplatte versehen und mit Kohle beheizt. Die Platte hatte je nach Bedarf zwei bis vier runde Öffnungen mit Ringen, die der Größe des ins Feuer eingehängten Topfes angepaßt waren. Nach diesen Töpfen (Casserollen) wurde die neue Errungenschaft Castrollherd genannt. Besonders Benjamin Thompson, der von König Max Josef zum Grafen Rumford geadelt wurde, hat sich in München durch eigene Versuche um die Entwicklung und Verbreitung solch moderner Sparherde bemüht. Er war es auch, der das Bratrohr erfand, um den nunmehr nicht mehr anwendbaren Bratspieß zu ersetzen. In verschiedenen kleinen Aufklärungsschriften hat er das neue Bratrohr empfohlen und seine Funktion auch eingehend erklärt.

Dieser nunmehr ruß- und rauchlose wie auch hygienische Sparherd bedeutete selbstverständlich einen großen Fortschritt und erleichterte der Hausfrau das Leben wesentlich. Ein Grund, Rumford nicht nur für die von ihm erfundene Suppe und für das Anlegen des Englischen Gartens in München dankbar zu sein!

77 Jahrhundertelang hatte der – wie Bild 109 auf Seite 102 beweist: schon erstaunlich früh mechanisierte – Bratenspieß zur ständigen Ausstattung des Kochherdes gehört. Erst durch das von Graf Rumford entwickelte Bratrohr wurde dieses alte Requisit in der neuzeitlichen Küche überflüssig, bis es in unserer Zeit in der veränderten Form des Küchengrills wieder zu neuen Ehren kam.

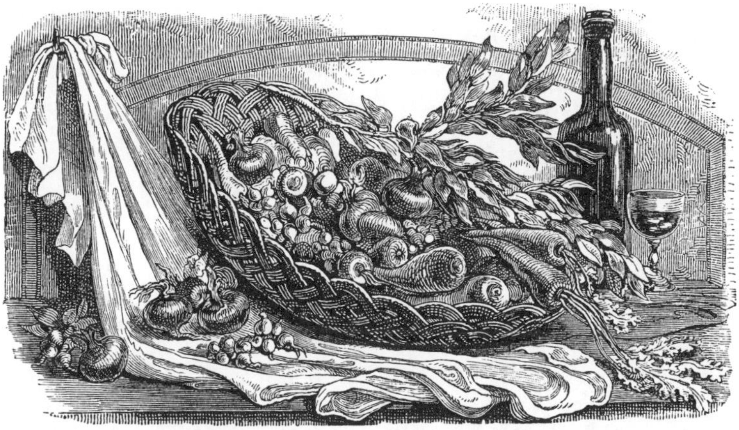

78

Von nun an, um die Wende des 18./19. Jahrhunderts, konnten die Frauen weit sicherer backen und damit die neue Errungenschaft des Backofens ausgenützt wurde, entwickelte man immer mehr Back- und Auflaufformen, Modeln und Reinen aus Kupfer, Blech, Eisen und Ton. Bald kam zum Brat- und Backrohr auch das eingebaute Wassergrandl. Wenn auch, um es zu füllen, noch recht lange das Wasser mit Eimern vom Stadt-, Hof- oder Dorfbrunnen geholt werden mußte, so bedeutete das warme Wasser im Herd jetzt doch eine große Bequemlichkeit. Eine eigene Rohrleitung in die Küche mit einer Handpumpe war noch ein großer und seltener Luxus.

Dafür aber prangte reiches Geschirr ringsum von Wandbrettern und Rahmen. Viel Zinn und Kupfer neben Messing und schon buntem Steingut, wie aus einem Reisebericht aus München berichtet wird, zeigte die immer wichtiger werdende Wohnkultur an. Man hatte im Bürgerhaushalt allmählich viele und schöne Dinge – man stellte sie aus.

Die Küche im Bürgerhaus

Die Küche im Bürgerhaus war eine reine Arbeitsküche. In ihr fehlte jedes persönliche Element, natürlich auch die gemütliche Familien-Eßecke; hier wirkte die Köchin oder die Küchenmagd allein. Der große Herd ist nun der Mittelpunkt; oft steht er sogar frei im Raum, beherrscht von einem großen Rauchabzug darüber. Möbel gibt es wenig; nur Arbeitstische den Wänden entlang und viele Bordbretter für all die Töpfe, Teller, Schöpfer und Modeln, die aufgestellt und aufgehängt sind. Auch Pendelwaage, große Kerzenleuchter oder sogar Hängeleuchten und später Petroleumlampen, der große Bratspieß und der Wurstbaum fehlen nicht. Die

78, 79 Mit seiner ›Anweisung zu der höheren Kochkunst‹ (Bild 131 auf Seite 123) von 1858 hat der erste Mundkoch König Maximilians II. und spätere Haushofmeister König Ludwigs II. zwar ein vornehmes, erfolgreiches sowie mit instruktiven und dekorativen Illustrationen (Bild 78) reich ausgestattetes Kochbuch geschaffen, doch die durchschnittliche Hausfrau mit ihren Möglichkeiten sichtlich überfordert. Erst die daraufhin entstandene vereinfachte Fassung war an der Praxis orientiert und zeigte, wie ›Die gute bürgerliche Küche‹ eines bayerischen Haushalts 1862 beschaffen war (Bild 79).

80 Dem ausgeprägten Sinn der Biedermeierzeit für Realismus verdanken wir diese mustergültige Ansicht einer großbürgerlichen Küche, in der neben der vorbildlichen Ausstattung auch der einst weitverbreitete kleine Hühnerstall (links) für die Versorgung mit frischem Geflügel erscheint.

Ochsenschwanz nach Hausherrn-Art

Etwa ³/₄ kg Ochsenschwanz vom dicken Stück läßt man sich in dicke Scheiben hacken. Man mehlt sie leicht und brät sie in genügend Fett ringsum bei großem Feuer goldbraun an. Dann gibt man reichlich feingehackte Suppenwurzeln (Zwiebel, Karotten, Lauch, etwas Petersilie) sowie 1-2 Eßlöffel Tomatenmark hinzu. Man gießt mit wenig Wasser und 1 Glas möglichst dunklem, schwerem Rotwein auf und läßt nun den Ochsenschwanz halbgar werden. Jetzt folgen 1 Tasse grüne Erbsen, 6-8 kleine, geschälte Zwiebeln und eine gute Handvoll kleine geschälte Gelbe Rüben. Man läßt den Ochsenschwanz nun mit dem Gemüse zugedeckt völlig zartweich schmoren. Inzwischen bereitet man mit etwas Zucker eine dunkle, braune Schwitze, die mit Wasser, Rahm und der Ochsenschwanzbrühe aufgegossen wird. Zuletzt schmeckt man das Ragout mit Rotwein, Salz, einer Spur Nelken und ganz wenig Curry ab. Der Ochsenschwanz wird im Topf mit einem Büschel Petersilie serviert.

Auswahl an Backformen ist erstaunlich groß; die Krüge hängen mit offenen Deckeln in ihren Rahmen. Was muß dies Putzarbeit bedeutet haben, alles Geschirr so offen zu zeigen; Schränke gab es keine dafür, aber Hilfskräfte!

Wie reich so eine Küche schon im 15. Jahrhundert ausgestattet war, sagt uns Hans Sachs in seinem großen Haushaltsspruch, der am 12. Dezember 1450 als Einzeldruck erschien:

Darnach in die kuechen verfüeg
Kessel, pfannen, hefen und krüeg
Drifus, pratspies gros und klein
Ein rost und bretter mus da sein
Ein wüertzpüchs und ain esichvas
Mörser und stempfel auch uber das
Ein laugenvas, laugenhaffen und zwo stüerzen
Zw fewers not ein messen sprüetzen [Messingspritze]

Ein fischpret und riebeisen
Schüesselkorb, stüertzen, spicknadel weisen
Ein hackpret, hackmesser darzw
Saltzfas, wermpfannen, senffschüessel zw
Ein fueldrichter, ein durchschlag eng
Feimlöffel und kolöffl die meng
Ein spülstant, panczerfleck darbey
Schüessel und deller allerley

Pletz klein und gros ich dir nit lewg
Schwebelzuinter und fewerzewg
Ein fewerzangen, ein ofenkuecken
Das fewerpöcklein zw hin schmücken
Ein degel, plaspalck, offenror
Ein offengabel must haben vor
Kinspen und holtz zum fewer frisch
Ein pesen, strowisch und flederwisch.

Nett zu lesen ist, daß sogar Königin Therese von Bayern, Gemahlin Ludwig I. von einer solchen Bürgerküche begeistert war. Frau Escherich, die von der Königin mit ihrer Freundschaft beehrt wurde und sie mehrmals zu Besuch empfangen durfte, schildert dies in ihrem Buch: ›An unserer Seite geht Erinnerung‹:

Ein andermal wieder, da ich ihr von meinem Mann und meiner Wirtschaft sprach, unterbrach sie mich plötzlich: »Sagen Sie einmal, Sie müssen eine sehr hübsche Haushaltung haben, ich möchte so etwas auch einmal sehen. Ich war zum Beispiel mein ganzes Leben noch in keiner Küche. Würden Sie mir das einmal zeigen?« Natürlich bejahte ich. »Aber ich muß erst meinen Ludwig bitten, daß er mir erlaubt, zu Ihnen zu kommen!« Dauerte auch gar nicht lang, da, eines Nachmittags kurz nach unserm Essen, kam ein Lakai: »Majestät sind vorgefahren und lassen fragen, ob sie angenehm sind!« Ich wollte der Königin entgegenspringen, aber da kam sie mir schon auf halber Treppe entgegen: »Ich überfalle Sie, nicht wahr? Aber ich habe eben erst jetzt für diese Stunde die Erlaubnis erhalten, da mußte ich sie schon gleich benutzen, sonst wäre wieder weiß Gott was dazwischen gekommen!« Und nun kam sie herein und setzte sich einen Augenblick in meinem Besuchszimmer nieder, aber dann wollte sie gleich die Küche sehen, auf die hatte sie ganz besonders gespitzt, und in alle Schränke und Schränkchen hat sie hineinsehen dürfen, und in alle Schubladen. Und bei allen Geschirren fragte sie, zu was sie gehörten, und war entzückt von den blinkenden Kupfermodeln an der Wand und dem blitzenden Messingbeschlag des Herdes und jubelte wie ein Kind über Eisenpfannen und Blechgeschirr und Wassereimer und konnte sich nicht satt sehen an meinen Vorräten in Mehl und Gerste, Kaffee und Reis und Rosinen. Besonderen Spaß hatte sie am Zuckerhut, so was Putziges war ihr noch nicht vorgekommen.

Sehr wichtig war die neben der Küche liegende ›Speis‹, zumeist ein kühl zu haltendes Gewölbe, denn außer dem Keller mit steiler, dunkler Treppe gab es ja keine Kühlmöglichkeit. Gegen Ende des 19. Jahrhunderts baute die Industrie mit Eis zu beschickende schwere ›Eiskasten‹. Im allgemeinen gab es in der Speisekammer aber nur Fliegengitter und eine Käseglocke und zur Kühlung von Fleisch und dergleichen ein nasses Tuch. Das war alles, was zur Verfügung stand und es genügte ja auch, denn man war noch nicht so verwöhnt, wie wir dies heute sind.

81 Als schier nebensächliches Detail erscheint auf dieser alten Küchenansicht aus dem berühmten ›Platina‹ (siehe Bild 112 auf Seite 104) rechts vorne eine Geschirrtrage und beweist damit die lange Tradition dieses praktischen Gebrauchsgegenstandes.

82 Lebensnah und ungeschminkt schilderten die Holzschneider des 16. Jahrhunderts die Kirchweihfeste, die im bäuerlichen Jahreslauf einen besonderen Platz einnahmen. Auf einem riesigen, mehr als 50 Figuren umfassenden Holzschnitt hat Barthel Beham die berühmte »Mögeldorfer Kirchweih« überliefert, die sich großen Zulaufs aus dem ganzen Nürnberger Umland erfreute. Hier ein Ausschnitt aus diesem 1527 entstandenen Blatt.

Die Herrschaftsküche

Gansleber-Soufflé

100 g Gansleber, 100 g Kalbfleisch und 3 Eßlöffel in Fleischbrühe gedünsteter Reis werden durchgedreht. Weitere 100 g Kalbsleber werden kleinwürfelig geschnitten und 2-3 Eßlöffel gehackte Trüffeln dazu gegeben. Nun rührt man 60 g Butter mit 3 Eidottern, Salz, etwas Pastetengewürz und Pfeffer und gibt an die passierte Masse einen Schuß Rotwein und zuletzt den steifen Eischnee darunter. Die Masse wird in eine gut gebutterte Dunstform mit Deckel gefüllt und im Wasserbad 45-50 Minuten gekocht. Man stürzt das Soufflé und gibt eine Trüffelsauce dazu.

Die große Herrschaftsküche auf Burgen und in Schlössern, bei Hof und im reichen Patrizierhaushalt hatte ihre eigenen Gesetze. Sie war eine reine Kochwerkstätte für viele Köche und Küchenhilfen, oft geteilt in eine Kochküche mit mehreren Herdstellen, eine Fleischküche mit Wildgewölbe und eine Backstube. Kellermeisterei, Vorratsräume nebst Gesinderaum und Lampenkammer ergänzten die Küchenräume.

Der Feuergefahr wegen war der Küchentrakt vielfach vom Wohngebäude getrennt und in massiven Gewölben untergebracht. Man kann solche Küchen zum Beispiel auf den Burgen Trausnitz und Burghausen, in Schloß Neunhof bei Nürnberg, in

83 Vorwiegend für die Herrschaftsküche bestimmt waren die meisten Kochbücher, die im 17. und 18. Jahrhundert erschienen sind. So sieht man denn auch auf den Titelkupfern und Frontispizen überwiegend verschwenderisch eingerichtete und großzügig ausgestattete Küchenräume abgebildet und den Küchenmeister mit der Bereitung der Pasteten beschäftigt, die zwar damals als die Hohe Schule der Kochkunst galt, aber dem größten Teil der Bevölkerung nur vom Hörensagen bekannt war.

84 Unermüdliche Geduld, reiche Phantasie, große Fingerfertigkeit und ausgesprochen künstlerisches Talent waren erforderlich, um die im 17. und 18. Jahrhundert so beliebten Pasteten zuzubereiten und mit Hilfe komplizierter Drahtgestelle (siehe Abbildung rechts) wirksam zur Geltung zu bringen. Eine instruktive und reich bebilderte Anweisung dazu gab Conrad Hagger in seinem 1719 erschienenen »Neuen Saltzburgischen Koch-Buch«. Der 1666 geborene Rheinländer hatte seine ersten Erfahrungen in der Klosterküche von Sankt Gallen gesammelt und seine Lehrzeit am kurbayerischen Hof abgeschlossen, bevor er in die Dienste der Bischöfe von Augsburg, Chiemsee und schließlich Salzburg trat. In dem Pastetenaufsatz mit dem kurbayerischen Wappen (links) – dem allerdings der Herzschild mit dem Kurapfel fehlt – erwies er seinem Lehrherrn eine späte Reverenz.

der Münchner Residenz noch heute sehen und sich dabei vorstellen, wie schwer es gewesen ist, das Wasser in großen Kübeln anzuschleppen, das offene Feuer zu unterhalten und bei schlechten Lichtverhältnissen zu arbeiten. Rauchig und rußig, an der Herdstelle meist recht heiß, sonst aber zugig, mit mächtigem Kupfergeschirr hantierend, war es für Köche und Mägde sicher nicht leicht, die vielen und vielerlei ›Richten und Trachten‹ zu schaffen.

Der kühle Keller war weit abgelegen, Holz mußte angeschleppt, Fleisch selbst zerlegt und Wild aus der Decke geschlagen werden. Das Geflügel mußte gerupft, der Essig angesetzt, die Gewürze getrocknet, der Zucker gestoßen werden und daneben waren das Kupfer und Zinn, Silber und Kristall blank zu halten. In der Schloßküche liefen die Diener und der Kellermeister, die Herdjungen, Hunde und Katzen herum. Da gab es den Pastetenbäcker, den Suppenkoch, den Gemüseputzer und den Spießbrater, den Silberkämmerer, den Tafeldecker, den Tranchiermeister und dazwischen Küchenknechte und -mägde. Die Saucen wurden durch Tücher gepreßt, Gewürze im Mörser zerstoßen, Teig geknetet, Braten gewendet, Zutaten aus dem Keller geholt, das Feuer geschürt und schließlich die Platten gefüllt und die Schüsseln aufgetragen.

85 Die beiden grundlegenden Arten der Speisenbereitung, das Kochen im Kessel und das Braten in der Pfanne oder am Spieß, zeigt in exemplarischer Weise dieser Holzschnitt aus der Zeit von etwa 1557.

Allgäuer Hirschleber

Zuerst brät man eine ganze aufgeschnittene Zwiebel in Fett hellgelb und gibt die in kleine Stücke geschnittene und in Mehl gewendete Leber dazu. Sobald sie außen nicht mehr blutig erscheint, gibt man etwas Essig und Fleischbrühe daran und würzt mit Salz, Pfeffer, Majoran, etwas Suppenwürze, ein wenig Rotwein, Zucker und etwas Senf. Die Sauce soll gut süßsauer schmekken. Man gibt Spätzle darunter, so daß ein Eintopf entsteht.

Da die Ansprüche groß, die Kocharten aber beschränkt waren, ging man schon früh vom Kochen im Kessel als gebräuchlicher Kochform zum Braten über und es wurden immer mehrere Möglichkeiten erfunden, den Schweineschlegel, die Gans oder den Hasen über dem offenen Feuer zu bräunen. Der Bratspieß wurde zum Mittelpunkt der Herrschaftsküche, und zuerst mit der Hand, dann mechanisch mit Uhrwerken, Wind-, Wasser- oder Gewichtskraft angetrieben. Zeitgenössische Darstellungen zeigen uns die reiche Ausstattung der Küchen und Vielgestaltigkeit dieser Spieße.

Eine besonders schöne Schloßküche ist die mit holländischen Kacheln getäfelte Küche in der Münchner Amalienburg; allerdings sind hier alle Geräte und Geschirre der künstlerischen Raumwirkung wegen in Nebenräumen untergebracht. Überall war eine Unzahl von Töpfen und Kasserollen, von Pfannen und Backformen, und der oberste Küchenmeister war ein großer Herr über diese Geräte. Wohl kaum, daß sich der fürstliche oder hochadelige Hausherr oder die Hausfrau hierher verirrt hätten.

Von der Königin Marie, der Mutter Ludwigs II. wird dagegen berichtet, daß sie sich in ihrer eigenen Hofküche aufgehalten hat, um während des Krieges von 1866 im Saalbau der Residenz eine Suppen- und Armenküche einrichten zu können, die sie dann auch erfolgreich, mit Hilfe von Fachleuten, geführt hat.

Natürlich herrschte bei oft schweren Bedingungen nicht überall die notwendige Vorsicht und Sauberkeit, so daß etwa durch Grünspan-Vergiftungen Gesundheitsschäden eingetreten sind.

Jean Neubauer weist aber im Vorwort zu seinem Kochbuch besonders darauf hin und stellt in seinem nachfolgenden, allerneuesten Kochbuch (München 1773) eine deutsche Herrschaftsküche der französischen als Muster gegenüber. Karl Friedrich von Rumohr meint sogar, er hätte weit besser getan, die Reinlichkeit der Bayerischen Bürger- und Bauernküchen nicht unerwähnt zu lassen und besonders die Küche des Herrn Wirtes zum Hirschgarten unweit von München zu erwähnen, die ein so erfreuliches Beispiel abgebe. Solches Lob aus berufenem Mund tut doch wahrlich wohl.

Die Prang-, Schmutz- und Puppenküche

Eine seltsame Einrichtung war die Prangküche, eine Spezialität der reichen Patrizierfrauen von Nürnberg, während der Renaissance und der Barockzeit. Im Laufe der Jahre und mit dem Erwachen für das schöne Gerät häuften sich in den Küchen so viele kostbare Zinn-, Silber- und Kupfergeräte, ganze Sätze von Kupfermodeln und Krügen, Tellern, Schüsseln und Gewichtsätzen so-

Froschschenkel-Salat

8-10 geputzte Froschschenkel werden in Essig-Salzwasser gekocht und in gefällige Stücke zerlegt. Man mariniert sie nun mit Essig und Öl, einem Eßlöffel Kapern, ganz wenig gehackter Sardelle oder Sardellenpaste, Petersilie und Zitronenmelisse, etwas feingeriebener Zwiebel und ganz wenig Knoblauch, Salz, Pfeffer und Zucker. Der sehr pikante Salat muß eine Weile ziehen.

86 Von geradezu sakral wirkender Architektur und verschwenderischem Platzangebot bestimmt war die Küche im 1944 zerstörten Wittelsbacher Palais in München. Dieser 1843 begonnene und als Residenz des Kronprinzen Maximilian gedachte neugotische Fürstensitz war kaum vollendet, als ihn König Ludwig I. nach seiner Abdankung im Revolutionsjahr 1848 – höchst widerwillig freilich – beziehen mußte.

87 Als kurioser Tand aus Urgroßmutters Zeiten erscheint uns heute diese mit Spirituskocher betriebene Kaffeemaschine, die der »Dernier Cri« zu Beginn der sechziger Jahre des vorigen Jahrhunderts war. Der königlich-bayerische Hofspengler Sebastian Schreiber hatte sie konstruiert und der Münchner Papst in Sachen gepflegter Küchenkunst, Julius Rottenhöfer, hatte sie in einem seiner auflagenstarken Bücher weithin bekannt gemacht.

88 Wie der angemessene Eingang zu einer der in Nürnberg so beliebten Prunkküchen erscheint diese in den edlen Formen der italienischen Renaissance gestaltete Türumrahmung, die ein Künstler 1548 den Architekten seiner Zeit als Musterbeispiel zeitgemäßen Bauens vorgeschlagen hat.

wie Mörser an, und die Möbel wurden immer reicher geschnitzt und mit edlen Beschlägen versehen, so daß solche Küchen zu schade waren, um darin zu kochen. Man leistete sich also den Luxus einer oft beinahe überfüllt ausgestatteten Prangküche zum Repräsentieren und kochte nebenan in einem einfacheren, praktischeren Gewölbe. Die Lust am rein Schönen ging so weit, daß beispielsweise die in großen Holzwiegen zur Schau gestellten Holzscheite gehobelt, poliert und an beiden Enden mit breiten Messingknöpfen verziert waren. Nürnberg war ein Zentrum dieser Mode.

Der Historiker, Kosmopolit, Volkswirtschaftler, Dichter und Gelehrte Paul Jacob Marperger schreibt in seinem berühmten Küch- und Keller-Dictionarium über die Prangküche und die Gartenküche.

Eine PRUNCK- oder PRANG-KÜCHE *nennet man die / in welcher alles Zinn- Meßing- und Eiserne Küchen-Geräth in schönster Ordnung / blanck gescheuret / gefeget und poliret stehet / die Feuer-Heerde sauber angestrichen / und welche fast niemahls oder wenig gebrauchet / oder doch so einmahl darin gekochet werden / solche gleich wieder gesaubert und aufgewaschen wird. Dergleichen Küchen findet man in Holland und Teutschland sehr viel / da sich manche Haus-Frau sehr piquiret / eine solche propre und mit allerhand zu einer vollkommenen Küchen erforderten Küchen-Geräth, (auch selbst das Porcelain nicht ausgeschlossen) wohl versehene Küche zu haben / und solche denen, die sie besuchen / aufzuweisen; Dabey sie dann eine andere kleine und zum täglichen Gebrauch gewidmete NEBEN-KÜCHE haben / damit die Prang-Küche nur immer in ihrem Esse bleiben möge. Hieher gehören auch die GARTEN-KÜCHEN die gemeiniglich nur mit Porcelain oder steinern Schüsseln und anderen Geräthschafften versehen seyn / weil in solchen Lust-Gärten des Sommers Zeiten nicht so wohl auf warme Speisen / als auf Frucht-Collationes gesehen wird.*

DIE SCHMUTZKÜCHE: Das Gegenteil dieser Prangküchen waren die sogenannten Schmutzküchen. In einem großen Raum wurde alle Schmutzarbeit verrichtet, die einer gut eingerichteten Küche nicht zugemutet werden sollte. In großen Haushaltungen und Gutsbetrieben wurde in solchen Schmutzküchen geschlachtet, gewurstet, Wild zerwirkt, Geflügel gerupft, Brot geknetet, Most gepreßt, Wein abgefüllt, Obst getrocknet, Mus eingemacht und Seife gekocht. Ein absoluter Arbeitsraum also, aber der Küche benachbart.

DIE PUPPENKÜCHE: Als letzte, aber durchaus nicht weniger interessante Küchenart sei noch die Puppenküche erwähnt. Sie nimmt insofern eine Sonderstellung ein, als sie zeitüberdauernd zeigt, wie es in jeder Epoche tatsächlich in einer Küche ausgesehen hat. Obwohl sie in Museen stehen, sind solche Puppenküchen doch keineswegs museal, sondern mit all ihrem naturgetreuen Krimskrams lebendig wirkende Zeugen. Oft überfüllt, enthalten sie viele Einzelheiten wie Herd, Tisch, den Schemel für den Wassereimer, die Brottrommel, die Kellerlaterne, den Bratenwender und das Suppensieb, in Blech oder Ton, in Kupfer, Zinn oder Messingtöpfe und Kannen, kleine Porzellantassen, Kehrbesen, Löffelhalter und Schmalzpfannen, das Salzgeltl an der Wand und das Holz unterm Herd. Der Dreifuß und das Nudelbrett, das Backmodel und die Feuerzange, die Anrichte und die Hendelsteige sind zu sehen, auch wenn der Mörser größer ist als der Humpen und die Suppenschüssel kleiner als der Kerzenleuchter. Man wird beinahe nicht fertig mit Schauen, und man kann sich auch die Freude vorstellen, die so eine Küche dem Handwerker bei der Herstellung und der kleinen Köchin machte, die sich damit spielend ins Leben kochte.

Das Spielzeugmuseum und das Germanische National-Museum in Nürnberg, das Bayerische Nationalmuseum in München, das Heimatmuseum in Überlingen und viele andere Heimatmuseen in ganz Bayern zeigen neben solchen Puppenküchen auch Originalküchen aus Bauern-, Bürger- und Patrizierhäusern, aus Schlössern und Burgen ringsum. Sich mit Liebe in sie hineinzuschauen, ist aus kulturhistorischer Sicht ebenso interessant wie für die gerne kochende Hausfrau reizvoll.

89 Die schönste Puppenküche wäre nur eine halbe Sache geblieben und der Zweck der Belehrung und der spielerischen Vorbereitung auf den Ernst des Lebens einer künftigen Hausfrau nur unvollkommen erreicht worden, wenn nicht als Krönung dieser Küchenwelt en miniature das entsprechende Puppen-Kochbuch auch das zwanglose Kinderspiel zum perfekten Abbild der Wirklichkeit gemacht hätte: Hier ein Beispiel vom Anfang unseres Jahrhunderts.

Speckplatz

Auf einen einfachen Hefeteig, der ausgewellt und fingerdick auf ein gefettetes Backblech gelegt wird, verstreicht man 1 Eigelb und gibt dicht darauf kleingeschnittenen Speck oder Grieben und würzt gut mit Salz und Kümmel. Man kann noch etwas dicken sauren Rahm darüber tröpfeln. Dann wird der Fladen bei Mittelhitze gebacken, bis der Hefeteig goldgelb ist. Dazu gibt es Sauer- oder Rübenkraut.

Maß und Gemäße
Faß und Gefäße

90 Aufmerksam betrachtet hier eine Köchin der Barockzeit den Umgang der Metzgerin mit Gewicht und Waage. Daß der Argwohn der Käufer auch in früheren Jahrhunderten, als es noch keine Mogelpackungen gab, berechtigt war, beweisen die drakonischen Strafen, die nicht selten vom Stadtrichter für die Verwendung falscher Maße und Gewichte verhängt werden mußten.

Wohl schon seit der Mensch angefangen hat, mit Waren, hauptsächlich mit Lebensmitteln, zu handeln, mußte er sich ein Maß erdenken, um den Tauschwert festzulegen. Dies hat zunächst das Hohlmaß geschaffen; es mag die gewölbte Handfläche, ein ausgehöhlter Kürbis, ein bearbeiteter Stein, später ein Holzgefäß, eine Tonschale oder ein Weidengeflecht gewesen sein. Seitdem sind unendlich viele und vielerlei Maße und Maßgefäße geschaffen und wieder vergessen worden. Jedes Land, jeder Lebenskreis, ja sogar einzelne Städte haben ihre eigene Maßeinheit gehabt, bis endlich, vor gut 100 Jahren, einheitliche Maßbegriffe den gesamten Handel im Land und darüber hinaus auch mit den meisten übrigen Handelspartnern vereinfachten.

Es klingt heute beinahe unglaublich, daß beispielsweise ein Metzen in Nürnberg nicht die gleiche Menge faßte wie jener in Ingolstadt oder in München, in Amberg oder in Landshut. Die Unterschiede waren oft recht beträchtlich, und man mußte stets die Herkunft mitbenennen, um die Maßeinheit daraus ablesen und umrechnen zu können.

Wie umständlich dieses Rechnen war, zeigt uns ein kurzer Blick auf die verschiedenen Maßeinheiten. Da hatte 1 Faß 25 Eimer, 1 Seidel 2 Quart, beinhaltete aber gleichzeitig $^1/_{64}$ Eimer. 1 altbairischer Metzen war 2 Viertel; 1 Vierling hatte 4 Maßl, 1 Maßl wiederum 1 Dreißiger. Ein Dreißiger aber war gleich $^1/_{191}$ Scheffel.

Ein Münchner Mäßlein war der 16. Teil eines Metzen und der 8. eines Viertels und diente als kleineres Maß für Getreide, Rüben, Mehl, Obst und Kartoffeln, so, wie man es an Hausfrauen verkaufte. Dieses ›mäßweise‹ Darbieten aus Hohlgefäßen wurde bei dem Mangel guter und teurer Waagen dem gewichtsweisen Verkauf auf Märkten oder vom Leiterwagen weg vorgezogen.

Dieses verwirrende Spiel mit Zahlen und Hohlmaßen ließe sich noch lange weitertreiben, denn jede Marktgerechtsame oder Handelsstadt hatte ihre eigenen Einheiten und Größenordnungen. Es war ähnlich wie mit dem Geld und all seinen Groß- und Kleinwerten und deren Umrechnungskurs und Metallgehalt.

Da Maße über den Handel mit den im Lande gewachsenen Lebens- und Futtermitteln und anderen Gebrauchsgütern entstanden sind, hatte Bayern als Agrarland zahlreiche bäuerliche Benennungen entwickelt, die vielfach aus altem Sprachgut stammten und in den Dialekt eingeschmolzen wurden. Wenn dann Landleute, Bauerntöchter oder Soldaten in die Stadt kamen, brachten sie selbstverständlich ihre Begriffe mit. So blieb ein reicher Schatz an Maß-, Gewichts- und Gefäßbenennungen erhalten, auch wenn sie ursprünglich nur dem rein ländlichen Arbeitsbereich entstammten. Heute, im Zeitalter von Kunststoff und industrieller Verpackung, sind diese Begriffe größtenteils in Vergessenheit geraten. Das ist schade, denn gerade hinter solchen Begriffen steckte viel kulinarisches Kulturgut und originelles Brauchtum.

Wie sehr im übrigen das ›Maß‹ in den Alltag hineinspielt und unsere Sprache bereichert hat, sei nur an wenigen Beispielen aufgezeigt. Wir sprechen von mäßig, maßhalten, gemäß, von der vermessenen Tat, unermeßlichem Reichtum und im Dialekt auch von ›heilig- und g'richtsmassi‹. Je nach Notwendigkeit hat man große und kleine Gemäße und Gefäße geschaffen. So den Grand, einen Großbehälter für Flüssigkeit, meist Wasser. Es gab den Brunnengrand aus Stein oder Holz, den Herdgrand aus Kupfer für das Wasser, für kleine Herde das Grandl mit dem kupfernen Schapfer (Schöpfer). Zum Rübenstampfen gab es den hölzernen Rübengrand, in der Brauerei den Maischgrand.

Ein Hohlmaß war auch die Prente oder Brentn (von italienisch brenta: großes Faß, auch dicke Frau), meist aus Holz, ähnlich dem Schaff, das von einer eigenen Zunft, den Schäfflern, aus Holz hergestellt wurde. Das kleine Schaff, das Schaffl, war wiederum maßgebend für den Scheffel, ein hölzernes Maßgebinde mit ört-

91 Ein Streitpunkt von alters her war auch die Frage nach Güte und Reinheit des Weines. Der Vorwurf, den edlen Rebensaft mit Wasser verlängert und damit eigennützigerweise verpanscht zu haben, traf schon in der guten alten Zeit viele Wirte tief, aber nicht ohne Grund. Hier eine kritische Weinprobe aus der ›Kellermaisterey‹ von 1539 (siehe auch Bilder 97–98 auf Seite 91).

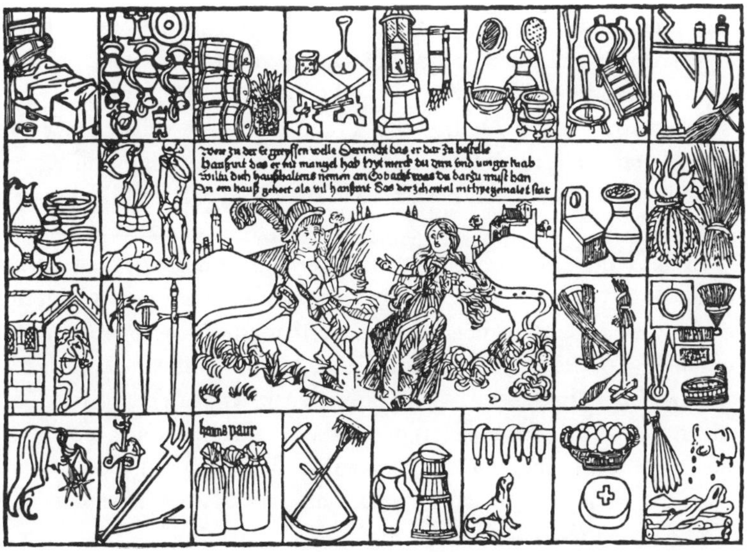

92 Einen ganzen Katalog an damals gebräuchlichen Behältern und Gefäßen zur Aufbewahrung alles dessen, was ein ritterlicher Haushalt um 1470 zum Kochen und zur Vorrathaltung benötigte, bringt dieser wahrscheinlich in Nürnberg entstandene Holzschnitt neben den sonstigen zur Lebensführung wichtigen Möbeln und Geräten.

lich verschiedenem Fassungsvermögen. Es wurde zum Messen von Getreide, Mehl oder Obst verwendet. Hierher gehört auch der hölzerne Zuber oder Zober, eine Art Trog, anderwärts Bottich genannt.

Man unterschied ganz genau zwischen einer Krautbrentn und einem Wasch- oder Backzuber mit Henkeln, obwohl alles den Trog, die alte Truhe aus einem ausgehöhlten Baumstamm, zum sprachlichen wie entwicklungsgeschichtlichen Ahnen hat. Der Backtrog hat bis heute noch die Urform der Mulde aus einem Stück ausgehöhltem, mächtigen Hartholzstamm. Der Sautrog ist gleichfalls eine flache Holzwanne, in Niederbayern auch Nursch oder Nürschl genannt. Die große Wanne ist aus Holz und dient zum Waschen wie zum Obsternten; das kleine Wandl besteht aus Blech, Kupfer oder Ton und ist eine Backform. Man hat sogar die darin zubereiteten Speisen danach benannt, nämlich Hirn- und Krebswandeln wie auch Apfel- und Rahmwandeln.

Der Kasten, eine Art Riesentruhe, als ›Troadkasten‹ sogar ein kleines Gebäude, war sowohl ein Behälter wie ein Maß für das Getreide. Ein Holzgefäß war der Metzen, meist ein Maßgefäß für den Handel mit Mehl, Getreide, Rüben, Obst oder Futtermitteln. Ziemlich in Vergessenheit geraten ist der Ganter, ein großer Holztrog, der im Gebirge bekannt war.

An zumeist bäuerliche Gefäße erinnern uns die Gelte oder Gelten, auch Zeidelgelte oder Sechter genannt, ein Holzeimer zum Melken, der drei bis fünf Liter faßte und einen hochgezogenen Henkel hatte. Ein Lagel oder Lägel war ein Holzfäßchen mit flachgedrückter Form zum Transport von Salz, Wein oder auch, mit Wasser gefüllt, von lebenden Fischen.

Schapfer an langer Stange wurden zum Wasser- oder Odelschöpfen und beim Bauhandwerk gebraucht. Aus Weide oder Holzspänen geflochten sind auch heute noch die Kirm, ein oft konischer oder nach außen gewölbter großer Rückenkorb, und die Schwinge oder Zistl, ovale Tragegefäße für Obst, Häcksel, Späne und anderes leichtes Kleinzeug. Eine Schwinge voll Äpfel galt als Maß. Aus Stroh bestand das Backkrätzel zum Formen der Brotlaibe.

In der Küche, sowohl in der Stadt wie auf dem Land, blieben bis in unsere Tage im Arbeits- und Sprachgebrauch der Weidling oder Weitling mit zumeist $1\text{-}1^1/_2$ Liter Fassungsvermögen. Dieses einfache Tongefäß diente zum Aufstellen der Milch wie auch als Vorrats- und Eßgeschirr. Seine oben ausladende Weite dürfte für die Bezeichnung Pate gestanden haben. Gleichfalls aus Ton war der oder das Kachel, ein muldenartiges Tongefäß mit Deckel, das auch als Mengenmaß ein Begriff war. Der Name rührt von der Tonware, Ofenkachel, her.

93 Wie zur Demonstration hat hier die ›Schöne Colletta‹, eine um die Jahrhundertwende berühmte und vielumworbene Kellnerin im Bürgerbräu, die damals in München gebräuchlichen Biergefäße vor sich aufgebaut: den Maßkrug mit und ohne Zinndeckel, letzterer auch ›Keferloher‹ geheißen, das ›Halbekrügl‹ und das ›Halbeglasl‹. Was fehlt, ist das nur einen Viertelliter fassende Bierseidel, das aber bei den auf Konsum bedachten Wirten ebensowenig in Gunst steht wie bei den bierdurstigen Trinkern.

Reine Maße, nämlich $^{1}/_{4}$ Liter, waren der Vierdung oder Vierling, wie das Quart oder der Schoppen, von dem sich der Begriff Frühschoppen ableitet. Das Seidel, heute noch sprachlich im Bierseidel festgehalten, war dieselbe Maßeinheit. Seidel kommt von Situla, einst Sieges-›Pokal‹, mehr ein kleiner Eimer, bei den Olympischen Spielen. Das Seidel war in der bayrischen Sprache so gebräuchlich geworden, daß Hans Sachs 1560 im Rahmen seiner Mahnsprüche über verschwenderische Hausfrauen schrieb:

Verseidelst daheimen mehr
wedr ich vertrinck in dem wirtshaus

Die Bitsche, auch Pütsche, ist ein Maßgefäß für $^{1}/_{2}$–2 Liter. Ursprünglich aus Holz, faßartig gebunden und mit einer verlängerten Schöpfschnauze versehen, war es eine Salzschöpfe oder Salzkufe, auch Salzpütsche, und überließ der ›Millibitsch'n‹ Name und Aufgabe.

Die Maß faßt einen Liter; sie wurde früher auch als Handelseinheit für Beeren, kleine Früchte, Honig und ähnliches gebraucht. Heute beschränkt sich die Maß hauptsächlich auf das Bier und ist sogar stellvertretend dafür geworden. Man bestellt in Bayern nicht etwa eine Maß Bier, sondern eine Maß oder höchstens eine Maß Helles. Die Halbe ist dementsprechend eine halbe Maß Bier. In Württemberg ist das Viertele immer ein Glas Wein.

Viele Benennungen von Gefäßen haben sich so im allgemeinen Sprachgebrauch erhalten und bezeichnen auch den Inhalt: der Maßkrug, das schon erwähnte Bierseidel, der Keferloher, das Hal-

94 Weit über seine Funktion als typisches Trinkgefäß und amtliches Maß für das bestellte (und selten wirklich erhaltene) Quantum an Gerstensaft hinaus gilt den Münchnern der Maßkrug als eine geradezu im wörtlichen Sinn gemeinte Maß-Einheit für die Kapazität und Geschicklichkeit einer »g'standnen« Bedienung: Die 12, 14 oder gar 16 Maßkrüge stemmende Münchner Kellnerin haben denn auch viele einheimische und fremde Literaten immer wieder voller Bewunderung beschrieben und gefeiert.

95 Die technische Welt mit ihren modernen Fertigungsmethoden und ihrem Zwang zur Rationalisierung bereitet auf vielen Gebieten jahrhundertealten Gebräuchen und bewährten Gebrauchsgegenständen ein jähes Ende: So wie dieser Blick in eine Brauerei – abgesehen vielleicht von einigen kleineren ländlichen Betrieben – praktisch der Vergangenheit angehört, ist auch das Verdrängen des vertrauten hölzernen Bierbanzens, dessen bloßer Anblick schon des durstigen Trinkers Herz höher schlagen ließ, durch den hygienisch und künstlerisch gleichermaßen sterilen Leichtmetallbehälter vorprogrammiert.

Kümmichsuppe

»Nimm eine kleine Handvoll Kümmel, zerknirsche ihn ein wenig, und thu ihn in einen schöppigten Hafen mit halb Wasser und Wein. Wenn es eine halbe Viertelstunde gesotten hat, nimm den Kümmel heraus, und presse ihn durch ein Tuch, thu den ausgepreßten Saft wieder in die Brühe und eine Handvoll Zucker dazu, wie nicht weniger das verrührte Gelbe von drey oder vier Eyern, oder 3 oder 4 Löffel voll süßen Milchram, laß es noch einmal aufkochen, und richte es über gebähte Weißbrodschnitten an.« (Aus ›Speismeister‹ von 1778)

bekrügel oder die Halbe vom Faß. Niemand ist im Zweifel, daß es sich um Bier, um bayrisches Bier, um ein bestimmtes Gemäß und um ein typisches Gefäß handelt. Ein kleineres Maß ist das Quartl, in der Küche ein schwacher Viertelliter, beim Bierausschank etwas großzügiger bemessen. So bekam der Münchner ›Dreiquartel-Privatier‹ ein behaglicher Rentner mit knapp bemessenen Einnahmen, statt eben diesen 3 Quarteln meist einen ganzen Liter Bier. So golden war das Münchner Herz!

Zwei Köpf Bier, ein altes Passauer Maß, beinhalteten $^1/_4$ Liter, ein Humpen dagegen faßte drei bis vier Liter, der, den der Rothenburger Bürgermeister Nusch vor den Schweden ausgetrunken hat, sogar $3^1/_4$ Liter.

Die butterrührende Hausfrau in Stadt und Land verwendete zum Schutzen und Formen der Butter die Gatz'n oder das Gatzl, eine muldenförmige Holzschüssel von $^1/_4$–$^1/_2$ Liter Inhalt. Sie hat dieses Gefäß auch zum Schöpfen und Abmessen von Mehl beim Backen verwendet. Das Gatzl soll auch ein Maßgefäß für Öl gewesen sein, wovon sich der Ausdruck ›Ölgötz‹ ableitet.

96 Wenn auch die Backmethoden gegenüber dieser geradezu beschaulichen Biedermeieridylle sich gewandelt haben und der Massenkonsum unserer Zeit allenthalben den mit dem Begriff ›Brotfabrik‹ ebenso treffend wie unschön bezeichneten Großbetrieb hervorgebracht hat, so blieben doch die Formen des täglichen Brotes wie eh und je: Brotlaib, Semmel und Breze, Blechkuchen und Gugelhupf oder wie die phantasievollen Gebilde alle heißen mögen, die den bayerischen Bäckerladen – gerade ob seiner zahllosen regionalen Eigenheiten – so anziehend machen.

Gerade für das Backen benötigte man vielerlei Maße. Da waren ein Reiskorngroß Safran, ein Hauch Nelken, ein Strich Muskat, eine Spur oder Prise Zucker, ein Quentchen oder Quentl gebietsweise 3,65 bzw. 1,67 g, 1 Loth ($16^1/_3$ g), 1 Gran (knapp $^1/_2$ g), 1 Unze (30 g), 1 Skrupel (1,25 g) und ein Zitronenbitzel.

Ebenso erstaunlich wie amüsant ist es, in älteren – noch nicht einmal den ältesten – Kochbüchern urzeitliche Maßbezeichnungen zu finden. Der Mensch hatte nämlich zuallererst nur seinen eigenen Körper als Maß. Da lesen wir also, daß ein Teig spannlang, handgroß oder daumendick sein soll oder im Kochbuch der S.J. Weilerin von 1788 im Rezept Nr. 653: *Alsdann schneide Oblatten einer Viertel-Elle lang und 2 kleiner Finger breit, bestreiche sie eines Messerrücken dick ...*

So plastische, echt bayrische Sprachpraxis ist noch bis in unsere Zeit von den Hausfrauen geübt worden und erfreut jeden Liebhaber naturverbundener und unverbildeter Darstellungsweise.

Die Spanne der ausgestreckten Hand, die Dicke zweier Finger, der dritte Teil der Länge vom Ellbogen bis zum ausgestreckten Mittelfinger, das waren allgemeine Maßbegriffe. Schuchsen, ein uraltes Schmalzgebäck, sind »eins Mannes Schuh« groß. Was zwischen zwei Finger geht, galt als Würzeinheit; Fingernudeln sind eine feste Größenvorstellung. Eine Handvoll Mehl, ein faustgroßes Stück Teig, ein ›Mauei‹ (Maul) voll Kaffee, ein bißchen (ein kleiner Bissen) Semmel, ein fußlanger Laib Brot, einen Schritt weit zur Vorratskammer, eine Nasenlänge zum Wassertrog, das sind aus grauen Vorzeiten her überkommene Meßgewohnheiten und stets von festen Vorstellungen, selbst wenn es sich um ungenaue Maße handelt, weil sie ja individuell verschieden sind.

Andere, höchst einfache, aber aus der Praxis des Kochens entstandene Maßvorstellungen sind bodenverdeckt, zum Überlaufen, ein gehäuftes Schäuferl, randvoll, etwas Zuwaage, ein bissl mehr, gut gewogen oder knapp.

Auch 1 Packerl Backpulver, 1 Stückl Hefe, ein Stich Butter, 1 Stranizl (von italienisch scarnuzzo: Tüte) Weinbeerl, 1 Teller Reherl, 1 Glas Schnaps, 1 Kandl Met, ein Korb oder ein Zeinlein Äpfel sind und waren Begriffe. Zeinlein ist ein altes Wort für einen kleinen Korb; es hängt sprachlich auch mit dem Körbelzeiner (Korbflechter) und Zaun zusammen. Ein Zegerer voll Birnen ist eine schmale Tasche voll; der Zegerer aus Leder, Tuch oder Korbgeflecht, oft mit Kielfedern, Perlen oder Wolle bestickt, mit Initialen und Jahreszahl versehen, war das, was heute die Handtasche der Dame ist. Mit der Herstellung all dieser Maße und Gefäße waren Schäffler und Faßbinder, Körbelzeiner, Schreiner, Sattler und Zinngießer, Hafner, Glasbläser, Blech- und Kupferschmiede beschäftigt.

Das Wiegen mit festgelegten Gewichten wurde erst spät allgemeiner Brauch. Aber schon Anfang des 20. Jahrhunderts stand eine Waage in jeder Küche. Sie wurde zum Schmuckstück und wies ebenso handwerkliche Liebe wie Kunstsinn auf, bis sie die Industrie als Massenware herstellen konnte. Besonders schöne Waagen und Gewichtsätze in Messing und Bronze stehen im Germanischen National-Museum in Nürnberg; der größte Gewichtssatz stammt von Christoph Schirmer, einem Meister des 17. Jahrhunderts.

97 Sehr gewandelt haben sich die Trinkgefäße: Von dem einst so beliebten Nuppenglas – wie es der Küfer im Bilde prüfend hochhält – oder dem weitverbreiteten Krautstrunk kennt der heutige Weintrinker kaum mehr die Namen ...

98 ... und wo der Kellermeister Anno da zumal die Kreszenzen der verschiedenen, in generationenlanger Erfahrung kultivierten Kleinlagen nach trennte und liebevoll pflegte, sammelt heute der Großtank aus Plastik den Ertrag unüberschaubarer Großlagen.

Da in der Küche in vergangener Zeit fast immer eine Uhr fehlte, mußten sich die Hausfrauen auch mit eigenen Zeitbegriffen behelfen und sie haben auch das gemeistert. Neben der Sanduhr, die kleine Zeitabschnitte wie das richtige Eierkochen anzeigte, haben sich die Köchinnen mit dem Beten beholfen. Da waren die Back- und Bratzeiten für Pasteten und Torten, für Koteletts und Steaks mit einem Vaterunser oder einem Ave Maria bemessen. Auch kurze Stoßgebetchen oder ein langer Rosenkranz, das Credo (Glaube an Gott) mußten herhalten, je nachdem, ob eine kleine oder große ›Pièce‹ im Backrohr war.

Rezepte in alten Kochbüchern endeten oft mit einem: ›gar ist's‹ oder ›gib's rasch hin‹ oder nur ›gib's hin‹ oder mahnend ›versalz nit‹, was besonders häufig in den älteren Handschriften, wie in der Würzburg-Münchner von 1345 oder im Meister Hannsen von Landshut zu lesen ist. ›Gib's hin‹ bedeutete, daß das Koch (Auflauf) oder die Pastete sofort serviert werden müssen.

99 Lebensmittelpreise und nicht selten auch Größe der Produkte waren immer schon vom wirtschaftlichen Gefüge und von der Situation des Marktes abhängig, der seinerseits auf Kriege, Mißernten und Naturkatastrophen zu unserer Vorfahren Zeiten ebenso empfindlich reagierte wie heutzutage. Die im Gefolge des verregneten Sommers von 1816 in Bayern eingetretene Teuerung macht diese zeitgenössische Radierung ebenso deutlich wie die mancherorts noch erhaltenen winzigen mit Grassamen oder gehackten Brennesseln vermischten ›Hungerbrote‹ jenes Jahres.

Koch und Köchin

Was wäre die Culinaria ohne Koch und Köchin, ohne die Menschen, die bereit waren, in dunklen, dampferfüllten, heißen und rauchigen Küchengewölben zu wirken. Die bei allem Platzmangel und Gedränge gerne gebraten und gekocht, geröstet und gebacken haben, die wiegend und wägend mischten und rührten, um drinnen in Stube oder Saal die Essenden zu erfreuen.

Wie eßfroh Bayern bereits im Mittelalter war, geht daraus hervor, daß sich bemerkenswert viele Köche in München aufhielten, und daß sie sogar eine eigene Zunft gründeten. Sie hatten auch eine besondere Tracht, die um 1480 aus einem eng anliegenden grünen Kleid mit weißem-rotgestreiften Brustlatz, geschlitzten Ärmeln und weißer Schürze bestand, an deren Seite ein breites, schwarzes Küchenmesser hing. Dazu trugen sie rote Schnabelschuhe. Ausgerechnet in München sind auch in der Stadtgeschichte und in Totenbüchern Köche namentlich genannt. So gab es einen Hof-, Jäger- und Küchenmeister, namens Wernher von Neunburg. Ebenso weiß man aus dem Stadtbuch von München, daß im Jahre 1462 der Koch Hanns Kratzer Steuerschulden hatte und daß er verurteilt wurde mit dem Hinweis *er sol für sein steur kochen den kamrern [Kämmerern] und steurern [Steuerbeamten], bis auf dez ratz [Rates] widerruffen.*

Auch der Münchner Mundkoch Gärtner vom Herzog Christoph – der, der den schweren Stein warf – ist namentlich bekannt. Er verstarb beim Kreuzzug in Gegenwart des Herzogs. Eine Klosterfrau vom Angerkloster in München hat die Familiengeschichte der Gärtner im 15. Jahrhundert festgehalten.

Der Koch Kaiser Ludwigs des Bayern, allerdings nicht mit Namen, sondern nur mit seiner Berufsbezeichnung erwähnt, bekam für die überbrachte Freudenkunde, daß der Kronprinz Wilhelm I. von Straubing-Holland geboren wurde, vom Rat der Stadt München 10 Pfund Heller, damals ein kleines Vermögen.

Daß einstmals der Beruf namengebend war, ersieht man aus einer Kriegsmeldung von 1422, als der Feldkoch Hans Koch auf dem Kriegsschauplatz bei Friedberg 16 Wochen lang seines Amtes gewaltet hat. Immerhin ist er neben dem Wundarzt und Münchner Großbürgern wie Hans Pütrich erwähnt. Das ist doch sicherlich Beweis genug, wie wichtig so ein Koch gewesen ist.

100 Kein Geringerer als Albrecht Dürer hat den Beruf von Koch und Köchin durch dieses um 1500 entstandene Zeugnis seiner großen Kunst als Zeichner und Kupferstecher geadelt. Und wenn auch der unverkennbare Zug zum Realismus zumindest den männlichen Vertreter seines Standes nicht gerade vorteilhaft präsentiert, so bleiben doch Güte und Wirkung seiner Fähigkeiten nicht verborgen.

101 Die Unordnung, die diese Küche von 1530 kennzeichnet, entsprach sicherlich mehr der Wirklichkeit als all die aufgeräumte und geputzte Sonntagsatmosphäre, die so viele alte Küchendarstellungen erfüllt. Bei diesem Durcheinander konnte es auch dem besten Koch passieren, wie weiland der Münchner Stadtkoch von 1538 »ein pös kraut« zu kochen.

Wieder war es ein Krieg, der Hussiten-Feldzug des Jahres 1439 vor Friedberg, der eine ausführliche Berichterstattung veranlaßte, und auch hier ist Hans, der Koch, vielleicht sogar der selbe, genannt, der für die Verpflegung gesorgt hat. Er bekam dazu von der Stadt Friedberg Wein, Fleisch, Brot, Schmalz und sonstige Speisen geliefert und mußte die zur Verteidigung eingezogenen Bürger versorgen, die ja keinerlei Sold erhielten. Für heutige Begriffe war die Verpflegung recht billig; der Stadt wird sie aber trotzdem schwer angekommen sein. Das Pfund Fleisch kostete 2 Pfennig, 1 Pfund Schmalz und je 1 Maß Wein 6 Pfennig.

Die Mendelsche Zwölfbrüderstiftung in Nürnberg ließ es sich sogar angelegen sein, alle Köche und Köchinnen, die im Laufe der Jahrhunderte die Stiftungsinsassen betreuten, malen zu lassen. Da kann man von der Anna Maria Hufnäglin, † 1663, der Ottolia Stücklerin, † 1651, der Köchin Marosel, † 1633, der Anna Katharina Dessmauerin, † 1785, oder Wilhelm den Choc (Koch), † 1475, und anderen lesen, wann sie gewirkt haben und wann sie Pfanne und Kochlöffel niederlegten, um von nun an nur noch himmlisches Manna zu genießen. Die Bilder geben, wenn auch nur knapp, Auskunft über den Wirkungsbereich dieser Getreuen, die bei kleinem Lohn und großer Mühe, kulinarische Lichtpunkte in den Lebensabend der Brüder setzten.

Um 1500 war Meister Wolfgang lange Jahre Münchner Stadtkoch. Er erhielt 1503 eine Entschädigung von 2 Pfund 5 Schilling für das Kochen der 4 Mahlzeiten auf das Haus und »für alle mie, furtuecher und häffen«, also für alle Mühe, Küchentücher und Häfen, die er, wahrscheinlich aus eigenem Besitz, dazu gebrauchte.

Im Jahr 1438 ist der Stadtschreiber unzufrieden, denn er vermerkt in der Chronik »Coco nichil, der hat ain pös kraut ge-

102 Die Vorstellungen, wie eine Köchin beschaffen sein soll oder muß, um die an sie gestellten Erwartungen nicht zu enttäuschen, schwankten natürlich zu Zeiten beträchtlich. Für die biedermeierliche Welt des bayerischen Vormärz hat es dieses Buch von 1835 schwarz auf weiß niedergelegt.

Die Köchinn

wie sie seyn soll und muss.

Oder:

sichere Anleitung binnen kurzer Zeit,
ohne alle Beihülfe
perfect kochen zu lernen.

Ein
praktischer, auf mehrjährige Erfahrung gegründeter Rathgeber zur Bereitung gesunder und schmackhafter Speisen, für Gesunde und Kranke, auf möglichst einfache und sparsame Art.
Nebst
zwei und siebenzig Speisezetteln für jede Jahreszeit eingerichtet und zwanzig weitern für Kranke, Genesende und Kinder.

Deutschlands Frauen und Töchtern gewidmet
von
Lina.

München, 1835.
Verlag der A. Weber'schen Buchhandlung.
(Ph. Jakob Bayer.)

macht«, also der Koch bekam nichts, weil er ein schlechtes Kraut vorgesetzt hat.

Um 1550 wird der Koch Hannsen Tullinger erwähnt. Später wird berichtet, daß der Stadtkoch jeweils 4 Gulden für die 4 Mahlzeiten und je 1 Gulden für das Mahl bekam. Dafür war er auch noch steuerfrei. Die Tatsache jedenfalls, daß man die Köche und ihre Leistungen wie auch ihre Bezahlung im Stadtkämmeramtsbuch festgehalten hat, ist doch wohl das beste Zeichen dafür, wie wichtig die Verpflegung genommen wurde.

Im Rathaus fanden im übrigen regelmäßig Gastmähler und Festivitäten statt. So wurden zunächst einmal in bestimmten Ab-

103 Als in ihrem Reich alles beherrschend und überall bewandert hat Johann Matthias Kager die Idealvorstellung der Renaissance von der Köchin als Leitbild für eine gute Wirtschaft an der Decke des einst berühmten, 1945 zerstörten Goldenen Saales im Augsburger Rathaus seinen Mitbürgern vorgestellt.

Weinstriezel

Große Semmeln oder dicke Weißbrotschnitten werden in lange Striezel (Streifen) geschnitten. Man taucht sie kurz in Milch, wendet sie in geschlagenem, gesüßtem Ei und bäckt sie entweder in genügend Fett auf der Pfanne oder noch besser schwimmend in Fett goldgelb. Dann schichtet man sie in eine Schüssel und gießt eine gekochte Sauce aus 1/4 Liter Rotwein, 1-2 Eßlöffeln Zucker, etwas dünngeschnittener Zitronenschale, einer halben Nelke, einem Stückchen Zimtrinde und 1-2 Gläschen Arrak oder Rum darüber. Die Striezel läßt man zugedeckt in dieser Sauce noch eine Weile ziehen, bis sie sich völlig vollgesaugt haben. Zuletzt streut man noch Zimt-Zucker darüber und serviert sie rasch.

Schwarze Knödel

2-3 große, gekochte, mehlige Kartoffeln werden geschält und noch heiß durchgedrückt. Man gibt ungefähr 500 g Roggenmehl, Salz und ½ Tasse Schweinefett oder Butterschmalz so heiß darüber, daß das Mehl aufschäumt. Die Masse wird gesalzen und gepfeffert, noch einmal gut durchgearbeitet und zu Knödeln geformt. Man kocht sie 20 Minuten in Salzwasser.

Gebackene Milzknödel

An 6-8 aufgeschnittene Semmeln gibt man Pfeffer, Salz, 1-2 Eier, etwas Majoran oder Thymian und 250 g geschabte Rindermilz. Man würzt noch mit etwas geschmorter, gehackter Zwiebel, gehackter Petersilie und geriebener Zitronenschale, formt schöne Knödel und kocht sie in Salzwasser etwa 10 Minuten gar. Dann werden sie gut abgetropft und in Schmalz schwimmend goldbraun gebacken. Man gibt sie mit Salat oder Sauerkraut oder nach Belieben in eine Festsuppe.

ständen den Söldnern und Ziegelmeistern, dem Baumeister und anderen Leuten des Zwingers sowie der Bauhütte und auch einzelnen Bürgern gelegentlich Galamahlzeiten auf Kosten des Rates gegeben. 1477 veranstaltete der Rat für sich selbst ein großes Essen, und 1603 hat die Frau des Ratsknechts, als Köchin wirkend, das Quatembermahl zubereitet. Gerade bayrische Köchinnen waren berühmt und die Nachfrage nach ihnen groß, so wie man in Frankreich solche aus der Picardie verlangte. Aber Köchinnen gingen ja stets weit weniger in die Chroniken ein als ihre männlichen Kollegen. Vielleicht waren gelegentlich auch weibliche Köche am Werk, wenn Bürger im Rathaus ihr Hochzeitsmahl abgehalten haben.

Jedenfalls waren auch Köchinnen an dem Renommee beteiligt, das etwa im 15. Jahrhundert die Nürnberger Küche hatte.

In München etablierte sich im Jahr 1704 ein Koch als erster Kaffeesieder, und noch 1884 ist im Münchner Adreßbuch eine Elisabeth Braun, Inhaberin einer Knödel- und Kronfleischküche, Bayerstraß 103, zu finden.

Tatsächlich trifft man immer irgendwo im Netz der Geschichte auf Köche und Köchinnen, die sich hervorgetan haben müssen, weil ihre Namen und Taten festgehalten wurden, in Bayern bezeichnenderweise besonders häufig. Man war sich eben bewußt, daß zu Wohlstand und Lebensfreude, zu Kultur und Repräsentation auch das gute Essen gehört und ehrte die Meister dieser Zunft nach einem Sinnspruch aus dem 15. Jahrhundert:

Der Geist bringt Sterblichen die Liebe,
Der Magen aber bringt das Glück!

104 In dem festen Gefüge der kirchlich durchdrungenen und religiös überhöhten barocken Welt des katholischen Altbayern hatten auch die Köche und Wirte ihre speziellen Patrone und Fürsprecher: den heiligen Sylvester (31.12.) die einen, die andern den heiligen Julian (12.2.), dem in Anbetracht der besonderen Anfechtungen und Gefährdungen, denen die Rechtschaffenheit eines Gastwirts ausgesetzt ist, mancherorts noch der heilige Goar (6.7.) helfend zur Seite springen mußte.

Alte bayrische Kochbücher als Kulturspiegel

Kochbücher sind Sachbücher, Sammlungen von Rezepten und den dazugehörigen Anweisungen. So sieht es wenigstens auf den ersten Blick aus. Wer sich aber näher mit solchen Büchern beschäftigt, erkennt eine ganz neue Welt.

Aus der Notwendigkeit, den Organismus in Aktion zu erhalten, ihn also zu ernähren, hat sich im Laufe der Jahrtausende eine Eßkultur entwickelt, deren Bedeutung in Kochbüchern zu sehen äußerst reizvoll ist. Kochbücher sind zweifelsohne menschliche, offenherzige Dokumente. Ungewollt stellen sie kulturelle wie ortsgebundene, charakterliche wie soziale Strömungen ihrer Zeit dar, geben deutlich Auskunft über die Schicht und Epoche des Autors und lassen erkennen, ob er gebildet oder engherzig, arm oder großzügig, einfach oder snobistisch, kleinlich oder sachkundig, geschickt oder umständlich war. Sowohl die Sprache, wie die Zusammenstellung der Rezepte, die Zutaten, die Arbeitsweise, die Verwendung von primitiven oder kostbaren Gerätschaften – all das ist Aussage über äußere Umstände, über Krieg und Frieden, Fortschritt und Prestigedenken. Alte Kochbücher sind Querschnitt und Aufriß einer langen Entwicklung und bis heute Zeugen des jeweiligen Zeitgeschehens geblieben.

Wir kennen überdies noch aus unserem und dem vorangegangenen Jahrhundert zahllose Spezialkochbücher: für Kranke, Schlemmer, für sparsame Hausmütter, Fürstenhöfe, für Reisende und werdende Mütter, für Vegetarier oder Alkoholliebhaber, für ausgesprochene Fleischesser oder für Gewürzliebhaber wie auch für Kinder, so daß allein schon dadurch die Vielseitigkeit des Kochbuches erwiesen wäre. Alle nur denkbaren Wünsche oder Bedürfnisse werden mit exotischen und heimatlichen, mit festlichen wie billigen, mit fruchtigen wie flüssigen Rezepten gestillt. Die weite schillernde Welt der Ernährung ist also mit ihrem ganzen Drum und Dran und mit all ihren Schätzen in diesen Büchern eingefangen. Kochbücher daher als Kulturspiegel besonderer Art zu betrachten, ergibt interessante und ungewohnte Perspektiven. Vor allem bei unseren alten bayrischen Kochbüchern hätte man wohl kaum so große kulturelle Hintergründe vermutet, wird doch leider die neuere bayrische Küche mit Schweinsbraten und Knödeln, Weißwürsten und Leberkäs, Kraut und Schmarrn als

105 Mit seinen die typischen Berufsmerkmale geschickt betonenden, ja geradezu karikierenden Kupferstich eines Koches (Bild 100 auf Seite 93) hat Albrecht Dürer ein leicht eingängiges Vorbild geschaffen, auf das zahlreiche Formschneider und Stecher – mehr oder weniger variierend – gerne zurückgegriffen haben: Peter Flötner hat 1535 diesen Koch sogar als Gras-Buben in ein Kartenspiel eingeschmuggelt.

Gebratene Hirschleber

Eine Hirschleber wird gehäutet und schön glatt zurechtgeschnitten; dann macht man 3-4 tiefe Längsschnitte hinein, wässert sie, damit sie entbittert wird, und legt sie über Nacht in Milch. Man trocknet sie gut ab und steckt in die Einschnitte jeweils eine dünne Scheibe rohen mit Paprika und Salz bestreuten Speck und geschälte Apfelscheiben. Die Hirschleber wird wieder zusammengedrückt, gebunden, mit Salz, Pfeffer und Majoran überstreut und mit gehackter Zwiebel in reichlich Butter 20-30 Minuten durchgebraten. Man gibt sie mit Kartoffelbrei, der mit Meerrettich abgeschmeckt wurde, auf die Platte und reicht eine pikante Sauce aus Weichselmarmelade, Senf und etwas Pfeffer dazu.

106 Mehr als heutzutage trank man einst – nicht nur in Franken, sondern auch in Altbayern – Wein zur Mahlzeit, wie viele zeitgenössische Quellen beweisen: Hier das Lob des guten Weines aus einem um 1479 gedruckten und illustrierten Gedicht von Hans Folz, dem Vorläufer und Vorbild von Hans Sachs.

nicht gerade besonders reizvoll, sondern – im Gegenteil – eher als primitiv angesehen. Dabei ist es geradezu aufregend, wenn man erfährt, daß die ältesten und bedeutendsten deutschen Kochdokumente ausgerechnet aus Bayern stammen! Sie sind die besten Kronzeugen für unsere alte Küchenkultur:

Da ist zunächst einmal ›Daz buch von gůter spise‹ als erstes zu nennen. Die Handschrift wurde um 1345 in Würzburg verfaßt und ist kein ›Kochbuch‹ im eigentlichen Sinn, vielmehr eine lose Sammlung von etwa 100 Rezepten aus noch älteren Zeiten als Teil der berühmten Würzburger-Münchner Handschrift, die für den fürstbischöflichen Kanzler Michael Jud, genannt de Leone, geschrieben wurde und uns glücklicherweise erhalten geblieben ist. Sie ist eine Kostbarkeit in der Münchner Universitäts-Bibliothek. Stil und Kochweise zu verstehen, bereitet heute manche Schwierigkeit, trotzdem ist es interessant, was es damals schon alles in der Küche gab. Es handelt sich natürlich um ausgesprochene ›Herrschaftsrezepte‹ und nicht etwa um ein Kochbuch im heutigen Sinn, sondern um eine notizbuchartige Zusammenfassung älterer Rezepte, die vermutlich schon auf losen Blättern vorhanden waren. So können wir bei einiger Übung ›Von einer hirz lebern‹ (Hirschleber), ›Ein gebraten gefültez ferhelin‹ (Spanferkel), ›Heidenische Kuchen‹ (Heidenisch bedeutet sarazenisch, also über die Kreuzzüge gekommen), ›Von pasteden‹ oder nur ›Daz ist auch gut‹ lesen und uns eine Vorstellung vom Kochen der damaligen Zeit machen. Die vielen Fastentage in Bayern haben natürlich allerhand Fisch- und Mehlspeisen, wie ›Ein geriht von eime stoc vische‹, ›Ein geriht von vrischen elen‹ oder auch ›Ein cygern von mandel‹ (eine Art Quarkcreme), einen ›blamensir‹ (Mandelcreme), ein ›fialmus‹ (eine mit Veilchen gefärbte Mandelmilch, einen ›fladen von wisseln‹ (Weichselkuchen) und ähnliches mehr notwendig gemacht. Es ist unglaublich, wieviel Phantasie damals schon aufgewendet wurde, um einengende Fastengebote zu lockern.

Die Rezepte sind vor allem für den Fachmann ihrer Ausdrucksweise und der benützten Gerätschaften wie auch der erstaunlich exotischen Zutaten wegen interessant, sprachlich nicht minder auch für den Philologen. Da gab es schon Mandeln und Imber (Ingwer), Zimt, Pfeffer, Safran, Cibeben, Schalotten aus dem Orient, Stockfische aus dem Norden und Weine aus Spanien. Manches ist nicht ganz verständlich, vieles aber heute noch brauchbar.

Da zu dieser Zeit nur wenige Köche lesen und schreiben konnten, haben sie ihre Anweisungen einem Schreibkundigen diktiert. Weil dieser nun meist kein Fachmann war, kamen natürlich vielerlei Hör- und Schreibfehler vor und das sicherlich auch ungewandte Diktat ergab weitere Mißverständnisse, so daß das Resultat heute in einzelnen Teilen oftmals geradezu kurios wirkt.

Das ›Buch von gůter spise‹ ist der Mundart nach deutlich bayrisch-ostfränkisch; es zeigt gelegentlich auch Humor. Der Schreiber war vermutlich ein Mann von Bildung und innerer Überlegenheit. Dieser Humor weist auf das fröhliche Weinland Franken. Die originelle Einführung in die Schrift lautet:

Dis buch sagt von gůte spise
daz machet die unverrihtigen [unklugen] köche wise.

Ich wil iuch underwisen
von den kochespisen
der sin niht versten kan
der sol diz buch sehen an
wie er groz gerihte künne machen
von vil kleinen sachen.
dise lere merke er vil eben
die im diz buch wil geben
wann ez kan wol berihten
von manigerleie gerihten
von grozzen und von kleinen
wie sie sich vereinen
und wie sie sich besachen
daz sie klein getrahte zu hoher spise machen
der sol diz buch vernemen
und sol sich niht enschemen
ob er fraget dez er niht enkan
des bescheit in schier ein wiser man
wer denne kochen welle lerne
der sol diz buch merken gerne.

Interessant ist im übrigen, daß die Anordnung der Rezepte in der Handschrift systemlos ist, daß sie sogar falsch numeriert sind und, wie Sachverständige meinen, von mehreren Schreibern stammen und dann von dritter Hand korrigiert wurden. Sie bringen aber viele heute noch gängige Begriffe, wie etwa Krapfen, aber in ganz anderer Zusammensetzung:

Einen krapfen

Vilt du einen krapfen machen von hechde darmen, nim eine guten mandel milich, und tu also vil epfele. als der vische ist. und snide sie dor under. und mengez mit ein wenic rismeles, daz ist gut zu gefulten krapfen.

Ein Scherzrezept im Original:

Ein gut lecker kostelin

So mache zvm iungesten ein klein lecker kostelin von stichellinges magin vnd mucken fuzze vnd lovinken zvngen, meysen beyn vnd frosche an der keln, so mahtu on sorgen leben.

Eine gute, leckere Kost

So mache zum jüngsten [bald] ein kleines leckeres Gericht aus Stichlingsmagen, Muckenfüßen, Vogelzungen, Meisenbein und Froschkehlen. Dann magst du lange ohne Sorgen leben.

107 Geschmackvoll gestaltet und mit ausdrucksvollen Titelholzschnitten ausgestattet sind die alten Kochbücher heute mehr ein Leckerbissen für Bibliophile denn ein Anreiz für Gourmets, die oft schwer verständlichen Rezepte heute nachzukochen, selbst wenn dabei »andere gute heimliche Künste« zu erfahren sind wie aus diesem in Nürnberg erschienenen ›Künstlichen und fürtrefflichen Kochbuch‹ eines berühmten, gleichwohl aber unbekannt gebliebenen Meisterkochs des 16. Jahrhunderts.

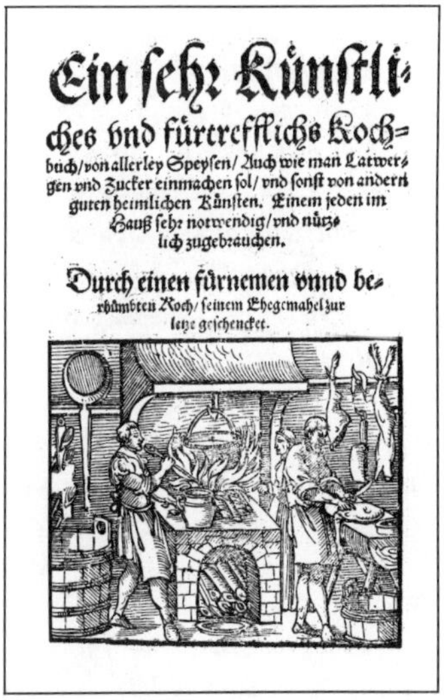

Das ›Buch von gůter spise‹ ist ein Buch der oberen Schicht mit oft teueren und umständlichen Rezepten. Es ist viel vom Vergolden, Färben, Anrichten und ähnlicher Aufmachung für die große Tafel zu lesen, obwohl alles nur mehr oder weniger skizzenhaft festgehalten bleibt. So fehlen Mengenangaben, Kochzeiten und auch jede nähere Beschreibung von Arbeitsvorgängen. Die Rezepte bewegen sich daher in einer Art geheimer Fachsprache, einem Küchencode vergleichbar, denn Köche hatten schon immer ihre kleinen Berufsgeheimnisse, so wie auch heute noch viele Hausfrauen ungern ihre besonderen Rezepte verraten.

Sehr wenig bekannt, aber hier von Bedeutung ist eine gleichfalls bayrische Handschrift mit der Bezeichnung ›Hienach volgt vonn dem kochenn vnd hat gemacht meyster Eberhart ein koch herczog Heinrichs zu Landshut‹.

Es muß sich um Heinrich den Reichen handeln, der von 1404 bis 1450 regierte. Die 113 Rezepte sind ebenso bairisch wie lateinisch abgefaßt, oft umständlich aber inhaltlich wohlgeordnet. Das zeigt, daß hier diesmal nicht nur eine lose Sammlung vorhandener Rezepte, sondern ein richtiges Kochbuch vorliegt. Interessant sind die Lebensmittel, die damals – immerhin zu Anfang des 15. Jahrhunderts! – schon Verwendung fanden. Allein das Fleisch ist erstaunlich vielseitig; da gibt es zum Beispiel reizvolle Anweisungen zum Kochen und Braten von ›Rephun, Awerhun (Auerhahn), Durteltaub, Fasant, Sweins fleisch, Eichhorn‹. Auch Diätvorschriften, vielfach mit kräftigen Warnungen wie vor ›kelt‹ oder ›schier sterbenn‹ oder ›krenckt dir dein gesicht‹ (schwächt die Augen) oder ›so ist es dir schad‹ oder ›dy machenn dir faul plut‹ sind reichlich eingestreut. Meister Eberhart wußte schon allerhand von gesunden und ungesunden Speisen, von solchen, die leicht oder schwer zu ›verdewen‹ (verdauen) sind, und er bezieht sich bei diesen Weisheiten auf Autoren, wie Rasis, Avicenna, Gardianus und andere, was seine Belesenheit und Bildung beweist.

Als Obst erwähnt er ›Kesten (Kastanien), Maulperr, Amerellen, Pfirsing, Küten (Quitten), Pyren (Birnen), Öpfel und Veigenn‹.

Das Kochbuch ist wirklich vielseitig und war für seine Zeit überaus fortschrittlich. Es gehört zu der Öttingen-Wallersteinschen Bibliothek, die sich heute im Besitz des Bayerischen Staates befindet, und wurde erst 1958 wieder aufgefunden und durch eine verdienstvolle Dissertation bekannt gemacht.

Wenn eine Frau schön, klug und reich ist, zudem aus einem berühmten Haus stammt und einen großen Mann geheiratet hat, dann hinterläßt sie auf jeden Fall eine leuchtende Spur. Trotzdem lag lange Zeit ein Schatten auf ihrem Dasein – ihre aus dynastischen Gründen verheimlichte Ehe. So mußte denn die schöne Philippine Welser (1527-1580) aus dem berühmten Augsburger

Schwäbische Maultaschen

sind sozusagen ein uraltes Küchenrequisit. Bereits im Buch ›von gůter spise‹ von 1345 findet man ein Rezept dafür und Philippine Welser nennt sie in ihrem Kochbuch um 1550 Affen- oder Äffenmund. Anderwärts heißen sie grüne Krapfen, in Weißenhorn Schnattera. In Tirol sind sie bis heute daheim und man hat dort die häßliche Herzogin, die tirolische Margarethe ob ihres vorstehenden Mundes auch »die Maultasch« genannt.
Schwäbische Maultaschen sind runde, drei- oder rechteckige Teigflecke mit einer pikanten Fülle. Die kann aus Fleisch oder Speck mit Zwiebeln oder Zwiebeln und Käs, aus Zwiebelrohr und Schinken oder für den Gründonnerstag aus Spinat und Topfen bestehen. Der einfache Nudelteig wird entsprechend ausgeradelt oder ausgestochen, gefüllt, mit Eiweiß bestrichen und gut verschlossen. Man kocht die Maultaschen nun in Salzwasser oder gleich in der Suppe, tropft sie ab und schmälzt sie in Butter auf oder bröselt sie und bäckt sie noch in Schmalz. Sie sind die großen Geschwister der italienischen Ravioli und genau so beliebt.

Patriziergeschlecht ihren Lebenskreis auf die Familie beschränken und durfte ihrem Mann, dem Erzherzog Ferdinand, einem Sohn des Kaisers Ferdinand I., nicht offiziell zur Seite stehen. Erst nach langem Warten wurde die Dreißigjährige 1557 ihm zur linken Hand angetraut, um dann zurückgezogen, aber glücklich auf Schloß Ambras in Tirol ganz den Ihren zu leben. Gerade dieser Umstand aber macht sie uns hier liebwert, denn die sehr gebildete Philippine Welser ist dafür bekannt, daß sie als erste Frau auf den Gedanken kam, Kochrezepte zu sammeln und aufzuschreiben. Sie hat uns dadurch eine besonders kostbare Handschrift hinterlassen. Schon in Augsburg, als ihr Elternhaus bei den Reichstagen (1547/48) glanzvolle Gastlichkeit betrieb, wobei sie auch ihren späteren Mann kennenlernte, hatte sie Gelegenheit, Einblick in die Führung eines großen Haushalts zu gewinnen. Interessiert und gebildet, hat sie das Kochen oder jedenfalls die Führung einer guten Küche für ihr Ambraser Fürstenhaus für wichtig genug erachtet, entsprechende Rezepturen festzuhalten. Diese Sammlung wird in Wien verwahrt, aber es war immerhin eine bayrische Dame, die uns das kulinarische Wissen ihrer Epoche und überdies aus bayrisch-schwäbischer Sicht vermacht hat.

Die Rezepte und medizinischen Anweisungen hat die Welserin in stark schwäbischem Dialekt geschrieben. Sie sind sicherlich aus noch weiter zurückliegenden Erfahrungen entstanden und den damaligen Eßgewohnheiten und Kochmöglichkeiten angepaßt, aber die Pasteten und Spießbraten, die Krapfen und Torten, Quittenpasten und Saucen sowie die ›Mayenbutter‹ können auch heute noch serviert werden. Zum erstenmal begegnet man bei ihr präziseren Arbeitsanweisungen, so daß man sich eine gute Vorstellung vom Entstehen der Strauben oder Springerle, der Fischsulzen oder Pasteten machen kann. Die schöne Schreiberin geht dabei höchst sorglos mit der Sprache um. Abgesehen von ihrem Dialekt, legt sie, wie damals üblich, keinen großen Wert auf die Orthographie. So schreibt sie zum Beispiel ›ain fier dung‹ und ein andermal dafür ›ain gutts halben fyerdel‹, also ein Viertel Pfund. Auch das Loth wird in einem Rezept als ›ain lott‹ und als ›2 laydt‹ geschrieben. Die netten heimatlichen Ausdrücke, wie *2 schisla [2 Schüsseln], Schnitzla, brielin [Brühlein], streybla daig [Straubenteig], weinberla, damit es nit annprinn oder knollet wird,* machen die sonst so schwierige Arbeit des Entziffern alter Handschriften hier geradezu vergnüglich.

Die auch dieser Rezeptsammlung angehängten vielerlei gesundheitlichen Ratschläge für Haus und Hof, besonders im zweiten Teil der Handschrift, geben Zeugnis von der mütterlichen Fürsorge der Schreiberin und der damaligen Notwendigkeit, sich selber helfen zu können.

Augsburgisches
Kochbuch
ausgearbeitet
von
S. J. W.

Vierzehnte einzige rechtmäßige Original-Auflage.

Augsburg:
in der J. Wolffischen Buchhandlung.
1819.

108 Im 17. Jahrhundert werden auch in den Kochbüchern die kraftvollen Holzschnitte durch die feineren und detailreicheren Kupferstiche abgelöst, die oft noch bis weit ins 19. Jahrhundert – selbst als schon die leichter zu handhabende Technik der Lithographie ins Buchwesen Eingang gefunden hat, verwendet werden wie im ›Augsburgischen Kochbuch‹ der Sofia Juliana Weiler. Es war ein Schlager seiner Zeit und erlebte seit seinem Erscheinen 1787 zahlreiche Auflagen: Hier eine Ausgabe von 1819.

Karpfen mit Zwiebeln

»Schneid den geschuppten Karpfen in Stücke, thu ihn in eine Castrolpfanne, und koche ihn mit Butter, Pfeffer, Saltz, Muscatenblumen, klein geschnittenen Zwiebeln, und einem Schoppen Wasser.«

Hecht mit Senf zu bereiten

»Nimm einen ziemlich großen Hecht, schuppe ihn und nimm ihn aus, schneid ihm den Kopf ab und Koche ihn im Salzwasser gar; nimm ein Stück Butter und ziemlich viel Senf in eine Castrolpfanne, laß einen Wall darüber gehen, und rühre es wohl. Gieß diese Brühe über den Hecht, und trag ihn auf.«

109 Mit diesem herrlichen Titelblatt versehen war das erste in deutscher Sprache erschienene Kochbuch, das 1507 von Peter Wagner in Nürnberg gedruckt wurde und zu einer besonderen Rarität unter den an sich schon seltenen Inkunabeln geworden ist: Von der ersten Auflage läßt sich nur mehr ein einziges Exemplar nachweisen, das in der British Library in London verwahrt wird.

Aus etwa der selben Zeit (1534 beginnend) stammt eine weitere Handschrift, das Klosterkochbuch von Tegernsee, das sich heute in der Bayerischen Staatsbibliothek in München befindet. Es enthält viele Fastengerichte; war doch durch die langen österlichen, sommerlichen und adventlichen Fasten wie auch durch die vielen Freitage etwa ein gutes Drittel des Jahres streng fleischlos. Außerdem waren bis 1491 Milch, Butter, Käse, Eier und noch so manches andere mehr als von Tieren stammend in das Fastenverbot eingeschlossen, so daß es sicherlich oft recht schwer gewesen ist, eine gute Küche zu führen. Gerade die Tegernseer Schrift zeigt aber, wie ›modern‹ man damals schon mit den Erleichterungen der Fastengesetze umzugehen wußte und wie geschickt man es verstand, etwa aus Fischfleisch einen Braten, aus Käse feine Suppen und aus Eiern, Erbsen und ähnlichen Ingredienzien Pasteten und dergleichen zu machen, die wie Fleischspeisen aussahen.

In dieser Tegernseer Handschrift findet man erstaunlich viele Zutaten, was auf den Reichtum des Klosters, seine Weltaufgeschlossenheit, seine große Eigenwirtschaft und viele Zehnten und Abgaben schließen läßt. Die Mönche bezogen Lebensmittel aus der eigenen Landwirtschaft und von der Jagd, von ihren Bienen und aus dem Garten, von ihren Fischgewässern und ihren Weingärten in Tirol oder an der Donau, und versorgten damit auch viele Gäste, Pilger, Kranke und Bettler.

Da damals die Lebensdauer der Menschen, also auch die der Küchenfratres, durch die Kriege und Seuchen wesentlich kürzer als heute war, erschien es den Kundigen notwendig und zweckmäßig, ihr Wissen wenigstens skizzenhaft weiterzugeben, wodurch ihre Erfahrungen wiederum in kundige Hände gelangten und auf diese Weise erhalten blieben. Dieser Tatsache verdanken wir derartige Aufzeichnungen, die nicht als übliche Kochbücher, sondern vielmehr als Überlieferungen längst vergangener Zeiten aufzufassen sind.

Im übrigen stammt auch das erste gedruckte deutsche Kochbuch, die berühmte ›Kuchemaistrey‹, aus Bayern. Sie wurde 1485 vom Drucker Peter Wagner in Nürnberg hergestellt und später noch mehrmals nachgedruckt. Dieses erste richtige Kochbuch in deutscher Sprache, dessen Verfasser unbekannt ist, wurde natürlich nur von fürstlichen oder klerikalen Höfen, vielleicht auch schon in der einen oder anderen großbürgerlichen Küche verwendet. Da Bücher dieser Art selbstverständlich viel zu Rate gezogen wurden, wobei sie meist in der Küche lagen, waren sie von Fettdunst, Ruß, Rauch und schmierigen Fingern stark verschmutzt und wohl auch rasch zerfleddert. Wahrscheinlich wurden sie zudem in der Schublade zusammen mit Messer und Spießgabel aufgehoben und hatten dadurch so manchen rauhen und ihrer papierenen Natur gefährlichen Gesellen als Lebensgefährten. Daher kommt es, daß von der ersten Auflage der ›Kuchemaistrey‹ nur noch ein einziges Exemplar existiert, das leider nicht in Bayern steht, sondern als besondere Kostbarkeit im Britischen Museum in London verwahrt wird. Spätere Auflagen aus dem 16. Jahrhundert sind ebenfalls sehr selten geworden.

Das Buch enthält im übrigen auch schon Rezepte aus Spanien und Ungarn sowie ›welsche‹ und ›heidnische‹ Anweisungen, die teils noch aus der Zeit der Kreuzzüge oder auch aus Böhmen stammten und wahrscheinlich von den zu Reichstagen oder Krönungsfeierlichkeiten mitgebrachten Leibköchen der fremden Potentaten beigesteuert wurden. Der Koch war ja ebenso wie der Arzt enger Vertrauter und Bewahrer der Gesundheit. Daher auch die Begriffe ›Leibarzt‹ und ›Leibkoch‹!

Infolgedessen sind die alten Kochbücher vom 15. bis zum 17. Jahrhundert auch voller Diätvorschriften und Kräuterweisheiten; sie bringen manchmal sogar ›Roßarzenei‹. Sie waren dem Leib und Leben zugedachte Gesundheitsfibeln, vereint mit Prunk und Genuß, religiösem Brauchtum und einer dem damaligen Leben zugewandten Repräsentation, damit also Kulturdokumente ersten Ranges!

Chronologisch folgt nun ein weiteres bayrisches Kochbuch besonderer Art. Im Jahr 1545 hat es Balthasar Staindl aus Dillingen verfaßt und in Augsburg bei Steyner drucken lassen. War Philippine Welsers handschriftliches Kochbuch eine entzückende schwäbische Erscheinung, so haben wir es hier mit einer urbairischen zu tun. Inhaltlich nicht besser oder schlechter als die bisher genannten, zeichnet es sich durch seine ungehemmte Sprache aus. Da ist beispielsweise die Rede von einem ›pfanzelten‹, von ›Mandelschotten‹ (Schotten: Molke), von einem ›glasaurten hafen‹ (glasierter Topf), von ›völgs auß‹ (walg's aus), von einem ›Einbaißl‹ (Beize), von ›Germben Krapffen‹, von einer einfachen Mehlspeise ›Umberdumb‹ (Um und um), von einem ›dumpfel‹ (Hefedampfel) und, besonders nett von einem so strengen Teig, zu dessen Bearbeitung ›nur ein starkes Mensch gehört‹. Das ist wirklich altbairischer Sprachgebrauch!

Wir können noch ein weiteres Unikat bayrischer Provenienz nennen, nämlich das erste von einer Frau geschriebene und dann in Amberg 1597 gedruckte Kochbuch. Der Titel ist ›Ein Köstlich new Kochbuch Von allerhand Speisen / an Gemüsen / Obs / Fleisch / Geflügel / Wildpret / Fischen vnd Gebachens‹, mit schönem Titelblatt in Rot und Schwarz ausgestattet und ›mit Fleiss beschrieben durch Anna Weckerin / Weiland Herrn D. Johann Jacob Weckers / des berühmten Medici / Seliger nachgelassene Wittib‹. Als Witwe des Straßburger Stadtarztes zog sie zu ihrer Toch-

Von allen Speisen vnd gerichtẽ ꝛc. Allerhand art künstlich vñ wol zů kochen / einmachen / vnd berayten. Dabey eins yeden Essens würckung vnd natur / Zů auffenthaltung menschlicher gesundtheyt. Durch den Hochgelerten vnd erfarnen Platinam / Bapst Pij des 2. Hofmeister.

Wie man weyn vñ Essig wol erzychen. behalten vñ widerbringen / Auch mit allerhand Kreutern vnd Specerey zů gesundtheyt bereytten vnnd gebrauchen soll. Alles new vnd ordenlich zůsamen bracht.

M.D.XXX.

110 Hinter dieser Ausgabe von 1530 verbirgt sich nichts anderes als ein Plagiat der ›Kuchemaistrey‹, dem der bekannte und geschäftstüchtige Augsburger Drucker Heinrich Steyner unter Berufung auf den berühmten päpstlichen Hofkoch Platina einen guten Absatz sichern wollte.

111 Auch das früheste von einer Frau verfaßte Kochbuch ist in Bayern erschienen und hat rasch Abnehmer gefunden: Der ersten 1597 in Amberg gedruckten Auflage folgte im nächsten Jahr bereits die zweite hier belegte Ausgabe der ›Weckerin‹.

Ein Köstlich new Kochbuch Von allerhand Speisen / an Gemüsen / Obs / Fleisch / Geflügel / Wildpret / Fischen vnd Gebachens.

Nit allein vor Gesunde: sondern auch vnd fürnemlich vor Krancke / in allerley Kranckheiten vnd Gebrästen: auch Schwangere Weiber / Kindbetterinnen / vnnd alte schwache Leute / künstlich vnd nützlich zuzurichten vnnd zugebrauchen.

Dergleichen vormals nie in Truck außgangen.

Mit fleiß beschrieben durch

F. Anna Weckerin /

Weyland Herrn D. Johann Jacob Weckers / des berümbten Medici, seligen / nachgelassene Wittib.

Amberg.

Bey Michaeln Forstern.

M D XCVIII.

Von der Eerlichē zimlichen / auch erlaubten Wolust des leibs / Sich inn essen / trincken / kürtzweil etc. allerlay unnd mancherlay Creaturen unnd gaabenn Gottes / Visch / Vögel / Wildpret / Frucht der erden etc. mit Gott / allen eerē / auch gesundthait des menschens / mit dancksagung zů gebrauchen mügen / von allen Weisen / Erbaren und gelerten / besonders den Artzten gerathen / zůgelassen und gestattet / fein ordenlich hie in x. bůcher gesetzt / gekocht / und auff den tisch fein lustig berait und auffgetragen wirt / Durch den hochgelerten Philosophum und Oratorem / das ist weysesten und beredtesten Herrn / Bap. Platinam von Cremona / under Friderico iij. dem Römischē Kaiser gelebt / im Jar 1481. jetz jüngst gründtlich auß dem latein verteütscht / durch M. Stephanum Vigilium Pacimontanum. Im jar / M. D. XXXXII.

Und zwar Gott hat sich selbs nicht unbezeüget gelassen / hat uns vil gůts gethon / und vom himel regen unnd fruchtbare zeitung geben / unsere hertzen erfüllet mit speiß und freüden etc. Acto. xiij.

112 Zwölf Jahre, nachdem sich der Drucker Heinrich Steyner des berühmten Autorennamens Platina für den besseren Absatz eines plagiierten Werkes bedient hatte, brachte der rührige Augsburger auch den Original-Platina erstmals in deutscher Sprache heraus. Das aufwendig ausgestattete und mit einem langen Titel von echt barocker Weitschweifigkeit versehene Buch erregte weites Aufsehen.

Krautdorten

Aus ›Ein köstlich new Kochbuch‹ der Anna Weckerin von 1597. Hier ist die typische Form einer mittelalterlichen ›Torte‹ wiedergegeben. Kein süßes Gebäck in unserem Sinn, sondern eine pikante Mischung aus Kräutern (daher Krauttorte), Weißbrot, Eiern, Gewürzen und merkwürdigerweise reichlich Zucker. Wir würden das heute einen Auflauf nennen. Aber die Kompliziertheit für damals und der hohe Anspruch auf gutes Aussehen einer Speise sind schon erstaunliche Kochkunst.

Das Rezept lautet übersetzt: Nimm Spinat, Mangold, Borretsch, Lattich und andere Kräuter (jedes eine Hand voll), hack alles klein und schmor alles zugedeckt in Butter gar, daß es linde wird. Gib ein in Milch oder Rahm eingeweichtes Weißbrot dazu, klopf Eier (möglichst viele) darunter. Die Masse soll in der Dicken wie ein dünnes Teiglein sein. Es folgen noch Weinbeeren, Pfeffer und Safran. Man gießt alles in eine gut mit süßem Schmalz (Butterschmalz) versehene Tortenpfanne [Auflaufform], fügt Butterflöckchen hinzu und bäckt die Torte bei Oberhitze langsam gar. Zuletzt wird sie dick mit Zimt-Zucker bestreut. Der Schluß lautet: »sie seyend trefflich gut.« Für heutigen Geschmack wohl kaum!

ter Katharina, der Frau des Universitätsprofessors Nicolaus Turellius, nach Altdorf, der damaligen Universität, bei Nürnberg. Hier hat die sehr gebildete Frau, die wahrscheinlich Mitarbeiterin ihres gelehrten Mannes war, ihre wohl im Laufe ihres ganzen Lebens gesammelten Rezepte schriftlich niedergelegt. Nach ihrem Tod 1597 gab ihre Tochter dieselben dann als Buch heraus und damit haben wir das erste gedruckte Kochbuch aus weiblicher Hand, nicht nur in deutscher Sprache, sondern überhaupt: Auch in anderen Sprachen kennen wir kein früheres Werk dieser Art.

Interessant, aber doch wohl auf Grund ihrer Eigenschaft als Arztfrau verständlich, ist das große Wissen der Weckerin um eine gesunde Kost, ja um ausgesprochene Diät und viele andere medizinische und hausärztliche Ratschläge. Das sagt schon der Untertitel des Buches: ›Nicht allein vor Gesunde: sondern und fürnemblich auch vor Kranke / in allerley Krankheiten und Gebrästen: auch schwangere Weiber / Kindbetterinnen / und alte schwache Leute‹. Die vielen Diätrezepte und die liebevollen Anweisungen, wie man Eßunlustige durch besonders hübsch gestaltete Speisen anregen kann, beweisen ein verständnisvolles Eingehen auf die Bedürfnisse der Kranken; Kinderrezepte und Fastenspeisen finden ebenfalls Berücksichtigung.

Wenn man bedenkt, daß es damals, besonders auf dem Land, nur wenige Ärzte gab und daß diese zudem noch durch eine seit dem Mittelalter erstarrte Schulmedizin und durch vielerlei Mystik kaum Hilfe bedeuteten, so war solch ein praktisches, von einer erfahrenen und gebildeten Frau verfaßtes Buch mit brauchbaren Rezepten eine wirkliche Wohltat. Anna Wecker, kurz ›Die Weckerin‹ genannt, hatte denn auch großen Erfolg mit ihrem Buch, das mehrmals nachgedruckt wurde. Reizend sind Rezepte wie:

»Einen Ygel zubereiten«: Aus einer Mandelmilch (dem mittelalterlichen Pudding) wird ein Igel oder ein Adler geformt, um Kindern oder Kranken eine Freude zu machen.

»Ein Freytags Kalbßkopff« ist eine süße Mehlspeise aus Rahm, Eidottern, Mandeln, Zucker, Rosinen und Bröseln, die als nette Fastenspeise Appetit machen sollte.

»Ein kräfftig Essen für schwangere vnd alte leut« ist gleichfalls eine Süßspeise mit Mandelmilch, Rosenwasser, Malvasier, Gewürzen usw.

Auch ein süßer »Rehbraten« ist zu finden. Er dürfte der Vorläufer unseres Rehrückens gewesen sein, denn sogar das Spicken mit Mandelstiften ist angegeben.

»Ein kräfftiges Müßlein für ein schwachen Magen« ist ebenso gefällig wie »Gebratene Birnen für die Krancken« oder »Ein süplein in Brust / Lunge / Nieren und Darmgeschweren« zu lesen. Das ganze Buch sprudelt geradezu über von Fürsorge und überraschenden Kenntnissen, wenngleich sie heute längst überholt sind.

Der Reigen der bayrischen Kuriosa geht weiter und zwar mit einem erstmaligen Kochbuch-Plagiat. Kochbücher waren um die Wende des 15. und 16. Jahrhunderts aktuell geworden und brachten dem Drucker Gewinn. Das hat Heinrich Steyner, einen damals bedeutenden Drucker in Augsburg, im Jahre 1537 auf den Plan gerufen und so hat er das schon erwähnte erste gedruckte deutsche Kochbuch, die ›Kuchemaistrey‹ die bereits 1485 bei Peter Wagner in Nürnberg erschienen war, einfach nachgedruckt. Aber nicht etwa unter dem richtigen Titel, sondern als eine deutsche Neuerscheinung des berühmten Italieners Platina. Dieser Platina di Cremona, eigentlich Bartholomeus Sacchi aus Piadena (daher Platina), hatte kurz nach Gutenbergs Erfindung 1475, wahrscheinlich in Rom eines der ersten gedruckten Kochbücher unter dem lateinischen Titel ›De honesta voluptate‹ herausgebracht. Der Autor war zuletzt als Direktor der Vatikanischen Bibliothek tätig und hatte hier natürlich Einblick in alte Schriften. Sein bekanntestes Buch behandelte das Leben der Päpste, aber sein Kochbuch ist mehr eine Kompilation vorhandener Rezepte, als eine eigene Schöpfung. Da er jedoch als Verfasser bedeutender Schriften aus anderen Gebieten sehr bekannt war, hat Herr Steyner in Augsburg

Ein köstlich new Kochbüch Von allerhand speisen/an Gemüsen/Obs/Fleisch/Geflügel/Wildpret/Fischen vnd Gebachens.

Nicht allein für Gesunde: sondern auch vnd fürnemlich für Krancke/in allerley Kranckheiten vnd Gebresten: auch schwangere Weiber/Kindbetterinnen/vnd alte schwache Leuthe/künstlich vnd nutzlich zuzurichten vnd zugebrauchen.

Erstlich in Vier vnderschiedlichen Büchern mit fleiß beschrieben/ Durch F. Anna Weckerin/ Weiland Herrn D. Johann Jacob Weckers/deß berühmbten Medici seligen/nachgelassene Wittib.

Jetzo aber von newem wider auffgelegt/vnd mit einem Tractätlin von Pasteten gemehret.

Gedruckt zu Basel/in verlegung Ludwig Königs. 1609.

113 Welche lange und weite Verbreitung beliebte Kochbücher gefunden haben beweist das 1597 in Amberg erstmals erschienene Werk (zweite Auflage 1598: Bild 111 auf Seite 103) der ›Weckerin‹: Hier eine in Basel gedruckte fünfte Ausgabe von 1609.

114 Mit diesem zu seiner Zeit einzigartigen Lehrbuch für Winzer und Küfer suchte der Augsburger Drukker Heinrich Steyner 1539 sichtlich an den Erfolg der ›Kuchemaistrey‹ anzuknüpfen.

Kellermaisterey.

Gründtlicher bericht/wie man alle wein/ Teütscher vnnd Welscher landen/vor allen zůfällen bewaren/die bresthafften widerbringē/Mede/Bier/essig/Kreüterwein vnd alle andre getranck machen soll/ Das die natürlich/vnd allen menschen vnschedlich zů trincken sind/Gezogē auß den fürnemestenn bůchern natürlicher künsten. Jetz auff ein news wider getruckt/gemert/vñ bessert auff das aller fleissigst.

M D XXXIX.

115 Ein eigenes, in der deutschen Ausgabe (Titelblatt: Bild 112 auf Seite 104) sogar mit einem kunstvollen Holzschnitt bedachtes Kapitel widmet Platina dem Knoblauch. Weit über seine Verwendung als Gewürz und Gesundheitsmittel hinaus schreibt ihm der erfahrene päpstliche Hofkoch in vielerlei Wechselfällen des Lebens besondere Wirkung zu: Er »hat große Kraft, heilt Gebrechen, vertreibt Schlangen, Ottern und anderes giftiges Getier«, und hilft »mit Honig vermischt gegen den Biß tollwütiger Hunde«.

die bewährte ›Kuchemaistrey‹ eben einfach mit Platinas Namen versehen. Dieser wortgetreue Nachdruck mit dem entliehenen Verfasser erschien, wie erwähnt, 1530 unter dem Titel ›Von allen Speysen und Gerichten ...‹ und ist von Weidiz und dem Petrarca-Meister reizend illustriert. Damit haben wir also das erste Kochbuch-Plagiat vor uns, das wiederum ausgerechnet in Bayern herausgekommen ist.

Beim selben Drucker Steyner erschien etwa 5 Jahre später, am 5. März 1542, die erste wirkliche deutsche Übersetzung des Originalkochbuches von Platina, diesmal ohne jede Verschleierung und unter dem ins Deutsche übersetzten Titel ›Von der eerlichen, ziemlichen, auch erlaubten Wollust des Leibes, sich im Essen und Trinken, Kurzweil zu gebrauchen‹. Das Werk hat zu seiner Zeit Aufsehen erregt. Es existieren nur noch ganz wenige, heute kostbar gewordene Exemplare; sie geben Zeugnis von der Rührigkeit des Augsburger Druckers.

Irgendwie neuartig und vielleicht auch typisch bayrisch waren die kulinarischen Ergüsse aus geistlicher Feder. Zusammenfassend könnte man die Verfasser als ›klerikale Haferlgucker‹ bezeichnen. Das Besondere an ihren Veröffentlichungen ist die einzigartige Verbindung von donnernder Predigt, Gesundheitsfürsorge, wirtschaftlicher Mahnung und Erziehung. Über die religiös verbrämten ›Tractätl‹ konnte sehr gezielt jede Art von Vorschrift und Drohung angebracht werden, war es doch ein echtes Anliegen der Kirche, den Gläubigen den rechten Weg zu weisen. Und der hieß: Vernunft, keine Völlerei, Gehorsam, Steuern und Abgaben zahlen, die Fasten einhalten und ähnliches mehr.

Die Schriften sind natürlich keine ausgesprochenen Kochbücher, gehören aber inhaltlich durchaus zur großen Culinaria und ergänzen sie als Randerscheinungen aufs beste.

Hechtenkraut

Ein gutes Sauerkraut kocht man mit Weißwein (Champagner), etwas geriebener Zwiebel, wenig Zucker und Zitronensaft durch. Inzwischen dreht man 750 g entgrätetes Hechtfleisch durch den Wolf und verknetet die Masse mit Salz, Zitronensaft, etwas Rahm, zerlassener Butter, Pfeffer und feingehackter Petersilie und macht nun eine kleine weiße Butterschwitze. Sie wird mit Salz und Krebsbutter abgeschmeckt und mit Krebsschwänzen bereichert. Jetzt wird eine mit Krebsbutter ausgeschmierte, feuerfeste Form lagenweise mit Kraut, Krebsragout und Hechtfarce, wieder Kraut, Ragout und Hechtfleisch ausgelegt, mit Butter beträufelt, mit Bröseln bestreut und gar gebacken.

Als erster Geistlicher sei in diesem Zusammenhang Aegidius Albertinus (1560-1620) genannt. Er war ›Fürstl. Durchl. in Bayern Secretarius‹ und hat ›Das ander Tractätl. De Conuiuijs & Compotationibus: Darinn mit lustigen Historien und Exempeln von den Gebräuchen oder Gastereyen / Pancketen und Zechens‹ geschrieben. Es ist 1598 ›In Truck außgegangen‹ bei Nikolaus Heinricus zu München und stellt eine moralische Schrift über die Laster des Schlemmens und Weintrinkens dar. Die drastischen Schilderungen der Strafen bei ›Fraß‹ sind geradezu ungeheuerlich. Albertinus vermag dabei gar nicht alles allein zu sagen; er holt Seneca zu Hilfe: *Der Fraß machet den Menschen allein wollüstig / sonder auch ohnkräftig / machtlos : contract und aussetzig ... Von wegen des Fraßes seind vil zuboden gangen. Wer aber messiglich lebt / der wird seinem Leben guthun.*

Eine andere Weisheit ist durchaus zu unterschreiben: *Es ertrinken mehr im Glas / dann im Wasser. Der Bacchus bringt mehr umb / dann Mars im Pallas.*

1595, also ganz kurz vorher, hat seine Hochwürden Herr Melchior de Fabris ›Von der Martins Gans‹ als *Eine Schöne, Nutzliche Predig / darinn zusehen eine feine Außlegung des H. Evengeli S. Martini leben* geschrieben. Dieses hübsche, heute ebenfalls ganz besonders seltene Büchlein wurde im Kloster zu Thierhaupten im Be-

Kalbsvögel

Das sind nicht, wie vielfach fälschlich angenommen wird, Rouladen aus Kalbsschnitzel, sondern die dikken, ausgelösten Muskelstücke aus einer Kalbshaxe. Sie haben etwa die Form von kleinen Vögeln und werden deshalb danach benannt. Die kinderfaustgroßen Stücke werden mit Räucherspeck reichlich gespickt, mit Salz und Pfeffer eingerieben und mit gehackter Zwiebel, etwas Petersilie und Essig sowie 2 Eßlöffeln Öl 1-2 Tage gebeizt. Dann tropft man sie ab und dünstet sie in Butter langsam gar und gießt dabei mit Beize auf. Wenn die Vögel zart gargeschmort sind, kann man die Sauce noch mit etwas Butter verlängern und mit ganz wenig Mehl eindicken. Man gibt sie mit Zitronenscheiben und gekochtem Reis zu Tisch.

116 Die Vorliebe für üppiges Essen und reichliches Trinken machten das 16. Jahrhundert zu einer Zeit großer Schmausereien und ausschweifender Gelage, wie hier ein fränkischer Formschneider am Beispiel einer Bauernhochzeit im Nürnberger Umland mit all ihrer Urwüchsigkeit, aber auch mit all ihren Folgen schildert. Kein Wunder, daß alsbald geistliche wie weltliche Moralisten in scharfen Traktaten gegen das Prassen und Schlemmen zu Felde zogen oder von der Kanzel wortgewaltig die höllischen Strafen für diese Völlerei ausmalten.

Martini-Ente

Wenn die Familie nicht so groß ist oder die fette, schwere Gans nicht so geschätzt wird, bringt man gern eine zarte Ente auf den Tisch. Sie wird mit Apfelscheiben gefüllt gebraten. Oder mit einer Mischung aus Apfelwürfeln, gerösteten Schwarzbrotwürfeln, Kartoffelwürfeln, etwas Salz und Majoran gefüllt oder man gibt in die Sauce zuletzt etliche Champignons oder Steinpilze oder auch andere Mischpilze. Sehr beliebt ist ein nicht sehr süßes, pikant mit Pfeffer, Zitronensaft, etwas Weinbrand und brauner Butter abgeschmecktes, dickliches Apfelmus als Beilage.

117 *Gegenüberliegende Farbtafel:* Aus dem vollen Küchenleben gegriffen, strotzend vor Gesundheit und als Inbegriff von Gourmandise und Kennerschaft – so erschien dieses Prachtexemplar von Koch schon den Zeitgenossen und wurde deshalb immer wieder – in Malerei und Graphik – kopiert und nachgeahmt. Obwohl natürlich die Lust der Niederländer an der Übertreibung kulinarischer Szenen hier deutlich spürbar wird, ist dieses Gemälde mit der bayerischen Kulturgeschichte eng verbunden: Im Auftrag des Kurfürsten Maximilian hat es Joachim von Sandrart 1642/43 als Allegorie des Karnevalsmonats Februar im Rahmen einer Folge von zwölf Monatsbildern für den Speisesaal des Alten Schlosses zu Schleißheim geschaffen.

zirk Aichach ›in truck verfertigt‹ und verbindet recht originell Sankt Martins Gänsebraten mit philosophischen und ärztlichen, moralischen wie wirtschaftlichen Ermahnungen.

1658, schon eine frühe Blüte des Barocks, bringt der Jesuit Jakob Balde wieder eine kulinarisch untermalte Schrift heraus, diesmal aber als umfangreiches Loblied auf die Dicken und den Lebensgenuß. Wegen seines klassischen Lateins wird der Verfasser der ›Deutsche Horaz‹ genannt. Balde wirkte als Prediger und Dichter, Gelehrter und Übersetzer am Hof Wilhelms V. und darf als einer seiner glänzendsten Sterne betrachtet werden. Er ist der Prototyp des vollblütig-saftigen Bayern, der in seiner Weltoffenheit ganz dem Prinzip ›Leben und leben lassen‹ huldigte.

Jeremias Drexel, ein Jesuit aus München, brachte dagegen 1637 wieder ein Mahnbüchlein heraus, die Fasten streng zu halten. Es ist aber lockerer und gemütlicher im Ton als das der Pfarrherrn de Fabris und ist in seiner Ausdrucksform deutlich bayrisch gefärbt. Pater Drexel bezieht sich in seinem Traktat häufig auf Unterlagen aus den Klosterbibliotheken von Chiemsee und Salzburg und wettert gern gegen *lauter schadliches Schleck / und Göggelwerk, Zukkerbrodt, Martzepan, Ayrbretzlein, eingemact Weixlein* und andere sündhafte Dinge.

Diese Beispiele altbairischer Kochbücher beweisen ihre Vielseitigkeit und zeigen die Bedeutung auf, die man der Kochkunst und der Eßkultur von allen Seiten entgegenbrachte.

Aus diesem Grunde ist auch eine alte bayrische Handschrift aus dem Jahr 1609, die von einer weiblichen Feder in wunderschönem Duktus geradezu hingemalt ist, von besonderem Reiz. Beachtenswert auch deshalb, weil die Geschichte dieses Buches einwandfrei verfolgt werden kann. Entstanden ist ›Ein schön künstlich Kochbüchlein von vielen und manchen Richten‹ Anno Christi 1609 in Nürnberg, verfaßt von Frau von Greck-Kochendorf, einer Ahnfrau der Familie von Gemmingen-Hornberg, in deren Schloß Michelfeld (Kreis Sinsheim, Baden) sich das Büchlein genau 300 Jahre, also bis 1909, befand und dann von hier aus mit dem Hochzeitsgut einer jungen Gemmingen in das Kastell Berzeviece a.d. Tarza (Ostslowakei) kam. Die letzte, von dort vertriebene Frau von Berzevice hat es im Fluchtgepäck mitgebracht, und so ist es wieder in Bayern gelandet, geliebt, geehrt und in der würdigen Umgebung vieler anderer, schöner, alter Kochbücher. Seine Rezepte sind herrschaftlich, wie es das Leben auf Schlössern gebot.

Wenn behauptet wurde, daß Kochbücher ein deutlicher Kulturspiegel seien, dann ist das nächste hier ein besonders klarer Beweis dafür:

Als nach dem Dreißigjährigen Krieg eine langsame, sehr langsame, aber stetige Aufwärtsbewegung allen kulturellen Lebens

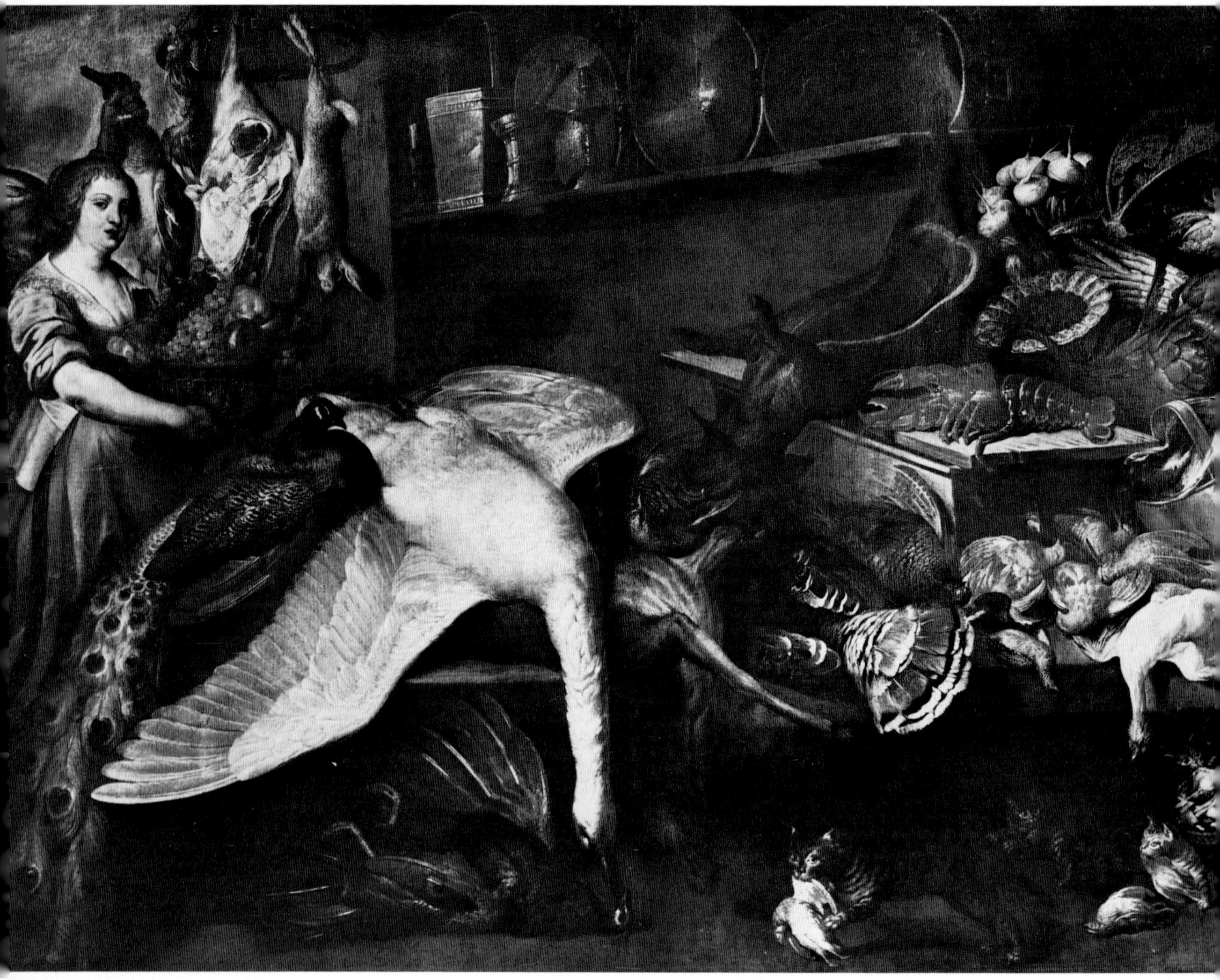

118 In Nachahmung der Niederländer, die den Überschwang barocker Empfindung gerne in lebensvollen Früchte-, Garten- und Jagdstilleben oder in breit ausgespielten Gelage- und Wirtshausszenen zum Ausdruck brachten, wurde auch in bayerischen Patrizierhäusern und Schlössern das ›Küchenstück‹ hoffähig: Fernab vom wirklichen Alltag der anstrengenden Küchenarbeit – die ein Heer von schlecht entlohnten Bediensteten in ungeachteter Anonymität besorgte – entstand damit so etwas wie die Apotheose der Küche, in der täuschend naturnah gemaltes Obst und Gemüse, herrliches Wild und Geflügel oder exotische Fische und Schalentiere – entweder in genialischem Durcheinander oder in kunstvollem Arrangement (von beiden etwas zeigt dieses Bild eines unbekannten Meisters des 17. Jahrhunderts) – die ausgeprägte Sinnenfreude und pralle Lebenslust jener Zeit deutlich macht.

119 Erstaunlich für ein Binnenland ist die Fülle von Fischrezepten, die in den alten bayerischen Kochbüchern enthalten sind. Doch abgesehen von dem Fischreichtum der Alpenseen und Flüsse, den schon Johannes Aventinus im 16. Jahrhundert als Vorzug des Landes stolz erwähnt und den unser Holzschnitt von 1587 geradezu reich illustriert, hatte Fisch einst – vor allem im katholischen Altbayern, Franken und Schwaben – eine viel größere Bedeutung als heute: Weit mehr als eine schmackhafte Abwechslung für verwöhnte Gaumen war er ein wichtiges Hauptnahrungsmittel für die vielen Fast- und Abstinenztage des kirchlichen Jahresablaufs.

einsetzte, wurde auch gegen das weitverbreitete Analphabetentum angekämpft. Auch Frauen lernten lesen und schreiben und konnten infolgedessen mit Büchern umgehen. Es waren die Bibel, das Hausbuch und das Kochbuch, die neben dem Kalender ihren Wissensdurst und ihr Unterhaltungsbedürfnis stillten.

Die allgemein höhere Bildung, die sich nunmehr auch das weibliche Geschlecht erwerben konnte, bewirkte, daß immer mehr Frauen Rezepte aufschrieben, sammelten und diese schließlich in Form von Kochbüchern erscheinen ließen.

Bereits im Jahre 1691, also an der Wende vom 17. zum 18. Jahrhundert, gaben mehrere ebenso schreibgewandte wie kochbeflissene bayrische Frauen das ›Nürnbergische Kochbuch‹ bei Wolfgang Moritz Endter in Nürnberg heraus. Mehrere Köchinnen gaben zum erstenmal ihre lange behüteten ›Rezeptgeheimnisse‹ preis. Wohlgeordnet und übersichtlich entstand so eine möglicherweise bayrische Spezialität, die Schule machte, denn von nun an finden wir immer mehr Kochbücher aus weiblicher Feder, vielfach noch nach mittelalterlicher Manier mit einem Anhang über Hausmedizin und Kräutertee, mit Geheimrezepten für Salben und Farben, Fleckenmitteln und Schuhwichse. Die Rezepte richten sich allmählich auch schon jahreszeitlich aus, indem Faschingskrapfen und Fastenspeisen, Osterfladen und Kirchweihnudeln, Spinnstubenessen und Weihnachtsgebäck auftauchen; auch Hochzeitsessen und Kindbettmus, Godenwecken und Johannisminne werden neben Diät- und Krankenkost berücksichtigt. Es ist eben die Erfahrung vieler Hausfrauen und mehrerer Generationen zu spüren.

Wir finden erstaunlich viele feine und aparte Speisen, wie etwa *Eine Citronat-Brüh über allerley schwartzes Gebratenes, Welschen*

Gebackene Vanille-Nudeln mit Milch-Chaudeau

Etwa 200 g Mehl, 1 Eßlöffel Zukker, 1 Beutel Vanillinzucker, 3 Eidotter, etwas Salz und ganz wenig Rahm werden verknetet, so daß ein zarter, glatter Nudelteig entsteht. Man wellt ihn aus und schneidet mit dem Rädchen gleichmäßige lange Nudeln davon, die sofort in heißes Schmalz gegeben werden. Dann macht man eine heiße Vanillesauce aus 1/2 l Milch oder Rahm, 4-5 versprudelten Eidottern, etwas Zucker und einer aufgerissenen Stange Vanille. Die Masse wird über dem Feuer verquirlt, darf aber nicht kochen. Sobald sie dicklich ist, gießt man sie über die goldbraun ausgebackenen Nudeln und bringt alles gleich zu Tisch.

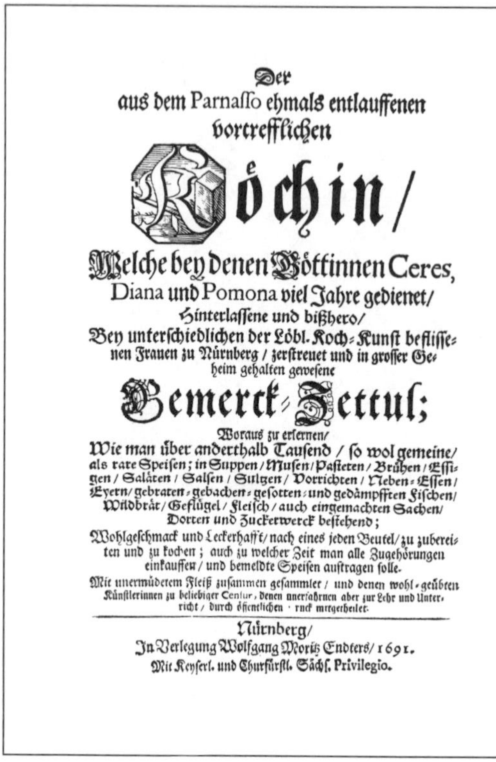

Der
aus dem Parnasso ehmals entlauffenen
vortrefflichen
Köchin/
Welche bey denen Göttinnen Ceres,
Diana und Pomona viel Jahre gedienet/
Hinterlassene und bißhero/
Bey unterschiedlichen der Löbl. Koch-Kunst beflissenen Frauen zu Nürnberg / zerstreuet und in grosser Geheim gehalten gewesene
Bemerck-Zettul;
Woraus zu erlernen/
Wie man über anderthalb Tausend / so wol gemeine/ als rare Speisen; in Suppen / Musen / Pasteten / Brühen / Essigen / Salaten / Salsen / Sultzen / Vorrichten / Neben-Essen / Eyern / gebraten-gebachen-gesotten-und gedämpfften Fischen / Wildbrät / Geflügel / Fleisch / auch eingemachten Sachen / Dorten und Zuckerwerck bestehend;
Wohlgeschmack und Leckerhafft / nach eines jeden Beutel / zu zubereiten und zu kochen; auch zu welcher Zeit man alle Zugehörungen einkauffen / und bemeldte Speisen auftragen solle.
Mit unermüdetem Fleiß zusammen gesammlet / und denen wohl-geübten Künstlerinnen zu beliebiger Censur, denen unerfahrnen aber zur Lehr und Unterricht / durch öffentlichen Druck mitgetheilet.
Nürnberg/
In Verlegung Wolfgang Moritz Endters / 1691.
Mit Keyserl. und Churfürstl. Sächs. Privilegio.

120 Nicht nur Gelehrte und Literaten prunkten im Barock mit ihren Kenntnissen vom griechischen und römischen Götterhimmel, sondern auch die Kochbuchautoren, die ja mit ihrem vielgeschmähten und geradezu sprichwörtlich gewordenen Küchenlatein ohnehin einen sehr innigen, wenngleich sehr unbekümmerten Umgang mit der Antike pflogen. Unter Berufung auf den Musenberg Parnaß im Buchtitel (rechts) und Beschwörung der Göttinnen Ceres, Diana und Pomona auch im Frontispiz (links) suchte sich 1691 ein Nürnberger Hausfrauenteam in der kulinarischen Welt mit einem ›Nürnbergischen Kochbuch‹ bemerkbar zu machen. Nicht ganz ohne Erfolg, wie man weiß, denn das Werk erlebte mindestens drei Auflagen.

Mostart zu machen, Artischocken einzumachen, daß sie über Winter bleiben, Ravioln von Krebsen, ein Hopfen-Salat, eine Pfauen- und Fasan-Pasteten, Gewickelte Brätlein von Kalbfleisch, eine Brüh von Muscateller-Wein-Beeren über Auerhannen, eine Brüh von Rosen-Essig über Rebhüner, Kleine Gogelhöpflein zu bachen, Mandel-Würstlein mit Rosinen ...

Ein uraltes Rezept, das in ganz frühen Handschriften schon als ›Airimsmalc‹ (Eier im Schmalz) auftaucht, kommt hier immer noch vor. Es hat eine eigene Geschichte. Da bis 1491, also genau 200 Jahre vor Erscheinen des ›Nürnbergischen Kochbuchs‹, das allzu strenge Fastenverbot für Eier, Fett, Butter und Käse aufgehoben wurde, entstand dieses rühreiartige Gericht, das mit Fett, Fisch, Sardellen und Gewürzen verfeinert wurde. Nachdem das Fastengebot aber nicht von Protestanten befolgt werden mußte, konnte für sie auch Fleischiges untergemischt werden, was dem Rezept die originelle Ergänzung »Ein Lutherisch Eyer im Schmalz« einbrachte.

Man könnte viele Seiten lang von diesem, auch typographisch schön gestalteten Lederband und seinen teueren ›Mandel-Dorten auf ander Manier‹, seinen feinen Sulzen und Wandeln (gebackene Speise) und seinem kalendarischen Speisezettel im Anhang, seinen noblen Menü- und Bankettvorschlägen schreiben. Lassen wir es genug sein mit der Tatsache, daß dieses Buch auch wieder eine bayrische Erscheinung war und als wertvolles Kompendium mehrmals nachgedruckt wurde und lange Zeit Vorbild blieb.

Wie schon in den Kapiteln vom Tafelwesen, Servieren und der Tischzucht kurz erwähnt, gehört zum Kochbuch als ausgesprochenes Kulturdokument auch das Tranchierbuch. Eng der Culinaria verhaftet, spielt es etwa von der Renaissance an bis zur Wende des 19. Jahrhunderts eine bedeutende Rolle. Das hängt mit den primitiven Eßgewohnheiten des frühen Mittelalters und dem Fehlen der Gabel bis zum 16. Jahrhundert zusammen. Der Löffel war bis dahin die einzige Hilfe zum Kochen und Essen; erst später kam noch das Messer als Tischgerät, wenn auch zunächst in sehr einfacher Form hinzu. Sehr viel später, im 17./18. Jahrhundert, erscheint die kleine Tischgabel, entwickelt allmählich aus den frühen ein- und zweizinkigen, großen Bratspießen. Sogar noch Ludwig XIV. (1643-1715) pflegte mit den Händen zu speisen. Die Verwendung der Gabeln an den Höfen wurde zunächst noch als äffisch und als ›sündhafter Luxus‹ abgetan. Um den Mangel an bis dato unbekanntem Besteck zu überbrücken, wurden die Speisen ragoutartig verkocht. Die darin schwimmenden Fleischbrocken wurden mit den Finger herausgeholt. Die Sauce wurde mit Brot herausgetunkt. Frühe Anstandsregeln, die sogenannten ›Tischzuchten‹, gaben neben vielem anderen auch Anweisungen, wie diese Manipulation einigermaßen manierlich vor sich gehen sollte.

Große Braten oder Geflügel wurden vom 17. Jahrhundert an von eigens dazu bestimmten Personen vorgeschnitten. Das war eine ebenso schwierige wie ehrenvolle Aufgabe, die eine besondere Kunstform der Tafelkultur bedingte und an den Höfen, wo sie ausschließlich ausgeübt wurde, nur in den Händen Adeliger lag. Galt es dabei zu Anfang nur als wichtig, den Braten oder den

121 Nicht nur anerkannte Meister ihres Faches beschäftigten sich damit, die einst vielbewunderte und gefragte Kunst des Tranchierens in Lehrbüchern niederzulegen und zu verbreiten, sondern auch Liebhaber und Dilettanten, die es in dieser Disziplin oft zu erstaunlichen Fertigkeiten brachten. Einer von diesen war Andreas Klett, der sich als Student der Rechtswissenschaften an der Universität Jena 1655–57 darin gefiel, seinen Kommilitonen nebenher auch ein ›Collegium trenchitorium‹ zu halten und es wiederholt im Druck zu verbreiten. Dieses Steckenpferd muß ihm im Lauf der Zeit so zugesagt haben, daß er nach dem Besuch weiterer Universitäten die Juristerei schließlich an den Nagel hängte. Um 1670 tauchte er dann plötzlich, nachdem er konvertiert hatte, an der Jesuitenhochburg Ingolstadt als Exerzitienmeister auf, wo ihm seine Tranchierkenntnisse sichtlich nicht ohne Nutzen waren. So brachte er 1671 bei Lukas Straub in München (Bild 125 auf Seite 116) und sechs Jahre später bei Leonhard Loschge in Nürnberg sein Opus mit leichten Veränderungen erneut heraus: Hier der reizvolle Kupfertitel der Nürnberger Ausgabe von 1677.

Pfau einigermaßen eßgerecht zu zerlegen, so wurde daraus geradezu eine kulinarische Kunst, denn der Vorschneider, der Tranchiermeister, mußte das oft schwere Stück in der Luft und mit ganz bestimmten Schnitten und Schnittfolgen so zerteilen, daß jeder der Anwesenden einen gleichgroßen und gleichguten Anteil bekam. Es mußte schnell gehen, sonst wurde der Braten ja kalt.

Dieser Tranchiermeister, im Rang dem Kämmerer, dem Marschall und Mundschenk gleichgestellt, mußte somit großes Können aufweisen und benutzte zur Ausübung seines Amtes ein prunkvolles, mehrteiliges Besteck. Das Tranchieren wurde schon gegen Ende des 16. Jahrhunderts in eigenen Schulen gelehrt und

122

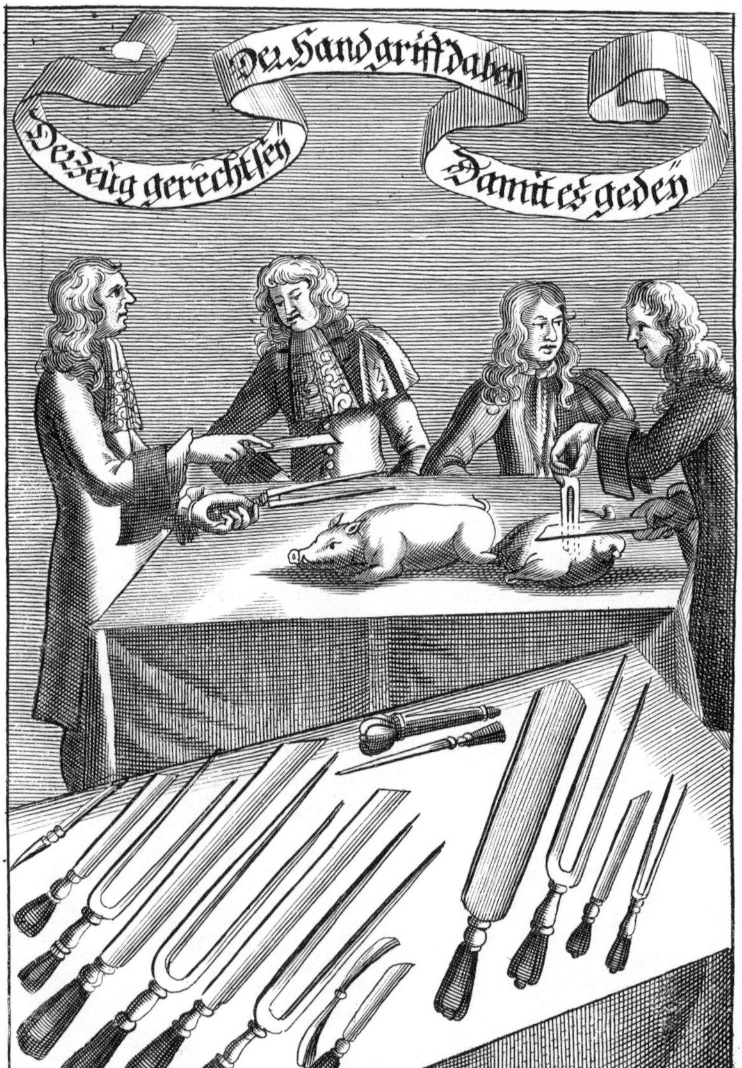

Schweinebraten in Burgunder

Ein durchwachsenes Stück Schweinebraten, am besten vom Hals oder ein Gratstück von etwa 3/4 kg Gewicht reibt man mit einem Gemisch aus Salz, Pfeffer und Ingwer ein und brät es mit reichlich gehackter Zwiebel und fein aufgerissenem Suppengrün (Lauch, Sellerie, Petersilienwurzel und Karotten) schön goldbraun vor. Man gießt die Sauce mit einem Glas Burgunder auf. Sie wird zuletzt noch mit geriebener Zitronenschale, nochmals etwas frischem Rotwein, ganz wenig Zucker und einer geschälten, gehackten Tomate sehr pikant und leicht süßsauer abgeschmeckt. Man reicht sie gesondert zu dem aufgeschnittenen Braten.

gehörte wie Tanzen, Reiten und Fechten zu den ausgesprochenen Kavalierstugenden. Die berühmteste Schule dieser Art war in Padua, und einer der bekanntesten Lehrer dort war Messer Mattia Giegher Bavaro di Mosbvrc, Trinciante de ll'ill^{ma} natione alemanna, also ein aus Moosburg in Oberbayern nach Italien ausgewanderter Mathias Giegher. Sein reich mit Arbeitsvorgängen des Tranchierens bebildertes Lehrbuch ›Li Tre Trattati‹ wurde 1639 bei Paolo Frambotto in Padua gedruckt und gehört zu den schönsten Raritäten auf dem Kochbuch-Markt.

Im Jahr 1652 hat Georg Philipp Harsdörffer ein ›Vollständiges und von neuem vermehrtes Trincir-Buch, in Verlegung Paulus

122, 123 Das reich bestückte Instrumentarium, das ein guter Tranchiermeister besitzen und beherrschen mußte, ist in allen einschlägigen Traktaten eingehend beschrieben und abgebildet. Wie man es gebraucht und zur Verwunderung einer erwartungsvollen Tischgesellschaft exerziert, das illustrieren hier zwei Kupferstiche von 1682 in naiver Unmittelbarkeit.

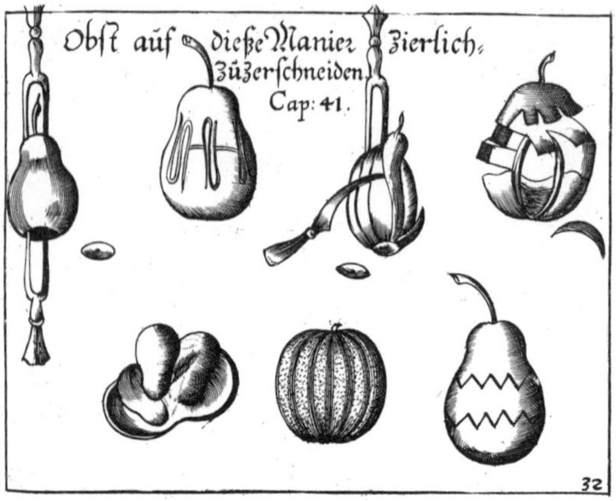

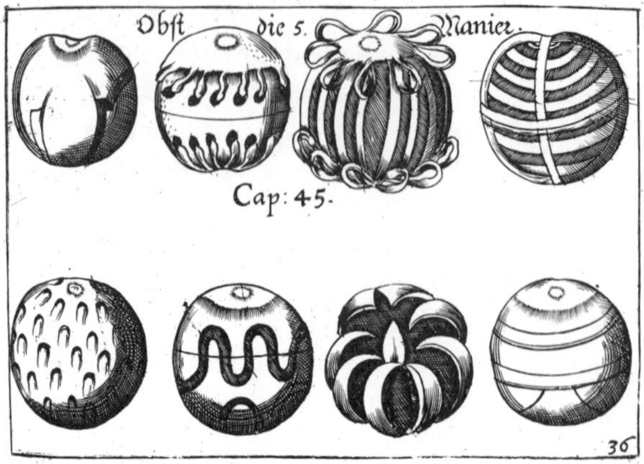

124 Ähnliche Sorgfalt wie auf das kunstgerechte Zerlegen von Fleisch und Geflügel widmete man auch dem Teilen und Verzieren des Obstes, wobei die Schale in oft sehr komplizierten Schnitten aufgeschlitzt und in phantasievolle Muster gelegt wurde.

Fürsten / Kunsthändlers in Nürnberg‹ herausgebracht. Mit seinen eindrucksvollen Kupfern zeigt er unter anderem auch die damals weitgehend in Aufnahme gekommene Kunst des Serviettenbrechens. Was hat Harsdörffer, dieser bekannte Vielschreiber des Barocks eigentlich nicht gekonnt?! Jedenfalls aber, das muß man ihm lassen, sein Tranchierbuch ist äußerst vielseitig. Übrigens stammt auch der ›Nürnberger Trichter‹, ein Versuch, auf bequeme Weise viel Wissen ›einzutrichtern‹, von Harsdörffer.

Herr Andreas Klett hat 1657 in Nürnberg bei Buggel und Seitz sein ›Neues Trenchier- und Plicatur-Büchlein‹ veröffentlicht. Es ist reich illustriert und zeigt, querformatig gestaltet, viele Tranchier-Kunstgriffe, die uns heute erstaunen, es aber verständlich machen, daß diese geschickten Tranchiermeister zu ihrer Zeit hoch angesehen waren.

Natürlich gab es noch andere Tranchierbücher; uns interessieren aber hier nur die drei von bayrischen Landsleuten verfaßten.

New erfundenes vnd vollständiges
Trenchir-Büchlein/
Und zwar dessen ersten Theil.
Darinn klärlich wie die Trenchir-Kunst sichtbarlich zuerlernen/ nach Kunst vnd Vortheil in der Lufft allerhand Thier vnd Speisen zu zerglidern/ die Tractamenta zuordnen vorzulegen vnd abzuheben/ vnd was dessentwegen für mancherley darbey gebräuchliche Ceremonien nothwendig zubeobachten/ allerhand Früchte zuzerschneiden; Auch auffs fleissigste mit zugehörigen Kupfern außgefertiget/ von
Andree Kletten / verordneten Exercitien-Meistern in Ingolstatt.
Getruckt zu München/ bey Lucas Straub/ Im Jahr/ 1671.

125 Auch die wohlgefällige Präsentation des Obstes gehörte zu den Fähigkeiten eines allseits versierten Küchenmeisters, und so finden sich die entsprechenden Anweisungen – meist zusammen mit dem Serviettenbrechen und der Bereitung von Pastetenfiguren – im Anhang zu den zahllosen Tranchierbüchlein des 17. und 18. Jahrhunderts.

Das Tranchieren wurde später, beinahe bis in unsere Tage, von so manchem Hausherrn, aber in weit weniger kunstvoller Art, ausgeübt, und es galt als besonders weltgewandt, den Fest- oder Sonntagsbraten, die Gans oder den Fasan für die Familie oder vor Gästen schön zerteilen und vorlegen zu können.

Reste der hohen Tranchierkunst sind heute nur noch bei Köchen und Oberkellnern von großen Hotels und Gaststätten zu finden. Auch ältere Kochbücher, vor 1900, bringen noch Anhängsel von Tranchiervorschriften für den Küchengebrauch, aber in sehr vereinfachter Form.

Wieder eine andere bayrische Handschrift im Pergamenteinband, diesmal aus Niederbayern, aus Straubing, soll den bürgerlichen Lebenskreis vertreten. Im Jahr 1690 wurde sie von Frau Maria Francisca Luise Zucchini begonnen und 1840 war sie im Besitz von Eva Margaretha Öhringer. Sie ist ein klarer Spiegel behäbig-bayrischer Hauswirtschaft mit gutem Kochstil. Da gibt es vielerlei Braten und Latwergen, Lebkuchen und Torten, aber auch seltsame Feinrezepte, wie ›Ein Krepsen Dorten in Mandl‹ oder ›Schnöken in der Knofelbriehe‹ oder ›Wie ma die Herz ladtwerk sieden soll‹, ›Lemonizeltl zu machen‹ oder ›Hasselnus Confect‹ und viele andere schöne Sachen.

Ein reichgestaltetes Frontispiz mit den verschiedenen Darstellungen: Kochen, Anrichten und Servieren, sagt ohne weitere Worte, daß es sich nun um ein hochherrschaftliches Kochbuch handelt. Nicht weniger als elf Personen bemühen sich, die reiche Tafel festlich zu gestalten. Zwei Kochstellen, eine offene Tür für den dreifachen Bratspieß, den ein Mann bedient, ein geschlossener Herd, auf dem vier Töpfe stehen und ein Koch, der gerade eine große Schüssel anrichtet, im Hintergrund zwei helfende Frauen. Sie alle sind, zusammen mit dem Servierpersonal, bemüht, die sechs vornehmen Tischgäste auf ihren rückenhohen Prunkstühlen aufmerksam mit Speis und Trank zu versorgen. Daß nun das Kochbuch, dem dieses Bild vorangestellt ist, eine aufwendige und feine Küche vertritt und damit ein klares Bild seiner Zeit vermittelt, ist offensichtlich. Der Verfasser von ›Das vollständige und vermehrte auf die neueste Art eingerichtete Kochbuch‹, Herr Johann Albrecht Grunauer, ist selbst ein feiner Mann. Sein Titel lautet lang und umständlich, wie es damals Mode war: Seiner Königl. Hoheiten ... 1003 wohlzugerichtete Speisen, darunter Morgeln (Morcheln), Driffeln (Trüffeln), Kartoffeln, Gallerey (Sulzen), Rolaten, Potagen, Pasteten, bringen Abwechslung in die jetzt schon recht kultivierte Küche. Es waren ja auch genug Köche und Küchenhilfen vorhanden.

Ein anderes, handgeschriebenes Kochbuch mit sehr schönem Titelblatt stammt von Jahr 1737, der Autor ist eine gebildete Frau.

126 Mitten auf einen fränkischen Fischmarkt versetzt das Frontispiz dieses Fischereibuches von 1729 seine Leser. Gerade Nürnberg war berühmt für seine Pegnitzfischer, die wie ihre Kollegen in Memmingen oder Würzburg einstmals ihre Geschicklichkeit in einem festlichen Fischerstechen beweisen mußte.

Die noch nie genug gepriesene Kunst
Der
Edlen und Hochschätzbaren
Fischerey/
Samt
Allen deren Nothwendigkeiten;
Erstlich / in Erwählung und Bestellung
derer dazu gehörigen Wasser / die Teiche
zu bauen und anzulegen;
Ferner
Wie und wann die Fische zu besetzen /
zu verpflegen / und zu fangen / auch was
man sonst für Nutzen davon erlangen könne;
Und dann
Derer sowol einheimischen als fremden Fische
und Wasser-Thiere Gestalt/Natur und Eigenschafften/
auch was sonst für allerhand dienliche Artzney-Mittel davon zu
machen; nicht weniger wie dieselbige in dem Hauswesen/
von ihren an sich habenden Mängeln zu befreyen und
wohlgeschmack zuzurichten seyn.
Jedermänniglich auf das getreulichste eröffnet
und beschrieben
Nebst darzu gehörigen Registern/ auch mit schönen Kupffern gezieret
Von
Ernst Friederich von Steinbock.
Nürnberg / verlegts Buggel und Seitz. 1729.

127 Was Leipzig für den literarischen Buchmarkt Deutschlands bedeutete, das war Augsburg einst für das Gebiet des Kunstbuchs und illustrierten Sachbuchs. So ist denn ohne weiteres verständlich, daß gerade bebilderte Kochbücher gerne in der schwäbischen Metropole verlegt wurden, wo seit dem Ende des 16. Jahrhunderts der Kupferstich gepflegt wurde wie in keiner anderen Stadt des alten Reiches.

Odilo Schregers,
der vorsichtige
und
nach heutigem Geschmacke
wohlerfahrne
Speismeister.
Sammt einer Anweisung
zum Kochen, Trenchiren
und
einigen sonderheitlichen Complimenten.
Mit beygefügten
allgemeinen Tischregeln.

Augsburg,
bey Matthäus Riegers sel. Söhnen. 1778.

Originell sind die mit vielen skurrilen Schnörkeln geschriebenen Rezepttitel, die auch wieder einen gehobenen Lebenskreis verraten:

Moren Dorthen [Mohrentorte]	*Griene Agras [Grüne Sauce]*
Anneiß Kiechel zu machen	*Erpsen in der Oehl Brüe*
Marrn Taig [Mürbteig]	*Ein guette Pomenrantschensulz*
Mandl Eckherl [Mandeleckerl]	*Muschgereller Bierl einmachen*
Pistarzi Milch	*[Muskateller Traubenbeeren]*

1774 tritt in Bayern eine Neuerscheinung insofern auf, als es vornehm wird, auch Kochbücher in französischer Sprache abzufassen. Jean Neubauer hat sein ›Allerneuestes Kochbuch, welches lehrt, wie man auf die allergenaueste, delicateste und sparsamste Art arbeiten, die Speisen machen …‹ kann, bei J. Nepomuk Fritz in München herausgebracht. Das damals im süddeutschen Raum sehr wichtige Kochbuch erlebte mehrere Auflagen, wurde aber dann vom Sohn des Verfassers, Peter Neubauer, nach Napoleons Sturz überarbeitet, und die vormals französisch bezeichneten Speisen wurden brav wieder ins Deutsche zurückübersetzt. Das wäre nur am Rande interessant, wenn es nicht zugleich die Tatsache unterstreichen würde, daß Kochbücher sogar politische Situationen widerspiegeln.

Die schreibgewandte S. J. W., die als Sofia Juliana Weilerin ausgemacht werden konnte, hat ihr ›Augsburgisches Kochbuch‹ erstmals 1788 durch Joh. Jak. Lotter und Sohn herausgebracht. Es war seinerzeit im Schwäbischen sehr maßgebend, denn die Rezepte

Suppe mit Knöpflein und Wurzeln

»Nimm nach deinem Belieben, gelbe Rüben, Seleri, Peterling und Pastinaten, putze sie sauber, und laß sie mit daran gegossener Fleischbrühe so lange sieden, bis die Wurzeln weich seyn. Mache mittlerweile Butterknöpflein oder Fleischknöpflein, sied oder backe sie. Hernach lege, wie bey der nächst vorhergehenden Suppe gedacht worden, gebähte Weißbrodschnitten in ein Zinn, und richte die oben beschriebene Brühe darüber an, lege die Knöpflein und Wurzeln darauf her, und reib ein wenig Muscatennuß darauf, so ist sie recht.« (Aus ›Speismeister‹ von 1778)

sind klar verständlich und durchaus brauchbar. Das Buch hat gerade deshalb viele Auflagen erlebt und auch so manchen ›Nachempfinder‹ auf den Plan gerufen.

Das 19. Jahrhundert bringt uns eine erstaunliche Menge an Kochbüchern, hauptsächlich aus weiblicher Feder. Die allgemeine Bildung und das Volkseinkommen sind gestiegen, so daß im bürgerlichen Haushalt mit dem Bestreben nach einer gehobenen Küche auch das Interesse an einem belehrenden Kochbuch spürbar wurde. Der langsam aufkommende Reiseverkehr, die Eisenbahn, die umfangreicher werdende Presse und das allgemein anwachsende Bedürfnis nach häuslicher Behaglichkeit steigerten sichtbar auch die Freude an guten Rezepten, an gekonntem Kochen. Dazu hat auch eine weitere Errungenschaft beigetragen: die bequemer gewordene Küche. Da war zunächst der gedeckte, gemauerte oder eiserne Herd, der die offene Flamme mit all ihren Nachteilen ersetzt; dann die neue Wasserleitung in bereits vielen Küchen, die helleren Petroleumlampen, das hygienische Emailgeschirr, das billiger gewordene Porzellan, das die schwer zu pflegenden Holz- und Zinnteller verdrängte, da waren die ersten Metallgerätschaften und Maschinen. In alle Häuser drangen Blech- und Holzmodeln vor, um schönes Gebäck herstellen zu können. Man lernte Pudding- und Tortenformen, Fischkochkessel, Schneckenpfannen und Schaumlöffel, Drahtsiebe und Mohnmühlen kennen und war natürlich allem herandrängenden Neuen gerne aufgeschlossen. Daraus resultierten wiederum die wachsende Schreiblust geschickter Hausfrauen und die damit verbundene Geschäftstüchtigkeit der Drucker und Verleger.

Natürlich schrieb so ziemlich jede Frau von der anderen ab und lehnte sich auch an ältere Vorbilder an, so daß die damaligen Kochbücher im Durchschnitt ziemlich uninteressant sind. Nur wenige ragen heraus und verdienen ein näheres Eingehen.

Im Jahr 1800 sind gleich mehrere Kochbücher in Bayern erschienen, welche die reichhaltige Liste dieses Jahrhunderts eröffnen. Da ist zunächst die reizvolle Handschrift der Crescentia Sohlerin, Kronenwirtin zu Aichstätten (Eichstätt) zu nennen mit ihrer klar leserlichen Schrift und der Eingangsbemerkung ›Nicht nur für Vornehme und große, sondern auch für gemeine Haushaltungen nützlich zu gebrauchen‹.

Johanna Maria Huberinn brachte im gleichen Jahr in Stadtamhof bei Joh. Mich. Daisenberger, bürgerl. Buchhändler, ihr ›Bayerisches Kochbuch für Fleisch- und Fasttäge‹ mit Bewilligung der Kurfl. Bücherzensurspezialkommission heraus.

Ein wenig später, im Juni 1813, erschien in München in der E.A. Fleischmannischen Buchhandlung aus der Feder von Krescentia Buchner ›Allerneuestes Münchener Kochbuch für baieri-

Gefüllte Wassersuppe mit Eyern

»Schneid Weißbrod zu Schnitten, bähe sie und lege sie in die Schüssel, streue ein wenig Ingwer darauf. Mache Wasser in einem Hafen oder Topfe siedend / und saltze es darinnen. Schütte davon so viel über die Schnitten, daß sie nicht schwimmen. Hernach schlag so viel Eyer, jedes besonders darauf, als du Personen zu speisen hast, und salze die Eyer. Endlich mache etwas viel Schmaltz heiß, und schütte es gemächlich über die Eyer, daß sie unter dem Überschütten backen, und gieb sie auf den Tisch.« (Fastensuppe aus ›Speismeister‹ von 1778)

Gedämpftes Schweinefleisch in einer guten Sauce

»Laß ein gutes Stück Butter in einem Fußhafen zerfließen, lege das gewaschene Fleisch darein, würze es mit Salz, Nägelein, Pfeffer und gestossenen Coriander, thu auch klein geschnittene Citronen, und ein paar Messerspitze voll Mehl daran, laß es wohl dämpfen, und gieß, wenn das Fleisch gar ist, ein wenig Wein dazu, daß es eine kleine Sose giebt. Es ist ein gutes Essen.« (Aus ›Speismeister‹ von 1778)

sche Mädchen und Hausfrauen oder gründliche und deutliche Anweisung zur Besorgung sowohl herrschaftlicher als bürgerlicher Küchen‹.

Margaretha Elisabetha Klotschin hat 1819 ein Kochbuch verfaßt, das in Nürnberg gedruckt wurde und in der Hauptsache durch einen Hinweis auf der Titelseite bemerkenswert ist. Er lautet ›Nicht aus anderen Büchern abgeschrieben, sondern durch anhaltenden Fleiß gesammelt und durch langjährige Erfahrung bewährt gefunden‹. Da wehrt sich also eine Autorin gegen die Plagiatseuche ihrer Zeit.

Neben den reinen Rezeptsammlungen finden wir auch Küchen-Sachverständige, z. B. den Kreis-Bau-Inspektor der Königl. baier. Regierung Gottfried Anton Meißner mit seinem Buch ›Oekonomische Koch-Apparate zur Ersparung zweydrittheil Holzes und Vereinfachung der Kochmethode‹, um ein wenig sparsamer zu kochen. Das Buch wurde 1820 in München bei Franz Seraph Hübschmann herausgegeben und war auch illustriert.

Eine überaus aktuelle Erscheinung war im Jahr 1831 ›Die Cholerakúche‹. Herausgegeben wurde sie unter dem Namen der Verfasserin des ›Augsburger Kochbuchs‹ Sofia Juliana Weilerin und gedruckt hat es die ›Literarisch-Artistische Anstalt‹ in München. Die Notwendigkeit, ein eigenes Cholerakochbuch zu schreiben, läßt tief blicken, auch wenn man sich vorstellen kann, daß Rezepte nicht gegen diese Seuche ankämpfen konnten.

Der bayerischen Originale gab es, wie wir bereits sahen, viele. Eine reizvolle Ergänzung ist ein 1837 erschienenes ›Altadeliges Bayer'sches Koch- und Konfektbuch für alle Stände aus dem Nachlasse einer berühmten Gräfin‹ (Maria Magdalena Gräfin von und zu Portia). In diesem Buch haben sich Damen aus bayrischem Adel, Uradel und Landadel zusammengetan und gleich dem ›Nürnbergischen Kochbuch‹ ein Gemeinschaftswerk vollbracht. Es ist auch nicht besser oder schlechter als andere, nur vornehmer und gespickt mit guten, alten bayrischen Namen, was das reizvolle daran ist.

Viel später, im Ersten Weltkrieg, kam noch einmal etwas ähnliches zustande; nämlich Kriegsrezepte aus allerhöchsten bayrischen Federn. Das kleine Heftchen aus schlechtem, grauem Papier beinhaltet nicht nur Sparanweisungen, sondern sozusagen bayerische Geschichte mit all den Namen der Mitarbeiterinnen, die sich aus den Kreisen des Wittelsbacher Hofes und des Hochadels zusammensetzten. Die Majestäten und Prinzessinnen, Hofdamen und Reichsgräfinnen sind dabei allerdings erlauchter, als ihre Rezepte, die zudem in einem schauerlichen Deutsch verfaßt sind. Vornehmheit war zu dieser Zeit aber noch wichtiger als Bildung, der Versuch zu helfen war aber durchaus anerkennenswert.

128 Man möchte nicht glauben, daß München mit seiner heute vorbildlichen Trinkwasserversorgung im 19. Jahrhundert als ungesund gegolten hat und seine hygienischen Verhältnisse als kritisch bezeichnet worden sind, wobei das mehrmalige Auftreten der Cholera, die noch 1854 beinahe die Internationale Industrieausstellung zum Platzen und die Fremden zum fluchtartigen Verlassen der Stadt gebracht hat, zum Beweis herangezogen worden ist. Daß man sich auch im Küchenwesen auf diese Ausnahmesituation einzustellen wußte, zeigt dieses Buch von 1831.

Cholerakúche
oder
zweckmäßige Auswahl
von
Speisen, Getränken und nöthigsten Hausmitteln, sammt deren Zubereitung, zur Verhütung der Seuche für Gesunde, zur Heilung für Kranke und zur Stärkung für Genesene, unter Anleitung, Prüfung und Uebereinstimmung des königl. bayr. Polizeiarztes, Hrn. Dr. Senger, und anderer kompetenter Aerzte.

herausgegeben
von
der Verfasserin
des
Weilerischen Augsburgischen Kochbuches,
ächten II. Thls. 1829.

München,
in der literarisch-artistischen Anstalt.
1831.

Was Brillat-Savarin für die französische Gastrosophie bedeutet, ist für uns Antonius Anthus, sozusagen der ›bayrische Brillat-Savarin‹. Sein Werk kam 1838, also nur 12 Jahre später als das des Brillat-Savarin, heraus und war, wie er selbst annahm, eine absolute Neuheit – ein Beweis, daß er seinen französischen Schriftstellerkollegen nicht näher kannte, ihn also auch nicht ›nachempfunden‹ haben konnte. Das ist um so erstaunlicher, als beide, natürlich im Rahmen ihrer nationalen Eigentümlichkeiten, das gleiche Pferd zu etwa der gleichen Zeit aufgezäumt hatten.

Beide waren ursprünglich berufsfremd und kamen nur über ihre Freude am guten Essen, über ihr gründliches Nachdenken und ihre tiefe Einsicht in die Dinge des Gaumens zu ihren noch heute so maßgeblichen Erkenntnissen. Brillat-Savarin, von dem alle Welt spricht, war Advokat; Antonius Anthus (1802–1853), der eigentlich Dr. Julius Blumroeder hieß, übte den Beruf eines Amtsarztes aus. Blumroeder war in Hersbruck geboren, später in Kirchenlamitz im Fichtelgebirge tätig und hatte dort als Beamter natürlich Zeit genug, sich weitgehend seinem Hobby – der geistigen Seite der Culinaria – zu widmen. Der sehr kritische und belesene Gastrosoph Harry Schraemli, ein als Schweizer natürlich französischer Küchenkultur besonders zugeneigter Sachverständiger, nennt die ›Vorlesungen über Eßkunst‹ des Antonius Anthus »das gescheiteste Buch, das über unser Thema geschrieben wurde«. Dr. Blumroeder wird erst heute in seiner ganzen Bedeutung erkannt und ausgewertet. Seine Erkenntnisse sind, ohne leere Schnörkel, ohne Pseudowissenschaft und unbewiesene Behauptungen, klar dargestellt, überzeugend und in ihrer Gesamtheit erstaunlich. In der Stille seines äußeren Lebenskreises konnte er tief schöpfen und hat uns damit wertvolle Ansichten und Einsichten über das Essen, seine Kultur und seine Aufgabe hinterlassen. Kein Kochbuch im üblichen Sinn, ist sein Werk ein großes Buch vom Kochen geworden. So erfreulich die Tatsache ist, daß mit Antonius Anthus ein bayrischer Autor genannt werden kann, der von hohem geistigem Niveau war, so soll er doch insgesamt in seiner Wirkung auf das gastrosophische Weltbild nicht überschätzt werden, aber er war auf jeden Fall ein Stern, der am Himmel der bayrischen Culinaria hell erstrahlte. Bemerkenswert ist im übrigen, daß das Buch 1962 erneut aufgelegt wurde

Kochbücher herauszugeben, wurde im vergangenen Jahrhundert allmählich ein gutes Geschäft. Auch die Provinz erfaßte dies; so kam um 1830 in der C.H. Beck'schen Buchhandlung in Nördlingen das ›Neueste Augsburgische Kochbuch‹ heraus, das Margarethe Johanne Rosenfeld ›aus den Papieren der verstorbenen Verfasserin des Augsburgischen Kochbuches, Frau Sophie Juliane Weiler, von deren Verwandten zusammengetragen, verbessert

Carminade

»Nimm Hammelsrippe, klopfe sie wohl, und reib sie mit Mutschelmehl und Salz, lege sie auf den Rost, und brate sie, träufle sie aber unter dem Braten immer mit Butter, und drucke, wenn sie fertig sind, Citronensaft darauf, und gieb sie auf den Tisch.« (Aus ›Speismeister‹ von 1778)

Gamsrücken

Der Rücken von einer jungen Gams wird gehäutet, gespickt und in ein möglichst kleines Gefäß gegeben. Dann kocht man 1 aufgeschnittene Zwiebel mit reichlich Suppengrün, Lorbeerblatt, Pfefferkörnern, Wacholderbeeren, Thymian, Zitronenschale und Petersilie in wenig verdünntem Essig gut durch und gießt dies erkaltet mit etwas Rotwein und Öl über das Fleisch. Es wird 3-4 Tage unter häufigem Wenden darin gebeizt, dann abgetrocknet und gebraten. Man gibt reichlich Speckwürfelchen und Butter in den Topf, gießt langsam mit Beize und Rotwein auf und macht die Sauce mit einem geriebenen Saucenlebkuchen, saurem Rahm und Preiselbeersaft pikant süß-sauer fertig. Dazu reicht man Blaukraut und Polentaschnitten.

Die
Köchin
ohne Fehl und Tadel;
oder:
gänzlich zuverlässige Kunst,
ohne alle andere Anleitung innerhalb vier Wochen insbesondere treffliche, gesunde und schmackhafte Hausmannskost nebst feinen Gerichten und Backwerken bereiten zu lernen.
Das
neueste und unentbehrlichste, auf vieljährige Erfahrungen begründete
Kochbuch,
welches zugleich auf jede Jahreszeit eingerichtete General-Speisezettel für Gesunde und Kranke, dann die Transchirkunst enthält.
Vorzüglich den Frauen und Töchtern des deutschen Bürgerstandes geweiht
von
Rosamunda.
Populär! praktisch! wohlfeil! —
München, 1839.
Joseph Lindauer'sche Buchhandlung.
(C. T. F. Sauer.)

129, 130 Einfallsreich und blumig waren die Titel der Kochbücher, die gerade im häuslichen Biedermeier in steigender Zahl und Beliebtheit auf dem bayerischen Büchermarkt erschienen.

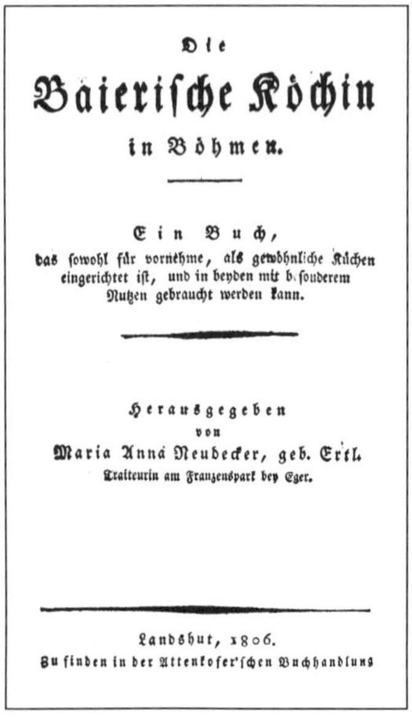
Die
Baierische Köchin
in Böhmen.
Ein Buch,
das sowohl für vornehme, als gewöhnliche Küchen eingerichtet ist, und in beyden mit besonderem Nutzen gebraucht werden kann.
Herausgegeben
von
Maria Anna Neudecker, geb. Ertl.
Traiteurin am Franzensbark bey Eger.
Landshut, 1806.
Zu finden in der Attenkofer'schen Buchhandlung

und vermehrt hat.‹ Immerhin anständig von Madame Rosenfeld, daß sie nicht ohne Quellenangabe ›nachempfunden‹ hat!

Im Jahr 1843 erschien in der C.H. Zeh'schen Buchhandlung in Nürnberg das ›Vollständige Bayrische Kochbuch für alle Stände‹ von Maria Katharina Daisenberger. Man hat ›die Daisenberger‹ als zuverlässige Autorin lange Zeit sehr geschätzt.

Wie fleißig die rezeptverfassenden Federn damals kratzend übers Papier liefen, erweisen die kurzen Abstände zwischen ihren literarischen Erzeugnissen, denn schon 1844 ist wieder ein neues Buch da mit dem romantischen Titel ›Rosamunde, die Köchin ohne Fehl und Tadel oder gänzlich zuverlässige Kunst, ohne alle andere Anleitung innerhalb 4 Wochen … schmackhafte Hausmannskost nebst feinen Gerichten … bereiten zu lernen‹. Es wurde beim Verlag Lindauer in München herausgegeben; hoffentlich hat es sein 4 Wochen-Versprechen gehalten.

Augsburg blieb natürlich auch nicht zurück und so kam dort 1845 ›Lina, Die Köchinn, wie sie seyn soll und muß …‹ auf den Markt. Viele Auflagen der guten Lina im verflossenen Jahrhundert bezeugten ihre Kochkunst.

Sie purzeln auch weiter so eilig daher, die so bescheiden grau, braun, schwarz oder sonstwie mottig-einfach gebundenen Küchenfibeln: ›Das Baierische Kochbuch‹ der Anna Klara Messenbeck in vielen Auflagen, das ›Sailer'sche Familien-Handbuch‹ der Schwestern Klara, Maximiliane, Katharina und Ursula Sailer in München, das ›Lindauer Kochbuch‹ der Christine Charlotte Riedl, das sogar bis 1950 aktuell blieb.

Berühmt und beliebt war auch ›Die Bayerische Köchin in Böhmen‹ der Maria Anna Neudecker mit bereits 11 Auflagen im Jahr 1863. Zu München verlegt, umfaßte es auch eine damals noch sehr aktuelle ›Tranchirkunst‹.

Ein in oberbayrischer Mundart verfaßtes Vers-Büchlein ›Guat is's‹ von E. Henle, das so etwa um 1880 bei Braun und Schneider in München erschienen ist, war ein netter Versuch, Kulinarisches zu dichten, wie sich ja auch schon so manches der vorerwähnten Kochbücher um Dichtkunst und Humor bemüht hatte. 1884 war Elisabeth Levi, geb. Henle, noch im Münchner Adreßbuch zu finden.

Im gleichen Verlag kam der Prachtschinken ›Illustriertes Kochbuch‹ von Rottenhöfer heraus, ein dicker, teurer Wälzer von über 1000 Seiten mit vielen, vielen Bildern; es wurde allen Bürgertöchtern als nobles Hochzeitsgeschenk übergeben. Nachdem Julius Rottenhöfer, der Hofkoch des Königs Maximilian II. war und seine Rezepte prunkvoll-höfisch ausgerichtet waren, so konnten die beglückten Besitzerinnen wohl mehr die prächtigen Aufsätze, Pasteten und vieletagigen Torten bewundern, als die aufwendigen

Rezepte nachkochen. Man hätte die Kochbrigaden von Rottenhöfer und die große Hofküche in der Residenz oder in Nymphenburg gebraucht, um dies alles nachmachen zu können. Jedenfalls ist dieses schöne und umfassende Buch des bayrischen Hofes heute noch ein geschätztes Erbstück so mancher Familie und zudem ein kulinarisches Erinnerungsalbum vergangenen Glanzes.

Brauchbarer, hautnäher war viele Jahrzehnte lang die Schandri mit ihrem ›Regensburger Kochbuch‹, wäre es nur nicht so aufwendig. Aber die Zeiten waren eben damals so.

Neben diesen wichtigsten Erscheinungen gab es natürlich noch mehrere bayrische Kochbücher, besonders am Ende des Jahrhunderts, das die Schleusen der kommenden Kochbücherflut unserer Tage zu öffnen begann. Aber es sollten hier ja nur alte Kochbücher genannt und alte Zeiten beschworen werden. Deshalb sei es nun genug, auch wenn es sicherlich noch manches neuere Kochbuch verdient hätte, Zeugnis für Bayerns Kochkultur abzulegen.

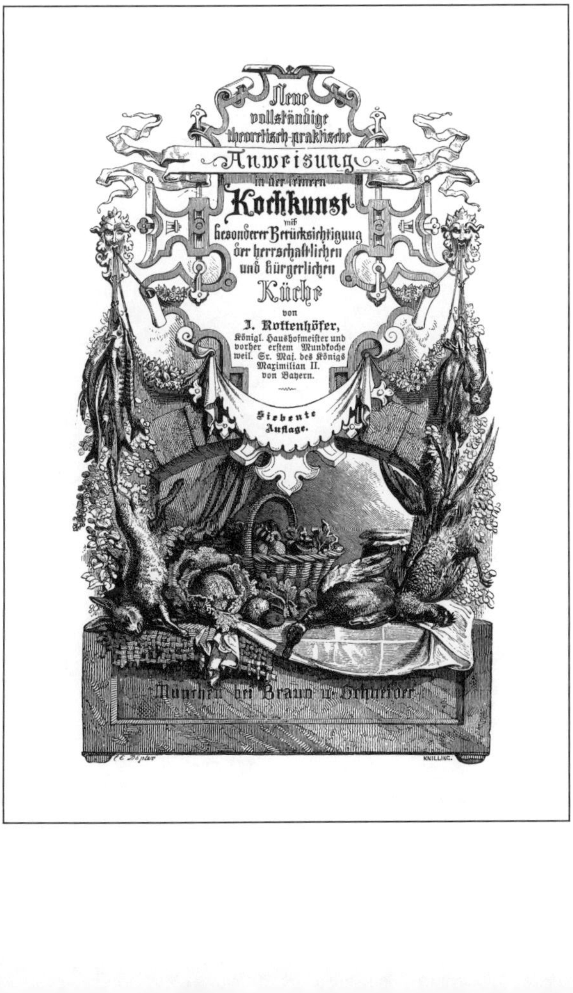

Lindauer Ochsenschwanz (Alte Hochzeitsspeise)

Ein in Gliedern zerlegter Ochsenschwanz wird mit Salz, Pfeffer, etwas Nelken, Muskatnuß und geriebener Zitronenschale gewürzt und am nächsten Tag in eine kleine Essigbeize aus 2-3 Eßlöffeln Öl, 2-3 Zitronenscheiben, Lorbeerblatt und 2-3 aufgeschnittenen Zwiebeln und einem Glas Rotwein gelegt und darin einige Male gewendet. Dann nimmt man ihn heraus und brät ihn mit reichlich Speckwürfeln an und gibt die Beize und etwas Wasser dazu. Das Fleisch soll gut bedeckt sein und wird 2-3 Stunden zugedeckt langsam weichgekocht. Nun bereitet man mit etwas Zucker eine dunkle Mehlschwitze, gießt mit Ochsenschwanzbrühe auf und gibt das in möglichst großen Stücken von den Knochen befreite Fleisch hinein. Die Sauce wird mit Rosinen, etwas Rotwein, Zimt und wenig Zucker sowie einem Stückchen geriebenem Lebkuchen gewürzt und noch mit etwas Preiselbeersaft würzig süßsauer abgeschmeckt. Zuletzt gießt man zwei Gläser Kirschwasser daran und streut über das angerichtete Ragout noch gehackte Mandeln.

131 Die Küchen-Bibel einer jeden höheren Tochter zu Urgroßmutters Zeiten war Julius Rottenhöfers Prachtwerk der ›Anweisung in der höheren Kochkunst‹, deren exklusive Rezepte und opulente Zutaten allerdings manchen bürgerlichen Haushalt in arge Verlegenheit gebracht haben dürften.

Aus Topf und Schüssel

Dörrobst

besonders Kletzen oder Hutzeln, also geschälte und entkernte getrocknete Birnen, Apfelspalten, Kirschen und Sauerkirschen, Heidelbeeren und Preiselbeeren mußten einstmals die obstarme Zeit im Winter überbrücken helfen. Fleißige Hausfrauenhände haben große Mengen davon getrocknet und auch zum Markt gebracht. Aus Nürnberg wird 1632 schon berichtet, daß man dort bei den Lebensmittelhändlern solches Dörrobst kaufen konnte. Es wurde zu Kompott verkocht oder eingeweicht und dann zum Verfeinern von Bratenfüllen, Saucen und auch Gemüsen verwendet. So schmecken Sauerkraut mit Dörrzwetschgen, Blaukraut mit Kletzen oder Kirschen oder grüne Bohnen mit Apfelringen ausgezeichnet. Jedenfalls sind solche Kombinationen seit altersher beliebt.

Die Ernährung in Bayern war, oberflächlich gesehen und mit Unterbrechungen, oft auch in schweren Zeiten gut. Nur Kriege, Unruhen und Mißernten konnten den reichen Nahrungs-Fluß vom Land in die Stadt oder vom Ausland stören. Zu bedenken ist allerdings, daß nur Lebensmittel transportiert werden konnten, die eine oft tagelange Reise unter meist schlechten Bedingungen aushielten. Unter der Plane oder in der Satteltasche wurden sie ausgedörrt oder naß, überreif oder vom Ungeziefer befallen. Vor allem viele Sorten von Fisch, Fleisch, Obst und Gemüse waren von längeren Anlieferungen ausgeschlossen, so daß die Bevölkerung in dieser Beziehung auf die eigene Ernte oder die der nächsten Umgebung angewiesen war. Bekanntlich erstreckten sich deshalb ja auch landwirtschaftliche und gärtnerische Anlagen bis in die Städte.

Da man aber noch nichts von Vitaminen und anderen wichtigen Nährstoffen oder einer guten Mischkost wußte, waren große Teile der Bevölkerung trotzdem oft – sogar bei vollen Schüsseln – unterernährt, was sich dann bei Seuchen und anderen Epidemien verheerend auswirken konnte. Der Körper war, obwohl fettge-

132 Noch nichts von gesundheitsgefährdenden chemischen Zusätzen, aber ebensowenig von notwendigen Vitaminen wußte man in früheren Jahrhunderten, um aus dem reichen Marktangebot – wie man es etwa auf den Bilderbogen des Rokoko zur Belehrung und Bildung der Jugend ausgebreitet findet – das für eine ausgeglichene Ernährung Wichtige auszuwählen.

polstert, ohne Widerstand und daher anfällig, was unter anderem die kurze Lebenserwartung von damals erklärt. Unter diesem Aspekt muß auch die zeitweise zu üppige Gestaltung des Küchenzettels, besonders an Fest- und Feiertagen, bei Hochzeiten, Taufen und dergleichen gesehen werden; man wollte einfach möglichst viel Genuß in die kurze Lebensspanne hineinpressen. Für den, der sich's leisten konnte, gab es zudem schon erstaunlich früh vielerlei Importware wie Zucker, Reis, Mandeln, Walnüsse, Rosinen, Orangen, Zitronen, Feigen, Gewürze und Südweine und natürlich hat jeder, der etwas vorstellen wollte und konnte, davon gekauft, seinen Gästen vorgesetzt und dann darüber berichtet. So weiß man, daß sich Dürer aus den Niederlanden ein Fäßchen Zitronen schicken ließ, wie ja überhaupt schon ziemlich früh viel von Importwaren die Rede ist. Deshalb sind alle guten Kochbücher und sonstigen Aufzeichnungen von damals voll davon, so, als ob dies alltäglich gewesen wäre. Ein echteres Bild der allgemeinen Verköstigung geben meist, aber nur unbewußt, Notizen in Briefen oder Kalendern, Chroniken oder Erinnerungen und vor allem die aufbewahrten Küchenzettel von Klöstern, Spitälern und Stiftungen.

Die städtische Hausfrau hatte es leichter an so manche Handelsware heranzukommen als die Provinz- oder Landfrau, denn diese war auf Märkte, die Dult oder den ›Kraxenmo‹, den Überlandhändler, angewiesen. Auch die Bötin spielte für die Versorgung lange Zeit eine große Rolle. Trotzdem hatte man es in Altbayern meist leichter als in anderen deutschen Landen, eben weil die Bodenverhältnisse, das Klima und der stark ausgebaute Verkehr Handel ermöglichten; dies förderte nicht zuletzt die Genußfreude seiner Bevölkerung. Aus dieser Sicht sind die folgenden, oft üppig erscheinenden Aufzeichnungen – aber wie alles, was man in eine Ordnung bringen will, mit Abstrichen nach oben und unten – zu begreifen. Wenn es schlechte Zeiten gab, hat man sich zu bescheiden gewußt und unglaublich einfach gegessen, war die Ernte gut, wurde gefestet und gefeiert, bis oberhirtliche Gesetze Einhalt geboten. Meist jedoch vergeblich. Das Auf und Ab der Verhältnisse hat also ganz von selbst regulierend eingewirkt.

Auch die Möglichkeiten, die im Sommer so reich anfallenden Lebensmittel gleichmäßig über das Jahr verteilen zu können, waren einst beschränkt. Man konnte ja nur mit wenigen Methoden und meist nur mangelhaft konservieren. Außer Salzen, Säuern, Dörren, Räuchern oder Kälte kannte man ja nichts anderes. Erst als der Zucker billiger und für alle erreichbar wurde, kam das Einkochen in Zucker hinzu. Wie gewandt aber die Hausfrauen und Köche alle nur erdenkbaren Möglichkeiten nützten, gefährdete Lebensmittel zu erhalten, ist trotzdem erstaunlich. Sie erfanden den Eiskeller, das Einlegen in Alkohol, in Essig, das Einsäuern

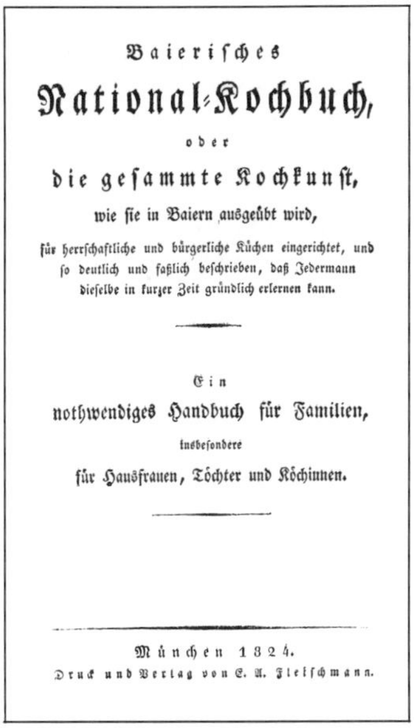
Baierisches
National-Kochbuch,
oder
die gesammte Kochkunst,
wie sie in Baiern ausgeübt wird,
für herrschaftliche und bürgerliche Küchen eingerichtet, und so deutlich und faßlich beschrieben, daß Jedermann dieselbe in kurzer Zeit gründlich erlernen kann.

Ein
nothwendiges Handbuch für Familien,
insbesondere
für Hausfrauen, Töchter und Köchinnen.

München 1824.
Druck und Verlag von E. A. Fleischmann.

133 Die nationale Gesinnung, wie sie in den napoleonischen Kriegen entwickelt und in der Zeit nach dem Wiener Kongreß gepflegt wurde, kommt mit ihrer gesamtbayerischen Tendenz auch im Titel dieses 1824 erschienenen Kochbuchs deutlich zum Ausdruck: Es vereinigt die kulinarischen Besonderheiten der altbayerischen, fränkischen und schwäbischen Küche.

Petersiliensuppe

»Schneid Weißbrod in Würfel, und röste es in Butter. Nimm hierauf ziemlich viel Petersilienwurzeln, säubere sie, und zerschneid sie auch in Würfel, gieß Wasser an die Wurzeln, laß sie darinnen kochen, thu Butter, Muscatenblühte, Pfeffer, Salz und kleine Rosinlein daran, laß es noch einmal untereinander aufkochen, und richte es über das oben gemeldete Weißbrod an.« (Aus ›Speismeister‹ von 1778)

134 Ursprünglich nur als Konservierungsmittel für leichtverderbliche Lebensmittel verwendet, gewann die Sulz zur Erzielung überraschender Effekte mit der Zeit einen besonderen Eigenwert. Wie in einem Aquarium erschienen etwa diese »Gesulzten kleinen Forellen« in Aspik, wie sie Julius Rottenhöfer für den eleganten Tisch empfahl.

Felchen in Kräutern

Gesalzene und in Mehl gewendete Felchen werden in reichlich Butter golden gebraten und warm gestellt. In der Bratbutter schmort man rasch bereits vorbereitete, gehackte Zwiebeln, Spinat- oder Sauerampferblätter, Petersilie und geriebene Zitronenschale. Man gibt noch Butter, Salz und Zitronensaft, nach Belieben auch noch wenig dicken Rahm oder ein Dreieck Vollfettkäse dazu und gießt dieses Kräutergemenge, sobald der Käse geschmolzen ist, über den Fisch. Man streut noch Petersilie darüber.

135 *Gegenüberliegende Seite:* Erwartungsvoll blickt diese Tischgesellschaft den Porträtisten und damit auch den Betrachter an: Stilvolles Speisen und Pokulieren an reich beschickten Tischen – man sehe nur den großartigen Traubenhumpen links! – gehörten nicht nur in Adelskreisen, sondern auch in der Schicht des gehobenen Bürgertums wie hier bei der Gilde der Regensburger Pirsch-Büchsen-Schützen zur kultivierten Lebensweise des 17. Jahrhunderts.

von Kraut und Rüben, das Übergießen oder Verschließen mit Fett, Wachs oder Pech, das Sülzen, das Einlagern in Sand oder Erde und vieles andere mehr, so daß trotz langer, ernteloser Zeit kein spürbarer Mangel auftreten mußte. Aber alle diese Konservierungsarten bestimmten auch das Kochen, nicht nur in der Auswahl der Speisen, sondern vor allem in ihrer Zubereitung. Bei Fleisch und besonders bei Wild, das infolge der ungünstigen Lagerungsmöglichkeiten eher schlecht als mürb wurde, gab es nur die Wahl einen zähen oder einen überwürzten Braten auf den Tisch zu bringen. Der riesige Verbrauch an Gewürzen ist ja auch nur daher zu verstehen. Man mußte den morbiden Geruch und Geschmack übertönen und hat deshalb zur Pfeffermühle gegriffen. Also nicht weil Pfeffer teuer und daher ›vornehm‹ war und Reichtum repräsentierte, hat man ihn so üppig verwendet, sondern er war so teuer, weil die Nachfrage so groß gewesen ist. Bei dem Begriff ›Pfeffer‹ in der mittelalterlichen Küche wird heute meist Ursache und Wirkung verwechselt.

Aus noch älteren Zeiten stammte die Kenntnis der Würzkräuter, und es gab im Mittelalter spezielle ›Kräutlmärkte‹, wie etwa in Straubing und in München. Ansonsten ist bis in die jüngste Zeit das Kräuterweibl noch überall bekannt. Die Bäuerin oder die Stadthausfrau mit einem Gärtchen außerhalb der Mauern hatten ihre eigene, reichbestellte Ecke im Wurzgarten. Es gab lange Zeit auch besondere Kräutltage, so den Gründonnerstag oder den 15. August, Mariä Himmelfahrt, mit seiner Kräuterweihe, denn Kräuter spielten sowohl aus geschmacklichen wie diätetischen Gründen eine bedeutende Rolle. Zur Martinigans hat man seinen Beifuß, zum Osterkitz Kresse und auch sonst das ganze Jahr über seine speziellen Tee-, Würz- und Heilkräuter gebraucht.

Alle diese Gewürze wurden üppig, aber in ganz anderem Geschmacksklang angewendet. Man hat Geflügel mit Zimt und Nel-

ken, Wild mit Honig und Ingwer, Fische mit Kardamom und Lorbeerblatt, Pfeffer und Beifuß scharf gewürzt, sehr viel Essig verwendet, alles in saurem Rahm und reichlich Fett eingebettet, mit Südweinen und sauren Obstsäften (Agraz) aufgewertet und viel, viel, ja zu viel Salz gegessen. Dazu mußte man entsprechend trinken, so daß sich der Kreisel von Notwendigkeit und Genuß auf Kosten der Gesundheit lustig weiterdrehte.

Insgesamt war ganz Europa beteiligt, die bayrische Culinaria zu variieren. Da waren die spanischen Einflüsse ebenso spürbar wie die burgundischen, die böhmischen wie die ungarischen, so daß sich der Inhalt der Töpfe auch sprachlich mischte und manch lustiges Kauderwelsch herauskam. So die Hollerpatrie (Olla potrida) wie die Blamasch (blanc manger), der Golasch (Gulyas) wie die boheimischen Arbisen. Vor allem aber waren es italienische Speisen und Namen, die das Küchenidiom bis in dieses Jahrhundert hinein prägten. In Bayern sprach man nur von Karfiol (cavo fiori: Blumenkohl), von Skorzener (Schwarzwurzeln), Fisolen (Bohnen), von Nockerln (Gnocchi) von Bavesen (pavese). Viel später erst wurde das Italienische vom französischen Sprachgebrauch überlagert, gleichfalls häufig bayuwarisiert.

Das Fleisch war oft knapp, daher briet und kochte man einstmals alles, was da fleuchte und kreuchte, darunter auch Reiher und die schon erwähnten Schwäne, besonders gern Pfaue und Kraniche, Rohrdommeln, Geier, Spechte, Raben und Möwen, Wildtauben, Trappen, Sperlinge und Wildenten, Störche, Lerchen, ferner Igel, Murmeltiere, Eichhörnchen, Pferde und Wildpferde, Esel, Meerschweinchen, sogar Schlangen, Biber und natürlich auch alles, was uns heute noch bekannt ist. Später beschränkte man sich auf Schweine-, Kalb- und Rindfleisch, in einzelnen Gegenden auf Schaf- und Hammelfleisch. Wild und Geflügel waren den Herren vorbehalten, soweit es nicht auf dem eigenen Hof heranwuchs. Aber auch da war es selten, denn es wurde zum Markt getragen.

136 *Gegenüberliegende Farbtafel:* Nicht nur zu aufschlußreichen Charakterstudien regen die Bildnisse von Handwerkern und Köchinnen im ›Hausbuch der Mendelschen Zwölfbrüderstiftung‹ (siehe auch Bild 70 auf Seite 69) an, sondern vermitteln unter anderem auch einen Überblick über die Vielfalt der Brotformen und Gebäckarten in Nürnberg des 17. und 18. Jahrhunderts. Obere Reihe von links nach rechts: die Bäcker Eberhard Roming, † 1671, und Ulrich Laurentz, † 1676, sowie der Lebküchner Dionys Christoph von Lierdt, † 1680; mittlere Reihe: die Bäcker Jörg Urlaub, † 1568, Lienhard Füger, † 1575 und Hans Gemainer, † 1618; unten die Köchinnen der Stiftung: Appolonia Engelmair, aufgenommen 1688, Anna Maria Hufnagl, aufgenommen 1663 und Kunigunde Rührauf, aufgenommen 1780.

137 Nicht nur ein Vergnügen war die Jagd auf Wasservögel, wie sie hier ein Holzschnitt von etwa 1560 vorführt, sondern auch eine Notwendigkeit: Wildenten und Rohrdommeln, Störche, Reiher und ähnliches Getier mußten in Zeiten, da Fleisch knapp war, den Tisch bereichern.

Hecht in Kräuter-Rahmsauce

Einen gereinigten Hecht spickt man mit dicken Speckstreifen unter die Hauptgräte hindurch entlang dem ganzen Rücken. Dann würzt man ihn mit Salz, Pfeffer und Zitronensaft und brät ihn mit gehackter Zwiebel in genug Butter an. Die mit Rahm aufgegossene Sauce wird dabei mehrmals über den Hecht gegossen. Man gibt zuletzt reichlich Kräuter und nochmals dicken Rahm in die Sauce, die noch mit Weißwein abgeschmeckt wird. Dann schneidet man den Hecht in Stücke und gießt die Sauce darüber.

138

138, 139 Auch der Vogelfang mit Armbrust, Schlingen und Leimruten – rechts oben ein Beispiel aus dem 16. Jahrhundert – oder der Fischfang mit Netzen und Garnen – unten ein Kupferstich von 1729 dazu – dienten zur Ergänzung des Speisezettels, wenn Fleisch selten und teuer war.

Ein recht sonderbarer Genuß scheint uns die beliebt gewesene Verwendung von Fetussen von Schafen, Schweinen, Hasen und Großwild zu sein.

Besonders begehrt waren Aphrodisiaka, wie Euter sowie Stier- und Lammhoden, die man in Bayern ›Spanier‹ nannte, wohl weil die Vorstellung ihrer Wirkung von den Mauren über Spanien zu uns gekommen ist. Deshalb hat man gerne den besonders fruchtbaren Hasen als Braten aufgetragen. Die Eingeweide gehörten den Hunden.

Beim Wildschwein ist es der Kopf, der besonders prunkvoll aufgemacht zur Tafel kommt und noch bei Hof in München sowie bis heute bei Jägeressen und kalten Büffets eine große Rolle spielt.

Eine ganz besondere Herrenspeise waren Bärentatzen und Bärenschinken. Es gab ja bis ins vorige Jahrhundert noch vereinzelt dieses selten gewordene Wild in den Bergen. Ansonsten liefen gar mancher Hase oder ein einsames Reh vor die plötzlich unter der Kotzen (Umhang) auftauchende Flinte eines leise auftretenden Wildschützen.

Würste waren immer beliebt. Bayern ist wegen seiner Frischwürste bekannt. Da waren die Weiß- und die Milzwurst, die Leoner und die G'schwollene, die Nürnberger Bratwürst, die Schweinswürste und die Blunzen (Blut- und Leberwürste) von großer Bedeutung. Die Hart- und Dauerwürste hat man vom ›Ausland‹, aus dem Thüringischen oder aus dem Westen, geholt.

Die vielen Flüsse und Seen haben immer schon reiche Beute gelassen. Man kannte ja nur Fluß- und Teichfische und darüber hinaus (aus Transportgründen) nur noch den Stockfisch. Die vielen Feinrezepte für Edelfische beweisen, daß man gut mit ihnen umzugehen wußte, waren sie doch während der vielen Fastentage eine wichtige Hauptspeise.

Im übrigen darf man sagen, daß die bayrische Küche insgesamt auf einer beachtlich hohen Stufe stand, bevor sie französisiert und

140 In vielen Gegenden entwickelte man besondere Vorliebe für bestimmte Speisen oder Zubereitungsarten: Geradezu sprichwörtlich wurden die Nürnberger Bratwürste, die heute noch die bekannteste und beliebteste Spezialität der Stadt – neben den Lebkuchen – darstellen und auch bei keinem Fest fehlen dürfen, sei es beim berühmten Christkindlesmarkt oder, wie auf unserer Lithographie – dem Jakober-Kirchweihfest.

damit unnötig verkünstelt wurde. Einstmals war ein Schweinebraten ein Schweinebraten, die manirierte Art, ihn so zu verändern, daß man ihn nicht mehr erkannte und dies noch für eine Verfeinerung zu halten, gewann immer mehr Boden und galt als vornehm. Dagegen war es der Sinn der weit älteren Küche, ›rein‹ zu erhalten: Man überdeckte, verwandelte, vermuste nicht alles. Heute versucht die Nouvelle Cuisine diese Reinheit wieder einzuführen.

Das Gemüse war während der letzten 200 Jahre ›Stiefkind‹ in Bayern. Man konnte oft hören: *das liebste Gmüs sind mir die Schweinswürst.* Sehr viel früher dagegen maß man dem Gemüse eine hohe Bedeutung bei. Sogar Artischocken und Schwarzwurzeln, Cardy und Stachys, Topinambur und Trüffeln kannte man, aber die Auswahl war, gegenüber heute, doch noch recht beschränkt, denn die Neuzüchtungen der meisten Feingemüse sind jüngsten Datums. Auch ist dem Bayern ›der Gemüsezahn noch

Bratwurst mit Äpfeln

Bratwürste werden in heißem Fett gebraten und beiseitegelegt. Im Bratfett schmort man nun einige Apfelwürfel weich und gibt sie zu den Würsten auf die Platte. In das Fett gießt man jetzt etwas Weißwein und schmeckt mit Zimt, Zitronensaft, Salz und Pfeffer ab, läßt die Würste mit den Äpfeln noch einmal kurz darin aufschmoren und bringt alles in einer geschlossenen Schüssel mit Kartoffelknödeln oder Salzkartoffeln zu Tisch.

nicht sehr lang gewachsen‹. In der Hauptsache gab es in der einfacheren Küche Kraut und Rüben, deren Feinheit bei richtiger Zubereitung man auch erst neuerdings wiederentdeckt. Dagegen kamen schon vielerlei Sorten von Obst und Früchten aus dem Süden und dem Orient. Aber man verstand sie meist noch nicht so zuzubereiten, wie es etwa unserer heutigen Zunge entspräche, denn nicht nur, daß die Kenntnisse dazu fehlten, auch die Kochmöglichkeiten und viele Zutaten waren noch nicht gegeben. Dafür hat man aber Früchte so kunstvoll zugeschnitten, vergoldet und angerichtet, daß etwa aus Äpfeln oder Birnen, Vögel, Blüten, Laternen, Fische oder irgendwelche Kunstgebilde wurden, was allerdings großes Können voraussetzte und nur bei Hofe üblich war. Aber aus den heimischen Gartenfrüchten, mit Honig als Süßstoff, haben geschickte Hausfrauen schon sehr früh berühmte Mehl- und Süßspeisen, Mus, Latwerge, Kanditen, Kompott und andere Leckereien zu machen verstanden, wie die von Philippine Welser verfaßten Rezepte beweisen. Auch andere alte bayrische Kochbücher sind voll davon und setzen die Leser in Erstaunen und machen den Mund wässerig.

Pfannkuchen nach Prinzessin Amélie

Ein nicht zu dicker Pfannkuchenteig wird zu ganz hauchdünnen Pfannkuchen ausgebacken. Je zwei füllt man mit dickem, sehr süßem, warmem Apfelmus, das mit Rum abgeschmeckt wurde. Man kann dazwischen frische Walderdbeeren oder kleine Würfel von Ananas geben. Dann rollt man die Pfannkuchen auf, bestreut sie dicht mit Puderzukker und gibt eine warme Weinschaumsauce dazu.

Die Tafel war voller Schüsseln

Bei Festen und Feierlichkeiten wurden lange Zeit die vielen und vielerlei Speisen alle zugleich zu Tisch gebracht, denn zahlreiche Schüsseln bedeuteten Prunk und Schau. Je nach Bedeutung des Mahles und der Anzahl der Gäste war die Tracht, althochdeutsch ›trahte‹, das Aufgetragene, also der einzelne Gang, sehr reichhaltig und bestand nicht selten aus 22 und mehr ›richten‹ (Gerichten). Sie standen alle zugleich zur Auswahl; manchmal war aber auch nur ein Gericht in mehrere Schüsseln verteilt. So wurden zum Beispiel auf jeden Tisch mehrere Platten mit denselben gebratenen Vögeln oder Fischen gestellt.

Im Alltag aber blieb das Leben lange sehr einfach und dementsprechend auch die Auswahl und Anzahl der aufgetragenen Spei-

Kesselfleisch

Schweinefleisch vom Bauch wird mit Gemüse (Gelbe Rüben, Sellerie, Wurzel und Grün von Petersilie, Lauch) und 1-2 Zwiebeln (alles klein geschnitten) in Salzwasser langsam mit Lorbeerblatt, 5-6 Wacholderbeeren, 1 Kaffeelöffel Senfkörner, 1 Eßlöffel Korianderkörner, 2-3 Nelkenköpfen, etwas Essig und einer guten Prise Zucker zartweich gekocht. Man schneidet es in Scheiben und serviert es samt den Gewürzen auf dem Gemüse.

sen gering. Die einzelnen Kapitel über die bürgerliche, die bäuerliche, die höfische und die Klosterküche geben darüber Auskunft. Hier sollen nur allgemeine Feststellungen über die aufgetragenen Speisen getroffen werden, denn es ist gravierend, wie groß der Unterschied zwischen dem Alltag und den Festen war. Im Bauern- und Bürgerhaus, beim hohen Klerus und natürlich erst recht beim Adel und bei Hofe bogen sich die Tische, und wir wissen von bayrischen Empfängen oder Hochzeiten mit 30 und mehr Gängen, wobei ja ein Gang, wie erwähnt, stets noch aus mehreren Speisen bestand. Damit war aber nicht nur der Gästekreis bedacht, sondern der ganze Hofstaat oder der Kreis der Helfer und zuletzt auch noch die Armen. Solche Fülle galt in der Hauptsache der Repräsentation. Für bürgerliche Kreise bekämpfte die Obrigkeit immer wieder solchen Luxus mit Gesetzen und die Kirche mit polternden Predigten, aber es half alles nichts, die Lust am guten Essen war den lebensfrohen Bayern nicht auszutreiben. Bekannt sind ja die vielen schwerkalibrigen Traktate von Abraham à Santa Clara, von den Münchner Jesuiten Jakob Balde (1603-1668) und Aegidius Albertinus (München, Ende 16. Jahrhundert), von Melchior de Fabris, Pfarrer zu Avern und Odilo Schreger, Abt von Ensdorf, alle stammen etwa aus der selben Zeit. Mit barockem Feuerwerk haben sie alle mit Witz oder Drohung, mit derbem Spott oder frommen Sprüchlein versucht, die so stark eingerissene ›Freßmode‹ und ›Sauflust‹ einzudämmen; vergeblich, denn ausgerechnet Kriege und Pest, das Vorbild des prunkvollen Hofes, der gestiegene Reichtum der Bürger und Handwerker unterdrückten nicht die Sucht, das kurze und oft bedrohte Dasein restlos zu

141 Mit scharfen Traktaten, gepfefferten Predigten und abschreckenden Bildbeispielen versuchte man, die im Barock weitverbreitete Völlerei anzuprangern und die ihr Verfallenen auf den Pfad der Tugend und Mäßigkeit zurückzuführen. Auch der wortgewaltige Abraham a Sancta Clara beteiligte sich an dieser Anti-Freß-Kampagne: Hier eine drastische Illustration aus seinem Narrenbuch von 1709.

142 Mehr zum Sattsehen denn zum Sattessen gedacht waren die vielen in mühseliger Kleinarbeit zubereiteten Pasteten und kunstvoll dekorierten Schaugerichte, die im 17. Jahrhundert die Tafel bei festlichen Anlässen füllten wie hier beim Fried- und Freudenmahl 1649 in Nürnberg.

143 Einen großen Aufwand an Personal, Zeit und Zutaten erforderte – ebenso wie die Pastetenbäckerei – die Zubereitung des Konfekts. Koch und Köchin mußten hier in der Tat die Geduld und das Fingerspitzengefühl eines Goldschmieds mit dem künstlerischen Geschick eines Bildhauers vereinigen.

Gebackene Kalbsfüße

Sauber geputzte Kalbsfüße werden noch einmal nachgewaschen, aufgeschlitzt und in Salzwasser mit Wurzeln langsam sehr schön weich gekocht. Man nimmt das Fleisch in möglichst großen Stücken ab, mehlt sie und wendet sie in Ei und Bröseln und bäckt sie dann in heißem Schmalz schwimmend goldbraun. Dazu gibt es einen saftigen Kartoffelsalat.

genießen, sondern spornten erst recht an. Nicht zuletzt waren es auch die Pfarrhäuser, die oft ein lockendes Vorbild an saftiger Lebensform gaben.

Aber die ›Aufmachung‹ der einzelnen Speisen war oft ebenso großartig wie barbarisch, weil man sie mit unglaublicher, meist sogar unhygienischer Pracht zur Tafel gab. Da gab es Pfauen und Schwäne, die zuerst gebraten und dann wieder mit dem Gefieder überzogen oder Hirschköpfe, die mit ihren vergoldeten Geweihen aufgetragen wurden. Daß in den Federn wie im Fell noch Ungeziefer herumkrabbelte und daß Schmutz, Blut und Bakterien mitserviert werden mußten, störte die Gesellschaft wenig, die Hauptsache war die prunkvolle Schau. Man brachte ganze Spanferkel, Lämmer oder Rehe auf langen Brettern oder Riesenplatten in den Saal, ebenso monströse Pasteten, oft nur zur Dekoration, denn das Zerteilen war zu mühsam. Nachdem sich alle daran ›satt gesehen‹ hatten, wurden sie wieder entfernt. Aus Fleisch formte man Riesenfische, die in einem See aus Sülze schwammen, Ferkel wurden mit Bratwürste gefüllt, die beim Aufschneiden dampfend heiß herausquollen. Man hat weinspendende Springbrunnen auf den Tisch gestellt und sogar schon das Flambieren gekannt. So wurde, wie Balthasar Staindl aus Dillingen in seinem Kochbuch 1575 schreibt, einem Schweinskopf ein glühend heiß gemachter Stein mit etwas Brot umhüllt ins Maul gesteckt und Branntwein darauf gegossen, so daß dann beim Auftragen eine große Flamme zischend herausfuhr.

Essen war ja nur in der allerersten Menschheitsperiode reine Notdurft. Sobald man sich über die Sättigung hinaus gütlich tun konnte und Nachbarn oder Freunde zum Mahl geladen wurden, galt sehr früh schon das berühmte Gastrecht, die Gastlichkeit, die reiche ›Tafel‹, das Eß- oder Freßfest, zu dem natürlich erstaunlich früh der berauschende Trunk gehörte. Und so ist es geblieben.

Daraus wurde dann die bayrische Küche mit allen dazugehörigen Facetten und ihren aus den Möglichkeiten geschöpften Feinheiten, so daß man ohne Hemmung sagen darf, daß, aus alten Zeiten überkommen, *Bayern tafelt!*

Gepreßter Kalbskopf

Ein Kalbskopf wird sauber geputzt und in einem Sud aus Essig und Wasser, Lorbeerblatt, Salz, Pfeffer und einer Handvoll Heublumen so weich gekocht, daß sich das Fleisch mit dem Daumen leicht abdrücken läßt. Man würzt das Fleisch noch einmal mit etwas Salz, Pfeffer, Majoran und Muskat und drückt es entweder in eine glatte Kastenform oder in eine Schüssel oder gibt es in ein Tuch, das zwischen zwei Brettern glatt gedrückt wird. Sobald das klebrige Fleisch kalt geworden ist, läßt es sich wie ein Braten aufschneiden. Man kann die Scheiben auch panieren und backen. Dazu gibt man eine beliebige würzige Sauce und Salate dazu.

Bavaroise von Aprikosen

500 g reife Aprikosen werden durchpassiert. Man gibt 8-10 Dotter und 1/2 Liter Milch sowie den notwendigen Zucker dazu und schlägt die Creme über dem Feuer, bis sie dick ist. Dann rührt man sie kalt. Jetzt gibt man 5 Blatt aufgelöste Gelatine und 3/4 Liter steifen Schlagrahm dazu. Die Masse wird in eine gespülte Form gefüllt und sehr kalt gestellt. Man stürzt sie und gibt sie mit feinem Buttergebäck zu Tisch.

Bei Hof hat man natürlich ganz anders gegessen; hier scheute man keine Kosten, deshalb konnte man die Speisen fast unabhängig von Jahreszeiten und Landesgrenzen auswählen. Auch der Zweck des Essens diente viel weniger der Notwendigkeit, sich zu sättigen, als vielmehr dem Vergnügen, dem Zeitvertreib und vor allem der Repräsentation. Jeder Tag war sozusagen ein Fest, denn man hatte ja Köche und Diener genug, leistete sich jede nur denkbare ›Ergetzlichkeit‹ und machte aus dem Speisen eine familiäre oder auch eine diplomatische Angelegenheit. Das setzte natürlich voraus, daß das gesamte Küchenwesen klappte, der Tisch also reich besetzt und schönes Tafelgerät vorhanden war und vielerlei zeremonielle Sitten eingehalten wurden. Deshalb ging es am bayrischen Hof fast bis zuletzt auch beinahe mittelalterlich prunkvoll zu, denn die Grundbedingungen waren ja alle vorhanden.

Wir können heute beim Anblick von so viel Prunk, Luxus, Eleganz und Kostbarkeit nur staunen, und es ist nicht schwer, sich vorzustellen, wieviel Mühe es machte, mit derart schweren Silbergeschirren und Porzellanaufsätzen umzugehen. Für uns bedeuten die überkommenen Schätze aus der Hofküche und das aufgezeichnete Wissen um die höfische Culinaria nicht etwa nur Unterhaltung, sondern sie sind ein Beleg bayrischer Eßkultur insgesamt. Davon ausschnittsweise zu erzählen, macht Freude.

Natürlich wurden im allgemeinen nur großartige Feste und deren Menüs aufgezeichnet, aber gerade sie sind ob ihren Einzelheiten besonders aufschlußreich, weil absolut zeitbedingt. Hochzeiten und diplomatische Empfänge waren als Repräsentations-Angelegenheit vor allem wichtig, da durch ihre Aufmachung gleich mehrere Ziele verfolgt werden sollten: eigene Machtbezeigung, Ehrung der Partner-Familie, Anknüpfung neuer Beziehungen und die Erwiderung von erhaltenen Ehrungen.

Es wurden daher alle Möglichkeiten ausgeschöpft, die eigene Herrlichkeit zu zeigen. Aus der Silberkammer wurden die schönsten Geräte und Gefäße geholt oder bei bedeutenden Silberschmieden neu in Auftrag gegeben. All der heute oft scheel angesehene Luxus war zugleich notwendige Arbeitsbeschaffung und diente der Förderung von Handwerk, Kunst und Handel. Auch an vorgesehene Geschenke für hohe Gäste hat man beizeiten gedacht.

Da wurden Silber- und Goldschmiede, Zinngießer, Glasbläser, Gewandmacher wie auch die Zuckerbäcker beauftragt, schöne Dinge zu schaffen. Man war dabei sehr großzügig, oft sogar zum eigenen Schaden. Trotzdem war man an den Höfen stets gebefreudig, selbst wenn der Schuldenberg stieg.

Der Truchseß oder der Obersthofmeister, die Köche, der Mundschenk und der Kellermeister berieten sich schon wochen- oder gar monatelang vor dem Fest, was sie alles an Köstlichkeiten und Raritäten auftischen lassen wollten. Sonderboten wurden ausgesandt, das Seltsamste und Teuerste einzuholen und die Gärtner der Treibhäuser und Orangerien bemühten sich selbst im dicken Winter um Erdbeeren und Kirschen, Zitronen und Ananas. Vom Hof Max Emanuels ist bekannt, daß man ›mehr Pomeranzen und Limonen als vor dem gemeine Äpfel‹ gebraucht hat.

Interessant sind die nachfolgenden Festbankette besonders natürlich auch aus rein kulinarischer Sicht, denn sie geben Einblick in die Koch- und Servierweise, in die Vorratskammern, die Handelsbeziehungen und den oft ungehemmten Luxus, gepaart mit altüberkommenen, nahezu archaischen Speisen.

Die höfische Culinaria bavarica beginnt mit der ›Crème bavaroise‹ von Isabeau de Bavière. Es ist zwar ein Gutteil Hypothese, was da behauptet wird, aber immerhin eine durchaus bayrische, die das Thema hier so reizvoll macht.

Da ist eine italienische Prinzessin, Taddäa Visconti aus Mailand, die zu Beginn des 14. Jahrhunderts den bayrischen Herzog Stephan heiratet und an seinem prächtigen und der Welt aufgeschlossenen Hof italienische Kultur und Eßkunst ausübt. Ihre Tochter Elisabeth wird 1385 die Gattin von Karl VI. und heißt von da an Isabeau de Bavière. Daß sie mit diesem herkunftsbestimmenden Zunamen in die Geschichte einging, läßt tief blicken; es bedeutet, daß Bayern damals nicht irgendeine kleine Provinz, sondern ein maßgebliches Herrschergebiet und politisch wie auch wirtschaftlich von Bedeutung war. Es wird ja überhaupt viel zu wenig bedacht, daß Bayern der älteste Staat mit fast immer gleichen Grenzen und das älteste Königreich Europas war.

Nun ist also Isabeau, die Bayrische, Tochter einer Italienerin, Herrscherin von Frankreich, einem sehr zerrissenen Land mit einem allmählich immer geistesverwirrter werdenden König. Isabeau muß alle Zügel in die Hand nehmen, sie muß das wenige Geld verwalten und Kredite erbetteln, den Hof lenken, politische Schwierigkeiten überwinden, eine Schar Kinder erziehen und schließlich ihr kulturelles Erbe erhalten. Was sie nämlich in Frankreich vorfand, war übertünchte Barbarei. Sicherlich sind bei ihrer Übersiedlung in die neue Heimat auch eine Gruppe italienisch geschulter Köche dabei gewesen, die ihr die gewohnte Eßkultur

144 Dem architektonischen Formenschatz der Zeit von Isabeau de Bavière entnommen scheint diese gotische Zierleiste, wie man sie gerne auf den Türmen oder Dachfirsten französischer Kathedralen verwendet hat. Doch nicht in Stein oder Schmiedeeisen gedacht war dieses Ornament, sondern – einem Vorschlag von Julius Rottenhöfer von 1860 zufolge – aus Tragant geformt und als Bordüre für Torten bestimmt.

erhalten halfen. Frankreich war ja damals kulinarisch noch längst nicht erwacht. Das geht auch aus dem ersten Kochmanuskript Frankreichs hervor, das noch recht primitives Mittelalter verrät. Nichts von Feinschmeckerei, nichts von ›grande cuisine‹. Dieser früheste Zeuge höfischer Kost ist Taillevent, genannt Tirell, der Koch am französischen Hof. Vielleicht war Isabeau, die aufgeschlossene Frau mit dem südländischen Blut, überhaupt Anregerin, das Manuskript zu erstellen, vielleicht kannte sie schon die knapp 50 Jahre früher geschriebenen Rezepte der Würzburger Handschrift? Auf alle Fälle hat Isabeau einen außerordentlich hohen Wirkungsgrad in ihrer Zeit erreicht, warum also nicht auch in dieser Beziehung. Man weiß aus zeitgenössischen Chroniken, daß sie sich persönlich um Küche und Haus annahm und sie soll auch mit ihrem Koch (vielleicht Taillevent?) den Speisezettel besprochen und notiert haben.

Isabeau war von bedeutenden Gestalten umgeben. Zum Beispiel von ihren Schwägern, dem prunkliebenden Herzog von Orleans, der ihr aber bald durch Mord entrissen wurde, und dem Herzog von Berry, der sich von den Brüdern Limburg das prachtvolle ›livre d'heures‹ (Stundenbuch) malen ließ. Als Karl VI. in völlige Umnachtung fiel und sich sein Sohn gegen die Mutter stellte und dazu noch des Thrones verlustig zu gehen drohte, kam ihm Jeanne d'Arc zu Hilfe. Schiller hat in seiner Jungfrau von Orleans Isabeau verewigt, allerdings als zänkische Alte, als Megäre. Vielleicht war sie wirklich so böse geworden, wie sie mißgünstige Chronisten schildern; vielleicht war sie aber auch von ihren vielen Sorgen und Nöten so geplagt, daß sie hart und herb geworden ist. Jedenfalls kreisten um sie, wie um eine Sonne, viele Sterne. So spielte auch ihr Bruder Ludwig der Gebartete von Bayern–Ingolstadt eine Rolle. Er führte ihr jahrzehntelang den Hof und heiratete schließlich eine Französin, aber er flocht viel Bayrisches ins französisch-höfische Wesen ein. Als er wieder heim, nach Ingolstadt, zog, gab ihm seine Schwester als Andenken ein kostbares Pariser Kunstwerk mit: das Goldene Rößl, das heute noch im Schatz der Altöttinger Grabkapelle zu bewundern ist.

Und Isabeau, um das kulinarische Glied in dieser Kette wieder zu finden, Isabeau wird eine besondere Speise zugeschrieben: die Crème bavaroise. Sie ist eine Verfeinerung der um vieles älteren, beinahe könnte man sagen, Urspeise ›blanc manger‹, das weiße Essen. Sie bestand, sicher einige jahrhundertelang, aus Mandelmilch, Fleischsülze (aus gekochtem Fleisch, Köpfen, Füßen, Schwarten), aus feingestoßenem Fisch- oder Geflügelfleisch und Gewürzen, oft aber auch Zucker oder Honig. Es handelte sich um eine weiße Sülze, eine vielgerühmte Feinspeise. Isabeau hat sie, unter Weglassung von Fleisch, durch Zugabe von Früchten und

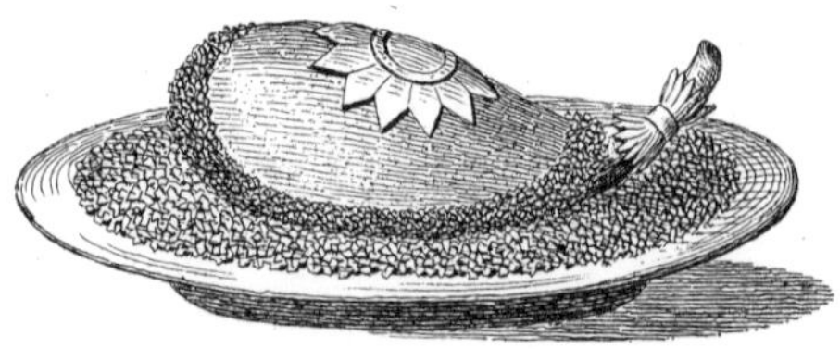

Eingemachtes Kalbfleisch

1/2-3/4 kg von der Schulter oder vom Schlegel schneidet man in grobe Würfel. Dann schmort man 1 gehackte Zwiebel in Butter an, gibt das Fleisch dazu, streut ein wenig Mehl darüber, rührt durch und gießt dann auf. Man würzt mit einem Lorbeerblatt, etwas Zitronensaft und fügt einen Bündel feingehacktes Suppengrün, Salz, Pfeffer und eine Prise Zucker dazu. Während das ragoutartige Gericht schmort, gießt man es langsam erneut auf, fügt dann 1/2 Tasse süßen Rahm dazu und färbt es entweder mit Safran oder mit einem zerklopften Eidotter leicht gelb. Das eingemachte Kalbfleisch soll sehr zartweich, hell und würzig sein. Man schmeckt es noch mit Muskatnuß, ein paar Tropfen Suppenwürze und feingehackter Petersilie ab. Dazu gibt es Reis oder Teigwaren.

geschlagenem Rahm sowie süßen Gewürzen und Honig veredelt. Und diese Speise soll (ganz sicher ist es wohl nicht) nach ihr ›Crème bavaroise‹ genannt worden sein. Auf jeden Fall ist diese Feinspeise sehr alt und sicherlich die Nachfolgerin des ›blanc manger‹, das sich bis ins letzte Jahrhundert parallel zur ›Crème bavaroise‹ erhalten hat.

Nach dem Ersten Weltkrieg, als alles Deutsche verteufelt wurde, wollten kulinarische Kreise die ›Bavaroise‹ in ›Crème moscovite‹ umtaufen, aber es gelang nicht, und so ist sie bis heute auf den Menükarten aller Welt immer noch als ›Crème bavaroise‹ zu finden. In Altmünchner Kochbüchern, wie auch im königlichen ›Rottenhöfer‹ taucht sie einfach als ›Bayrische Rahmsulz‹ auf oder wenn man auf das ursprüngliche ›blanc manger‹ zurückgreift, heißt sie schlichtweg ›Blamasch‹.

In diesem Zusammenhang ist es nett zu wissen, daß beim jüngsten Besuch der Königin Silvia von Schweden, im Jahr 1979, in der Residenz zu München eine Crème bavaroise als Nachtisch geboten wurde.

Bleiben wir am bayrischen Hof und beginnen wir mit einem der spektakulärsten Feste in Bayern, das seinen Glanz noch bis zur Gegenwart erhalten hat. Mit der Landshuter Hochzeit des Herzog Georg des Reichen mit der polnischen Königstochter Jadwiga oder Hedwig im Jahr 1475.

Drei Generationen lang trugen die Herzöge aus Landshut ob ihrer vollen Schatzkammern das goldene Attribut ›der Reiche‹, so Heinrich der Reiche, Ludwig der Reiche und Georg der Reiche. In ihrem ganzen Herzogtum herrschten Wohlstand und Ruhe, so daß die Altbayern durchziehenden Handelsleute sagten: *Jetzt brauchen wir kein Schutzgeleit mehr, jetzt sind wir im Rosengarten!* Und dies, obwohl es in der Welt ringsum turbulent zuging. Die Türken hatten zwei Jahrzehnte vorher Konstantinopel erobert; Karl der Kühne baute sein mächtiger werdendes Burgund aus, im Bauernstand außerhalb Bayerns gärte es; die Zeichen standen auf Sturm. In Landshut aber war Ruhe und Festesfreude.

Groß war das Empfangsgeleit der polnischen Königstochter, darunter auch – für uns hier interessant – sechs reitende Köche und zwei Küchenschreiber. Sie sorgten schon unterwegs für königliche Küche, was sie aber alle miteinander in Landshut an den Hochzeitstagen leisteten, das ist uns erfreulicherweise genau überliefert worden.

Zahlreiche ›Richten‹ (Gerichte) gabs, darunter sogar schon Schlagrahm und (wie nett!) Lebkuchen in Form von Wiegen. Und so viel Abwechslung, von jeder Fleischsorte etwas, gesotten, gebraten, gesülzt, gedünstet und gespickt, kalt und warm, süß und pikant. Dazu vielerlei Weine, vor allem Südwein (Malpasier: Mal-

Nürnberger Eierzucker

Bei der Krönung Kaiser Friedrichs III. zu Nürnberg 1443 wurden einst unter 4000 Kindern, die im Stadtgraben unter der Burg versammelt waren, ein besonderes Modelgebäck verteilt. Die kleinen Zettel trugen das Bild des Kaisers und wurden deshalb Kaiserle oder Kaiserlein genannt. Reizvoll ist, daß sie bis heute erhalten geblieben sind und zwar unter dem Namen Eier- oder Wasserzucker oder als Eierzeug. Man schätzt es besonders als Christbaumschmuck und hat es auch als Freundschaftsgeschenk wieder groß in Mode gebracht. Allerdings sind schön geschnitzte Holzmodeln dazu nötig. Die fertigen Eierzucker werden mit Speisefarben bunt bemalt. Das Rezept: 5 Eier werden mit 500g Zucker, Vanillinzucker, etwas Salz und nach Belieben auch mit ein wenig Kardamom 1 Stunde oder mit der Maschine 10-15 Minuten gerührt. Man gibt 500g Mehl und 1-2 Eßlöffel Arrak darunter und verknetet den Teig sehr gut. Es kann sein, daß er noch eine kleine Handvoll Mehl braucht, je nach Größe der Eier. Man deckt ihn zu, läßt ihn 2 Stunden rasten und wellt ihn dann halbdick aus. Jetzt drückt man kleine Holzmodeln darauf, schneidet die Ränder sauber ab, drückt den Teig noch fest in die Model und stürzt die Eierzucker heraus. Sie werden 1-2 Tage übertrocknet, damit sie ihre schöne Form behalten und bei mäßiger Hitze ganz hell ausgebacken. Zuletzt bemalt man sie lustig bunt.

vasier), denn das Landshuter Gewächs wird den Herrschaften wohl zu sauer gewesen sein. Hier das:

Menü bei der
Hochzeit Herzog Georgs des Reichen
am 14. November 1475
bei dem Fürstenessen auf dem
Rathhause in Landshut

Eingerührte Eier · Gespickter Fasan · Gefüllte Oblaten · Mandelmußconfekt · Gedünstete Hühner in weißer Brühe · Gebratenes Ochsenfleisch · Weißes Kraut Gemüse · Drei Pasteten aufeinander mit dreierlei Füllung · Braunes Gemüse · Wildschwein in Sülze · Hühner mit Rosinen · Frisch Bachs Forellen · Schweinskopf · Gebackene Schifferl · Gesottenes Schweinfleisch · Geschlagener weißer Ram · Gesülzte Leber von Spannferkln · Heiße Krabfen · Preßsack mit Erbsenbrühe · Grünes Gemüse · Grüner Lachs mit Petersilie · Backwerk Gänsebraten mit gedünstetem Kraut · Lunger-Kuchen Milch und gebackene Schnitten · Mandlauflauf in Wein · Lebzelten in Wiegenform

Weine: Tischwein · Malpasier Sounier · Muskateller · Rheinwein · Vernetscher süßer Most · Meth · Süßer Wein

Hernach folgte, was man
am 14. November 1475 bei dem Bürger-Essen
gab, so im Gasthause zum Kronprinzen
gegenüber der Sankt-Martins-Kirche
gehalten wurde:

Wurzelbrühe · Frische Bachsforellen mit heißer Butter und Kartoffeln · Gebratenes Ochsenfleisch · Grünes Gemüse, Sauere Gurken und Zwetschgen · Pastete mit Hühner in weißer Brühe · Rehbraten mit gekochtem Obst und Salat · Weißer geschlagener Ram mit rundem Backwerk · Allerlei Früchte · Confekt · Ramkäse

Weiße Weine: Forster Risling · Kastlberger Feuerberger

Da ist wohl keiner mehr nüchtern aufgestanden.

Im Jahr 1530 empfing die Stadt München Kaiser Karl v., der gerade unterwegs zum Reichstag in Nürnberg war, wie ja die großen Herren scheinbar die meiste Zeit unterwegs waren. Im ›Lusthaus‹, etwa am heutigen Marstallplatz, erwarteten ihn Herzog Wilhelm IV. und seine Brüder sowie Ottheinrich und Pfalzgraf Friedrich. Es war ein würdiger Rahmen in der Neuveste, der die Herren umfing: Kunstwerke von hohem Rang aus aller Welt gesammelt und auch von bayrischen Meistern, darunter Altdorfers Alexanderschlacht und Bilder von Mielich und anderen, welche den Grundstock der heutigen Pinakothek bilden, schauten auf die Besucher herab.

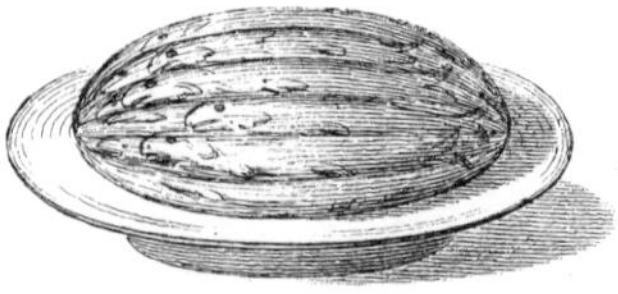

Aischgründer Karpfen

Dieses Rezept ist von ganz besonderer Delikatesse. Dazu werden kleine Karpfen von $^1/_2$-$^3/_4$ kg Gewicht sauber geputzt, ausgenommen und notfalls geschuppt. Am besten sind aber schuppenfreie Spiegelkarpfen. Man würzt und mehlt sie und gibt sie im Ganzen in einen natürlich entsprechend großen Topf mit heißem Fett. Darin werden sie je nach Größe 20-25 Minuten knusprig golden gebacken. Man kann sie ganz, sogar samt den Flossen verzehren, die wie Mandeln krachen und auch ebenso schmecken.

Das Festbankett war so üppig, daß man erst um Mitternacht bei der Hälfte der Genüsse, nämlich beim 32. Gang (!) angelangt war.

Da erhob sich der Kaiser und gab damit das Zeichen zum Abbruch des Mahles. Er wollte noch zum Tanz mit den schönen Münchner Bürgerfrauen ins Rathaus gehen und überdies wußte er, daß ja in Augsburg die große ›Fresserei‹ weitergehen sollte.

Von dort berichtet uns Bartholomäus Sastrow 1555 von einem Reichstagsbankett in Anwesenheit Karls V. Er beobachtete den Kaiser an der Tafel und gab uns ein anschauliches Bild von der Eßweise dieser Zeit. Karl war in jeder Beziehung ein eigenwilliger Mensch. Er wollte weder Vorschneider noch Mundschenk, sondern aß mit dem eigenen Messer und seinen Händen und beauftragte seine mitgebrachten Leibärzte, ihm zu trinken zu geben. Der Wein stand sicherheitshalber auf dem ›Tresor‹, der wie die Kredenz verschließbar und damit giftgeschützt war. Sastrow erzählt: *Ich habe den Kaiser auf etlichen Reichstagen oft essen sehen. Wenn die Speisen von jungen Fürsten und Grafen aufgetragen wurden, setzt man jedesmal vier Trachten, in einer jeden sechs Gerichte, vor ihm auf den Tisch und nahm die Oberschüsseln nacheinander ab; gegen die, welche er nicht begehrte, schüttelte er den Kopf, wenn er von etwas essen wollte, winkte er mit dem Kopf und zog die Schüssel vor sich hin. [Der Kaiser sprach bekanntlich nur spanisch.]*

Es wurden stattliche Pasteten, Wildbret und wohlzugerichtete Leckerspeisen weggetragen, er behielt ein Bratferkel, einen Kalbskopf u. dergl.,

145 Orlando di Lasso, der berühmteste Musiker, und die anerkannt beste Hofkapelle ihrer Zeit waren gerade gut genug, um das Festbankett aus Anlaß der Hochzeit von Herzog Wilhelm V. von Bayern mit Renata von Lothringen am 22. Februar 1568 in der Münchner Neufeste zu umrahmen. Die Riesenpastete, die dabei der Braut präsentiert wurde, erregte unter den Zeitgenossen großes Aufsehen.

Hochzeitssuppe

Diese Suppe wird besonders reich beladen. Es handelt sich um eine gut abgeschmeckte, kräftige Fleischbrühe, in die man kleine Leberknödel, Schwemmklößchen, Würfel von gekochtem Rindermark, feine Suppennudeln und nach Belieben noch verklopfte Eier oder Stückchen von gekochtem Kalbsbries (Kalbsmilch) gibt.

Schneemus

Das ist ein ganz altes Rezept, das schon im frühen Mittelalter auf der Tafel als Konfekt erschien. Dickes Quitten- oder auch Apfelmus wird durchgezuckert und schaumig geschlagen. Man hebt je nach Menge 2-3 geschlagene und auch gesüßte Eiweiß darunter und gibt diese Masse dick zwischen je zwei Oblaten. Sie werden in Stücke geschnitten und etwas nachgetrocknet. Man kann das kleine Konfekt aber auch in einen Ausbackteig tauchen und dann noch in heißem Fett golden backen.

146 Nicht nur an der höfischen Tafel, sondern auch am bürgerlichen Tisch war die Pastete beliebt: Bereits im 16. Jahrhundert gab es fliegende Pastetenbäcker, die ihre Ware knusprig frisch und ofenwarm aus einer fahrbaren Pastetenküche feilboten.

ließ sich nichts vorschneiden, sondern schnitt so viele Stücklein Brot, so groß, wie er sie zu jedem Bissen in den Mund stecken konnte. Das Gericht, von dem er essen wollte, löste er an der Ecke, wo es ihm am besten gefiel, mit dem Messer, sein Stück brach er mit den Fingern auseinander, zog die Schüssel unter das Kinn und aß so natürlich, jedoch reinlich und sauber, daß man seine Lust daran sah. Wenn er trinken wollte – und er tat nur drei Trunk während der Mahlzeit –, so winkte er seinen Doctoribus Medicinae, die vor dem Tische standen; die gingen zum Tresor, worauf zwei silberne Flaschen standen und ein kristallenes Glas, das wohl anderthalb Seidel enthielt, und gossen das Glas aus beiden Flaschen voll; das trank er rein aus, daß nichts darinblieb, mußte er auch zwei- oder mehrmal Atem holen, bevor er's vom Munde zog.

Ebenfalls großartig und minutiös festgehalten ist das Hochzeitsbankett des Herzogs Wilhelm v. mit Renata von Lothringen im Jahre 1568 in München. Auch hier waren die Vorbereitungen und der Aufwand, die Pracht und Gästezahl groß, das Bankett lang und das Menü üppig. Die Speisen waren in etwa dieselben wie sonst bei solchen Festen; nur ein Prunkstück aus dem umfangreichen Angebot soll hier herausgehoben werden, weil es gar so berühmt geworden ist: die Riesenpastete der Herzogin Renata. Man weiß sogar auffallenderweise den Koch. Es war Peter Kayser, der durch seine Leistung in die Annalen der Hofchronik einging. Und man kennt auch sonst alle genaueren Umstände, eben weil sie so einmalig waren.

Die Pastete stammt ursprünglich aus Italien, denn Pasta heißt ja Teig. Durch die engen, vielfach verwandtschaftlichen Beziehungen der bayrischen und italienischen Höfe kamen natürlich auch italienische Meister der Küche sowie Zuckerbäcker über die Alpen zu uns und belebten die bayrische Culinaria und vor allem die Ausgestaltung der Tafelschau mit Pasteten, eben solchen Kunstgehäusen für Braten, Würste und andere Speisen. Paul Jacob Marperger, ›Königl.-Pöhmisch- und Chur-Sächsischer Hoff- und Comercien-Raht‹, beschreibt 1716 in seinem 1350 Seiten umfassenden ›Koch- und Real-Lexikon‹ Pasteten im allgemeinen und eben Renatas Pastete im besonderen:

Je köstlicher / delicater und zierlicher der Pasteten-Koch seine Pasteten zubereitet / je mehr Rum hat er davon. Teuschland hat vor diesen an ihren Fürstlichen Höfen so großes Wesen davon gemachet / daß man nicht allein denen Pasteten eine zierliche Form gegeben / sondern auch unterschiedliche Kurtzweilen damit angefangen. Also lieset man / daß Anno 1581 [falsches Datum!] auf Herzog Wilhelms in Bayern / und der Princeßinn Renata aus Lothringen Bey-Lager unter andern raren Gerichten auch eine Pastete aufgesetzt worden / darinn des Ertz-Hertzogs Ferdinandi von Oesterreich / nicht über 3 Spannen hohes Zwerglein von etwa

147 Nicht erst seit den Tagen König Ludwigs III. (1912-18) – der ein anerkannter Agronom und Mustergutsbesitzer war und deshalb im Volksmund liebevoll-respektlos der ›Millibauer‹ genannt wurde – beschäftigten sich die Herrscher Bayerns auch praktisch mit der Gewinnung dessen, was später auf ihre Tafel gelangte: Berühmt war im 17. Jahrhundert der Schleißheimer Parmesankäse, der in der Schwaige beim Alten Schloß hergestellt und dessen Zubereitung von Peter Candid sogar im Bilde überliefert worden ist.

6 Jahren in einen gantz wohl geputzten weißen Küraß sich verborgen gehalten /; Als nun solche Pastete auf die Fürstliche Braut Tafel gesetzet und eröffnet worden / ist vorbemeldetes Zwerglein herausgesprungen / zierlich auf der Tafel umhergegangen / und hat die Fürstliche Persohnen allesamt mit einen tieffen Reverentz verehret: In solcher Pasteten haben sich zugleich auch 40 wohl-gekochte und zugerichtete Essen befunden / welche der damahlige Bayrische Mund-Koch / Peter Kayser genannt / zu grossen Vergnügen seiner gnädigen Herrschafft zugerichtet hatte. Noch heutiges Tages ist solches nicht ungemein / daß man nicht allein kleine Zwerge / sondern auch allerhand lebendige Gevögel in solchen Pasteten praesentiret / auch wohl die Pasteten mit schönen Figuren und aufgedruckten Sinn-Bildern desto ansehnlicher machet.

Renatas Pastete war übrigens Vorbild für eine gleichartige Prunk- und Scherzpastete unter Max Emanuel, der zum Spaß aller Gäste den kleingewachsenen François Cuvilliés ›einbacken‹ und dann zierlich heraustreten ließ. Für den großen Baumeister, den späteren Schöpfer so berühmter Kunstwerke, mag es weniger amüsant gewesen sein. Aber er gehörte ja nur zum Hofgesinde und wurde entsprechend behandelt.

Niedlich gebackene Krebsschwänze

»Nimm ausgeschälte Krebsschwänze und salze sie ein wenig; mache ein dünnes Teiglein von Eyern, weissen Mehl, zart geriebenen Lebkuchen und ein wenig Milch, kehre die Krebsschwänze darinnen um, und backe sie ganz gemächlich in heissem Schmalz, und bestreue sie mit Ingwer und Zimmet.«

148 *Gegenüberliegende Farbtafel:* Der alljährliche Ausflug zur Kirchweih nach Großhesselohe, die traditionsgemäß an Pfingsten stattfand, war für den Münchner des Rokokozeitalters ein langersehntes Ereignis und kam in seiner Bedeutung fast einem Pfingsturlaub unserer Zeit gleich. Der Münchner Hofmaler Peter Jakob Horemans hat mit seinem hier im Ausschnitt wiedergegebenen Bild von 1747 nicht nur eine der ersten Darstellungen dieses beliebten Festes überliefert, sondern auch dem Münchner »Radi« in der Hand des Eremiten ein frühes künstlerisches Denkmal gesetzt.

Massimo di Trojano, Musikus am Hof Herzog Albrechts V. von Bayern, schreibt, daß bei diesem Fest, das nur Könige, Herzöge, Fürsten, Grafen und Barone sah, die Gesellschaft im großen Saal der herzoglichen Burg speiste, in welchem die herrlichsten Tapeten hingen. Oben an der Tafel war ein Thronhimmel, reich mit Gold gestickt, mit den Wappen von Bayern und Lothringen, errichtet. – Auf den prächtigen Tischtüchern waren 40 Gedecke mit verschiedenen von Seide und Gold gestickten Blumen gezierten und geschmackvoll gefalteten Servietten, blinkende Messer, ferner zwanzig silberne und vier goldene Salzgefäße in Form von Schiffen und Muscheln und anderes herrliches Gerät. Um die Tafel nicht zu unterbrechen, standen in einiger Entfernung zur Seite sechs vergoldete Löwen in Mannsgröße, welche mit den Pfoten große Wachskerzen hielten; außerdem alle zwei Schritte vier große silberne Leuchter mit brennenden Wachskerzen.

Speisen aller Art waren bereits auf der Tafel, als unter Trompeten- und Paukenschall die hohen Gesandten, vier Marschälle, der herzogliche Bräutigam und die Braut, und alle übrigen erlauchten Fürsten und Frauen in den Saal eintraten. Man reichte ihnen wohlriechendes Wasser, und alle nahmen in folgender Ordnung ihre Plätze ein: Obenan der hohe Bräutigam mit der geliebten Braut, alsdann folgten auf der rechten Seite herab die erlauchtesten Namen Bayerns, des nahen Österreich und der Lothringer Verwandtschaft.

Nachdem sich die Fürsten eine Stunde unterhalten und die Festkompositionen angehört haben, kamen aus der Küche mit Trompeten- und Paukenschall die vier Marschälle, alle unbedeckten Hauptes mit brennenden Wachslichtern und trugen das erste Gericht zur Tafel. Zur Zierde desselben wurden drei kunstvolle Schiffe mitgetragen, an deren Mastbäumen die zehn Lebensalter des Menschen abgebildet waren, ferner Christus mit dem Weibe aus Kana an dem Brunnen; Judith mit dem Haupte des Holofernes, alles in Wachs bossirt und mit Farben bemalt.

Sofort kam aus der Küche wieder unter Trompeten- und Paukenschall das zweite Gericht der Speisen, und mit diesem zur Ergötzung ebenfalls verschiedene bildliche Darstellungen in Wachs, als: Die Gerechtigkeit, Paris mit dem Apfel, Susanna mit den drei Alten. Mit dem dritten Gerichte kamen: Die Taufe Christus, Magdalena, mit langen Haaren, Adam und Eva. Das vierte Gericht zeigte die Römische Lucretia, Samson mit dem Löwen, die Melusina. Mit dem fünften Gerichte kam eine sinnvolle Vorstellung von zwei turnierenden Rittern, welche sich bewegten und umherliefen, gleichsam als wären sie lebendig; dann drei einen Arm lange Adler von Butter und drei Pelikane, die mit ihrem eigenem Blute ihre Jungen wieder erweckten.

Unterdessen begannen unter der Leitung des Orlando di Lasso die ausgezeichnetsten Sänger verschiedene Quartette vorzutragen, und es wurde der Nachtisch zur Tafel gebracht, als Pfaue, Fasanen, Rebhühner, Haselhühner, Kapaunen, Pasteten, Sulzen, Lammsbraten, Ferkel, Wildschweinköpfe, Hirsche, Kaninchen, Enten, endlich viele Gattungen von Fischen, welche die ganze Tafel überfüllten. – Diesen Nachtisch zierte eine kunstvolle Darstellung aus der Heiligen Schrift: Ein anmutiger Baum, das Leben bedeutend.

Ferner fand sich unter der Anzahl von Confekten noch die Vorstellung des Ölberges, Christus mit dem Kelche, der Engel, die schlafenden Jünger, der Verräter Judas mit seiner Rotte, künstlich aus Zucker verfertigt und mit Farben bemalt.

Von den köstlichen Weinen zu reden, halte ich für überflüssig. Man kann sich leicht die Menge weißer, rother, süßer, herber, junger, leichter und stärkerer Weine, welche immer neue Eßlust erregten, vorstellen. – Der Mundschenk der erlauchten Dorothea von Dänemark ließ mich eine Art von Liqueur versuchen, und ich glaube nicht, daß selbst dem Jupiter je ein herrlicheres Getränk von seinem Ganymedes gereicht ward. Somit war die Tafel zu Ende.

Nicht nur in den Residenzen, sondern auch in deren Schatten gab es beim oft sehr begüterten Landadel große Feste und Bankette. So wurde im Jahre 1610 auf Schloß Castell in Franken ein Erbsohn, Wolfgang Georg, geboren und ihm zu Ehren ein großer Taufschmaus abgehalten, der in der Haus-Chronik festgehalten ist. 27 Adelige ließen sich von einem Marschalldienste tuenden Junker und zwei weiteren Junkern, die das Vorschneiden besorgten, 4 Köchen und viel Saal- und Küchenknechten bedienen. Der Speisezettel für das Festessen war lang und reich, kostbar und sicherlich auch schwer. Festessen ist übrigens falsch, denn das Bankett begann am Freitag zu Nacht und endete erst Donnerstag zu Nacht. Was allein der erste Gang enthielt, das läßt auf die Fortsetzung und die übrigen Speisenfolgen schließen. Alles war ziemlich fleischern oder die Zugemüse wurden nicht besonders genannt, höchstens, daß einmal ›Limonen, Parstanatwurzeln [Pastinak], Erbsbrei, Zwiebeln, schmeckend Kräuter, Rosinen und Mandeln‹ auftauchen. Das Übrige ist aus dem Stall, von der Jagd, aus Fluß und Teich. Dazu gehört auch eine Schwanenpastete.

Auf den ersten Gang gabs: Hühnersuppe, Rindfleisch, alte Hühner mit Rettichen, Reisbrei, Gelbe Kuttelfleck, Schweinskopf, Lungen und Leber in schwarzem Pfeffer, Marzipan, Schwanenpasteten, braune Barbengallerte, Welsche Hähne, Gebratene Spanferkel.

Nachgeschickt wurden: Mandeltorte, Forellen, Austern, Kleine Fischpasteten.

149 *Gegenüberliegende Seite:* Selbst wenn man auf Reisen ging, mochte man als Standesperson von Distinktion nicht auf den gewohnten Luxus bei Tisch verzichten: So wurde das Reiseservice zum ständigen Begleiter. Freilich wird nicht jedes so feudal ausgesehen haben wie dieses barocke Meisterwerk an Formschönheit und Funktionalität, das um 1700 gefertigt worden ist und neben Toilette-Utensilien sowie Schreibzeug ein fünfzigteiliges vergoldetes Silbergeschirr des Augsburger Nobel-Goldschmieds Tobias Bauer aufweist.

Dem folgt der zweite Gang mit elf Fleischgerichten und wieder ein Nachgeschicktes. So ging das tagelang. Man kann sich ungefähr vorstellen, wie es auf Schloß Castell damals zugegangen sein mag, wie alles schwitzend gerührt hat, schwer tragend gerannt ist, wie alle besorgt waren um Mann und Roß und Wagen, um all die Diener der großen Herren, um die Armen der Umgebung, die Kinder des Trosses, um die Hunde und was sonst noch ringsum hungrig und erwartungsvoll war. Dafür hat man denn auch unter anderem 4 Ochsen, 11 Kälber, 4 Sauen, 9 Spanferkel, 5 große Schinken, 9 Stück Großwild, 58 Hasen, 21 Feldhühner, 1 Schwan, 6 Indianische Hennen, noch viel, viel Geflügel, viele Zentner Fisch, Austern, 1364 Eier, 120 Limonen et cetera gebraucht.

Natürlich wurde Casteller Wein und viel vom Rhein und vom Stein dazu getrunken.

Philipp Hainhofer (1578-1647), ein weltgereister Augsburger Patrizier, Diplomat und Kunstagent, der ob seiner Kenntnisse und Bildung alle europäischen Höfe bereiste und beriet, war auch den Wittelsbachern dienlich und hat uns mit seinen genau geführten Tagebüchern interessante Berichte über München hinterlassen. Seine Aufzeichnungen erzählen aus den Jahren 1611-1613, besonders von Hochzeiten, aber auch von Regensburger Reichstagen und anderen Festen. Von diesen war Hainhofer sehr beeindruckt und schreibt, was es alles gab:

Federwildbret so aufgemacht, als ob es lebe, weiße Reiher, Kraniche, weiße und rote Fasanen, Auer- und Spielhähne, Hasel- und Rebhühner, Schwäne, Pfauen, Kalkuttahühner. Es gab Pasteten, Marzipan, Sulzen, Bilder aus Wachs und Zucker, Mandeln, Pyramiden, von den vier Elementen umgeben, obenauf Fortuna auf einer rotierenden Kugel. Das Pferd Pegasus stand auf dem Parnassus-Berg, woraus ein Springbrunnen eine Kugel in die Höhe hob. In einem Tabernakel drehten sich die sieben Tugenden, von einem Uhrwerk getrieben, um die Figur der ›Fortitudo‹. Weiter gab es ein Schiff auf stürmischem Meer mit Wasser speienden Walfischen. Jupiter bewegte sich auf einem von vier Winden getragenen ›Globus terrestris‹. Als letztes ein Schloß und Lustgarten mit ›Frawenzimmer‹.

Von der Eleganz und Bewegtheit des Münchner Tafelwesens waren alle Besucher sehr angetan. So berichtet Hainhofer 1610: Am dritten Tage habe er den Herzog mit seiner Gemahlin, Bruder Albrecht und Schwester Magdalena *sehen Tafel halten ... im inneren Hof blasen 12 trometter und 2 heerpauggen. Im Zimmer auf 2 seitten von der tafel stehen etliche Trabanten, zue vorderst von der tafel 3 vom Adel, die auf Gnad warten, biss man Sie zu Truchsessen macht [Gnade – ohne Lohn]. Jedliche Fürstliche Persohn hat Ihren besonderen mundschenckten, gehet alles gar still zue.*

Schokolade-Crêpes

Dünne Crêpes werden gebacken und warm gestellt. Dann bereitet man einen Ausbackteig und eine Creme aus 1/4 l Rahm, die mit 6 Eidottern, 100 g Zucker, 1 Eßl. Mehl und 100 g geriebener Schokolade über Dampf dick geschlagen wird. Man verteilt diese Creme in die Crêpes, rollt sie auf, halbiert sie und taucht sie in Ausbackteig. Sie werden in heißem Fett goldgelb gebacken, mit Schokoladeraspeln und gerösteten, gehackten Haselnüssen bestreut und heiß mit heißer Aprikosenmarmelade serviert.

Die bedienenden Edelknaben waren ganz stilgerecht in weißblaue Hosen gekleidet. Sie trugen dazu schwarze Samtröcke mit blauen Ärmeln. Diese in den Landesfarben gehaltenen Festgewänder wurden, wenig abgewandelt, bis zuletzt in der Münchner Residenz getragen.

Man achtete überall auf solche Repräsentanz und wetteiferte auch in den großen Städten Bayerns mit dem Münchner Hof, um bei Fürstenbesuchen würdig auftreten zu können. Deshalb schaffte zum Beispiel Regensburg zum Reichstag von 1652 für den Besuch des Herzogs von Württemberg »in aller Eyl« 84 Platten, 60 Teller, 24 vergoldete Tischbecher, 24 vergoldete Löffel, 5 Leuchter und noch so manches andere zur Ergänzung des Tafelsilbers an.

Ein aus Augsburg geliefertes ›Buffet‹, also das Prunkgeschirr dafür, wird wie folgt beschrieben: *angekommen theils gantz weißen, theils auch vergüldeten überaus großen silbernen Gefäßen, von unten bis oben zu aufgethürmet und deren Reichthum und Schönheit, an Gewicht, Zeichnungen und getriebener Arbeit, nebst dem dazu gehörigen gantz vergüldeten Tisch-Geschirr, allbereits in der Fremde so viel Geschreyes gemacht ...*

Schnecken in einer Sardellenbrühe

»Wasch die Sardellen sauber mit Wein aus, zerstoß sie und treib sie durch / vermische sie mit Butter, Pfeffer und Muscatenblühte, fülle die gesottene und gesäuberte Schnecken mit dem vermischten Butter und Sardellen wieder in ihre ebenfalls wohl gesäuberte Häuslein, und laß sie schon angezeigter maßen braten.«

150 Im repräsentationssüchtigen und festfreudigen Barock wurde auch das feierliche Dinieren zum Selbstzweck, so daß die Sittenrichter der Zeit gegen das übertriebene Bankettieren der Oberschicht ebenso zu Felde zogen wie gegen die Eßlust und Trunksucht des gemeinen Mannes. Auch Abraham a Santa Clara geißelte in seinem 1709 in Nürnberg erschienenen Narrenbuch diese Modeerscheinung.

Gebratenes Spanferkel

Ein zartes, sauber geputztes Spanferkel wird innen mit Salz und Pfeffer, außen mit Salz eingerieben. Man steckt einen langen Holzspan hinein, damit es schön ausgestreckt in der Pfanne, die natürlich groß genug sein muß, liegen bleibt. Wenn man weder Pfanne noch Blech noch Backrohr in der passenden Größe hat, gibt man das Spanferkel am besten zum Bäcker. Es wird unter häufigem Begießen mit frischer Butter bei guter Hitze, je nach Größe, 1-1 1/2 Stunden goldbraun gebraten. Die Sauce wird mit frischer Butter und reichlich gehackten Würzkräutern, insbesondere Petersilie und Kresse oder etwas Sauerampfer, ein wenig Zitronensaft und Weißwein abgeschmeckt. Das Spanferkel wird entweder im Ganzen mit einer Zitrone im Maul oder in schöne Portionen zerlegt angerichtet.

Kitzbraten

Das ist besonders ein Osterbraten. Das Kitz oder das kleine Lamm muß 6-8 Pfund schwer sein und wird innen mit Salz und Pfeffer, außen mit Salz eingerieben. Man steckt einen großen Büschel Petersilie in den Bauch oder kann auch eine gut gewürzte Semmelfülle hineingeben. Dazu verwendet man die Kitzleber und das gekochte und gehackte Herzchen sowie reichlich Kräuter, vor allen Dingen Kresse und nach Belieben auch gemahlene Mandeln oder Erdnüsse. Dann brät man es unter häufigem Begießen langsam goldbraun. Die Sauce wird zuletzt mit etwas Zitronensaft, Macisblüte, Rahm, Kräutern und noch einem Stück Butter würzig abgeschmeckt.

Der aus München nach Paris heimgekehrte Abbé Chapuzeau berichtete gleichfalls 1673:

Unter Max Emanuel (1679-1726) waren Pracht und Prunk am bayrischen Hof auf ihrem Höhepunkt angelangt. Was dem Kurfürsten an Herrscherglück fehlte, holte er bei seinen nur kurzen Aufenthalten in München durch große Feste und Vergnüglichkeiten nach. Seine Bälle, Scharaden und Bauernhochzeiten, Maskeraden und Tourniere, Jagden und Balette, Schauspiele und Opern, Wasserfeste und Schlittenfahrten mit den dazugehörigen Schauessen wurden berühmt.

Pöllnitz beschrieb als häufiger Gast 1730 den bayrischen Hof als den unumstritten galantesten und liebenswürdigsten in Deutschland. Die Bayerische Staatsbibliothek in München besitzt zahlreiche Aufzeichnungen über die vielen Ritterspiele und Bankette, die Hochzeiten und Empfänge dieser Zeit. Eine ganz genaue Festfolge registriert der Bayrische Hofkalender von dem Jahr 1727 an.

Besondere Freude hatte der Hof an den ›Wirtschaften‹, wozu Max Emanuel den St.-Georgs-Saal der Neuveste in ein Wirtshaus umgestalten ließ. Der Eingang war mit einem Wirtshausschild ›Zum Bayrischen Löwen‹ geschmückt und das Kurfürstenpaar empfing die Gäste als Wirt und Wirtin. Alle Angehörigen des Herrscherhauses und der ganze Adel kamen in bayrischen Trachten. Joseph Maria Meyer berichtet in seinem ›Münchner Stadtbuch‹ darüber:

Man trat sodann in den Saal, in welchem nach ländlicher Sitte eine lange Tafel, bedeckt mit einem weißen Tischtuche, das in der Mitte einen roten Streifen hatte, sich befand. Um die Illusion, daß man sich wirklich auf einer Bauernhochzeit befinde, nicht zu stören, war alles auf ländliche Weise gerichtet: die Tafel war nur mit irdenen und hölzernen Tellern und Schüsseln besetzt; die Trinkgeschirre bestanden aus steinernen und porzellanen Krügen; die Salzfässer und Eßlöffel waren von Holz, mit schwarzer Farbe angestrichen und mit roten und goldenen Blümchen bemalt, die Stühle waren ganz einfach von Holz, und ebenso ländlich war die Tafel- und die darauffolgende Tanzmusik, denn sie bestand nur aus Geigen, Dudelsack und Schalmeien.

Alle Einzelheiten des großen Schmauses, sowohl die aufgetragenen Speisen wie auch der Ablauf mit Brautführer, Weiset und allem anderen, waren einer echten Bauernhochzeit abgeschaut. Dann ergötzte man sich an springenden und hopsenden Bauerntänzen, Brautraub und reichlichem Trinken. Diese schon 1719 eingeführten und von Max Emanuel übernommen, von seinen Nachfolgern ebenso fleißig geübten Bauernhochzeiten blieben den Münchnern bis zur Gegenwart als Karnevalsvergnügen erhalten.

In stillen Zeiten trat der Hof natürlich bescheiden auf. Die Prinzen und Prinzessinnen, die Damen und Kavaliere, sogar der Kurfürst und seine Frau aßen getrennt, jedes in seinen Gemächern. Wenn aber Besuche kamen, wie das Wunderkind Mozart im Jahre 1763, oder wenn offizielle Feste gefeiert wurden, öffneten sich alle Türen und Tore dem Prunk und der Freude. Um mehr Platz für die Bankette zu schaffen, ließ der Kurfürst 1764 in der Residenz die Prachttreppe an der Grünen Galerie abtragen und dafür einen großen Speisesaal mit Küche einbauen, der Anlaß war die Hochzeit seiner Schwester Josepha Maria Antonia mit dem künftigen Kaiser Josef II.

Dazu bemerkt Lipowsky, welche kostbaren Speisen an der Festtafel serviert wurden: *... aus indianischen Vogel-Nestern verfertigte Suppe ... eine Seltenheit in Europa ... die sechstausend Gulden gekostet hat, von der auch aus der Hofküche den Hof- und Staatsbeamten, dann den Honoratioren und Bürgern Münchens abgeben worden, um solche kostbare Suppe zu versuchen ...* In der Anmerkung steht: *Der Vogel, der solche Nester baut, ist eine Schwalbe ... wohnt auf Java, den Philippinen, zu Tunking, Cochinchin etc. und befestigt sein Nest in den Höhlen am Meeresufer.*

Und Malyoth schreibt über diese Hochzeit: *Da gabs denn auch wieder das übliche Spiel von der ›Bauernhochzeit‹, womit der Hof seinem theatralischen Triebe Genüge getan.* Eines schönen Tages nachmittags drei Uhr fuhren *die höchsten Herrschaften, absonderlich die Römische Königsbraut und der ganze allhier anwesend hohe Adel und Gesandschaften durch alle Hauptgassen der Stadt in theils reichen und theils mit dem allerkostbarsten Schmuck, dann Fein-Sammet und Atlaß gezierten, auch in sechs Nationen vertheilten Bauernkleidern maskirter, auf großen mit frischen Taxbäumen sehr artig in Schwibbögen und Pyramiden zugerichteten Hochzeitswagen, auf welchen die vielfarbigen Fähnlein, Blumenkränze, und mit Maschen behenkte Obst das zuvielschauende Aug in Verwirrung setzten.*

Später geruhten *der gar zu freigebige Wirth und die Wirthin [der Kurfürst und seine Gemahlin in den kostbarsten bürgerlichen Wirtskleidern] auf dero Prächtig mit vier ordentlich nach Bauernart gezierten Pferden bespannten Wagen theils essende Speisen, theils Confect und eine sehr große Quantität der delikatesten Bomeranzen, Lemonien und Maschanzger-Äpfeln unter das nachlaufende Volk auszuwerfen.*

Der kurfürstlichen Jugend bot man ebenfalls solch rustikale Faschingsvergnügungen; darüber wird 1731 bemerkt: *Nach dieser kleinen Bauren-Hochzeit wurdet denen Kindern ein Souppé und Baal gegeben, zu welch letzteren auch alle kleinen Masqueren aus der Stadt eingeladen und darbey erscheinen. Dises Kinder-Fest aber wird mit einem Souppée und Baal von großen Masqueren geendet werden.*

Ein großer Liebhaber derartiger Bauernhochzeiten war Max Joseph III. Ganz echt spielten sich die Szenen mit Ober-, Mitter- und Unterknecht und den entsprechenden Dirnen, mit Nacht-

Hochzeits-Knödel

Das ist ein Riesenknödel, der zu einem Festschmaus gehört. 50-70 g Butter oder Butterschmalz, 3-4 Eier, etwas Salz und Muskat rührt man gut schaumig. Darunter gibt man 150-200 g feingewiegtes oder gehacktes, mageres Rauchfleisch, 150 g geriebenen Emmentaler, 150 g ausgedrücktes und fein aufgeschnittenes Sauerkraut, 5-6 kleinwürflig geschnittene Semmeln. Man läßt die Masse kurz quellen und gibt sie in eine naßgemachte Serviette oder in eine Aluminiumfolie. Die Hülle wird sehr gut geschlossen und der Knödel dann eine gute halbe Stunde in Salzwasser gekocht. Er wird abgetropft, in eine große Schüssel gelegt, oben aufgerissen und mit brauner Butter oder Butterbröseln und Zwiebelringen übergossen.

wächtern, Hochzeitslader und Schörgen ab. Eines der noch erhaltenen Programme lautet: ›Poetische Einfälle / bey der von Jhro Churf. Durchleucht / in Bayern etc. etc. zur Faschingszeit / Anno MDCCXLVIII den 22. Februar in der / Churfürstlichen Haupt- und Residenzstadt München angestellten / Bauren-Hochzeit.‹

Berühmt und beliebt waren auch die ›Schäfereien‹, die von Frankreich angeregt wurden und die Domino-Bälle, deren Höhepunkte jeweils die genau darauf abgestimmten Festessen gewesen sind. Sie wurden für bis zu 250 passend kostümierte Gäste gegeben und brachten allen Glanz des Hofes zum Leuchten.

Ebenso gaben Turniere, Redouten, Opernaufführungen, Jagdausflüge, Karussells und Scheibenschießen, Schützenfeste und Ballette immer wieder Gelegenheit, hungrig zu werden, um dann beim großen Mahl weiter zu feiern. Man hielt gerne offene Tafel und ließ so das Volk mitgenießen.

Ein andermal erzählt die Hofchronik von einem ›Königsmahl‹ zu 100 Gedecken, das 1736 nach einer Dreikönigs-Schlittenfahrt von Nymphenburg zur Residenz stattfand.

Der Hofstaat für soviel Feste und Empfänge war ja entsprechend groß. Im Hofkalender von 1738 sind denn auch seitenlang alle Ämter fein säuberlich verzeichnet und dabei die Namen des ganzen bayrischen Adels genannt. Das geht vom Obrist-Hofmeister über alle Feldzeug- und Jägermeister, Musici und Medici bis herab zur Küche, für die unter der Rubrik III allein im Jahr 1783 verzeichnet waren:

Churf. Obrist-Hof-Marschall-Stab unter dem Geh. Rat Cammerer und Obrist-Falckenmeister Frh. Christian von Freyberg. Obrist-Kuchenmeister Graf Frantz Hieronymus von Spreti, Cammerer, Lieutenant der Leibgarde der Hartschiere, 1 Staats-Commissarius, 1 Hof-Controlor, Hof-Fourier, Portier, 1 Hof-Profos, Kuchel-Ambts-Offizianten, Hof-Keller-Ambts-Offizianten mit Unter-Personal, Hof-Zucker-Backerey Offizianten, Hof-Fischer, Hof-Metzger, Mund-Köch, Frauen-zimmer-Köch, Bratt-Köch, Pastetten-Köch, Ober-Meister, Nebenmeister, Geschirr-Meister, Mund-Köchin, Frauen-Zimmer-Taffl-Decker, etc. Edl-Knaben-Taffl-Decker, etc. Auch ein Gärtner für den Hof-Kuchl-Garten. Churf. Silber-Cammerer unter Obrist-Silber-Cammerer Reichsgraf Johann Frantz von Seinsheim auf Sünching.

Unterwegs mußte dem übrigen Troß auch eine große Küchenbrigade folgen. Franz Prinz zu Sayn-Wittgenstein schreibt darüber in seinem Buch ›Schlösser in Bayern‹:

Wenn die damaligen großen Herren reisten, folgte ihnen eine Art Heerwurm. Als Friedrich Karl von Schönborn, Fürstbischof von Würzburg und Bamberg, sich zur Kaiserkrönung Karls VII. nach Frankfurt begab, folgten ihm, um nur das Küchenpersonal zu nennen, ein Küchenmeister, ein Küchenschreiber, drei Mundköche, ein Backmeister, zwei

Waller in Rosinensauce

Schön zurecht geschnittene Portionen von einem großen Waller werden in einem kleinen Essigsud mit viel fein geschnittenem Wurzelzeug, Zwiebeln und Zitronenschale gar gedünstet. Dann schmort man eine gehackte Zwiebel in Butter hellbraun, gibt 1 Eßlöffel geriebenen Saucenlebkuchen oder Schwarzbrotrinde, 2 Eßlöffel Rosinen, 1-2 Eßlöffel Mandelstifte und 1/2 Tasse Fischsud samt Wurzeln dazu. Die Sauce wird sehr gut durchgekocht, mit Salz, Pfeffer, Ingwer und einem Hauch Koriander süßsauer abgeschmeckt und über den angerichteten Fisch gegossen.

Bratenmeister, zwei Kavaliersköche, drei Ritterköche, neun Küchenjungen, drei Bratenwender, ein Gewölbeknecht, zwei Küchenpförtner, drei Kuchenweiber und so fort.

Aus den Erinnerungen des Grafen Hugo Lerchenfeld, bayrischer Gesandter in Berlin zitiert Wittgenstein weiter: Wenn dessen Eltern, vor 1850, von Berlin nach Schloß Köfering in Ferien gingen, war es *eine stattliche Karawane, bestehend aus drei Kaleschen, sechssitzig, mit einem Speiseschrank rückwärts und mit fünf eingeschraubten Lederkoffern, Vaches genannt, bepackt. Die Kaleschen waren mit zwei Pferden bespannt, die vom Bock gefahren wurden, die Berline mit vier Pferden, die der Postillon auf dem Sattel lenkte. War der Weg sehr schlecht oder gebirgig, so bekamen die Kaleschen drei und die Berline sechs Pferde vorgespannt.*

Die Herrschaften waren an sich keine Stubenhocker; sie liebten es, auf ihre Art viel im Freien zu sein, denn Jagen, Fischen und Reiten, Tourniere, später Kriegsspiele sowie ernsthafte Kämpfe, aber auch friedliche Schlitten- und Gondelfahrten auf dem Nymphenburger Kanal, Feuerwerke und Schäfereien in den großen Schloßparks rund um München waren ihnen ein lieber Zeitvertreib. Das alles verlangte selbstverständlich eine flexible Küchenbetreuung. Man richtete sich, dem Anlaß entsprechend, darauf ein und war deshalb auch anpassungsfähig mit der Verpflegung. Im Karneval fand eine humorvolle Schlittenpartie statt, von der berichtet wird: »Sie war keine Utopia.« Es zog die Fleischmannische Garnison aus der Zitadelle Kuchenburg. Da sehen die Münchner viel ›Munition‹, die ihnen das Wasser im Munde zusammenlaufen ließ, ›mit Speck gefüllte Knödel-Bomben‹, die so lustigen ›Giranderl oder sogenannte Spanfercklein‹, an Stelle von Luftkugeln ›gebratene Gäns‹, ›Reh-Schlögl‹, ›Wild-Enten‹, Geflügel aller Art.

Höchst wichtig war natürlich immer das Arrangieren der Tafel. Man ließ sich da allerhand einfallen.

Bei Hof hatte man eigene Tafeldecker, deren Amt hoch angesehen war. Darüber hinaus aber gab es auch berufliche Tafeldecker, die man engagieren konnte, so Herrn Johann Fürst von Vilshofen, der seinerzeit ob seiner Phantasie sehr berühmt war.

Je nach Zahl der Gäste und Bedeutung des Festes wurde der Saal, oft sogar der Thronsaal, das Hoftheater oder sonst ein Prunkraum gewählt. Im Sommer bankettierte man auch gerne im Freien, im Brunnenhof der Residenz, im Park von Nymphenburg, am Kanal oder an einem Springbrunnen, in Lauben, Grotten, Orangerien oder im Wintergarten. Sowohl die Tafel richtete sich dann in Form und Aufmachung wie auch die Kostüme der Gäste und nicht zuletzt das Menü nach den Räumlichkeiten. All dieser fürstliche Zeitvertreib war aber nicht nur einseitiger Egoismus, sondern brachte Arbeit und Geld unter das Volk. Abgesehen vom

Gefülltes, gespicktes Kalbsherz

Ein großes Kalbsherz wird sehr sauber ausgewaschen und so weit zugenäht, daß man es füllen kann. Dann bereitet man aus 1-2 milchgeweichten Semmeln, 1-2 Eiern, einem Stückchen weicher Butter, Salz, Pfeffer, reichlich Kräutern (Kresse und Petersilie), einem Stückchen durchgedrehter Kalbs- oder Rindsleber oder etwas Milz, Zitronenschale, gehackten gedämpften Zwiebeln und nach Belieben auch etwas Knoblauch eine sehr pikante Fülle, die man in das Herz gibt. Man näht es zu, spickt es jetzt reichlich und brät es mit gehackter Zwiebel und Suppengrün schön langsam weich, indem man es einige Male wendet und dabei übergießt. Das Herz wird in Scheiben geschnitten, dabei von den Nähfäden befreit und auf beliebiges Gemüse gelegt.

151 Als besondere am bayerischen Hof erprobte Delikatesse galt nach Julius Rottenhöfer der ›Junge Auerhahn‹: Obwohl sein Fleisch als zart, weich und saftig gerühmt wird, wurde er von den Jägern dennoch mehr seines Seltenheitswertes denn seines Genußwerts halber goûtiert.

Herrliches Banquet, welches an Ihro Römisch-Kayserliche
Februarii 1742. auf dem Großen Römer-Saal, in Franckf

152 Das ganze umständliche Zeremoniell einer in Jahrhunderten gewachsenen Tradition und der aufwendige, eigentlich schon längst überholte steife Prunk des Barockzeitalters waren aufgeboten, um dem Bankett aus Anlaß der Krönung des Kurfürsten Karl Albrecht von Bayern zum römisch-deutschen Kaiser Karl VII. 1742 in Frankfurt den entsprechenden würdevollen Rahmen zu verleihen. Rund vierzig Speisen wurden dabei in drei Gängen aufgetragen, und wie formell es dabei zuging, schildert der amtliche Krönungsbericht, der auf Seite 157-159 im Auszug zitiert wird.

großen Hofpersonal und all den adeligen Kavalieren und Damen hatten viele Lieferanten, Handwerker und Künstler davon ihr Auskommen und überdies entwickelten sich Handel und Kunsthandwerk mehr und mehr. Auch alle anderen hatten Gewinn, nicht nur für Auge und Ohr, denn der Hof war freigebig und hielt außerdem mit seinen Bürgern engen Kontakt. Wer also nicht gerade direkt verdienen konnte, hatte zumindest seine Freude am Zuschauen und Bestaunen so phantasievoller Schönheiten. Vielleicht fiel sogar einmal ein ausgestreutes Geldstück oder eine Bratwurst auf ihn, oder er konnte einen Schluck Rot- oder Weißwein aus einem öffentlich aufgestellten Festbrunnen tun. So konnte es sein, daß man in Bayern seinem Fürsten auch kostbar ausgestattete Festlichkeiten nicht mißgönnte, denn jeder schätzte den altbairischen Kernspruch: ›Leben und Lebenlassen‹.

Am Schlößl von Esting bei Olching in Oberbayern steht:

Extra bavariam non est vita!
etsi est vita,
non est ita!

Kalbsniere in Butterteig

Eine Kalbsniere wird in Butter mit etwas gehackter Zwiebel angebraten, mit Salz und Pfeffer sowie etwas Rosmarin gewürzt und dann klein gehackt. Man gibt ½ milchgeweichte und ausgedrückte Semmel, 1 Ei und 1 Eßlöffel feingeriebene Haselnüsse darunter und würzt kräftig mit Petersilie und etwas geriebener Zitronenschale nach. Die Masse wird löffelweise auf kleine, ausgewellte Butterteigplätzchen gegeben. Man bestreicht die Ränder mit Eiweiß, schließt sie gut und bäckt sie in der Röhre golden. Das ist eine ausgezeichnete Beigabe zu einer klaren Fleischbrühe, aber auch eine Vorspeise zu einem Feinsalat.

Bei einer solchen Aufzählung wie hier scheinen sich die großen Hoffestlichkeiten gejagt zu haben, aber in der Tat war dem gar nicht so; im allgemeinen lebte man bescheiden, nur wurden eben die Glanzpunkte des Jahres besonders erwähnt. So wissen wir, daß am 14. Januar 1765, anläßlich der Kaiserhochzeit, im neuen Opera-Haus ein Domino-Ball mit einem Riesenbankett für 250 Gäste, am nächsten Tag ein Feuerwerk mit Bauernhochzeit und am 5. August 1789 ein großes Souper für den bayrischen Adel gegeben wurde.

So hielt man's auch noch, als die Königskrone dem bayrischen Hof zufiel. Ludwig I., zwar kein Feinschmecker, behielt aber die von seinem Vater würdevoll bestimmte Hoftafel bei offiziellen Gelegenheiten bei. Er sorgte durch großartige Zukäufe für die Ausgestaltung des königlichen Tafelwesens, so das über 500 Stück umfassende ›Vermeil-Tafelservice‹ (feuervergoldetes Silber) und viel Nymphenburger Geschirr. Er verstand es dabei, zeitlose Schönheit zu wählen, und ließ das 717teilige ›Onyx-Service‹ mit Bildern aus der Glyptothek und eine große Serie von Platten mit allen Gemälden der Pinakothek bemalen. So eng waren auch ihm Eßlust und hohe Kunst verwandt.

Heute wieder in der Residenz zu besichtigen, lassen diese Kostbarkeiten uns als dankbare Nachfahren derer gedenken, die sie angeregt und geschaffen haben.

Ein bayerisches Kaiserbankett

Trotz seiner vielfältigen Einflußnahme auf die Reichspolitik gelang es dem Hause Wittelsbach nur dreimal, zur höchsten Würde, die das Reich zu vergeben hatte, emporzusteigen. Neben dem deutschen König Ruprecht III. (1400-1410) aus der alten Pfälzer Kurlinie, der freilich nie zum Kaiser gekrönt worden ist, gelangten nur Ludwig der Bayer (1314 bzw. 1328-1347) und Karl Albrecht (1726 bzw. 1742-1745) zur Kaiserkrone. Es war überhaupt ein seltsames Wechselspiel mit diesem höchsten Amt: Manche Wittelsbacher, denen die Kaiserkrone angeboten war, lehnten sie – wie beispielsweise Ferdinand Maria – in weiser Einschätzung ihrer beschränkten Macht ab; andere, die wie Max Emanuel die Krone sehnlichst erstrebten, konnten sie trotz größter Anstrengungen nicht gewinnen, und als schließlich eine günstige politische Konstellation sie seinem Sohne Karl Albrecht 1742 schier ohne Mühe zuspielte, da war es zu spät: Die Machtverhältnisse in Europa hatten sich so verschoben, daß Bayern, in die Rolle eines Mittelstaates gedrängt, in die Geschicke nicht mehr bestimmend eingreifen konnte. Das späte Kaisertum Karls VII., wie Kurfürst Karl Albrecht sich nach der Krönung nannte, war nur ein von der Abendsonne überglänzter Abschied von den Großmachtträumen seines Vaters. Die ganze Fatalität wurde schon bei der Krönung in Frankfurt am Main offenbar. Der äußere Prunk und das glanzvolle Zeremoniell konnte nicht darüber hinwegtäuschen, daß der Bayer praktisch ein Herrscher ohne Macht und ohne Land war. Von seinem Bruder, dem Kurfürsten Clemens August von Köln, gesalbt und gekrönt, mußte der oberste Herr des dahinsiechenden Heiligen Römischen Reiches, der die hohen Ausgaben für den Stimmengewinn und den Staatsakt nur mit Mühe aufbrachte und in Frankfurt sozusagen auf Pump residierte, tatenlos mitansehen, wie am Tage nach seiner Krönung die pragmatische Armee Maria Theresias in seine Residenzstadt München einmarschierte. Beim Krönungsmahl am 12. Februar 1742 im großen Saal des Römer waren nur zwei geistliche Kurfürsten anwesend, die Erzbischöfe von Mainz und Köln, während der Fürstbischof von Trier, die vier weltlichen Kurfürsten von Brandenburg, Braunschweig, Sachsen und der Pfalz sowie die übrigen Reichsfürsten, für die in der Mitte gedeckt war, fehlten und sich von ihren Botschaftern vertreten ließen. Diese Situation findet sich auf dem Kupferstich, den Michael Rößler von dem Krönungsmahl schuf, denn auch genau wiedergegeben. Wenn wir diese Abbildung (Seiten 154–155) hier bringen, so nicht deshalb, um dieses für den kaiserlichen Hiob sicherlich nicht sehr erhebende Bankett vor zumeist leeren Tischen gewissermaßen als historisches Kuriosum der

153 Das Kaisertum Karl Albrechts fiel in eine Zeit, da das Rokoko seinem Höhepunkt zustrebte: Nicht von ungefähr wird deshalb auch die damalige höfische Kunst Bayerns als ›Karl-Albrecht-Stil‹ bezeichnet. Das charakteristische Element dieser von Eleganz und Noblesse gezeichneten Kunst ist die Rocaille. Im Überschwang der Formerfindung konnte dabei unter den Händen der ständig auf modische Neuigkeiten sinnenden Augsburger ›Designer‹ auch so etwas entstehen wie diese Teekanne, die ihre Funktion gänzlich zu verleugnen und in reines Ornament aufgelöst zu sein scheint.

Ochsenzunge mit Steinpilzen

Eine frische oder geräucherte Ochsenzunge wird in Salzwasser langsam weich gekocht. Sie soll nicht zu heftig sprudeln, sondern nur leise ziehen. Dann schält man sie ab und schneidet sie in nicht zu dünne Scheiben. Darüber gibt man mit gehackter Zwiebel und viel Petersilie in Butter geschmorte Steinpilze, die mit Salz, etwas gehacktem Kümmel, ein wenig geriebener Zitronenschale und ganz wenig saurem Rahm gegart wurden.

bayerischen Geschichte vorzuführen, sondern weil sich an diesem Dokument beispielhaft ablesen läßt, wie uralte Traditionen noch in den letzten Jahrzehnten des alten Reiches gepflegt und beobachtet worden sind. So etwa der Brauch, nicht nur den Kaiser an einem auf vier Stufen erhöhten Einzeltisch allein speisen zu lassen, wie dies etwa auch Michael Wolgemut in seinem Holzschnitt zum ›Schatzbehalter‹ dargestellt hat, sondern auch die an einem nur um eine Stufe erhöhten Tisch plazierten Kurfürsten, hinter denen in prächtigen Kredenztischen oder ›Buffets‹ allerlei goldenes und silbernes Prunkgeschirr, Kristall und edles Glas zur Schau gestellt erscheint. Auch das Auftragen der Speisen durch die Reichsgrafen entsprach altem Herkommen.

Im einzelnen erfahren wir den Ablauf dieses Banketts aus dem großen ›Krönungs-Diarium‹, das Johann David Jung 1743 herausgebracht hat (die erklärenden Zahlen in Klammern verweisen dabei auf die Einzelheiten des Kupferstichs auf den Seiten 154–155):

Nachdem [die Krönung und Huldigung] glücklich ... vollzogen waren, sind Ihro kaiserliche Majestät hinwiederum von den Herren Kurfürsten und Wahlgesandten in Dero Retirade begleitet und – als inzwischen die Speisen angerichtet und aufgetragen waren – mit Vortragung der Insignien zur Tafel geführt worden. Bei selbiger ließen sich Ihro kaiserliche Majestät von dem Obersthofmeister die Krone abnehmen und solche auf den zur rechten Seite stehenden Tisch [2], welcher mit einer rotsamtenen Decke belegt war, niedersetzen. Hierauf reichte der erste kurbrandenburgische Botschafter Ihro kaiserlichen Majestät das Handwasser nebst dem Handtuch.

Die beiden geistlichen Herren Kurfürsten und der kurtrierische Botschafter stellten sich alsdann vor die kaiserliche Tafel ... Ihro kurfürstliche Gnaden von Mainz [5] sprachen das Benedicite, worauf Ihro kurfürstliche Durchlaucht von Köln [7] und der kurtrierische Botschafter antworteten.

Hiernach wurde von den beiden Kurfürsten und dem kurtrierischen Botschafter dem kurmainzischen Domkapitular der silberne Stab mit den kaiserlichen Siegeln abgenommen, die Siegel von Ihro kurfürstlichen Gnaden zu Mainz von dem Stabe gelöst und vor Ihro kaiserliche Majestät auf die Tafel gelegt, welche diese Ihro kurfürstlichen Gnaden wieder zustellten und um Dero Hals hängten, die ganze Mahlzeit hindurch bis nach dem kaiserlichen Hofe und von da in Dero Quartier, also an der Brust hängend, behielten, etliche Tage hernach aber dem Reichsvizekanzler zur Verwahrung überschickten, welchem auch der silberne Stab, woran gedachte Siegel hangen, vermöge der Goldenen Bulle zuteil worden. Wie denn gleichfalls der Reichserbmarschall das silberne Fruchtmaß nebst dem silbernen Streicher, der kurbrandenburgische Botschafter die silberne Kanne und Becken, der Erbtruchseß aber die silberne Schüssel nebst Deckel zu eigen erhalten.

Mandelkren

Zuerst bereitet man aus etwas Butter und Mehl eine zarte weiße Schwitze, die mit Milch und Fleischbrühe aufgegossen wird. Man gibt ein Stück geschälten, fein aufgeriebenen Meerrettich, 1/2-1 ganzen geschälten und geriebenen Apfel, 3-4 Eßlöffel feingeriebene Mandeln, Salz, etwas Muskat und eine gute Prise Zucker dazu. Die dickliche Sauce paßt ausgezeichnet zu Fisch, Rindfleisch, zu gebratenen Würsten, aber auch zu Pasteten und dergleichen mehr. Anstelle von einer Schwitze kann man auch 1-2 milchgeweichte Semmeln mit dem Kren verkochen.

Ihro kaiserliche Majestät setzten sich darauf zur Tafel [1], welche oben in dem Saal in der Mitte vier Stufen erhöhet stand: Über der Tafel war ein rotsamtener, mit Gold besticktker Baldachin mit weißen Federn an den Ecken. Hinter Ihro Majestät standen zu beiden Seiten der Obersthofmeister und der Oberhofmarschall mit ihren Stäben, der Oberstallmeister, der Hartschierhauptmann und Trabantenhauptmann nebst dem Fürsten von Mansfeld: Seine Durchlaucht der Erbprinz von Hessen-Darmstadt schnitten vor, von dem Obersthofmeister wurde Ihro kaiserlichen Majestät der Trunk gereicht, und die Teller gewechselt...

Unter währendem Essen wurde auf einer unten im Saal, der kaiserlichen Tafel gegenüber aufgerichteten Bühne, so mit grünem Damast behängt war, von der kaiserlichen Hofkapelle eine vortreffliche Musik aufgeführt. Unter dieser Bühne war eine besondere Loge [25] errichtet und mit Tapeten ausgeziert, in welche man durch das Wahlzimmer gehen konnte und woselbst Ihro Majestät die Kaiserin nebst dem Kronprinzen und den Prinzessinnen inkognito zugesehen.

Auf jeden Tisch ist dreimal – und zwar allemal zwölf bis dreizehn Speisen – unter Trompeten- und Paukenschall aufgetragen worden.

Die Speisen für die kaiserliche Tafel wurden von den Reichsgrafen [24], welche sich bis dahin in dem Wahlkonferenzzimmer in Bereitschaft gehalten, in prächtiger französischer Kleidung, mit entblößtem Haupt, den Hut unter dem Arm haltend, aus der nahe bei dem Römer befindlichen Küche abgeholet und aufgetragen. Dies geschah mit folgenden Zeremonien: Der Reichserbmarschall [23] ging mit seinem großen Marschallstab bei jedweder Tracht voran; beim Hinaufsteigen und ehe die Herren Grafen die Schüsseln niedersetzten, machten sie drei spanische Referenzen, blieben darauf ein wenig vor der kaiserlichen Tafel stehen und machten beim Weggehen wiederum drei spanische Reverenzen.

Nach geendigter Mahlzeit ... wurde Ihro kaiserliche Majestät vom kurbrandenburgischen Botschafter das Handwasser gereicht; den Kurfürsten aber war weder vor noch nach dem Essen zum Handwaschen Wasser gegeben worden.

Sobald Ihro kaiserliche Majestät aufgestanden, traten die beiden Kurfürsten vor die kaiserliche Tafel, Ihro kurfürstlichen Gnaden von Mainz sprachen das Gratias, welches von Ihro kurfürstlichen Durchlaucht zu Köln und dem kurtrierischen Botschafter beantwortet wurde.

Sodann ward Ihro kaiserliche Majestät die Krone von Dero Obersthofmeister wieder aufgesetzt, und Allerhöchst dieselbe verfügte sich unter Begleitung der Kurfürsten und Botschafter nach Dero Retirade ...

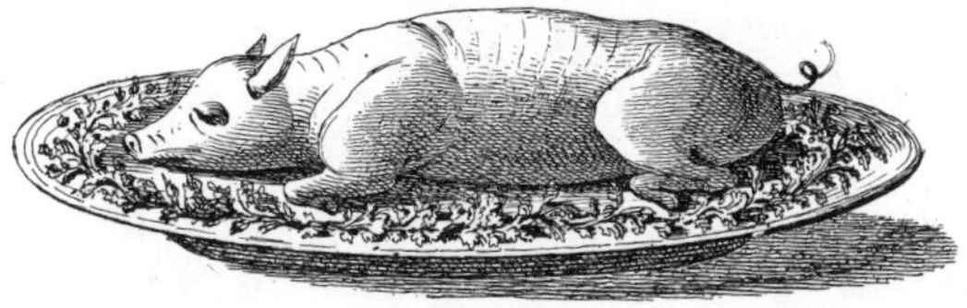

Merenken-Reif mit Mokka-Schnee

8 Eiweiß werden mit 375 g Puderzucker und 1 Eßlöffel Stärkemehl gut weitergeschlagen. Davon setzt man 7-8 gleichgroße Ringe auf ein mit Papier belegtes Blech und läßt sie über Nacht bei sehr mäßiger Hitze (30-40°) mehr trocknen als backen. Man nimmt sie aus der Röhre und klebt sie mit Eiweiß aufeinander. Dann füllt man sie mit einer über Dampf geschlagenen Creme aus ½ Liter starkem Kaffee, 6 Eidottern, 1-2 Vanillinzucker und 3 Blatt aufgelöster Gelatine. Die Creme wird kalt geschlagen und mit ½ Liter Schlagrahm vermengt. Zuletzt streut man etliche Schokoladeraspeln über die in der Mitte der Merenkenringe angerichtete Creme.

Die Hoftafel im Kuhstall

Von einer recht originellen Art, Hoftafel zu halten, erzählt der bayrische Historiker Walter Heinrich Riehl in: ›Eine Fußreise mit König Max‹. Sie fand 1858 mit zahlreichem Gefolge statt und führte vom Bodensee quer durch den Bregenzer Wald, durch die Allgäuer und Bayrischen Alpen bis Berchtesgaden. Der Hofkoch Rottenhöfer hatte mit seiner Brigade für die Verpflegung unterwegs zu sorgen. Es wird berichtet, wie er unweit des kalten, mit Neuschnee bedeckten Joches, hoch über dem Achensee, die Sennhütte Blumseralm gefunden hatte. Er wollte dort die Mittagsrast abhalten, aber die Stube war so klein, daß an ein Aufschlagen der Tafel nicht zu denken war. Rasch entschlossen, ließ er darum den einzigen größeren bedeckten Raum, den Kuhstall, ausräumen. *Der Boden wurde zur Vertilgung ländlicher Gerüche dick mit frischem Heu belegt, die Wände mit Gewinden von Knieföhrenzweigen und Alpenrosen malerisch maskirt; vor der schlimmsten Partie aber waren zwei blendend weiße Bettücher in großstilisirtem Faltenwurf aufgehangen und reich mit Alpenrosen bekränzt.*

Die Türöffnung war so niedrig, daß man nur gebückt hereinkommen konnte, Fenster waren nicht vorhanden. Zum Ersatz fiel durch die zahlreichen Löcher des Daches eine Art Rembrandt'sches Oberlicht in das geheimnisvolle Helldunkel. In Ermanglung eines Tisches diente die Stalltür als Tafel, zwei Bänke von alten Brettern, auf Klötze gelegt, statt der Stühle. Da jedoch diese Bänke etwas höher waren als der Tisch, so ragten unsere Knie einen halben Fuß über die Tafel, die Füße schwebten in der Luft, und wir mußten die Teller beim Essen in den Händen halten. Im Gegensatz zu alledem war nun aber die Stalltür mit dem feinsten Tafelzeug gedeckt, wir speisten auf kostbarsten Tellern, tranken aus silbernen Reisebechern und – wie jeden Tag – lag das kalligraphisch zierlich geschriebene Menü neben dem Gedeck des Königs. Der Kontrast gegen die Umgebung war so abenteuerlich, daß uns der König zur feierlichen Eröffnung der Tafel dieses nach allen Regeln verfaßte Menü vorlas – von der Reissuppe mit Huhn zu den Forellen mit neuen Kartoffeln, dem Rindsbraten mit Sauce à la Montpensier, den Côtelettes mit neuen Erbsen und Bohnen, dem Rehziemer in Lorbeerblättern gebraten, bis zum Schmarren à la Blumseralp, der Erdbeertorte, den Kirschen und Melonen und dem Konfekt, woran sich zuletzt die Tasse Mokka reihte mit einer Havanna, welche Se. Majestät vom bayrischen Konsul in Havanna als das erlesenste Produkt der berühmten Insel zum Geschenk erhalten hatte. Es war alles echt, mit einziger Ausnahme des Gerichtes, welches eigentlich das echteste hätte sein sollen, des Schmarrens à la Blumseralp, und der König, welcher auf seinen Jagdzügen auch die Originalküche seines Volkes gar wohl kennen gelernt hatte, meinte, dieser zivilisirte Schmarren erinnere ihn an gewisse Sorten von Dorfgeschichten.

Lachsforelle mit Öl und Knoblauch

Von einer großen Lachsforelle werden Koteletts geschnitten. Man kann auch Karpfen, Waller oder einen großen Saibling dazu verwenden. Die Koteletts werden mit Salz, etwas Pfeffer, Petersilie und zerdrücktem Knoblauch gut gewürzt. Dann beträufelt man sie mit reichlich Olivenöl und Zitronensaft, so daß sie saftig darin liegen. Man legt sie mit dieser Brühe in einen irdenen Topf, läßt sie darin noch 2-3 Stunden liegen, tropft sie dann ab und grillt sie kurz gar. Die Beize wird mit etwas Weißwein aufgegossen, einmal durchgekocht und dann über die angerichteten Fischstücke gegossen.

154 Max II. (1848-64) war der erste bayerische König, der bei passender Gelegenheit die Gebirgstracht anlegte und damit bewußt die Pflege einheimischen Brauchtums – deren Erforschung schon um 1800 eingesetzt hatte – unterstützte. Der genaueren Kenntnis seines Landes diente auch die berühmte Fußreise von Lindau quer durch die bayerischen Alpen nach Berchtesgaden 1858, auf der er nicht nur die Arbeitsbedingungen der Hirten und Sennen studierte, sondern auch ganz unkonventionell auf Almen, Bauernhöfen und – wenn es sein mußte auch einmal – im eiligst präpartierten und dekorierten Kuhstall dinierte.

So fanden wir auch das mitgebrachte Hofbräuhausbier nebst Rheinwein und Champagner echter als das Trinkwasser, was uns der Berg bot; denn das war in Ermanglung einer Quelle aus einem Schneebach geschöpft und gewann keinen Beifall.

Bei der schneidenden Kälte, die in dem Stall herrschte, zogen wir unsere Mäntel und Überzieher an, bedeckten die Knie mit den Plaids und zitterten trotzdem vor Frost, bis Essen und Trinken uns die gehörige innere Wärme gab.

Die wunderliche Situation entfesselte unseren Humor; niemals in meinem Leben habe ich einer fröhlicheren Tafel beigewohnt, Geist, Witz und Laune sprudelten in dem Tischgespräch, und die heitere Stimmung erreichte ihren Gipfel, als wir uns beim Braten plötzlich von außen belagert sahen. Den Kühen war es nämlich draußen zu kalt geworden, sie kamen zu ihrem Stall zurück und suchten brüllend durch die offene Tür einzudringen, wurden aber von den servirenden Bedienten mit ihren

Eine köstliche Hennensuppe

Eine zarte, fertiggesottene Henne wird vom Fleisch befreit. Das zarteste davon wird im Mörser fein gestoßen oder im Mixer mit etwas Brühe püriert. Man gießt mit einer guten Hühnerbrühe auf und würzt mit Salz, Muskatblüte, feingehackter Petersilie und gibt noch ein Stück Butter dazu. Die Suppe muß noch einen Sud tun und wird über gebähte Semmelschnitten oder über Semmelbrocken angerichtet.

Servietten tapfer bekämpft und endlich zurückgeschlagen. Schade, daß sich kein Maler zur Stelle fand; die Hoftafel im Kuhstall würde ihm Stoff zum originellsten und stimmungsvollsten Genrebild geboten haben.

Nach Tisch besuchten wir alle Rottenhöfers improvisirte Küche, die er sich in der Sennhütte auf einem Herd, der bis dahin nur einen großen Käskessel geheizt, höchst sinnreich aufgebaut hatte.

Es war ihm in der Tat gelungen, alle jene Gerichte so vollendet zu bereiten, wie nur immerhin in der Münchener Schloßküche. Also ehrte der König auch hier den Künstler nach seiner gewohnten Weise, nicht indem er ihn lobte, sondern indem er ihn in der Werkstatt belauschte.

Das Georgiritterfest

war stets ein besonderes Ereignis in der Residenz. Jedes Jahr, seit der Gründung 1728, durch Kurfürst Karl Albrecht, versammelten sich alle Georgi-Ritter, am 24. April im großen blausilbernen Ornat zum Ritterschlag der Neugewählten – Ritter konnten nach den Regeln der Kreuzritterorden nur Adelige mit mindestens sechzehn ebenbürtigen Ahnen werden –, zum Hofball und zum feierlichen Bankett für 600-700 Gäste in der Schönheitsgalerie. Das erlesene Souper mit groß aufgemachten kalten Platten hat die Küche tage- und nächtelang vorher schon beschäftigt, denn man baute, dem Zeitgeschmack und der Tradition entsprechend aus Tragant und Terra Alba, große Aufsätze als Tafelschmuck, für den viele Gipsmodelle vorhanden waren, damit man jeweils das passende Motiv wählen konnte. Das weltberühmte Silber des Hofes, edelste Porzellane, viel Kristall, Kerzen und in der Mitte die goldene Figur Sankt Georgs gaben der königlichen Tafel den würdigen Rahmen. Und das Essen war entsprechend großartig, wenn auch für den heutigen Geschmack nicht ausgesprochen ›gesund‹. Dafür konnten auch die Augen satt werden an so viel Schönheit und Kostbarkeit. Man darf sagen, daß hier mit den Schaugerichten und der üppigen Fülle des Gebotenen ein Zipfel späten Mittelalters herüber leuchtete. Denn es gab die berühmten, auf Sockel montierte Pfauen im Gefieder, umlegt von getrüffeltem Pfauenfleisch, das aus speziellen italienischen Züchtereien stammte, Hummern oder Langusten, von neapolitanischen Schiffen flankiert und mit aus Fett gegossenen Nereiden und Tritonen umgeben. Dazwischen lagen edle Rheinsalmschnitten und sonstiges Meergetier. Prächtige Pasteten und Braten lockten, reich aufgemachte Füllhörner aus Krokant schütteten Ananas- und Pistazienkonfekt aus, und um einen Chinesischen Turm oder die königlichen Jagdschlösser aus Tragant waren Eisfrüchte gelegt. Der Magen hatte so viel zu tun wie das Auge, denn nicht nur der ganze Rahmen des Festes

155 *Gegenüberliegende Seite:* Dem bayerischen Rokoko, das für Sinnenfreude ebenso aufgeschlossen war wie für geistvolle Anspielungen und hintergründigen Humor, blieb es vorbehalten, die gute alte Bratwurst sogar in der Kunst zu besonderen Ehren kommen zu lassen. Als Allegorie auf die – sichtlich auch schon damals weit verbreitete – unsachliche Auseinandersetzung mit Scheinargumenten und Spiegelfechtereien gedacht ist dieser Putto, der statt mit seinem Degen eben mit einer handfesten Bratwurst zum Ausfall gegen seinen Widersacher ansetzt, um ihm in des Wortes eigenster Bedeutung mundtot zu machen. Josef Deutschmann hieß der witzige Bildschnitzer, der diese köstliche Szene erfunden hat, und zu sehen ist sie in der herrlichen Bibliothek des Klosters Fürstenzell bei Passau.

156 Der ganze Reichtum einheimischer Gewässer wird uns hier – neben einigen ›Importen‹ von der Küste – von zarter Hand und voller Stolz vor Augen geführt. Der Reihe nach: Fischotter und Krickente; Plattfische, Heringe und Bücklinge; Butt und Stockfisch; Hering, Hecht und Aal. Unten: Goldorfe, Karpfen und Meerforelle (in der Hand); Nasen, Krebse, Austern und Meeresneunaugen.

und die reichen Ritterroben der Herren mit den brillantgeschmückten Ordenssternen; auch die Dienerschaft war passend blausilbern gekleidet, und ihr Anblick erhöhte den Glanz.

König Max I. Joseph hatte zum Ritterfest 1820 anstelle der bis dahin roten Kostüme eben diese blausilberne Herrlichkeit angeschafft, und wir können sowohl das großartige Gemälde von Ludwig II. als Georgi-Ritter als auch seinen leuchtend blauen Großmeister-Mantel und den wallenden Federhut bewundern. Ein Märchen aus vergangenen Zeiten! Dieser König Ludwig II., in allem rätselhaft, hat auch der Culinaria gegenüber ein zwiespältiges Verhalten gezeigt. Ganz dem wittelsbachischen Erbe entsprechend, war zwar das Essen unter seiner Regierung sehr zeremoniell und groß aufgemacht, aber er selbst legte wenig Wert auf den ›inneren Gehalt‹ der Schüsseln, um so mehr auf ihr Erscheinungsbild. Obwohl er von Unruhe erfaßt war und einen Hang zur Einsamkeit hatte, legte er stets größten Wert auf volle Prunkentfaltung seiner Tafel. Was er zu essen bekam, war ihm weniger wichtig als die Aufmachung und die Einstimmung. Ein Troß von Dienern und Beamten mußten überallhin, sogar auf Berghütten, das umfangreiche Kochgerät und das kostbare Porzellan, alles Silber und Tafelzeug transportieren und jederzeit parat sein, eine große Speisenfolge zu servieren, während er selbst dann oft Stunden zu spät oder gar nicht kam. Und wenn, dann rührte er kaum etwas an vom großartigen Menü. Er hatte schlechte Zähne und war schon allein deshalb beim Essen behindert. Seine Köche mußten ihm alles sehr weichgekocht oder zerkleinert vorsetzen, was natürlich schon viel Genuß vorwegnahm. Sein Lieblingsgericht war das bereits aus dem Mittelalter stammende ›Hechtenkraut‹, das höchst umständlich zu bereiten war, aber überall, auch am unbequemsten Ort, zur Verfügung stehen mußte. Ludwig wollte immer auch ›szeneriegerecht‹ speisen, so wünschte er, in der Hundingshütte von Holzgeschirr zu essen und Met zu trinken, im Marokkanischen Haus bekam er eine Pyramiden- oder Veilchenbowle vorgesetzt, in Blöckenau bei Hohenschwangau Kartoffeln in der Schale aus der Asche, in der Blauen Grotte im Rohr gebratene Äpfel und am Fernstein das schon erwähnte Hechtenkraut. In Herrenchiemsee wurde nur von goldenen Platten, mit goldenem Besteck gespeist.

Hierneis, ein Jungkoch, schreibt:

Während des Winters 1885/86 sind wir wieder viel in Hohenschwangau. Am 10. Februar gibt der König früh 7 Uhr, bevor er zu Bett geht, den Befehl, daß er in der Nacht zum 11. zum Fernstein fahren und dort dinieren wolle. Da für uns eine Fahrt von 7 bis 8 Stunden bevorsteht, verbleibt uns für die Vorbereitung des Diners nicht viel Zeit. Das Fleisch zur Suppe muß gleich aufgesetzt werden, das Geflügel ist bratfertig

157 Ganz im historischen Rahmen der Renaissance – wie es die Prinzregentenzeit in Baustil, Wohnkultur und Kunsthandwerk liebte – gestaltet ist die Menükarte zum feierlichen Bankett des Georgiritterordens von 1909.

158 Das erlesenste Geschirr und die prunkvollsten Schaugeräte wurden der Schatzkammer entnommen oder von Schloß Hohenschwangau geholt, um dem Festbankett des Georgiritterordens, das alljährlich im Georgssaal der Residenz veranstaltet wurde, festlichen Glanz zu verleihen. Den Vorsitz führte dabei der jeweilige Großmeister des Ordens, hier bei den Feierlichkeiten von 1880 König Ludwig II. an der Tafel unter dem Baldachin. Vor ihm als Tafelaufsatz die kostbare Sankt-Georgs-Statuette aus der Renaissance, das wohl berühmteste Kleinod der Schatzkammer.

159 Von gediegener Einfachheit, ja geradezu gutbürgerlich – so wie sich der Prinzregent selbst gerne im Alltag zeigte – waren auch die Speisekarten seiner Hoftafel gehalten: Hier das Diner vom 9. April 1910.

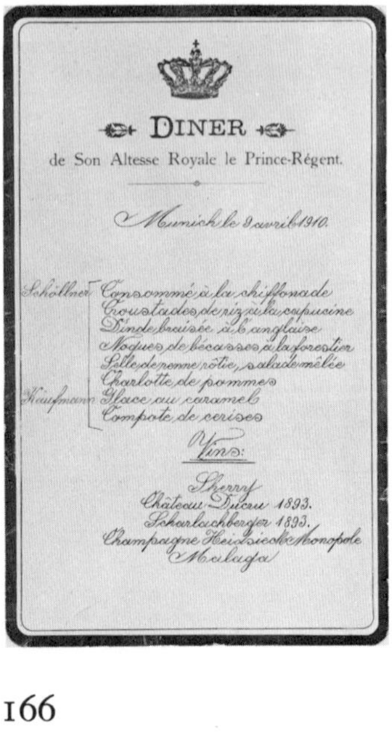

DINER

de Son Altesse Royale le Prince-Régent.

Munich le 9 avril 1910.

Schöllner
Consommé à la chiffonade
Croustades de riz à la capucine
Dinde braisée à l'anglaise
Noques de bécasses à la forestier
Selle de renne rôtie, salade mêlée
Charlotte de pommes
Kaufmann
Glace au caramel
Compote de cerises

Vins:

Sherry
Château Ducru 1893.
Scharlachberger 1893.
Champagne Heidsieck Monopole
Malaga

herzurichten, der Blätterteig für die Pastetchen muß in Angriff genommen werden, ebenso das Gefrorene und der römische Punsch. Daneben müssen das ganze Speisegeschirr, ferner Wein, Likör, Dessert, dann Kaffee, Zucker, Rahm und alle sonstigen Zutaten verpackt werden. Um 11 Uhr vormittags sind wir so weit, daß wir in einem Hofschlitten abfahren können. Um 7 Uhr abends kommen wir glücklich an. Die Fahrt war schön, aber bitterkalt – hatten wir doch gegen Abend mehr als 20 Grad Kälte.

Der König kam gegen 10 Uhr nachts an. Er fuhr in seinem großen goldenen Schlitten, bespannt mit vier Schimmeln, voraus der Spitzenreiter mit der brennenden Laterne. Auf den beiden Sattelpferden saßen zwei Reitknechte in ihrer prächtigen Rokoko-Livree. Auch weiße Perücken mit Zopf und blauseidene Dreispitze trugen sie. Die Köpfe der Pferde waren mit Straußenfederbuschen geschmückt und auch das Riemenzeug reich verziert.

Prinzregent Luitpold (1821-1912) war dagegen in seiner geliebten Lodenjoppe eine einmalige Mischung aus bayrischer Gemütlichkeit, spanischem Zeremoniell, wittelsbachischem Kunstsinn und spartanischer Einfachheit. Seine schwere Aufgabe, dem kranken Neffen, Otto und Ludwig II., nachzufolgen, meisterte er durch Ruhe und Sicherheit. Mit seinen Jägern auf dem Duzfuß, bei Hof ein würdiger Herrscher, im Alltag schlicht, hart gegen sich selbst, verstand er es doch, das Essen zu erlesenen kleinen Festen zu gestalten. Ruemann erzählt, daß er zu einem Souper geladen war, das im köstlichen Rokokosälchen beim Glanz der wundervollen venezianischen Lüster stattfand. Die Tafel war mit

160-162 Ein in der Geschichte Münchens wohl einmaliges Ereignis war das riesige Festbankett (Bild 162), das die Stadt aus Anlaß des Sieges im Deutsch-Französischen Krieg von 1870/71 am 17. Juli 1871 im Glaspalast für nicht weniger als 3200 Gäste gegeben hat. Im Gegensatz zum Siegestaumel der vielen von deutsch-nationalem Patriotismus erfüllten Bayern – wie er auf der Titelseite (Bild 160) der Speisekarte (Bild 161) zum Ausdruck kommt – verhielt sich der König sehr reserviert: Ludwig II., dem man kurz zuvor den Kaiserbrief und damit auch die Souveränität Bayerns abgetrotzt hatte, blieb dem sog. Bankett demonstrativ fern.

160

Speisen-Karte.

Fleisch-Brühe.
Rhein-Salm.
Lenden- und Rostbraten.
Gespicktes Kalbfleisch.
Strassburger Pastete.
Rehbraten.
Kapaun.
Salate.
Gedünstetes Obst.
Torte.
Gefrorenes.
Süssigkeiten und Obst.
Butter und Käse.

Weine.

Niersteiner.
Margaux.
Veuve Clicqnot Ponsardin.

Herrmann Buhl,
Gastwirth vom Hôtel und Café Maximilian.

161

162

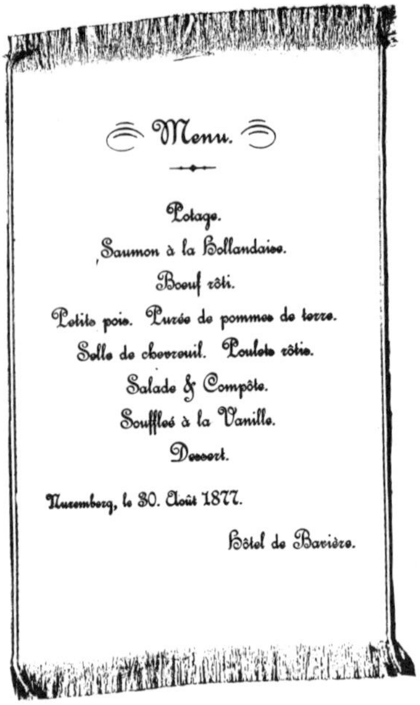
Menu.

Potage.
Saumon à la Hollandaise.
Boeuf rôti.
Petits pois. Purée de pommes de terre.
Selle de chevreuil. Poulets rôtis.
Salade & Compôte.
Soufflés à la Vanille.
Dessert.
Nuremberg, le 30. Août 1877.
Hôtel de Bavière.

163 Von schlichter Typographie, dafür aber vornehm auf Atlas gedruckt ist die zierliche Menükarte eines Essens, das die Stadt Nürnberg am 30. August 1877 dem deutschen Kronprinzen Friedrich Wilhelm gab.

164 Unbenützt blieb diese Speisekarte für das Souper, das die Hofküche für den in Schloß Berg internierten Ludwig II. am Abend des 13. Juni 1886 vorbereitet hatte: Kurz zuvor ertrank der König im Starnberger See.

Souper
de Sa Majesté le Roi

Schloß Berg, 13. Juin 1886

Consommé perles de Nizzam
Omelette au ris de veau
Poulet roti, sal. d'asperges
Compot d'abricots

dem einzigartig schönen Silber der Wittelsbacher, mit vergoldeten Blumenkörben und Früchteaufsätzen von der Hand erster Meister besetzt, während die Flügeltüren nach der Terrasse offen standen und die herrliche Parklandschaft (von Nymphenburg) im süßesten Sommerabendschimmer hereinleuchtete. Diese beinahe poetische Beschreibung gibt so recht den Rahmen wieder, in dem sich selbst der Alltag dieses fürstlichen Herrn abspielte. Originell daran war, daß die Tischrunde vor dem Essen mit dem Regenten zuerst in der Badenburg ein kaltes Bad mit nur 10-12 Grad nehmen mußten; da gabs ›keine Würschteln‹ weder für den alten Herrn noch für die Gäste. Auch auf der Gamsjagd oder beim Fischen wollte er nur Jäger unter Jägern sein, genoß aber seine Beute sehr – ein großes Huchenessen in Starnberg im Kreis seiner Fischerfreunde oder ein Saiblingsmahl in St. Bartholomä am Königssee. Die großen Empfänge in der Residenz dagegen oder gar das Rittermahl des Sankt-Georg-Ordens, wurden mit allem Prunk gefeiert, so daß selbst hohe Gäste, über soviel köstliches Tafelgerät und soviel würdevolles Hofzeremoniell, das viel spanisches Erbe verriet, staunten.

König Ludwig III. hatte es schwer, die im Volk verwurzelte Liebe zum ›Märchenkönig‹ und das Mißtrauen kritischer Untertanen zu überwinden. Er machte sich aber gar nicht viel Mühe, sondern blieb, was er war, ein behäbig-jovialer Bayer, dessen landwirtschaftliche Interessen ebenso groß waren wie der wittelsbachische Kunstsinn. Leider hatte er nur zwei Friedensjahre lang seine Aufgaben zu erfüllen, dann kam der Erste Weltkrieg und mit ihm das Ende des Königreiches.

Ludwig III. war stets ein schlichter Mensch. Hierzu ein kleines Streiflicht: Vom 1. November 1883 bis zum 8. Januar 1884 liegt ein originelles Kochnotizbuch der Josepha Klinker, Hofköchin beim Prinzen Ludwig von Bayern vor. Sie hat getreulich aufgeschrieben, was sie in Schloß Wildenwart bei Aschau für ihren Herren, dem nachmaligen König Ludwig III., gekocht hat. Die Aufzeichnungen sind, so simpel sie beim ersten Anblick erscheinen, recht aufschlußreich und bestätigen eine altbairische, auch in der bürgerlichen Küche üblich gewesene Gewohnheit: das tägliche Rindfleisch. Auch in meinem Elternhaus gab es stets als Beginn die kräftige Fleischsuppe mit einer immer wechselnden Einlage, dann gekochtes Rindfleisch mit Gemüse. Daß es beim Prinzen Ludwig noch Gansbraten danach gab, ist eben das Fürstliche daran – bei uns hat eine Mehlspeis das Mahl abgeschlossen. Beim Prinzen Ludwig zwar auch, aber da folgte noch ein Dessert, aus was es bestand, ist nicht zu ersehen, wahrscheinlich aus Obst und Käse.

Freitags hat man bei Eierspeisen und Fisch recht phantasievoll gefastet.

Das Abendessen fehlt, was darauf schließen läßt, daß Fräulein Josepha nur das einfachere Mittagessen gekocht hat, während das große Menü abends wahrscheinlich von einem Koch hergestellt wurde, bekanntlich hat ja in Bayern das Abendessen mit Vorspeise und Braten die größere Rolle gespielt – auch in meinem Elternhaus.

Vom 24. bis 28. Dezember fehlen Aufzeichnungen, da war das Prinzenpaar wohl bei Hofe in München.

Einige Speisefolgen aus diesem Büchlein sollen zeigen, wie bürgerlich und bayrisch, ohne jede französische Betitelung, man bei den Wittelsbachern gegessen hat.

Den 3. November 1893

Fleischbrod-Suppe
Rindfleisch garnirt mit Körbelrüben u. Kartoffel
Schweinscotelettes mit Blaukraut
Ente mit Salat
Griespfannkuchen
Dessert

Den 10. November

Schinken-Knödel
Rindfleisch garnirt mit weiß. Rüben u. Körbel-Rüben
Blaukraut mit Bratwürsteln
(abgebräunt) u. Kastanien
Nierenbraten mit Salat
Apfel-Charlotte
Dessert

Den 16. November

Ein Freitagsmenü:
Wurzel-Suppe
Butterteigrollen mit Reis gefüllt
Blumenkohl mit Pfannenkuchen
Äsche gebraten mit kalter Sauce
Zwetschgen-Bavesen
Dessert

Den 18. November

Butternockerl-Suppe
Rindfleisch garnirt mit Körbelrüben u.
gefüllten Wirsching
Bohnen mit Fleisch-Croquetten
Ente mit Salat
Chocolade-Creme mit Hobelspänen
Dessert

Karfiol mit Schinkenhaube

Eine schöne Rose Karfiol (Blumenkohl) kocht man in Salzwasser nicht zu weich, tropft sie ab und gibt sie in eine gefettete Auflaufform. Dann verschlägt man etliche Eier mit etwas geriebenem Käse, Salz und Muskat, gießt davon eine Schicht auf den Blumenkohl und streut feingewiegten Schinken darüber. Man läßt sie leicht anbacken, wiederholt den Vorgang und läßt auch die neue Kruste anbacken. Das Ganze wird so lange fortgesetzt, bis Eier und Schinken verbraucht sind und die Haube ganz dick geworden ist. Sie darf aber nicht zu braun und hart werden, damit der Blumenkohl saftig bleibt.

165 Der agronomisch sehr interessierte und erfahrene letzte bayerische König Ludwig III. besaß neben seinen zahlreichen landwirtschaftlichen Betrieben auch Hopfengärten in der Hallertau, die – wie das Gebiet um Spalt südlich von Nürnberg – die berühmteste Hopfengegend Bayerns ist. Früher war der Hopfenbau noch weiter verbreitet, etwa um Hauzenberg im Bayerischen Wald oder bei Alburg vor Straubing, wo die hier wiedergegebene Szene spielt. So beschaulich, wie der Künstler dies um 1823 dargestellt hat, war das Hopfenzupfen nun freilich nicht, und die Saisonarbeiter hatten alle Hände voll zu tun, ihr Pensum zu erfüllen und den Hopfenhändler zufriedenzustellen.

Am liebsten weilte der spätere König in seinem Mustergut Leutstetten bei Starnberg. Man nannte ihn ja auch den großen ›Millibauern‹ und ein harmloser Witz von einst sagte, der bayrische König sei mit drei ›Milliarden‹ der reichste Monarch: Er hatte nämlich in seinem Gut drei Milli-Arten, »a süaße, a saure und a g'steckelte Milli«. Er wurde gern vom einfachen Volk als: »Herr Kini« und mit Du angesprochen.

Sein ganzer Stolz war, sagen zu können, daß alles, was er seinen Gästen vorsetzte, Eigenbau war – Forellen und Renken aus dem Starnberger See, Saiblinge vom Königssee, das Fleisch vom eigenen Stall, Wild aus seinen Revieren, Wildschweine aus dem Forstenrieder Gehege oder dem Spessart, Mehl und Schmalz, Eier und Kartoffeln von der eigenen Landwirtschaft und Gemüse und Obst aus den Gärtnereien, also alles vom Mastochsen bis zum Riesenradi, ferner eigene Weingärten in der Pfalz, Hopfengärten in der Hallertau und daher das selbstgebraute Bier und Schweinespeck von seinen Besitzungen in Ungarn und Mähren. Er war daher der ›Saubauer‹ im Gegensatz zu Ludwig II., dem ›Schlösserbauer‹ und Ludwig I., dem ›Städtebauer‹. Sogar das Brot ließ er aus eigenem Roggen mit eigenem Holz in eigenen Backöfen backen.

Einige Speisekarten vom Alltag und von großen Empfängen geben klar Auskunft darüber, wie schlicht-bayrisch es gelegentlich zuging und wie bescheiden man auch bei Hof während des Ersten Weltkrieges aß.

Und noch ein letztes Festbankett aus neuester Zeit im alten Rahmen der Münchner Residenz:

Einladung
gegeben von Ministerpräsident Dr. Goppel und Frau Goppel
aus Anlaß der Fußball-Weltmeisterschaft 1974
im Antiquarium der Residenz München
7. Juli 1974

Speisenfolge

Fränkische, ausgelöste Krebse im Wurzelsud
Kapaunbrust gefüllt
Frische Pfifferlinge
Junge Bohnen
Fenchel, Salbei
Heidelbeer-Eis aus frischen Beeren

1972er Maximin Grünhäuser Abtsberg
(Erzeuger: C. v. Schubert'sche Gutsverwaltung)

1971er Würzburger Steinharfe
Riesling Spätlese – Erzeuger-Abfüllung
Bürgerspital Heiligengeist

1970er Aßmannshäuser Hohlenberg
Spätburgunder, Staatsweingut Eltville
Fürst von Metternich Johannisberger

Kaffee in der Ahnen-Galerie

Die bürgerliche Küche

166 Mit dem Prädikat »gut bürgerlich« warben einst – und werben heute noch – viele Gasthöfe für ihre Küche. Was den Gast innen erwartete, mochte er oft genug dem Wirtshaus von außen schon ansehen, und das mit Recht: Denn gerade Bayern hat – auch auf dem offenen Lande – eine Wirtshaus-Architektur von betonter Individualität, prägnantem Ausdruck und imponierender Erscheinung hervorgebracht. Ein Prachtbeispiel dieser Art muß der Gasthof in Niederseeon (Chiemgau) gewesen sein, dem seine – heute gekappten, aber in unserem Bild ergänzten – Ecktürme den Umriß eines Wasserschlosses gegeben haben.

Aufgrund seiner glücklichen Lage im Schnittpunkt der großen Handelswege vom Süden nach dem Norden und von Ost nach West hat Altbayern auch in kulinarischer Hinsicht eine Vorzugsstelle im europäischen Raum eingenommen. Natürlich geben die häufig in Wort und Bild festgehaltenen Festmähler oder Bankette bei Hochzeiten und anderen besonderen Gelegenheiten kein echtes Spiegelbild damaliger Eßkultur; sie waren Ausnahmen und wurden gerade deshalb mit Vorliebe von den Chronisten aufgezeichnet.

Auch Kochbücher aus dem ausgehenden Mittelalter und der beginnenden Neuzeit sind nicht in allen Teilen Zeugen ihrer Epoche, denn sie geben ja in der Hauptsache Rezepte wieder, die nicht alltäglich waren. Zudem stammten sie meist aus höfischen, klerikalen oder jedenfalls großbürgerlichen Küchen. Wohl sollten sie auch im Kochen ganz allgemein unterrichten, aber die Mehrzahl ihrer Anweisungen betraf doch die ›gehobene Küche‹, und das gibt ein falsches Bild der allgemein üblichen Kochweisen. Dabei

167 Ungewöhnlich für das Selbstverständnis der Barockzeit erscheint es, daß auch im gut bürgerlichen Haushalt Küche und Eßplatz eins sein konnten, wie hier diese in Nürnberg entstandene Illustration aus einem Werk von Abraham a Santa Clara aus dem Jahre 1707 vorführt.

sind noch, etwa vom Endes des 18. und Anfang des 19. Jahrhunderts an Unterschiede festzustellen: bürgerliche, normale Kochbücher und sogenannte Geschenkwerke, die sich in ihren Darbietungen oft übernehmen. Natürlich spielt es auch eine Rolle, ob das Buch aus der Feder einer erfahrenen Hausfrau oder vom Koch einer hochherrschaftlichen Küche stammt oder nur eine Aufzeichnung schlichter Rezepte ist.

Aus den zur Tradition gewordenen Speisen aber und vor allem aus ihren oft sehr alten Bezeichnungen kann man die Eßgewohnheiten der breiten Bürgerschicht ohne Schwierigkeit ersehen. Man merkt an der Zutatenfreudigkeit, an den vielen Eiern, an Fett und Gewürzen, auch an der Vielgestaltigkeit der in ihrer eigentlichen Zusammensetzung einander oft sehr ähnlichen Speisen, ebenso an den großen Portionen und der sorgfältigen Anrichteweise, wie wichtig das Kochen und Essen in Altbayern genommen wurde. Das geht auch aus den verwendeten Tischgeräten hervor: schönes Zinn, manchmal sogar Silber, später dann Fayence und recht früh schon Porzellan neben schönen Damast- oder Stickereidecken mit Spitzen oder Fransen beweisen dies.

Man kocht im Bürgerhaus auch im Alltag recht sorgfältig und abwechslungsreich. Als erste Mahlzeit gab es bis in unser Jahrhundert hinein in weiten Kreisen die ›Morgensuppe‹, meist eine Brennsuppe, die leicht variiert wurde. Es ist lange in München und auch im übrigen Bayern Sitte geblieben, das Frühstück, vor allem den Kaffee, als ›Kaffeesuppe‹ zu bezeichnen; Kaffee galt zwar lange noch als Luxus, hat sich aber seit der zweiten Hälfte des vergangenen Jahrhunderts doch allgemein durchgesetzt.

Wie behäbig die bürgerliche Wohlhabenheit in München war, schildert August Lewald im ›Panorama von München‹ im Jahre 1835. Als Franzose ist er hellsichtig für kulinarische Belange und als Ehemann einer Münchnerin hat er Einsicht in den echten Alltag, daneben belächelt er aber auch den Münchner ›Faulpelz‹ und genußfreudigen Spießbürger. Sein Buch ist zwar recht aufschlußreich, darf aber trotzdem nicht allzu ernst genommen werden. Nachstehend ein Auszug aus seiner reichlich bissigen Beschreibung des Tageslaufes eines Münchner Bürgers mit besonderer Betonung auf die Ernährung:

Ein Münchner Bürger, der einigermaßen sein Auskommen hat, arbeitet wenig und lebt nur dem Vergnügen. Er überläßt seinen Gesellen die Arbeit, seiner Frau den Verkauf und die Wirtschaft. Er steht nicht zu früh auf und ißt mit seiner Frau die Morgensuppe, die bald aus Brot, bald aus geröstetem Mehle besteht und durch Pfeffer sehr pikant gemacht wird, um zum Trunke zu reizen. Sobald das Fleisch, das für den Mittag bestimmt ist, den ersten Grad der Eßbarkeit erlangt hat, was bei den Franzosen ›succulant‹ genannt wird oder ›dans son jus‹, so wird ein gutes

168 Wichtige Unterstützung fand die Hausfrau eines besseren bürgerlichen Haushalts bis in unser Jahrhundert hinein durch ausgewähltes Personal. Für Julius Rottenhöfer – der hier einen Küchenjungen ›Hasenschnitten mit Trüffeln, Champignons, Schalotten, Petersilie und weißem Speek‹ zubereiten läßt – war dies jedenfalls noch eine Selbstverständlichkeit.

Rindsbrust mit Sellerie

Während die Rindsbrust in Salzwasser mit Gemüse und Suppengrün langsam weich kocht, schneidet man Sellerie und Gelbe Rüben in große Stücke, gibt sie zum Fleisch und kocht sie noch zartweich. Man bereitet nun eine weiße Schwitze, gibt das aus der Brühe genommene Gemüse dazu, schmeckt es sehr gut mit reichlich Petersilie und etwas Selleriegrün ab und gibt es über das aufgeschnittene Fleisch. Man streut noch Schnittlauch darüber.

169 Ein beileibe nicht nur auf München beschränkter, aber doch für die Landeshauptstadt besonders typischer Ort ursprünglichen Genießens war – und ist heute vielleicht mehr denn je – der Biergarten. Gerade das Biedermeier hat diese einfache und ungezwungene, die Standesunterschiede praktisch negierende Art des Essens kultiviert und den Malern des Volkslebens – wie hier Albrecht Evers – immer wieder köstliche Motive geliefert.

Stück heruntergeschnitten und dem wackern Meister mit Senf zum Imbiß aufgetragen. Dieses Gericht wird ›Schüsselfleisch‹ benannt und ist sehr beliebt. Nachdem es eingenommen worden, nimmt der Meister Hut und Stock und begibt sich ins Weinhaus, um ein gehöriges Quantum Würzburger oder Überrheiner Weins zu sich zu nehmen. So nahet sich Essenszeit, zwölf Uhr. Der Meister begibt sich nach Hause. Die Speisen, die alle Tage auf seinen Tisch kommen, können seinen Gaumen nicht mehr reizen. Es ist eine sogenannte eingekochte Suppe, eine Fleischbrühe mit irgendeiner Art von Mehlteig; dann das Voressen: aus dem Kopfe, den Füßen oder den Eingeweiden des Kalbes bestehend, in sauerer Tunke und endlich das Rindfleisch, ›altes Fleisch‹ genannt, mit Gemüse. Dieselbe Ordnung und dieselben Gerichte kehren alle Tage wieder. Nur der Fasttag macht eine Ausnahme und der Feiertag. An dem ersten wird die Fastensuppe, Knödel und Nudel aufgetischt, an dem letztern erscheint ein Kalbsbraten und Salat und an den höchsten Feiertagen, den Kirchweihen usw., wohl noch ein Ragout in Pastetenteig, welches das feierlichste und

170 Ein richtiger Münchner sprach einst allerdings nicht vom ›Biergarten‹, sondern nur vom ›Bierkeller‹, ›auf‹ den er zum Brotzeitmachen ging. Diese Radierung von Johann Adam Klein aus dem Jahre 1862 zeigt den Grund für diese Spracheigentümlichkeit: Die fröhliche Zechgesellschaft saß in der Tat genau ›auf‹ den von den Brauereien rings um die Stadt angelegten Bierkellern, vor allem den sogenannten ›Sommerkellern‹, in denen der einst leicht verderbliche Gerstensaft kühl gelagert war. Die ständig wachsende Großstadt, in deren Straßen auch die typischen Bierfuhrwerke nur mehr zur Zeit des Oktoberfestes auftauchen, hat inzwischen die meisten dieser Bierkeller aufgesogen.

vornehmste Gericht ist, das wohl jemals auf der Tafel eines Münchner Bürgers erscheint.

Nach Tische wird ein kurzer Schlummer nicht verschmäht und dann im eigenen Einspänner oder zu Fuße und, wenn es das Gewerbe zuläßt, auch in Gesellschaft der Frau, eine weitere oder kürzere Promenade gemacht. Das kopiöse Frühstück, das den Appetit von Mittag verdrängt, ist jetzt verdaut, und man fühlt sich geneigt, Schinken, Käse oder Wurst zu verzehren und einige Gläser Bier dabei zu trinken. Das nimmt den ganzen Nachmittag in Anspruch, und die fünfte Stunde, die sonst wohl erst zum Spaziergange einzuladen pflegt, fordert hier zur Heimkehr auf. Die Frau, wenn sie den Mann begleitete, wird nach Hause gebracht, und dieser stopft seine Pfeife von neuem, pfeift seinem Hunde und geht auf den Keller, um sein Bier zu trinken und mit einem Stück Kalbsbraten oder einem gebratenen Huhn die Reihe der täglichen Mahlzeiten auf eine würdige Weise zu beschließen. Der Winter macht hierin nur insoferne eine Abänderung, als statt des Kellers am Abend irgendein Kaffeehaus oder eine geschlossene Gesellschaft besucht werden.

1804 bringt ein Kochbuch eine bemerkenswerte Speisenfolge, die sicher für ein Festessen gedacht war, aber für bürgerliche Verhältnisse recht großartig ist, ohne deshalb jedoch aus dem Rahmen zu fallen, denn man verstand es, gut, reichlich und gewählt zu essen:

Fasan zum Braten Maurachen von kalbernen Beischel Peschermehl** Eine Biskoten Torte Konsome von Fleisch Ragou von Schnepfen Indian Rollaten*** Karfiol mit Soß Klar*

Aus dem Dreißigjährigen Krieg, genauer gesagt, vom 24. November 1632 bis zum 9. Juli 1633, liegen aus der Regensburger Gegend, schön geschrieben, ›Der Frawen Einnamb und Ausgab

* Eine morchelähnlich gestaltete Art von Fleischpfanzl aus Kalbslungen. ** Bechamelsauce. *** Rouladen

Kalbfleischrouladen

Kalbfleischschnitzel werden dünn geklopft, mit etwas Butter bestrichen und mit Bröseln, gehackter Zwiebel, etwas Petersilie, Salz, Pfeffer, ein wenig Ingwer und einer Spur Nelkenpulver bestreut. Man kann noch einige gehackte Champignons oder Steinpilze dazu geben. Dann wikkelt man die Schnitzel auf, hält sie mit einem Faden fest und legt sie nebeneinander in eine mit genug Butter versehene Kasserolle. Man streut noch etwas gehackte Zwiebel darüber und dämpft die Rouladen etwa eine Stunde gut durch, wobei man sie einige Male umdreht. Dann gießt man mit einem Becher saurem Rahm auf, deckt zu und läßt die Rouladen nun in ihrer Brühe zartweich dünsten. Sie werden von ihren Fäden befreit und mit der Sauce angerichtet. Dazu gibt es Reis oder Teigwaren.

zue Regensburg Anno 1633‹, also die Aufzeichnungen der Ausgaben einer sorgsamen Hausfrau und Mutter einer großen Schar von Kindern vor. Ein Auszug daraus zeigt uns, was alles gebraucht und dafür bezahlt wurde. Da lesen wir:

30 xr den 24. Novembris für Ein Haaßelhuhn
5 xr eodem die [am selben Tag] für weiß brodt
4 xr für Sauers Kraut
2 xr für Salat geben
1 xr für Frische Butter

★

8 xr den 26. Novembris für 4 Köpff Wein im Closter bey St. Clara geholt, daß man in Essig gefüllt
2 xr für Frische Ayer
20 xr Einen Ochßen vnd Schwein zu schlachten

★

12 xr 27. Novembris für 6 Köpff Bier zu Mittag vnd 3 zue nacht geholt
12 xr für 2 Vögel
2 xr für Antiffi Salat
2 fl 24½ xr für 8½ Kopff honig
1 fl für Imber Pfeffer vnd Kleine Roseinlein
8 xr für Baumoel [Olivenöl]
3 xr für Bayrisch Rüben
2 xr für Zwibel
2 xr Für Biern [Birnen]

★

4 xr den 5. Decembris für Salat
2 xr eodem für Milch
3 xr für Wersing
30 xr für Ein Hennen
48 xr für Ein Ganß

1 xr 25. Decembris für Leckh Kuechlein

★

3 xr 1. Januarij für Cala Rabi [Kohlrabi]

★

3 xr 9. Januarij für Citronen vnd Pommerantzen

★

12 xr 20. Januarij für zween hering für den herren

★

30 xr 29. Januarij für 6 Granat öpffel
1 xr für Katzen Schwäntz [Zinnkraut] zum Putzen des Zinngeschirrs
40 xr für Wächßene Kertzen am Liechtmeßtag
8 xr für 2 Pfd. Zwetschgken
10 xr für Bretzen
36 xr für Spritzen Backhes
1 fl 52 xr für 1 Pfd. allerhandt Confect Zuckher
20 xr für 1 loth Muskatbüet
6 fl 4 xr für Canari oder Speißzuckher
15 xr für Schneeballe Bockhes
12 xr für Artischockhen
10 xr für Oblatten
5 xr für Kirschen
16 xr für 1 Pfd. Feygen
48 xr für 2 Metzen dürr öpffel vnd Birnschnitz
4 xr für Erdtbeer vnd Schwartzbeer

Die Aufstellung ist noch länger und bezieht auch Haushaltausgaben, Trinkgelder, Löhne usw. ein. Hier interessiert natürlich nur das »Ausgab Geldt Anno 1632« für die Küche. Relativ niedere Preise und erstaunlich viel Obst und Gemüse. Neben sauerem und süßem Kraut, Wirsing und Kohlrabi, Bayrischen Rüben, Salat und Gurken (Cucumer) finden wir auch schon Artischocken, ebenso

Kukummern-Suppe (Gurkensuppe)

Eine große oder zwei mittlere Gurken werden geschält, von den Kernen befreit und klein geschnitten. Man schmort sie in Butter, bis sie leicht gelblich sind und gießt dann mit guter Fleischbrühe oder mit Wasser auf. Die Gurken werden gut durchgekocht und durch ein Sieb geschlagen. Man würzt die Suppe wie üblich und gibt nach Belieben etwas Senf und 2-3 zerklopfte Eier (eines genügt auch!), noch reichlich Petersilie und geröstete Weißbrotwürfel hinzu. Zuletzt gibt man in Speckwürfeln gebräunte Zwiebelringe darüber.

vielerlei Gewürze und Südfrüchte. Der Küchenzettel konnte also damals schon recht abwechslungsreich gestaltet werden.

Bei einem Festessen des Dr. Christoph Scheurl von Nürnberg zu Ehren Melanchthons am 25. November 1525 wurden aufgetragen:

Saukopf und Lendenbraten in saurer Sauce - Forellen und Äschen - fünf Rebhühner - acht Vögel - als Braten ein Kapaun - Hecht in Sülze - Wildschweinfleisch in Pfeffersauce - Käsekuchen und Obst - Pistaziennüsse, Latwergen (wahrscheinlich ein Tamarindenmus, ebenso wie die Pistaziennüsse abführend) - Lebkuchen und Konfekt.

Im Durchschnitt wurde bei dieser Schlemmerei pro Person 2 1/2 Liter Wein gerechnet.

Die Art des Auftragens der Speisen mutet uns heute seltsam an, denn Süßes wie Saures, Fleisch wie Torten wurden durcheinander serviert und in vier bis sechs, ja bis acht Gänge unterteilt. Da heißt es beispielsweise:

Erster Gang: Hasen - Wildpreth - Gebratenes - Äpffel in Butter - Geröstete Vögel - Ein Schau-Essen. Zum zweiten Gang: Schmerlen [Fische] - Gebratenes - Torten von Quitten oder Birnen - Pastete von Hasen, übergoldet, vor Ein Schau-Essen. Zum dritten Gang: Kapahn - Geronnene Milch in Reis - Ein Schau-Essen mit einem Gebackens. Summa zwölf Essen.

Das Hochzeitsmahl am Tage darauf brachte zum *ersten Gang: Ein Auerhahn mit einer gehemmerten süßen Sode - Grüne Fohren [Forellen] - Mandel-Tortten mit Konfekt - Ein Schau-Essen. Der Andere Gang: Schweinen - Wildpreth - Gebratenes von Spanferkeln - Wilde Hühner mit gelber Sode - Ein Schau-Essen. Der Dritte Gang: Grüne Hechte - Kuchen mit Oblaten - Pasteten, darinnen eine Rehkeule, vergöldt, vor Ein Schau-Essen. Der Vierte Gang: Gepreßte Schweinsköpffe mit Äpffeln und Weinessig - Birnen mit einer süßen Brühe - Gebackenes - Eine hohe Galerte von Fischen, vergöldt, vor Ein Schau-Essen.*

Saures Schweinefleisch

Etwa 3/4 kg nicht zu fettes Schweine- oder Bauchfleisch wird in Salzwasser mit reichlich aufgeschnittenen Zwiebeln, Gelben Rüben, Lauch, Essig, Senf, Salz, Pfeffer und Kräutern eine gute Stunde leise ziehend weichgekocht. Man schneidet das Fleisch dann in Scheiben und gießt die ziemlich eingekochte Brühe mit dem Gemüse darüber. Sie soll scharf-würzig sein. Dazu reicht man Kartoffeln in beliebiger Form.

Rauchfleisch mit Linsen

Ein Stück Wammerl wird vorgekocht, Linsen werden über Nacht eingeweicht und dann weichgekocht. Man bereitet inzwischen eine kleine, braune Einbrenne und gießt sie mit der Fleischbrühe auf, gibt etwas Rahm, das Fleisch und die Linsen hinein und kocht alles noch eine Weile durch. Als Würze kommen 1 Lorbeerblatt, etwas Senf, Salz, Pfeffer und 1 gehackte Zwiebel hinzu. Dazu gibt es Mehlspatzen.

171 Wie heute noch der ausgesteckte Strohkranz in Österreich den Ausschank des Heurigen anzeigt, verhieß einst – nicht nur in den klassischen Weingebieten Bayerns, sondern auch im Ober- und Unterland – ein Laub- oder Reisigstrauß den durstigen Seelen Labung. In manchen Gegenden Schwabens und Frankens ist er noch in Gebrauch, wie auch die Bezeichnung ›Buschenschank‹ oder ›Straußwirtschaft‹ auf diesen uralten Brauch verweist.

Münchner Schweinshaxe

1-2 Schweinshaxen werden in Essig-Salzwasser gut weich gekocht. Dann bereitet man eine gelbe Einbrenne, gießt sie mit der Kochbrühe auf und würzt sie kräftig mit Salz, ein wenig Zucker, reichlich kleingehackten Essiggurken, 1 Kaffeelöffel Senf und gehackten Kräutern süßsauer ab. Man löst den Knochen aus, schneidet die Haxen in Scheiben und richtet diese auf einem Reisberg an. Zuletzt übergießt man alles mit der Sauce.

Aus einem Brief des Stadtarztes Guarinoni aus Hall in Tirol ums Jahr 1600 können wir folgende Schilderung von bürgerlichen ›Fressereien‹ entnehmen:

Nun kannst du aus nachfolgender nagelneuen burgerlichen Gasterey dich leicht auff die anderen richten. Nämlich sechs Trachten [Gänge], jede Tracht neun Speisen; zur Suppe neun Speisen; zum Kraut neun Speisen; zum Gebratens neun Speisen; zum Schröckegast neun Speisen; zur Nachrichten neun Speisen, summa 54 Speisen.

Um Anlässe für solche Schlemmereien war man im bayrischen Bürgertum nicht verlegen. Es gab, wieder nach Guarinoni, die merkwürdigsten Anlässe zum Feiern, daher unterscheidet man Willkommen und Valete-, Hochzeits- und Totenschmäuse, Geburtstags- und Namenstags-, Tauf- und Verlobungs-, Gerichtliche-, Vertrags-, Raitungs- (Rechnung), Quartemberliche, Gerhalschafts- und kaufmännische Essereien. Auch alle Feier- und Erinnerungstage waren gern benützte Gelegenheiten, sich üppig zu delektieren.

Aus dem Rathaus zu München sind vielerlei Aufzeichnungen zu finden; angefangen von Speisungen verdienter Stadtsöldner und Pfändermeister bis zu Fürstenempfängen. Da gab es Metproben und ein ›früestuckh‹ oder eine Morgensuppe für Werksleute oder 1621 ein Festmahl aus der Bürgertrinkstube mit Brathühnern, Renken, Saiblingen, Salat, Brot und Wein. Man empfing Könige und Kaiser, Fürsten und Feldherrn.

Zu jeder Ratswahl gehörte im übrigen auch ein großes Ratsmahl; 1397 wurden dabei 300 Personen verpflegt! Es würde zu weit führen, immer alle Speisenfolgen aufzuzeichnen, denn in einigen Jahrhunderten, wie aus den Ratsbüchern Münchens zu ersehen ist, hat man natürlich bei den diversen Wähl- und Schwör-, Steuer- und Kammermahlen und an den jahreszeitlichen Festtagen allerhand verkonsumiert. Sogar die Kosten und die Lieferanten sind genau notiert, aber das alles verliert sich dann schon in die spezielle Stadtgeschichte und würde, wenn man auch andere bayrische Rathäuser anschlösse, eine Reihe von Büchern füllen. Es ist nur da und dort interessant, aus den Aufstellungen einzelne Notizen herauszupicken, etwa daß für ein Mahl 1514 allein 12 Liter Essig, ›vergult Rörl‹, wahrscheinlich eine Art kostbares Konfekt, ›Mercepan zu $^1/_2$ Gulden, 5 Lot Pfeffer, 75$^1/_2$Pfund Hechte‹, unglaubliche Fleischportionen und noch vieles mehr gebraucht wurden. Alle Maurer und Ziegelmeister, Söldner, Ratsknechte und Salzsender wurden gelegentlich so nobel geladen, aber »Dem Stadtschreiber geben sie nie kein Ehrung« oder »Aber die Salzsender haben dem Stadtschreiber nie kein Stück Sulzfisch geschickt« oder »Dem Stadtschreiber haben sie nie kein Ehr angetan und er schreibt ihnen doch alle Jahr«, klagt der Chronist.

Die Gastgeber, seien es Stadtverwaltungen oder Gesellschaften, Zünfte oder große Bürger, übertrumpften einander allmählich so mit ihren Darbietungen, daß Moscherosch, der vielgereiste Chronist, schon im 16. Jahrhundert mahnte:

Tut es ein Stück Rindfleisch, Speck und Sauerkraut nicht mehr? Muß es alles mit Feldhühnern, Wachteln, Krammetsvögeln, Austern, Schnepfen, Schnecken und Trecken verpfeffert sein? Muß es denn mit eitel Melonen, Zitronen, Limonen, Pomeranzen, Ragouts und Ollapotridas hergehen?

Es ist durch eure Leckermäuler dahin gekommen, daß man viel guter gemeiner Speisen nicht mehr achtet noch gebraucht, und muß nun eure Speise aus der Welschen Land, ja gar aus der Türkei und Indien geholt werden. Will einer jetzund ein Bankett zurichten, so will er's nicht aus der Küche, sondern aus der Apotheke haben, und das mit großen Kosten.

Natürlich hörte man derlei nicht gerne. Auch Karl Trautwein berichtet: *1735 kam die Zunft der Büttner und Bierbrauer zu ihrem Jahrtag in Castell zusammen. Ganze 15 Männlein vertilgten dabei folgende Mengen: Suppe, 15 Pfund Rindfleisch mit Meerrettich, 8 Pfund eingemachtes Kalbfleisch, 8 Pfund Fleisch mit Gemüse oder Sauerkraut, 6 Pfund gesottene oder gebackene Karpfen, 6 Pfund Würste mit Hirse- und Reisbrei, 15 Pfund Kalbsbraten mit Bratwürsten und Schweinsschlegeln, dazu Salat und jeder Mann ein Speckküchlein. Dabei kostete das ganze ›Tractament‹ einschließlich Wein und Brot nur 7 Gulden 28 Kreuzer!*

Der Chronist G. A. Böckler schildert 1699 die Speisenfolge:

Bey einer vornehmen Hochzeit
zu zweyen Tischen.

In der Mitte zwey Indianische Hanen.
Zwo Schüsseln mit Citronen-Salat.
Zwo Schüsseln mit Köpffleins-Salat
und schönen Blumen gezieret.
Zwo Schüsseln mit gebrattnen Orfen.
Zwo Schüsseln mit Reheschlegel und Wildbret.

In der Mitte eine Schüssel mit Karpffen
Forellen und Grundeln
Zwo Schüsseln mit Rugeten.
Zwo Schüsseln mit Mandel-Kücheln.
Zwo Schüsseln mit gebratenen Hünern.

In der Mitte eine Mandel-Tarte / und gevierd Spanisch Brod
Zwo Schüsseln mit krebs.
Zwo Schüsseln mit Rephüner und Lerchen
Zwo Schüsseln mit Model-Küchlein

Schnecken Knöpflein

»Nimm Weißbrod soviel beliebig, schneid es klein auf, weich solches mit Milch an, nachher nimm einen Brockenschmalz, laß es recht heiß werden, gieß es über das eingeweichte Brod ab, decke es eine Zeitlang zu, damit der Dampf darinn bleibe. Nimm sodann 5 oder 6 Eyer, schlag es darein, salze es, rühre es um nimm alsdann die schön geputzt und klein gewiegte Schnecken, auch Mehl soviel als nöthig, und rühre es untereinander, thu Wasser oder Fleischsuppe in Pfanne, und mache die Knöpflein wie gewöhnlich darein.«

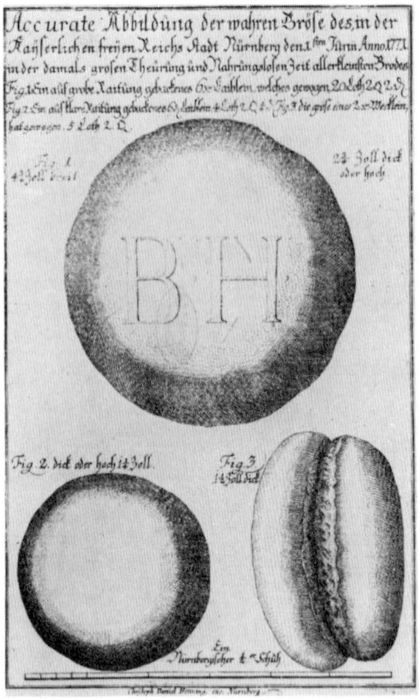

172 Der Grund für den Wohlstand, ja Reichtum mancher Bäcker in früherer Zeit – so behauptete jedenfalls der zwar rasch, aber meist zutreffend urteilende Volksmund –, war in dem betrügerischen Ausbacken untergewichtigen Brotes zu suchen. Hin und wieder mußte die Verminderung der Größe von den Behörden verordnet und wie im Hungerjahr 1771 durch Aushang bekanntgegeben werden.

173 *Gegenüberliegende Farbtafel:* Wie vergnügt und genußvoll ein Hochzeitsmahl im Rokoko gefeiert wurde, hat der kurbayerische Hofmaler Peter Jakob Horemans 1747 lebensnah geschildert: Zu Füßen des Nockherberges (links) hat sich eine fröhliche Gesellschaft, deren Kleidung die Herkunft aus dem guten Bürgertum oder dem niederen Adel nicht verleugnen kann, im Neudecker Garten niedergelassen, der zum – im Hintergrund teilweise noch erscheinenden – ehemaligen Paulanerkloster in der Au gehörte und einer der vielen, damals noch ›weit‹ vor der Stadt gelegenen Ausflugsorte des Münchners war. Das 1799 aufgelöste Paulanerkloster, an dessen Stelle heute das Amtsgericht und Landratsamt stehen, war auch die ›Geburtsstätte‹ des berühmten Salvatorbiers.

Die Augsburger Bäckerhochzeit des Meister Veit Gundlinger mit der Tochter des Zinkenbläsers Baruch im Jahr 1493

Daß ein junger Handwerker, ein Bäcker, sich im Jahr 1493 eine achttägige, üppige Hochzeit ausgerichtet hat, ist bis heute nicht vergessen worden. Die schriftlichen Aufzeichnungen geben uns Aufschluß über die sozialen Verhältnisse von damals: Dieser Bäkker muß sehr reich gewesen sein – vielleicht aufgrund vieler untergewichtiger Semmeln –, und außerdem zeigt die Großspurigkeit dieses Bäckers, wie sehr sich das bürgerliche Element schon vom Adel frei und unabhängig gemacht hatte. Mag sein, daß sich Gevatter Bäcker ruinierte, daß er seine Kunden empörte – er ging jedenfalls in die Geschichte ein, und mit ihm 20 Ochsen, 30 Hirsche, 49 Ziegen, 46 Kälber, 25 Pfauen, 95 Schweine, 106 Gänse, 515 Wildvögel und 1500 Fische und Krebse.

Es waren 60 üppige Tische zu je 12 Personen gedeckt und die Hochzeit hat nach unserem heutigen Geld wenigstens 600000 Mark gekostet.

Möglich, daß der Chronist vor lauter Staunen den ›Aufschneidemund‹ nicht mehr zugebracht hat, ein Großteil davon ist aber unbedingt wahr.

Die Nürnberger Herren hielten besonders üppige Bankette ab, wenn auswärtiger Besuch kam, vor allem fürstlicher. Dann wollte man zeigen, was man konnte. So als 1496 Markgraf Heinrich IV. von Brandenburg zu Gast in Nürnberg weilte. Da war des Tanzens und Tournierens, der Gelage und Gastmähler fast kein Ende. Man vertilgte insgesamt

344	*Pfund altes Schweinefleisch*	*55*	*Hasen*
841	*Pfund junges Schweinefleisch*	*47*	*Eichkatzel*
3272	*Pfund Rindfleisch*	*36*	*Rebhühner*
2666	*Pfund Kalbfleisch*	*74*	*Forellen*
373	*Pfund Lammfleisch*	*625*	*Pfund Hecht*
109	*Kapaune*	*1292*	*Pfund Karpfen*
827	*Hühner*	*60*	*Pfund Orfen*
856	*Große Vögel*	*200*	*Pfund Neunaugen*
7	*Enten*	*2471*	*Heringe*
		68	*Pfund Stockfisch*
		107	*Pfund gesalzene Hechte*

Auch wenn Huhn und Hecht, Schwein und Kalb damals das Pfund zwischen 5 und 20 Pfennige kostete: Preis und Wert halten sich eigentlich stets die Waage.

174 Mit wertvollen Delfter Fliesen ebenso verschwenderisch ausgestattet wie für die damalige Zeit hygienisch vorbildlich gestaltet, so bietet sich heute noch die prächtige Küche der Amalienburg im Nymphenburger Schloßpark zum Entzücken aller Besucher dar. Aber wie so manche ähnliche Schöpfung des Rokoko diente auch dieses 1734-39 entstandene Geschenk des Kurfürsten Karl Albrecht an seine Gemahlin Maria Amalia mehr dem Auge denn der Küchenpraxis und gab dem Zeitgeist des ›Rétour à la nature‹ beredten Ausdruck.

Natürlich trugen viele Diener die Speisen auf großen Silberplatten herbei und auf den Prunkkredenzen standen hohe Pokale, Teller, Schüsseln, Aufsätze, das Schönste aus Augsburger Gold- und Silberwerkstätten, aus bayrischen Glashütten, aus Elfenbeinschnitzereien ferner Länder. Die Musik spielte, der Wein floß – der Handel blühte. Vielleicht war der Gast ein Bittsteller, was tat's, man war ja reich, man bewies es gern, man lebte ›bayrisch‹!

A. v. Gleichen-Rußwurm beschreibt in ›Das galante Europa‹ über die Zeit nach dem Dreißigjährigen Krieg: *Überall feierten Hof und Bürgerschaft, Adel und Volk im weiten deutschen Reich den Frieden, am prächtigsten wohl geschah es in der freien Reichsstadt Nürnberg, wo die Kaiserlichen und die Schweden im großen Saale des Rathauses ein Bankett hielten. Die hochgewölbte Halle war glänzend beleuchtet. Zwischen den Kronleuchtern hingen Girlanden, aus dreißig Arten von Blumen und natürlichen Früchten gebildet, wie man es seit altersher bei großen Tafeln gewohnt war. Vier Musikchöre ließen ihr Spiel erklingen und in sechs Rangklassen der geladenen Gäste. Auf den Tafeln standen zwei ungeheure Schaugerichte, ein Triumphbogen und ein sechseckiger Berg, bedeckt mit mythologischen Figuren. Aufgetragen wurden vier Gänge, jeder aus 150 Speisen, dann kamen Früchte auf silbernen Schüsseln und als Neuheit die fruchttragenden, in Töpfe gepflanzten Zwergobstbäume, mit denen die ganze Tafel wie ein Garten besetzt war.*

Stark riechendes Räucherwerk brannten Diener nach jedem Gange ab und trugen Räucherpfannen voll lieblichen Geruches durch die Säle.

Dann wurde das oberste Blatt der Tafel abgenommen, besetzt und mit kandierten Blumen überstreut. Auf riesigen Silberschalen reichten prächtig gekleidete Lakaien Marzipan und Konfekt. So oft die Gesundheit seiner kaiserlichen Majestät in Wien und ihrer königlichen Majestät in Schweden ausgebracht wurde oder die Becher auf das Gedeihen des Friedens zusammenklangen, schossen die Soldaten auf der Burg aus 15 großen und kleinen Feldgeschützen.

Auch hier ist deutlich zu spüren, daß das Konfekt nicht nur eine ›Tracht‹, also ein Gang, sondern ein eigener Tafelakt mit besonderem Zeremoniell ist.

Eine besonders plastische Erzählung ist die des Lebensgenießers, Abenteurers und Saufaus Ritter Hans von Schweinichen, der mit seinem Herrn Herzog Heinrich XI. von Liegnitz nicht nur alle Höfe Deutschlands, und besonders den bayrischen, beehrte, sondern gern auch bei den Augsburger Handelsherrn zu Gast war. Aus dem Jahr 1575 berichtet er über eine Einladung bei den Fuggern:

Es lud einst Herr Marx [Marcus] Fugger Ihre Fürstliche Gnaden nebst einem Herrn von Schönberg, welcher auch bei uns im Losament lag, zu Gaste. Ein dergleichen Bankett ist mir bald nicht vorgekommen: besser mag auch der römische Kaiser nicht traktieren und mit so über-

Gebackene Reisbirnen

Süßer, erkalteter Milchreis wird mit etwas Rum und Ingwerpulver, Zukker und ganz wenig feingehacktem Orangeat abgeschmeckt und zu birnenförmigen Klößchen geformt. Man füllt je eine Birne mit 2-3 Kirschen oder Weichseln. Dann wendet man sie in zerschlagenem, leicht gezuckertem Ei und bäckt sie in heißem Fett schwimmend goldbraun. Die Birnen werden auf der Breitseite mit einem eingesteckten Nelkenkopf und auf der anderen Seite mit einem Stückchen Zahnstocher oder einem Birnstiel garniert und mit Schlagrahm aufgetragen.

schwenglicher Pracht. Das Mahl war in einem Saale zugerichtet, in dem man mehr von Gold als von Farbe sah. Der Boden war von Marmelstein und so glatt, als wenn man auf dem Eise ginge. Es war ein Kreuztisch aufgeschlagen durch den ganzen Saal, der war mit lauter Kredenzen besetzt und merklich schönen venedischen Gläsern, welches Geschirr, wie man sagte, weit über eine Tonne Goldes wert sein sollte. Ich stand Ihrer Fürstlichen Gnaden vor dem Trank [gab den Mundschenk ab]. Nun gab der Herr Fugger Ihrer Fürstlichen Gnaden einen Willkommen, welcher ein Schiff darstellte, aus dem schönsten venedischen Glas künstlich gemacht. Wie ich es nun vom Schenktisch nehme und durch den Saal gehe, falle ich, da ich neue Schuhe hatte, mitten im Saale auf den Rücken, gieße mir den Wein auf den Hals und mache mir mein neu-rot-damasten Kleid gar zu Schanden, worüber männiglich ein groß Gelächter war. Ich ward hernach berichtet, daß Herr Fugger gesagt, er wolle das Schiff mit hundert Florin ungarisch gelöst haben. Als ich hernach einen Rausch bekam, stund ich fester und fiel keinmal, auch im Tanze nicht....

In Regensburg wird, so berichtet der Hochfürstl. Thurn und Taxische Hofrat und Bibliothekar Albrecht Christoph Kaiser 1797, *eine Hochzeit ›Guldenmahl‹ genannt. Sie sind bey gemeinen bürgerlichen Personen noch gebräuchlich. Die Anzahl der Gäste ist auf höchstens 54 bestimmt. Jede Person mehr kostet Strafe. Man sitzt nach hergekommener Ordnung, zahlt sein Mahlgeld und macht sich dann daran, die Riesenportionen zu vertilgen. Neben jedem Service ist ein Teller aufgestellt, damit alles, was nicht bezwungen wird, darauf gesammelt werden kann.* Es galt nicht als nobel, sondern als dumm, diesen ›B'schoad‹ nicht mit heim zunehmen; war doch alles gut bezahlt.

Weiter schreibt Kaiser ganz allgemein von Regensburg: *Man ißt und trinkt viel in unserer Stadt. Unter den Brotarten sind Kipferl, unter dem Gebackenen die Strizl und unter den Getränken Meth Regensburg eigenthümlich. Das braune Bier ist der Lieblingstrunk.*

Übrigens wird Hofrat Kaiser schon zu seiner Zeit vorgeworfen, daß er einen barocken Altaruntersatz als Kredenz für seine silbernen Schaugeräte verwendete.

Es gab auch seltsame Esser in Bayern, von denen die Chronisten berichten. So soll ein gewisser Josef Kolnicker aus Passau, der 1771 in Ilefeld starb, Steine gegessen und bereits mit drei Jahren damit aus Hunger angefangen haben. Daß es im Dreißigjährigen Krieg Erdesser gab, ist bekannt, aber daß Steine sättigen konnten, davon hatte noch niemand gehört, obwohl man sagt, daß Mutter und Großmutter des Kolnicker schon damit angefangen hätten. Er hat sie stets unter sein Essen gemischt und einmal sogar einen Zentner davon mitgeschleppt, als er nach Holland reiste, weil es dort keine gab. Jede Stunde mußte er essen, sogar nachts, und man erzählt sich, daß er innerhalb von sechs Stunden 25 Pfund Ochsenfleisch mit 20 Schoppen Wein hinuntergespült hat. Ein andermal

Kümmelfleisch

Ein Stück magere Ochsenbrust wird 2-3 Tage in Bier gebeizt, dann geklopft und reich gespickt. Man würzt es mit Salz und Pfeffer und brät es mit Speckwürfeln scharf an. Die Sauce wird durch Zugabe von 1 gehackten Zwiebel und viel Suppenwurzeln, 1 Eßlöffel Kümmel, etwas Wasser und Bier bereichert und während des Bratens immer wieder über das Fleisch gegossen. Sie wird leicht süßlich-pikant abgeschmeckt und nach Belieben durch ein Sieb gegeben.

waren es zwei Kälber in fünf Stunden. Beim Militär bekam er die Ration von acht Mann. Und als ihn bei einem Feuergefecht eine Kugel in den Bauch traf, prallte sie an einem Stein ab und so war es ihm vergönnt, noch lange sein sonderbares Sattmacher-Dasein zu genießen.

Auch Vielfresser normaler Speisen gab es immer wieder, so den Gmeinwieser Sepp, der in der Klosterwirtschaft von Andechs 20 Leberknödel gegessen hat. 20 große, die für die Wallfahrer bestimmt waren, aber ein Gewitterregen hat sie abgehalten und da hat sie der Sepp verdruckt.

Grausig ist die ›Feinschmeckerei‹ eines Wasserbauarbeiters aus Schössau bei Weilheim, der für 100 Mark einer Kröte den Kopf abbiß, dann aber meinte: *Mei Liaba, is dös hanti g'wen!*

Wahrscheinlich war die Meinung des Ziegelarbeiters von Radnmoos im Bayrischen Wald über seine Mahlzeit auch nicht besser, als er innerhalb einer Stunde ein rohes Rebhuhn samt Federn einer Wette halber verzehrte. 20 Liter Bier haben ihm geholfen zu gewinnen.

Daß Wettfressereien, etwa um 30 Eier im Glas im ›Café Stephanie‹ in München, große Würstlessen und andere Gewalttaten gegen Magen und gute Sitten, aus Gewinnsucht oder Gaudi, gelegentlich vorkommen, ist altbekannt. Mit Culinaria hat dies aber nichts mehr zu tun.

Spiel- und Eßfreuden dürften sich in Bayern in etwa die Waage halten oder, besser gesagt, gegenseitig innig durchdrungen haben. Schon sehr früh galt die ›Rennsau‹ als begehrter Gewinn beim ›Scharlachrennen‹, das vom späten Mittelalter an ein beliebtes

Geröstetes Weißkraut

Ein halber Kopf Weißkraut wird zerlegt und in Salzwasser zart gargekocht. Man drückt die Blätter leicht aus und gibt sie in eine große Pfanne mit genug Schweineschmalz und röstet das Kraut darin so lange unter Umstechen, bis es allseits schön braunkrustig ist. Man kann nach Belieben dabei etwas gehackte Zwiebel, Kümmel oder Grieben daruntergeben. Das Kraut wird leicht übersalzen. Es soll nicht zu stark gebräunt sein.

175 Ein Sittengemälde der Biedermeierzeit, in der sich die hierarchische Ordnung früherer Jahrhunderte bereits ebenso gelockert hat wie die einst immer wieder beschworene Tischzucht der Kinder (die ja in vornehmen Familien an eigenen Tischen abgespeist wurden), gab die erfahrene Autorin eines Kochbuchs von 1835 ihrem Opus bei: Während die strenge Hausfrau mit kritischem Blick den dampfenden Braten ihrer selbstsicheren Köchin mustert und der hoffnungsvolle Sprößling den bettelnden Hund mit brachialer Gewalt abwehrt, hat sich der rücksichtslose Familienvater mit unverkennbarer Pascha-Allür und voller Heißhunger bereits über den gefüllten Teller hergemacht.

Hollebauer Lammfleisch

Ein Stück Lammbrust wird in kleine Stücke geschnitten und in reichlich Butter mit viel gehackter Petersilie, etwas geriebener Zitronenschale und gehackter Zwiebel angedünstet. Dann stäubt man etwas Mehl darüber und gießt langsam mit wenig Suppe oder Wasser auf. Man gibt eine mit 1-2 Nelken gespickte Zwiebel dazu und würzt mit Salz, Pfeffer und einer Prise Thymian und läßt alles schön gar dämpfen. Zuletzt gibt man einen Teller voll gebrühte Hopfensprossen darunter. Sie werden noch kurz einmal darin aufgekocht. Dann legiert man die Sauce mit 1-2 Eidottern.

Münchner Vergnügen war. Während der erste Preis, ein scharlachrotes Tuch war, das dem Rennen den Namen gab, stellte die Rennsau nicht nur den begehrten dritten Preis dar, sondern wurde auch zum Spottnamen für ›aushausige‹ Weiblichkeiten. Das rote Tuch bedeutete Ehre, die gewonnene Sau kulinarische Saftigkeit.

Beim Kartenspiel, ob Tarock, Tertln oder Schafkopfen, gibt es heute noch alljährlich ein Wettspielen, bei dem der erste Preis auch meist eßbar ist und je nach Jahreszeit aus einem ›Lampel‹, einem ›Spanfackel‹ oder einer fetten Gans besteht. Wie hautnah die Magenfreude den Schützen geht, beweist die Ehrung mit der Siegerkette, die für den ersten Preis aus ehrendem Metall, für den zweiten aus fetten Knackwürsten und für den dritten aus reschen Brezen besteht.

Da sag' einer, die Bayern hätten nichts von den Römern gelernt, wenn sie ›panem et circenses‹ bis heute noch so wörtlich nehmen.

Im Münchner Stadtbuch schreibt der Chronist Josef Maria Mayr, daß im 18. Jahrhundert bereits ein ausgeprägtes Bewußtsein bürgerlicher Eßkultur vorhanden war; bei aller Einfachheit des Gebotenen setzte die Hausfrau ihren ganzen Stolz doch darein, ihrer Familie und insbesondere Gästen ihre schönen Geräte an glänzendem Zinn und Kupfer zu zeigen. Die ganze Küche war voll davon und daneben prunkten zierlich bemalte Steinkrüge.

Die Eßgewohnheiten waren auch im Handwerker-Haushalt recht nobel; wie erwähnt, gab es kein Frühstück im heutigen Sinn, sondern nur eine Brennsuppe oder etwas Milch und Brot. Das Mittagessen, schon um 11 Uhr angesetzt – was bäuerliche Sitte verrät –, war dafür um so reichhaltiger. In vielen Familien gab es meist Rindfleisch mit Zukost, also Gemüse und Kartoffeln, oder ein Voressen (Züngerl, Ragout) und Knödel und dann eine Mehl-

176 Als Herrscherin in ihrem Reich waltete die vornehme Hausfrau einst über Küche und Personal, wie es hier ein unbekannter Augsburger Zeichner des 18. Jahrhunderts zum Ausdruck bringt. Die Fülle dekorativ ausgestellten Geschirrs verleiht dieser Darstellung einer gutbürgerlichen Küche den Eindruck besonderer Wohlhabenheit, der durch die vielen von der Decke hängenden Schinkenkeulen zusätzlich noch einen deutlichen Zug zum Üppigen erhält.

speise. Am Sonntag wurde ein Braten aufgetischt, wohl auch, wenn es in die Zeit paßte, Geflügel. Aber auch während der Woche bekam selbst der Kleinbürger ab und zu ein saftiges Kalbsbratel. Daneben haben die Mehlspeisen, später und nur vereinzelt eine Kartoffelspeise, eine große Rolle gespielt.

Friedrich Nicolai, ein guter Beobachter, berichtet von seiner Reise durch Bayern Ende des 18. Jahrhunderts, daß »der gemeine Mann überaus viel und derbe Speisen isset«, denn »Mehlspeisen, Knödel, Wespennester, Dampfnudeln und dergl.« scheinen ihm »äusserst gemein« zu sein.

Regnet, ein anderer Chronist dieser Zeit, schreibt, daß die ›Vornehmen‹ Kaffee, Tee oder Schokolade zum Frühstück nahmen und zur rechten Zeit Gäste an der mehr oder minder reich besetzten Tafel hatten. Es war ja an sich nicht schwer, gut und üppig zu kochen, denn die Lebensmittel waren preiswert. Aus der selben Zeit wird vermeldet, daß im Jahre 1782 ein Pfund Ochsenfleisch 6 Kreuzer, eine Gans 48 Kreuzer, eine Maß Sommerbier 3 Kreuzer, ein Pfund Butter 14 Kreuzer und zehn Eier 4 Kreuzer kosteten.

Viele gute Rezepte in Kochbüchern aus dem 18. und 19. Jahrhundert beweisen uns die Liebe und Sorgfalt, mit der die bayrische Bürgersfrau die Speisen zubereitete. Sie scheute keine Mühe und Zeit, Suppeneinlagen und Bratenfüllen, Pasteten und Kuchen herzustellen, und überdies wurde sie noch durch viele Nebenarbeiten aufgehalten, die heutzutage Industrie oder Küchenmaschine übernehmen. So hat sie beispielsweise alle Teigwaren selbst gemacht, den Zucker gestoßen, die Mandeln im Mörser zerkleinert, den Ofen mit Holz geheizt, das Wasser im Hof gepumpt, das Kraut selbst eingesäuert, das Fleisch geräuchert, oft Brot gebacken und anderes mehr. Bei viel Ruß von der offenen Herdflamme, bei schlechtem Licht und teilweise noch recht primitiven Geräten war sie den lieben, langen Tag voll ausgefüllt mit ihrer Arbeit, trotz der Küchenhilfen.

Aber sie hat diese Arbeit, den Kochbüchern und Chronistenberichten nach, mit Freude und Erfolg getan; es ist uns viel Lobenswertes überliefert worden. Allein an Suppen führte jedes Kochbuch mehrere Dutzend auf und wie phantasievoll erst die Suppeneinlagen, die Knöderln und Nockerln, Wandeln und Schöberl, die Spatzln und Pfanzerln, waren, das geben uns zahlreiche Anweisungen kund.

Das viele Fleisch (zu erstaunlich niederen Preisen allerdings) und die schweren Kuchen und Torten sprechen in diesen Büchern ihre eigene Sprache. Da finden wir zum Beispiel eine ›Feine Mandeltorte‹ mit 32 Eidottern, 16 Eiklar, einem Pfund Zucker und einem Pfund Mandeln. Wie groß müssen die Tortenformen und die Aufnahmefähigkeit der Esser gewesen sein!

177 Der Stolz einer jeden Hausfrau, die auf sich hielt, war das glänzende Geschirr, und sie setzte alles daran, ihren reichhaltigen Bestand an Kupfer und Zinn – vielleicht sogar an Silber – auch in der Küche möglichst sichtbar und eindrucksvoll aufzustellen. Damit drang deutlich ein Element, das schon die höfische Prangküche ausgezeichnet hatte, in die bürgerliche Welt vor.

Zwirlsuppe

An 3-4 Kochlöffel Mehl gibt man 1 Ei und etwas Salz und Muskat sowie soviel Wasser, aber keine Milch, daß ein halbdicker, noch fließender Teig entsteht. Er wird in eine gut abgeschmeckte Suppe gegossen, so daß sich sofort Flöckchen bilden, die obenauf schwimmen. Damit ist die Suppe fertig. Sie wird noch mit gebräunten Zwiebelscheiben und mit Schnittlauch abgeschmeckt.

Tägliche Speisezettel

1. *Geselchte Fleischknödel*
2. *Lungenragout*
3. *Rindfleisch, Sauerkraut*
4. *Gebackenes Lamm, Selleriensalat*
5. *Himbeerkuchen*

1. *Eiergerstensuppe*
2. *Filetragout, geröstete Kartoffel*
3. *Rindfleisch, weiße Rüben, Weichseln in Essig*
4. *Gebratene Taube mit Compot*
5. *Buff [Gugelhupf]*

1. *Leberknödel*
2. *Rehragout*
3. *Rindfleisch und Rübenkraut, Schweinsknöchel*
4. *Gebratenes Huhn, Salat*
5. *Apfelkuchen*

1. *Kartoffelsuppe*
2. *Eingesetzte Eier*
3. *Karpfen blau abgesotten*
4. *Ausgezogene Kücheln*
5. *Äpfelcompot*

1. *Hausbrodsuppe, Leberwürste*
2. *Rindfleisch, Kartoffelgemüse*
3. *Gebratene Wildente*
4. *Gefüllter Pfannenkuchen*

1. *Karfiolsuppe*
2. *Rollirte Kalbsbrust*
3. *Rindfleisch und Wirsing*
4. *Entenbraten, Endiviensalat*
5. *Kaskuchen*

1. *Hirnsuppe*
2. *Ochsenschweif*
3. *Rindfleisch, Weißkraut, Karfiol in Essig*
4. *Hasenbraten mit gerösteten Kartoffeln*
5. *Schwanenhälse*

Aufschlußreich ist auch die Zusammenstellung eines Wochen-Küchenzettels in einem handgeschriebenen, bürgerlichen Kochbuch von 1863 bis etwa 1880 aus dem Bayrischen Wald. Natürlich war das nicht der Alltag, sonst wäre nicht so eifrig notiert worden! Links die Speisezettel einer Woche, die sich in ihrer Üppigkeit ziemlich gleichen und höchstens von Festdiners noch übertroffen wurden. Auffällig ist, wie gesagt, der enorme Verbrauch an Fleisch und die mit Liebe zubereiteten Mehlspeisen und Torten.

Nicht zuletzt waren die Pfarrhäuser in Bayern berühmt für ihre gute Küche, und das ansehnliche Bäuchlein unter Soutane oder Kutte sprach nicht gerade von der vielleicht vorher gepredigten Enthaltsamkeit. Ein altes, Grafenauer Pfarrhaus-Kochbuch von Karoline Biller aus dem vorigen Jahrhundert dokumentiert wiederum eine breite Eßbehäbigkeit. Natürlich handelt es sich dabei um feiertägliche Menüs, aber der Alltag wird bei so viel Kochkunst auch nicht schlecht ausgesehen haben.

Stephanstag 1866

1. *Leberknödel und Suppe*
2. *Rindfleisch und Sardelensoß*
3. *Rehbraten und Rahmsoß*
4. *Gereichete Zung und Salz*
5. *Wein*

Weihnachtsfest von 1867

1. *Suppe mit Reisnockerl*
2. *Spanfackl mit Senft*
3. *Rindfleisch mit Blaukraut*
4. *Gebackenes Lam mit Bomarantzensalat*
5. *Weinstriezerl*
6. *Rehbraten mit Kapernsoß und Hetschebesoß*
7. *Einen Gristbaum mit Konfekt*
8. *Wein*

Ostertag von 1868

1. *Kreßsuppe mit Knöderl*
2. *Eingemachtes Kitz mit Oblatküchl*
3. *Rindfleisch mit Spienath und Meeredig*
4. *Blaus Kraut mit Bratwirscht*
5. *Boding*
6. *Kapauner mit Oraschen und grünen Salat*
7. *Kaffee*
8. *Mandeltorten und Wein*

Anders war es dagegen im Elternhaus der bekannten bayrischen Heimatschriftstellerin Franziska Hager, die in ihrem Buch ›Die Schulmeisterkinder‹ berichtet: *Mit den Wochen wurde das Brot härter und härter, die Rationen immer schmalbrüstiger. Endlich stockte der Verkehr ganz. Aber, was verschlug das einem dörflichen Schulmeisterkind? In und unter den Schulbänken gab es allerhand zu finden: ein verlassenes Stück Brot, einen rotbackigen Apfel, eine gedörrte Birne, manchmal sogar ein Stück von dem gelben, großlöcherigen Käse. Die Taschen damit vollgepfropft, nach und nach der Vorrat unter der Schürze heraus verzehrt, wie das mundete und schmeckte! Und welche Lust, seine Zähne so*

178 Das Tischgebet gehörte einst zum festen Bestandteil eines jeden Essens, ganz gleich, ob es an der Tafel des Fürsten oder am Tisch des Adels eingenommen wurde, im Eßzimmer des Bürgers oder in der Stube des Bauern, wie es hier Lorenzo Quaglio, der feinsinnige Schilderer alpenländischen Lebens, um 1825 festgehalten hat. Der autonome Mensch des 20. Jahrhunderts mag sich darüber erhaben fühlen, aber diese Besinnung auf Bitte und Dank gab noch dem kärglichsten Mahl einen würdevollen menschlichen Rahmen und verlieh dem Tischbenehmen selbst des einfachsten Essers noch einen verbindlichen Stil.

in's Volle zu vergraben! Hunger und Appetit warfen immer einen barmherzigen Mantel über die Dürftigkeit unserer Tage.

Diese Schilderung mag etwas merkwürdig klingen und beinahe in das Kapitel ›Armenkost‹ gehören. Was aber über die Kultur des Essens im Schulmeisterhaus an sich zu lesen ist, das beweist wieder gute Bürgerlichkeit, denn man machte auch eine schmale Mahlzeit zu einem kultivierten Akt des Alltags und hielt sich streng an gute Eßsitten.

Vor und nach den Mahlzeiten beteten wir gemeinschaftlich das Tischgebet. Allen voran Vater. Und, was ich als Kind nicht verstehen konnte, seine beispiellose Hingabe an dieses Tischgebet – heute erfasse ich sie in ihrer ganzen elementaren Tragweite: Vater bat und dankte für unser Brot.

Beim Abendläuten beteten wir gemeinschaftlich das Abendgebet. Anschließend daran ein Vaterunser für die armen Seelen im Fegfeuer, ›daß's an Fried' kriagn‹.

Die Mahlzeiten wurden schweigend eingenommen. ›Wenn der Vogel frißt, dann singt er nicht‹, pflegte es zu heißen, und Vater äugte scharf umher, ob wir nicht vergessen hätten, wie man aus der elterlichen Schüssel ißt. Wir hätten uns nicht zu scheuen gebraucht, an eines Kaisers Tafel zu sitzen, denn die Etikette war in unserem schlichten Schulhause daheim wie im Palaste eines spanischen Granden. So sehr wurzelten wir in den Gepflogenheiten unserer Kindertage, daß in späteren und späten Jahren das eine oder das andere von uns nach beendeter Mahlzeit sein altvertrautes ›Dank für's Essen‹ sprach. Was Vater mit einem glückseligen Schmunzeln stillschweigend quittierte.

Da wir noch klein waren, saßen wir unter ›hochnotpeinlicher Aufsicht‹ an einem eigenen Tischchen mit zwei grün gestrichenen Bänken. Das

Pfitzauf

250 g Mehl, 3-4 Eier, 50 g weiche Butter und 1/2 Liter Milch verschlägt man mit etwas Salz und Muskat glatt. Zweckmäßig ist es, einen Teelöffel Backpulver darunter zu geben. Der Teig wird nur zwei Drittel voll in die typischen, gut gefetteten Pfitzauf-Formen gefüllt. Die Masse geht schön auf, die Form darf also nicht zu voll sein. Man bäckt sie in vorgeheiztem Ofen bei guter Temperatur etwa 30 Minuten goldbraun.

Wammerl in Eiersauce

Ein Stück Schweinebauch (Wammerl) wird in wenig Salzwasser mit einer halbierten Zwiebel und Suppenwurzeln, Lorbeerblatt und Kümmel weich gekocht. Man schneidet es auf und legt es auf die Platte. Die Sauce wird abgesiebt und mit 1-2 Eiern legiert. Sie darf nur noch heiß werden, nicht mehr kochen. Man gießt sie über das Fleisch und streut Schnittlauch darauf.

Mit Milz gefüllte Herbst-Rüben

Weiße Herbst-Rüben werden geschält, halbiert und in Salzwasser knapp gar gekocht. Inzwischen bereitet man eine Fülle aus 100 g aus der Haut geschabter Milz sowie 50-70 g würfelig geschnittenem Speck, Majoran, Salz, einer zerdrückten Zehe Knoblauch, etwas Pfeffer, einer eingeweichten und gut ausgedrückten Semmel und einem Ei. Die Rüben werden vorsichtig ausgehöhlt; das ausgehöhlte Innere wird, fein gehackt, zur Fülle gegeben, die hochauf eingefüllt wird. Man schmort sie im Rohr gar und gibt eine Senfsauce dazu.

Tischlein hatte eine Schublade: der einzige Fleck im ganzen Hause, wohin das forschende Auge der Eltern, mir heute noch unbegreiflich, nicht drang. In diese Lade hinein löffelte ich jedesmal schön verstohlen den Reis aus meiner mir verhaßten Reissuppe: was wir auf den Teller bekamen, mußte gegessen sein. Ein Gebot, das hinsichtlich unserer ›sotanen Verhältnisse‹ höchst überflüssig war. Denn – wann hätten wir unsern Teller nicht leer gegessen? Wenn ich dann einmal einen unbewachten Augenblick fand, unsere Tischlade von meiner Sünde zu säubern, hatte die gute Vorsehung zumeist wie im Rosenwunder einen silbernen Teppich von feinen Schimmelpilzen über meine Missetat geworfen.

Zweimal um Speise zu bitten, war bei uns nicht üblich, reichte doch das Vorhandene bei aller Weisheit der Einteilung oft kaum für eine einmalige Rationierung. Wir baten auch nicht. Nur einmal erinnere ich mich, daß einer meiner Brüder, kaum drei Käse hoch war der Knirps, in unbezwinglicher Sehnsucht nach seiner Lieblingsspeise mit seinem Teller an den Tisch der Großen wanderte: ›Mama, bitt noch ein' Knödl!‹ Daraufhin, die Knödel waren selbstverständlich längst gegessen, Mutters kategorischer Imperativ: ›Geh nur zu! Hast schon genug!‹ Prompt macht der kleine Mann mit seinem Teller ›kehrt‹. Auf dem Rückweg aber brummelt er eigenwillig vor sich hin: ›Wie kann denn d'Mama wissen, daß ich g'nug hab?‹

Hier soll nun eine Beschreibung eines niederbayrischen Arzthaushalts Zeugnis von der Lebensweise bayrischer Bürger auf dem Lande geben.

Die Doktor-Köchin

Sie hat gern aus ihrer guten, alten Zeit erzählt, die auch im Alter noch stattliche Adelheid, wohlbestallte Gendarmenswitwe aus Niederbayern. Viele, viele Jahre war sie einfach die ›Doktor-Köchin‹ für die kleine Stadt an der Rott und eine Respektsperson dazu, wenn sie mit langen, weiten Röcken und der blitzsauberen, weißen Schürze allmorgentlich zum Einkaufen ging. Am Arm den Deckelkorb mit dem Emaille-Einsatz, der so appetitliche Delfter-Kacheln zeigte. Und drinnen im Korb lagen dann die sorgsam ausgewählten, rosigen Fleischstückchen, die Schweinsfiletchen und Brieserl, das Roastbeef und das Kaiserfleisch. Ja, sie mußte schon richtig wählen, denn der Doktor war ›heikli‹ (heikel) und hat anfangs mancherlei einfach stehenlassen. Das brachte Adelheid zu bitteren Tränen und traurigen Liedern, die sie so gern beim Kuchenrühren sang.

Ja, der kulinarische Tageslauf im Doktorhaus war recht erfüllt. Um 7 Uhr mußte der Doktor seinen starken, dunklen und recht süßen Wasserkakao haben; die Kinder brauchten ihre Milch und

179 Formvollendet und von erlesener Eleganz war das Kaffeegeschirr des Klassizismus und Empire, wie es besonders von der Nymphenburger Porzellanmanufaktur hergestellt und bevorzugt vom bayerischen Königshof benützt worden ist. Auch das gehobene Bürgertum des Vormärz stand in Dingen des Geschmacks dem Hof nicht nach, wie diese Dame des Münchner Biedermeier in gut gespielter Nonchalance zu beweisen bemüht ist.

ihre mit Honig bestrichenen Hörndl, die Hausfrau Tee mit Toast. Die Adelheid selbst liebte den Milchkaffee in der Riesentasse mit einer eingebrockten Semmel. Dann kam der Einkaufskorb an den Arm, denn gegen 10.30 Uhr war das Gabelfrühstück für den Herrn fällig, wenn er von der ersten Praxisfahrt wieder heimgekommen war. Das durfte nicht einfach ein Stück Wurst sein, nein, man mußte Abwechslung schaffen und so gab es saure Nierndln oder Leberschnitten, ein kleines Rahm-Schnitzel, ein Omelett mit Bries, einen kleinen Käseauflauf mit Schinken, ein Geflügelleberchen mit Rührei oder dergleichen mehr. Für diese Kleinmahlzeiten wurde von der Adelheid stets besondere Liebe aufgewendet, denn das später stattfindende Mittagessen hatte sein feststehendes Programm: eine Rindssuppe mit Einlage, wie Speckknöderln oder Grießnockerln, Milzschöberln oder Fridatten. Dann kam das gekochte Ochsenfleisch, mit viel Schnittlauch überstreut, schön glänzend in etwas Brühe liegend. Wehe, wenn es nicht weich und

Leber-Pavesen

Während einige Scheiben Weißbrot in Milch weichen, sind, rührt man etwas Butter schaumig und gibt dann das ausgedrückte zerzupfte Brot, 2 Eier, etwas Salz, Pfeffer, Muskat und Majoran sowie etwa 125-150 g geschabte Rindsleber dazu. Die Masse wird zu einer Rolle geformt, in Alufolie gehüllt, gut verschlossen und in Salzwasser etwa 25 Minuten gekocht. Dann öffnet man die Rolle und schneidet Scheiben davon, die in eine gut abgeschmeckte, frische Fleischbrühe gegeben werden.

Krautwickerl im Schweinsnetz

2-3 kleine Köpfe Wirsing oder einen großen, halben Weißkrautkopf zerlegt man in einzelne Blätter und kocht sie in Salzwasser mit etwas Natron zartweich. Dann schmort man 100 g Speckwürfel mit einer großen, gehackten Zwiebel und würzt mit Salz, Pfeffer und Knoblauchpulver. Man gibt den Wirsing darunter und wickelt je eine Portion davon in ein Stück Schweinsnetz, wie man es beim Metzger kaufen kann. Die Wickerl werden hierauf nebeneinander in eine feuerfeste Form gesetzt und im Rohr goldbraun überbraten, wobei man sie mit etwas Butter und Fleischbrühe saftig hält.

Gefüllte Leber

Ein Stück Kalbsleber von etwa 3/4 kg Gewicht wird gewaschen, getrocknet und gehäutet; dann macht man mit einem scharfen Messer an der Oberseite einen tiefen Einschnitt und füllt ein Gemisch aus 50 g gerührter Butter, 1 Ei, 3 Eßlöffeln Semmelbrösel, 100 g feingewiegtem Speck, etwas feingeschnittener Zwiebel, Pfeffer und Salz hinein. Die Leber wird zugesteckt und in einem Topf mit Speckscheiben, Zwiebeln, Lorbeerblatt, etlichen Pfefferkörnern, 4 Löffeln Weißwein, etwas Zitronensaft und Fleischbrühe gedämpft. Zuletzt dickt man die Sauce mit wenig Mehl ein; man gibt noch 1 Kaffeelöffel Johannisbeersaft oder -gelee dazu und läßt es mit der Sauce verkochen. Die Leber wird in Scheiben geschnitten und die durchgesiebte Sauce darübergegeben.

saftig war! Dazu gab's ›Rebhendl‹, wie im Haus die wenig geschätzten Kartoffeln hießen, und zwei Gemüse, natürlich jahreszeitenhörig: im Sommer Erbsen oder Bohnen, im Frühling Spargel oder Hopfensprossen, im Winter Schwarzwurzeln und vielerlei Krautsorten, vor allem Blumenkohl und Broccoli. Den Salat mußten, weil's ›gsund‹ war, die Kinder essen.

So eintönig, aber doch so gewohnt es auch sein mochte, das ganze Jahr über, tagaus, tagein gekochtes Ochsenfleisch, ähnlich dem Tafelspitz, zu verspeisen, so wichtig war daher die folgende Mehlspeis. Was die Adelheid da herzauberte, war sagenhaft! Gekochte Puddings (keine aus einem Päckchen, denn die gab es damals noch gar nicht) mit ›Familienschado‹ (Vanille-Chaudeau), Obstaufläufe, Aprikosenknödel, Schokoladecremes und im Sommer vor allem Eis. Da kam der Heinrich, der Kutscher, wenn er grad Zeit und die Adelheid ein Schmankerl für ihn hatte, zum Rühren des großen Holzkübels.

Bis der Kaffee in der Wiener Expreßmaschine am Tisch aufgebrüht und getrunken war, gab es neben dem ›Küchenessen‹ für die Adelheid, das Haus- und das Stubenmädel noch allerhand weiteres zu tun, denn es kamen täglich, außer am Sonntag, 4-5 Kostgänger, nämlich 1-2 alte Spitalerinnen, 1-2 arme Studenten der Präparatenschule (Lehrerbildungsanstalt) und noch ein paar Patienten, die was ›Leichtes‹ brauchten. Oft haben es die alten Weiberl aus dem Spital mit heimgenommen, das Essen im sogenannten ›Vergeltsgotthaferl‹, einem buntbemalten, niederbayrischen Steinzeugtopf mit Bogenhenkel und Deckel.

Einmal hat die Adelheid an einem Freitag Dampfnudeln gemacht und dabei statt Zucker gestoßene Soda in die Milch geschüttet. Natürlich sind die Nudeln wunderbar aufgegangen, beinahe über den Deckel hinaus. Sie rochen aber scharf nach Soda. Das hat den Spitalerinnen nichts ausgemacht; sie haben trotzdem alle Dampfnudeln mitgenommen und mit Appetit verzehrt.

Nach dem Essen kam das große Spülen, mit viel Gesang und Klappern. Und um 5 Uhr ging es wieder los: der Tee, der täglich Gäste brachte, geladene und uneingeladene. Weil der Doktor so konservativ war, gab es sicher hundertfünfzigmal im Jahr Zwetschgenkuchen, zuerst aus frischen, frühen Bühler Pflaumen, dann zuletzt noch aus späten Bergbauernzwetschgen und endlich solche aus dem Glas. Die Frau Doktor beherrschte nämlich das Einkochen schon recht früh im Jahrhundert, etwa von 1905 an. Sie war überhaupt eine sehr fortschrittliche Frau; so machte sie ihren Autoführerschein bereits im Jahr 1908. Im Dezember 1970 ist sie mit 90 Jahren als damals älteste weibliche Inhaberin des Führerscheins in Deutschland gestorben. Das Fernsehen hat sie kurz vorher noch gezeigt. Sie stand schon in den ersten Jahren des Jahrhun-

180 Teepartie und Kaffeekränzchen waren im vorigen Jahrhundert Kennzeichen gehobenen Lebensstils und der bevorzugte Treffpunkt jener glücklichen Frauen, denen Stand und Wohlhabenheit gestatteten, den größten Teil der Hausarbeit ihren Bedienten zu überlassen.

derts auf Skiern, natürlich mit langen Röcken. Vor allem aber konnte sie gut mit den Pferden umgehen, denn in Pfarrkirchen war ja die berühmte Rennbahn, auf der auch die Traber des Doktors liefen. Ihre Teestunden mit dem obligaten Zwetschgenkuchen und Adelheids feinen Schlagrahmtörtchen oder ihre sommerlichen ›Eispartien‹ mit lebhaften literarischen Gesprächen waren so beliebt wie besucht. Und das ganze Zimmer duftete nach Rum und Zigaretten, die Stehlampe (natürlich noch Petroleum gefüllt) gab warmes Licht und den Abschluß bildeten zumeist kleine, pikante Brötchen mit Emmentaler, Schinken, Sardellen oder Lachs, die heute allgemein bekannt sind und ›Snaks‹ genannt werden.

Nun hieß es für die Adelheid und ihre Helferinnen das Abendessen vorzubereiten, denn das war ja die große Mahlzeit für den Doktor, der schon seit der Frühe, ja oft auch in der Nacht auf den Beinen war und mit Pferd und Wagen, später mit dem Auto, Patienten zu versorgen hatte im ganzen Rottal, hinunter bis Pokking und Simbach, ja sogar bis Straubing, wo ein Geistlicher Herr justament nur ihn wollte, wenn es ihn zu arg zwickte.

Am Abend, da gab's dann eine gefüllte Kalbsbrust oder ein Roastbeef, Fasane, Hähnchen, Tauben, Schinken im Teig, Räucherzunge oder Truthahn, Reh oder Hasen mit Knödel oder Makkaroni, Spätzeln, Nockerln oder Reis, nur keine Kartoffeln. Die blieben dem Siedfleisch und manchmal einem Salat zum Wiener Schnitzel vorbehalten. 2 Zentner ›Mäuserl‹ (eine lange, gelbe, zarte Kartoffelsorte) waren für die ganze Familie das Jahr über genug. So war's halt dazumal in Niederbayern! Zum Abschluß wurde selbsteingemachtes oder frischgekochtes Kompott aufge-

Zwiebelfleisch

Ein Stück durchwachsene Ochsenbrust kocht man in Salzwasser mit viel Suppengrün zartweich und schneidet sie dann in kleine Würfel oder in dünne Scheiben. Man gibt nun in eine Pfanne mit reichlich Fett 3-4 große, aufgeschnittene Zwiebeln und läßt sie hell anrösten. Dann gibt man das Fleisch dazu, streut Salz, Pfeffer und nach Belieben auch etwas Paprika darüber und gibt es mit Röstkartoffeln und Salaten zu Tisch.

tragen. Auch der Tisch mußte immer schön und komplett gedeckt sein, aber Blumen mochte der Doktor nicht, er nannte sie ›Goaßfutter‹, auf das er verzichtete.

Ein solcher Küchenzettel klingt für uns heute beinahe aufreizend und natürlich viel zu üppig, aber das gute Essen war ja damals selbstverständlich. Dabei war der Hausherr keineswegs dick, denn viel Arbeit, nächtliche Überlandbesuche und Frieren in der offenen ›Chaise‹ und später im offenen Automobil haben viel Kalorien gebraucht. Zudem war er noch Reiter und Jäger und überdies sehr groß. So war das gute Essen leicht zu vertragen. Abgesehen von den niederen Preisen gab es ja noch allerhand wohlfeile Quellen, denn manche Patienten bezahlten ihre Schuld mit Naturalien. Oft kam der Doktor mit einer Steige voll Giggerln heim; im Frühsommer, wenn die Bäuerinnen die Giggerl von den Junghennen aussortierten, schenkten sie sie gerne weg.

Die Adelheid hat sie dann auf einem Hinterhofbalkon noch fest nachgefüttert, ehe sie geschlachtet wurden. Auch bei den Hausschlachtungen war es für den Bauern eine Ehre, dem Herrn Doktor ein opulentes Angebinde mitzugeben. Fette Gänse, schöne Enten, Truthähne und Tauben wurden dem Arzt oft heimlich in die Chaise gesteckt.

Und der Doktor war selbst Jäger, so daß mancher Hase und manches Reh, viel Rebhendl und Fasane als Pasteten und Braten auf den Tisch kamen oder als Ragout ins Weckglas wandern mußten. Zu allem erschien noch der ›Wildbratschütz‹, ein altes, verknittertes Manderl mit einem Henkelkorb voll Raritäten; auch er hatte Rebhendln und Wildenten, Tauben und Schnecken, Froschschenkel und die seltenen Perlhühner. Eine Taube kostete damals 25 Pfennig, ein Hase 1,50. Im Sommer brachte er Steinpilze um 20 Pfennig das Pfund und Reherl um ein Zehnerl.

Bei den Dränagearbeiten für Pferdewiesen an der Rott wurden unendlich viele Krebse gefangen. Die Bauernburschen brachten die schwarzen, ihnen unheimlichen Viecher rucksackweise, das Stück für ein Fünferl; dann wurde in der Waschküche eine alte Badewanne aufgestellt, in der es 10 cm hoch schwarz wurlte.

Die Milch, eine dickrahmige, frische Köstlichkeit, brachte eine Bäuerin aus der nächsten Umgebung schon früh um 6 Uhr, und abends holte sie die Kanne wieder und erzählte dabei den immer darauf wartenden Kindern mit harter, tiefer Stimme Märchen, Schnurren und Schnadahüpfl. Die ›Bötin‹ – vor etlichen Jahrzehnten gab es sie noch in fast jedem größeren Dorf oder Ort – brachte in einem ausrangierten Kinderwagen wohlgeformte, rosenverzierte Butterknödel, goldgelb, duftend, in grüne Huflattichblätter eingehüllt. Wenn sie irgendwo von einer Hochzeit wußte, formte sie aus Butter ganze Wunderwerke und erzielte einen guten Preis

Hasenöhrl

werden in Mittelfranken Hasenlöffel und in Oberfranken geschnittene Hasen genannt. Es handelt sich um ein einfaches, aber gutes Schmalzgebäck, das man insbesondere gerne zum Kaffee serviert.
200 g Mehl und etwas Salz übergießt man mit 1/8 Liter heißer Milch, die man mit 30 g Butter aufgekocht hat. Der Teig wird rasch durchgewirkt. Man kann auch noch ein Stückchen Trockenhefe darunterbröseln. Dann wellt man ihn aus und radelt kleine Rauten aus, die aussehen wie etwa Hasenöhrl. Dann gibt man sie ins heiße Schmalz, bäckt sie goldbraun und überstreut sie mit Zucker oder Zimt-Zucker.

für ihre Ware und natürlich noch ein gutes Trinkgeld. Die Eierfrau, eine andere regelmäßige Besucherin, hatte große und kleine, weiße und hellbraune, saubere und schmutzige Eier, 33 Stück für 1 Mark. Enteneier und Kiebitzeier, die der Doktor so gern mochte, Enten, Gänse und Giggerl, Waldmeister für Bowlen, Hagebutten für Marmeladen und Schlehen für Schnäpse brachte sie auch.

Zu einem Herrenessen im Sommerkeller – alte Bewohner der Stadt wissen noch von ihm –, von den Freunden des Doktors gegeben, mußte die Adelheid die Reinen voll Brathendl hinausbringen und des Doktors Ältester begleitete sie und fraß dabei alle mitgebratenen Hendlmägen auf. Da sie aber auch der Lieblingsbissen vom Doktor selbst waren, fragte dieser natürlich gleich danach. Da erzählte ihm sein kleiner Sohn ganz ernsthaft: *Papa, gell komisch, die Hendl haben diesmal gar keine Mägen gehabt!*

Im Herbst kam das Krenweibl aus der Bamberger Gegend, mit steifem, blauen Faltenrock und Spenzer, den Quersack voller Gewürzbeutelchen über der Schulter, den Henkelkorb voll Kren am Arm. Im strengen Kopftuch mit meist hartem, wetterbraunem Bauerngesicht und voll Kräuterduft, war sie den Kindern eine Figur aus einer anderen Welt. Der vorbereitete Sandhaufen im Keller und die Gewürzbüchsen waren nun wieder wohlversorgt und Adelheid war's zufrieden, denn das Würzen war ihre Freude und ihre Kunst.

Im Keller stand auch das Rotweinfaß aus Niederösterreich und der selbstangesetzte Johannisbeerwein und der große Rumtopf. Hinterm Ofen reifte ein duftender Orangenlikör neben einem handfesten Nußschnaps, und Quittenpasten gab es das ganze Jahr über, ebenso gebähten Aniszwieback in Dosen und dicken Waldhonig in Steintöpfen, und im Keller standen auch noch das Sauerkraut und das Rübenkraut zur Ente und zu den Rebhühnern.

Die Speisekammer war ›Der Doktorin sei Apotheken‹. Man konnte sie durch ein Gitter im Erdgeschoß der weiten Bogengänge am Stadtplatz betrachten, wenn man die Nase platt ans Fenster drückte. Das war aber keine sachliche Vorratskammer, sondern eine farbenfrohe Speisengalerie: Immer abwechselnd ein hohes Glas voll grüner Erbsen und ein niederes mit roten Kirschen standen im Regal. Zwischen den Pasteten konnte man gelbe Mirabellen, rotes Himbeermark für das Eis, schwarze Nüsse in Sirup neben weißen Birnenschnitzen und hellem Apfelgelee beim Orangenjam sehen. Ja, es war eine wahre Augenweide, mehr eine kulinarische Spielerei der Doktorin als eine nüchterne ›Speis‹.

Adelheids Saucen und Suppen waren weitbekannt, ihre Torten ein Gedicht. Sie wußte flaumig duftige Soufflées, ein saftiges Kletzenbrot, dickes Hetschbetsch (Hagebuttenmark), süße Zimtsterne

Storchennester

250-300 g Mehl, 3 Eidotter, 3-4 Eßlöffel süßen Rahm, etwas Salz und 1 Eßlöffel Zucker verknetet man zu einem zarten Nudelteig und walkt kleine handgroße Stücke davon aus. Man macht mit dem Backrädchen 4 Längsschnitte so in die Mitte, daß 5 Streifen entstehen und der Rand unbeschädigt bleibt. Nun nimmt man mit dem Kochlöffel den ersten und den dritten Streifen auf und läßt den Teigfleck von da aus lose in heißes Fett gleiten. Die jetzt aufgewölbten Nester werden goldbraun gebacken und mit Zucker oder Zimt-Zucker überstreut.

181 Die Beherrschung des Hauswesens war für die gutbürgerliche Hausfrau, selbst wenn sie nicht selbst mit Hand anlegen mußte, eine selbstverständliche Fertigkeit, die zu erlernen auch der höheren Tochter nicht erspart blieb. Freilich klafften da Theorie und Praxis oft weit auseinander, und erst der Ehestand vermittelte allmählich im nüchternen Küchenalltag jene Erfahrungen, die der allzu rücksichtsvoll behandelten Haustochter zuvor verschlossen geblieben waren.

und schmelzende Vanillekipferl zu machen. Den ganzen Tag hat sie gerührt, gekocht, abgesiebt, nachgeheizt, abgemessen, probiert und angerichtet. Sie war erfüllt und stolz, geliebt und geehrt. Der Doktor hat auf ihrer Hochzeit getanzt, ihre Kinder zur Welt gebracht und den ihm alljährlich verehrten Geburtstagskuchen mit besonderer Freude genossen.

Ja, so war es einst, und das erzählte die Adelheid aus den alten Zeiten vor dem Ersten Weltkrieg noch wehmütig bis zu ihrem seeligen Abscheiden.

Es gab natürlich auch magere Zeiten, aus denen nur von wenigen Festmählern berichtet wird. Dafür waren sie um so origineller. Man begann, dem Geist vor dem Magen den Vorrang zu überlassen. Dabei wurden die Einladungen des Großbürgertums und beim Adel gern unter ein besonderes Motto gestellt. Neben den schon früher beliebten ›Bauernhochzeiten‹ in hochgestellten Kreisen mit allerlei traditionellen Speisen gab es spezielle Fasanen- und Auerhahn-Essen, den ›Knödelbogen‹ nach der Jagd und auch die vergnügte ›Sechs-Schüssel-Gesellschaft‹, einen Herrenzirkel, der sich ›vernünftige Enthaltsamkeit‹ aufs Banner geschrieben hatte, wobei in Wirklichkeit sechs Schüsseln, also sechs Gänge mit je mehreren Speisen, absolut ausreichten, um mehr als satt zu werden. Man erfand sogenannte Fastenmenüs mit einer Menge von Krebsen und mit schönen Fischplatten, die durch erfindungsreiche Mehlspeisen ›abgerundet‹ wurden. Ein solches Fastendiner von 1835 bestand nur noch aus drei Gängen mit je drei Speisen; aber das war schon ›enthaltsam‹!

Gern wurden auch familiäre Ereignisse gefeiert, um repräsentieren zu können. Besonders beliebt war dabei der Taufschmaus, vor allem, wenn es um den Erstgeborenen ging. Die Münchner Schriftstellerin Helene Raff schildert ebenso hübsch wie der Chronist Regnet, wie üppig es in den bayrischen Bürgerhäusern des 19. Jahrhunderts zuging, obwohl über allem noch eine gewisse biedermeierliche Sparsamkeit hing. Es gehörte zur Tradition bei diesem ›Kindbettessen‹, den Herrn Pfarrer, die Paten, die Hebamme, vielleicht auch den Herrn Doktor und die nächsten Verwandten einzuladen. Dabei gab es ein ›Trisinet‹, auch Triet oder sogar Drisineth genanntes Kindbett-Brot aus besonders weißem Feinmehl, gebähte Semmeln, Striezeln oder Zelten und später, besonders in den Städten, ein ›Schneeballen‹ genanntes Schmalzgebäck, ferner Käse, Früchte, Konfekt und Wein, also kein eigentliches Festmahl mit Fleisch, wohl aber oft gebackene Leberknödel. Überdies wurden die Gäste mit reichlichen ›Bescheidessen‹ zum Mitheimnehmen traktiert.

Käse mußte dabei sein, damit der Sohn später einmal einen schönen Bartwuchs bekam. Man ersieht daraus, wie sich speziell

Triet, Trisinet

auch Drisineth ist eine altbairische Speise, ein feiner Hefeteig für Wöchnerinnen. Man hat ihnen ein besonderes Kindbettbrot, eigentlich nur einen guten Hefeteig oder einen Striezel, gebietsweise auch Zelten genannt, gebacken. Oft durften es auch gebähte Semmeln sein. Dazu reichte man einen Malvasier, einen heute vergessenen Südwein, der noch mit Zucker, Pommeranzensaft und Gewürzen verstärkt wurde. Täglich hat dann die Kindbetterin eine Gebäckschnitte hineingetaucht und sich daran delektiert.

Das Rezept:

An 500 g Mehl gibt man 30 g aufgelöste Hefe, 4 Eier, 200 g weiche Butter, Salz, 1-2 Eßlöffel Zucker, Safran, etwas Koriander und Vanillinzucker. Der sehr gut geschlagene, goldgelbe Teig wird zu einem dreiteiligen Zopf geflochten oder, wenn er etwas weicher ist, in eine große, feuerfeste oder Gugelhupfform gefüllt und nach dem Gehen bei Mittelhitze goldgelb gebacken.

bei Eßgewohnheiten ältester Aberglaube mit moderner Aufgeklärtheit verband. Magensitten, wenn man so sagen kann, sind halt doch stärker verankert als neues Wissen.

Etwas später, regional verschieden, neun oder auch fünf Tage nach der Taufe fand das ›Weisat‹ oder ›Weiset‹ statt. Auch hier lud man nicht zu einem kompletten Essen ein, sondern bot nur Kaffee mit Kuchen an, und die Kindsmutter ließ sich nach altem Brauch mit weißem Mehl, Kandiszucker, Gugelhupf und Kaffeebohnen, Eiern, Butter und Malvasier beschenken.

Hochzeiten wie Totenmahle sind häufig recht üppig verlaufen, und manchmal mußten sich die Erben sogar in Schulden stürzen, um ja alle Teilnehmer an der ›Leich‹ nobel bewirten zu können.

Dann aber kamen die großen Kriege und Krisen und damit ist der ganze Schatz alter Traditionen in Vergessenheit geraten. Von der guten, altbairischen Küche blieb nicht mehr viel übrig, so daß nur noch Schweinsbraten, Sauerkraut, Knödel und Leberkäs als echt bayrische Spezialitäten angesehen werden.

Beschamell-Äpfel

Geschälte, halbierte Äpfel werden mit etwas Zucker und Wein gargedämpft. Dann bereitet man eine zarte, weiße Butterschwitze, nimmt sie vom Feuer und rührt nacheinander 4-5 Eidotter, die feinabgeriebene Schale von 1 Zitrone, 3 Eßlöffel Zucker und den steifen Eischnee sowie eine Prise Salz hinein. Eine Schicht davon gibt man in eine gebutterte Auflaufform und legt eine Lage Äpfel darauf, die mit Béchamel aufgefüllt werden. Man streut Zukker darüber und läßt den Auflauf 25-30 Minuten goldgelb überbacken. Er muß rasch aufgetragen werden.

Die französisch-bayrische Küche

Im Laufe des 18. und 19. Jahrhunderts wurde der Einfluß der französischen Küche in Bayern sichtbar stärker; es wurde vornehm, französisch zu parlieren und zu kochen. In großen Häusern engagierte man französische Köche und viele Bürgertöchter lernten bei ihnen. Dadurch wimmelt es in alten bayrischen Kochbüchern und handschriftlichen Aufzeichnungen aus dieser Zeit nur so von feinen, fremden Speisen. Sie wurden zwar falsch geschrieben, aber das ist ja gerade das Originelle an den Rezepten. Überdies ist eine reizvolle Beobachtung dabei zu machen, denn diese Rezepte geben interessante Auskunft über die bayrische Mentalität: Bei allem Beeindrucktsein vom Fremden, bei aller Anpassung an die jeweilige Zeitströmung, zeigt sich die tolerante und aufgeschlossene Art des bayrischen Volkes. Man nimmt das Neue, das Ungewöhnliche gerne auf, äfft es aber nicht nur nach, sondern integriert es, so daß eine bayrische ›Eigenheit‹ daraus wird.

Da die Nasallaute unseres Dialektes denen der französischen Sprache sehr ähnlich sind, ist die Einbeziehung des Phonetischen in das eigene Idiom stets leicht gewesen, so daß eine Bajuwarisierung der Küchensprache sehr natürlich und glatt vor sich ging. Man sprach die Namen der Speisen wie gehört aus und man schrieb sie, wie gesprochen, so daß zahlreiche nette Wortgebilde herauskamen. Sie sind nicht mehr französische Nachahmungen, sondern waren eigenständisch bayrische Begriffe geworden und sind daher auch nicht etwa ein Beweis von Unbildung und Naivi-

182 Nicht nur auf der höfischen Menükarte machte sich der Einfluß der französischen Küche geltend, sondern auch auf dem bürgerlichen Speisezettel, wie dieses Münchner Beispiel im typischen Neureuther-Stil aus dem zweiten Drittel des 19. Jahrhunderts belegt.

Hollermus

1 Schüssel voll abgezupfte Holunderbeeren, knapp so viel geschnitzte Birnen und etliche halbierte, entkernte Zwetschgen werden mit dem notwendigen Zucker und Wasser weich gekocht. Man dickt dann das Mus mit wenig angerührtem Stärkemehl ein und schmeckt es mit Zimt oder Vanillinzucker oder Zitronensaft sehr herzhaft ab. Das Mus soll dicklich sein.

Falsche Austern

Ein Kalbshirn wird in Essig-Salzwasser gar gekocht, abgetropft und gereinigt. Man verteilt es in 3-4 gebutterte Muscheln oder feuerfeste Förmchen und gießt eine Käsesauce darüber. Für diese dämpft man etwas Butter und Mehl durch, gießt mit wenig Wasser und Rahm auf und fügt 60 g Rahmkäse oder ein Dreieck vollfetten Schmelzkäse dazu. Man würzt mit Salz, Muskat und Suppenwürze nach. Auf diese gut verrührte Sauce streut man noch etwas Käse; dann überbäckt man die Muscheln im Rohr goldbraun und garniert die Platte mit Petersilie und Zitronenschnitzen.

tät, sondern eben von einer ganz spezifisch bayrischen Kraft, Fremdes aufzunehmen und umzugestalten, so daß es Eigenes wird.

Es ist geradezu herzerquickend in bürgerlich bayrischen Kochbüchern aus dem vorigen Jahrhundert und in alten handschriftlichen Rezeptsammlungen zu lesen. Da findet man eine *Rehnesuppe* (à la reine), eine *Praune Schüsuppe* (Jus: Fleischextrakt), ein *Öpflschelee,* ein *Biflamott* oder *Peflamod,* das *Karminadl* (Karbonade), ein *Gefüll* oder eine *Weiße Fasch* (farciertes Kalbfleisch), eine *Roversoß* (Sauce Robert), ein *Ranguin* (Ramequin), eine *Büree- oder Bürosuppe* (passierte Gemüsesuppe), einen Vorschlag für ein *Deschine* (déjeuner: Frühstück), einen *Gabined-bodin* (Kabinet-Pudding), eine *Fanili Schodo oder Schaado* (Vanille Chaudeau), *Kaafe Pretzen* (Kaffebrezerl), einen *Antivisalat, Hohlerhibben, Hetschibesoße* (Hagebuttensauce), eine *Mogstottelsuppe* (Mocturtelsuppe), *Hohlerbotrid oder Ollerpodrider* (Olla potrida), eine *Blamasch, Blaumantsch oder Plamenser* (blanc manger: eine weiße Sülze), *Roletten* (Rouladen), *Haschi* (hachée), einen *Koban* (Kapaun), *gebratene Phasane, Peschermel oder Beschemehl* (Bechamel), ein *Stafat* (Stufade: Braten), *Schünkenfleck und Nötz-Würst, Milch Straum* (Strauben), eine *Kimsoß* (Kümmelsauce), *Margaronnudeln* oder *geklaubte Nudeln* (5-6 kleinste Hefeteignuderl aneinandergereiht, also *zamklaubt*), *Dugadennudeln, Latuknsalat* mit *Borasch* gewürzt, oder eine *eingebuckte Suppe* (Einlaufsuppe).

Einfache Sachen waren *ordinär* und Gedämpftes wurde *bräsiert*; *Piskotten* sind Biskuits, *Scorzonere* Schwarzwurzeln, und ein *Karifiol* ist ein Blumenkohl. Man hat viel mit *süßen Ram* gekocht, *Schampion* oder *Pilsling* geputzt, Sauerampfer angemacht, *Kugelhopf* oder *Gogelhupf* oder eine *pohlnische Dorten* gebacken, eine *Golli* (starke Kraftbrühe), eine *Wierschisuppe* (Wirsing) oder eine *Sartelensoße* bereitet.

Auch auf ›wälsche‹ Art wurde viel gekocht; ebenso sind ›englandische‹ und ›böheimische‹ Rezepte in die Küche gekommen und liebevoll ins Bayrische übersetzt worden, wie zum Beispiel die *Maggaroner,* die *Bolenta* oder die *Fisigonien,* eine Sorte Sauerkirschen. Es gab auch noch Maulbeeren; man sagte Limonen, Pomeranzen und *Zibeben, Gasch* zu einem Mus, *Hospo* oder *Hudtspudt* zu Hottspot (niederländischer Eintopf), *Kree* zu Meerrettich. *Ein presirter Hammelschlegel* ist gedämpft (braiser) und *Konsumesuppe* ist consomée. Ebenso sagte und schrieb man *Gollasch, Krimideigsuppe* (geriebene Teigsuppe), *Schewerl* (Schöberl) und vieles mehr.

Es ist auch sonst lustig und aufschlußreich, in alten Kochbüchern zu blättern, denn man erfährt daraus, wie unendlich viel Mühe und Zeitaufwand die vielerlei Speisen machten, und wie reichhaltig schon der Gewürzkasten gefüllt war.

183 Zur effektvollen Darstellung der Volkstrachten hat Johann Michael Mettenleiter diese Szene vom Münchner Marienplatz – der zur Zeit, da dieses Aquarell 1810 entstand, noch Schrannenplatz hieß – benützt. Uns interessiert in diesem Zusammenhang besonders das Angebot des Händlerpaars, das dem Publikum neben saftigen Pfirsichen auch Walnüsse offeriert. Diese waren damals nicht nur als Delikatesse geschätzt, sondern galten auch als Schutz vor der Cholera, die München im vorigen Jahrhundert wiederholt heimsuchte.

Das Einkaufen wurde im Laufe der Zeit für die Hausfrauen natürlich immer leichter, denn die Transportmöglichkeiten verbesserten sich, die Bauern und Gärtner sorgten immer mehr für eine verkaufsfähige Ware, und Handel sowie Gewerbe bemühten sich gleichermaßen. Es entstanden immer größere Märkte und Geschäfte, in Bayern ›Läden‹ genannt nach den herablaßbaren Fensterläden, auf denen die Waren vor den Haus feilgeboten wurden.

In seiner ›Stadtgeschichte von München‹ erzählt uns 1796 Joseph Burgholzer, ›beeder Rechte Lizentiat‹, wie vielerlei Einkaufsquellen es gab. Es heißt in seinem ›Wegweiser für Fremde und Reisende‹:

1a Mit der Nahrung geben sich ab und beschäftigen sich, und zwar mit Bereitung der nothwendigen Bretsorten die Churfürstliche Hofpfisterey. 54 bürgerliche Bäcker haben sich sonderheitlicher Freyheiten vom Kaiser Ludwig vom Jahr 1322 zu erfreuen, der diesem Handwerk nächst der Hochbrücke ein eignes Haus erbauen ließ. 17 Müller empfiengen von diesem Kaiser die Freyheit eines eignen Richters, des Hofkastners, außer in Crimminalfällen. 25 Melber, 65 Metzger (schon zünftig im J. 1597), auf 3 Bänken, nämlich der untern nächst dem Raththurm, der obern nächst dem schönen Thurm, und der neuerrichteten vor dem Kostthörl vermög Verordnung vom 20ten Jäner 1793, haben sämmtlich für in der Stadt gegerbte Ochsenhäute gewiße Prämien zu erhollen, und alsdann das Recht, selbe an deßwegen begünstigte ausländische Handelsleute zu verkaufen vermög einer Verordnung vom 30. August 1787:

Ferner: 24 Krautmänner und Essigsieder; 61 Milchmänner.

1b Mit Bereitung der lekerhaften Nahrungsarten geben sich ab 6 Lebzelter (sieh unten Methschenke), 2 Oblatenmacher und 15 Garköche (schon zünftig 1597).

Ferner: 10 Küchelbäcker; 11 Zuckerbäcker; 2 Gewürzmüller; 4 Pastetenbäcker; 2 Gerbensieder [Geren: Hefe].

1c Mit dem Nahrungshandel geben sich ab, und nähren sich 6 Fischer; 10 Obstler; 16 Kornkäufler; 10 Kornmesser; 18 Salzstößler; davon die Salzsender verschieden; 14 Käßkäufler (schon zünftig 1597); 16 Scheibenmacher.

Ferner: 10 Früchthändler; 6 Geflügelhändler; 4 Wildbräthändler; 58 Gärtner, die außer dem sonst gewöhnlichen Kraut ausländische Gemüßarten, Früchten und Blumen pflanzen. Selbst die schöne oder Gartenkultur hat einen neuen Handelszweig eröffnet. Hievon ist Johann Leonhard Dietz Churfürstl. gnädigst privilegirter Saamen- und Blumen-Hoflieferant und Regotiant für alle Arten von Küchengewächsen, Futterkräutern und Blumen. Den Tyrolern ist nur auf 8 Personen der Handel in München gestattet, und zwar nur mit eignem Tyrolerobst, und keinem innländischen.

Kalter Fisch mit Eiersauce

Beliebiger, blau gekochter Fisch, auch Koteletts von Karpfen werden angerichtet. Dann verschlägt man 3-4 Eßlöffel Öl mit 1-2 Eßlöffeln Weinessig, etwas Salz, Zucker, 2 gekochten, gehackten Eiern, 1/2 Eßlöffel feingehackten Kapern und reichlich Kräutchen. Diese rauhe, leicht dickliche Sauce wird über die Fische gegossen. Man garniert mit Petersilie.

184 *Gegenüberliegende Farbtafel:* Bekannt für seine Jovialität und Volksverbundenheit war König Max I. Joseph von Bayern, der es sich nicht nehmen ließ, auf seinen ausgedehnten Wanderungen rings um den Tegernsee – wo er seit 1817 bis zu seinem Tode 1824 regelmäßig die Sommer verbrachte – auch auf Almen einzukehren und dabei selbst ein einfaches Mahl mit Milch, Brot, Butter, Käse und einem Schluck Kirschgeist nicht auszuschlagen. Eines der liebenswürdigsten Zeugnisse für diesen Umgang zwischen Herrscher und Untertan (wie sich auch das aufgeklärte 19. Jahrhundert noch gerne auszudrücken beliebte) ist dieses Gemälde von Lorenzo Quaglio, das 1824 entstanden ist und den König mit seinen Töchtern Sophie und Marie bei der Rast auf einem Bergbauernhof hoch über dem Tegernsee zeigt.

185 Nicht über mangelnden Absatz zu klagen brauchte ein Konfekthändler im 17. und 18. Jahrhundert. Auch damals schon waren breite Schichten vor allem der städtischen Bevölkerung dem Süßen verfallen, das sich auf Märkten und Dulten in allerlei heimischen oder exotischen Formen darbot.

11 Mit der Bereitung des Getränks nähren und beschäftigen sich, und zwar

11a mit der nothwendigen:

52 Bierbräuer (schon zünftig 1597), haben seit dem J. 1782 vom Gasteig gen Haidhausen hin ihre Keller, welche daselbst sowohl rechts als links an der Straße noch immer vermehrt werden; wie auch einzelne vor dem Karls- oder Neuhauserthor. Daselbst wird das zweite oder dritte Märzenloos geschenkt, indem das erste vom Iten May an, oder auch die andern, je nachdem ein Bräuer Gelegenheit hat, in der Stadt verschenkt wird, womit das Bräuhaus zum heil. Geist jederzeit den Anfang macht, und die übrigen Ausschenkungen werden schon vor der Einsud durchs Loos entschieden. Schrems Menterbräu siedet zugleich ein englisches Bier; und bey Hof wird ein sächsisches Bier (Einbock von Einböck in Sachsen genannt), gebräut, das im Sommer bey alten Hof und am Platze von einem Kornmesser verschenkt wird. Nebst diesen wird ein weisses Bier aus Gerste (da jenes aus Waitzen bloß im Churfürstl. weißen Bräuhause gebräut wird) von Titl. Grafen v. Seefeld das sogenannte Seefelderbier gebräut, und um den halben Preis verschenkt.

11b Mit der leckerhaften:

6 Lebzelter wo zugleich Methschenke sind, worunter vorzüglich das Methgärtchen beym Thumberger in der Neuhausergasse Abends besucht

Biersuppe (Warmbier)

Da es einstmals sehr viele häusliche Braustätten gab, jeweils ein ganzes Dorf oder eine Dorfgemeinschaft das Recht zum Brauen hatte, wurde natürlich das Bier nicht nur getrunken, sondern auch von der tüchtigen Hausfrau verkocht. Sie hat es aufsprudeln lassen, abgeschäumt und dann mit einigen zerklopften Eiern und einer Prise Zucker glatt geschlagen. Zuletzt kommt noch etwas Milch dazu. Die Suppe wird mit gerösteten Semmelwürfelchen angerichtet. Sie ist oft Frühstück, Willkomm für Gäste, Menübeginn oder Abendessen.

wird; 19 Brantweiner; 5 Kaffeesieder bürgerliche; 53 Hofschützler; 3 Chokolatmacher.

II c Mit dem Getränkehandel nähren sich:

26 Weinwirthe, wovon die vornehmsten sind in der Kaufingergasse zum schwarzen Adler bey Huber, wobey sich der kaiserliche Reichsposstall befindet; zum deutschen Ritter bey Schrobenhauser; zum goldenen Kreutz bey Streicher; zur blauen Traube bey Märkl; – in der Schwäbingergasse zum goldenen Hirsch bey Stürtzer; zum goldenen Hahn bey Franz Albert; – am Paradeplatz zum goldenen Bären bey Hagner; zur goldenen Ente bey Teufelhart im Fingergäßchen; im Tal zum weißen Rößl bey Schlicker; zum schwarzen Bären bey Lunglmaier; zur goldenen Sonne bey Bögner; – in der Neuhausergasse zum goldenen Storchen bey Bauhof; – im Krotenthal zum weißen Lamm bey Döbstel; – in der Löwengrube zum baierischen Hofe; – in der Burggasse zum goldenen Stern bey Dellerer; – auf dem Platze die Trinkstube bey Farnbacher; – Am Färbergraben eine Baierwein-Schencke.

Ferner beschäftigen und nähren sich mit dem Getränkhandel 180 Bierwirthe oder sogenannte Zäpfler und Trakteurs in und außer der Stadt, ehmal blos Wirthe (schon zünftig 1597); 5 Bierführer, 6 Spetzereyhändler.

Auch der Viktualienmarkt wuchs und bot Obst und Gemüse, Kräutl und Samen, Fische und Geflügel, Blumen und Kränze an. Im übrigen kamen die Bauern mit Milch und Butter, Kraut und Äpfeln, Brennholz und Honig in die Städte, denn die Bauernhöfe lagen ja schon unmittelbar vor den Stadtmauern. Im Herbst zogen die Bamberger Krenweiber im Land umher und versorgten die Hausfrauen mit Meerrettich und Gewürzen. Berühmt waren auch der Straubinger Kräutlmarkt, der Spanferkel- und Radimarkt in

Fischsalat

500-700 g Fischreste zerpflückt man in kleine Stückchen, entfernt dabei alle Gräten und bereitet mit reichlich Olivenöl, Essig, einer Prise Salz und ein wenig weißem Pfeffer, nach Belieben auch mit etwas Curry und Petersilie einen Salat, an den man noch geriebene Zwiebeln oder viel Schnittlauch, etliche kleingehackte Essiggurken und 4-6 ausgelöste und kleingehackte Sardellenfilets gibt. Er wird mit Eischeiben und Radieschen angerichtet.

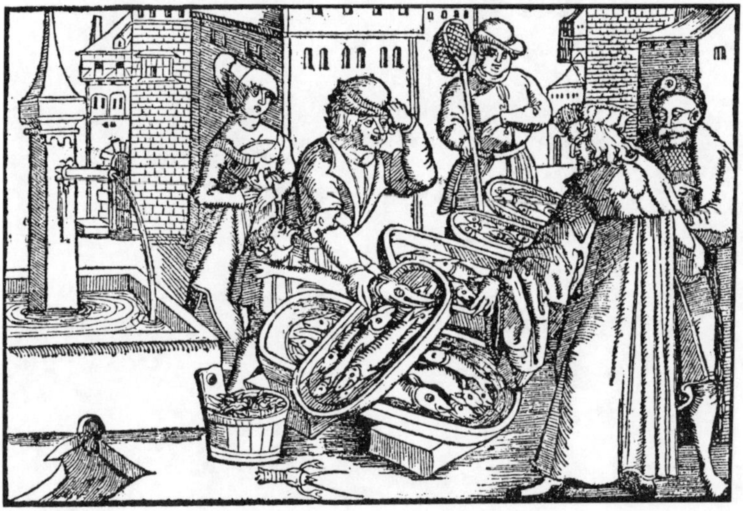

186 Nicht ungewöhnlich war, daß sich die Künstler ihre Anregungen direkt vom Ort des Geschehens holten wie der Formschneider Hans Frank zu seinem Holzschnitt von 1516 auf dem Augsburger Fischmarkt; eher mag verblüffen, daß sich auch vornehme Herren einst nicht scheuten, mit Kennerschaft und Marktüberblick aus dem reichen Fang, den Wertach, Lech und andere Gewässer hergaben, das Beste auszuwählen.

Regensburg, der Bamberger Gemüsemarkt und vieles andere mehr.

Im Adreßbuch von München aus dem Jahr 1884 ist noch eine ›Elisabeth Braun, Inhaberin einer Knödel- und Kronfleischküche, Bayerstraß 103‹ verzeichnet. Es gab also damals schon solche Spezialitäten-Lokale.

Welche große Bedeutung das Essen auch im Stadtleben hatte, beweisen zahllose Straßennamen, Winkel und Plätze. Gerade München hat, wie im Adreßbuch vom Jahr 1880 zu lesen ist, diesbezüglich schon immer eine recht nahrhafte Hinwendung. Da finden wir neben dem Viktualien- und Rindermarkt die Fleischbank- und Viehhofstraße, den Oberkaiblweg und den Schlachthofplatz und als weitere ›Viechereien‹ die Kühbach-, Hasen- und Rindsmaul-, die Lämmer- und Taubenstraße, den Gänsebühl und den Fasanengarten. Eine Salz-, Salpeter-, Milch- und Pfeffer-, Wurzer- und Kletzenstraße sowie der Weinbierlhof und die Gewürzmühlstraße beweisen die ›Geschleckigkeit‹ der Bewohner. Und daß sie Durst hatten, sagen die Wein- und Weinbauer-, die Hopfen-, die Maderbräu-, Propstbräu- und Brauhausstraße aus.

Auch Handwerksbezeichnungen gaben den Straßen Namen, wie Bäcker- und Pfister-, Küchelbäcker-, Müller-, Metzger-, Fischer-, Fleischer-, Wirth-, Westermühl-, Dreimühlen- und Krämerstraße. Rumford wurde ob seiner Volkssuppe mit einer Straße geehrt (und nicht als verdienstvoller Politiker!), und in der Kohl- wie in der Gärtnerstraße oder im Kriechbaumhof gab es gleichfalls Eßbares (Kriecherl sind kleine, runde Zwetschgen).

187 Eine liebenswerte Errungenschaft des Biedermeier war das Picknick. Zwar hatte das Rokoko schon gerne im Freien getafelt, wie unsere Bilder 148 und 173 auf Seite 144 und 181 beweisen, doch im Vollgefühl des romantischen Naturbewußtseins wurde das Essen auf der Landpartie zum genüßlichen Selbstzweck, ja – wie etwa der berühmte Mai-Ausflug der Münchner Künstler – zum gesellschaftlichen Ereignis stilisiert. Wie frei von Konventionen und ungezwungen es dabei herging, hat Carl Spitzweg um 1852 in einem Bild voller Stimmung und Atmosphäre überliefert.

Und wie stets, wenn die Städte größer geworden sind, drängt es die Bewohner hinaus ins Grüne. Wer nicht das Glück hatte, einen Garten hinterm Haus zu haben, der nahm gern Kind und Kegel an die Hand und wanderte vor die Tore, in die Bier- und Kaffeegärten, wo geschäftstüchtige Wirte alles boten, was den pflastermüden Bürger anziehen konnte. Wie Rahmen um schöne Bilder haben daher die Städte ringsum im Land ihre Ausflugsstätten aufgebaut. Schon im späten Mittelalter gab's draußen an der Isar eine große Wiese, ›Alleluja‹ genannt, die für Spiele und Feste für die Münchner vorgesehen war, damit sie ihre ›Rennats‹ und Wettspiele, ihre Picknicks und andere Schauvergnügen abhalten konnten. Natürlich gab's genug Buden und Standeln, Kaffegärten und Bierzapfstellen, Metausschänke und Kinderhutschen, um Leib und Seele zu befriedigen. Später hat ja München das Oktoberfest ›geschenkt‹ bekommen. Man war immer festesfreudig und insbesondere die Künstler verstanden es, je nach ihrer Kasse, großartige oder originell-schlichte grüne Einladungen auf Wiesen oder in Lauben, in Gartensälen oder Salettln zu arrangieren, von denen launige Chroniken noch so viel zu vermelden haben. Erwähnt

188 Zum größten Volksfest der Welt ist inzwischen geworden, was 1810 mit einem geradezu ländlichen Pferderennen auf der Theresienwiese begonnen hat: das Münchner Oktoberfest. Anlaß dazu war die Hochzeit des späteren Königs Ludwig I., mit Prinzessin Therese von Sachsen-Hildburghausen. Ein Jahr später bereits gab es zusätzlich eine Viehprämierung und 1812 kam das ›Zentrallandwirtschaftsfest‹ dazu. Diese Verbindung von Volksbelustigung und Volksaufklärung entsprach sichtlich den Intentionen des Königs Max I. Joseph. Er ließ es sich auch nie entgehen, der Preisverteilung für hervorragende Leistungen der Viehzüchter höchstpersönlich (im Bild in der Mitte unter dem Festzelt) beizuwohnen, wie es Albrecht Adam in dieser Lithographie von 1824 dokumentiert hat.

189 Die vielen Künstler, denen München im 19. Jahrhundert zum Mekka geworden war, beeinflußten deutlich auch das kulinarische Ambiente der Stadt, wenn sie immer wieder ihre Kunst in den Dienst der Gastronomie und Gastfreundschaft stellten. Unzählige meisterhaft gestaltete und in den öffentlichen Sammlungen verwahrte Plakate, Speisekarten (siehe besonders die Bildbeilage 191 auf Seite 209–212) oder Tischkarten – wie hier aus der sensiblen Feder von Max Slevogt – sind dessen beredter Ausdruck.

Tischkarte, Federzeichnung

sind der Graf Pocci ebenso wie Lenbach mit den schönen Renaissancebrunnen im Garten, die Gebrüder Seidl in ihrem Murnauer Haus wie Graf Moy, der Einladungen in seinem Park an der Rückseite der Bayerischen Staatsbibliothek gab. Es ist viel gefeiert, getrunken und gegessen worden in und um München; am Chinesischen Turm im Englischen Garten, in der Menterschweige, am Nockherberg, im Glasgarten beim Neudecker und im Augarten.

Man hat Künstlerfeste mit lebenden Bildern, Maskeraden und Umzügen, Bauernhochzeiten und Floßpartien, Kammermusik und Tanz, fröhlichem Unsinn und Witz, aber auch mit Geist veranstaltet. Es gab, angefangen vom Bockbier mit Bretzen und Würsteln, über Weißwurst bis zum üppigen kalten Buffet alles, was möglich war. Neben der entsprechenden ›Gaumenletze‹ haben sich Gott sei Dank noch Humor und Gemütlichkeit, Originalität und bayrisches Behagen erhalten.

190 *Gegenüberliegende Seite:* Daß man die Münchner Weißwurst auf landesübliche Weise mit den Fingern ißt – und dies sogar noch mit Würde und Eleganz tun kann –, beweist der Herr im Zylinder in dieser zauberhaften Milieuschilderung aus dem Münchner Bockkeller, die Franz Xaver Nachtmann mit feiner Beobachtungsgabe und subtiler Malkunst 1829 geschaffen hat.

Ein Gebet lang

Man muß oft staunen, wie sich Hausfrauen ohne den Komfort von heute so gut zurecht fanden. Sie hatten mehr Geduld, mehr Humor, mehr Seelenfrieden. Und Ideen! Während wir selbstverständlich auf die Armbanduhr sehen, um die Zeit zu messen, mußten unsere Urgroßmütter die Sanduhr benützen, sobald es auf kürzere Back- oder Kochzeiten ankam, denn die Wanduhr war weniger genau oder oft gar nicht vorhanden. Da halfen sie sich selbst, indem sie ihre Frömmigkeit walten ließen und sie zur Backuhr machten. Die Erfahrung lehrte sie bald, daß ein ›Gegrüßt seist Du Maria‹ die Eier weich, ein ›Glaube an Gott‹ sie hart kochen ließ. Rosenkränze taugten zum Backen und ein ›Vaterunser‹ zum Aufkochen der Spätzle. Da konnte man also nicht nur die Zeit messen, sondern zugleich seine tägliche Gebetsaufgabe erfüllen. Wie praktisch!

Brotzeitln, Maren, Kolatzen

Da Brotzeit im weiß-blauen Land angeblich die schönste Zeit ist, soll ihr hier eigens ein Kapitel eingeräumt sein, obwohl man bei der Brotzeit nicht von Tafeln sprechen kann, ist sie doch eine echt bayrische Gaumenletze mit speziellem Gepräge.

Sie ist nicht an die Uhr gebunden; sie kann ebensogut vormittags wie zur Kaffeezeit stattfinden oder als Dämmerschoppen das Abendessen einleiten, auch gibt es keine nur für die Brotzeit bestimmte Speisen, es kann Warmes oder, wie zumeist, Kaltes gegessen und Bier oder Wein getrunken werden. Gemütlich ist sie auf jeden Fall, ob auf dem Baugerüst, wenn das Wurstpackerl in der Mütze liegt, im Bierkeller, in der Werkstätte oder, vornehmer, im Restaurant. Ob nun ein warmer Leberkäs oder ein schwarzer Preßsack mit frischen Bretzen Leib und Seele stärkt, ob saftige Weißwürst mit süßem Senf oder ein saures Nierndl mit G'röste diese Aufgabe übernimmt, ist ebenso ein Stückchen Weltanschauung wie eine Frage des Geldbeutels. Jedenfalls wird hier der bayrischen Frischwurst mit Inbrunst gehuldigt, was aus einer kleinen Wirtshausanekdote gut hervorgeht. *Ein behäbiger ›Mo‹ sticht eine saftige ›Leoner‹ an, bespritzt dabei im hohen Strahl seine nordische Nachbarin und sagt unschuldig: ›Gell, des ist vielleicht a Wurscht!‹* Einstmals war Bayern besonders bekannt für gute Brüh- und Koch-, also Frischwürste, während sich die Metzger über der Mainlinie auf gute Dauerware besser verstehen.

Wenn's keine Wurst gibt, dann tut's ein krachender frischer Radi, einer aus der Weichser Gegend, für die es in Regensburg

191 Farbenprächtig, einfallsreich, geschmackvoll und dabei auch noch volkstümlich waren die Speisekarten, die sich die Münchner renommierten Brauereien, Hotels und Gasthöfe von den Künstlern um die Jahrhundertwende entwerfen ließen. Was damals durch diese enge Verbindung von Kunst, Kulinarik und Kommerz entstand war eine unwahrscheinlich reiche und anspruchsvolle Kultur auf diesem Gebiet der Gebrauchsgraphik, für die mit dieser Speisekarte des Mathäser-Bräus von Josef Futterer 1906 eines der schönsten und prägnantesten Beispiele vorgestellt sein soll. Vor wehmutsvollen Gefühlen über die märchenhaften Preise muß allerdings gewarnt werden: Der Durchschnittsverdienst eines Hilfsarbeiters lag im Jahr der Auszeichnung dieser Karte bei 90 Mark, der eines Metallarbeiters bei 110 und jener eines Pflasterers bei 150 Mark.

Speisen-Karte
MB
MB
Mathäser-Bräu
München
Pächter: B. Rechthaler.

Ausgabe der Frühstücks-Karte 8 Uhr

Matjeshäring m. Butter & Kartoffel 50 ₰!

Suppen

	₰
Eine Tasse Bouillon 10, mit Ei	20
Brodsuppe 10, „ „	20
Nudelsuppe	10
„ mit Huhn	70
Champignon-Suppe	10

Fische

	₰
Forelle blau m. Butter & Kartoffel n. 2-3 Mk!	
Karpfen gebacken	90
Karpfen blau m. Butter & Kartoffel	90
Karpfen, maitre d'hôtel	1.20
Schellfisch lyonaise	60
Schellfisch m. Butter & Kartoffel	60
Seezunge gebacken S^ce^ tartare	90

Tafel-Solo-Krebse je 50 ₰!

Ochsenfleisch

	₰
Roastbeef 80, garnirt	110
Rostbraten	80
Rumpsteak	80
Entre-côte	100
Lendenschnitten	90
Zwiebelfleisch	80
Châteaubriand (Zwei Personen)	250
Rindsbraten u. Maccaroni	80
Boeuf à la mode u. Knödl	80
Saftstück garniert	80

	₰
Beefsteak vom Filet	100
„ mit Ei	110
„ mit Sardellenbutter	110
Maschinenbeefsteak	120
Filet sauté in Madeira	100
„ „ mit Champignons	120
Filetschnitten	110
Sauerbraten u. Nudl	80
Rosenspitz gedämpft u. Kartoffl	80
Burgunderbraten u. Reis	80

Beefsteak Nelson 1.40; Rumpsteak figaro 1.30!

Wild

	₰
Hirschragout u. Knödl	70
Hirschschulter u. Kartoffl	80

Wildgeflügel

	₰
1/2 junges Rebhuhn m. Kraut	80
Rebhühnerragout m. Pastetchen	90

Kalbfleisch

	₰
Kotelette naturell	70
„ gebacken	70
Pariser Kotelette	100
Kalbssteak mit Ei	90
Kalbskopf en tortue	80
Kalbshaxe gebacken, sauer oder abgebräunt von	80-1.20
1/2 Kalbskopf gebacken	70
dto. gesotten od. abgebräunt	70
Mocturtle Ragout	80

	₰
Wienerschnitzel	70
Rahmschnitzel	70
Jägerschnitzel	70
Paprikaschnitzel	70
Mathäser-Blanquette	120
Cotelette au four	1.00
Kaiser Schnitzel	1.00
Kalbssteak à la russe	1.20
Kalbsstück garniert	90
Kalbskopf française	80

SCHOPPENWEINE:
Weisswein 40 Pf., Rotwein 40 Pf.

Abend-Spe

Donnerstag, d

Tages-

Roastbe
Roastbe
Ochsenfleisch m.
Ochsenherz
Kron gesott
Kron gedünste
frische Steinpilz
Saftlende mit
Forelle blau m. But
Kalbsvögerl
Fricandeau
Rahmschlegel
Nierenroulade in
Papricabr
Kalbscarrée Sauce
Kalbsrippel gedü
Ochsenzunge in
Nierenbr
Brustbra
Schlegelbra
Brüstbra
Gratbrat
Schweinsbra
Schweinfle
Wiener Bra
Saueres Kal
Kalbsscha
Pickelstei
Bries m. Cham
Hirn à la
Leber gebac
Kalbs-Nieren
„ – Züngerl
„ – Herz

Kalte Speise

Schweinssulz 30 ₰! Schweinsschäufel 60 ₰!

meinte, Bayern hätte heute die größte Brotauswahl. Dazu kommen nämlich noch die zeitlich und regional verschiedenen Gebildbrote, die zu Lichtmeß und Ostern, als Fastengebäck und zur Ernte, zu Michaeli, zu Allerseelen und zu Advent gebacken werden. Spend- und Armenbrote, Festgebäcke, weinbeerlgespickte Wöchnerinnenlaibe und andere weiße Wecken ergänzen noch die Sorten.

Man hat es Jungvermählten, der jungen Mutter als Feinbrot zum Kindbett, den Verstorbenen an Allerseelen, als Schulbrot, als Patengabe, als Festkuchen, als Erntedank, als Mitbringsel, als Fastenbrezel verwendet; man hat es ungesäuert als Oblate und Waffel, mit Hefe, Backpulver oder Sauerteig gelockert, mit Früchten, Zucker, Eiern, Fett und Gewürzen bis hin zur Torte verfeinert. Es begleitet den Menschen vom Weißbrotbrei des Kleinkindes bis zur verteilten Semmel beim Leichenmahl. Brot war und ist daher heilig; es wird mit einem christlichen Modelspruch gestempelt und beim Anschneiden mit dem Kreuzeszeichen gesegnet. Man bringt ein Stück zur Osterweihe, und man ließ in München während der Rauhnächte Rauchwecken mit besonderer Schutzkraft backen.

Brot ist oder jedenfalls war ganz dem sozialen Gefälle angepaßt. So war Weizenbrot Herrenbrot, Haferbrot Gesindebrot, Roggenbrot Bauernbrot. Den Armen kamen einfache Spendwecken oder Gottslaibl zu, den Kranken leichtes Weißgebäck. Jeder hatte in

193 *Gegenüberliegende Seite:* Dieses biedermeierliche Idyll soll kein Beweis sein für die Belesenheit und den Bildungsdrang der Altmünchner Bäckermädchen, sondern die Vielfalt der Brotformen belegen, die es im übrigen heute noch weitgehend gibt und von denen der Maler Friedrich Wilhelm Schoen um 1835 noch nicht einmal alle historisch verbürgten oder in alten Aufzeichnungen (wie im Bild 196 auf Seite 217) überlieferten Arten hier vorgeführt hat.

194 Eine beliebte Ausflugstätte des Münchners im 19. Jahrhundert war der auch heute noch geschätzte Hirschgarten in Nymphenburg, dessen Wirtshausküche übrigens Karl Friedrich von Rumohr als erfreuliches Beispiel von Reinlichkeit gepriesen hat. Das namengebende Tiergehege ergötzt wie eh und je die Besucher, wenngleich Vorfälle der hier geschilderten Art – die 1856, als diese Zeichnung in den ›Fliegenden Blättern‹ erschien, an der Tagesordnung gewesen sein müssen – inzwischen unterbunden sind.

195

Die Kunst,
Brod
aus
Erdäpfeln
zu backen
ohne Vermischung
mit irgend einem Getraidemehl,
zum Behuf der Bürger und Landleute bey theuren Zeiten,
aus dem Französischen
des Herrn Parmentier
übersetzt.

Augsburg,
bey Albert Friedrich Bartholomäi.
1779.

317

Das II. Capitel.
Vom Weissen=Waitzen=Kern=oder Dinckel=Brod.

Es ist fast keine Herrschafft zu finden / allwo nicht eine besondere Art Brod gebachen wird / welche in denen benachbarten Orten nicht zu haben / und möchte man solchen so vielfältigen Unterscheid deß Brodes nicht unfüglich in viererley Sorten eintheilen / nemlich (1) in Korn= oder Roggen=Brod / (2) Weisses=Weitzen=Kern=oder Dinckel=Brod / (3) Milch=Brod / und (4) Eyer=Brod: In Nürnberg zählen wir 24erley Arten solches Brodes; nemlich von

Rocken=Brod.
1. Die Grobe Rattung.
2. Klare Rattung.
3. so genante Kipfe.

Weissen=Brod.
1. Zeil=Semmel.
2. Ort=Semmel.
3. Hochzeit=Laiblein.
4. Kimmel=Laiblein.
5. Wecke.
6. Spulen oder Spul=Wecke.
7. Fasten=Bretzeln.

Milch=Brod.
1. Milch=Laiblein.
2. = = Bretzeln.
3. = = Wecke.
4. = = Lößlein.

Eyer=Brod.
1. Eyer=Ringe / gemeine.
2. = = = = überstrichene.
3. = = Bretzeln gemeine.
4. = = = = überstrichene.
5. Spitz=wecken gemeine.
6. = = = überstrichene.
7. Eyer=Wecke.
8. = = Kuchen.
9. Speck=Kuchen.
10. Gogel h[illegible]en.

Rr 3 Alle

196

195 *Gegenüberliegende Seite:* Daß auch eine einfache Brotzeit, in passender Umgebung genossen, ihren Hautgoût haben kann, glaubt man diesen adretten Münchnerinnen, am Chinesischen Turm im Münchner Englischen Garten, die Carl Engel um 1830 gemalt hat, aufs Wort.

196 Nicht erst die Notzeiten des Ersten und Zweiten Weltkriegs brachten die Bayern, vorab die auf Sparsamkeit bedachten Schwaben, dazu, ihr täglich Brot auch aus Kartoffeln zu gewinnen, wie dieses 1779 in Augsburg erschienene Büchlein lehrt (links). Es enthält überdies eine recht aufschlußreiche Statistik über die vielen Brotqualitäten und Semmelarten (rechts), die es damals gab.

irgendeiner Form ›sein‹ Brot zu erwarten, und eine Arbeit zu haben, hieß zugleich sein Brot haben.

In Bayern hat z. B. die Semmel noch ihre besondere Bedeutung. Die römische Besatzung war von den ägyptischen Weizenlieferungen her weißes Brot gewöhnt und verwendete dazu simula (Weizen). Da die Bayern auch aufgrund von Bodenbeschaffenheit und Klima bald Weizen anzubauen in der Lage waren, konnten sie sich gleichfalls Weißgebäck leisten und nannten es in Anlehnung an ›simula‹ Semmel. Im Norden Germaniens wuchsen damals lediglich Roggen und Gerste und man kannte daher nur das dunkle Brot. Als dann der Weizen nordwärts wanderte, und kleineres Feinbrot gebacken wurde, wußte man kein eigenes Wort dafür und hat aus dem kleinen Brot einfach Brötchen gemacht.

In München gibt es heute noch eine Hofpfisterei. Sie stammt aus kurfürstlichen Zeiten und war für die Versorgung des Hofes und weiterer Bevölkerungskreise mit Brot verantwortlich. Der Name leitet sich von ›pistor‹ (Bäcker) ab und solche ›Pfistereyen‹ waren auch in Klöstern und Probsteien üblich. Das Charakteristische war eine dazugehörige Mühle, die unabhängig machte und zugleich wirtschaftlich war. Um jeden gewinnsüchtigen Mißbrauch oder eine Monopolstellung zu unterbinden, wurde von der Kurfürstlichen Hofkammer am 29. Januar 1698 eine Bestandsbrief herausgegeben, der bestimmte, daß 1 Mundbrot 12 Loth, 1 Semmel 13 Loth, 1 Herrenbrot 15 Loth und jedes Speis-, Spend- oder Almosenbrot 21 Loth wiegen mußte. Die Vorschriften wurden natürlich jeweils den gegebenen Notwendigkeiten angepaßt, die älteste stammt bereits aus dem Jahr 1579.

Kletzenbrot

Rund 400 g Trockenfrüchte in beliebiger Mischung und zwar Kletzen (Birnen), Zwetschgen, Rosinen, Weinbeeren, Feigen, Aprikosen und Apfelringe oder Datteln werden kleingeschnitten und mit dem Saft von 1 kleinen Zitrone und 3-4 Eßlöffel Rum über Nacht zugedeckt vorgeweicht. Man gibt je 100 g gehackte Haselnüsse und Walnüsse oder Pinienkerne, geriebene Zitronenschale, 100 g Zucker, 1 Päckchen Lebkuchengewürz und die Hälfte von 500 g Brotteig (Bäcker) darunter. Die Masse wird gut verknetet und zu 2 Laiben geformt. Dann hüllt man sie in den Restteig dünn ein und glättet sie mit nasser Hand. Man läßt sie in der Wärme gut gehen und bäckt sie etwa 1 Stunde bei mittlerer Hitze. Noch warm bestreicht man die Laibe mit etwas verdünntem Honig und garniert sie mit geschälten Mandeln.

197 Noch geschäftiger als hier auf diesem Augsburger Holzschnitt mag es in der Hofpfisterei hergegangen sein, wenn außer dem ohnehin schon ungeheueren Bedarf für einen mehrere Hundert zählenden Hofstaat allein fast dreitausend Laib Brot im Monat an bedürftige Studenten verteilt werden mußten.

Von der Hofpfisterey wurden in guten Zeiten auf Geheiß des Kurfürsten monatlich 2826 Laibe unentgeltlich an Studenten ausgeliefert und auch am Josephstag oder am grünen Donnerstag eine bestimmte Anzahl von Spendbroten an Arme verteilt.

Weil Münchner Bäckergesellen einst Kaiser Ludwig den Bayern aus einer Gefahr erretteten, erhielten sie 1323 besondere Privilegien. Zum Dank dafür und in Erinnerung daran wurde einstmals am Platz einer Linde folgender Freibrief ausgehängt:

Kayser Ludwich der treue Höld:
Ein Fürst in Bayern auserwöhlt,
Hat der Bäcken Knecht Bruderschafft
Besteht mit Briefen großer Kraft,
Von wegen ihrer ritterlichen that,
Weil sie kaiserliche Majestät
In einer Schlacht errettet haben,
Thet sie auch mit dem Haus begaben,
Und setzt Inen in Ir Panier,
Den Adler schön in großer Zier,
Man thet in allen Briefen lesen,
Der Bäckenkhnecht seynd fünf gewesen,
So diese Bruederschafft haben auffgericht.
Gott geb allen Bruedern und Schwestern Glick.
Geschehen nach Christi Geburth 1323.

DIE MAREN oder MERENT ist eine Art Brotzeitspaß und ist im Werdenfelser Land und in Mittenwald daheim. Maren ist die bajuwarisierte Form von ›marende‹ aus Italien und ist wohl mit dem Südhandel zu uns gekommen. Sie bedeutet, auf eine kleine Mahlzeit zwischen Mittag und Abend gebeten werden. Es gibt da nur, was die Tageszeit und die Speisekammer bieten, eine kleine Atzung mit Unterhaltung.

DAS KOLATZEN in Niederbayern ist nicht viel anderes. Ebenfalls italienischen Ursprungs (von ›colatio‹, die Frühmahlzeit der Mönche, meist zur Fastenzeit) hat hier die bayrische Mundart verwandelnd gewirkt und hat sogar den Kolatzer geprägt, ein sehr einfaches Kletzen- oder Hutzelbrot, das man im Winter, vor allem in der Vorweihnachtszeit bäckt. Dieser Kolatzer wird beim Kolatzen mehr ›gekiefelt‹ als getafelt, weil er meist trocken und hart ist.

DAS BRENDELN oder DIE SITZWEIL aus dem Bayrischen Wald seien hier noch erwähnt; eine nette Ausdrucksform für eine einfache Einladung. Man sitzt eine Weile beim Nachbarn oder Freund und wird hier einfach bewirtet oder nur mit etwas Trinkbarem bedient. Eigentlich keine Brotzeit, aber doch ein Ausdruck schlichter Gastlichkeit.

Alte Wab'n

In der Kemnather Gegend wird beim Schlachten das Blut gesiebt, gesalzen und frisch über Semmelschnitten gegossen. Man bäckt sie im Rohr gar und kann nach Belieben noch etwas Majoran und geröstete Zwiebelringe darüberstreuen.

Nahezu vergessen ist DIE ROCKAROAS. Gleichfalls eine Form zwanglosen, winterlichen Beisammenseins. Es kommt von Rokkenreise, eine abendliche Zusammenkunft von Frauen, die am Spinnrocken sitzen und Burschen, die von den benachbarten Häusern gekommen sind, sich bei einfachen Zelten und Kletzen zu unterhalten. Die Alten haben Geistergeschichten erzählt, die Zither oder Ziehharmonika hat Stimmung gebracht, und zufrieden watete alles wieder heim durch die tiefe und dunkle Schneenacht.

Für all das galt der altbairische Bergsteigergruß: ›Zeit lassen‹ als Motto. Man hat die wenigen arbeitsfeien Stunden genossen, ist behaglich auf der Bank vor dem Haus oder in kalter Zeit hinter dem Ofen gesessen, hat dem Klang der Abendglocke oder dem Ticken der Wanduhr gelauscht, den Abendtrunk genommen, an die Kinder das Betthupferl verteilt und – war's zufrieden.

198 Mehr als Nahrungs- denn als Genußmittel betrachtet wurde im alten Bayern das Bier, das deshalb mit Recht auf diesem populären Bilderbogen des Rokoko gleichberechtigt neben das tägliche Brot tritt. Und der kurbayerische Staatskanzler Wiguläus Alois Freiherr von Kreittmayr, der es sicher genau wissen mußte, bezeichnete den Gerstensaft gar als »Fünftes Element der Bayern«.

Die Klosterküche

Die klösterliche Küchenkultur ist aus ihren spezifischen Möglichkeiten heraus einen ganz eigenen Weg gegangen. Von Beginn der Klostergründungen an, sozusagen als Basis, gehörte jeweils genügend Landbesitz dazu, um die Lebensfähigkeit dieser frommen Stiftungen auf Dauer zu erhalten. Das gab Sicherheit und ermöglichte nicht zuletzt einen Lebensstandard, von dem wir heute ebenso interessiert wie amüsiert lesen. Klosterbesitzungen, wie Gärten, Äcker, Flüsse und Seen, Wälder, Weingärten und auch viele Hintersassen, Bauernhöfe, ja ganze Dörfer, trugen alle durch Ernten und reale Abgaben, Arbeit (Fron) oder Lehenszins dazu bei, daß die Klosterherren niemals hungern mußten. Wohl schränkten die Fastenzeiten, falls sie wirklich streng eingehalten wurden, das gelegentlich sogar recht fröhliche Wohlleben zeitweise ein wie auch viele Ordensregeln überhaupt ein karges Dasein bestimmten, aber Klöster in guten Landstrichen konnten ihren Insassen doch stets mehr bieten, als sich die von ihr betreute, meist hörige Bevölkerung leisten konnte. Es war ›unterm Krummstab‹ aber trotzdem gut leben.

Die in den oft abgeschiedenen Klöstern lebenden und durch keine persönlichen Sorgen abgelenkten Mönche widmeten sich ganz dem Gebet, der Wissenschaft und der Arbeit. Aus diesem Zusammenschluß, wohl auch aus Lebensdrang, Freude, Interesse und Notwendigkeit, wurde die materielle Versorgung des Konvents zur ernsthaften Aufgabe erhöht und zugleich zur Keimzelle der kulinarischen Forschung und des Fortschrittes für die Allgemeinheit. So waren es zum Beispiel in der Frühzeit ausschließlich die Klöster, die den Acker- und Weinbau, die Viehzucht, den Bienen- und Wurzgarten, das Destillieren von Brantweinen, den Obstbau und nicht zuletzt das Handwerk entwickelten. Dabei ergab sich natürlich wieder eigener Nutzen in Form von vollen Vorratsräumen, mit Fässern und Tonnen, Scheunen und Fischteichen. Man brauchte Kräutchen für die Apotheke, legte also einen Kräutergarten an, wie noch heute der Plan von St. Gallen aus dem 9. Jahrhundert beweist. Man wollte Fische für das große Fasten, Wein für den Meßkelch, Äpfel und Mehl, Linsen und Fleisch, Krautköpfe und Senf, Käse und Eier in der Küche haben und bewältigte diese Aufgabe, mit ihrer Doppelwirkung auf die klö-

199 *Gegenüberliegende Farbtafel:* Einen eindrucksvollen Querschnitt durch die Vielfalt des heimischen Gemüsegartens und Geflügelhofs bietet diese nachbiedermeierliche Szene vom Münchner Viktualienmarkt, die Heinrich Weber um 1860 gemalt hat.

200 A la mode von 1813 gekleidet und begleitet von einer dienstfertigen Hausmagd deckt hier eine Augsburger Hausfrau von Stand ihren Küchenbedarf auf dem Gemüsemarkt. Nicht von ungefähr erregt dabei das bessere Gemüse – ein zarter Blumenkohl – ihre besondere Aufmerksamkeit, und ihre etwas fragende Geste scheint Zweifel in Güte oder Preiswürdigkeit zu setzen. Mit den üppigen Kohlköpfen, die so dominierend auf dem Stand in Erscheinung treten, beschäftigt sie sich erst gar nicht lange; wozu auch: galt doch das Kraut als billiges Nahrungsmittel für die einfachen Kreise, um nicht zu sagen als Armeleute-Essen.

sterlichen Speisekammern wie auch auf die Erforschung neuer Erzeugungsmöglichkeiten, in glücklicher Form.

So entstand aus einem glatten Ablauf des Tagesgeschehens, durch geregelte Arbeit und gutes Essen, mit geistigem Reifen und Erfüllung aller klösterlichen Pflichten, im Rhythmus wie im Wechsel, die abendländische Kultur, die großenteils vom Kunstschaffen, von der Forschung, der Entwicklung und dem Lebensstil der Klöster mitbestimmt wurde. Sie waren auf diese Weise die Keimzelle aller gehobenen Daseinsformen und nicht zuletzt auch Ausgangspunkt unserer heutigen Culinaria. Überdies war in den Klöstern die Gelehrsamkeit zu Hause; viele Mönche konnten schreiben, also nicht nur Nahrung herbeischaffen und verwerten. Hier entstanden auch die ersten Aufzeichnungen von Rezepten und hier wiederum blieben sie erhalten. Durch diese Verkettung glücklicher Umstände ist es uns heute möglich, einen Blick in die frühe europäische und vor allem auch in unsere bayrische Küche zu tun.

Da stets für lange Zeiträume geplant war, kein persönlicher Lebenskampf ausgefochten werden mußte, keine Familiensorgen drückten, konnte sich die Arbeit der Mönche völlig unabhängig auf das Wesentliche, auf die Entwicklung, auf den Vorteil konzentrieren. Die Aufgaben waren zudem geteilt, so daß sich die Praktiker von den Studierenden, die Handwerker von den Betenden unterschieden und sich doch gegenseitig unterstützten. Der Bruder Küchenmeister aber machte täglich allen Freude – soweit die Wirtschaftslage des Klosters, die Jahreszeit oder Ernte, die Fastentage oder sein Können dies ermöglichten.

Es gibt dank eifriger Chronistenarbeit vieler Mönche so manches Zeugnis aus sehr frühen Jahrhunderten, wie sich der Küchenzettel für Alltag und Fastenzeit, für Feiertage, Festmähler und für hohen Besuch gestaltete. Allein die originellen und regional oft recht unterschiedlichen Benennungen der Speisen bieten ein reines Lesevergnügen; sie zeigen zugleich ihr Alter und die sprachlichen Wandlungen auf. Sie dokumentieren auch, was es schon alles gab und mit wieviel Phantasie noch Fehlendes ergänzt wurde. Dem Sprachforscher wie dem Gärtner oder Landwirt, dem Winzer oder Arzt, dem Koch wie dem Historiker sind diese Schriften gleichermaßen interessant wie aufschlußreich.

Besonders ergiebig ist in dieser Beziehung die Handschrift des Klosters Tegernsee aus dem 15./16. Jahrhundert. Sie ist in vier Abteilungen gegliedert, wovon ein Teil eine Art Einschreibkalender ist. Uns interessiert hier sowohl der zweite Teil, die Speiseordnung, als auch der dritte, das eigentliche Kochbüchlein. Der vierte Abschnitt ist ein kleines Fischtraktätlein mit nur 13 Blättern.

Biber-Schwantz (Altes Klosterrezept)

»Biber-Schwantz gesäubert / geschüpt / mit siedendem Wasser und wenig Essig abgebrühet / in bloß Wasser und Saltz lang gesotten / hernach in guten Wein gethan / und mit Zusatz frisch Butter / Zucker / Imber / Pfeffer / Zimmet / Saffran / ungeschehlt zerstoßenen Mandlen / wenig Saltz / sitlich dämpfen lassen. Man mag auch Rosinlin / oder Meer-Trauben darzu thun / oder auch ein wenig Essig.
Oder man dämpft denselben / so er in Wasser abgesotten / in halb Essig / Wasser / frisch Butter / Saltz / Imber / Pfeffer / Muscaten-Blust / ein gut theil Petersilin-Kraut / und Salbey. Oder rüstet selbigen vast zu wie ein Ahl.
Man mag ihn auch in Saffran / und Nägel-Brühlin kochen / und wol saltzen mit Zusatz Essig.«

Molkenzieg (Meikelzieg)

In einem eisernen Topf läßt man reine Molke so lange kochen, bis sie dick und bräunlich wird, wie etwa Kunsthonig. Sie schmeckt süßlich und kann noch mit etwas Zucker verstärkt werden. Man verwendet diese Molkenzieg als Brotaufstrich.

201 Auch im späten Barock und Rokoko schon mußte sich ein Autor einen besonderen Gag einfallen lassen, um sich Aufmerksamkeit zu verschaffen – nicht von ungefähr hat ein strenger Kritiker jene Zeit wegen seiner wuchernden literarischen Produktion abschätzig als das tintenklecksende Jahrhundert bezeichnet – und die Leser mit blumigen Umschweifen, verblüffenden Anspielungen und witzigen Wortspielereien anzulocken. Besonders die geistlichen Traktate nahmen gerne zu Vergleichen aus der Welt der Kulinarik Zuflucht und ließen im Leser das Wasser im Munde zusammenlaufen, selbst wenn sich hinter einem genußversprechenden Etikett nur aufrüttelnde Kirchweihpredigten verbargen. So heißt der vollständige Titel, den der weiland frei resignierte Pfarrer von Pischelsdorf, Johann Prambhofer, 1710 seiner Erbauungslektüre (hier das Frontispiz) voranstellte, im vollen Wortlaut: Angesaltzenes und ungeschmaltzenes Doch wohlgeschmackes Kirchtag-Süppel, bestehend in vierunddreißig köstlichen Speisen und (eben)so viel raren Beschau-Essen, gekocht und vorgestellt denen gefräßigen sterblichen Adamskindern, (um) ewig zu leben.

Gelbe Fasten

Weißbrotscheiben werden rasch in flüssige Butter getaucht und in einer feuerfesten Form im Rohr gelb gebacken. Man gießt eine Mischung aus Milch oder Rahm, 2-3 Eiern, etwas Safran, Zucker, Zitronenschale und Weinbeeren darüber und bäckt den Auflauf gar.

Diese Tegernseer Aufzeichnungen, in bewußt ergiebigem Auszug gebracht, soll für alle Klosterküchen stehen.

Um einen zusammenhängenden Begriff von der Art dieser Aufzeichnungen (zwei Drittel deutsch, ein Drittel lateinisch) zu bieten, sei hier der Anfangstext (nach Anton Birlinger 1865) wiedergegeben.

Fastenspeisen.

Vermerkt das eßen, so man das jar gibt dem Convent in das refectori ze Tegernsee.

I

In adventu Domini.

Dominica ad prandaium: *kässuppen, semelmueß, kraut, pachens vel pisces darauf. – ad cenam: arbaiß oder zizersuppen, pät semel darein. prochen gersten oder epflmueß, pachens darauf.* fer. II: *schmalzsuppen, ymbersupp darauf oder vischsuppen, grießmueß, ganz kochte gersten oder umbaden, kraut cum add., vel pachens. eingeschnitten piren.* fer. III: *kässuppen, semmelmueß, kraut, gersten oder prochen gersten oder pachens,* fer. IV.: *zizersuppen oder milchsuppen, umboden oder epflmueß, kraut oder eßen visch oder bayrisch rueben, pälgt arbaiß oder eingeschnitten pirn.* fer. V.: *kässuppen, semelmueß, kraut, gersten oder paches.* fer. VI.: *arbaiß- oder haubetsuppen, rusch aus ainer mandlmilch oder vischmueß, kraut, einzogen kuegl oder eingeschnitten pirn.* Sabb.: *harifsuppen oder vischsuppen, prein, kraut vel visch im galredel. durchdriben arbaiß oder ketzapiren. item: stock im pfeffer pro pulmento. item: ter in hebdomada datur seniff in* adventu. item: von weihnachten unz auf Estomihi *gibt man piren in monast. regularia.* in 40me *all tag pier auf den tisch, pretzen, seniff, alltag pratten und grüen epfl auf teler.* Sabb. ante Dom. 50me *ayrmueß auf das kraut, geschmalzen prott, 4 schnittl von einem zelten und 4 von eime herrenprot; dazu bedarf man 2 puttern, die 7 hoffpfundt haben. item IIII eßsemel sol man bestellen von dem pecken.* Dominic. 50me: *2 ayr auß den schaln, kässuppen, prenutz semelmueß, münch aus einem süppl. item zu der vasnacht gibt man dem convent raifel [Reinfal, Friauler Wein], ein süpplein von raiffel und seml epfl, piren, käß, hen ...*

Offe: *zwiflsuppen, krautsuppen, ruebensuppen, haubet- oder zisindelsuppen, zizersuppen, arbaßsuppen, feygensuppen, kreussensuppen, visch suppen, mandlsuppen, haniffsuppen, kässuppen, waßersuppen, smalzsuppen, weinsuppen, ayrsuppen, arbaißsuppen, pachen darein, hadersuppen, knödlsuppen, ziserne suppen, milchsuppen, zygersuppen, habersuppen, kitlflecksuppen, krensuppen, zizersuppen, stabsuppen.*

Mueß: *arbaßmueß, gelb oder praun, öpflmueß, feigenmueß, klopierenmueß, reischmueß, weinper oder weinmueß, vischmueß, weichselmueß, weinmueß von semel, gemains semelmueß, anprentz semelmueß, weinmueß von semel und ayren, griesmueß, straubenmueß, gehakts mueß, geschnittens mueß, waytzens, emermueß, krafftmueß, preymueß, gerstenmueß, ganz kochte oder brochngersten, preinmueß, protmueß oder gsellenbrot, holerpluemueß.*

Kraut: *rubenis, gehacktz, eingestoßens, durchdribens kraut, gabassens (kabas), gehakts, zotls, gespaltens, gepaißtes und saures kraut, bayrisch, scherubenkraut, gelb ruebenkraut, grens kraut, pießen von nessel und salat.*

Visch: *siedvisch, pachen visch, pratten visch, tygen visch, gesulzt visch, gefult visch, hechtenvisch, vorhen visch, renken, rötl, salmen, aschen, huechen, rutten, alten (alet), hasl, lauben anpeys, koppen, schleyn, karpfen, präxen, stockvisch, häring, platys, laxen, hausen, chrebsen.*

Pachens (das lest eßen): *einzogen küechl, pfannzelten, hasenörl, krapfen von öpfelfüll, semelstrüezel, pachen pleter, pachen salvan, prannte küechl, gestoßens pachens, gesottens pachens, milchküechl, käskrapfen, effemdt., pachen öffl, geschwembt öpfl, struppf, oblat, gefult semel, maulbers, krenntz, strauben, packen schnittl, guldene schnittl, haubete kiechl, münch, smolznudl, mandelkas ...*

Sauerkraut mit Dörrzwetschgen

Sauerkraut wird wie üblich weich gekocht, wobei man eine gute Handvoll entsteinte Dörrzwetschgen darunter gibt. Man würzt mit etwas Zitronensaft und Zucker, einem Stückchen Butter oder Schweinefett und gibt dieses Kraut zu Schweinsbraten oder gekochtem Schweinefleisch.

Kraut und Rüben

sind Bauern- und Klosterkost, sagt ein alter Spruch. Und tatsächlich findet man so manchen schriftlichen Beweis dafür in alten Klosterkochbüchern und Handschriften, wie etwa im Küchen- und Merkkalender des Klosters Tegernsee. Da heißt es im September »circa illud tempus procurentur novi caules, rappe, scherrüben, hanifsam«, also jetzt ist es etwa Zeit, sich Kraut, Rettiche, Scherrüben (Dotschen) und Hanfsamen zu besorgen. Aus der gleichen Quelle stammen die Einträge für den November: »kauffen guet bairisch rueben pre conventu pei 16 oder 17 metzen«, für den Juli: »die bairischen rueben sol man pauen umb Margarithe, sunst werden sie hendig (bitter)«, für den Oktober: »hackt man das kabas (Weißkraut) und ruebes kraut ein«.

202 Fisch mußte in den Klöstern oft – in manchen Konventen strenger Observanz sogar immer – das von den umfänglichen Fastenvorschriften verpönte Fleisch ersetzen. So wurden Fischhege und Fischfang – im Bild eine Szene von 1729 – von den Mönchen besondere Aufmerksamkeit gewidmet. Die zahlreichen Fischteiche, die der bayerischen Landschaft im Umkreis ehemaliger Klöster heute noch ihren unverwechselbaren Charakter geben, gehen auf diese Küchengepflogenheiten zurück.

Waller in Dillsauce

1-1½ kg Waller oder Wels werden in schöne Stücke zerlegt und in Essigwasser mit Salz und Fischgewürz rasch durchgegart, aber nicht zu weich gekocht. Dann bereitet man aus Butter und Mehl eine kleine weiße Schwitze und gießt sie mit etwas Fischsud und Rahm auf. Man schmeckt sie mit Zitronensaft, reichlich gehacktem Dill sowie Petersilie ab und gibt etwas Weißwein dazu. Der Fisch wird in der Sauce noch einmal kurz erhitzt, aber nicht mehr gekocht. Dazu gibt es Kartoffelbrei oder Salzkartoffeln und Spinat.

Aufschlußreich ist die Vielfalt der Speisen trotz der beschränkten Auswahl an Grundstoffen, dem wenigen Fleisch, dem knappen Weizenmehl und dem völligen Fehlen von Kartoffeln und allen ›modernen‹ Gemüsen. Dafür aber gibt es bereits Importware, wie Mandeln, Weinbeeren und Feigen am Tegernsee. Daß Weißmehlgebäck wie *eßsemel von dem pecken* (vom Bäcker) und Küchel etwas Besonderes waren, geht aus ihrer speziellen Erwähnung hervor. Viel Fische und Wein, auch solcher aus dem Süden (Friaul), viel garteneigene *öpfl* und *piren,* viel *arbeiß* (Erbsen) oder *zizer* (Ziser- oder Kichererbsen), viel *kraut und rueben, käß und ayr, anprents semelmues* (eine Art Semmelschmarrn), *affen- oder effenmundt* (wohl Maultaschen), *payrische rueben, chrebsen und laxen,* sicherlich aus dem Tegernsee, vielerlei *küechl* wie *hasenöhrl, pfannzelten, strüczel, pachen salvan* (gebackener Salbei) und anderes mehr zeigen, was die tüchtigen Männer aus den wenigen Grundelementen zu kochen verstanden und andererseits auch, wie lange sich einzelne Kochgewohnheiten in bayerischen Klöstern erhalten haben.

Noch so manche andere Nachricht in alten Klosterchroniken zeigt, wie geschickt die Küchenbrüder mit dem Gegebenen zu wirtschaften verstanden, und auch, wie klug sie selbst Fasttage gestalten konnten. Wenn nötig, erbaten sie sich Dispens, so etwa im Stift Formbach im Jahre 1505. Da nur Öl zum Kochen, aber kein Fleisch erlaubt, Öl aber nicht zu beschaffen war, so litten die Mönche an Fettmangel. Da erreichten sie auf dem Dispensweg, daß ihnen Schweine von ihren Zehentbauern geliefert wurden, um Fett zu bekommen; das Fleisch selber werden sie wohl kaum verachtet haben.

Im 15. und 16. Jahrhundert spielten die sogenannten Antony-Schweine in Memmingen, Regensburg und anderen Klöstern eine wichtige Rolle. Es waren sozusagen ›privilegierte‹ Schweine, denn sie durften auf Kosten der Gläubigen zum besten der Antoniusklöster und unter Aufsicht eines Antonius-Mönches gemästet werden.

Bekannt ist die nette Geschichte von den verwandelten Fastenspeisen. Wenn nämlich den Klosterherren das fleischlose Essen gar zu eintönig wurde bei so langen Fastenzeiten, dann soll der Abt zu einem Kapaun oder Spanferkel feierlich gesagt haben »baptisto carpem« (ich taufe dich Karpfen), und man konnte sich dann ohne schlechtes Gewissen an solchen Leckerbissen erfreuen.

Die Fastengebote waren im allgemeinen sehr streng. An Tagen mit zwei Mahlzeiten gab es nur jeweils einen Gang, dazu noch etwas Käse. Hohe Feiertage und auch Gäste dagegen wurden durch reichliches Essen, ausgesprochene Fastenbankette, ›geheiligt‹.

Von 1616 bis 1620 ist uns ein Speiseplan erhalten geblieben, der aufzeigt, was die Ingolstädter Jesuiten während ihrer Ferienwochen in den Klöstern Biburg und Münchsenmünster zu essen bekamen. Die Auswahl zeigt sich schon reicher und ›moderner‹ und beruht sichtlich nicht mehr auf altherkömmlicher Kost. Deshalb ist der sogenannte ›Biburger Vancance-Zetel‹ recht aufschlußreich. Er ist sehr lang und daher hier nur in Ausschnitten wiedergegeben. Dabei ist es amüsant, zu lesen, was die einzelnen Tage und die jeweiligen drei Mahlzeiten geboten haben, wobei es auch am Fasttag abends ganz einfach heißt: ›nichts‹. Sonst aber waren es anscheinend vergnüglich-erholsame Sommerwochen, die die Herren genießen konnten. Da lesen wir am *Freutag* von *Airfleckh, Ayrmuß, was an Fisch, gefangen* oder am Samstag unter anderem *Pachfisch, Nudlschnitten, Obs.* Am Sonntag: *Eingemachte Änten, gelbe oder weiße Rueben und anderes, abends Prattens, Gersten [Mehlspeise], kalte Weixl.* Montags: *Ein Fleischdortten von yberblibnen Fleisch, Suppen, Rindfleisch, Zettelkraut, Salatt, Fleisch in der Suppen. Erbiß. Affter Montag* [Dienstag]: *Eingemacht jung Fleisch, Suppen mit Knödel, Rindfleisch, Gebachenes. Abends Erdber Sallat, Prattens, Suppen, May oder Schnee Milch. Ambulatorium [Krankenzimmer], Geuß, Kalbsköpf, Hennen.* So geht es weiter dann mit *Kerschen-Retzel [Kirschenschmarrn] und Wildbretschinken, Kücheln und Kopaunen, gros bayrische Nudl, Wein mit Leckherl, Prattens mit Senf, Mandl- oder Ziweben Dorten, Ayr Pastettl* und mehr. Den ›Patribus‹ wird dabei *Dreyquertl Kandten [3/4 l Kandeln] Wein und noch einen Becher dazu* verabreicht.

Wie sehr das Essen bei aller weltlicher Gaumenfreude letztlich doch als wahre Gottesgabe betrachtet und geehrt wurde, geht aus dem würdigen Rahmen hervor, den man in den Klöstern der Zeremonie des gemeinsamen Mahles verlieh. Zunächst war der Speisesaal (Refektorium) meist als einziger Raum heizbar und bildete neben der Kirche oder Kapelle das Herzstück des Klosters. Hier empfing man Gäste, erhob den Alltag zur Feier und regelte die Einnahme des Essens nach ganz bestimmten Riten. Genau nach Rang, vorbestimmt schon beim Betreten des Raumes, nahmen die Brüder Platz und hielten sich nun, je nach Orden, an die offiziellen Regeln. Das gemeinsame Mahl der Mönche war denn auch mehr als nur die Sättigung des Leibes; es war ein verlängerter Gottesdienst mit Gebet und Erbauung, Versenkung und Genuß. Es schloß mit Gebet und Dank an Gott, der dies alles gab. Und auch der Rahmen, das großangelegte Refektorium im Schmuck von Bild und Stuck, Gold und Schnitzwerk war visueller und jubelnder Dank an den Schöpfer in der Erkenntnis, daß Geist und Seele, Leib und Gemüt einander auch im Eßgenuß ergänzen. Das Essen lief deshalb auch recht zeremoniell ab und war eher ein

Fischotter in Rotwein

Der ausgezogene Fischotter wird in handgroße Stücke geschnitten und mit Salz und Pfeffer eingerieben. Man gibt nun in einen Topf etwas Fett und eine dicke Lage von kleingeschnittenen Zwiebeln, Kräutern und Wurzeln, 1 zerzupftes Lorbeerblatt und etwas Essig. Darin mariniert man den Fischotter, wendet ihn einige Male um und gibt ihn dann mit der gleichen, aber jetzt wieder frischen Garnitur in einen anderen Topf und läßt ihn nun in genügend Butter oder Schweinefett langsam braten. Man wendet ihn einige Male um und gießt 1 Glas roten Wein hinzu. Die Sauce wird mit einer zerzupften Semmelmolle eingedickt und dann durch ein Sieb gegeben. Man läßt sie eine Weile heiß stehen, nimmt das Fett ab und würzt sie mit etwas Zitronensaft und frischer Petersilie nach. Das Otterfleisch wird in eine Ragoutschüssel gegeben und mit der Sauce übergossen.

203 Geachtet ob ihrer einfachen, volksverbundenen Lebensweise, aber sicher nicht immer gerne gesehen waren die Bettelmönche, die gerade angesichts eines gut beschickten Tisches auf ein nicht zu karges Zubrot zu ihrem Lebensunterhalt hoffen durften.

Karpfen in Steinpilzen

Ein gereinigter Karpfen wird in fingerbreite Stücke geschnitten und in wenig verdünntem Weißwein mit Salz, Zwiebelringen und Petersilie gar gedämpft. Man schmort inzwischen etliche aufgeschnittene Steinpilze oder Champignons in Butter an, stäubt wenig Mehl darüber, gießt mit Fischsud und Rahm auf und würzt mit etwas Knoblauch, Petersilie, Salz, Pfeffer und einem Hauch Thymian. Diese Sauce gießt man über den abgetropften und angerichteten Fisch.

D. Jacob Christian Schäffers
natürlich ausgemahlte
Abbildungen
Bayrischer und Pfälzischer
Schwämme,
welche
um Regensburg
wachsen.

Zweyter Band.

Nebst dem Register.

Regensburg, gedruckt bey Heinrich Gottfried Zunkel.
1763

204 Auch evangelische Pastoren leisteten ihren Beitrag zur Ergänzung und Differenzierung des herkömmlichen Speisezettels. So hat der Doktor der Gottesgelahrtheit und Regensburger Superintendent Jakob Christian Schäffer neben den Fischen auch die Pilze seiner Umgebung mit wissenschaftlicher Akribie gesammelt und erforscht. Sein 1762 bis 1774 erstmals und 1780 in dritter Auflage erschienenes großes Pilzwerk ist eine Fundgrube für Schwammerlfreunde und eine Augenweide für den Bibliophilen dazu (siehe auch Bild 205 auf der folgenden Seite).

Theatrum als profane Notwendigkeit mit den festgelegten Fastenzeiten und -speisen, den kirchenfestlichen und jahreszeitbedingten Regeln. Entweder wurde das Mahl von Gebet, Vortrag oder Predigt, von Schweigen oder auch von fröhlichem Umtrunk begleitet.

Von den mönchischen Gebets- und Eßregeln stammen auch einige Benennungen zeitlich festgelegter Mahlzeiten, so der bäuerliche, lang geübte Brauch der ›Vormeß‹ als erste Frühmahlzeit vor der Messe oder die ›Vesper‹ als Zwischenimbiß am Nachmittag, eben nach der Vesper-Andacht. Auch der ›Kolatzer‹, eine sparsame Form von Kletzenbrot als Fastenspeise nach dem klösterlichen ›Colatio‹, einem mageren Frühstück in der Fastenzeit, ist im Bayrischen Wald noch lange bekannt gewesen.

Der Bruder Küchenmeister mühte sich natürlich stets, der Eßfreude oder dem gerade herrschenden Fastengebot, den Ordensregeln oder den gegebenen Möglichkeiten gerecht zu werden. Sehr oft waren die letzteren recht groß, da die eigenen Ställe und Gärten, die Felder, Wälder und Gewässer Fleisch und Fett, Eier und Milch, Gemüse und Kräuter, Wildbret und Fische lieferten. In ihrer zumeist beschaulichen Ruhe suchten die Mönche in der Praxis wie in der Studierstube, in der Werkstätte wie auf dem Feld und im Garten, am Bienenstock wie am Fischweiher ihre Kenntnisse zu erweitern, so daß aus ihren Zellen der Umwelt immer Neues zufloß. Der Bruder Apotheker wie der Bruder Gärtner arbeiteten sowohl als halbe Ärzte wie als Züchter eng zusammen. Für die Krankenstube benötigten sie Teesorten, für die Kirche Blumen, für die Küche Honig und Nüsse, um Konfekt und Lebkuchen bereiten zu können. Sie schufen als Digestivum das ›aqua vitae‹, den feinen Kräuterlikör, ja sogar der Champagner wurde in einem Kloster erfunden.

Auf diese Weise entstanden nicht nur der Medizin wie der Pharmazie sondern natürlich auch der Culinaria, der Kochkunst, wertvolle Grundlagen, von denen wir heute noch sichtbar zehren. Viele gute Fisch- und Backrezepte, Brotsorten und Fastenspeisen stammen aus der Klosterküche, und so manche Rezepte, wie Karthäuserklöße, Kapuzinerknödel, Theatiner- oder Mönchsbrot, Nonnenfürzchen, Klosterfladen oder Klosterlikör erinnern namentlich noch an ihre Entstehung.

Neben den oft strengen Fastengesetzen gab es auch sonst manches klösterliche Verbot. So galten alle damals als Aphrodisiaka gern aufgetischten Speisen, wie Schweinezitzen, Stierhoden, Fetusse von Lamm und Wild, insbesondere Hasen und Kaninchen ob ihrer Fruchtbarkeit als Tabus. Geflügel war nur in der Krankenstube und für alte Fratres erlaubt. Ebenso war man in vielen Klöstern sparsam mit Pfeffer und anderen scharfen Gewürzen,

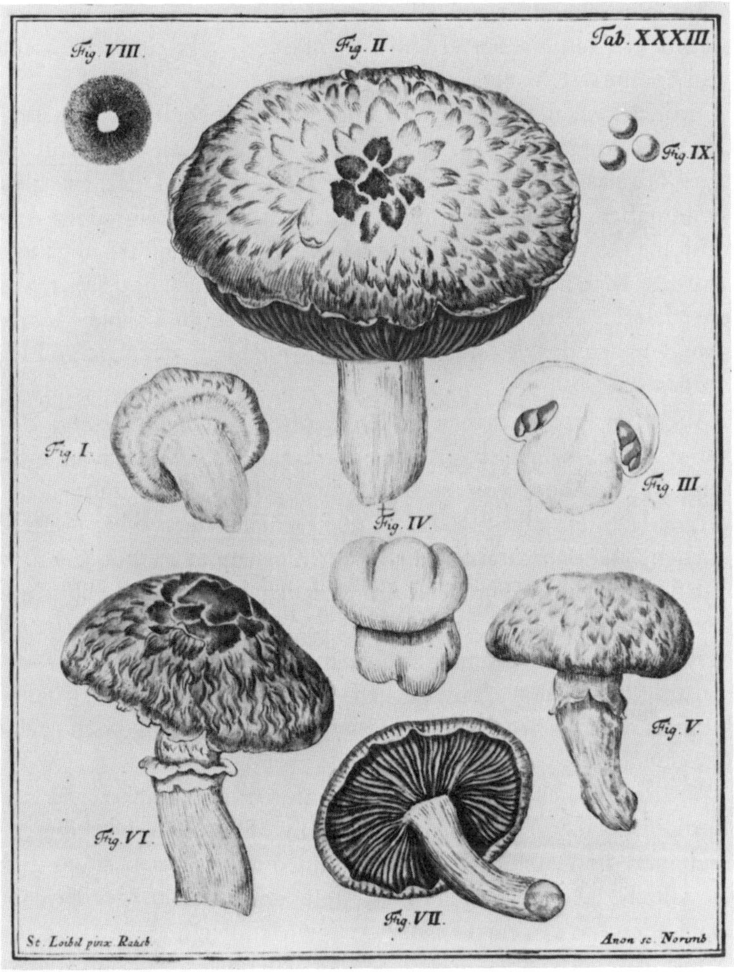

205 Schäffers vierbändiges Sammelwerk (Titelblatt siehe Bild 204) ist ein Musterbeispiel dafür, wie sich Kunst und Kulinarik auf dem neutralen Boden der Wissenschaft begegnen können. Die zahlreichen Kupfertafeln bringen die verschiedenen Pilze nicht nur in botanisch exakter und detaillierter Weise, sondern auch in einem großartigen, von Hand aufgetragenen Kolorit und machten dieses weithin unbekannte Werk zu einem der schönsten Bücher, die im 18. Jahrhundert in Bayern erschienen sind. Hier die einfarbige Wiedergabe des ›Champignon oder Ehegärtel‹ aus dem zweiten Band.

denn sie galten als anregend. Da ja auch lange Zeit sogar Eier, Milch und Käse verboten waren, muß man die Phantasie bewundern mit der einerseits das Gebot eingehalten, andererseits schlau umgangen wurde, um trotz allem zu einem erfreulichen Essen zu kommen.

Um den Mangel an Fleisch wenigstens optisch auszugleichen, haben sich die Pater Küchenmeister bemüht, aus Fisch Braten, aus in Teig gebackenem Krebsragout ein Huhn, aus Reis Würste und aus gerösteten Pfannkuchenstreifchen ein saures Züngerl zu gestalten. Auch die Namen falscher Hase, blindes Huhn, süßer Rehrücken usw. sind so entstanden.

Andererseits hat ›die Welt draußen‹ wieder viel Klosterküche übernommen und so manchen Speisen ihre klerikale Herkunft im Namen angehängt. Da gibt es Kapuziner-Knödel, Pfaffenschnitzel, Theatiner Brot, Karthäuser Nudeln, einen Kardinal oder Bi-

Falscher Hasenbraten

Rohe Kartoffeln werden geschält und in Scheiben geschnitten. Man gibt sie mit viel Zwiebelscheiben, Salz und Pfeffer vermischt in eine gut gefettete Pfanne, gießt etwas Fleischbrühe oder Wasser dazu, deckt zu und dünstet alles zartweich. Zuletzt kann man noch Käse darüberstreuen und ihn im Rohr schmelzen lassen.

Lebkuchen

haben eine alte Tradition. Sie stammen eigentlich aus der Apotheke und galten als kräftigendes Backwerk. In der Anweisung eines medizinischen Pandekten werden sie alten Leuten, in einem anderen Kindern als besonders heilsam empfohlen; man hat sie als Reiseproviant angeboten und zum winterlichen Festgebäck erhoben. Lange bevor es Zucker gab, vermengte man Honig Nüsse, Trockenobst und Gewürze mit Weizen- oder Roggenmehl und formte sie zu Zelten oder Kuchen. Sie galten als ehrendes Geschenk, aufwendige Leckerei und Medizin.

Frucht-Lebkuchen

375 g Zucker und 5 ganze Eier werden sehr gut schaumig gerührt. Man gibt 100 g länglich geschnittene Nüsse oder Mandeln, 50 g gehacktes Zitronat, 25 g gehacktes Orangeat, die Schale einer halben Zitrone, 1 Kaffeelöffel Zimt, eine gute Prise Nelken und 550 g Mehl, das mit 1 Päckchen Backpulver vermischt und gesiebt wurde, dazu. Der tüchtig verknetete Teig wird 1 cm dick ausgewellt und zu Lebkuchen ausgestochen. Man bäckt sie bei Mittelhitze und überzieht sie dann mit einem Guß aus 100 g gesiebtem Puderzucker, etwas erwärmtem Kokosfett und Zitronensaft und überstreut sie mit einem Streifen aus gehackten, bunten Belegfrüchten. Daneben setzt man je eine Haselnuß.

schof (Punsche) oder eine Klostertorte. Man wußte, was aus Klosterküchen kam, ist entweder sehr gut oder – was auch erwünscht sein konnte – sehr sparsam.

Im Küchenkalender mit Wirtschafts- und Kochratschlägen etwa aus dem Anfang des 16. Jahrhunderts für den Convent des Klosters Tegernsee ist aber schon häufig die Rede von ›Dienstair‹, also Zehntgaben, die zu bestimmten Zeiten, etwa im Juni und im August aus Holzkirchen oder im Juli aus Egling zu Lindten abgeholt wurden. Man hatte also laufend Vorrat, was ja auch nötig war, um die vielerlei ›Ayrspeis‹ für die Fasten bereiten zu können. Übrigens wurden dem Convent abends sehr häufig hartgekochte Eier vorgesetzt.

Viele Backwaren haben in den Klöstern ihren Ursprung. Bekannt ist der Mönchsbäcker aus der Landauer Zwölfbrüder-Stiftung in Nürnberg von 1520. Er zeigt schöne Gebildmodel, die gerade fertiggestellt sind. Dabei unterscheidet man echte Pfefferkuchen, ›panis piperatus‹, die noch mit echtem Pfeffer gewürzt wurden und ›libanum piperatum‹, von denen das Wort Lebkuchen stammt. Sie wurden den Mönchen als Beilage zum Vespertrunk gereicht. Für die Nonnen hat man ›panis melitus‹ oder ›dulciarum‹, also süßen Honigkuchen, gebacken. Bereits im 13. Jahrhundert ist Klostergebäck aus Honig, Mehl und Gewürzen nachgewiesen.

Wahrscheinlich werden sich die Nonnen beim Backen größere Verdienste erworben haben. Sie waren wohl die ›G'schleckigeren‹ und auch die Geschickteren in der süßen Kunst des Backens und Gestaltens. Dazu haben sie Honig aus dem Nürnberger Reichswald oder von den eigenen Bienen und Mandeln und Gewürze aus Augsburg verwendet und ließen sich liebliche Madonnen und ›Fatschenkindeln‹, bittere Kreuzigungs-Szenen und Engeln, nachweisbar auch nach Dürers Vorbildern, in Holzmodel schnitzen und schöne Kuchlsteine gravieren, um verschieden geformte Lebzelten und reich besteckte Pfefferkuchen oder Oblatenküchlein backen zu können. Das war zumeist ihr Neujahrsgeschenk an die kirchliche und weltliche Obrigkeit, an ihre Schüler und Hintersassen. Die Nonnen von Frauenchiemsee haben schon sehr früh je einen großen Lebkuchen zu Neujahr nach Schloß Hohenaschau geschickt und dies wurde dann zur Tradition erhoben. Man hatte ja auch in den Klöstern nach gutem, alten Brauch zum Willkomm jedem Gast Wein und Konfekt gereicht. Vielfach war es so, daß der Adel den Klöstern Honig zu liefern hatte und dafür dann schön geformte Lebkuchen bekam.

Für mengenmäßig größere Geschenke haben die klugen Frauen aber, um die teuren Mandeln zu sparen, vielleicht auch in Kriegszeiten, einen schmackhaften Marzipan-Ersatz, das sogenannte

Baier'sches
Kochbuch
für
Fleisch- und Fasttage.

Enthält
leichtfaßliche und bewährte Anweisungen, um für alle Stände auf die vortheilhafteste und schmackhafteste Art zu kochen, zu backen, und einzumachen.

Nebst einem Abschnitte
von
besondern Speisen für Kranke,
und
ökonomischen Hausmitteln.

Herausgegeben
von
Johanna Maria Huberinn.
Zweyte, viel verbesserte und mit 125 Rezepten vermehrte Auflage.
Mit Bewill. der Kurfl. Bücherzensurspezialkommission.

Stadtamhof,
bei Joh. Mich. Daisenberger, bürgerl. Buchhändler.
1802.

206 Die kirchlichen Fastengebote bestimmten die Küche des religiös geprägten Altbayern und des katholischen Franken und Schwaben teilweise noch bis ins 20. Jahrhundert hinein. Auch die Autoren stellten sich darauf ein und ersannen nicht nur eigene Rezepte sondern stimmten – wie Johanna Maria Huber – ganze Kochbücher auch auf die Fastenküche ab.

Bayrische-, Münchner- oder Würzburger Marzipan oder auch als Nürnberger Eierzucker bekannt, erfunden. Das ist ein zarter, weißer Eierteig, der in Model gedrückt und ganz hell ausgebacken wird, damit er dem echten Marzipan recht ähnlich sieht. Man bäckt und schätzt es heute noch.

Berühmt bis zur Gegenwart sind die schönen großen Honigkuchen mit dem Inselwappen aus dem Kloster Frauenchiemsee. Um etwa 1600 haben die frommen Frauen eines anderen bayerischen Klosters stark gewürzte ›lebzelten‹ gebacken. Ihr Rezept dafür lautete:

55 Vierling Canari Zucker, 3 Lot Zimt, 3 Lot Nägeli, 3 Lot Aenes [Anis], 3 Pfd. schönes Vollmöll, 3 Lot Imer [Ingwer], 3 Lot Muskat Plie [Blüten], 3 Lot Coriander, 6 Löffel Malvasier oder Rosenwasser, 3 neugelegte Ayr mit Dotter und Clar.

Das gewirz [auf 3 Pfund Mehl kamen also ca. 300 Gramm], *muß nit gar zu khlain gestoßen sein, man solt dieweil zu döckhen, daß der guete gruch nit ausgehe ... Man kanns formieren wie man will, aber auf Oblaten mus mans aufstreichen, nit gar zu dickh nur eines gueten Mösser Rügen dickh.* Wie ein aufmunternder Zuspruch für unerfahrene Novizen klingt dies: *Wenn die Leckerli als anfenklich auch gar dinne seien, im Offen lauffen sy schön auf und werden inwendig schön glöchlet. Ehe man ainschoißt um bachen, sollt mans mit pier überstreichen, so werdens glanzet.*

Die Klosterchronik vermerkt genau, an wen große und kleine Zelten verteilt wurden, im ganzen 89 Stück.

Honig-Lebkuchen

500 g Honig und 125 g Fett werden erhitzt und mit 500 g Mehl, 1 Päckchen Backpulver, 100 g Mandeln, 50 g Zitronat, der abgeriebenen Schale von 1 Zitrone, 1 Päckchen Pfefferkuchengewürz und je einer Prise Koriander und Anis gut durchgearbeitet. Dann wird der Teig über Nacht kühl gestellt. Am andern Tag werden Lebkuchen ausgewellt und ausgestochen, die bei Mittelhitze ausgebacken werden. Zuletzt überzieht man sie mit einem Guß aus 100-150 g Puderzucker, 1 Eßlöffel Zitronensaft oder 1 Eßlöffel Kakao mit etwas heißem Wasser und 1 Kaffeelöffel erwärmtem Kokosfett. Nach Belieben kann man sie mit Nüssen, Mandeln, Schokoladestreuseln oder Buntzucker verzieren.

207 Im Jahre 1588 erschien in München sogar ein ›Fastenlob‹, dessen einprägsamer Titelholzschnitt den fleischlosen Speisezettel für jeden verständlich im Bilde zusammenfaßt.

Felchen mit Haselnüssen paniert

Felchen oder Forellen werden wie üblich gereinigt, mit Salz und Pfeffer gewürzt, in Mehl und Ei gewendet und mit grobgehackten Haselnüssen bestreut. Man drückt diese Panade an und brät das Fleisch in genügend Butter goldgelb. Dazu gibt man Kräuterbutter.

208 Unter der besonderen Obhut der Klöster stand der Weinbau. Die meisten bayerischen Konvente hatten – wenn das Klima ihnen schon eigene Wingerte in erreichbarer Nähe versagte – oft weit entfernte Weinberge und Lesehöfe in berühmten Lagen: in Franken, Südtirol, Österreich oder Slowenien. Auf dem Gebiet der Rebpflege und Weinveredelung waren die Mönche bis ins 18. Jahrhundert hinein führend.

In Altötting bei den Englischen Fräulein und in Andechs wie auch in Frauenchiemsee und anderwärts in Bayern, gab es überdies noch die uralte, rote Quittenpaste, in Model gedrückt oder in Spanschachteln gegossen, die jetzt leider durch schlichtes Zellophan ersetzt ist. Ähnlich der Quittenpaste hat man auch ›ein lattwerglein aus Honig und den gepulverten Blättlin von Klosterhysop‹ zubereitet. Es galt als Konfekt und als Verdauungsmittel und sollte die durch zu vieles Essen malträtierten Mägen wieder ›einrichten‹.

Auch Rosenkränze aus Zuckerschaum gehörten lange zu den Wallfahrtsmitbringseln, deren Herstellung aus den Klosterküchen in die Gewerbebetriebe abgewandert ist. Jedenfalls aber waren Mönche und Nonnen die Lehrmeister und wir sollten ihrer beim Weihnachtsbacken dankbar gedenken.

Klosterfrauen hatten es ja auch übernommen, die Oblaten für den sakralen Bereich zu backen und haben von da ausgehend dann auch die verschiedenen Makronen und Busserln entwickelt, wohl auch um die eigenen Haselnüsse zu verwerten. Ja, sie wußten schon immer, was Leib und Seele gut tut, wobei merkwürdigerweise bei kulinarischen Betrachtungen der Leib jeweils der Seele voransteht. Auch die Kehle wurde nicht vergessen. Bekanntlich wurde in den Klöstern bereits sehr früh Bier gebraut, Wein angebaut und Branntwein destilliert. Die Bilder des Münchner Malers Grützner mit seinen wohlbeleibten, fröhlichen und biergenießenden Mönchen sind eine erfreuliche Unterstreichung dieses Themas. Noch heute sind Thomaner, Paulaner und Theatiner, Franziskaner und andere Mönche Signum guten Gerstensafts. Und Klosterfrauen lächeln von den Flaschenschildern süßer Kräuterliköre. Jedenfalls sind die Ordensleute eine Art Gütezeichen mit Tradition, und das ist ein Beweis, daß sie es eben immer verstanden haben, der Culinaria, ob flüssig oder fest, die beste Seite abzugewinnen.

Noch etwas sehr Wichtiges ist nicht zuletzt auch der frühen klösterlichen Eßkultur zu danken: Anstandsregeln für ein gesittetes Essen. Aus der gehobenen Grundhaltung der mönchischen Speisung mit den offiziellen Aufträgen, dem Tranchieren und Anbieten der Platten nach Rangordnung und zeitlicher Folge erwuchsen die ersten Tischzuchten. Schon 1105 hat der Moralprediger Petrus Alfonsi mit seiner ›Disciplina clericalis‹ den Mönchen genau vorgeschrieben, wie sie sich bei Tisch zu verhalten haben, um auch hier Würde und Anstand zu zeigen, wie auch schon im Kapitel ›Die Tischzucht‹ näher beschrieben. Mönche und Nonnen waren ja auch vielfach die Erzieher des adeligen Nachwuchses, so daß ihre Verhaltensformen einen natürlichen Eingang in die äußere Welt fanden.

Armenküche

Leben und Lebenlassen – dieser altbairische Spruch ist durchaus Praxis. Man läßt es sich gern gut gehen und denkt dabei auch an die andern, die ›Schatenseitnerten‹, also an Menschen, die vom Schicksal an die Schattenseite des Lebens verdrängt wurden. Ja, Leben und Lebenlassen, das ist typisch bayrisch und hat sich daher auch in einer besonderen Art der Armenversorgung ausgewirkt.

Die Armenküche ist eigentlich ein Widerspruch in sich, denn von einer ausgesprochenen ›Küche‹ kann wohl kaum die Rede sein, und doch findet man in vielen bayrischen Kochbüchern und in der Praxis immer wieder Notrezepte, Sparanweisungen oder sogar ganz spezifische Gerichte, die aus der Armut geboren wurden und bezeichnenderweise oft mit viel selbstironischem Humor ausgestattet sind. Man gibt die Einfachheit zu und verleiht dem Kind einen derb-fröhlichen Namen und lacht allseits darüber. Das versöhnt und garantiert zugleich die Langlebigkeit solchen Wissens um schwere Zeiten. Man muß im übrigen zwischen einer ›Armenküche‹ und einer ›Armeleuteküche‹ unterscheiden. Die erstere wurde für die Armen, die letztere von ihnen selbst entwikkelt.

Es gab ja viele Arme, denn Arbeit zu bekommen war ein nicht alltägliches Glück. Im Bauernhof arbeiteten die vielen eigenen Kinder und unverheiratete Verwandte mit. Industrie gab es noch keine; Beamtenstellen waren rar, der Staat war sparsam und die Herstellung der meisten Gerätschaften oder die Aufbereitungsarbeiten von Nahrungsmitteln wurden in der Hauptsache in den Haushaltungen selbst getätigt. Man machte sich seine Holzspäne und Kerzen selbst, hat den Zucker und das Salz gestoßen, Strümpfe gestrickt, Besen gebunden, Federn geschlissen, Aschenlauge und Seife gekocht, Garne gesponnen und Leinen gewebt, selbst geschlachtet und Hühner gehalten, Kräutchen im Garten gezogen und das Brot gebacken. Da konnten Handel und Handwerk wenig gewinnen.

Zu diesem aus der weitgehenden Selbstversorgung breiter Kreise resultierenden Mangel an Arbeitsstätten kamen die vielen Kranken, die entlassenen Soldaten und die Bettler. Die bayrischen Herrscher waren deshalb bemüht, für diesen Personenkreis Linderungen und Arbeit zu beschaffen, vor allem durch Errichtung

Schmalzet

Das sind bayrische Rüben, auch Stoppelrüben oder Teltower Rübchen genannt. Für etwa 500 g geschälte und in Stifte geschnittene Rübchen schmort man 2 Eßlöffel Zucker mit Fett goldbraun, gibt die Rüben dazu, gießt mit etwas Wasser auf und würzt mit Salz, ein wenig Senf und Pfeffer und schmort die Rübchen darin weich. Die Sauce soll braun und gut süß sein. Man streut zuletzt noch Petersilie darüber.

209 Kraut war einst als Armeleute-Nahrung abqualifiziert; in Mengen gezogen – wie in der typischen Krautgegend von Ismaning bei München – dagegen nährte es nicht wenige Bauern recht gut und verschaffte auch noch den umliegenden Häuslern Arbeit. Oftmals war die ganze Familie mit der Verarbeitung und Aufbereitung beschäftigt, wie Peter Baumgras im Revolutionsjahr 1848 – an der Wand hängen noch die Bildnisse von König Ludwig I. und seiner Gemahlin – in dieser Zeichnung festgehalten hat.

sogenannter ›Manufakturen‹. So entstanden die Nymphenburger Porzellanfabrik, Tuchwebereien und Militärbedarfs-Werkstätten, Gobelinmanufakturen und manches andere. Auch direkte Hilfen, wie Suppenanstalten und Spenden bekämpften die Not.

Der aus der Pfalz gekommene Kurfürst Carl Theodor und sein Nachfolger, der spätere König Max Josef, haben insbesondere den Grafen Rumford unterstützt. Dieser, ursprünglich ein Amerikaner namens Benjamin Thompson, wurde von Carl Theodor eigentlich zur Reformierung seiner Armee nach Bayern berufen, er war aber viel mehr Volkswirtschaftler und Künstler als Soldat. Wir verdanken ihm daher nicht nur den Englischen Garten in München, sondern auch die ersten Volksküchen, wie schon erwähnt die Einführung des geschlossenen Herds mit der Eisenplatte und die nach ihm benannte Rumfordsuppe, eine kräftige Mahlzeit aus Getreide, Gewürzen und Gemüse, die bis vor kurzem noch ein fester Bestandteil der einfachen Küche war. Der König erkannte den hohen volkswirtschaftlichen Wert der Ideen und Maßnahmen des ehemaligen Benjamin Thompson und hat ihn geadelt, d.h. zum Grafen ernannt. In München wurde eine Straße nach ihm benannt.

Die niedrigen ›Salärs‹ haben tüchtige Hausfrauen veranlaßt, mancherlei sparsame Kochmöglichkeiten zu erfinden, die vor allem deshalb typisch bayrisch und hier interessant sind, weil sie ausschließlich auf der Grundlage landeseigener Erzeugnisse, also Milch, Butter, Käse, Mehl, Kartoffeln, Kraut und Gemüse sowie Obst und Wildobst, aufgebaut waren. Fleisch gab es nur ganz selten und Fisch und Wild gehörte dem Herrentisch.

Weil es vielen Verantwortlichen bewußt war, wie arm ein Großteil des Volkes, vor allem die städtische Bevölkerung, gewesen ist, begegnen uns durch die ganze Geschichte Bayerns immer wieder Aufzeichnungen über das, was man an die Armen an Essen und Essensgaben ausgeteilt hat. Dieses Bild wird besonders aussagekräftig, wenn man alles, was zur Armenkost gehört, einbezieht, also die kostenlosen regelmäßigen Speisungen wie auch die Reste bei großen Festen, die Spenden an die sogenannten Hausarmen und die Bettler sowie die vielerlei Stiftungen für Spitäler, Waisen- und Siechenhäuser.

Ausgerechnet Bayern zeichnete sich im übrigen durch besonders viele derartige Stiftungen mit ›ewiger gült‹ aus. Noch zu Anfang des 19. Jahrhunderts zählte man 8929 verschiedene bayrische Stiftungen mit einem allmählich aufgelaufenen Vermögen im heutigen Wert von 290 Millionen Mark, eine enorme Summe, wenn man bedenkt, daß doch dauernd die laufenden Spenden davon abgegangen sind. Um 1900 waren es durch Erlöschen oder Zusammenlegung immerhin noch rund 6500 Stiftungen, jedenfalls weit mehr, als in allen übrigen deutschen Ländern zusammen.

Bayrisch Kraut

Weißkraut wird wie üblich aufgeschnitten und mit einem Stück Schweinefett, einer halben gehackten Zwiebel, Salz, etwas Pfeffer und Kümmel aufs Feuer gesetzt. Man gießt mit Wasser und Weißwein oder Most auf, fügt eine gute Prise Zucker hinzu und läßt das Kraut nun zugedeckt zart gardämpfen. Zuletzt wird es nach Belieben mit ganz wenig Mehl oder einer geriebenen Kartoffel oder einem geriebenen, geschälten Apfel leicht gedickt. Es soll gut süßsauer schmecken.

Ansicht des vom Finanz-Rathe J. L. Schaetzler gestifteten Dampf-Koch-Apparates des Evang: Weisenhauses in Augsburg

210 Die vielen Klöster, Stiftungen, Armenhäuser und Hospitäler hatten in früheren Jahrhunderten schon entwickelt, was wir üblicherweise nur mit den Errungenschaften des Massenzeitalters in Verbindung zu bringen geneigt sind: die Großküche. Daß man aber auch zu Beginn des vorigen Jahrhunderts die eben erst richtig nutzbar gemachte Dampfkraft bereits zur Rationalisierung einer Anstaltsküche eingesetzt hat, führt dieser kuriose Dampf-Koch-Apparat des Evangelischen Waisenhauses in Augsburg vor (siehe auch die beiden folgenden Bilder).

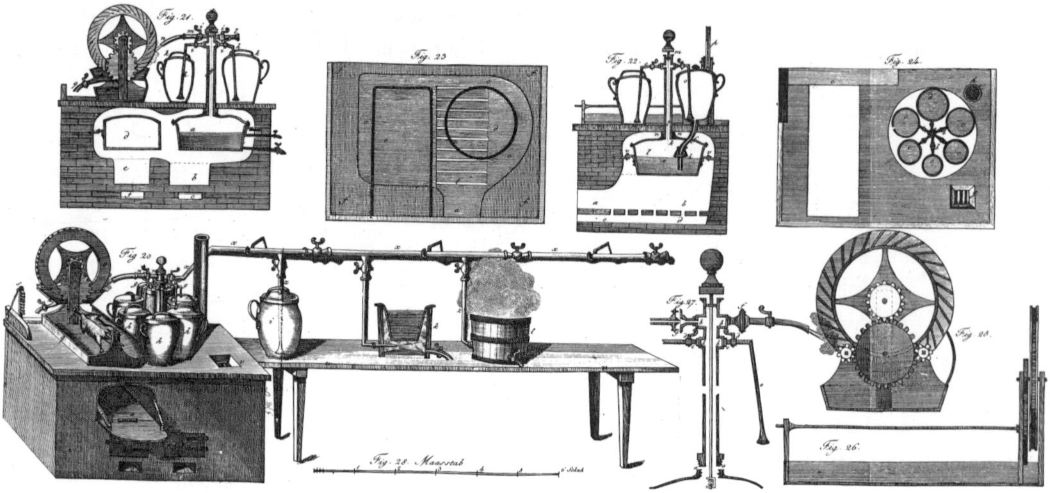

211 In Bayern fuhr nicht nur die erste Dampflokomotive Deutschlands, sondern arbeitete im Evangelischen Waisenhaus zu Augsburg auch eine der ersten Dampfküchen (siehe auch Bild 210). Wie sie funktionierte, erläutert Johann Gottfried Dingler in einem 1818 erschienenen Buch.

Zum Teil gingen diese Stiftungen noch bis auf das Jahr 1000 zurück, was vielfach aus der Art der Spenden und ihrer Formulierung hervorgeht. Neben Realspenden, wie Holz oder freie Wohnung, Kranken- und Altenheimen, gab es regelmäßige Geldzuwendungen, Aussteuerhilfen für junge Mädchen, Schulgelder, Ausbildungszuschüsse sowie Witwen-, Waisen-, Krüppel-, Siechen- und Pflegeheime. Stifter waren sowohl der Hof wie auch große Handelsherren, etwa die Fugger und die Welser in Augsburg, die Mendel in Nürnberg, die Münchner Patrizier Wadler, Ridler, Pütrich und noch manche anderen. Sie bauten Häuser, Klöster, Spitäler, Wohnsiedlungen und Brüderhäuser sowie Heime für Seelnonnen und erwiesen noch vielerlei sonstige Wohltaten.

Uns interessieren hier natürlich mehr die kulinarischen Spenden, deren es viele gab, denn in allen Ecken und Enden Bayerns lebten reiche Bürger und Klosterherren, fromme Fürstinnen, wohltätige Witwen, handelsgewaltige Patrizer und aufgeschlossene, volksnahe Herrscher. Die großen, oft über Jahrhunderte währenden Spenden wurden glücklich ergänzt durch die täglichen, kleinen Essensgaben. Jede wohlhabende Familie hatte ihre Hausarmen; an jeder Klosterpforte und bei jedem Bauern konnten sie klopfen. Bei allen Banketten, auf Hochzeiten, an Kirchweih und bei sonstigen Festen wurde durch reichliche Bestellung der Tafel auch die Spende an die Armen miteingerechnet. In vielen Klöstern stand das Almußfaß im Refektorium, in dem die Reste für die Armen gesammelt wurden. Zum Tisch der Begüterten gehörte, wie der Schatten zum Licht, die Versorgung der Armen.

Mit diesen Speisungen war neben dem sozialen auch ein ethisches Gesetz erfüllt; man war von der eigenen Sättigung her milde gestimmt und daher gebebereit. Zugleich bedeutete dies eine He-

Katzeng'schrei

Fleischreste beliebiger Art werden in dünne Scheibchen oder zu kleinen Würfeln geschnitten. Man schmort etwas gehackte Zwiebel in Fett an, gibt das Fleisch dazu und gießt 2-4 mit etwas Milch, Salz und Muskat zerschlagene Eier darüber. Wenn sie durchgerührt und festgeworden sind, richtet man die Speise mit viel Schnittlauch und Brezen an.

bung des eigenen Ansehens und man versteckte seine Hilfsbereitschaft daher keineswegs. Daß zumeist auch echte religiöse Gedanken miteingeflochten waren und man sich mit milden Gaben einen besseren Platz im Himmel verschaffen wollte, sei nur nebenbei bemerkt. Auch die darstellenden Künstler haben diese christliche Idee häufig miteinbezogen, wenn sie im Vordergrund ihrer Bilder von Banketten oder Hochzeiten den armen, wundenbedeckten Lazarus zeigten, wie er, an andere Arme und Kranke mahnend, geatzt und betreut wird.

Diese schöne Sitte läßt sich vom Hof bis herab zum kleinsten Bauernhaus verfolgen, und Betteln oder Heischen wurden zu einem ebenso vielseitig genützten Recht wie das Geben zu einer stets beachteten Pflicht. Da hatten alle, die vom Schicksal nicht gut behandelt waren, ihre Zugeständnisse und konnten zu bestimmten Zeiten ihre Gaben holen, gleichgültig, ob Brot oder Suppe, Fleisch oder Würste, Nudeln, Eier oder ihren Pfründnerwein. Die Bäuerinnen auf dem Land wie die Hausfrauen in den Städten rechneten von vornherein mit diesen gewohnten Abgaben, und die Klöster sowie der Hof hatten ihre eigenen Almoseniere. Das Wort Almosen ist griechischen Ursprungs und kommt von ›Eleemosyne: Mitleid‹. Die Sorge für die Armen war eine Art selbstauferlegte Steuer.

Auf dem Land gab es die ›Wurst- oder Brotfahrer‹, die sich im Herbst ihr Spendbrot korbweise zusammenbettelten. Zu Ostern und Pfingsten, Kirchweih und Weihnachten wurde bewußt mehr gekocht und gebacken, denn von überall her streckten sich die Hände aus und man gab gerne, denn nach alter Vorstellung vermehrte dies die Habe, weil Segen darauf lag. Die Armenspeisung, die heute einen so abwertenden Klang hat, war damals ein wichtiger Akt sozialer Hilfe. Einstmals, aus der Antike als reales Brand- oder Rauchopfer zelebriert und übernommen, wandelte sich dieses später in eben dieses personelle Opfer an die Armen, deren es ja genug gab, die sich aber gut betreut wußten von den Herren, seien sie von weltlicher oder kirchlicher Macht gewesen. So mußten eigentlich nur wenige wirklich hungern, auch wenn es zeitenweise keine Arbeit, aber viel Krankheiten, Krieg, Pest und Not gab. Man teilte, denn Garten und Feld, Wald und Stall gaben ja immer wieder. Zudem verschafften sich die Spender Ansehen und Dankbarkeit; sie sahen sich als erfolgreiche Bürger oder Bauern bestätigt und nahmen diese Aufgaben als selbstverständlich hin.

Wie weit das Stifterwesen und die Armenfürsorge in den Alltag eingegriffen hat, zeigt die Einbeziehung von Hausgeräten in den Spenderwortschatz. Da heißt zum Beispiel der Quersteg des Eßtisches ›Vergeltsgott‹ und zeigt damit an, daß es genügt, ein Vergeltsgott zu sagen, wenn man seine Füße als Gast darauf ruhen

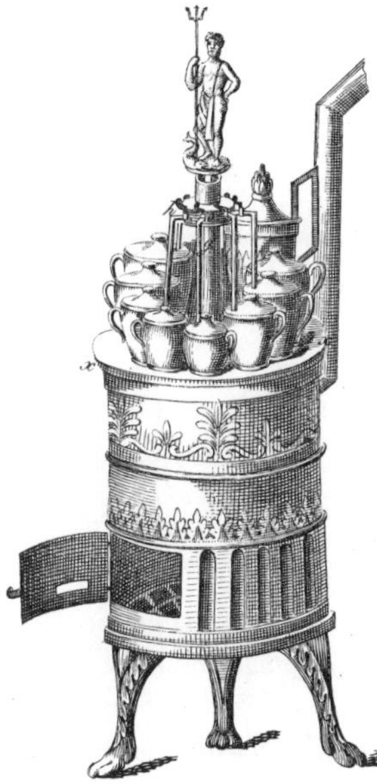

212 Wo für den ›Großbetrieb‹ (Bild 211) aber reine Funktionalität vorherrschte, brach in der privaten Sphäre doch das klassizistische Schönheitsbestreben der Zeit durch: Industrielles Gußeisen, massierte Dampfkraft und antikes Formengut gehen in diesem Vorschlag von 1818 eine eigenartige Symbiose ein.

213 Ein Teil der früher fast ausschließlich von Kirche und Kommune getragenen Armenfürsorge war das Kostgänger- und Einlegerwesen, wobei die Gemeindearmen tageweise reihum von Hof zu Hof wanderten und sich verpflegen ließen. Von dieser Praxis her ist es verständlich, daß man noch bis weit ins 19. Jahrhundert hinein mit Heiratsverboten das Anwachsen besitzloser Schichten zu verhindern suchte.

Saure Rahmnudeln

Es wird saurer Rahm nach Gutdünken in einem messingenen Pfännlein recht heiß gemacht, feines Mehl darein gerührt und unter stetem Umrühren gekocht, wie ein gebrühter Teig. Wann dieser Teig sich vom Löffel schält, wird er in eine Schüssel gethan, mit Eiern angerührt, bis er wie ein dicker Spatzenteig ist. Dann wird er in siedende Milch, wie Spatzen, eingelegt, worinnen man ihn kochen läßt. So kann man sie anrichten. Oder man bestreicht ein Becken mit Butter, gießt nur zwei Finger hoch siedende Milch daran, legt den Teig ebenso darein, deckt das Becken zu und ziehts zwischen unten und oben gelegten Kohlen auf.

lassen darf. Dazu gehört auch das ›Bettel- oder Vergeltsgotthaferl‹, ein Henkeltopf mit Deckel zur Aufnahme einer Spendsuppe. Das Haferl ist gleich mit Zweck und Dank betitelt und sagt so echt bayrisch und kurz, was es zu bedeuten hat.

In beinahe allen bessergestellten Familien gab es ›Kostgänger‹, die regelmäßig oder an bestimmten Wochentagen zum Essen kamen. In meinem Elternhaus waren es manchmal bis zu fünf Leute, Schüler, Kranke, Spitalweiberl, Stadtarme. Für sie wurde eigens gekocht, kräftig und einfach, für die Kranken leicht und ›weiß‹, das heißt Diät. Es gab einen eigenen großen Dampfnudel-Tiegel, einen hohen Suppentopf und spezielle Schüsserl, in denen die Kostgänger noch die Reste mitnehmen konnten. Dafür beteten die alten Weiblein für die Spender, die Schüler sagten Gedichte auf, die Kranken bekamen rote Wangen.

Im Niederbayerischen gab es die sogenannten ›Einleger‹, nämlich alte, heimatlose Arme, die keinerlei Versorgung hatten, wenn kein Armen- oder Siechenhaus in der Gemeinde war. Da haben sich dann die Bauern in die Betreuung solcher Leute geteilt. Die Einleger wanderten das ganze Jahr reihum von Hof zu Hof, blieben aber immer nur für höchstens 3 Tage. Häufig traf es auf diese Weise den einzelnen ›Gastgeber‹ nur einmal im Jahr. War es auch nicht schön für die im doppelten Sinn Armen, so waren sie doch irgendwie versorgt und die Bauern konnten ihrer sozialen Verpflichtung ohne Geld nachkommen.

Neben dieser privaten Armenfürsorge gab es die großen Stiftungen mit periodischen Abgaben an bestimmte Leute, an Schulkinder oder alte Dienstboten, an entlassenes Militär oder an verschämte Arme. Die Liste bedeutender bayrischer Spender ist viel zu groß, um im einzelnen aufgeführt werden zu können; einige besondere interessante davon sollen für mehr stehen: Da war die Gruber'sche Brezenstiftung in Ursheim in Mittelfranken, durch die jedes Schulkind am 11. November, dem Todestag des Spenders, um 10 Pfennige Brezen bekam. Gleichfalls Brezen stiftete im Jahr 1318 der Münchner Handelsherr Burkhard der Wadler mit seiner Frau Heilwig. Das Ewiggeld von 63 Pfund Münchner Pfenningen war so ergiebig, daß genug vorhanden war, »umb flaisch umb prot, umb chuchenspeis und umb trincken und umb ander chost alle wochen an dem montag« zu geben. Zudem reichte es, den »dürftigen in die siechstuben an sand Johanstag in den weihnächten ein gemayns mal« zu bieten und zum gleichen Tag noch um drei Pfund Pfennige Brezen zu kaufen »ze einer gemaynen spentt armen leuten«. Als der letzte aus dem noblen Geschlecht der Wadler an einem 1. Mai starb, hat die Stiftung die Brezenspende auf diesen Tag verlegt. Mit Schlag 12 Uhr, später dann nach dem morgendlichen Gebetläuten, ritt ein Mann auf einem

214 Als man Gedeih und Verderb der Feldfrucht noch nicht von den Erkenntnissen der Agronomie und Chemie abhängig, sondern allein dem Segen oder Strafgericht Gottes unterworfen wußte, wurde das Erntedankfest mit besonderer Feierlichkeit begangen. In der Stadt Fürth wurde sogar das erste Korn in festlichem Zug, mit klingendem Spiel und unter dem Donner der Böller, eingebracht, wie dieses liebenswürdige Aquarell von 1817, dem Jahr nach der denkwürdigen Hungersnot (siehe Bild 99 auf Seite 92) überliefert.

Schimmel vom Heilig-Geist-Hof in München zur Hauptwache. Sein herkömmlicher Spruch lautete: *Ihr alt und junge Leut / geht zum Heiligen Geist / wo man die Wadler-Brezen geit!* Dabei verteilte er aus einem Sack und auf Schnüren aufgereihte Brezen, während man sich überdies bis mittags zwölf Uhr noch selbst beim Heilig-Geist-Bäcker weitere Brezen gratis holen konnte. Damit man diesen Brezenreiter nicht überhören konnte, wurden die Hufeisen für seinen Ritt gelockert. Die reiche Spende wurde im übrigen 1801 schlecht belohnt: Als die Brezen ausgegangen waren, rissen ihn grobe Leute vom Pferd und verprügelten ihn. Von da an war er im Stadtbild verloren, bis er erinnerungsträchtig bei der 800-Jahrfeier Münchens 1958 wieder im Zug mitritt.

Noch zu Ende des 18. Jahrhunderts wurden »Von der Hofpfisterei 2826 Brot Laibl monatlich unter armen Studenten, die der Rektor zu benennen hatte«, verteilt.

Pütrich von Reichertshausen, geboren 1390, war nicht nur der Stifter einer Kapelle in der Münchner Peterskirche, sondern auch des Pütrich-Regelhauses. In diesem Haus wurden arme, alte Leute aufgenommen und verpflegt. Gleiches taten 1449 zu München die Bürgerfamilie Ridler mit dem Ridler-Regelhaus und Sieghart mit der Stiftung des Anger-Klosters.

Eine andere, sehr noble Stiftung machten im Jahr 1358 in Passau der bischöfliche Stadtrichter Urban Grundacker und seine Ehefrau Plektraud mit sieben Häusern, mehreren Bauernhöfen und Grundstücken, dem Ertrag von 32 Wohnhäusern und neun Weingärten bei Krems und Stein in der Wachau. Bis heute kommt der Wein (2000 Liter) aus dem niederösterreichischen Stiftsbesitz nach Passau in die Heilig-Geist-Schenke und aus diesem flüssigen Reichtum erhielt seit dem 14. Jahrhundert jeder Passauer Pfründner zum Mittag- und Abendessen einen viertel Liter Wein. Trotzdem blieb noch so viel übrig, daß das Spital bereits 1590 ein offizielles Weinschenk-Recht bekam.

Der ›Herrenzeller Jahrtag‹ erinnert seit 1389 an den edlen Spender, den Herren auf Gunzlhöfen. Jedes Jahr wurden, bis etwa 1900, nach dem Frühstück ab 11 Uhr für alle Kirchteilnehmer mit Meßzettel das große Mittagsmahl und den Armen noch die Seelengabe in Form von Geld, Brot und Getreide verabreicht.

Am Kirchenportal zu Ostermünchen bei Rosenheim ist der Hl. Quirin zu sehen, dem eine Frau einen spitzen Brotwecken und ein Mann ein Kalb übergibt, damit er es an Arme verteilen kann.

In der Pfarrkirche von Thanning ist auf einem Gedenkstein, der das inzwischen zerstörte Epitaph aus dem Jahr 1070 ersetzt, zu lesen, daß die *Durchluchtigste Frau Justitia Adelhaitis, Bayrische Herzogin, Ottonis Grafen zu Andechs, Ehegemahlin* eine *gutthäterin der gmain Thänning* und Stifterin einer *Spendt* gewesen sei.

Gebackene Eier

In einer nicht zu niederen Pfanne läßt man reichlich Schmalz (Backfett) heiß werden und schlägt dann 1 Ei so in einen Schöpflöffel ein, daß der Dotter nicht zerrinnt. Man fügt etwas Salz hinzu und streut so viel Mehl darüber, wie man zwischen Daumen und Zeigefinger halten kann. Dann gießt man das Ei von dem Schöpflöffel aus so geschickt in das Schmalz, daß die Masse möglichst beisammen bleibt. Auf diese Weise werden nun beliebig viele Eier rasch goldbraun gebacken und abgetropft. Man legt sie auf Spinat oder anderes Gemüse und streut Pfeffer oder Paprika darauf. Die Eier sollen innen nicht fest, sondern wachsweich sein.

215 *Gegenüberliegende Farbtafel:* Eine hervorragende Charakterstudie und köstliche kulinarische Milieudarstellung verband der Maler Emil Kurzbauer in dieser lebendigen Szene aus einem ländlichen Kirchweihfest in Schwaben. Trotz dieses Bilddokumentes aus dem vergangenen Jahrhundert ist das genüßliche Tafeln unter freiem Himmel der schwäbischen Mentalität in gewissem Sinne fremd. Wer als Anhänger altbairischen Kellerlebens auf der vergeblichen Suche nach einem Biergarten durch Schwaben fährt, wird dessen mit Erstaunen gewahr werden.

Sichere
Anleitung,
wie man
bey diesen theuren Zeiten
wohlfeil und gut
leben könne.
der
Armuth zum Besten, von Neuem
aufgelegt,
Welchem noch beygefügt ist
Kurzer Bericht
Wie man aus Mehl mit Zusatz unterschiedlichen
Garten-Gewächs gutes Hausbrod erhalten, und dadurch
den dritten Theil an Getraid ersparen könne.
München,
1770.

216 Viele alte Kochbücher weisen für schwere Zeiten auch Notrezepte auf, die selbst bei einem einfachen Mahl noch ein gewisses Maß an Genuß verschaffen sollten. Wer aber um 1770 sein Wohlleben trotz der großen Teuerung nicht gefährdet sehen wollte, konnte sogar eine ›Sichere Anleitung‹ zu diesem schier unerfüllbaren Wunsch konsultieren.

In Abensberg erzählt ein blasses Fresko unter der Rathausuhr von der Stiftung der Abensberger Nikolausstiftung – bis ins späte 18. Jahrhundert wurden an jedem Nikolaustag das Fleisch von 28 Ochsen und das Brot von 28 Scheffel Korn an die herbeiströmenden Armen verteilt. Man hat sich durch solche immerwährenden Denkmäler auf Erden ein gutes Andenken bewahren und im Himmel einen besseren Platz für die Ewigkeit erhofft und zudem wirklich geholfen.

Unter Wilhelm V., der ein sehr besorgter Hausvater war und sich um das ganze Hofwesen selbst gekümmert hat, gab es spezielle Anweisungen für die ›Armenspendt‹. Sogar die Namen der Empfänger sind uns aus vergilbten Papieren der bayrischen Archive bekannt. So bekam *der khrumppe Hänsl von Landshut, Kaspar Hosenstricker, dessen Weib unrichtig gewest, malzeitlich zway essen, vom keller nichts ... Einen khranken weib zu Haidhausen* werden alle Woche *Zwo maß wein und vier semel* gegeben. Sobald die versorgten Armen aber wieder gesund gewesen sind, war das herzogliche ›Elemosynarium‹ (Das Almosenamt) gehalten, die Spende einzustellen.

Die von Trappsche Stiftung spendete für katholische Lehrer, »womit sich dieser am Prüfungstag einen guten Tag machen soll«.

In Pfarrkirchen im Rottal sagt die alte Kostordnung des Heiligen-Geist-Spitales von 1608 aus, was es alles für die Armen und Pfründner gab:

morgens nach dem Gottesdienst Sudfleisch, Kraut mit Spöckh und Milch. Abends Prot, Käß. Nachts jedem Pfrientner ain versotne Pratwurst auf einer aufgeschnittelten Protsuppen, ain geseyerte Gersten, ain Sallat mit Ayer, wo aber keiner zu bekommen ain sieße Milch ...

Am Heiligen Drei Khönigstag. Am Vorabend jeder Pfriedtpersohn 15 Merzenküchel ziemlicher Größe und ain Stuckh harten Käß. Am Festtage morgens nach besuchtem Gottsdienst Sudfleisch, Kraut mit Spöckh Schmalzkost aus Puter und Jedem ain Kandl Pier ...

Am Oster Vorabend, als Schelsamstag, jeder Person ain von Waizenmehl gepachen laib, den man den Leblaib heißt, 2 gesotne Ayr und ain Stieckhel Schmer zum Schuepuzzen. Auf den hochheiligen Ostertag nach der Kirchzeit jedem 2 Semmels, Pöckherprot, Sudfleisch, Spöckh, Kraut mit Spöckh, ain Kalbl-Prätl und zur Nachricht Ayrdopfen. Zur Sonnwendfeier abends wie gewöhnlichen Werktag und als Zugab 7 steiderl gepachnen Holler.

Noch viel Originelles wäre von dieser reichhaltigen Verpflegung zu sagen, aber es sollen ja noch andere Spenden genannt sein.

Am Fest des Hl. Josef wurden vom Münchner Hof zwölf Greise und am Grünen Donnerstag zwölf Mädchen verköstigt. Da gab es fernerhin 1749 eine Passauer Stiftung des Schiffermeisters und Biergastgebers Lucas Kern für Kinder. In seinem Waisenhaus re-

Kartoffelschnecken oder Hackstöckl

Die Kartoffelmasse wie zu Schneiderfleck (S. 250) wird nicht zu dick ausgewalkt und mit Fett bestrichen. Man streut geröstete Brösel oder Schweinefettgrammeln (Grieben) darauf, rollt den Teig auf und schneidet 2-3 Finger breite Stücke davon ab. Sie werden hochkant in eine mit reichlich Fett ausgeschmierte Pfanne gestellt, mit etwas Butter oder saurem Rahm und mit verklopften Eiern übergossen und im Rohr überbacken.

gelte ein genauer ›Speisekalender‹ die Verpflegung. Noch weitere 18 Stiftungen kannte das reiche Passau. Nicht nur die ganz Armen und Hilflosen wurden bedacht, sondern auch diejenigen, die sozusagen auf der Schattenseite des Lebens standen.

Es gibt in Altbaiern eine Menge alter Spendenrechte, wie beispielsweise das der Mesner in den Pfarreien des Chiemgaus und des Rupertiwinkels. Sie bekamen von den Bauern für das Läuten der Kirchenglocke Brot, wie auch die Lehrer für den Unterricht ein Stückl ›G'selchtes‹ und gelegentlich einen ›Giggl‹.

Zu vielen anderen Stiftungen kamen die der Familie Kreuzer in Rothenburg ob der Tauber. Für die Speisung der Armen in Erlbach wurde 1805 die Dautsche Stiftung zum Broteinkauf gemacht, in Passau entstand die Stockbauersche Brotstiftung, in Rattenberg die Ecklsche Schulsuppenspende, in Nordstetten die der Familie Laubenzedel, in Deggendorf 1889 die Perchtoldsche Suppenanstalt, in Berchtesgaden 1840 die König Ludwig- und 1841 die Schellenberger Schulsuppenstiftung, in Plattling die Seitlinger Suppenanstalt. Auch der kurfürstliche Hof gab an Allerseelen 1740 und 1750 Tausende von Seelenzelten und -laiberl an die Stadtarmen.

Die Liste privater, königlicher wie klösterlicher Wohltätigkeit reicht von der einfachen Brotspende bis hin zu den großen Brüderschafts-Stiftungen des Konrad Mendel des Älteren. Er spendete 1388 erstmals größere Summen und gründete 1397 die ›Mendelsche 12 Brüder-Stiftung‹ in Nürnberg. Die von Beginn an genau geführten Bestimmungen aller Rechte und Pflichten, aller Zugeständnisse und Gaben sind ebenso lang wie interessant. Da werden ganz genaue Speisezettel und feiertägliche Sonderrationen aufgezählt, so zum Beispiel, daß jedem Bruder in seine Truhe noch ein Käse gegeben wird, den er zwischen den Mahlzeiten essen konnte. Diese Stiftung ist in ihrer Gesamtkonzeption so umfassend und auskunftgebend, sowohl für die soziale Fürsorge, wie für die Eßgewohnheiten ihrer Zeit, daß sie hier ausführlicher zu Wort kommen soll.

Konrad Mendel hatte dafür gesorgt, daß für die jeweils im Haus lebenden zwölf Brüder (ausgediente Handwerker, Gesellen, Bauern) ständig genügend Vorräte vorhanden waren. Zum Backen des Brotes standen ›13 Simmer Körn‹ zur Verfügung. Von einem ›1/2 Simmer‹ machte der Bäcker 20 Laibe Brot. Die Kleie erhielt das Bruderhaus zurück, wahrscheinlich um die zwei Schweine zu mästen, die zu Weihnachten geschlachtet wurden. Von diesen Schweinen sollte man nicht mehr Wurst machen, als die Schweine (Därme) darin hätten, und den Schmerlaib sollte man läutern und Schmalz daraus machen. Nur falls man aus eigener Schlachtung kein Fleisch hätte, sollte man welches einkaufen.

Leberschöberl-Suppe

50-70 g Butter rührt man mit 3 Eidottern gut durch und gibt 150 g geschabte Rindsleber, 2-3 eingeweichte und gut ausgedrückte Semmeln, ein Stückchen sehr klein gewürfelten, gerösteten Speck, etwas Petersilie, geriebene Zwiebel, Salz, Pfeffer, Majoran und zuletzt den Schnee von 2 Eiweiß daran. Diese Masse füllt man entweder in kleine, gefettete Schöberlformen oder streicht sie auf ein gefettetes Blech und bäckt sie in der Röhre gar. Dann stürzt man die kleinen Schöberln aus der Form oder schneidet die große Teigmasse in kleine Karos oder Rauten und gibt sie in die angerichtete, gut abgeschmeckte Fleischbrühe.

Gugelhopfen mit Kartoffeln

Aus einem alten fränkischen Kochbuch des Germanischen National-Museums, Nürnberg: »Es werden die Erdöpfel gesötten, geschält und gerüben, über nachts getrocknet; dann werden 6 Eierweiß zu Gest [Schaum] geschlagen, die Dottern mit 8 Loth Zucker 1/2 Stund gerührt, 1/2 Pfund Erdäpfel doran gethan und noch 1/4 Stund gerührt«. Das Rezept muß dahin ergänzt werden, daß der gerührte Teig dann in einer gut gefetteten und gebröselten Gugelhupfform gebacken wird. Dieser wird zwar mehr ein lockerer Pudding, aber das Rezept ist interessant, weil es eine sehr frühe Verwendung von Kartoffeln in der feineren Küche aufzeigt.

Wie man aus der Ordnung weiter ersieht, erhielten die Brüder Rinder, Kalb- und Schweinefleich von Tieren, die im Auftrag des Bruderhauses vom Metzger gestochen wurden. Man brauchte für die Woche 25 Pfund, ausgenommen während der Fastenzeit. In dieser kaufte man Arbeis (Trockenerbsen), den die Schwaben nach Nürnberg brachten. Um Mittfasten, wenn man nach Ostern nicht mehr braute, da kaufte man Sommerbier und nötigenfalls sogar das Winterbier. Man besorgte es anfangs in Schwabach, mußte aber für die Einfuhr nach Nürnberg ›1/2 Gulden Ungeld‹ bezahlen.

Im Mai sollte man zwei Zentner Schmalz, im Juni zwei Zentner Butter und zwei Scheiben Salz, im Juli zwei, drei und vier Stoß Holz, im August zwei Schweine – die man zu Weihnachten schlachtete – für 5-6 Pfund, im September fünf Metzen Arbeis, drei Metzen Einkorn, zwei Metzen Hirse und je 1/4 Metzen Weizen und Gerste einkaufen. Im Oktober sott man zwei Tonnen gekümmeltes Kraut, hackte zwei Tonnen ein und füllte die großen Kufen damit. Am Tag der Bekehrung des Hl. Paulus wurde eine halbe Tonne Zilliger Heringe eingekauft.

Über das Essen und Trinken der Brüder gibt der nachstehende Speiseplan aus der ersten Hälfte des 15. Jahrhunderts Aufschluß:

Sonntags und alle Feiertage:	Frühmahl: *1 Stück Fleisch in einer Brühe, davon 4 auf ein Pfund geben, dazu Kraut oder Rüben oder Gemüse, also, daß es 2 Gerichte sind, und 1 Seidel Bier.* Nachtmahl: *1 Stückl Fleisch und Kraut und Rockenbrot genug.*
Montag:	Frühmahl: *1 Stück Fleisch (Speck) mit Kraut und dazu Gerste oder Weizen, also daß es 2 Gerichte sind.* Nachtmahl: *1 Stück Fleisch (Speck) mit Kraut oder Rüben und Rockenbrot genug und kein Trinken.*
Dienstag:	Frühmahl: *Gerste und Suppe oder Arbeis, also, daß es 2 Gerichte sind.* Nachtmahl: *1 Stück Fleisch mit Kraut oder Rüben und Rockenbrot genug und kein Trinken.*
Mittwoch:	Frühmahl: *Kraut oder Rüben und ein Gemüse dazu.* Nachtmahl: *Arbeis oder Gerste und Suppe, also daß es 2 Gerichte sind (und Käse dazu) und Rockenbrot genug und kein Trinken.*
Donnerstag:	Frühmahl: *Gerste und Kraut oder Rüben.* Nachtmahl: *1 Stück Fleisch mit Kraut und Rockenbrot genug und kein Trinken.*
Freitag:	Frühmahl: *2 Gerichte von Milch und wer von allem ißt.* Nachtmahl: *3 Gerichte und jedem 1 Seidel Bier und Rockenbrot genug.*
Samstag:	Frühmahl: *Gerste und Kraut.* Nachtmahl: *Gemüse, Suppe, Käse und Rockenbrot genug und kein Trinken.*

Im Advent erhielten die, welche nicht fasteten, ebensoviel als zu einer anderen Zeit, die aber fasteten, denen gab man 3 Gerichte und Gemüse sowie Suppe oder 2 Gerichte und Käse sowie 1 Seidel Bier.

Man ersieht aus diesem Speiseplan, daß an die Brüder täglich nur zwei Mahlzeiten, und zwar morgens und abends je eine warme Mahlzeit ausgeteilt wurden.

Während im 15. Jahrhundert die Mägen der Brüder zu Martini nur 12 Hühner, zwei Martinsgänse und 50 Eier erfreuten, wurden Ende des 17. Jahrhunderts jährlich mehr als 100 Hühner, fünf Martinsgänse und 400-800 Eier in das Bruderhaus geliefert. Und am Martinstag 1749 gibt der Speiseplan für die zwölf Brüder, den Schaffner und die Köchin schon eine wesentliche Steigerung an. Da gab es:

Mittagsmahlzeit: Wecke zur Suppe, 8 Pfund Rindfleisch.

Abendmahlzeit: 6½ alte Hühner, 8 junge Gänse in Limonibrühe, 5 Gänsebäuche, 21 Pfund Schweinefleisch. Wecklein und Küchlein. Als Gewürz dienten Limoni, Citrone, Weinbeeren, Wecklein zur Fülle der Gänse, Eier, Butter, Essig, 2 Maß Wein und Fenchel.

Diese Mahlzeit kostete neun Gulden und fünfzehn Kreuzer. Auch die dazugehörigen Einzelheiten aus den Hausregeln sind, soweit sie die Küche betreffen, interessant. Da wurde der Lohn der Köchin mit vier Gulden im Jahr und dazu vier Gulden von jedem eintretenden Bruder sowie einem Gulden und 30 Kreuzer zu Neujahr vermerkt, oder daß die Zuspeiserin (Küchenmagd) nur freie Verpflegung und wöchentlich ein Brot von acht Pfund erhielt, oder daß ungehöriges Benehmen eines der Brüder mit Essensentzug bestraft wurde.

Unter den Mendel-Brüdern, die genau registriert wurden, befanden sich sehr viele, die beruflich in irgendeiner Form mit der Ernährung zu tun hatten. War doch damals wie heute der weitaus größere Teil der Menschheit damit beschäftigt, Lebensmittel zu erzeugen, zu transportieren, zu verarbeiten, zu verkaufen oder Gerätschaften zu ihrer Verarbeitung oder Darbietung herzustellen. Da finden wir in der ersten Hälfte des 15. Jahrhunderts so unterschiedliche und heute zum Teil ungebräuchlich gewordene Bezeichnungen wie: Pistores (Bäcker), Pütner (Büttner), Winzer, Gärtner, Biermesser, Flaschenschmiede, Gewürzkrämer, Kezzler (Kesselschmiede), Lebküchner, Mehlsieber, Weinknechte, Bauern, Fischer, Carnifices (Metzger), Hühnertrager, Köche, Müller, Pfannensmit, Weinschenk, Bierbrauer, Kanelgiezzer, Gastwirt, Käser, Krämer, Küfer, Weinabfüller.

Über einen besonders originellen Heische- oder Bettelbrauch ist noch aus München zu berichten. Da gab es im Kloster St. Kajetan in der Theatinergasse eine ›Hungerglocke‹, die von den Mönchen

217 Wie ein Bettelmann zu Abend zu essen sollte man nach dem wohlgemeinten Rat eines bekannten Sprichwortes, um sich Gesundheit und Leistungsfähigkeit zu erhalten. Aber schon im 16. Jahrhundert, als Übergewicht und Fettpolster noch kein allgemeines Gesprächsthema waren, wußte die deutsche Platina-Ausgabe 1542 zu empfehlen, weniger zur Nacht zu speisen, und illustrierte diese Warnung mit diesem abschreckenden Holzschnitt eines allzu üppig beschickten Abendessens.

Geriebene Selleriesuppe

Ein halber Selleriekopf wird geschält und roh aufgerissen. Man fügt 3 in Milch geweichte und zerzupfte Semmeln, ein Stück Butter und etwas Fleischbrühe dazu und schmort alles gut weich. Die Suppe wird durchgeschlagen, mit der Fleischbrühe aufgegossen und mit Rahm und Eigelb verschlagen. Man würzt sie herzhaft mit frischem Selleriegrün, Petersilie und etwas Muskat.

gezogen werden durfte, wenn die gespendeten Nahrungsmittel ausgegangen waren und den Patres der Hunger drohte. Es handelte sich zwar um einen Bettelorden, aber offen betteln durften die Angehörigen jedoch nicht, sondern sie waren auf freiwillige Gaben der Gläubigen angewiesen. Wenn diese gelegentlich ausblieben, half ihnen eben diese Hungerglocke. Die Münchner beeilten sich dann schuldbewußt, den Theatinern »Brot und Kälbernes, Fische, Obst, Gerstensaft und auch Holz zum Kochen« zu bringen. Auch die kurfürstliche Hofküche steuerte bei, so daß die Glocke dann wieder längere Zeit schweigen konnte. Wie selten sie nur ertönte, geht am besten daraus hervor, daß der Tag Sankt Peter von 1727 deshalb in die Stadtchronik eingegangen ist; erst 15 Jahre später, sonst aber anscheinend nie mehr, läutete die Glocke wieder. In der Stadtchronik sind jedenfalls nur diese beiden Male vermerkt.

Soweit die geregelte Armenverköstigung von seiten der Wohlhabenderen. Darüber hinaus aber gab es eine traditionelle Armenkost der Armen selber, die schon erwähnte Armeleuteküche. Sie richtete sich selbstverständlich nach der Jahreszeit, hatte aber ein ausgesprochen regionales Gesicht. Dazu gehört beispielsweise das Pichelsteiner oder Büchelsteiner, ein Eintopf aus Gemüse, Kartoffeln und Fleischbrocken, aus dem Bayrischen Wald. Er ist das Zusammengekochte, wie es überall daheim war, ob es nun Labskaus im Norden oder Fondue in der Schweiz, Olla potrida in Spanien, Schaschlik an der Adria, Bouillabaisse in Frankreich, Hotspot in Holland oder Pizza in Italien heißt. Fleischreste mit Kraut und Rüben oder Käse und Brot oder Fisch und Brot oder Kartoffeln wurden dick verkocht und mit einem Spezialnamen versehen. Auch der ›Kreiwacka‹ aus dem Wald, ein aus Brot, Eiern, Milch, Salz und viel Schnittlauch vermengter Brei, der in Rindsschmalz herausgebacken wurde, gehörte dazu, ebenso der oberbayrische ›Holzknechtschmarrn‹ aus Mehl, Wasser, Salz und Schmalz oder der ›Kartoffelkas‹ der Hopfenzupfer.

Um auch in die niederen Stuben Fleisch zu bringen, gab es die Freibank, Verkaufsstellen von billigem Fleisch notgeschlachteter Tiere und zudem die Roßmetzger, die den sehr begehrten ›Bani‹, das Pferdefleisch, und auf Märkten die schmackhafte Roßwurst, feilboten.

Die seit dem Ende des 18. Jahrhunderts auftretenden unendlich vielen Kartoffelspeisen der ehemals so kargen Oberpfalz sind ein weiterer Beweis für das Bemühen, Armut durch Phantasie auszugleichen. Auch Rüben, Kraut, Hirse, Polenta, gestrecktes Brot und die ›Hirgstmilli‹, wieder aus dem Bayrischen Wald, gehören dazu, eine dick vergorene Masse aus wochenlang gesammelter Herbstmilch, die mit Mehl zur Suppe verkocht und mit Kartoffeln

Gebröselte Hopfensprossen

In der Holledau werden Hopfensprossen in allen nur denkbaren Variationen verwendet. Die Hopfensprossen werden in Salzwasser kurz gekocht, abgetropft und in eine Anrichteschüssel gegeben. Man streut Butterbrösel und nach Belieben noch etwas Petersilie oder Schnittlauch darüber.

bereichert wurde. Der ›Kolatzer‹ war ein originelles Weihnachtsessen aus der gleichen Gegend. Es handelte sich um ein wahrscheinlich unfreiwilliges Fastenessen, nach dem ›Colatio‹ genannten Fastenfrühmal der Mönche benannt und auf niederbayrisch verwandelt. Dieser Kolatzer war ein einfaches Früchtebrot aus Roggenmehl, eingeweichten Kletzen und Sauerteig und galt als Abschluß des Weihnachtsfastens vor der Mettensuppe oder wurde auch statt dieser genossen.

Die Porzelliner in Nordostbayern hatten ebenfalls ihre Spezialität. Arm wie sie waren, weitab von leicht zugänglichen Nahrungsquellen, haben sie so ab und zu selbst für sich gesorgt und eine echte Porzelliner-›Brotzeit‹ veranstaltet. So wenig ›Brot‹ dabei zu tun hatte, so sehr stimmt die Veranstaltung, denn ein Jungschwein, ein Reh, ein gefangenes Haserl, ein Kaninchen oder eine fette Gans, die wollten schon ›derwischt‹ werden. Dann ging's schnell, damit keiner dahinterkam. Aufgebrochen, gehäutet oder gerupft, gesalzen und dick in Lehm oder Porzellanerde gepackt,

218 Das Vergleichen von Qualität und Preis – Empfehlungen also, die heute dem kostenbewußten Verbraucher immer wieder eingeschärft werden – war einst sehr viel leichter, als die Verkaufsbuden der Händler, nach Branchen gegliedert, an einem Ort konzentriert waren: Hier die Münchner Fleischbank, die von 1870 bis 1885 im gotisch gewölbten ›Weiberbau‹ des ehemaligen Heiliggeistspitals untergebracht war.

Krautbaunkerl

Unter einen normalen Semmelknödel- oder Kartoffelknödelteig gibt man gleichviel klein geschnittenes Sauerkraut und gewürfelte Reste von fettem Wammerl (Schweinebauch). Man formt daraus längliche Nudeln und kocht sie in Salzwasser. Dann tropft man sie ab und übergießt sie mit gebräunten Zwiebelringen.

wanderte die ›Brotzeit‹ in den Brennofen. Kein Bruzzeln, kein Düfterl hat sie verraten, denn die steinhart werdende Lehmkruste hat das Geheimnis bewahrt, bis es soweit war. Der mit dem Garen Beauftragte wußte dann schon, wie lang die ›Brotzeit‹ brauchte, um schön gebraten zu sein. Die enorme Hitze mußte ja mit der Dicke der Hülle und der Bratdauer genau abgestimmt sein.

Das war dann zwar keine Armenkost, sondern ein herrliches Schmankerl, aber drumherum saßen genug Armenköstler und bezahlt haben sie's mit schlechtem Gewissen und verstohlener Eile.

Vor wenigen Jahren, bei der Einweihung einer Amberger Hütte, entstieg so eine echte Porzelliner-Brotzeit von einst wieder dem Höllenschlund von 1400° Celsius und erfreute die Gäste.

Sonst aber mußten der Sterz aus Mais, der Brei aus Hirse oder ein ›Ko‹ (Koch-Brei) aus ›Hoin‹ (Buchweizen), ›Brein‹ (Hirse) und Roggenschrot den Magen beruhigen. Nur an hohen Feiertagen gab es Fleisch und da oft nur für die Mannsbilder, wenn nicht ein armes Rehlein oder Häschen lebensmüde war und dem Hausherren justament zwischen die Füße oder gleich in den Sack gelaufen war. Kartoffeln wurden zum Segen und was daraus alles gemacht werden konnte, reichte von der Suppe bis zum Schnaps, vom Brot bis zum Braten.

Auch Mehlspeisen, mit Kartoffeln gestreckt, haben sprachlich geradezu ein Denkmal für die fröhlich-tapfere Phantasie der Hausfrauen hinterlassen. Da gab es ›Hosenknöpf‹ und ›Hasenöhrl‹, ›nackerte Mandl‹, ›Alte Wabn‹, ›Ofenschlupfer‹ und ›Regenwür-

219 Von der billigen Volksnahrung zum festen Bestandteil auch der anspruchsvollen Tafel gewandelt hat sich die Kartoffel schon im 19. Jahrhundert, und die rührige Kochbuchautorin Maria Abel wußte um 1888 ein ganzes Buch mit Rezepten zu füllen, wie man diesem Geschenk der Neuen an die Alte Welt immer wieder neue schmackhafte Seiten abgewinnen kann. Einen ähnlich reichen Erfahrungsschatz breitete die Regensburger Verfasserin auch über den guten alten bayerischen Knödel aus, wobei man freilich damals bereits dem norddeutschen Benutzer mit einer ›Übersetzung‹ zuhilfe kommen mußte.

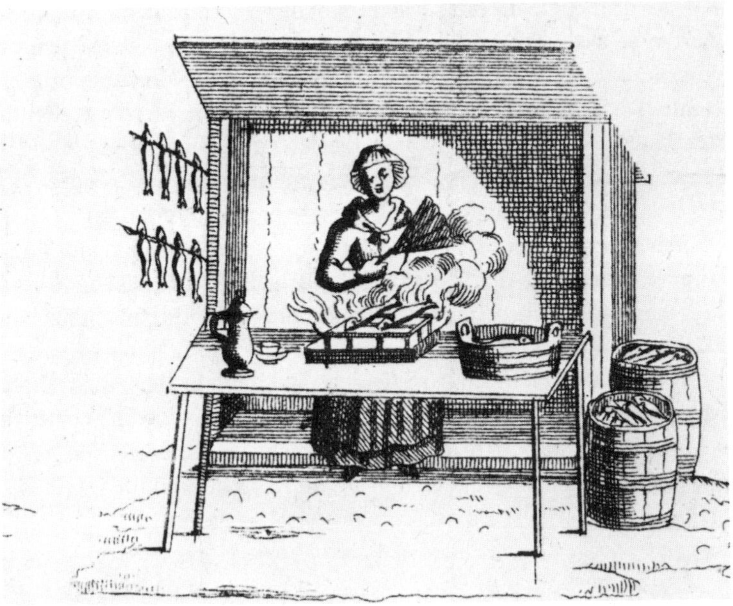

220 Wie der Stockfisch als meist einzige Fischart zur Ergänzung des einfachen Tisches von den kleinen Leuten geschätzt war, so beliebt war auch der Bratfisch, den man einst wie jetzt auf den Dulten und Märkten gerne zwischendurch mitnahm.

mer‹, ›Wespennester‹ und ›Haberstroh‹, ›Hadern‹ oder ›Schlosserbuben‹, ›Goasbratl‹ oder ›Schoitls‹, ›Hirtastecken‹ und ›Hoare Zelten‹, ›Kropfa‹ und ›Bruckbrügl‹, ›Schnecken‹ und ›Mäuserl‹, ›Sterz‹ und ›Hafamandl‹, ›Wuchteln‹ und ›Tascherl‹, ›Schopperl‹ und ›Bauchstecherl‹, ›Zammerl‹ und ›Tommerl‹, ›Reinstriezel‹ und ›Strudl‹, ›Schmarrn‹ und ›Fleckl‹, ›Datschi‹ und vom Böhmischen her die ›Liwanzen‹ und ›Powidldatscherl‹.

Die Suppe war meist dick, damit sie gesättigt hat und war der Vor- oder Mitläufer des Eintopfs. Brot ist nur selten gebacken worden; man hat die harten Ranken daher in die ›Mil‹ oder in die Suppe getaucht, damit sie eßbar wurden.

Das Sauerkrautfaß durfte das ganze Jahr nicht leer werden, denn es war nicht nur Gemüse und ›Dauch‹, sondern auch Grundlage für so manche Zuspeise, wie Krautknödel, Krautpfanzl, Krautnocken und ähnliches. Sauerkraut war Mittags- und Abendkost, Sattmacher und Gesundbrunnen. Dazu haben die Äpfel-, Birnen- und Zwetschgenbäume noch das ihre gegeben und der Wald schenkte als ›Zuaschloipf‹ (Zukost) wilde Beeren, Pilze, Gewürze wie Tannennadeln, Pfefferminze, Wacholderbeeren, Kümmel und Bärwurz, Heilkräuter und ›Grünzeug‹ als Wildsalate.

Einfache Speisen, besonders Brote und Gebäck aus Roggenmehl, spielten auch in der Armenspende zu allen ›heiligen Zeiten‹, also Lichtmeß, Ostern, Pfingsten, Johanni, zu Kirchweih, Allerseelen und Weihnachten, eine bedeutsame Rolle.

Ebenso gab es für besondere Spendwecken, sogenannte ›Gottslaibl‹ und Lebzelten, Seellaibe und Armenbrote, vielerlei Rezepte

Brotsuppe

Schwarzbrotreste werden über Nacht eingeweicht und dann mit einem Schinkenknochen oder mit Schwarten oder frischen Knochen gut durchgekocht. Man treibt das Brot durch ein grobes Sieb und würzt mit Rotwein, etwas Zucker, Salz, Pfeffer, Kümmel und gebräunten Zwiebelringen und kann noch Speckwürfelchen oder gehackten Schinken oder aufgeschnittene Wiener Würstchen hineingeben. Auch 2-3 Eßlöffel saurer Rahm und 1-2 verklopfte Eier schmecken gut in der Suppe, die mit Schnittlauch überstreut wird.

Schneiderfleck oder Hadern

Gekochte, geriebene Kartoffeln, die man mit Salz, etwas Mehl, 1 Ei und nach Belieben mit Pfeffer oder etwas Majoran abgeschmeckt hat, walkt man dicklich aus und schneidet viereckige oder rechteckige Stücke oder Streifen daraus. Sie werden schwimmend in Fett goldgelb gebakken und mit etwas Grieß überstreut, mit wenig Backfett übergossen und noch einmal im Rohr überbacken.

wie auch noch späte bürgerliche Kochbücher zum Beispiel preiswertes ›Waschkorbgebäck‹ bringen, das man in großen Mengen verschenkte. Ebenso erinnern Anweisungen wie Bettelmann, Arme Ritter, Kapuziner, Bauernomelett, Schneiderfleck, Schusterpastete, Beamtenschinken (Leberkäs), Falsche Tauben, blindes Huhn, G'schwollne Gans und viele mehr an ›Spar-Rezepte‹ aus Resten oder Ersatz daran. Der Stockfisch, als meist einziger Fisch, ebenso der Gerstenbrei, die Krautsuppe wie Rüben sind noch lange Mittelpunkt der Ernährung, nur selten von Festtagen und Hochzeiten unterbrochen, wenn nicht der Holzbirnbaum vor dem Haus, der Wald oder gar der eigene Garten Zuhilfe boten.

Noch 1850 brachte das ›Baiersche Kochbuch‹ der Anna Klara Messenbeck ein Rezept für ein ›Bettelbrot‹. Es ist zwar gehaltlich schon über seinen ursprünglichen Zweck hinausgewachsen, trägt aber noch die Erinnerung an den alten Spendwecken im Titel.

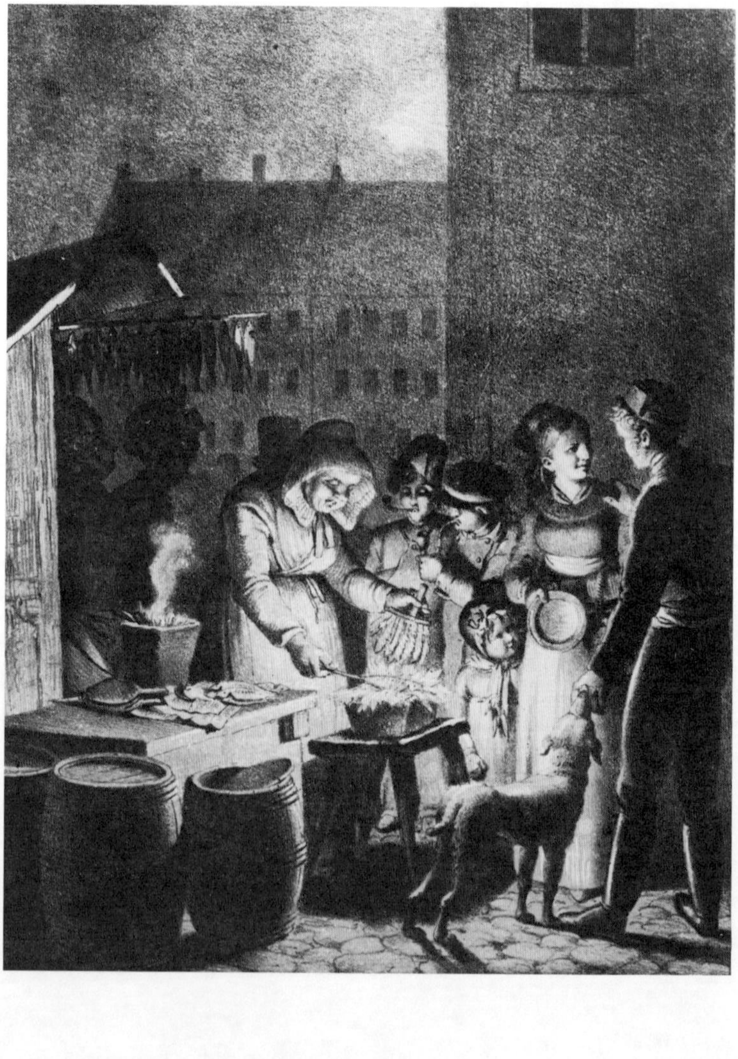

221 Besonders in Nürnberg fanden – neben den berühmten Bratwursthändlern (siehe Bild 140 auf Seite 131) – die malerischen Stände der Salzfischerinnen regen Zuspruch, die auch früher schon zum festen Bestandteil des ›Christkindlesmarkts‹ gehörten.

Die bäuerliche Kost

Die Küche der Bauern ist wohl die älteste; lange hat sie mit unglaublicher Zähigkeit an der ursprünglichen Ernährung festgehalten, allerdings von zwei strengen Gesetzen regiert: von den landwirtschaftlichen Gegebenheiten und der bargeldlosen Realwirtschaft. Man konnte nur auftischen, was Feld und Stall, Garten und Wald gaben; Jagd und Fischerei waren den ›Herren‹ vorbehalten.

Ein alter Spruch lautete:

Wildpret und Fisch
sind für der Herren Tisch

Ein Grund, warum sich die Bauernkost so lange ›rein‹ erhalten hat, war die Unbeweglichkeit der ländlichen Bevölkerung, die selten über das engste, eigene Gebiet hinausgekommen ist, um anderes zu sehen. Dazu sei noch die viele und schwere Arbeit erwähnt, die nur zur erntelosen Winterzeit erlaubte, ein wenig an sich selbst zu denken.

Beschränkte Auswahl an einfachsten Lebensmitteln, beschränkte Kochmöglichkeiten auf primitiven Herdstellen und wenig Zeit durch viel Alltagsmühe ließen die Ernährung jahrhundertelang sehr einfach bleiben. Trotzdem vermochten viele Bäuerinnen, das Gegebene mit Phantasie zu variieren. Es gab daher verschiedene Breie und Suppen, auch Käsesorten, Milch- und Mehlspeisen und später Kartoffelgerichte. Fleisch war, mit Ausnahme einer kurzen Zeitspanne, fast bis zu unserem Jahrhundert in der bäuerlichen Küche nur knapp vertreten und meist ein Festtagsgenuß an Ostern, zu Pfingsten, zur Kirchweih, zu Weihnachten und bei Hochzeiten. Verständlich ist daher der Spruch aus alter Zeit:

Je goldener das Meßgewand
desto saftiger der Tisch!

Es gab, oberflächlich gesehen, wohl eine gesamtbayrische Küche; sie fächerte sich aber für den Kenner aufgrund der Bodenverhältnisse und des Klimas in einzelne Regionen auf. Reste der regionalen Kochweisen sind auch heute noch überall zu spüren. Sie sollen der Mittelpunkt der folgenden Betrachtungen sein.

Krebs-Pudding

Von 2-3 Semmeln reibt man die Rinde ab, halbiert sie und weicht sie in Milch ein. Dann kocht man 25-30 kleine Suppenkrebse gar, löst die Schwänzchen aus und rührt 100 bis 150 g Krebsbutter mit 6-7 Eidottern über leichtem Feuer glatt, gibt das ausgedrückte Brot, die Hälfte der kleingeschnittenen Krebsschwänzchen und einige gekochte, kleingeschnittene Morcheln, Salz, Muskatblüte und Petersilie dazu. Dann schlägt man das Eiweiß sehr steif und rührt es unter die Masse. Sie wird in eine mit Butter bestrichene, gebröselte Puddingform gefüllt. Man schließt sie gut und läßt sie knapp 2 Stunden nicht zu stark sprudelnd kochen. Dazu gibt man eine feine Sauce aus einer zarten Butterschwitze, die mit Krebsbutter aufgeschlagen und mit etwas Weißwein gewürzt wurde. Man schmeckt sie noch mit Fleischextrakt, Salz, Pfeffer und wenig Muskat ab, bindet sie mit 1-2 Eidottern und süßem Rahm und gibt sie zum gestürzten Krebspudding.

222 Höhepunkt im harten bäuerlichen Leben früherer Jahrhunderte war das Kirchweihfest, bei dem der fromme Kirchgang schier nahtlos überging in den Budenzauber der Marktschreier, Quacksalber oder Zahnbrecher, während der vom deftigen Mahl angestaute Tätigkeitsdrang sich entweder im harmlosen Spiel, beim übermütigen Tanz oder auch bei einer handfesten Rauferei entlud. Solchermaßen wird dieser ländliche Festspiegel von Hans Sebald Beham aus dem Jahre 1535 zum Sittengemälde einer ganzen Epoche.

Die ›Küche‹ (Kost) ist natürlich nie ein festumrissener Begriff, denn jede Dorfgemeinschaft, jedes Tal, ja sogar jedes Haus hat eigene Gewohnheiten und Vorlieben, so daß es nie zu einer bestimmten Siegelmarke kommt. Es gibt jedoch sichere Merkmale, an denen die Herkunft erkannt und – mit Vorsicht – in ein gewisses Schema gebracht werden kann, was nun hier versucht sein soll.

Auch auf dem Land kann man von ›tafeln‹ sprechen, denn das Essen war streng nach sehr alter Tradition und patriachalischem Gesetz geregelt. Zuerst läutete die oft schön geschmückte Glocke vom Dach die Hausgemeinschaft zusammen, dann trat alles ein, blieb stehen und versammelte sich, genau nach Rang geordnet, die Kleinen kniend vorn, zum Tischgebet, das entweder reihum oder vom Hausherren vorgebetet wurde. Erst dann setzte man sich, wieder nach einer bestimmten Ordnung, Bauer und Bäuerin meist unter dem Herrgottswinkel, die Kinder und Jungknechte auf der Bank. Man wartete, bis der Bauer als erster seinen Löffel eintauchte. Er hat auch das Fleisch geschnitten und verteilt, so wie die Bäuerin das vorher gesegnete Brot. Die grobe Leinentischdecke, selbstgewebt und meist bestickt, wenigstens mit Monogramm und Borte, das handfeste Geschirr oder die schönen Zinn- oder Holzteller, die oft selbst geschnitzten Holzlöffel, die schweren Messer, nicht selten mit Hirschhorngriffen, die großen Zinn- oder Tonkrüge waren tägliches Kulturgut, Freude, Besitz. Das gemeinsam vorgetragene Gebet beendete das Mahl.

Nach altem Zeremoniell – der Oberschicht abgeschaut, manches aber auch selbst erdacht –, nach familiären Regeln ging es auf den Höfen zu. Man liebte die Ordnung, den Bestand, den Anstand.

Die Kost der Ehalten (oder Ehehalten, wie man früher die Dienstboten nannte), lief nach besonders genauen Regeln ab. Und

Knoblauch-Bohnen

Grüne Bohnen werden vorbereitet und in Salzwasser weichgekocht. Man gibt nun in einen Topf etwas Öl, 1/2 feingehackte Zwiebel, etwas zerdrückten Knoblauch und die Bohnen. Sie werden darin geschwenkt und mit Bohnenkraut, etwas Petersilie und, wenn nötig, noch ein wenig Salz sowie Pfeffer gewürzt und rasch aufgetragen.

wehe, wenn sich eine Bäuerin darüber hinweg gesetzt hat. Man wollte nicht mehr, aber auch nicht weniger. Neuheiten, auch wenn sie noch so gut waren, wurden abgelehnt, denn sie widersprachen dem Brauch.

So war es beispielsweise üblich, daß trotz aller gewohnten Rangordnung das erste Mahl am neuen Platz, gleichgültig, ob für die junge Hausmagd oder einen ›Bama‹ (Baumann: Oberknecht) auf einem Platz eingenommen wurde, der gegenüber dem Herd lag, damit der ›Neue‹ in den Topf oder ins Feuer schauen konnte. Das half ihm, das Heimweh zu überwinden, und bot ihm eine Schau auf sein zukünftiges Leben, wenigstens in punkto Essen, denn das war fast ebenso wichtig wie die Heimat.

Der Jahreslauf mit seinen Fest- und Fasttagen sowie die Ernte bestimmten den Küchenzettel. Zu Lichtmeß gab's den Schlenkellaib, zu Ostern das G'weichte (Geweihte), im Frühsommer Hollerküchel, zur Mahdzeit Schmalzgebackenes, zu Martini die Gans, an Nikolaus Kletzenbrot, zu Weihnachten die Mettenwürste. Man hielt sich genau an die Zeit, an das Herkommen, und war stolz darauf.

Bei den aufwendigeren Speisen, etwa beim Fleisch oder bei Kücheln, waren Größe und Anzahl für jeden, nach Alter und Wichtigkeit, genau vorbestimmt. Ordnung muß sein! So wußten der Stallbub genauso wie die Obermagd, was ihnen zustand. In den Urbarien des Bauern-Pfarrherrn eines Landsberger Hofes aus dem 18. Jahrhundert ist zu lesen: *den vier Dienstboten am Neujahrstag zwei Maß Bier miteinander wegen Neujahrswünschen. Nachts: Kücheln und Gemüs [Kraut und gedörrtes Obst] kein Bier, aber jedem Kücheln zum Aufheben. Dieser Tag weißes Brot. – Baumeister und Dirn erhielt jedes 8 Kücheln.*

Entgegen dieser hierarchischen Regelung, die von einer strengen Einfachheit zeugt, kann man sehr oft in der Beschreibung bäuerlichen Lebens von großer Üppigkeit bei Erntefesten, Hochzeiten und kirchlichen Feiertagen lesen. Da wimmelt es geradezu von Braten und Würsten, Schmalzgebäck und Knödeln. Man muß aber dabei bedenken: das waren stets Höhepunkte und bemerkenswerte Ereignisse des Jahres. Man mußte sich auf dem Land nach Jahreszeit und Ernte richten und hat sich deshalb vor großen Arbeitsperioden aber vor allem im Herbst noch etwas Speck angegessen, um dann die erntelose Zeit besser überstehen zu können. Man muß den einstmals noch so gut spürbaren Instinkt der Landbevölkerung anerkennen. Niemand sonst war so den Wetterlaunen, der Jahreszeit ausgesetzt, keiner hat so auf volle Truhen schauen müssen, denn Kaufen von Lebensmitteln war aus Mangel an Barmittel unmöglich. Da hieß es einteilen – oder hungern. Und aus dieser harten Alternative heraus muß man dann auch das gele-

Struckeln

»Mache einen gewöhnlichen Nudelteig, und welle ihn auch aus wie zu Nudeln; bestreich einen jeglichen Boden mit sauerm Rahm, und lege etwas geschnittenen Butter darauf, überwickle einen Boden nach dem andern, wie eine Wurst, schmiere eine Schüssel recht wohl mit Butter / lege die aufgewickelte Böden darein, gieß süße Milch daran, lege aber wieder geschnittenen Butter darauf; thu unten und oben Glut dazu, und laß es kochen und ziehen, bis die Milch völlig eingekochet, und es oben schön gelb ist. Alsdann gieb es in dem Geschirre, worinn es gekochet worden, auf den Tisch.« (Aus ›Speismeister‹ von 1778)

Gänsgeschnatter

Das ist nichts weiter als ein pikant abgeschmecktes Gansjung (Gänseklein). Dazu werden Hals, Füße, Flügel, Magen und Herz in leichtem Essig-Salzwasser mit Suppengrün gut weichgekocht und in nicht zu kleine Stücke geschnitten. Man bereitet eine dunkle Schwitze, gibt das Gänsefleisch samt Suppengrün hinein und würzt mit Salz und Pfeffer, Muskat, viel Petersilie, Rahm und bequemerweise mit etwas fertigem Sauerbratengewürz. Besonders gut schmeckt etwas Gänseblut darin. Dazu gibt es Kartoffeln, Spätzle oder Knödel.

Saure Ente

Es darf sich ruhig dabei um eine etwas ältere Ente handeln. Sie wird sauber geputzt und in Salzwasser mit ganz wenig Essig und reichlich Suppenkräutern zartweich gekocht. Das muß langsam geschehen, das Wasser darf also nicht zu stark sprudeln. Dann nimmt man das Fleisch in möglichst gleichmäßigen Würfeln von den Knochen und gibt es in eine braune Schwitze, die mit Entenwasser und etwas saurem Rahm aufgegossen wurde. Man würzt noch mit Salz und Pfeffer, einem Lorbeerblatt, etwas Essig, einer Prise Zucker und, wenn möglich, etwas Rotwein oder Most nach und kocht das Ragout noch einmal gut durch. Dazu gibt es Butternockerl oder Semmelknödel.

223 Eine ländliche Idylle in der Großstadt, die mit ihrem ungehemmten Wachstum auch diesen einstigen Vorort längst umklammert hat, ist der Dorfkern von Obermenzing: Hier hat sich im ›Alten Wirt‹ nicht nur ein markanter oberbayerischer Gasthofbau erhalten, sondern in der Verbindung mit der zierlichen Kirche auch ein spannungsgeladenes Architekturensemble von unverwechselbarer Erscheinung.

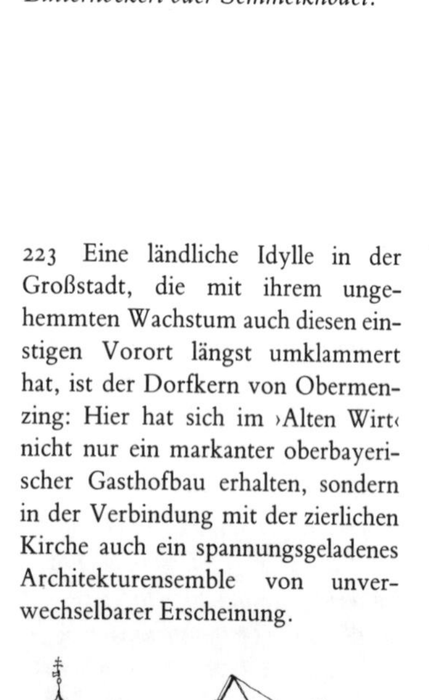

gentliche Überschäumen, den Freßtaumel, das Auftrumpfen bei Festen verstehen, die den Chronisten im Gedächtnis blieben und die uns so oft ein falsches Bild vermitteln.

Trotzdem sollen auch hier nur festlichere, üppigere Speisen im Vordergrund stehen, denn ›Bayern tafelt‹ will ja nicht von Hirse und Korn berichten, sondern von der echten, auch auf dem Land geübten Tafelkultur, die sich natürlich bei Festessen besser zeigte, als im arbeitserfüllten Alltag. Und viele, viele Speisen, rein bäuerlichen Ursprungs gehören auch heute noch zum traditionellen Erbe unserer Culinaria.

Deshalb wird der Leser die meisten einfachen, volkstümlichen und für den Landstrich typischen Rezepte vermissen. Da fehlen Nürnberger Gwärch, niederbayrische Schwarzbrotknödel, die Gwichsten, die schwäbische Schleiferbrühe, der oberbayrische Holzknechtschmarrn und alle anderen Einfachspeisen der Alltagsküche. Hier soll aufgezeigt werden, wie gut man gegessen und nicht wie sparsam man sich ernährt hat. Das ist durchaus keine Absage an die sättigende, in breiten Schichten notwendig gewesene Hausmannskost, sondern eben nur ein anderes Thema.

Die gehobene bäuerliche Küche wanderte mit so manchem Landflüchtigen in die Stadt, so daß sehr viel traditionelle Bauernkost, besonders die jahreszeitlich bestimmten ›Schmankerl‹ in die bürgerliche Culinaria übergegangen sind. Man kann also hier oft nicht ganz klar unterscheiden, denn letztlich waren ja die meisten vom Lande gekommenen rasch Stadtbürger mit höherem Lebensstandard geworden und haben es sich dann erlauben können, die ländliche Festtagskost zu ihrer Alltagskost zu machen. Dadurch gibt es viele Überschneidungen.

Oberbayern

Einer alten Vorstellung von Bayern nach muß man sie einmal gesehen haben auf einem Roß- oder Jahrmarkt, die g'standenen Bauern in ihren schönen Trachten, die vom Tölzer oder Ruhpoldinger Winkel, die Dachauer oder Berchtesgadner mit Gamsbart oder Adlerflaum, die großen Frauen mit seidenen Fransentüchern und goldgeschnürten Hüten, mit weiten Röcken und Blumen im Mieder. Und im Zegerer haben sie ihre Küchel und ein Trumm G'selchtes mitgebracht, denn sie sind bei aller Sicherheit der Lebensgrundlage ihrer Höfe sparsam und selbstbewußt. Der Eingeweihte aber weiß, daß das nur ein Stückerl ihrer bunten ›Eß-Palette‹ ist und daß die oberbayrische Culinaria eigentlich anders aussieht. Der Leberkäs, die Weißwürst, der Gratbraten, Nierenbraten, Schlegelbraten gehören ins Wirtshaus; die Bäuerin kocht

224

225

226

227

224-227 Viele alte bayerische Gastwirtschaften besonders in den Handels- und Residenzstädten waren Spiegel gepflegter Gastlichkeit und gediegenen Lebensstils, und ihre Wirte hatten nicht selten feinen Sinn für weltoffene Lebensart und Kultur. Als ein Beispiel, das für viele gelten kann, sei der einst berühmte ›Schwarze Adler‹ an der Münchner Kaufingerstraße (226) vorgestellt. Angelockt von dem exzellenten Renommee des Hauses, das sich auch in der in züngelnder Rocaille höchst geschmackvoll gestalteten Geschäftskarte (224) kundtut, und dem Ruf des Weingastgebs Franz Joseph Albert (225), der für seine literarische Bildung und seine Neigung zur Musik bekannt war, stiegen hier immer wieder illustre Gäste ab. Zu denen, die sich in der behaglichen Gaststube vor der spätbarocken Theke (227) wohlfühlten, gehörten auch Wolfgang Amadeus Mozart, der zweimal hier wohnte und 1777 ein Liebhaberkonzert im großen Saal des Hauses gab, und 1786 ein Kaufmann Jean Philippe Möller, hinter dem sich kein Geringerer als Johann Wolfgang Goethe verbarg.

Grießnocken

Da in Bayern immer wenig Kartoffeln als Beilage gegessen wurden, hat man sich die schönsten Mehl- und Grießspeisen ausgedacht, die einen saftigen Braten gehörig begleiten. In 1/2 Liter gewässerte Milch kocht man 125-150 g Grieß dick ein und rührt gut durch. Die Masse wird mit Salz und Pfeffer, Muskat, gehackter Petersilie und 1-2 Eßlöffeln Parmesankäse rassig gewürzt. Daran gibt man 2-3 Eier und knetet die Masse durch. Man formt mit nassen Händen längliche große Nocken, etwa wie knapp ein Hühnerei und kocht sie in Salzwasser, bis sie schwimmen und sich bewegen. Dann tropft man sie ab und bringt sie mit brauner Butter oder mit braunen Zwiebelringen oder mit gebräunten Bröseln übergossen zu Tisch.

228 Ein schönes Beispiel für die ambitionierte altbayerische Gasthaus-Architektur ist der Gasthof in Altomünster im landschaftlich reizvollen Dachauer Hinterland. Auch hier möchte man in diesem schmucken Bau, den gleich drei Erker auszeichnen und schwungvolle barocke Schweifgiebel rahmen, eher ein Landschloß vermuten denn eine Wirtschaft.

nach ihrer Art: bedacht, hausig und doch voller Fettaugen. Besonders das gute Butterschmalz aus der eigenen Milch bietet ihrer Küche eine reiche Grundlage.

Natürlich hat man zu ganz frühen Zeiten, wie überall, nur wenig Fleisch gekannt und das Hauptgewicht auf die gute Mehlspeise gelegt. Aber seit 150 Jahren etwa stand doch sechsmal in der Woche, mit Ausnahme vom Freitag, Fleisch aus dem eigenen Stall auf dem Bauerntisch. Zuerst frisch, zur rechten Zeit die fette Sau, gelegentlich auch ein Kalb oder Jungstier; später dann das Surfleisch, dem das G'selchte folgte. Mit dem ›G'figgert‹, dem Geflügel, gab sich die Bäuerin wenig ab; das gibt nichts her unter den ›Mannerpratzen‹. Zu Martini gab es die ersten Gänse. Gänse galten nämlich als ausgesprochene Bauernessen und waren am Herrentisch verpönt. Die frühen Giggerl und Suppenhennen, die hat man mit den Enten und Gänsen und den ›Bibgockeln‹ (Truthühnern) auf den Markt getragen. Für die Bürger und Stadtbewohner waren sie ein traditionelles Festtagsmahl. Sie brachten, wie das Eiergeld, der Bäuerin das ›Eigene‹. Mußte sie doch für Sonntag den Kaffee und das Zichoriepackerl, für den Gugelhupf den Zukker und die Zibeben einkaufen.

Sonst hat sie beim Kramer nicht viel dazugeholt, denn der Hof lieferte ja alles selbst: Fleisch, Fett, Schmalz, Butter, Eier, Mehl, auch für's Brot, Kartoffeln, Kraut, Rüben, Kräuteln, Salat, Äpfel, Birnen und Zwetschgen, Kriecherl (kleine runde Pflaumen), Kirschen und Johannisbeeren. Das bedeutete für den Winter Kletzen und Apfelspeitel, Dörrzwetschgen, getrocknete Kirschen und Heidelbeeren, ein Sackerl voll Dörrschwammerl dazwischen; auch eigene Würzen wie Majoran, Kümmel und Wacholderbeeren, Kren und Senfkörner. Sie hat sich ihren Essig selbst angesetzt, für die ›Brotsäuer‹ gesorgt, den Honig geläutert, den Senf gekocht und für die Leinentruhe Lavendel getrocknet.

Ja, sie hat sich schon umtun müssen, die Bäuerin mit dem Haus, der Küche, dem Kälberstall, den Hendeln und nicht zuletzt mit einer Schar Kinder. Für diese mußte zuerst der ›Ko‹ (Koch), also das Mus, später die Nu'l (Nudel) oder Zelten für die Schule zubereitet werden. Und für die 5 Mahlzeiten sollte auch gesorgt sein: für die Frühsupp'n, eine Milchsuppe, oder, während der Erntezeit, ein Schmarrn mit Milch, um 9 Uhr für die Brotzeit, Milch und Brot oder Radi, Brot und Scheps (Dünnbier), für das Mittagsessen aus Suppe, Fleisch, Kraut und Knödeln, für die 3-Uhr-Brotzeit und für die abendliche Mehlspeise mit Resten; meist war noch Kraut übrig, und die ›Manner‹ haben sich dazu ein Stück Fleisch vom Mittag aufgehoben.

Daß Oberbayern sowohl fruchtbares Flachland wie ärmere Gebirgsgegenden umschließt, spürt man auch in seiner Küche. Das

229 Ein Gastwirt, der sich früher besonders hervortun wollte, unterhielt auch eine eigene Schlachterei, und man war einst – wie manchmal noch heute – nicht schlecht beraten, sich in der Vorfreude auf ein hervorragendes Fleischgericht an die Gasthöfe zu halten, bei denen der Zusatz ›Eigene Metzgerei‹ beste Qualität versprach. Von der eigenartigen Stimmung solcher Räume und dem nicht leicht zu bewältigenden und deshalb besonders herausfordernden Motiv rohen Fleisches mit all seinen Farbvaleurs ließen sich immer wieder Maler inspirieren wie hier Lovis Corinth 1897 in der Metzgerei der Klosterwirtschaft zu Schäftlarn.

230 Das 19. Jahrhundert war auch ein Jahrhundert der Geselligkeit, der sich die bürgerlichen und gehobenen Schichten mit aufrichtiger Begeisterung und entschlossenem Engagement hingaben wie nie zuvor und kaum mehr später. Überall entstanden literarische Zirkel, historische Vereine und berufsständische Vereinigungen, die über ihre kulturellen oder weltanschaulichen Ambitionen hinaus die Geselligkeit mit innerer Aufgeschlossenheit und persönlicher Anteilnahme pflegten, ja sie unter dem einigenden Band festlichen Dinierens geradezu zu einem Zeremoniell hochstilisierten. Ein charakteristisches Zeitbild aus dem Fin de siècle, dem sich unverkennbar auch Züge selbstgefälliger Zufriedenheit beimischen, hat 1898/99 der Maler Lovis Corinth mit dieser Tafelrunde Münchner Bürger in der Loge ›In Treue fest‹ entworfen.

Register reicht von üppig bis sparsam, vom saftigen Braten bis zum trockenen Türkenwoaz (Polenta), denn tiefer Lehmboden wechselt mit felsigen Berghängen ab. Aber Milch und Schmalz, Speck, das schöne weiße Mehl und auch ein gutes ›Bratl‹ gibt es überall. Kartoffeln werden weit weniger geschätzt und müssen ›erst durch die Sau gelaufen sein‹, bis man sie auf den Tisch bringen kann. Nur der Kartoffelsalat am Sonntag gilt; er war oftmals neben dem Sauerkraut das einzige ›Gmüs‹, das anerkannt wurde.

Im Bauernhaus galt seit jeher ein fester ›Freßzettel‹, an den sich die Bäuerin streng halten mußte, sonst maulten oder ›lichtmeßten‹ die Ehalten. Selbstverständlich hat sich alles modernisiert, aber auch so nivelliert, daß die heutige Küche nicht mehr sehr interessant ist. Die alte, mit der Brennsuppe in der Früh oder dem Mehl- und Grießmus, die war noch etwas für die g'standenen Leut. Gegendweise, so in Grafing, waren auch ein Rötel (Schmarrn) oder eine Polenta oder eine Brotsuppe üblich.

Zur Brotzeit gab's Scheps oder Schöps, ein dünneres, durstlöschendes Nachbier, oder g'stöckelte Milch mit selbst gebackenem Schwarzbrot. Im Herbst wurden frische Kartoffeln auf dem Feld dazu gebraten. Eben, weil's damals noch was Besonderes war.

Das festgesetzte Mittagsmahl um 11 Uhr, die nachmittägliche Brotzeit um 3 Uhr, wieder oft am Ackerrain eingenommen, das 6 tagelang gleiche Abendessen füllten den Küchentag.

Immer und überall war das Essen mit allen Seiten des Lebens, mit allen Äußerungen des Alltags verflochten, und mit der Bitte ums tägliche Brot im Vaterunser war nur ein Teil dessen berührt, was des Bauern Arbeit ausmachte. Er schuf die Nahrung, für sich und andere, er kannte, wie keiner, die Mühe und Sorge darum, er genoß sie auch doppelt, so schlicht, wie sie ihm zuwuchs, so üppig, wie sie gedieh. Zwischen dem Acker und der Schüssel, zwischen dem Stall und der Rauchkammer war der Weg kurz. Daher war auch der Kochlöffel in der Hand der Bäuerin bedachtsam. Er hat ihre Küche geschaffen: schlicht und echt, derb, aber saftig!

Die Suppe war im bäuerlichen Haushalt, besonders im Alltag, selten. Man hat wohl eine Morgensuppe als Frühstück gekannt und auch Festessen mit einer üppig beladenen Suppe eingeleitet, sich aber sonst nicht allzuviel Mühe um die Erweiterung der Mahlzeit durch eine voranstehende Suppe bemüht. Das wäre zu viel Arbeit gewesen, und Fleischbrühe gab es ja wenig, denn die Brühe vom gekochten Sur- oder Rauchfleisch war meist sauer und wenig verlockend.

Die selten anfallende frische Wurstsuppe vom Schlachten hat man meist mit Brot gegessen. Die besonders feinen Einlagen in bäuerlichen Festsuppen sind denen der bürgerlichen Küche gleich, wenn sie nicht sogar deren eierreiche Vorbilder waren.

Schinkenschöberl

60-70 g Butter werden mit 3 Eidottern gut durchgerührt. Man gibt 80 g Mehl, 80 g fein gewiegten Schinken, 1-2 Eßlöffel gewiegte Petersilie, Salz, Pfeffer, etwas Zitronenschale und den steifen Eischnee daran und gießt die Masse 1-2 cm hoch auf ein kleines, gefettetes Blech mit Rand. Sie wird hell ausgebacken und zu verschobenen Rechtecken geschnitten. Man gibt diese in die schon angerichtete Fleischbrühe.

Fleischstrudel

Zuerst bereitet man aus Mehl, etwas Butter oder Öl, 1-2 Eiern und Salz einen zarten Nudelteig, der sehr gut abgearbeitet werden muß. Man läßt ihn eine Weile stehen und bereitet inzwischen aus gekochten, beliebigen Fleischresten (Rind- oder Schweinefleisch, Huhn oder Wild) sowie etwas geschmorter Zwiebel, reichlich Petersilie, 1-2 Eiern, 1-2 milchgeweichten und ausgedrückten Semmeln, Salz, Pfeffer, etwas Kümmel, geriebener Zitronenschale und, wenn nötig, noch etwas saurem Rahm eine geschmeidige Farce. Jetzt wird der Teig zu einem großen Fleck ausgewellt, mit etwas Butter bestrichen, nach Belieben mit ein wenig saurem Rahm betropft und mit der Fleischfarce bestrichen. Man rollt den Strudel auf, bestreicht ihn mit Butter und bäckt ihn im Rohr goldbraun. Der Strudel wird in Stücke geschnitten und mit Sauerkraut, Spinat oder anderem Gemüse aufgetragen.

231 Vieles von dem einst reichen Brauchtum, das sich im Handwerk um Lehrzeit und Freisprechung entfaltet hat, ist heute ausgestorben. Auch der einst so beliebte und berühmte Metzgersprung am Fischbrunnen auf dem Münchner Marienplatz – hier in einer lebendigen Darstellung von Lorenzo Quaglio aus dem Jahre 1823 – wird nicht mehr regelmäßig durchgeführt, sondern nur bei besonderen Anlässen als Schauattraktion wieder zum Leben erweckt.

Man schätzt in der Festsuppe Fleisch- und Schinken-, Speck- und Leberknödel, Bavesen und Biskuitschöberl, Fleischstrudel und Pfannkuchen, Butternockerl und gebackene Erbserl, Brandteigkrapferl und Käsknöpferl. Die Suppe dazu muß schön klar, kräftig, fettäugig und schnittlauchgesprenkelt sein.

Gebackenes Kuheuter

Kuheuter ist Liebhaber-Sache. Vielen gilt es als Delikatesse. Man muß es sehr gut weich kochen, daß es sich bequem schneiden läßt. Dann formt man gleichmäßige Scheiben oder grobe Würfel daraus, würzt es mit Salz, Pfeffer, etwas Senf, paniert mit Ei und Brösel und bäckt die Scheiben oder die Würfel in Fett auf allen Seiten in der Pfanne goldbraun. Dazu reicht man Salate.

Bauernkrapferl

4 Eier und 250 g Zucker rührt man sehr gut durch und gibt 250 g Mehl und eine halbe, feingeriebene Muskatnuß sowie etwas Salz dazu. Aus dieser Masse formt man kleine Häufchen auf Oblaten und bäckt sie auf gewachstem Blech bei mittlerer Hitze hell aus. Sie brauchen einige Tage, um schön mürb zu werden.

Niederbayern

Niederbayern ist ein echtes Bauernland mit Kühen auf den Weiden, mit Rössern und Zuchtsauen und mit goldenen Getreidefeldern. Heiß brennt die Sonne auf die reifende Saat, und eifrig läuten die Hausglocken zum Essen, oft vom knatternden Traktor übertönt.

Trotz aller Neuzeit ist gerade hier noch ein Zipfel alter Tradition zu spüren, denn wo es um die Verkehrsmittel schlechter bestellt ist, da ist noch viel Altes daheim. Das merkt man am Festhalten an alten Gewohnheiten, besonders in der ›Küche‹. Nicht die auch hier überall modern gewordene Einrichtung der Kochwerkstätte ist gemeint, sondern die alte, niederbayrische Culinaria mit allem Drum und Dran, mit alten Speisen und Eßsitten, jahreszeitlichem Brauchtum und ihrem eigenständigen Küchen-Wortschatz.

Gerade Niederbayern, wenn auch nicht mehr so abgeschlossen wie einst, aber doch weitgehend verschont vom großen Durchgangs- oder Fremdenverkehr, hat noch am meisten bewahren können, was von altersher bewahrenswert war. Wohl hat sich die alte Ordnung zum Teil gelockert, aber den Osterweihekorb, die Gremeß (Leichenmahl), die Hollerküachl und den Seelenwecken gibt es immer noch. Als es noch ganz streng herging, so bis vor dem Ersten Weltkrieg, da konnte man von einer absolut ernsthaften Gesetzmäßigkeit sprechen: Da war die festgelegte Essensabfolge so wichtig, wie die Zeiteinteilung und wie die jahreszeitliche Orientierung. Ein Abweichen vom Üblichen gab es nicht, selbst wenn es noch so eintönig war, mittags immer Knödel und am Abend stets Dampf- oder Rohrnudeln zu essen.

Die Knödel haben sich allmählich zu einer eigenständigen ›Angelegenheit‹ entwickelt. Interessant, ihnen bis zum Urspung nachzuforschen.

Da es bis in die Zeit der Renaissance, und auf dem Land noch viel länger, kein Besteck in unserm Sinn gab und nicht jeder ein Messer hatte, wurde das Essen mundgerecht, ragoutartig zubereitet oder vorgeschnitten. Noch einfacher war es, das Kleingeschnittene zusammenzuballen und zu kochen oder zu braten. Auf diese Weise entstanden die Knödel, im Althochdeutschen ›chnode‹ oder ›chnoto‹ genannt und sicher von ›Knoten‹ oder ›kneten‹ abgeleitet. Man hat ursprünglich, wie schon in der ersten bayrischen Kochhandschrift ›Daz buch von gůter spise‹ um 1345 nachzuweisen ist, Fleischknödel hergestellt. Auch in der ›Tegernseer Klosterhandschrift‹ ist von gelben und ›swarzen‹ Knödeln die Rede, wahrscheinlich mit gelber Hirse oder schwarzen Bohnen oder einfach mit dunklem Roggenmehl vermengtes Fleischgehäcke. Als

Thymianbraten

Eine Kalbsschulter wird so zurechtgemacht, daß sie sich aufrollen läßt. Man bestreut sie mit Salz, Pfeffer, Speckwürfelchen, Thymian, Petersilie und geriebener Zitronenschale und rollt sie auf. Sie wird gebunden und wie üblich unter häufigem Begießen fertig gebraten. An die Sauce gibt man noch ein Stück Butter und noch einmal Thymian und Petersilie.

232 Viele Arbeitsvorgänge, die früher zum Tagesablauf auf einem Bauernhof gehörten, sind heute im Zeichen rationeller Arbeitsteilung in die Molkerei und Nahrungsmittelindustrie verlagert. Und selbst wenn man hier und dort einer Bäuerin noch – oder im Zeichen der Nostalgie: wieder – beim Brotbacken vor dem Holzofen zusehen kann, beim Buttern wird man sie wohl kaum mehr entdecken wie dies dem für Trachten und Brauchtum interessierten Künstler des 19. Jahrhunderts noch eine Selbstverständlichkeit war.

Bauernkoteletts

Kalbskoteletts werden gesalzen, gepfeffert und in Mehl gewendet. Man brät sie rasch durch und legt sie auf eine feuerfeste Platte. Dann legt man je eine Scheibe angebratenen Frühstücksspeck darauf und gießt 2-3 mit etwas dickem saurem Rahm und Salz verschlagene Eier darüber. Man läßt die Koteletts noch einmal im Rohr kurz überbacken und streut Schnittlauch darauf.

Bindemittel wurde Brot verwendet. Allmählich hat man, diese bis ins 18./19. Jahrhundert ›Knötelein‹ oder dann ›Knödelein‹ benannten Rundgebilde mit immer mehr Brot und weniger Fleischzugabe als Beilage zu Gemüsen, insbesondere zu Kraut, bereitet. So wurden unsere Semmelknödel, im nördlichen Bayern die Kartoffelknödel daraus. Leber-, Schinken- oder Speckknödel, Hennen- und Milzknödel sind noch ferne Erinnerungen an die ersten Versuche, eine solche Mischung von Zutaten mundgerecht zu formen.

Mit der Einführung der Kartoffeln, die man im Niederbayerischen nie sehr geschätzt hat, gab es dann in ärmeren Gegenden auch Knödel aus Kartoffeln und sogenannte Mehlspeisen, etwa ›Apfimaitaschn‹ und ähnliches. Tonangebend aber blieben die großen Brotknödel, die harten ›G'wichsten‹, die man angeblich übers Hausdach werfen kann, ohne daß sie Schaden leiden; höchstens, daß ein paar Schindeln zerbrechen. Feiertags und auch sonst sind es die großen Semmelknödel, die den Schweinebraten, das

G'selchte, das Lüngerl, die Schwammerl, das ›Biflamott‹ begleiten, unentwegt, in lockerer Duftigkeit oder als feste Bollen, je nach Zutat und Können der Köchin.

Eng verschwistert mit dem Knödel, an Form und Häufigkeit, ist die Dampfnudel. Nicht die süße, feine Mehlspeise von heute, sondern als roggene ›Nu'l‹ zum abendlichen Sauerkraut, die ganze Woche hindurch. Man hat sie, um Zucker zu sparen, meist mit Sauermilch, der ›Gstöckelten‹ oder mit Rübenkraut gegessen. Schön fett und mit goldenen Ramerln, locker, soweit das Roggenmehl es erlaubte. Kernig, kräftig, saftig, waren sie ein eiserner Bestandteil der Rottaler und Vilstaler Küche, jahraus, jahrein. Lediglich die Feiertagsküche, die den Alltag unterbrach, bot Abwechslung. Man spürte in der Küche deutlich den Rhythmus des Jahres und das Gesetz der Erntezeit: »Is d'Arbeit mehra, is da Tisch schwera.«

Das ganze Jahr, das ganze Leben war vorbestimmt, vom Kindbett an, um dem neugeborenen Menschlein die rechte Lebenskraft vermitteln zu können, über Firmung und Hochzeit bis zur ›Gremeß‹, dem Leichenmahl. Dieses bequeme Kürzel kommt von ›Begräbnuß‹ und zieht nochmals zwei Begriffe zusammen: das Begräbnis und das dazugehörige Leichenmahl. Im Niederbayerischen ist die Gremeß, von Johann Andreas Schmeller bereits aus dem 8. und 9. Jahrhundert im 21. Band der ›Monumenta Boice‹ nachgewiesen, noch immer lebendig.

Natürlich kann so ein kurzer Aufriß einer Regionalküche nur sehr oberflächlich sein, denn Niederbayern reicht ja von Passau bis zum Gäuboden, von der Holledau bis zum Bayrischen Wald und umschließt ebenso reiche Lehmböden wie karge Steinäcker. In jedem Ort ist daher die Küche etwas anders, deshalb ist es hier nur möglich, einige charakteristische Unterschiede herauszuheben, will man nicht systematisch von einer Gemeinde in die andere wandern und in alle Kochtöpfe schauen. Im übrigen hat die Zeit ja auch stark verändernd gewirkt.

Das Schwein war natürlich im niederbayrischen Bezirk der häufigste Fleisch-Spender. So wichtig, daß es immer wieder in alten Chroniken besondere Erwähnung findet.

In Sebastian Franks Weltbuch von 1534 ist zu lesen: *Bayerland ist so voller eycheln und holzops, das sy allen nachbauren und Anstössern Saw genug ziehen und mösten.*

1570 berichtet Örtel zu seiner Karte von Baiern: *Mit Eicheln und anderen Waldfrüchten ernährt es Schweine in solcher Menge, daß es damit alle anderen europäischen Länder versorgen kann, wie Ungarn es mit Rindern tut.*

Der kurfürstlich-bairische Hofrats-Advokat, Dr. Johann Joseph Pock, klagt in seinem 1718 zu Augsburg erschienenem Geogra-

Kalbsgulasch

Etwa 3/4 kg Kalbfleisch schneidet man in gleichmäßige Würfel. Dann läßt man 3 große, aufgeschnittene Zwiebeln in Fett hell dünsten und gibt das Fleisch, 1 gehäuften Kaffeelöffel milden ungarischen Delikateßpaprika und sofort 1 Schöpflöffel Wasser dazu. Das Gulasch muß nun zugedeckt langsam weichschmoren. Man gibt ein wenig Zitronensaft, noch besser etwas Sauerkrautsaft dazu und gießt mit dickem saurem Rahm auf. Zuletzt schmeckt man noch mit Salz, etwas Zucker, noch einmal mit süßem Delikateßpaprika ab und gibt ungesüßte Dampfnudeln dazu. Gerade diese Beilage ist das Fränkische an diesem sonst internationalen Gericht.

233 Mit seinem typisch niederbayerischen zinnenbewehrten Staffelgiebel ist die Brauerei Wasserburger in Dingolfing ein besonders schönes Beispiel einladender Wirtshaus-Bauweise.

Saures Wammerl

Ein nicht zu fettes Stück Wammerl wird mit Kartoffelwürfeln und Schnitzen von Gelben Rüben, Sellerie und wenn möglich aufgeschnittenen Petersiliewurzeln und reichlich Petersilie- und Selleriegrün, Wasser, Essig, Salz, Pfeffer, Kümmel und 1 bis 2 aufgeschnittenen Zwiebeln zugesetzt. Man kocht den gut gewürzten Eintopf langsam und zugedeckt gar und gibt am Schluß noch einmal etwas frisches Grün dazu. Das Gericht soll scharfwürzig süßsauer schmecken und wird nach Belieben noch mit ein wenig Zucker ausgeglichen. Dann schneidet man das Wammerl auf und legt es obenauf oder schneidet es in Würfel, die man unter das Gemüse gibt.

Fleischpfanzl aus Leberwurst

Meist werden beim Schlachten viel Leberwürste zubereitet und dann bleiben sie oft übrig. Deshalb streckt man mit ihnen gerne einen gewöhnlichen Fleischteig und macht daraus mit genügend Majoran oder Thymian, Salz und Pfeffer normale Fleischpfanzl, die dann gebröselt und gebacken werden.

Bohnen-Specksalat

Etwa 500 g grüne Bohnen werden wie üblich zerkleinert und weichgekocht. Man tropft sie ab und gibt sie mit Essig, Öl, Salz, Pfeffer und etwas Zucker in eine Schüssel. Darüber gießt man reichlich mit etwas gehackter Zwiebel ausgelassene Speckwürfel, etwas Knoblauch und Bohnenkraut. Der Salat muß eine Weile ziehen.

phie- und Geschichtsbuch, daß man die Baiern als ›Saubaiern‹ bezeichne, weil man in Baiern *so viel Säu zieglet. Baiern ist aber dißfals von Got mit besonderem Seegen angesehen, daß solches jährlich eine solche Menge Schwein zieglen kann, welche aus dem Land hinweggeführt, von anderen mit größter Lust verzehrt ... und von Jahr zu Jahr gewiß und unfehlbar vielmehr hunderttausend Gulden dagegen in das Land gebracht werden.*

Einige typische niederbayrische Rezepte:

Niederbayrischer Bohnentopf

Etwa 200 g weiße Bohnen werden weichgekocht und abgetropft. Dann schmort man in 2-3 Eßlöffeln Öl eine große, in Scheiben geschnittene Zwiebel hell an und gibt etwa 200 g fette Schinkenwürfel oder kleingewürfelte Schinkenwurst und die Bohnen dazu. Man würzt mit Salz, Pfeffer, Paprika, fügt einen Löffel Tomatenmark hinzu und streut Schnittlauch darüber.

Lämmerner Kümmelbraten

3/4-1 kg Hammel- oder Lammrippen werden mit Salz, Pfeffer und Knoblauch gewürzt und scharf angebraten. Man gießt mit Wasser oder Fleischbrühe auf und fügt noch einmal 1-2 zerdrückte Knoblauchzehen, 1 gehackte Zwiebel, reichlich Kümmel und 1 Tasse voll gehackte Suppenwurzeln sowie eine Schüssel voll grobgewürfelte Kartoffeln darunter. Dann gießt man auf, deckt zu und läßt das Gericht zart garschmoren. Das Fleisch wird zuletzt in gefällige Scheiben geschnitten und auf dem sehr gut abgeschmeckten Kartoffelgemisch aufgetragen. Man streut noch etwas Petersilie und frischen Kümmel darüber.

Schweinsfüß mit Rübenkraut

Rübenkraut, wie man es fertig kaufen kann, setzt man mit etwas Wasser, Salz und Pfeffer zu und gibt die sauber geputzten, eingeschlitzten und gut vorgekochten Schweinsfüße darauf. Sie werden zugedeckt ganz weichgeschmort. Man gießt nötigenfalls noch etwas Brühe auf und dickt zuletzt das Kraut mit ganz wenig Mehl oder einer geriebenen Kartoffel ein. Das Fleisch wird von den Schweinsfüßen in möglichst großen Stücken abgenommen und auf das Kraut gelegt und mit gebräunten Zwiebelringen und reichlich Schnittlauch überstreut.

Gefüllte Schweinsbrust

Ein Stück nicht zu fette Schweinsbrust wird wie eine Kalbsbrust untergriffen und gefüllt. Dazu macht man einen kleinen Semmelknödelteig an, gibt ein Stück durchgedrehte Schweinsleber, sehr viel Kräuter, Zitronenschale und 1-2 Eier, Salz, Pfeffer, Muskat und etwas in Butter geschmorte Zwiebel dazu. Man näht die Brust zu und legt sie auf die Rippen wie auf einen Rost. Sie wird schön goldbraun gebraten und mit Salaten zu Tisch gegeben.

Die schwäbische Küche

Ein alter schwäbischer Spruch sagt: *Liaber meh esse als z'wenig trinke!*

Die Kost in Schwaben wird noch heute vom alten Herkommen diktiert. Milch und Käs, Suppen und Mehlspeisen spielen die Hauptrolle, so daß Albrecht Keller in seinem Buch ›Schwaben und Schwabenstreiche‹ schreiben konnte: *Montags: Nudle, Dienstags: Hutzele, Mittwochs: Knöpfle, Donnerstags: Spätzle, Freitags: Dampfnudle, Samstags: Flädle, Sonntags: Brätle mit Salätle.*

Aus der liebevollen Verkleinerungsform der Speisen geht schon die fröhliche Fürsorge für ein wohlgewähltes, stets freudig erwartetes Essen hervor. Bei der Aufzählung ist allerdings keine Suppe genannt, die dem ›Suppenschwab‹ den Namen gab, denn sie war meist nur der ausgesprochene Morgengruß und der Abendschluß im Alltag. Was es mittags gab, ist aber im Wochenkalender verzeichnet.

Das Frühmahl also war eine Brotsuppe mit Kartoffeln oder ein Mus aus gewässerter Milch und dem dunklen Musmehl. Am Sonntag gab es eine Milchsuppe aus Feinmehl mit Weißbrot oder

Die

Schwäbisch-Bayerische

Küche

oder

Neuestes Augsburger Kochbuch.

Enthaltend

über 800 Speisezubereitungen,

als:

Fleisch- und Fasten-Speisen, der feinen Kunstbäckereien und Mehlspeisen, der Gelees, Crêmen, Sulzen, Compoten, eingesottenen Früchte, Säfte und Marmeladen, mit kalten und warmen Getränken und Gefrorenes,

nebst

Vorkehrungsgerichten, Speisezetteln und Erklärungen der in der Küche am häufigsten vorkommenden Kunstausdrücke.

Nach vieljährigen und gründlichen Erfahrungen bearbeitet

von

J. G. Sartory.

Augsburg, 1846.

Verlag der Matth. Rieger'schen Buchhandlung.

234 Das Zusammenwachsen Altbayerns mit Franken und Schwaben im 19. Jahrhundert, das die Landeshistoriker als wohlgelungenes Beispiel einer Integration auf politischem und wirtschaftlichem Gebiet loben, hat nun nicht zu einem Verlust, sondern sogar zu einer Betonung und bewußten Pflege regionaler Eigenheit geführt. Besonders die Schwaben besannen sich alsbald auf die Besonderheiten ihrer Küche und machten sich mit eigenen Kochbüchern vernehmlich.

Kartoffelsalat mit Gruiben

An einen saftigen Kartoffelsalat, wie man ihn überall macht, gibt man in Schwaben noch reichlich in Schweinefett und Gruiben aufgeschnittene Zwiebeln und läßt sie darin hellgelb werden. Dazu reicht man noch andere beliebige Salate und Schwarzbrot.

Krebssuppe

Im Allgäu gab es einstens viele Krebse und ein altes Rezept dafür ist folgendes:
6-8 Krebse werden in Salzwasser gekocht und ausgelöst. Man zerstößt die Schalen im Mörser und gibt sie in eine gute Fleischbrühe, damit die Suppe schön rot wird. Inzwischen bereitet man eine weiße Butterschwitze, gießt mit der roten Suppe auf und gibt die kleingehackten Krebse, etwas Weißwein, Salz, Pfeffer, gewiegten Kümmel, eine winzige Prise Zucker und etwas Zitronensaft dazu. Die Suppe wird mit 1-2 Eidottern, die mit Rahm verklopft wurden, legiert und mit viel Petersilie oder Schnittlauch und gerösteten Weißbrotwürfeln angerichtet.

Mehlspatzen

Zuerst bereitet man einen dicklichen Pfannenkuchenteig und gibt 1/2 Teelöffel Backpulver und 1-2 in Würfel geschnittene Semmeln darunter. Der Teig soll eine Weile quellen können. Dann sticht man mit einem immer wieder in heißes Wasser getauchten Eßlöffel halbgroße Spatzen ab und kocht sie in Salzwasser gar. Sie laufen sehr schön auf und werden, nach Belieben noch aufgeschmälzt, als Zukost zu Kraut oder Fleischspeisen, aber auch süß als Mehlspeise verwendet.

später eine Schale Kaffee. Das Musmehl war grober, vermahlener Dinkel mit feingemahlener Kleie, eine regionale Spezialität. Zum Abend wiederholte sich regelmäßig die Brotsuppe mit Kartoffeln, die durch Kräuter, zur Schlachtzeit auch mit ›Gruipen‹ (Grieben) verfeinert wurde.

Zur Brotzeit am Morgen eines langen Erntetages gab es saure Milch, den ›Schlotter‹, der mit süßer Milch aufgegossen und mit Brot verzehrt wurde. Nachgespült wurde dann mit alkoholarmem Erntebier oder gar mit Schnaps.

Wenn mittags um 11 Uhr alle hungrig vom Feld heimkamen, lachten ihnen während der Erntezeit ganze Berge von ›Küchla‹ und ›Krapfa‹ entgegen. Fleisch gab es im allgemeinen nur, wenn noch ein Vorrat von der letzten Schlachtung da war. Aber das Schmalzgebackene war durchaus nicht langweilig; es konnte mit Kirschen, Zwetschgen oder mit Hutzeln gefüllt sein oder sonstwie reich gestaltet und variiert oder man gab es, kleingeschnitten, in eine säuerlich abgeschmeckte Brennsuppe als eine Art Voressen, ›Saure Küchle‹ genannt.

Auch das sonst so einfache Suppenmahl bekam am Abend in der Erntezeit Glanz durch ›Grüne Krapfen‹ oder Rauchfleisch-Knödel, durch eine reiche Skala von Spätzle oder Spaza mit Käs, mit Bohnen, mit Kohlrabi, mit Ei, mit Kartoffeln, mit Salat oder geröstet, in saurer Sauce, gerade wie es die Speisekammer erlaubte. Dazu kamen noch die Reste von mittäglichen Krapfen.

Als Zuspeisen galten seit je Kraut und Sauerkraut, Wirsing, Blaukraut und Kohlrabi, Bohnen und Salat, Randich (Rote Rüben), Rettiche und Gurken, Sellerie und Zwiebeln. Eine schwäbische Besonderheit war dabei die ›Schleiferbrüh‹, eine dünne, stark aufgegossene, helle Einbrenne, die gesäuert oder gesüßt, gewürzt und mit verklepperten Eiflöckchen verkocht wird. In ihr schwimmen fröhlich sowohl Spätzle wie Gemüse oder Dampfnudeln. Man hat die jeden Freitag aufgetischten Dampfnudeln auch mit Linsen oder Kartoffeln, mit Zwetschgen, Äpfeln oder Hutzeln bereichert.

Große Phantasie wurde den diversen ›Nudla‹ zugewendet. Sie wurden mit Obst oder Hutzeln gefüllt, mit Zimt-Zucker und Zibeben aufgetragen, im Rohr, im Topf, in der Milch, in Fett oder in der Schleiferbrühe gegart, groß, klein, länglich, rund oder sonstwie geformt. Genauso war es mit den Spätzle, mit den Flädle und mit den Krapfen. Immer der gleiche Teig und doch abwechslungsreiche Möglichkeiten an Formen, an Zutaten, an der Art sie zu kochen, zu ›bachen‹, zu schmoren oder zu braten. Da gab es neben allen Arten von Knöpfle auch vielerlei Spatzen, wie die Bettelspatzen, gebackene und geschmälzte, solche mit Leber oder Kraut, mit Äpfeln und Käse, wie es eben gerade dem Gusto der

235 Natürlich war die Kaffeehaus-Kultur Münchens nicht mit jener Berlins oder gar Wiens zu vergleichen, selbst wenn zu ihrer Zeit so berühmte Etablissements wie das (heute noch bestehende) Café Luitpold oder Café Stephanie oder die von Künstlern und Literaten bevorzugten Stammkneipen wie das Café Größenwahn eine weltstädtisch-elegante oder intellektuell-künstlerische Note in die sonst vom Bierkellertreiben bestimmte Atmosphäre der Stadt brachten. Das fashionabelste aber war das Café Tambosi unter den Hofgartenarkaden, »mit starker Frequenz aus den noblen Klassen, wo sich im Sommer bei Militärmusik le beau monde ausstellte«. Heute ist dieses Haus unter dem Namen Annast bekannt, und Pariser Flair mochte der Münchner schon 1894, als diese Zeichnung entstand, ebenso wittern wie der aus dem Norden kommende Fremde den italienischen Himmel in der ersten Stadt des Südens zu erahnen glaubte.

F. Schider.

Hausfrau zugesagt hat. Auch der Schmarrn (Kretzel) hatte so viele Variationen wie später die Kartoffelspeisen. Ihre Reichhaltigkeit schlägt sich wohl am besten in den eingefügten Rezepten nieder.

Bei Hochzeiten ging es hoch her: war das doch für jeden der höchste Festtag im Leben. Den Beginn macht die üppige Hochzeitssuppe mit weißen und ›bachenen‹ Geigenknödeln, Brätknödeln sowie ›bachenen‹ Spatzen, oft noch Flädle, damit die auch sonst übliche Fünfzahl erreicht wurde. Mit einem Voressen, dem uralten Ragout aus Eingeweiden und vielerlei noblen Braten samt Beilagen ging es weiter. Ganz modern mutet es an, daß süße Zukost, wie eingelegte Essigzwetschgen, Kirschen und Preiselbeeren angeboten wurden. Es folgen Bratwürste mit Weißbrot, dann wieder Kalbsbraten mit Salat. Viel davon wandert ins mitgebrachte Papier, denn es folgt spät nachmittags nochmals ein Schweinebraten mit Sauerkraut und zuletzt eine weingetränkte Torte. Das ganze Freßfest dauert stundenlang, damit der Genuß entsprechend gedehnt und damit immer wieder Platz im Magen geschaffen wird. Lustige Reden, ein Tänzchen, Zuprosten, Geschenke- und Geldeinsammeln, all das brachte die notwendigen Verschnaufpausen, bis nahezu alles restlos vertilgt und jeder reich mit Resten bepackt nach Hause ging.

Hochzeiten waren natürlich nur seltene Höhepunkte im Jahr; ansonsten begnügte man sich mit Milch und Milchprodukten und einem reichen Repertoire an saftigen Mehlspeisen. Aber die aufgewendete Phantasie ist staunenswert und wertete auch Alltagskost zu speziellen Kulturäußerungen auf.

Allem voran sollen einige Rezepte der berühmtesten schwäbischen Köchin, der Augsburgerin Philippine Welser, stehen, die in unbekümmertem Heimatdialekt eine Sammlung von Speisen aufgeschrieben hat. Sie dürften aus Ambras stammen, wo Philippine als Gemahlin des Erzherzog Ferdinand etwa von 1557-1580 Hof hielt.

Ain ram suben

Nim ain ram und seut in wie ain milichsuben und klopf 2 oder vier ayr dotter wol. Und so die su seut und [du] gleych aanrychten wilt, so schyt die ayr dotter darein und lass nit mer syeden, rierß nur um und schnayt ain semel gewirflet und rests im schmaltz und rihr die suben daryber an und säz ain wenig.

Wilt ain Al einmachen

So nim ain al und zeuch im die Haut ab, reyb die Hend mit saltz, so ist es gut – darnach mach Stuck darauß, dau das ederlin sauber davon und leg i[h]n in ain frisch Wasser. laß in ain gutts weil darin liegen und saltz das Wasser; darnach dau in heraußer, wesch in sauber aussem frischenn

Kratzet

ist das gleiche wie ein oberbayrischer Schmarrn. Man stochert oder kratzt den etwas dickeren Pfannkuchenteig nach kurzem Anbacken so lange um, bis er allseits kleinkrümelig und goldkrustig ist. Er braucht viel Butter, um schön saftig zu werden. Das bringt aber den Allgäuern keinen Kummer. Gezuckert wird der Kratzet mit frischen Beeren oder Kompott, ungezuckert als Beilage zu soßigen Gerichten gegeben.

236 *Gegenüberliegende Farbtafel:* Das Münchner Bierkellerleben hat sicher nichts mit Eleganz zu tun, aber sehr viel mit Behagen und Sinn für die wohltuende Atmosphäre herzhaften Genießens unter freiem Himmel, im wohltuenden Schatten dichter Kastanien und im Kreis gleichgestimmter Zecher. In diesem Sinne ist auch das Biergartenschmausen ein echtes Tafeln, selbst wenn es nicht unbedingt nach der Etikette geht. Viele Maler haben dieses Biergartentreiben immer wieder studiert und im Bild verherrlicht. Die wohl stimmungsvollste, feinsinnigste und zugleich künstlerisch großartigste Verklärung des Münchner Biergartenlebens aber hat Fritz Schider um 1873 mit dieser Impression vom Chinesischen Turm im Englischen Garten geschaffen, in dem der Einklang zwischen den Generationen zum Gleichnis der Harmonie von Mensch und Natur wird.

Spätzle

Die echten schwäbischen Spätzle müssen von Hand geschnitten sein. Hauptsache ist, daß der Teig sehr gut abgeschlagen wird. Man macht ihn mit beliebig viel Eiern, aber Wasser an, denn Milch würde das Kochwasser trüben und die Spätzle klebrig machen. Den angeschlagenen Teig läßt man eine Weile stehen, damit er schön quillt. Dann schlägt man ihn weiter, bis er Blasen wirft und gibt ihn partieweise auf ein naß gemachtes Holzbrettchen. Von da aus schneidet man mit einem immer wieder in heißes Wasser getauchten Messer schmale Teigstreifen ins kochende Salzwasser und läßt sie einmal aufsprudeln. Diese Spätzle werden abgesiebt, kurz gewässert, gut abgetropft und mit verschiedenen Zusätzen aufgetragen.

Käsespätzle *sind fertige Spätzle mit reichlich geriebenem Käse untermischt und mit Schnittlauch bestreut.*

Schinkenspätzle *werden mit gehacktem Schinken und geschmorter Zwiebel bereichert.*

Zwiebelspätzle *werden mit viel goldgelb gerösteten Zwiebelringen und nach Belieben auch noch mit gerösteten Bröseln oder Grieben übergossen.*

waßer; darnach nim ain gutten wein, dau den fisch darein, nim fil weins, denn er darf wol syedenn und wenn er halb wol gesotten ist, so dau darein saferan [Safran], Imber [Ingwer], röhrlazucker [Rohrzucker], ain wenig negala und laß wider ein gutts sutt dau [einen guten Sud tun]; daß er wol gesotten werdt; richt in darnach mit der brie an.

Ain Oxenzungenbasteten zu machen

Nim die Zungen und seut sie, das sie fein ›marb‹ [mürb] wird; schnaits dann dinn und mach also stuck daraus und steck in ain jedes stuck 2 negalin Gewirtz, Imber [Ingwer], Zimmer [Zimmet], Musgatt. schneits wol klein und nim ain saltz und misch als durcheinander und dauß zu den Basteten. hufs [häufs] und machs hoch [leg die Stücke zu einem Turm aufeinander] und ley alweß stuck auf stuck aufeinander und laß das Gewirtz dazwischen und nim ain oxenfaisten [fett], hacks klein und dauß darain und laß ain stundt bache und wans ain stundt bachen hat, so nim ain halben semel und beh sie, das sie braun werd, daß dan in ain roten wein und ain zuckher und Imber und musgatt daran und laß aufsede vor sauß, darnach schitz in die basteten und laß fol bachen.

Wilt du Mandel Krepfla bachenn

So nim ain mandel und reybs klain und dau darnach ain zucker daran, das gleich sey wie man zu ain weyßen bachenn macht [darunter versteht Philippine eine Art Marzipan], mach darnach ain daiglein mit ayren an und walg es aufs dinest darnach dau darob gemalten daig darein fein klein und redl es fein herum und bachs darnach langsam inem schmaltz, wan duß ain zucker darauf daust, so ist es recht hipsch und goutt.

237 In Schwaben entstanden sind die ausdrucksstarken Holzschnitte, mit denen ein anonymer und in der Kunstgeschichte mit dem Notnamen ›Petrarca-Meister‹ bekannter Formschneider die 1542 von Heinrich Steyner in Augsburg gedruckte Übersetzung des Platina (siehe auch Bild 112 auf Seite 104) illustriert hat.

Fischknöpfle

Etwa 500 g Fischfleisch (Hecht, Felchen, Schleie usw.) treibt man zweimal durch den Wolf, damit alle Gräten genügend zerkleinert sind und man sich das lästige Entgräten ersparen kann. Dazu gibt man ½ Zwiebel, Petersilie und Selleriegrün, Salz, Pfeffer, etwas Ingwer, Zitronenschale und etwas Saft sowie 1-2 milchgeweichte und ausgedrückte Semmeln. Aus diesem sehr gut verkneteten Teig formt man Knöpfle und kocht sie in Salzwasser gar. Dazu beliebiges Gemüse.

Schwäbische Krautspatzen

500 g Mehl, 6 Eier, etwas Wasser und Salz verschlägt man zu einem zähflüssigen, dicken Teig so lange, bis er Blasen wirft. Daraus macht man mit einem echt schwäbischen Spatzenhobel oder vom Brettchen geschnitten oder durch ein groblochiges Sieb getrieben Spätzle, die in Salzwasser gekocht werden, bis sie schwimmen. Dann nimmt man sie mit dem Schaumlöffel heraus, tropft sie sehr gut ab und gibt gekochtes, gut abgeschmecktes Sauerkraut dazwischen. Darüber streut man braun gebratene Zwiebelringe und nach Belieben auch noch etwas Pfeffer.

Käse-Flädle

Einen dünnen Eierkuchenteig würzt man mit feingehacktem Kerbel und gibt ein gutes Stück geriebenen Emmentaler darunter. Aus diesem Teig bäckt man dünne Flädle. Man muß reichlich Fett verwenden, denn der Käse klebt sonst leicht an. Dazu gibt man Spinat oder Salat.

Aniswiebele

5 Eier und 250 g Zucker werden gut schaumig gerührt. Man gibt 100 g Mehl und 100 g Stärkemehl unter die Eiermasse und würzt mit 1 Päckchen Vanillinzucker und ½ Eßlöffel gestoßenen Anis. Aus diesem Teig setzt man mit einem Kaffeelöffel kleine Plätzchen so auf ein Blech, daß sie gut auseinanderlaufen können. Das Blech soll kalt gewachst und leicht bemehlt sein. Dann werden die Wiebele bei Mittelhitze hell ausgebacken, bis sie ein leicht braunes Rändchen haben. Man nimmt sie rasch vom Blech und biegt sie, solange sie noch heiß sind, leicht auf.

Schupfnudeln

Dieses Freitags-, also Fastenessen, war lange im Schwäbischen üblich und wurde gebietsweise Wargela genannt. Es handelt sich um einfache Kartoffelnudeln, die gesotten und geschmälzt oder gebraten zu Kraut gegeben wurden.

Lumpesupp'

Dazu verwendete man üblicherweise allerhand Reste. So zum Beispiel etwas Emmentaler Käse, beliebige Wurst und auch einige Spätzle. Man schneidet alles entsprechend klein, ebenso eine Zwiebel, schmort sie in etwas Fett an und gießt mit Fleischbrühe auf. Zuletzt würzt man mit Salz, Pfeffer und ganz wenig Zucker und reicht die Suppe dann mit gerösteten Zwiebelringen oder Brotwürfeln.

Kemptener Oblaten-Küchle

Sie werden anderwärts auch Fensterküchel genannt. Je 2 nett zurechtgeschnittene Oblaten füllt man mit einer dicklichen Marmelade und taucht dann die Ränder in einen dicken Pfannkuchenteig und zwar so, daß die Mitte leer bleibt. Dann gibt man sie rasch in Fett und bäckt sie schwimmend goldbraun. Zuletzt werden sie überzuckert. Die Küchle werden meistens am Funkensonntag (erster Fastensonntag Invocavit) gereicht.

Schwäbischer Apfelkuchen

230 g Mehl, 1 Päckchen Mandelpudding, 140 g Butter, 120 g Zucker und 1-2 Eier verknetet man zu einem sehr mürben Teig. Gut die Hälfte davon rollt man aus und legt den Teig mit einem möglichst hohen Rand in eine gefettete Springform. Man streut Brösel darüber. Dann gibt man an 1 kg geschälte, entkernte, geschnittene Äpfel einer pikanten Sorte 80-100 g Zucker, 60 g Sultaninen und 2-3 Eßlöffel Bröseln, Saft und Schale einer halben Zitrone und 2-3 Eßlöffel grobgeschnittene Mandeln. Das alles wird in den Kuchen gefüllt und mit einem Deckel aus dem restlichen Teig belegt. Nun drückt man die Ränder aneinander und macht ringsum noch eine kleine Erhöhung. Dann schmilzt man 80 bis 100 g Butter mit ebensoviel Zucker, 1 Päckchen Vanillinzucker und 30-50 g grobgestiftelten Mandeln und gießt diese Masse über den Deckel, der nach innen leicht vertieft sein soll, damit die Buttermasse nicht abfließt. Hierauf bäckt man den Kuchen 50-60 Minuten bei Mittelhitze goldbraun und knusprig.

Fränkischer Zwiebelkuchen

Ein einfacher Hefeteig wird auf einem gefetteten Backblech ausgebreitet. Man schmort nun 5-8 große, aufgeschnittene Zwiebeln in reichlich Speckwürfeln hell an und verteilt sie auf dem Teig. Dann verschlägt man 1 große Tasse dicken sauren Rahm mit 3-4 Eiern, würzt mit Salz, Pfeffer, gemahlenem Kümmel und etwas Thymian und gießt dies über den Speck. Der Kuchen wird goldbraun gebacken. Man schneidet ihn erst nach leichtem Überkühlen an, sonst rinnt die Eiermasse ab.

Fränkischer Kartoffelsalat

Er ist dem Oberpfälzer sehr ähnlich, wahrscheinlich in so mancher Gegend ganz gleich, jedenfalls ist er in seiner Würze und Saftigkeit zu allem Gebratenen außerordentlich beliebt und steht auf allen Speisezetteln zu Braten, Würsten, Fisch usw. obenan. Man verwendet nur wenig oder gar kein Öl, dafür einen kleinen gekochten Brei aus Stärkemehl und Essig-Wasser, der den Salat rutschig (rotzig) macht. Er muß gut sauer sein und wird zuletzt mit leicht angerösteten Speckwürfeln, mit feingehackter Zwiebel, Salz und Pfeffer und im Sommer auch noch mit Kräutern sehr würzig abgeschmeckt. Noch ein Schuß Öl und eine Prise Zucker daran sind regionale Liebhabereien.

Franken

Wo Wein wächst, ist das Leben leichter. So sieht es oftmals aus, weil Weintrinker gerne lachen, wenn auch die Reblagen steil sind und die Arbeit den Rücken krumm zieht. Aber es liegt heiße Sonne über der Flur und läßt die Frucht gedeihen.

Das wirkt sich natürlich auch auf die Küche aus und macht sie reicher und schwerer. Selbstverständlich gibt es Unterschiede, je nachdem, ob sich gar zu viel Steine unters Erdreich mischen oder ob die Äcker flach und fruchtbar sind. Insgesamt aber ist die fränkische Culinaria saftig, würzig und vollblütig, gar wenn es gilt, eine große Hochzeit auszurichten. Sie soll hier, wenn auch nicht alleingültig, für ganz Franken und für seinen Alltag Modell stehen für die bäuerliche Kochkunst und ihre solide Feinschmeckerei: Hat auch die Zeit viel gewandelt, im Herzen des fruchtbaren Ländchens mit seinen schönen Kirchen, Bildstöcken und Madonnen, so werden doch auch heute noch Feste nach altem Herkommen gefeiert.

Da sitzen sie dann alle, stolz auf ihr eingesessenes Bauerntum, die Frauen mit schönem alten Schmuck, an schwer beladener Tafel und schmausen und schmausen, was die Schüsseln geben und der Magen aufnehmen kann. Klugerweise wird das Ganze auf eine gute Zeitspanne verteilt, damit auch wirklich alle Register gezogen werden können. So eine Hochzeit oder Kirchweih dauert lange; es sind eben auch die Höhepunkte im Leben der Brautleute oder im Jahreslauf. Und das Speiseprogramm sieht so aus:

Oberfränkisches Hochzeitsessen

Beginn
Leberknödelsuppe mit Pfannkucheneinlage

Vorgericht
Ochsenbrust mit Kren und Gemüse
Holzkohle-Brot
Grüne Klöß (nach Region verschieden zubereitet)

Hauptgericht
(3 Fleischsorten)
Gans oder Ente mit Sauce
Schweinsbraten mit Sauce
Kalbsnierenbraten mit Sauce
Serviettenknopf in Gugelhupfform

Abschluß
Wackelpudding mit Vanille- oder Schokoladegeschmack
oder Kuchen.

Dazu gibt es Wein, Bier und Schnaps in Hülle und Fülle. Zwischen der Blasmusik und den Reden, Tanz und Späßen wird eine Schüssel nach der anderen voll gebracht und leer abgenommen, bis Stimmengewirr und Lachen dem Höhepunkt zustreben und Körper und Geist, Gaumen und Zunge müde geworden sind. Bis nur noch fröhliches Erinnern bleibt an so üppige Küche.

Fränkischer Lammbraten

Ein Hammelschlegel wird ausgelöst und wieder zugenäht. Man legt ihn einige Tage in eine möglichst kleine, passende Schüssel mit einer halben Tasse Öl und einer halben Tasse starken fränkischen Rotwein und wendet ihn darin einige Male. Dann tropft man ihn ab, reibt ihn mit Senf ein und würzt ihn mit Salz und Pfeffer. Der Schlegel wird mit genügend Fett und 1 Tasse Speckwürfeln scharf angebraten. Dazu gibt man 1 gehackte Zwiebel, 1-2 Zehen zerdrückten Knoblauch und 1 Tasse gehacktes Suppengrün. Der Braten wird einige Male gewendet und dabei übergossen und im Rohr langsam fertig gegart. An die Sauce gibt man etwas Thymian und 2-3 zerdrückte Pfefferminzblätter sowie Rotweinbeize und wenig sauren Rahm. Sie kann noch mit etwas verrührter Speisestärke oder einer fein aufgeriebenen Kartoffel leicht eingedickt werden. Dazu gibt es Bohnengemüse und Mehlspatzen.

238 »Der Max kommt« – so nannte der anonyme Stecher diesen Bildbericht vom Besuch des Königs Max Joseph von Bayern und seiner Gemahlin Karoline auf dem Markt einer fränkischen Stadt. Der vertraulich klingende Bildtitel verweist deutlich auf die Beliebtheit, die sich Max Joseph nicht nur in Altbayern, das er von 1799 bis 1805 als Kurfürst regiert hatte, zu verschaffen vermochte, sondern auch in den neubayerischen Gebieten Frankens und Schwabens, die in der napoleonischen Zeit zum Stammland kamen.

239

240

241

239-241 Gewiß nicht zu unterschätzen ist die Reiselust früherer Jahrhunderte, und die Fülle von einfachen, besseren oder distinguierten Gasthöfen, die die Straßen oft in dichter Reihe säumten, sprechen ihre eigene deutliche Sprache vom Besucherstrom, den bedeutende Residenzen, Reichs- und Handelsstädte zu bewältigen hatten. Weitbekannt und naturgemäß viel frequentiert waren jene Wirtschaften, die über einen eigenen Poststall verfügten und denen die Thurn-und-Taxissche Reichspost die Gäste frei und franco ins Haus brachte. In Nürnberg war dies die ›Goldene Gans‹ in der Winklerstraße (239), die schon im 17. Jahrhundert wegen ihres Komforts geschätzt war und ihre Modernität mit einer eigens gestochenen Ansicht ihrer vornehmen Gaststube (240) zu beweisen suchte. Ein anerkannter Meister seines Fachs muß auch der im 18. Jahrhundert hier tätige Oberkellner (241) gewesen sein, der sich trotz seiner deutschen Abkunft in Mode und Gebaren als Franzose gab und die Spesenrechnung entsprechend großzügig zu gestalten verstand: Auf der Schreibtafel erscheinen die Logis mit 14, die Extras dagegen mit 41 Batzen!

242 Zu den Geheimtips, die sich die schon zu Zeiten der frühen Eisenbahn und des Dampfschiffs nicht wenigen Vergnügungsreisenden gegenseitig ins Ohr flüsterten, gehörte auch der (im Zweiten Weltkrieg untergegangene) ›Weiße Schwan‹ in Würzburg. Grund dazu war neben der anerkannten Qualität des Hauses die prachtvolle Aussicht von seiner Altane auf die linke Mainseite mit der Wallfahrtskirche Käppele und der beherrschenden Feste Marienberg.

All das ist in so voller Form aber meist nur im Kernpunkt des Frankenlandes daheim; die Bewohner der kargen Ränder, der Rhön oder des Fichtelgebirges, des ärmeren Ostens, verköstigen sich mit ihren ›Kniedla‹ und mit Kartoffelspeisen, mit geringerer Fleischkost und dem dunklen Brot. Aber zur Kirchweih, etwa im Unterfränkischen, da ißt und trinkt man wieder so, wie es immer Brauch war: Zum Frühstück Warmbier oder Kaffee, mittags eine Wecksuppe (Weißbrotsuppe), dann Rindfleisch mit Kren, Erbsbrei, Kraut und Schwarzfleisch, zuletzt Käsekuchen. Aber erst der Wein, der dicke Karpfen, die ›Meefischle‹, die ›Bratwürscht‹, die auf Tannenzapfenfeuer bruzzeln, der fränkische Kartoffelsalat mit seiner Saftigkeit, die Schlachtplatten, die ›Koichla‹ (Küchel), die ›Ostergeißla‹, die fetten Gänse- und Schweinebraten, die ›Knöchla‹ und das ›Schwartenbrätla‹, die ›Vechala‹ (Kalbsvögel) und all das andere bekommt seine fette Weihe durch das Prädikat ›fränkisch‹. Ja, das ist füllig, lockend, schwer, würzig und reichlich. Man hat ja auch immer zum Hinunterspülen den Frankenwein; heißt es doch: ›Frankenwein – Krankenwein‹.

Und über allem leuchtet die Krone der fränkischen Kunst, die fromme Hinneigung, die fröhliche Schau. Sieht man also genauer hin, so vermengt sich immer wieder irdischer Genuß mit himmlischem Gepränge. Da stehen süße Madonnen im Weingarten, halten dicke Putten Trauben hoch, weisen Gasthausschilder auf die Heiligen Drei Könige, leuchten Blumen im Herrgottswinkel am großen Eßtisch, duftet es ›weinig‹ aus den Stiftskellern und man holt sich Muskazinen von der Dettelbacher Wallfahrt. Auch

Meefischle

Das sind kleine, liebevoll im Dialekt so genannte Mainfischchen. Es handelt sich dabei um frische Fänge unterschiedlicher Größe. Die Fischchen werden nur sauber gewaschen und aufgeschlitzt, um die Eingeweide ausnehmen zu können. Dann werden sie mit Salz und Pfeffer gewürzt, in Mehl gewendet und in heißem Fett rasch etwa 10 Minuten gebacken. Dazu gibt es den geliebten Fränkischen Kartoffelsalat und frisches Brot – und natürlich einen guten Tropfen.

243 Ähnlich schwer beladen wie diese Nürnberger Dienstmagd mit einer kupfernen Wasserbutte strömten einst zur Herbstzeit die ›Krenweiber‹ mit ihren typischen Kraxen vom Land in die Städte und boten den kärglichen Ertrag ihres Gewürzgärtchens unermüdlich von Haus zu Haus feil. Vor allem den Häuslerinnen der wenig fruchtbaren und deshalb als arm geltenden Oberpfalz brachte dieses Wandergewerbe ein notwendiges Zubrot.

die von viel ehrwürdiger Schönheit beschenkten Stätten Würzburg und Aschaffenburg, Coburg und Banz, Veitshöchheim und Mespelbrunn, Pommersfelden und Iphofen, Rothenburg und Greglingen, Dinkelsbühl und Bamberg und viele mehr, sie alle sind Frankenland mit goldenen Tropfen, mit saftigen Braten, mit Fisch und ›Kre‹, ›Koichla‹ und ›Kipfl‹.

Gefüllte Kalbsbrust nach Erlanger Art

Von einer Kalbsbrust mit ungefähr 3/4-1 kg Gewicht nimmt man alle Rippen bis zum Gratknochen weg und untergreift sie so, daß eine Tasche entsteht. Dann rührt man 50g Butter mit 2 Eiern, gibt reichlich geriebene Zwiebeln und Zitronenschale, 3-4 Eßlöffel feingehackte Kräuter, Salz, Muskat, einen kleinen geriebenen, sauren Apfel, ein Stückchen geriebenen Meerrettich und so viel Brösel daran, daß eine halbfeste Masse entsteht. Sie wird nicht zu stramm in die Brust eingefüllt und diese dann gut zugesteckt. Man brät den Braten auf den Rippen, so daß er wie auf einem Rost liegt, goldbraun und übergießt ihn dabei häufig mit der langsam verlängerten Sauce. Dazu gibt es junges Gemüse, wie Erbsen oder Spinat, Blumenkohl oder dergleichen sowie gemischten Salat.

Peterla mit Schwemmklößla

Petersiliewurzeln und Kartoffeln werden etwa zu gleichen Teilen gewürfelt und mit etwas Butter, Wasser, Salz und viel Petersiliegrün weich geschmort. Man dickt das Gemüse mit etwas angerührtem Mehl oder einer buttrigen, kleinen Schwitze ein und würzt mit Salz, Pfeffer, wenig Zucker und Zitrone sowie frischem Grün nach. Dazu gibt es Schwemm- oder Butterklößchen.

Dürrer Haug

Hier handelt es sich um eine Specktranche, die in verklopftem Ei gewendet und rasch auf der Pfanne überbacken wird. Man streut sehr viel Schnittlauch darüber.

Honigbusserl

150 g fließenden Honig, 150 g Zukker, 2 Eier sowie 10 g Hirschhornsalz und 5 g Pottasche in 2 Eßlöffel schwarzem Kaffee aufgelöst, rührt man gut durch und gibt 1 Eßlöffel Zimt, 1/2 Kaffeelöffel Nelken, 2 Strich Muskat, eine Prise Salz und die abgeriebene Schale von 1/2 Zitrone dazu. An diese Rührmasse fügt man 600 g gesiebtes Mehl und knetet den Teig dann gut durch. Man formt kleine Kugeln daraus und bäckt sie, weit auseinanderliegend oder 3 aneinander gedrückt, auf einem gefetteten Blech. Nach dem Erkalten werden sie flüchtig mit dünner, weißer Zuckerglasur aus 50 g Puderzucker und etwas Zitronensaft überstrichen und mit einem Schokoladetupfen bekrönt.

Bamberger blaue Zipfel

Bratwürste werden in heißem Essigwasser mit Salz, Pfefferkörnern, Zucker und reichlich Zwiebelringen kurz heiß gemacht. Sie werden vom Essigwasser leicht bläulich und heißen deshalb blaue Zipfel. Man bringt sie mit etwas Brühe und den Zwiebeln bedeckt auf die Platte und gibt frische Brezen dazu.

Elisen-Lebkuchen

3 Eier und 250 g Farinzucker (brauner Rohrzucker) werden 1/2 Stunde gerührt. Daran gibt man 250 g fein geriebene Mandeln, 50 g klein gehacktes Orangeat, 1 Kaffeelöffel Zimt, 2 flache Eßlöffel Stärkemehl und die geriebene Schale von 1/2 Zitrone. Die Masse wird mit einem Messer auf runde Oblaten gestrichen und über Nacht kühl gestellt. Am nächsten Tag bäckt man sie bei mäßiger Hitze etwa 15-20 Minuten und überzieht sie dann mit einem Guß aus 100 g Puderzucker und Himbeersaft.

Fränkische Majoran-Filetschnitten

Von einem Rindsfilet schneidet man dicke Scheiben ab und würzt sie mit Salz, Pfeffer und Senf und brät sie in genug heißem Fett rasch auf beiden Seiten goldbraun. Man bestreut sie mit Majoran, der kurz im Bratfett erhitzt wurde und gibt noch ein Stück Butter darauf. Die Sauce gießt man über das angerichtete Fleisch.

Weinbergschnecken

Aus einer alten Sammelhandschrift der Nürnberger Stadt-Bibliothek: »Nimb frische schnecken, reib die heußlein mit einm trucknen tuch ab, secz sie auf ein rost uber ein kleine kolen, und wenn die schalen abspringen, so thue die schneckhen aus den heußlein in ein schißel; darinn sey ein gutt theil baumöll salcz und pfeffer, las sie ein gutt weil drinn ligen; dar nach thue sie in die heußlein und gies sie vol von dem, dar inn sie gelegen seind.«

244 Kaum geringere Tradition als die berühmte Bratwurst besitzt die zweite Spezialität; die Nürnberg auszeichnet; der Lebkuchen. Ein ganzes Lebkuchenhaus erscheint sogar auf diesem um 1530 entstandenen Holzschnitt mit der verführerischen Darstellung des Schlaraffenlandes. Wie man an Reichsadler und Kaiserfigur sieht, sorgten auch damals schon nationale Symbole für guten Absatz.

Oberpfälzer Kartoffelsalat

An gekochte, geschälte und aufgeschnittene Kartoffeln gibt man wie üblich Salz und Pfeffer, eine kleine Prise Zucker, Essig und Öl, aber dazu noch reichlich angeschmorte Speckbröckerl und vor allen Dingen kleingeschnittenen Endiviensalat und etwas Gurke. Man kann auch noch kleinzerzupften grünen Salat oder Tomaten daruntergeben; jedenfalls soll der Salat bunt, fett und schön glänzend sein.

Oberpfälzer Ente

Die Ente wird innen mit Salz, Pfeffer und Paprika eingerieben und mit einem Stengel Beifuß und etwas Salbei sowie Petersilie und etwas gehackter Zwiebel gefüllt. Man brät sie wie üblich unter Begießen goldbraun und gibt in die Sauce einige zerdrückte Wacholderbeeren, etwas feingeriebenen Sellerie, eine gehackte Zwiebel und 2-3 zerdrückte Tomaten. Die Ente wird schön tranchiert und mit der nach Belieben noch mit etwas Weißwein verlängerten und mit wenig Mehl eingedickten Sauce angerichtet. Man kann die Sauce sieben und noch mit etwas frischer Petersilie abschmecken. Dazu gibt es rohe oder halbseidene Klöße, Grießnocken oder Semmelknödel.

Die Oberpfalz

Die Pfalz ist ›steinreich‹, besonders sind es ihre schmalen Äcker. Das wirkte sich auch auf die Kochtöpfe aus. Natürlich war es nicht überall gleich, aber in der Hauptsache gilt schon die etwas boshafte Umbenennung dieses Landstriches in ›Steinpfalz‹.

Bevor die Kartoffeln, dort ›Potaken‹ genannt, auftauchten, war das Essen wenig erfreulich, denn der Boden gab nicht allzuviel her. Von einigen Gebieten, wie dem südlichen Zipfel um Regensburg, der zudem an die Lebensader Donau anschließt, abgesehen, herrschte in der bäuerlichen Ernährung der Brei mit all seinen Entwicklungsstadien über den Fladen bis zum Brot und Gebäck vor. Zuerst war es, wie überall, der Brei aus Hirse, Hafer, Gerste, Buchweizen, Roggen, später aus Weizenmehl und Grieß oder Mais in allen nur denkbaren Mischungen, der zur Sättigung diente und der, reich abgewandelt, sich bis heute gehalten hat. Dünn galt er überdies als Suppe und Sauce, dick als Grundlage für Schmarrn und andere Mehlspeisen. Als Fastenmus wurde er noch einfacher aus Hülsenfrüchten, Gemüse, Kräutern und Ölpflanzen hergestellt; man wollte und mußte sich ja zur Fastenzeit kasteien. Der Brei wurde allmählich zum weizenen Feinmus, mit Butter verbessert, ausgebacken oder mit Früchten gereicht und als Hochzeits-, Kranken- und Wöchnerinnenspeise geschätzt. Im Laufe der Zeit hat man den zuerst noch derben Brei flach auf heiße Steine gedrückt und so Fladen daraus gebacken, die ungesäuert waren. Diese ›Fleck‹, ›Zelten‹, ›Matzen‹ und ›Scharnblattl‹, auch ›Scharm- oder Schornblattl‹ oder nach Schmeller einfach nur ›Blattl‹ genannten frühen Brote bildeten sozusagen die Grundnahrung. Man hat die frisch mit Salz und Schnittlauch oder Zwiebel bestreut oder mit Schmalz bestrichen; später, wenn sie trockener geworden waren, zu Scherben zerschlagen, was ihnen vielleicht auch ihren Namen ›Scharnblattl‹ eintrug. Sie wurden in die Suppe oder Milch gegeben oder eingeweicht und mit einem Mehlteig übergossen und herausgebacken oder zu ähnlichen, einfachen fett- und meist auch eierlosen Mehlspeisen verbraucht. Aus diesen Fladen wurde, nunmehr mit ›Ura‹ (Sauerteig) oder ›Urat‹ gesäuert, Brot hergestellt. Der gewölbte Backofen, die Backstatt, entstand und ließ eine eigene Brotkultur mit vielen Riten entstehen. Man segnete die nunmehr hochgewölbten Laibe vor dem Backen wie vor dem Anschneiden, verteilte Brot an Brautleute, beim Einzug in ein neues Haus, an Gäste, an Kinder, vergrub das Pflugbrot in den Acker und hob sich ein ›Scherzl‹ (Randstück) von einer Hochzeit oder Wallfahrt als Andenken auf.

Brot war die lebenserhaltende Nahrung schlichtweg. Zunächst nur aus Roggen, in schlechten Zeiten mit viel Kleie, Hafer, Gerste,

245 Ein Paradies für Groß und Klein war der Nürnberger ›Kindlesmarkt‹ besonders zu jenen Zeiten, als Lebkuchen, Honigbusserl, Zimt- und Mandelsterne wirklich noch jene langersehnte Überraschung waren, die sich viele – wie die breite Bevölkerung des Oberpfälzer Hinterlandes – nur einmal im Jahre leisten konnten.

Hirse, Kastanien, Unkrautsamen und später auch mit Kartoffeln vermischt. Es war, wie früher der Fladen, vielseitig verwendbarer Grundstoff oder Zutat zu anderen Speisen, also zu Knödeln, Schmarrn oder ›gribem‹ Backwerk, denn da nur alle zwei bis drei Wochen gebacken wurde, mußte natürlich viel hartgewordenes Altbrot verbraucht werden.

Der ursprüngliche Fladen war aber trotz des neuen Brotlaibes keineswegs ausgestorben. Er wurde verfeinert, indem er mit Sauerteig, später mit Hefe gelockert und durch Zugabe von Fett und Gewürzen, Honig oder Dörrobst zu einer Art Kuchen, dem Zelten (Lebzelten), aufstieg. Mit Kirschen, Zwetschgen oder Holler belegt, mit Weinbeeren und dann sogar mit Zucker oder pikant mit geschmälzten Zwiebeln und Speck versehen, wurden daraus die ›Platz‹ oder ›Plotz‹, die ›Fleck‹, wie die ›Amberger Eyerfleck‹, die tellergroßen ›Osterfleck‹, die mächtigen Blechkuchen.

Als Kleingebäck ist aus dem ›woazenen‹ Hefeteig die Semmel, der Kipf, der längliche Striezel, der gemischte Wecken, das handgroße Spitzl entstanden. Aus der Semmel, die anfangs nur sonntags oder bei Hochzeiten, Taufen und sonstigen Hochfesten auftauchte und als Mitbringsel von Wallfahrten galt, wurden späterhin vielerlei Mehl- und Fastenspeisen gemacht, wenn sie nicht, wie meist, das Fleisch ersetzen mußte, um mit Kraut, Zwetschgenbrühe oder mit Schwammerln eine Vollmahlzeit zu bilden. Auch mit den daraus gefertigten Knödeln war das so.

Die diversen Mehlspeisen sowohl aus Schwarz- wie auch aus Weißbrot sind sehr alt. Bereits Anna Weckerin schreibt 1597 in ihrem als erstes von einer Frau verfaßten und in Amberg gedruck-

Oberpfälzer Specksalat

Ein knackfrischer Kopfsalat oder auch ein Römischer Salat wird wie üblich zurechtgemacht. Man schmeckt ihn mit Salz, Pfeffer, etwas Zucker und ein wenig feingehacktem Dill oder Petersilie, Essig und Öl ab und gießt ganz zuletzt 1 Tasse voll feingehackte und auf der Pfanne rasch ausgelassene Speckwürfel darüber. Der Salat muß sofort zu Tisch gebracht werden.

246 Trotz aller Traditionspflege bleibt auch die bayerische Gastronomie nicht verschont von der verbreiteten Zeiterscheinung des ›Gasthof-Sterbens‹, selbst wenn es sich wie hier beim ehemaligen ›Gasthof zur Krone‹ in Cham um eine mit der Landesgeschichte verknüpfte historische Stätte handelt: 1489 tagten die Ritter des Löwlerbundes in diesem spätgotischen Hause und 1615 stieg der Winterkönig, Kurfürst Friedrich V. von der Pfalz, hier ab.

ten ›Köstlich new Kochbuch‹ von ›Gülden Schnitten‹ und meint damit in Teig getauchte und dann in Fett herausgebackene Weißbrotschnitten. Man hat ›Rezel‹ (Schmarrn) oder ›Dentschen‹, ›Bavesen‹ und Aufläufe, Suppen und sonst noch mancherlei für den Alltag und als Feinspeise aus Brot gemacht. Dieses selbst hat man blank verzehrt; höchstens nach dem Ausbuttern gab es einmal etwas Butter drauf oder Rübensirup oder für den Hausherrn ein Stück Speck oder auch Schnittlauch mit Salz oder Zwiebeln mit Schmalz.

Wieder eine Stufe höher stehen dann schon die vielerlei Nudeln aus weißem Hefeteig, oft genug aber noch roggene Dampfnudeln. Man hat sie zum Kraut gegessen oder mit anderen Gemüsen, wie ›Dotschen‹ (Rüben), zu Obst oder mit einer Kletzenbrühe und sie dann ›Woazane‹, ›Auszogne‹, ›Röhrküachln‹, ›Germknödel‹ oder ähnlich benannt. Mit Kraut vermischt oder mit Zwetschgen gefüllt, saftig oder mit goldenen Ramerln haben sie bis hinauf zum schmalzgebackenen Krapfen den Tisch bereichert. Natürlich gehörte das Goldbraune aus dem Fett-Topf zur festlichen Culinaria.

Ende des 18. Jahrhunderts kam die Kartoffel in die Oberpfalz. Der erste Anbauer dieser neuen Feldfrucht war der Landwirt Rogler aus Selb. Es blieb für ihn aber lange Zeit ein Wagnis, denn die Abnahme dieser seltsamen Knolle war damals noch keineswegs sicher. Von diesem Zeitpunkt an aber war die Hungersnot zu Ende; man dankte es bald der Kartoffel durch restlose Auswertung. Das ging von der einfach gebratenen Kartoffel über die Suppe, zu Fladen und Knödeln, ›Pfanzeln‹ (von Pfannzelten) und obstgefüllten Taschen, zu Gemüse und falschem Braten. Ja, die ›Bataken‹ oder ›Potaken‹ waren schon eine gute Sache!

Nicht, daß nun die ganze Küche der Oberpfalz nur aus Brot, Nudeln und Kartoffeln einschließlich der Knödel bestanden hätte, vorherrschend aber waren die schon und nahmen neben den ja überall in Bayern bekannten Fleischspeisen und Hochzeitsessen den Vorrang ein. Aus der Steinpfalz wurde die Erdäpfelpfalz mit dem Liedchen:

Erdäpfel in der Früh
Mittags in der Brüh
Auf d'Nacht in die Häut
Erdäpfel in Ewigkeit

Gebraten und gekocht, geschnitzt und gerieben, roh und gekocht, heiß und kalt, flach und rund, lang und breit, groß und klein geformt, auf alle nur denkbaren Arten gebruzzelt und geprägelt, in Salzwasser oder Milch gegart, trocken oder saftig, mit Obst oder Kraut, haben sie vom Frühmahl bis zum Abendessen in stets wechselnder Form die Mägen gefüllt, ob es nun ›Maultaschen‹

Saure Rahm-Sauce

Zuerst bereitet man aus Mehl, Butter und Milch eine kleine, hellgelbe Schwitze und gibt noch etwas kleingeschnittene Zwiebeln dazu. Man gießt mit 1 Tasse dickem saurem Rahm auf und gibt Salz, etwas Pfeffer, Muskat, einige Tropfen Suppenwürze sowie 2-3 Eßlöffel Kapern daran. Die Sauce kann auch noch mit einer beliebigen Wild-, Gänsebraten- oder Schweinebratensauce vereint werden und zu dem betreffenden Braten gereicht werden.

oder ›Gänsdatschen‹, ›Goasbratl‹ oder ›Reiberknödel‹, ›Spatzn‹, ›Götzn‹, ›Knidl‹ oder ›Bauchsteckerl‹, ›Schnitz‹ oder ›Fingernudel‹, ›Schneiderfleck‹ oder ›Schoitl‹ waren.

Das war, abgesehen von den übrigen Gemüse- und Fleisch-, Fisch-, Eier- oder Käsespeisen, die sich lediglich durch ihre oft originellen Dialektbezeichnungen von anderen bayrischen Regionalspeisen unterschieden, so recht typisch oberpfälzisch. Natürlich gilt dies heute nicht mehr ganz, denn sogar eine so festverankerte Küche wie die oberpfälzische hat sich der übrigen angenähert.

Die Oberpfalz hat sehr viele Flüsse, Bäche, Teiche und Weiher mit einer bedeutenden Fischzucht, von alter Tradition. Nahezu die Hälfte aller in Deutschland gegessenen Karpfen kommen von dort, trotzdem war der Fischreichtum, von den Klöstern sehr gefördert, in früheren Zeiten noch wesentlich größer. Man hat ja auch für die vielen Fastentage viel Fastenkost gebraucht und die kam aus dem Wasser. Dazu gehörte aber auch, was im Feuchten kroch oder flog, so Schneck und Frosch, ›Duckante‹ und Schwan. Es gibt da ein klösterlich ediertes Kochbuch von Odilo Schreger, dem Abt des oberpfälzischen Klosters Ensdorf, das sich mit 44 solcher Speisen befaßt, darunter allein vier für Schnecken.

Abschließend soll noch ein ›Hochzeitsessen aus dem Altmühltal‹ einen Festschmaus festhalten. Nach sehr altem durch Tradition bis heute festgehaltenem Brauch besteht er aus: Leberknödelsuppe, Ochsenfleisch, Gänse-, Enten- oder Kalbsbraten, Blaukraut, Kuchen.

Man hat ›B'schoadtüchl‹, also kleine Tücher zum Mitheimnehmen der Reste gleich aufs Gedeck gegeben. Oft liegt bei den höchsten Gästen auch noch ein Sauschwanzl mit einem roten Schleiferl darauf.

Zum Schluß des Essens kommt die Köchin mit verbundener Hand herein und will mit dieser Geste Mitleid erregen, damit sie ein klingendes Pflaster für ihre angeblichen Brandwunden und ihre Mühe erhält.

Rieser Brätsstrudel

Aus Mehl und Milch, 1-2 Eiern und Salz bereitet man einen Eierkuchenteig und bäckt in der Pfanne dünne Flädle. Sie werden mit einer Mischung aus etwa 150 g Brät, etwas Milch, 1 Ei, Salz, Pfeffer, Muskat, etwas Zitronenschale und gehackter Petersilie bestrichen und aufgerollt. Man schneidet etwa 2 Finger breite Streifen davon ab und gibt sie in die kochende Fleischbrühe. Sie müssen etwa 10 Minuten leise ziehen und werden dann mit der Suppe serviert.

Regensburger Schnitz

Ein Stück durchwachsene Rindsbrust wird grob gewürfelt. Man gibt genausoviel Kartoffelwürfel und nochmals so viel gemischte, grobgeschnittene Gelbe Rüben, Sellerie und Lauch, 1 aufgeschnittene Zwiebel, Salz, Pfeffer, Selleriegrün und Petersilie dazu und kocht alles, knapp mit Wasser bedeckt, weich. Der notfalls aufgegossene Eintopf wird mit frischen Kräutern bestreut aufgetragen.

247 Was der unbekannte Nürnberger Formschneider hier im 16. Jahrhundert darstellte und einst wohlverdiente Stärkung nach der Sorge und Mühe um das tägliche Brot war, lassen moderne Technik und vollmechanisierte Erntemethoden als liebenswerte Idylle aus längst vergangenen Zeiten erscheinen.

248 Hoch her ging es bei dieser Sylvesterfeier, auf der eine angeheiterte Münchner Gesellschaft die Ankunft des Stadtjubiläumjahres 1858 mit Punsch und Sekt begoß. Der unter dem Namen Feuermüller bekannte Münchner Maler hat diese Genreszene zum willkommenen Anlaß für treffende Charakterstudien aus dem gutbürgerlichen Mileu genommen.

Anhang

Verzeichnis der Rezepte

Suppen

Fleisch

Fische, Krebse, Schnecken

Gemüse

Beilagen

Süß- und Mehlspeisen

Backwerck

Namen- und Sachregister

Verzeichnis und Nachweis der Abbildungen

Die Zahlen am linken Rand verweisen auf die Bildnummern

Autorin und Verlag danken den vielen Archiven, Bibliotheken, Museen, Sammlungen, Fotografen und privaten Leihgebern, die Bildvorlagen zur Verfügung gestellt und deren Wiedergabe in diesem Buch gestattet haben. Besonderer Dank für die vielseitige Hilfe und freundliche Unterstützung bei der Bildsuche gebührt dabei den Herren Paul Gleixner und Dr. Elmar Herterich von der Bayerischen Staatsbibliothek in München, Fräulein Elisabeth Reichenwallner vom Münchner Stadtmuseum, Frau Dr. Monika Heffels und Frau Dr. Leonie von Wilckens vom Germanischen Nationalmuseum in Nürnberg sowie Herrn Dr. Karlheinz Schreyl von den Nürnberger Stadtgeschichtlichen Museen.

Schutzumschlag: Gestaltung unter Verwendung von Ausschnitten aus Bild 117 (Vorderseite) und Bild 148 (Rückseite)

1 *Speisezettel für den Monat April* aus dem ›Bayrischen Küchenkalender für sechs Schüsseln ...‹, München 1813; München Bayerische Staatsbibliothek

2 *Titelblatt* aus dem ›Bayerischen Küchenkalender für sechs Schüsseln ...‹, München 1813; München, Bayerische Staatsbibliothek

3 *Geschäftskarte* des Weingastgebs zum Goldenen Löwen in München, Anonymer Kupferstich aus der Mitte des 18. Jahrhunderts; Münchner Stadtmuseum (MS 1/1308)

4 *Titelblatt* aus dem ›Weinbuch‹ von Johann Rasch, München 1582; München, Bayerische Staatsbibliothek

5 *»Abbildung der bratwurst, welche von den Knechten des Metzgerhandwercks den 8. Feb. 1658 in der Statt von irer Zwölffen herumbgetragen ...«,* Anonymer Kupferstich von 1658; Nürnberg, Stadtgeschichtliche Museen (Foto: Richard Krauss)

6 *»Im ›Bratwurstglöckle‹ zu Nürnberg«,* Xylographie von etwa 1860 nach einer Skizze von Wilhelm Busch; Nürnberg, Stadtgeschichtliche Museen (Foto: Richard Krausss)

7 *»Stilleben auf dem Münchner Bockkeller«,* Ölgemälde von Johann Wilhelm Preyer aus dem Jahre 1839; Münchner Stadtmuseum (IIb/112)

8 *Tischplatte* aus einem Bauernhof in Oberbeuern von 1743; Bad Aibling, Heimatmuseum (Foto: Günter von Gfug)

9 *Fürstliche Tafel,* Holzschnitt von Michael Wolgemut aus dem 1491 in Nürnberg erschienenen ›Schatzbehalter‹; Foto: Prestel-Archiv

10 *Das Aufziehen von Krammetsvögeln auf einen Spieß,* Xylographie aus dem Kochbuch von Julius Rottenhöfer ›Neue vollständige theoretisch-praktische Anweisung in der feinern Kochkunst‹, München 1858; München, Bayerische Staatsbibliothek

11 *König Herodes an der Tafel,* Ausschnitt aus dem ›Gastmahl des Herodes‹ auf dem sogenannten ›Crailsheimer Altar‹ eines unbekannten Meisters des 15. Jahrhunderts; Nürnberg, Germanisches Nationalmuseum

12 *Tafelszene* aus einem ›Liebesgarten‹ eines bayerischen Holzschneiders von etwa 1520; Foto: Prestel-Archiv

13 *Ritterliche Tafelrunde,* Holzschnitt von Erhard Schön aus dem Flugblatt ›Eyn wünderliche Historij, von einem Ritter auß Franckreich‹ von Hans Sachs, um 1536; Prestel-Archiv

14 *Vorlageblatt für ein Silber-Plateau,* Kupferstich nach einem Entwurf von C. G. Eißler, Augsburg um 1750; Staatsgalerie Stuttgart, Graphische Sammlung

15 *Vorlageblatt für eine Terrine,* Ausschnitt aus einem Kupferstich nach einem Entwurf von Johann Baur, Augsburg um 1750; Staatsgalerie Stuttgart, Graphische Sammlung

16 *Lavabo,* Ausschnitt aus einer ›Verkündigung‹ des Meisters von Weilheim, 1444; München, Bayerische Staatsgemäldesammlungen

17, 18 *Zwei Tischdekorationen* aus dem 1755 von Franz Anton Bustelli und seinen Mitarbeitern modellierten ›Garten-Dessert‹ der Porzellanmanufaktur Nymphenburg; Foto: Porzellanmanufaktur Nymphenburg, München

19 *Barocke Tischdekoration,* Ausschnitt aus einem anonymen Kupferstich mit der Darstellung des Namenstags- und Ordensfestmahls des Markgrafen Georg Wilhelm zu Brandenburg-Bayreuth im Schönen Saal des Lustschlosses Sankt Georgen am See am 23. April 1722; Nürnberg, Germanisches Nationalmuseum, Kupferstichkabinett

20 *Fassen eines Hühnchens,* Kupferstich aus dem bei Bild 49 nachgewiesenen Werk von 1639

21, 22 *Tranchiren eines Brathuhns, Kapauns oder Gans und Zerlegen eines Schinkens,* zwei Kupferstichillustrationen aus dem unter Bild 121 nachgewiesenen Werk von 1677

23 *Titelblatt* zum Zweiten Teil ›Deß Vollständigen Trincir-Büchleins‹ von Georg Philipp Harsdörffer, Nürnberg 1657; München, Bayerische Staatsbibliothek

24 *Das ›Aufschneidemesser‹,* Anonymer Holzschnitt von etwa 1580; Foto: Prestel-Archiv

25, 26 *Zwei Vorlageblätter für Besteck,* Kupferstiche nach einem Entwurf von Johann Baur, Augsburg um 1750; Staatsgalerie Stuttgart, Graphische Sammlung

27 *Zwei Silberspießchen,* Xylographie aus dem bei Bild 10 nachgewiesenen Werk von 1858

28 *Willkommhumpen von Schloß Kirchsittenbach,* von Freunden des Nürnberger Patriziers Jobst Friedrich Tetzel zur Einweihung seines neuen Hauses 1593 gestiftet; Nürnberg, Germanisches Nationalmuseum

29 *Bankett auf Schloß Kirchsittenbach,* Gouache aus dem Willkommbuch des Jobst Friedrich Tetzel von 1593; Nürnberg, Germanisches Nationalmuseum

30 *Fränkische Tischrunde beim Spanferkelessen* auf einem Wirkteppich von etwa 1460 mit der Darstellung eines ›Liebesgartens‹; Nürnberg, Germanisches Nationalmuseum

31 *Das Wöchnerinnenmahl* aus der Szene der ›Geburt Mariä‹ vom Weingartner Altar des Hans Holbein des Älteren, 1493; Augsburg, Städtische Kunstsammlungen

32 *Rothenburger Herrenrunde* auf einer Szene aus der Jakobslegende im Hochaltar des Friedrich Herlin von 1467 in der Rothenburger Pfarrkirche Sankt Jakob; München, Bayerisches Landesamt für Denkmalpflege

33 *Christus im Hause des Simon,* Tafelbild von Gabriel Mälesskircher aus dem Jahre 1476; Nürnberg, Germanisches Nationalmuseum

34 Johann Rottenhamer: *Hochzeit zu Kana* (Auschnitt), 1606; Augsburg, Städtische Kunstsammlungen; Leihgabe der Bayerischen Staatsgemäldesammlungen

35 *Beim Nachtisch,* Anonymer Holzschnitt des 16. Jahrhunderts; Foto: Prestel-Archiv

36 *Inneres einer Schankstube,* Holzschnitt zu der 1541 erschienenen Flugschrift von Hans Sachs: ›Was das ergest vnd beste glied am menschen sey‹; Foto: Prestel-Archiv

37 *Der Teufel in der Gaststube,* Holzschnitt zu der 1555 erschienenen Schrift von Hans Sachs: ›Der Teuffel lest kein Lantzknecht mehr in die Helle faren‹; Foto: Prestel-Archiv

38 *Wirtshausszene,* Titelholzschnitt aus dem 1531 in Augsburg erschienen Ständebuch ›Ain nützlich Büchlein‹; Foto: Prestel-Archiv

39 *Gasthausszene,* Holzschnitt von Erhard Schön zu dem 1531 veröffentlichten Flugblatt von Hans Sachs: ›Ein gesprech zwischen Siben mennern, darinn sie jre Weyber beklagen‹; Foto: Prestel-Archiv

40 *Bürgerliches Mittagsmahl,* Holzschnitt von Georg Pencz zu dem etwa 1534 erschienenen Flugblatt von Hans Sachs: ›Eine Tischzucht‹; Foto: Prestel-Archiv

41 *Weinkarte des Gasthofs zur Weißen Lilie in Regensburg,* Kupferstich von A. Scheller in Augsburg von etwa 1750; Foto: Prestel-Archiv

42 *»Kostbares Tractament, so Ihro Kayserliche Majestät an dero Allerhöchsten Crönungs-Fest denen Hrn. Abgeordneten der Löbl. Reichs-Städte, Aachen und Nürnberg, wie auch E. Hoch Edlen Magistrats zu Frankfurt Hrn. Deputierten in dasiger Rath-Stube gegeben«,* Ausschnitt aus einem Kupferstich von F. M. Regenfus nach I. G. Fünck in ›Vollständiges Diarium Von den Merckwürdigsten Begebenheiten, Die sich vor, bey und nach der ... Crönung, Des ... Fürsten und Herrn, ... Carls des VII. .... zugetragen‹, Frankfurt am Main 1743; München, Bayerische Staatsbibliothek

43 *»Die Messigkeit«,* Ausschnitt aus einem Holzschnitt »Die Sechs furtreflichen geistlichen Gaben / So auß einem waren glauben iren vrsprung haben« von Erhard Schön, 1535; Nürnberg, Germanisches Nationalmuseum, Kupferstichkabinett

44 *Zubereiten und Auftragen von Speisen,* Kupferstich von G. I. Schneider aus dem 1682 in Nürnberg erschienenen ›Haus-Feld-Arzney-Koch-Kunst-Wunder-Buch‹ von Johann Christoph Thieme; München, Bayerische Staatsbibliothek

45 *Prunktafel mit Zuckerwerk,* Anonymer Kupferstich vom Ende des 16. Jahrhunderts; Nürnberg Germanisches Nationalmuseum, Kupferstichkabinett

46 *»Antiker Helm von gerösteten Mandeln über einem Sockel«,* Xylographie aus dem bei Bild 10 nachgewiesenen Werk von Julius Rottenhöfer

47 *Der junge Weißkunig erteilt dem Küchenmeister die Anweisungen,* Holzschnitt von Hans Burgkmair zum ›Weißkunig‹ (1506-13) des Kaisers Maximilian; München, Privatbesitz

48 *Bankett aus Anlaß der Eroberung von Belgrad am 26. September 1717 in Regensburg,* Kupferstich von Johann Matthias Steidlin und Andreas Geyer aus: ›Prächtiges Sieg- und Freuden-Fest, Welches ... Von ... Herrn Christian August ... Hertzogen zu Sachsen ... begangen worden‹, Regensburg 1717; München, Bayerische Staatsbibliothek

49 *Titelblatt* des Trincirbuches ›Li tre trattati ...‹ von Matthias Giegher, Padua 1639; München, Bayerische Staatsbibliothek

50 *Porträt des Matthias Giegher,* Kupferstich aus dem bei Bild 49 verzeichneten Werk

51, 52 *Die Serviettenfiguren »Zwölf Berge« und »Hecht«,* Kupferstiche aus dem im folgenden beschriebenen Werk

53 *Titelblatt* zu ›Vollständig Vermehrtes Trincir Buch‹ von Georg Philipp Harsdörffer, Nürnberg 1657; München, Bayerische Staatsbibliothek

54-56 *Die Serviettenfiguren »Lilie«, »Hahn tritt eine Henne« und »Türkenbund«,* Kupferstiche aus dem bei Bild 53 nachgewiesenen Werk

57 *Hochzeitsmahl,* Aquarellierte Federzeichnung aus einem Stammbuch vom Ende des 16. Jahrhunderts; Nürnberg, Germanisches Nationalmuseum

58 *»Hohlhippen-Torte mit Münchner Kindl«,* Illustration aus dem 1894 in München erschienenen Werk ›Torten-Verzierungen‹ von F. P. Glass; München, Bayerische Staatsbibliothek

59 *»Gansleberpastete mit Befreiungshalle«,* Chromolithographie aus dem 1894 in Regensburg erschienenen Werk von Maria Aabel ›Das elegante Garnieren der verschiedenen Speisen‹; München, Bayerische Staatsbibliothek

60 *»Gespritzter Aufsatz«,* Illustration aus dem Ende des 19. Jahrhunderts in München erschienenen Buch von Carl Krackhart ›Neues illustrirtes Conditoreibuch‹; München, Bayerische Staatsbibliothek

61 *»Kastanientorte«,* Illustration aus dem bei Bild 58 nachgewiesenen Titel

62 *Negerpage trägt eine Torte auf,* Ausschnitt aus dem 1770 entstandenen Deckenfresko mit der Darstellung ›Salome tanzt vor König Herodes‹ von Johann Baptist Enderle im Pfarrhof zu Zaisertshofen; Foto: Anton H. Konrad, Weißenhorn

63 *Tischgesellschaft,* Kupferstich von B. Cacimo aus der 1. Hälfte des 17. Jahrhunderts in dem in Nürnberg erschienenen Buch ›Spiegel einer Christlichen vnd friedsamen Haußhaltung ...‹; Nürnberg, Germanisches Nationalmuseum, Kupferstichkabinett

64 *»Ein schöne Tischzucht«,* Kolorierter Holzschnitt vom Ende des 16. Jahrhunderts, Einblattdruck von Abraham Bach in Augsburg; Bamberg; Staatsbibliothek

65 *»Der ungezogene Tisch-Narr«,* Kupferstich von Matthäus Merian aus der Mitte des 17. Jahrhunderts zu einer geplanten Ausgabe des ›Narrenschiffs‹ von Sebastian Brand, verwendet in dem 1730 in Nürnberg erschienenen ›Wolgeschliffenen Narren-Spiegel‹, den ein bis jetzt nicht identifizierter Verfasser mit dem Decknamen Wahrmund Jocoserius herausgegeben hat; München, Bayerische Staatsbibliothek

66 *Teegesellschaft,* Xylographie aus dem 1864 in München erschienenen Buch von Julius Rottenhöfer ›Der elegante wohlservirte Kaffee- und Theetisch‹; München, Bayerische Staatsbibliothek

67 *»Martin Hofmann, Bürger, Wirth und Gastgeb zum Schwartzen Beern in Nürnberg, auch Capitain unter dem Löbl. Bürger-Außschuß«,* Kupferstich von Johann Alexander Böner aus dem Jahre 1661; Nürnberg, Stadtgeschichtliche Museen (Foto: Richard Krauss)

68 *Münchner Maler mit auswärtigen Kollegen im Wirtshaus,* Lavierte Federzeichnung von Georg Pecham aus dem Jahre 1598; Kunstsammlungen Veste Coburg

69 *Gasthof Reiserer in Roding,* Federzeichnung von Peter Langemann nach einer Abbildung von Gustav Steinlein aus dessen Buch ›Altbayerische Gasthäuser‹, München 1941

70 *Zwölf Handwerker bei ihren typischen Verrichtungen,* Aquarelle aus dem ›Hausbuch der Mendelschen Zwölfbrüderstiftung in Nürnberg‹; Nürnberg Stadtbibliothek (Foto: Armin Schmidt, Nürnberg)

71 *Küche aus einem Nürnberger Puppenhaus von 1639;* Nürnberg, Germanisches Nationalmuseum, Kupferstichkabinett

72 *Gotische Küche* im ehemaligen Dominikanerinnenkloster zu Rothenburg ob der Tauber; Foto: Bayerisches Landesamt für Denkmalpflege

73 *Schlachtfest,* Ausschnitt aus dem Monatsbild ›Dezember‹ von Hans Wertinger, um 1530; Nürnberg, Germanisches Nationalmuseum

74 *Zwei Mägde in der Küche,* Holzschnitt von etwa 1554 zu ›Ein Kampffgesprech zwischen einer haußmeidt vnd Kindtbeth Kelnerin‹ von Hans Sachs; Foto: Archiv des Prestel Verlags, München

75 *»Eine vollständig eingerichtete Küche«,* Frontispiz-Xylographie zum ›Münchner Kochbuch für den guten bürgerlichen und feineren Tisch‹ von Therese Bruckbräu, München–Landshut–Regensburg 1893; München, Bayerische Staatsbibliothek

76 *Küche,* Bilderbuchblatt von etwa 1850, Kolorierte Lithographie; Münchner Stadtmuseum (35/986)

77 *»Die Küche«,* Radierung von Trautner aus einer um 1790-95 in Nürnberg erschienenen Bilderserie; Nürnberg, Germanisches Nationalmuseum, Kupferstichkabinett

78 *Gemüse-Stilleben,* Xylographie aus dem bei Bild 10 nachgewiesenen Werk von Julius Rottenhöfer

79 *Titelblatt* zu ›Die gute bürgerliche Küche‹ von Julius Rottenhöfer, München um 1862; München, Bayerische Staatsbibliothek

80 *Kücheninterieur,* Getuschte Federzeichnung um 1820/30 von Johann Voltz für den bei G. N. Renner & Schuster in Nürnberg erschienenen Bilderbogen ›Die Küche‹; Nürnberg, Germanisches Nationalmuseum, Kupferstichkabinett

81 *Koch am Herd,* Holzschnitt aus dem bei Bild 112 nachgewiesenen Werk von 1542

82 *Bauernmahlzeit,* Ausschnitt aus einem 1527 entstandenen Holzschnitt von Barthel Beham mit der Darstellung der ›Mögeldorfer Kirchweih‹; Foto: Prestel-Archiv

83 *Frontispiz* zu ›Neues Saltzburgisches Koch-Buch‹ von Conrad Hagger, Augsburg 1719; München, Bayerische Staatsbibliothek

84 *Zwei Figurenpasteten,* Kupferstiche aus dem bei Bild 83 verzeichneten Werk

85 *Koch vor dem Herd,* Titelholzschnitt aus der 1557 in Frankfurt erschienenen ›Koch vnnd Kellermeistery‹; Foto: Prestel-Archiv

86 *»Die Küche im Wittelsbacherpalais in München«,* Xylographie von Goetz aus dem bei Bild 10 nachgewiesenen Werk

87 *Zwei Kaffeemaschienen,* Xylographien aus dem bei Bild 66 besprochenen Buch

88 *Küche mit ornamentaler Türe,* Holzschnitt von Walter Flötner aus dem 1548 in Nürnberg gedruckten Vitruv von Walter Rivius; Foto: Prestel-Archiv

89 *Einbandtitel* zum ›Nürnberger Puppen-Kochbuch von etwa 1910, München, Bayerische Staatsbibliothek

90 *Köchin beim Einkauf im Metzgerladen,* Holzschnitt von Susanna Maria Sandrart aus ›Kurioser Spiegel‹ von Elias Porzelius, Nürnberg 1689; Foto: Prestel-Archiv

91 *»Wie man Wein ablassen soll«,* Holzschnitt aus der 1539 in Augsburg erschienenen ›Kellermaisterey‹; München, Bayerische Staatsbibliothek

92 *Ritterlicher Hausrat,* Holzschnitt um 1475 von Hans Paur; Foto: Prestel-Archiv

93 Toni Aron: *»Die schöne Colletta«,* Öl, um 1890; Münchner Stadtmuseum, Deutsches Brauereimuseum

94 *Münchner Kellnerin,* Entwurf von Angelo Jank für eine Titelseite der Zeitschrift ›Jugend‹, 1901; Münchner Stadtmuseum

95 *»Der Bräuer«*, Lithographie aus einer bei V. Zanna in Augsburg erschienenen Berufeserie nach Entwurf von Friedrich Voltz; Münchner Stadtmuseum (MS II/3812)

96 *»Der Bäcker«*, Lithographie aus der für Bild 95 nachgewiesenen Serie

97, 98 *Prüfung des Rotweins* und *Weinprobe*, Holzschnitte. Werk bei Bild 91 nachgewiesen

99 *»Victualien Preiße in dem Theurungs Jahre 1817 im Monate Januar«*, Kolorierte Umrißradierung von 1817; Augsburg, Städtische Kunstsammlungen

100 *Der Koch und seine Frau*, Kupferstich von Albrecht Dürer, um 1500; Nürnberg, Germanisches Nationalmuseum

101 *Der Koch*, Holzschnitt aus dem 1530 in Augsburg gedruckten Buch ›Von allen Speisen vnd gerichten‹; Foto: Prestel-Archiv

102 *Titelblatt* aus dem 1835 im Verlag der Weber'schen Buchhandlung erschienenen Werk ›Die Köchin ...‹; München, Bayerische Staatsbibliothek

103 *Köchin als Allegorie des ›Wohlstands‹*, Gemälde von Matthias Kager von 1622 für die im Zweiten Weltkrieg untergegangene Prunkdecke des Goldenen Saals im Augsburger Rathaus; Foto: Städtische Kunstsammlungen, Augsburg

104 *»S. Sylvester«* und *»S. Iulianus«*, Patrone der Köche und Gastwirte, Augsburger Kupferstiche von etwa 1760; Nürnberg, Germanisches Nationalmuseum, Kupferstichkabinett

105 *Koch*, Holzschnitt von Peter Flötner zu einem Blatt im Kartenspiel von Hans Sachs ›Ein ganz gereimpte karten aller pletter‹, um 1535; Foto: Prestel-Archiv

106 *Trinkszene*, Holzschnitt aus dem ›Gedicht vom Branntwein‹ von Hans Folz, Nürnberg um 1479; Foto, Prestel-Archiv

107 *Titelblatt* zu ›Ein sehr Künstliches vnd fürtrefflichs Kochbuch‹, Nürnberg um 1550; München, Bayerische Staatsbibliothek

108 *Titelblatt* zu ›Augsburgisches Kochbuch‹ von Sofia Juliana Weiler, Augsburg 1819; München, Bayerische Staatsbibliothek

109 *Titelblatt* der 1507 in Augsburg erschienenen ›Kuchemaistrey‹; Foto: Prestel-Archiv

110 *Titelblatt* zu dem 1530 in Augsburg erschienenen Buch ›Von allen Speisen vnd gerichten‹; München, Bayerische Staatsbibliothek

111 *Titelblatt* zur zweiten Auflage von ›Ein Köstlich new Kochbuch Von allerhand Speisen‹ von Anna Wecker, Amberg 1598; Privatbesitz der Verfasserin

112 *Titelblatt* zur deutschen Platina-Ausgabe ›Von der Eerlichen zimlichen, auch erlaubten Wolust des leibs‹, Augsburg 1542; München, Bayerische Staatsbibliothek

113 *Titelblatt* einer weiteren, in Basel 1609 gedruckten Ausgabe des Kochbuchs der Anna Wecker (vergleiche Bild 111); München, Bayerische Staatsbibliothek

114 *Titelblatt* der 1539 in Augsburg erschienenen ›Kellermaisterey‹; München, Bayerische Staatsbibliothek

115 *Mahl eines Holzarbeiters*, Holzschnittillustration zu dem Kapitel ›Von dem Knoblauch‹ in dem bei Bild 112 nachgewiesenen Werk

116 *Bäuerliches Hochzeitsmahl*, Holzschnitt von Nikolaus Solis (?) aus der Zeit um 1550; Nürnberg, Germanisches Nationalmuseum, Kupferstichkabinett

117 Joachim von Sandrart: *Allegorie des Monats Februar*, Ölgemälde aus dem 1642/43 entstandenen Monatszyklus für das Alte Schloß in Schleißheim; München, Bayerische Staatsgemäldesammlungen (Foto: Joachim Blauel)

118 Unbekannter süddeutscher Meister des 17. Jahrhunderts: *Küchenstück*; München, Bayerische Staatsgemäldesammlungen

119 *Beim Fischen*, Holzschnitt aus dem 1587 in Nürnberg publizierten Einblattdruck ›Kurzer Griff und bericht / Visch zu essen / für große Herrn ...‹; Foto: Prestel-Archiv

120 *Frontispiz und Titelblatt* zu ›Der aus dem Parnasso ehmals entlauffenen vortrefflichen Köchin ... Bemerck-Zettul‹; Nürnberg 1691; Archiv der Verfasserin

121 *Titelblatt* zu ›Neues Trenchir- und Plicatur-Büchlein‹ von Andreas Klett, Nürnberg 1677; München, Bayerische Staatsbibliothek

122 und 123 *Tranchierbestecke und Tranchieren bei der Tafel*, zwei Kupferstich-Illustrationen von G. I. Schneider aus dem achten Teil des bei Bild 44 nachgewiesenen Werks

124 *»Obst auf dieße Manier zierlich zu zerschneiden«*, zwei Kupferstich-Illustrationen aus dem zweiten Teil des bei Bild 53 nachgewiesenen Werks

125 *Titelblatt* zu ›New erfundenes vnd vollständiges Trenchir-Büchlein‹ von Andreas Klett, München 1671; München, Bayerische Staatsbibliothek

126 *Titelblatt* und Kupferstich-Illustration vom *Nürnberger Fischmarkt* aus ›Die noch nie genug gepriesen Kunst Der Edlen und Hochschätzbaren Fischerey‹, Nürnberg 1729, von Ernst Friedrich von Steinbock; München, Bayerische Staatsbibliothek

127 *Frontispiz* und *Titelblatt* zu ›Der vorsichtige und nach heutigem Geschmacke wohlerfahrne Speismeister‹ von Odilo Schreger, Augsburg 1778; München, Bayerische Staatsbibliothek

128 *Titelblatt* zur ›Choleraküche‹, München 1831; München, Bayerische Staatsbibliothek

129 *Titelblatt* zu ›Die Köchin ohne Fehl und Tadel‹ von Rosamunda, München 1839; München, Bayerische Staatsbibliothek

130 *Titelblatt* zu ›Die Baierische Köchin in Böhmen‹ von Maria Anna Neubecker, Landshut 1806; München, Bayerische Staatsbibliothek

131 *Titelblatt* zur siebenten Auflage des bei Bild 10 nachgewiesenen Werks von 1858

132 *»Lebensmittel oder Victualien«*, Bilderbogen (Kupferstich) von etwa 1750 aus dem Verlag von Martin Engelbrecht in Augsburg; Augsburg, Städtische Kunstsammlungen (Foto: Stadtbildstelle Augsburg)

133 *Titelblatt* zu ›Baierisches National-Kochbuch‹, München 1824; München, Bayerische Staatsbibliothek

134 *»Gesulzte Forellen«*, Xylographie aus dem bei Bild 10 nachgewiesenen Werk von 1858

135 *»Tafelnde Gesellschaft der Pürsch-Büchsen-Schützen«*, Schützenscheibe aus der zweiten Hälfte des 17. Jahrhunderts; Museum der Stadt Regensburg (Foto: Wilkin Spitta, Zeitlarn)

136 *Zwölf Handwerker und Köchinnen bei ihren charakteristischen Verrichtungen*: Aquarelle aus dem ›Hausbuch der Mendelschen Zwölfbrüderstiftung in Nürnberg‹; Nürnberg, Stadtbibliothek (Fotos: Armin Schmidt, Nürnberg)

137 *»Jagd auf Wasservögel«*, Holzschnitt von etwa 1560 aus einem Flugblatt des Augsburger Verlegers Albrecht Schmidt; Foto: Prestel-Archiv

138 *»Vogelfang«*, Holzschnitt von etwa 1560 aus der bei Bild 137 genannten Quelle

139 *»Fischen mit Netzen und Garnen«*, Kupferstich von 1729 aus dem bei Bild 126 nachgewiesenen Werk

140 *»Eine Nürnberger Bratwurst Frau am Jacober Kirchweih Fest«*, Lithographie aus dem Jahre 1824 von Friedrich Christian Fues; Nürnberg, Germanisches Nationalmuseum, Kupferstichkabinett

141 *»Der Freß-Narr«*, Ausschnitt aus einem Kupferstich in dem 1709 in Nürnberg erschienenen Werk von Abraham a Santa Clara ›Centi-Folium stultorum In quarto Oder Hundert Ausbündige Narren In Folio‹; München, Bayerische Staatsbibliothek

142 *Bankettafel mit Pasteten*, Ausschnitt aus dem Kupferstich von Wolfgang Kilian *›Aigentliche abbildung deß Fried- und Freuden-Mahls‹*, welches Carl Gustav Pfalzgraf bei Rhein in Nürnberg am 25. September 1649 gegeben hat; Nürnberg, Germanisches Nationalmuseum, Kupferstichkabinett

143 *Zubereitung von Konfekt und Pasteten*, Kupferstich von G. I. Schneider aus dem achten Teil des bei Bild 44 nachgewiesenen Werks

144 *Tortenbordüre aus Tragant*, Xylographie aus dem bei Bild 10 nachgewiesenen Werk

145 *Festbankett aus Anlaß der Hochzeit Wilhelms* V. *von Bayern mit Renata von Lothringen 1568 in der Münchner Neufeste*, Kolorierte Radierung von Nikolaus Solis aus dem Werk ›Kurtze, doch gegründte beschreibung ...‹ von Hanns Wagner, München 1568; Münchner Stadtmuseum (Sammlung Proebst)

146 *Fliegender Pastetenbäcker mit fahrbarem Pastetenofen*, Holzschnitt aus dem 1536 in Augsburg gedruckten Bericht ›Hie hebt an das Cocilium zu Konstanz‹; aus dem Archiv der Verfasserin

147 Peter Candid (Entwurf): *Käsebereitung*, Im Zweiten Weltkrieg untergegangene Deckenmalerei von 1617 aus dem Großen Saal im Alten Schloß in Schleißheim; Foto: Bayerische Verwaltung der staatlichen Schlösser, Gärten und Seen, München

148 Peter Jakob Horemans: *Kirchweih in Großhesselohe* (Ausschnitt), 1747; Privatbesitz (Foto: Karlheinz Wilker, München)

149 *Großes Reiseservice mit Koffer*, Augsburg 1700/10, mit vergoldetem Silbergeschirr von Tobias Bauer, 1661–1735; Nürnberg, Germanisches Nationalmuseum

150 *»Panquet und Panquerot Narr«*, Kupferstich von 1709 aus dem bei Bild 141 nachgewiesenen Titel

151 *Stilleben mit Auerhahn*, Xylographie aus dem bei Bild 10 verzeichneten Buch

152 *»Herrliches Banquet, welches ... den 12. Februarii 1742 ... in Franckfurt am Mayn ist gehalten worden«*, Kupferstich von M. Rößler nach J. G. Fünck aus dem bei Bild 42 nachgewiesenen Diarium

153 *Teekanne*, Ausschnitt aus einem im Verlag von Martin Engelbrecht in Augsburg um 1760 erschienenen Vorlagenblatt nach Entwurf von Johann Baur; Stuttgart, Staatsgalerie, Graphische Sammlung

154 *»Sennerinnen auf Kreutz-Alpe bey Tegernsee«,* Lithographie aus dem Tafelwerk ›Sammlung Bayerischer National-Costüme‹ von Felix Joseph von Lipowsky, München, etwa 1823; München, Privatbesitz

155 *Mit Bratwurst fechtender Putto,* Holzplastik von Josef Deutschmann aus der Zeit um 1750 in der Bibliothek von Kloster Fürstenzell in Niederbayern; Foto: Josef H. Biller, München

156 Unbekannter süddeutscher Meister des 18. Jahrhunderts: *Die Fischhändlerin,* Öl; München, Bayerische Staatsgemäldesammlungen (Foto: Joachim Blauel)

157 *Menükarte* zum Bankett des Georgiritterordens am 22. April 1909 in der Münchner Residenz, Chromolitographie; Münchner Stadtmuseum (36/779)

158 *Festbankett des Georgiritterordens 1880 in der Münchner Residenz,* Gouache wohl von Johann Caspar Herterich, 1880; München, Bayerische Verwaltung der staatlichen Schlösser, Gärten und Seen, Ludwig-II.-Archiv

159 *Speisekarte* zum Diner des Prinzregenten Luitpold vom 9. April 1910; Münchner Stadtmuseum (48/309)

160 und 161 *Titelseite* und *Menüfolge* der Speisekarte zum Festbankett der Stadt München aus Anlaß des Sieges im Deutsch-Französischen Krieg am 17. Juli 1871 im Glaspalast, Chromolithographie und Buchdruck; Münchner Stadtmuseum (30/908)

162 *Siegesbankett* am 17. Juli 1871 im Münchner Glaspalast, Xylographie aus einer Illustrierten; München, Stadtbibliothek, Abteilung Monacensia

163 *Menükarte* auf Atlas zu einem Bankett für den deutschen Kronprinzen Friedrich am 30. August 1877 im ›Bayerischen Hof‹ zu Nürnberg; Nürnberg, Germanisches Nationalmuseum, Kupferstichkabinett

164 *Menükarte* zum Souper in Schloß Berg am Todestag König Ludwigs II., 13. Juni 1886, Buchdruck; München, Bayerische Staatsbibliothek

165 *»Die Hopfenernte – Aernde in der Umgegend von Straubing«,* Lithographie von etwa 1823 aus dem bei Bild 154 nachgewiesenen Tafelband

166 *Dorfgasthaus in Niederseeon* mit Rekonstruktion der heute abgetragenen Ecktürme, Federzeichnung von Peter Langemann nach einer Abbildung in dem bei Bild 69 nachgewiesenen Werk

167 *Familie beim Mittagessen,* Kupferstich aus dem 1707 in Nürnberg erschienenen Buch von Abraham a Santa Clara ›Huy und Pfuy der Welt‹; München, Bayerische Staatsbibliothek

168 *Beim Bereiten von »Hasenschnitten mit feinen Kräutern in Papier«,* Xylographie aus dem bei Bild 10 nachgewiesenen Titel

169 *»Scene aus dem Münchner Volksleben«,* Lithographie von Thomas Driendl nach einem Gemälde von Anton Clemens Albrecht Evers aus dem Jahre 1841; Münchner Stadtmuseum (Z 1964)

170 *Münchner Bierfuhrwerk vor einem Bierkeller,* Radierung von Johann Adam Klein, 1862; Münchner Stadtmuseum (P 1715)

171 *Vornehmer Herr und Kellnerin vor einer Buschenschenke,* Holzschnitt von 1553 aus dem Flugblatt ›Ein Kampff gesprech, Zwischen eyner Frawen und ihrer Hauß-maydt...‹; Foto: Prestel-Archiv

172 *»Accurate Abbildung der wahren Gröse des, in der ... Stadt Nürnberg ... Anno 1771 ... allerkleinsten Brodes ...‹,* Kupferstich aus dem Verlag von Christoph Daniel Henning in Nürnberg; Nürnberg, Stadtgeschichtliche Museen (Foto: Richard Krauss)

173 Peter Jakob Horemans: *Hochzeit im Neudecker Garten in der Au* (Ausschnitt), Ölgemälde von 1747, Privatbesitz, (Foto: Karlheinz Wilker, München)

174 *Küche* in der Amalienburg im Schloßpark zu Nymphenburg in München; Foto: Bayerische Verwaltung der Staatlichen Schlösser, Gärten und Seen

175 *Bürgerliches Mittagessen,* Kupferstich aus ›Die Köchinn wie sie seyn soll und muss‹ von Lina, München 1835; München, Bayerische Staatsbibliothek

176 *Speise- und Geschirrkammer,* Lavierte Federzeichnung eines süddeutschen Meisters um 1736; Nürnberg, Germanisches Nationalmuseum, Kupferstichkabinett

177 *Küche,* Ausschnitt aus dem Kupferstich ›Haußrath-Narr‹ von 1709 in dem bei Bild 141 verzeichneten Werk

178 *Das Tischgebet,* Aquarell von Lorenzo Quaglio, um 1825; München, Staatliche Graphische Sammlung

179 *»Eine moderne junge Bürgersfrau von München«,* Lithographie nach Albrecht Adam aus dem bei Bild 154 nachgewiesenen Tafelwerk

180 *Kaffeegesellschaft,* Xylographie aus dem bei Bild 66 verzeichneten Titel

181 *Einbandmotiv* zu ›Flitterwochen in der Küche‹, München 1909, Holzstich von Fritz Petersen; München, Bayerische Staatsbibliothek

182 *»Speise-Zettel«* im Neureuther-Stil aus dem zweiten Drittel des 19. Jahrhunderts, wohl aus einer Münchner Gaststätte; Münchner Stadtmuseum (58/146/144)

183 Johann Michael Mettenleiter: *Münchner Volkstrachten auf dem Marienplatz,* Aquarell 1810; Münchner Stadtmuseum (Z 2177)

184 Lorenzo Quaglio: *König Max Joseph mit zwei Töchtern zu einem Besuch bei einem Bergbauern über dem Tegernsee* (Ausschnitt), Öl 1824; Münchner Stadtmuseum

185 *»Der Delicat und Leckerhaffte Narr«,* Kupferstich von 1709 aus dem bei Bild 141 nachgewiesenen Werk

186 *Fischmarkt,* Holzschnitt von Hans Frank, Augsburg 1516; Foto: Archiv des Prestel Verlages, München

187 Carl Spitzweg: *Das Picknick,* Öl, um 1852; München, Bayerische Staatsgemäldesammlungen, Neue Pinakothek (Foto: Joachim Blauel)

188 *»Preiß-Vertheilung am Octoberfest zu München«,* Lithographie nach Albrecht Adam aus dem bei Bild 154 aufgeführten Tafelwerk

189 *»Tischkarte«,* Federzeichnung von Max Slevogt, um 1900; München, Privatbesitz

190 Franz Xaver Nachtmann: *Münchner Bockkeller* (Ausschnitt); Öl, 1829; Münchner Stadtmuseum (51/332)

191 *»Speisen-Karte«* des Mathäser-Bräus in München vom 27. August 1908, Chromolithographie nach Entwurf von Josef Futterer aus dem Jahre 1906; München, Privatbesitz

192 *Bratwurststand,* Nürnberger Kupferstich, um 1700; Berlin, Bildarchiv Preußischer Kulturbesitz

193 *»Münchner Bäckermädchen«,* Lithographie von Jakob Melcher nach einem Gemälde von Friedrich Wilhelm Schoen, um 1835; Münchner Stadtmuseum (G 7269)

194 *»Scene aus dem Nymphenburger Hirschpark«,* Xylographie von Knilling aus Nummer 540 der ›Fliegenden Blätter‹, 23. Band, 1856; München, Stadtbibliothek, Abteilung Monacensia

195 *»Münchner Mädchen im englischen Garten«,* Lithographie von Heinrich Kohler nach einem Gemälde von Carl Engel, um 1830; Münchner Stadtmuseum (Z 2199a)

196 *Titelblatt* und *Seite 317* aus ›Die Kunst, Brod aus Erdäpfeln zu backen ...‹, Augsburg 1779; München, Bayerische Staatsbibliothek

197 *»Der Beckh«,* Kolorierter Holzschnitt des 18. Jahrhunderts aus dem Verlag des Briefmalers Albrecht Schmidt in Augsburg; Nürnberg, Germanisches Nationalmuseum, Kupferstichkabinett

198 *»Bier und Brod«,* Kupferstich aus einer Bilderbogenserie des Verlages von Martin Engelbrecht in Augsburg, um 1750; Hamburger Kunsthalle, Kupferstichkabinett

199 Heinrich Weber: *Auf dem Münchner Victualienmarkt,* Öl, um 1860; München, Städtische Galerie (Foto: Joachim Blauel)

200 J. J. Hörmann: *Gemüsemarkt in Augsburg,* Aquarell, 1815; Augsburg, Städtische Kunstsammlungen

201 *Frontispiz* zu der Predigtsammlung von Johann Prambhofer ›Angesaltzenes und ungeschmaltzenes Doch wolgeschmackes Kirchtag-Süppel‹, Augsburg 1710; München, Bayerische Staatsbibliothek

202 *Das Fischen mit der Angel,* Kupferstich von 1729 aus dem bei Bild 126 nachgewiesenen Werk

203 *Zwei Mönche betteln um Almosen,* Titelholzschnitt von Erhard Schön zu dem Druck ›Eyn gesprech von den Scheinwerken der Gaystlichen ...‹ von Hans Sachs; Foto: Prestel-Archiv

204 und 205 *Titelblatt* und Tafel *»Champignon oder Ehegärtel«* (kolorierter Kupferstich nach J. St. Loibel) aus dem vierbändigen Werk ›Abbildungen Bayrischer und Pfälzischer Schwämme, welche um Regensburg wachsen‹ von Jakob Christian Schäffer, Regensburg, 1762–74, zweiter Band 1763; München, Bayerische Staatsbibliothek

206 *Frontispiz* und *Titelblatt* zu ›Baier'sches Kochbuch für Fleisch- und Fasttage‹ von Johanna Maria Huber, Stadtamhof 1802; München, Bayerische Staatsbibliothek

207 *Fastenspeisen,* Titelvignette (Holzschnitt) zum ›Fasten Lob‹ von Johann Rasch, München, 1588; München, Bayerische Staatsbibliothek

208 *Weinhauer bei der Arbeit,* Holzschnitt von 1539 aus dem bei Bild 91 nachgewiesenen Werk

209 *Krautschneider bei der Arbeit,* Bleistiftzeichnung von Peter Baumgras aus dem Jahre 1848; Münchner Stadtmuseum (28/115)

210 *»Ansicht des ... Dampf-Koch-Apparates des Evang. Weisenhauses in Augsburg«,* Kupferstich von Dusch nach F. Brühl aus dem Werk von Johann Gottfried Dingler: ›Beschreibung und Abbildung mehrerer Dampf-Apparate

zur Benützung der Wasserdämpfe, zum Kochen und Heizen ...‹; Augsburg 1818, Bayerische Staatsbibliothek

211 *»Dampfkochherd mit Bratenwender, Perspektive, Durchschnitt, Grundriß«,* Kupferstich von Dusch nach F. Brühl aus dem bei Bild 209 nachgewiesenen Buch von 1818

212 *»Dampfkochofen«,* Kupferstich von Dalbon nach F. Brühl aus dem bei Bild 209 erwähnten Werk

213 *»Tischszene«,* Holzschnitt zu Heinrich von Laufenburg: ›Versehung des leibs‹, Augsburg 1491; Foto: Prestel-Archiv

214 *»Feierliche Einführung der Ersten Korn-Frucht in der Stadt Fürth am 18ten Julius 1817,* Kolorierte Lithographie von Christian Friedrich Fues, 1817; Nürnberg, Stadtgeschichtliche Museen (Foto: Richard Krauss)

215 Emil Kurzbauer: *Ländliches Fest in Schwaben,* Öl, um 1870; München, Bayerische Staatsgemäldesammlungen (Foto: Joachim Blauel)

216 *Titelblatt* zu ›Sichere Anleitung, wie man bey diesen theuren Zeiten wohlfeil und gut leben könne‹, München 1770; München, Bayerische Staatsbibliothek

217 *»Von dem nachtessen«,* Holzschnittillustration aus der deutschen Platina-Ausgabe von 1542 (Nachweis bei Bild 112)

218 *Das Innere des ehemaligen ›Weiberbaus‹ des Heiliggeistspitals in München als Fleischhalle,* Aquarell von August Seidel, Aquarell, um 1880; Münchner Stadtmuseum (Z 978)

219 *Zwei Titelblätter* zu Kartoffel- und Knödelkochbüchern von Maria Abel, Regensburg 1888; München, Bayerische Staatsbibliothek

220 *Bratfischstand auf dem Nürnberger Markt,* Ausschnitt aus einem Bilderbogen vom Anfang des 19. Jahrhunderts; Nürnberg, Stadtgeschichtliche Museen (Foto: Richard Krauss)

221 *»Eine Nürnberger Salzfischerin am Christabend«,* Tonlithographie von Christian Friedrich Fues aus dem Jahre 1824; Nürnberg, Germanisches Nationalmuseum, Kupferstichkabinett

222 Hans Sebald Beham: *Das große Kirchweihfest,* Vierteiliger Holzschnitt von 1535; Nürnberg, Germanisches Nationalmuseum, Kupferstichkabinett

223 *Der ›Alte Wirt‹ in Obermenzing bei München,* Federzeichnung von Peter Langemann nach einer Abbildung von Gustav Steinlein in dem bei Bild 69 nachgewiesenen Werk

224 *Geschäftskarte* des Weinwirts zum ›Schwarzen Adler‹ in München, Kupferstich, um 1760; Münchner Stadtmuseum (38/690)

225 *Der Weinwirt Franz Albert,* Ölgemälde in der Art Johann Georg Edlingers von etwa 1780; Münchner Stadtmuseum

226 *Die Weinwirtschaft zum ›Schwarzen Adler‹ in München,* Kaufingerstraße 23, Radierung von Ferdinand Bollinger aus der Baumgartnerschen Polizeiübersicht von 1805; München, Josef H. Biller

227 *Die Schanktheke aus der Weinwirtschaft zum ›Schwarzen Adler‹,* um 1750; Münchner Stadtmuseum

228 *Gasthof der Brauerei Wiedemann in Altomünster,* Zeichnung von Peter Langemann nach einer Skizze von Gustav Steinlein aus dem Jahre 1937 in dem bei Bild 69 verzeichneten Werk

229 Lovis Corinth: *Schlachterladen in Schäftlarn,* Öl, 1897; Bremen, Kunsthalle

230 Lovis Corinth: *Tafelrunde Münchener Bürger (Die Loge ›In Treue fest‹),* Öl, 1898/99; München, Städtische Galerie (Foto: Prestel-Archiv)

231 *»Das Brunnenspringen der Metzger in München«,* Lithographie viell. nach Lorenzo Quaglio in dem bei Bild 154 nachgewiesenen Tafelwerk

232 *»Kleidertracht zu Maisach bey Fürstenfeldbruck«,* Lithographie aus dem bei Bild 154 nachgewiesenen Werk

233 *Gasthof der Brauerei Wasserburger,* Federzeichnung von Peter Langemann nach einer Vorlage von Gustav Steinlein in dem bei Bild 69 nachgewiesenen Werk

234 *Frontispiz* (Stahlstich) und *Titelblatt* zu ›Die Schwäbisch-Bayerische Küche oder neuestes Augsburger Kochbuch‹ von J. G. Sartory, Augsburg 1846; München, Bayerische Staatsbibliothek

235 Johann Leonhard: *Café Annast,* Lavierte Tuschzeichnung, um 1894; Münchner Stadtmuseum (Z 2130 qu)

236 Fritz Schider: *Der Chinesische Turm im Englischen Garten,* Öl, um 1873; Basel, Kunstmuseum (Foto: Hinz, Basel)

237 *Koch am Herd,* Holzschnitt des Petrarca-Meisters aus der deutschen Ausgabe des Platina von 1542 (Nachweis bei Bild 112)

238 *»Der Max kommt«,* Stahlstich-Buchillustration um 1840; München, Privatbesitz

239 *»Die gulden Gannß in welcher itziger Zeit die reitende und fahrende Reichs Posten einkehren, 1701 in Nürnb.«,* Radierung von Johann Alexander Böner aus der Serie ›Des hl. römischen Reiches Stadt Zierdte‹ von 1701; Nürnberg, Germanisches Nationalmuseum, Kupferstichkabinett

240 *Wirtsstube in der ›Goldenen Gans‹ zu Nürnberg,* Kupferstich aus dem 16. Jahrhundert von Hans Troschel (?); Nürnberg, Stadtgeschichtliche Museen (Foto: Richard Krauss)

241 *»Georg Pensenkoffer, der Zeit Ober Keller in der Guld: Gans un François, und Gebohr: Teutscher von Schweinau«,* Kupferstich des 18. Jahrhunderts; Nürnberg Germanisches Nationalmuseum, Kupferstichkabinett

242 *»Ansicht von der Altane des Gasthauses zum weißen Schwanen in Würzburg, J. G. Blüthgen, Gastgeber«,* Lithographie von C. Rimrod in Schweinfurt wohl nach S. Hesselbach, um 1830; München, Josef H. Biller

243 *»Nürnbergerinnen«,* Lithographie von etwa 1823 aus dem bei Bild 154 nachgewiesenen Tafelband

244 *Das Schlaraffenland,* Holzschnitt von Erhard Schön aus dem um 1530 von Wolfgang Strauch in Nürnberg gedruckten Flugblatt über ›Das Schlaweraffen-land‹ von Hans Sachs; Foto: Prestel-Archiv

245 *Lebkuchenstand auf dem Nürnberger Markt,* Ausschnitt aus einem Bilderbogen vom Anfang des 19. Jahrhunderts; Nürnberg, Germanisches Nationalmuseum, Kupferstichkabinett

246 *Der ehemalige ›Gasthof zur Krone‹ in Cham,* Federzeichnung von Peter Langemann nach einer Skizze von Gustav Steinlein aus dem bei Bild 69 nachgewiesenen Titel

247 *Bauern bei Ernte und Feldmahlzeit,* Holzschnitt in der Art von Hans Sebald Beham aus dem 16. Jahrhundert; Foto: Prestel-Archiv

248 Moritz Müller (genannt Feuermüller): *Neujahrsgesellschaft,* Tempera, 1859; Münchner Stadtmuseum

Die Abbildungen auf Seite 1 und 296 *Koch* und *Kellnerin,* stammen aus einer Serie ›Cartouches Modernes a compagnés par des Enfans‹ von Johann Esajas Nilson, Augsburg um 1760 (München, Staatliche Graphische Sammlung); der ›Kellner‹ auf Seite 2, ein Kupferstich von C. Luyken, fand sich in dem Werk ›Neu eröffnete Welt-Galleria ...‹ von Abraham a Santa Clara, Nürnberg 1703; die Vignetten auf den Seiten 132, 135 und 177 sind Julius Rottenhöfers, bei Bild 10 nachgewiesenem Werk entnommen, jene auf den Seiten 138, 140, 143, 159 und 203 dem ›Lindauer Kochbuch‹ von Christine Charlotte Riedl, Lindau 1852.